Ein Lob für Lexi Blake und Herren und Diener...

„Ich kann immer darauf vertrauen, dass mich Lexi Blakes Doms atemlos zurücklassen...und verliebt. Wenn Sie sinnliches, aufregendes BDSM in eine fantastische Liebesgeschichte gehüllt haben möchten, dann suchen Sie nach einem Lexi Blake-Buch."
~Cherise Sinclair, USA Today Bestsellerautorin

„Lexi Blakes HERREN UND DIENER-Serie ist wunderschön geschrieben und herrlich scharf. Sie hat es einfach drauf, mit Bezug auf die Handlung als auch auf den Sex. Ich liebe es auch, wie Blake ihre großartigen Dom-Helden beschreibt – sie bringen mich dazu, böse, böse Dinge tun zu wollen. Ihre Heldinnen sind intelligente und mutige Damen, deren Vorliebe sich hinzugeben sie wahrhaftig nicht zu Luschen macht. Ich kann es kaum erwarten, das nächste Buch zu lesen!"
~Angela Knight, New York Times Bestsellerautorin

„*Ein Dom ist für immer* ist actiongeladen, sowohl innerhalb als auch außerhalb des Schlafzimmers. Es erwarten Sie Agenten, Spione, Waffen, Morde und viel Kink, wenn Liam dem mysteriösen Mr. Black nachgeht und über seine Vergangenheit und Zukunft fündig wird… Die Action und die Spionage heizen die Geschichte an, während der Sex und Kink ganz andere Arten von Interessen bedienen. Alles ist sehr ausgewogen und fließt wunderbar zusammen."
~A Night Owl "Top Pick", Terri, Night Owl Erotica

„*Ein Dom ist für immer* verkörpert alles, was einen erotischen Liebesroman ausmacht. Die Geschichte ist tempogeladen und spannend, die Charaktere sind makelbehaftet, sorgen aber dafür, dass ich sie auf jedem Schritt und Tritt ihres Weges anfeure, und der Hitzefaktor ist unermesslich, dank eines bösen jungen Dom mit einer Vorliebe für Dirty Talk."
~Rho, The Romance Reviews

„Eine gute Lektüre, die mich auf Trab hielt, mich mutmaßen ließ bis zur großen Enthüllung und denken lässt, dass Überlebenstechniken ein Muss für alle Männer sein sollten."
~Chris, Night Owl Reviews

„Ich kann nicht genug bekommen von der HERREN UND DIENER-Serie! *Lieben und Sterben lassen* ist Lexi Blake in Bestform. Sie beschreibt erotische romantische Spannung wie keine andere, und ich bin immer hochgradig aufgeregt, wenn sie etwas Neues für uns hat! Intensiv, mitreißend und erotisch erfüllend, konnte ich dieses Buch nicht mehr weglegen."
~ Shayna Renee, Shayna Renee's Spicy Reads

„Einige Autoren und Serien stehen auf meiner permanenten Einkaufliste. Lexi Blake und ihre Herren & Diener-Serie stehen ganz oben auf der Liste… Dieses Buch bot alles, was ich an einem Herren & Diener-Buch liebe – Alphamänner, heißen Sex und süße Liebe… Solange Ms. Blake weiterhin so hochwertige Bücher anbietet, bin ich sofort da, bereit zum Lesen."
~ Robin, Sizzling Hot Books

„Ich bin völlig in diese Serie verliebt. Spione, Spionage und Intrigen, geschnürt in ein heißes, dominant männliches Bündel. Alle Männer bei McKay-Taggart sind glühend heiß, und die Frauen sind wahnsinnig starke, sexy Subs."
~Kelley, Smut Book Junkie Book Reviews

Die Männer mit den goldenen Handschellen

Andere Bücher von Lexi Blake

Devoted: A Masters and Mercenaries Novella
Dominance Never Dies
Submission is Not Enough
Master Bits and Mercenary Bites~The Secret Recipes of Topped
Perfectly Paired: Masters and Mercenaries~Topped 3
For His Eyes Only
Arranged: A Masters and Mercenaries Novella
Love Another Day
At Your Service: Masters and Mercenaries~Topped 4
Master Bits and Mercenary Bites~Girls Night
Nobody Does It Better
Close Cover
Protected: A Masters and Mercenaries Novella
Enchanted: A Masters and Mercenaries Novella
Charmed: A Masters and Mercenaries Novella, Coming June 23, 2020

Masters and Mercenaries: The Forgotten
Lost Hearts (Memento Mori)
Lost and Found
Lost in You
Long Lost
No Love Lost, Coming September 29, 2020

Butterfly Bayou
Butterfly Bayou, Coming May 5, 2020
Bayou Baby, Coming August 25, 2020
Bayou Dreaming, Coming December 1, 2020

Lawless
Ruthless
Satisfaction
Revenge

Courting Justice
Order of Protection
Evidence of Desire

Masters Of Ménage (by Shayla Black and Lexi Blake)
Their Virgin Captive
Their Virgin's Secret
Their Virgin Concubine
Their Virgin Princess
Their Virgin Hostage
Their Virgin Secretary
Their Virgin Mistress

The Perfect Gentlemen (by Shayla Black and Lexi Blake)
Scandal Never Sleeps
Seduction in Session
Big Easy Temptation
Smoke and Sin
At the Pleasure of the President

URBAN FANTASY

Thieves
Steal the Light
Steal the Day
Steal the Moon
Steal the Sun
Steal the Night
Ripper
Addict
Sleeper
Outcast
Stealing Summer, Coming soon!

LEXI BLAKE WRITING AS SOPHIE OAK

Texas Sirens
Small Town Siren
Siren in the City
Siren Enslaved
Siren Beloved

Siren in Waiting
Siren in Bloom
Siren Unleashed
Siren Reborn

Nights in Bliss, Colorado
Three to Ride
Two to Love
One to Keep
Lost in Bliss
Found in Bliss
Pure Bliss
Chasing Bliss
Once Upon a Time in Bliss
Back in Bliss
Sirens in Bliss

A Faery Story
Bound
Beast
Beauty

Standalone
Away From Me
Snowed In

Die Männer mit den goldenen Handschellen

Herren und Diener, Buch 2
Lexi Blake

Ins Deutsche übersetzt von Anna Buschmann

Die Männer mit den Goldenen Handschellen
Herren und Diener, Buch 2
Lexi Blake

Herausgegeben von DLZ Entertainment LLC

Copyright 2012 DLZ Entertainment LLC
Redaktionell bearbeitet von Chloe Vale and Kasi Alexander

Copyright 2020 der deutschsprachigen Ausgabe by Anna Buschmann
Ins Deutsche übersetzt von Anna Buschmann

ISBN: 978-1-942297-39-0

McKay-Taggart-Logo entworfen von Charity Hendry

Kapitel Eins

„Was führt Sie heute zu McKay-Taggart, Miss?" Adam zwang sich dazu, die Frage zu stellen, wo er die kurvenreiche Brünette doch eigentlich nur in seine Arme ziehen und ihr versprechen wollte, dass alles in Ordnung sei.

Seit dem Moment, als Jake sie zu seiner Tür begleitet und sie an seinem Schreibtisch abgeladen hatte, wollte Adam sie berühren. Es war reiner Instinkt. Sie war genau sein Typ und sie schien in Schwierigkeiten zu sein. Er zog Frauen in Schwierigkeiten quasi an.

Glücklicherweise stand ein Schreibtisch zwischen ihnen, sonst hätte er beweisen können, wie vollkommen unprofessionell er war.

„Ich heiße Serena Brooks. Das ist mein richtiger Name." Sie gestikulierte nervös mit den Händen herum, bevor sie sie in ihren Schoß zwang. „Bitte nennen Sie mich Serena. Alle tun das. Also, meine Freunde machen es. Ich hab' eigentlich mehrere Namen. Hab' ich den ersten Kerl beleidigt?"

Interessant. Adam fühlte, wie er sich nach vorn neigte. Er fing den leisen Hauch von etwas Zitrusartigem auf. Serena Brooks war ein süß aussehendes Ding. Goldbraune Haare entflohen dem Knoten auf ihrem Hinterkopf in weichen Strähnen, die ein schönes Gesicht umrahmten. Sie war mit einem etwas zu großen grünen Pullover und Jeans bekleidet. Sie trug eine sehr professionell aussehende Brille, mit der sie von Zeit zu Zeit spielte. Sie sah aus wie eine süße Bibliothekarin.

Fuck, es war viel zu lang her, dass er flachgelegt worden war. Gewöhnlich führte er zumindest ein komplettes Gespräch mit einer Frau, bevor er ihr befahl sich darzubieten, sie auszog und in sie versank.

„Jake? Nein, Sie haben ihn nicht beleidigt. Er ist seltsam. Ich bin mir sicher, er hatte etwas Wichtiges zu tun."

Jake hatte einiges zu erklären. Es schien, als hätte er sich Serena nicht einmal vorgestellt. Er war einfach mit ihr durch den Korridor gelaufen und hatte sie verlassen, etwas davon gemurmelt, Nachforschungen anstellen zu müssen, war hinausgerannt und hatte Adam mit vielen unbeantworteten Fragen zurückgelassen, ebenso wie eine sehr schöne Jungfrau in Not. Wenigstens konnte sie ein paar Fragen beantworten.

„Warum haben Sie mehr als einen Namen?" Vielleicht sollte er sich ein wenig zurückhalten. Adam wusste, dass selbst die weichsten Packungen vor seinem Gesicht explodieren konnten. Er hatte genug Narben, um es zu beweisen. Zehn Jahre Sicherheitsdienst, davon fünf Jahre im Dienst seines Landes bei den Green Berets, die ihn hätten lehren sollen, nichts und niemanden nach dem Äußeren zu beurteilen. Leider hatte sein Schwanz die Botschaft nicht verstanden.

Er schaute auf die Uhr und fragte sich, wie lange Jacob Dean wohl brauchen würde. Sie arbeiteten selten getrennt. Selbst bei so etwas Einfachem wie einem Empfehlungsgespräch mit Kunden zog er es vor, Jake an seiner Seite zu haben. Jake waren schon so oft Dinge aufgefallen, die Adam entgangen waren.

„Oh, Sie denken, ich habe Namen erheuchelt. Decknamen." Sie lachte. Es war ein raues, sexy Lachen. Es führte unmittelbar zu Adams Schwanz.

„Das wäre genau die Definition eines Namens, der nicht ihr eigener ist." Er war völlig fasziniert, wie ihre Augen beim Lachen aufleuchteten. Sogar durch das Glas ihrer Brille konnte er den schönen Grünton ihrer Augen sehen.

Sie lächelte und beugte sich vor. Ihr war wohl nicht bewusst, dass sich ihr Pullover auftat, wenn sie sich vorneigte, und er konnte eine cremige Ausdehnung ihrer Brust sehen. Er wettete, dass sie mindestens ein C-Körbchen hatte, vielleicht sogar ein kleines D. Sie würden seine Hände füllen. Diese Brüste würden wahrscheinlich wunderschön aussehen, wenn sie ein Seil umgab, das sie zwang sich aufzurichten und sie so zur Geltung brachte.

„Ich mag die Idee eines Decknamens, Mr. Miles. Er lässt mich viel interessanter klingen, als ich es wirklich bin. Ich arbeite unter einem Pseudonym. Amber Rose."

„Sie sind Schriftstellerin." Das passte. Er konnte sehen, wie sie sich über einen Notizblock lehnte und unschuldige Romanzen schrieb. Er fragte sich, ob sie errötete, wenn sie die Kussszenen schrieb. Wenn er ihr sagen würde, wie er am liebsten eine Frau nimmt, liefe sie wahrscheinlich in die entgegengesetzte Richtung.

Die Frage war, ob er sie verfolgen würde?

Die Tür zu seinem Büro öffnete sich und Jake stiefelte hinein. „Tut mir leid. Ich hatte ein paar Dinge auszuhandeln, unter anderem mit einer sehr aufdringlichen Empfangsdame, die ihre übermäßig süße Nase gern in anderer Leute Geschäfte steckt." Er wandte sich an die Kundin und Adam bemerkte, wie er zweimal hinsah. Ja. Sie hatten den gleichen Geschmack bei Frauen, was gut war, denn sie teilten gern. „Ich bin Jake Dean. Es ist mir ein Vergnügen, Sie kennenzulernen."

„Serena Brooks." Sie streckte ihre Hand aus, und Jake zögerte nur eine Viertelsekunde, bevor er sie in seine eigene schloss.

Adam verstand sein Zögern. Die Frau vor ihnen war reizend und potentiell unterwürfig. Es lag an der Art ihrer Haltung, an der Weise, wie sie sprach, und an der Freude, die sie offensichtlich empfand, wenn sie dachte jemanden erfreut zu haben. Sie mochte es nicht wissen oder verstehen, doch Adam folgte dem BDSM-Lifestyle lang genug, um die Zeichen zu erkennen. Jake war weit mehr daran interessiert, ein Dom zu sein, Adam hatte sich immer hinter ihn gestellt.

„Das ist ein schöner Name, Serena", sagte Adam und wollte sehen, ob seine Vermutung stimmte.

Sie errötete und blickte hinab. „Danke."

Ja. Ein Treffer für das Team.

Jake sah ihn an und schüttelte leicht den Kopf. Adam konnte fast seine Gedanken lesen.

Kundin. Fernhalten.

Er antwortete mit einem Lächeln, dessen leichte Steigerung

Jake die Antwort verriet. *Auf gar keinen Fall. Keinesfalls.*

Er würde sich gewiss nicht zurückziehen. Sie hatten den Fall sogar noch nicht mal angenommen und es gab keine Gewissheit, ob sie es täten. Es war sehr schwer zu glauben, dass sich die Frau vor ihnen in so große Schwierigkeiten gebracht hatte, dass sie ihre Dienste tatsächlich bräuchte. Mehr als wahrscheinlich war es, dass sie einen betrügerischen Freund unter die Lupe nehmen wollte. McKay-Taggart bot diese Art von Dienstleistungen nicht an. Adam könnte sie glücklich an einen Privatdetektiv verweisen und dann, ein paar Monate später, könnte er sie anrufen und ihr einen kleinen Trost anbieten – im Ménage-Stil.

Jake sah sie an, sein Blick auf ihr Gesicht gehaftet. „Ich erinnere mich nicht einen Termin gehabt zu haben. Ich entschuldige mich, dass ich zu spät bin."

Bastard. Er wusste verdammt gut, dass sie keinen Termin hatte. Jake trieb sie vor sich her, um zu sehen, ob sie log. Adam seufzte. Jake war gut darin den bösen Polizisten zu spielen.

Serena versuchte nicht einmal zu lügen. Sie errötete und stammelte ein wenig. „Ich hatte keinen Termin. Ich bin einfach reingekommen. Es tut mir leid, wenn ich Ihnen Unannehmlichkeiten bereite. Ich hätte wirklich einen Termin machen sollen, aber meine Agentin dachte, es wäre okay." Sie begann sich zu erheben.

Jakes Stimme wurde tiefer und bewies Adam zweifellos, dass er die gleichen Zeichen erkannt hatte. Er gebrauchte diese Stimme nur bei Subs, die sie in Clubs aufrissen. „Setz dich, Serena."

Sie setzte sich wieder.

„Wir sind nicht verärgert. Ich hab' mich lediglich entschuldigt zu Beginn des Treffens nicht hier gewesen zu sein. Adam und ich sind ein Team. Wir arbeiten zusammen. Üblicherweise treffen wir uns gemeinsam mit Kunden." Jake lehnte sich an die Seite des Schreibtisches. „Wir haben gewöhnlich keine Kunden, die ohne Weiteres von der Straße hereinkommen. McKay-Taggart macht keine Werbung."

McKay-Taggart Security arbeitete für einen sehr ausgewählten Kundenkreis.

„Ich weiß. Ich hab' vorher noch nie von Ihnen gehört." Sie nickte und versenkte ihre Hand in einer schier unendlich tiefen

Handtasche. Adam war sich ziemlich sicher, dass sie den Inhalt eines kleinen Hauses in diese Tasche hätte stecken können. Sie entschuldigte sich, während sie sie durchsuchte, und fand endlich eine kleine Visitenkarte. Sie reichte sie Jake. „Meine Agentin hat mich geschickt. Ich schätze, sie hat schon mal mit Ihnen gearbeitet."

Jake sah sie sich an und gab sie dann an Adam weiter.

Anderson Literaturagentur
Lara Anderson, Agentin

Dort standen eine Adresse und Telefonnummern, aber er kannte den Namen nicht. Es war nicht wirklich wichtig. Er würde sie überprüfen, sobald die Kundin weg war, und die Frau so gut kennen, dass er schließlich wüsste, was sie zu Mittag gegessen hatte. Er war verdammt gut. Es spielte keine Rolle, ob sie den Fall übernahmen oder nicht. Ihn interessierte, wer auf die Idee kam ihnen Kunden zu schicken. Üblicherweise waren die Regierung oder wohlhabende Unternehmen eher ihr Stil, doch er war fasziniert von der Idee einer einzelnen Kundin, die Hilfe brauchte.

„Also, was führt Sie heute hierher?" Er versuchte, sich einen Grund einfallen zu lassen, warum jemand, die offensichtlich dermaßen harmlos war, eine Sicherheitsfirma auf McKay-Taggarts Niveau brauchte. Sie wären nicht billig.

Sie atmete tief durch, als würde sie sich wappnen, um die nächsten Momente zu überstehen. „Ich hab' einen Stalker. Manchmal machen sich Fans einen Scherz daraus, einen Autor zu verfolgen, aber dieser hier ist ernst."

Jakes verschränkte die Arme vor der Brust. „Haben Sie mit der Polizei gesprochen?"

„Bei mehreren Gelegenheiten. Ich hab' die Polizeiberichte gleich hier." Sie schob sich ihre Brille wieder auf die Nase, bevor sie sich in ihre Tasche stürzte. Sie fand mehrere Dokumente, von denen jedes leicht zerknittert war. Sie legte sie auf den Schreibtisch und versuchte sie zu glätten. „Tut mir leid. Ich bin nicht die am besten organisierte Person. Meine Freunde sagen immer, ich solle mir besser einen persönlichen Assistenten zulegen."

Jake schnappte sich den Papierkram, bevor Adam ihn in die

Finger bekommen konnte. Er trommelte mit seinen Fingern entlang des Schreibtischs. Er klopfte zweimal und strich mit dem Finger in Serenas Richtung. Es war das Signal für Adam die Kundin im Gespräch zu halten, während er die Daten überprüfte.

Adam war die sanfte Berührung und Jake die harte Hand. Adam war damit einverstanden. Das bedeutete in der Regel, dass er zuerst spielen durfte.

„Kennen Sie die Identität dieses Mannes? Ist er ein Ex?", fragte Adam und erlaubte seiner Stimme weich und mitfühlend zu klingen.

Sie schüttelte den Kopf. „Nein. Ich weiß nicht. Was ich meine, ist, dass ich keine Ahnung habe, wer dieser Typ ist. Ich bin geschieden, aber ich kann mir nicht vorstellen, dass Doyle mir das antun würde. Er ist ein Arschloch, allerdings ist er sehr unverhohlen damit."

Adam war nicht überzeugt. Wenn eine Frau systematisch verfolgt wurde, stellte ein Ex den richtigen Ausgangspunkt dar. „Ihre Scheidung war bitter?"

Der kleine Laut des Verdrusses, der aus ihrem Mund kam, sagte Adam alles, was er wissen musste. „Die Scheidung wurde von meinem Ex-Mann eingereicht. Er hat mich überrumpelt. Ich dachte, wir wären glücklich. Wir sind seit fast drei Jahren geschieden. Er ist körperlich nicht an mir interessiert. Glaubt mir, das hat er deutlich gemacht. Und dieser Typ scheint sehr interessiert zu sein, wenn ihr wisst, was ich meine."

Aber Adam glaubte nicht, dass ihr Ex völlig uninteressiert war. Wenn er männlich war, funktionierende Teile besaß und die rechte Neigung hatte, wäre er interessiert. Adam ließ für den Moment locker. „Gut. Sagen Sie mir, was passiert ist."

„Es fing ganz simpel an. Ich hab' eine Facebook-Fanseite. Ähm, nichts Besonderes, nur ein Ort, an dem ich mit Fans spreche und Auszüge posten kann. Doch vor ein paar Monaten bekam ich eine Freundschaftsanfrage von jemandem namens Joshua Lake. Ich fand es irgendwie cool, weil er einen meiner beliebtesten Charaktere darstellt. Ich fand es süß. Am Anfang war es schön. Und dann wurde es seltsam."

„Was meinen Sie mit seltsam?"

Ihr Gesicht errötete. Im Inneren seines Herzens gab es für Adam keinen Zweifel, dass diese Frau wirklich glaubte in Gefahr zu sein. „Er fing an mir private Nachrichten zu schicken. Ich werd' ehrlich sein. Zuerst dachte ich, es wäre eine Frau. Die meisten Männer lesen keine Liebesromane."

„Ich würd' annehmen, dass Sie nicht viele männliche Fans haben. Haben Sie oft Männer, die versuchen sich mit Ihnen anzufreunden?" Das Internet war voll von Raubtieren. Häufig schufen soziale Netzwerke reife Selektionsböden.

„Gewöhnlich kommen sie aus dem Geschäft. Ich kenne viele Cover-Modelle, Agenten, Redakteure. Es sind Leute solcherart. Ich wusste von dem Moment an, als ich die Anfrage erhielt, dass dies ein Fan war. Er wusste zu viel über meine Arbeit. Das ist eine Person, die alle meine Bücher gelesen hat."

Adam war definitiv interessiert. „Sie sagten, es wurde seltsam? Wie sahen seine privaten Nachrichten aus?"

„Zuerst dachte ich, es sei nur ein Rollenspiel."

Jake zog sein Handy heraus. Er schob sich vom Schreibtisch weg. „Ja, ich möchte mit Lieutenant Brighton sprechen. Bitte sagen Sie ihm, dass Jake Dean dran ist."

Serena schüttelte den Kopf. „Oh, der Beamte, der meinem Fall zugeordnet war, hieß Chitwood."

Adam winkte ab, als Jake wegging und leise am Telefon sprach. „Ich bin mir sicher, Ihnen wurde jemand zugewiesen, der sehr jung für Ihren Fall ist. Wir kennen Lieutenant Brighton aus unserer Armeezeit. Er ist sozusagen unsere Kontaktperson, wenn es um Fälle geht, in denen die örtliche Polizei involviert ist. Ich bin sicher, Jake möchte nur das Quellmaterial abgreifen. Ich nehme an, die Polizei hat Abschriften von allen Gesprächen?"

„Ja. Anscheinend hat das Netzwerk die Gespräche gespeichert, auch nachdem ich die Freundschaft aufgekündigt hatte. Ich hab' ihn zudem blockiert."

Adam konnte erraten, was als nächstes geschah. „Er hat einfach seinen Namen geändert und kehrte zurück."

„Ja. Und er war wütend. Er tauchte für ein paar Wochen unter und sagte mir dann, dass es mir nicht gelänge ihn loszuwerden. Er nannte mich arrogant, wie ich überhaupt auf die Idee käme ihn beiseiteschieben zu können. Ich hab' ihn wieder blockiert. Das war, als er plötzlich auf meiner persönlichen Seite auftauchte."

Adam runzelte die Stirn. Dieser Mann schien sehr entschlossen zu sein. Gewöhnlich gaben Trolle nach der ersten Zurückweisung auf und suchten sich leichtere Beute. „Wie bekannt sind Sie?"

„Als Amber Rose? Ich hab' eine Anhängerschaft. Ich verdiene meinen Lebensunterhalt auf diese Weise. Ich verkaufe jedes Quartal Zehntausende von Downloads. Doch ich könnte in einem Raum mit zweihundert Leuten sein und die Wahrscheinlichkeit, dass mich jemand kennt, ist äußerst gering. Selbst eine erfolgreiche Autorin ist nicht sehr berühmt. Ich hab' es bis jetzt nicht auf die Liste der *Times* geschafft. Ich werde es wahrscheinlich nie tun, doch ich hab' ein paar verrückte weibliche Bewunderer. Ich war nicht wirklich beunruhigt, bis er mir als Serena Brooks eine Freundschaftsanfrage schickte."

Adam mochte nicht, wie sich das anhörte. „Wie gut schützen Sie Ihren Namen?"

Sie griff die Hände in ihrem Schoß ineinander, ein sicheres Zeichen dafür, dass sie aufgrund der ganzen Situation sehr nervös war. „Ich hab' versucht, ihn aus allem herauszuhalten. Natürlich kennen mein Verleger, meine Agentin und mein Redakteur meinen richtigen Namen, aber sonst niemand."

„Nicht mal Ihre Freunde?" Wenn diese Frau nicht ein paar sehr enge Freunde hatte, würde er sich selbst erschießen. Er wettete einiges darauf, dass sie intime Beziehungen entwickelte. Vielleicht nicht mit vielen Menschen, aber es gäbe welche, die all ihre Geheimnisse kannten.

Ihre Augen weiteten sich. „Ja. Ich hab' zwei Freunde, die darüber Bescheid wissen, was ich tue. Bridget und Chris. Aber sie sind auch Schriftsteller. Wir schreiben alle Romanzen. Sie würden meinen Namen nie verraten. Bridget hat das Gleiche durchgemacht. Sie hatte ein paar Typen, die ihr aus dem Gefängnis Briefe schrieben, die besagten, dass sie hinter ihr her seien, sobald sie rauskämen."

„Ist das normal?" Es klang schrecklich. Sie schrieb Romanzen. Das Schlimmste, womit sie zu tun haben sollte, waren Fans, die fragten, wann die nächste Ausgabe rauskäme.

Sie zuckte mit den Schultern. „Es passiert häufiger, als Sie glauben.“

„Und was hat die Polizei gesagt?“ Er konnte es sich denken. Sie täten verdammt wenig. Selbst mit den geltenden Gesetzen konnten sie nicht viel tun, solange sie nicht wussten, wer der Kerl war.

„Er nutzt öffentlich zugängliche Computer. Alles wurde von einer Bibliothek aus gesendet und anscheinend hat er mehrere gefälschte Namen.“

Adam war sich ziemlich sicher, dass er es besser konnte. *Verflucht noch mal.* Er würde ihren Fall übernehmen müssen. Sie brauchte die Firma tatsächlich, und nicht nur die Firma, sondern insbesondere ihn. Er war ein Computerexperte. Er war der Kommunikationsexperte seiner Einheit bei den Green Berets gewesen. Er hatte diese Expertise auf eine andere Ebene mit in die zivile Welt genommen. Er hielt sich für einen ausgezeichneten Hacker. Wenn dieses Arschloch da draußen war, war Adam sich sicher, würde er ihn finden.

„Was hat er Ihnen angedroht zu tun?“ Adam war sich ziemlich sicher, dass er es nicht wissen wollte, aber er musste fragen.

Sie verdrehte die Hände in ihrem Schoß. Er wollte eine in seiner halten, während Jake die andere umschloss, die beiden ein Bollwerk gegen die Vielzahl von Gefahren bietend, denen sie ins Auge sehen musste.

„Er hasst mich. Er sagt, ich führe ihn in Versuchung und ich ruiniere sein Leben. Er sagt, ich bin schmutzig und ich sollte zur Hölle fahren. Er sagt, er sei derjenige, der mich dorthin schickt. Es ist seltsam, wirklich. Es hat sich im Laufe der Zeit verändert. Zuerst ging es um die Figuren. Er dachte, eine meiner Figuren sollte mit jemand anderem zusammen sein. Es war ziemlich typischer Fanscheiß. Er sagte, er wäre hinter mir her, wenn ich Melissa und Dan nicht zusammenbrachte. Er behauptet, dass sie zusammen sein sollten, aber ich hatte nie vor, dass die beiden zusammenkommen. Dan ist sehr unreif.“

Sie wurde lebhaft, während sie über ihre Arbeit sprach. Er dachte darüber nach, wie bezaubernd es war, doch sie kamen vom Thema ab. Adam musste sie wieder auf Linie bringen. „Sie sagten, er hat sich verändert?“

19

Ihre Augen weiteten sich, als müsste sie sich aus ihren eigenen Gedanken herausziehen. „Oh, ja. Hmm, das Online-Stalking blieb das gleiche, aber dann begannen die Anrufe und die E-Mails. Bei diesen ging es darum, wie böse ich bin. Es ist sonderbar. Ich verstehe nicht, wie diese Person mit meinen Büchern verbunden sein kann, wenn sie offenbar denkt, sie seien pornographisch."

Adam seufzte. „Er ist offensichtlich nicht ganz richtig im Kopf. Unsere ansässige Profilerin könnte es besser erklären. Er ist verrückt. Das ist alles, was ich verstehe." Adam stand von seinem Stuhl auf und wollte nicht länger sitzen. Er ging um seinen Schreibtisch herum, sank auf ein Knie und schob seine Hand über ihre. Er konnte praktisch spüren, wie sie sich entspannte. „Es wird alles gut werden. Lassen Sie mich das untersuchen."

Da war das leise Geräusch von jemandem, der sich räusperte. Adam blickte auf und Jake stand in der Türöffnung, ein Stirnrunzeln auf dem Gesicht. *Fuck*. Er würde nicht mögen, was Adam gerade gesagt hatte.

„Ms. Brooks, was Adam zu sagen versucht, ist, dass wir den Fall der Gruppe präsentieren werden. Wir haben nicht die Befugnis den Fall zu übernehmen. Er muss einer kritischen Betrachtung unterzogen werden." Jake starrte sie an, eine sich verbietende Präsenz.

Adam fragte sich, was zum Teufel ihn zu einem solchen Gesichtsausdruck veranlasste.

Serena zog ihre Hand und sich selbst so erfolgreich zurück, als befände sie sich plötzlich am anderen Ende des Raumes. Ihr Gesicht war ausdruckslos und höflich. „Sicher. Ich weiß es zu schätzen, dass Sie mir zugehört haben. Ich nehme an, Sie haben die Polizeiberichte?"

Jake nickte, doch es lag eine Gleichgültigkeit in seiner Haltung, die Adam nicht gefiel. „Das tu' ich. Ich denke, wir haben alles, was wir brauchen. Wir melden uns bei Ihnen."

Sie stand auf und achtete darauf, Adam nicht zu berühren. „Ich bin sicher, das werden Sie."

Sie zeigte sich unterlegen, was sich in der Schieflage ihrer Schultern ausdrückte, als ob sie sicher wäre, dass alles, was Jake gesagt hatte, reines Lippenbekenntnis blieb.

„Wir werden uns sehr bald melden, Serena." Adam hielt sich kaum zurück zu ihr vorzudringen. „Ich verspreche es. Ich werd' Sie heut Abend anrufen."

„Sicher." Sie drehte sich um, vermied aber Augenkontakt. „Danke Ihnen für Ihre Zeit."

Sie verließ den Raum, ohne zurückzuschauen. Die Tür schloss sich mit einem leisen Klicken.

„Was zum Teufel sollte das denn?" Adam wandte sich gegen seinen Partner.

Jakes Gesicht schien verschlossen. „Es geht darum, das Pferd hier nicht viel zu früh vor den Wagen zu spannen. Ich hab' gerad' mit Brighton gesprochen. Jeder im Police Department in Dallas denkt, dass es sich um einen Ehekrach handelt. Ihr Ex-Mann beschloss kürzlich, sie auf einen Teil ihres Einkommens zu verklagen. Das könnte ihrem Fall wirklich helfen."

„Sie hat uns gesagt, dass er es nicht sein kann." Adam konnte bereits sehen, wie sich Jakes Kopf drehte. Jake war zuvor schon einmal verletzt worden – auf fundamentaler Ebene. Die Narben in Jakes Seele saßen tief, und niemand war bisher in der Lage gewesen wirksam auf sie einzugehen.

„Und doch gab sie den Polizisten Hinweise, die sie direkt zur Tür ihres Ex führten. Das ist eine wütende Frau, Adam. Ich verstehe, dass sie schön ist, aber wir müssen uns damit befassen, bevor wir involviert werden. Ich kann bereits sehen, dass du viel zu tief drinsteckst. Selbst wenn wir uns entscheiden ihren Fall zu übernehmen, denke ich, wäre es das Beste, wenn wir ihn an Liam oder Alex oder jemanden weitergeben, der nicht emotional wird."

Vielleicht hatte er Jake falsch gelesen. In den letzten zehn Jahren hatte er alles mit Jacob Dean geteilt, auch die Frauen. Jake war der Bruder, den er sich wünschte gehabt zu haben, und der Freund, ohne den er sich nicht vorstellen konnte zu leben. Er konnte nicht glauben, dass sich Jake nicht zu der Frau hingezogen fühlte, die gerade aus der Tür gegangen war.

„Ich will diese Berichte sehen. Und selbst dann glaube ich nicht, dass ich sie abweisen kann. Sie hatte Angst. Wenn du das nicht sehen kannst, dann hast du sie dir nicht angesehen und du bist nicht der, für den ich dich gehalten hab'."

Jake schüttelte den Kopf. „Sieh dir das an. Sie verursacht bereits Probleme. Ich wusste, dass diese Frau Ärger bedeutet, als Grace sie in den Raum brachte. Ich wusste, dass du so reagierst. Und genau deshalb werden wir diesen Fall nicht übernehmen. Ich hab' die Akte bei Grace gelassen. Du kannst sie einsehen. Morgen früh präsentieren wir ihn der Gruppe."

Adam fühlte, wie er die Fäuste ballte. „Und wenn dieses Arschloch sie vorher tötet?"

„Du weißt, dass die Wahrscheinlichkeit, dass das passiert, gleich null ist." Jake lehnte sich an. „Buddy, du musst lernen dich zu schützen."

„Und du musst lernen, dass nicht jede Frau wie Jennifer ist." So. Er hatte ihn ausgesprochen. Der Name fiel wie Gestein zwischen sie. Adam konnte den Temperaturabfall im Raum quasi spüren.

Jake machte auf dem Absatz kehrt. „Ich mach' jetzt los. Ich geh' heut Abend in den Club. Kommst du mit mir?"

Er wartete nicht auf eine Antwort, sondern ließ Adam einfach stehen und fragte sich, ob Jennifer Kelly sie für immer verfolgte.

Kapitel Zwei

Serena zwang sich nicht aus dem Büro zu rennen. Tränen verschwammen ihren Blick, als sie an der schwangeren Empfangsdame vorbeieilte. Die Frau war sehr freundlich gewesen. Grace Taggart hatte etwas an sich, derentwegen sich Serena ihr gern anvertraut hätte.

Leider war Grace keine Ermittlerin und die Männer der Firma wollten nichts mit ihrem Fall zu tun haben. Vielleicht musste sie eine Privatdetektivin finden. Sie würde sich wohler fühlen. Und sie machte sich vermutlich nicht zur Idiotin, einer Detektivin hinterher zu sabbern.

Sie hätte nie kommen sollen. Es war eine dumme Idee.

„Was ist passiert? Wir haben erwartet, dass du 'was länger brauchst." Chris stand in der Mitte des elegant dekorierten Flurs mit einer Tasse Kaffee in der Hand.

„Das waren Arschlöcher, nicht wahr?", fragte Bridget. Sie trank ein Diät-Soda. Sie war fast nie ohne Diät-Soda. Sie zeigte mit dem Finger auf Chris. „Ich habe es dir gesagt. Niemand nimmt diesen Scheiß ernst. Ich kaufe eine Waffe."

Chris' hellblaue Augen weiteten sich. „Oh, nein, das tust du nicht, Süße. Ein einziger hormonell-geleiteter Tag und das Leben aller, die dich verärgert haben, wäre vorbei. Als Person, die dich regelmäßig verärgert, beanspruche ich das Recht auf Leben."

Serena ignorierte das Necken ihrer besten Freunde und schritt zum Aufzug. Sie drückte den Knopf und betete, dass er bald käme und sie das Ganze hinter sich lassen konnte.

Sie machte sich keine Illusionen, dass sie ihren Fall tatsächlich übernehmen würden. Sie hatte es in Jake Deans dunklen Augen gesehen. Er glaubte ihr genauso wenig wie die Polizei. Die Polizei hatte sie sogar gefragt, ob sie das alles als Werbegag erfunden hatte. Wenigstens waren die Ermittler von McKay-Taggart höflicher.

Sie hätte es der verdammten Presse mitteilen müssen, damit dieser Trick funktioniert. Sie hatte ihr Bestes getan, um Ruhe zu bewahren. Und außerdem war sie nicht bekannt genug, um in die Nachrichten zu kommen. Angesichts der Natur ihrer Arbeit würde ihr wahrscheinlich jeder unterstellen, dass sie darum nur gebeten hatte.

Es war brutal unfair, aber sie wurde abgeurteilt und verurteilt, während niemand auch nur gelesen hatte, was sie schrieb. Sie warfen einen Blick auf die Buchdeckel und bezeichneten ihre Arbeit als Schweinkram. Sie hatte es immer wieder erlebt.

„Schatz, es tut mir leid." Chris legte seinen Arm um ihre Schulter. Er lehnte sich rüber und küsste sie auf die Stirn.

Ihr schwuler Mann hatte sich als so viel liebevoller und herzlicher erwiesen als ihr wirklicher Mann. Sie schmiegte sich in seinen Arm, dankbar für seine Kraft.

„Ich will wissen, was da drin passiert ist. Muss ich mit jemandem reden?", fragte Bridget.

Bridget war wie eine Schwester, die sie nie hatte. Bridget war stets die Plage fauler Verkäufer, hochnäsiger Kellner und schlechter Fahrer, Bridget war immer die Erste, die irgendwem in seinen kleinen Hintern trat.

Serena bezweifelte, dass Bridget mit Jake Dean umgehen konnte. Adam Miles war eine andere Geschichte.

„Nein. Es hat einfach nicht geklappt. Es ist keine große Sache." Sie wischte sich eine verirrte Träne weg, als sich der Aufzug öffnete. „Nichts davon ist eine große Sache."

Das konnte nicht sein. Jemand hatte sich einen schlechten Witz ausgedacht, und wenn sie sich weigerte zu antworten, gäbe er auf. Es war nichts Physisches passiert. Sie wäre in Ordnung.

Chris folgte ihr in den Aufzug, ein Stirnrunzeln auf seinem schönen Gesicht. Chris Roberts war einen Meter neunundachtzig groß und hatte eine Krone aus blondem Haar sowie ein engelsgleiches Gesicht. Es war ein Verbrechen für Frauen allerorts, dass er Männer bevorzugte. „Es ist nicht nichts. Ich werd' bei dir einziehen."

Das musste sie um jeden Preis vermeiden. „Nein, wirst du nicht. Du bist ja gerad' bei Jeremy eingezogen. Du kannst ihn nicht allein lassen. Du bist glücklich. Und sag jetzt nicht weiter, dass du vorbeikommst. Dein Freund hasst mich bereits über alle Maße, Bridge."

„Doch nur, weil er ein Arschloch ist." Bridgets hübsches Gesicht verzog sich zu einem schmerzhaften Gesichtsausdruck. „Ich weiß nicht, warum ich noch bei ihm bin."

Weil sie schon so lange mit ihm zusammen war, war sie sich nicht sicher, wie sie nicht mit ihm zusammen sein konnte. Serena kannte das Gefühl. Sie war in jeder erdenklichen Weise über ihren Ex hinweg und doch wachte sie nachts immer noch auf und fühlte sich allein. Es half nicht, dass Bridget beobachtet hatte, wie erstaunlich Serenas Dating-Leben war. Nicht vorhanden. Nichts. Eine große fette Null. Sie hatte keine Zeit auch nur ans Dating zu denken. Sie hatte nur ihre Arbeit.

Die Tür zum Aufzug öffnete sich und sie ging hinaus, zwang ihre Füße sich zu bewegen. Sie ließ sich von ihren Freunden zu Bridgets Nissan führen und schnallte ihren Sicherheitsgurt an wie ein Zombie. Sie begannen sich zu unterhalten, aber sie fühlte sich weit weg.

Sie hatte Doyle schon lange nicht mehr geliebt. Sie hasste ihn jetzt irgendwie erbittert. Ihre Ehe lag eine Ewigkeit zurück, und doch war es dem Mann möglich ihr das Gefühl zu geben nichts zu sein.

Ebenso wie Jake Dean. Schon als sie das erste Mal sein Büro betreten hatte, spürte sie eine sofortige Verbindung zu dem Mann. Seine Augen waren warm und sie hatte ihn sofort von Kopf bis Fuß gemustert. Das tat sie oft. Sie hatte den großen, starken Jake gesehen und sofort damit begonnen, eine Figur um ihn herum aufzubauen. Doch dann hatte er sie zu Adam geschoben und ihr Hirn drohte zu überlasten.

Zwei wunderschöne Männer. Partner. Jake wäre das tödliche Raubtier und Adam der zarte Krieger. Sie funktionierten als Team, als Hälften eines Ganzen. Sie brauchten nur die richtige Heldin, um sie beide zum Leben zu erwecken.

Ja, das mochte passieren.

Du bist krank, Serena. Du bist pervers. Es ist einfach falsch, was du geschrieben hast. Es ist falsch, dass du dir einen Mann wünschst, der dich fesselt und versohlt, aber nein, Serena Brooks denkt gleich an zwei. Ich hätte dich nie geheiratet, wenn ich gewusst hätte, wie verdorben du bist. Kein kluger Mann wird eine Frau wie dich wollen.

Sie konnte noch immer die Worte ihres Mannes hören, als er sechs Jahre Ehe in die Luft gejagt hatte. Sie hatte den schrecklichen Fehler gemacht ihm eine ihrer Geschichten zu zeigen. Sie hatte bis dahin heimlich geschrieben. Aber er lehnte sie völlig ab, nachdem er eines ihrer Bücher gelesen hatte. Sie hatte ihn unterstützt, als er versuchte zu schreiben, doch er verließ sie, weil ihre Arbeit nicht intellektuell war. Weil ihre Arbeit peinlich war.

Gewiss, sobald er herausgefunden hatte, wie viel Geld sie verdiente, hatte das Arschloch seine Meinung geändert.

Ihr Handy klingelte. Sie blickte hinab. Ihre Agentin. Sie schloss die Augen. Sie wollte nicht wirklich mit Lara reden, aber sie war es ihr schuldig. „Hallo.“

Laras Stimme schoss durch die Leitung mit der Kraft einer Kugel. Mehrerer Kugeln. Lara sprach in Schnellfeuer-Manier und löcherte sie mit Fragen. „Bist du draußen? Ist alles erledigt? Wie fühlst du dich jetzt? Also, wen hat Ian dir zugewiesen? Ich weiß, dass er ihn nicht selbst annehmen kann, aber ich erwarte jemanden, der gut ist.“

Lara war diejenige, die sie zu McKay-Taggart geschickt hatte. Sie würde nicht erfreut sein, dass Serena abgelehnt wurde. Serena ignorierte die ersten Fragen. Lara wäre nur wirklich an der Antwort auf ihre letzte Frage interessiert. „Tut mir leid. Ich glaube nicht, dass sie den Fall übernehmen.“

Sie schwieg für einen Moment. Lara Anderson war recht spitzzüngig. Es funktionierte für sie als Agentin. Manchmal jagte es Serena eine Scheißangst ein.

„Ich kümmer' mich darum.“ Das Telefon wurde aufgehängt.

„Ist die Über-Schlampe an dem Fall dran? Verdammt noch mal! Was machst du auf der Überholspur, du Idiot? Im Ernst? Mach

26

das mit über 30 verfickten Kilometern pro Stunde!" Die Hupe dröhnte und das kleine Fahrzeug vor ihnen bewegte sich gehorsam auf die rechte Spur. Bridget war genau die Definition aggressiven Fahrverhaltens.

„Sie wird es versuchen, aber ich glaub' nicht, dass sie es bei diesen Typen leicht hat. Und ehrlich gesagt, glaube ich nicht, dass ich sie an den Fall lassen will. Wenn Lara sie zwingt ihn anzunehmen, wird es ihnen nicht ernst sein." Und sie würden sie den Arsch kosten lassen. Ein angepisster Beschützer war wohl nicht der beste Beschützer.

Doch als sie Adam Miles zum ersten Mal traf, hatte sie gefühlt, dass er sie mochte. Er hatte gelächelt und war freundlich. Da waren echte Bedenken in seinem Gesicht zu lesen. Sie hatte sich bei ihm sicher gefühlt. Das bedeutete jedoch nichts, da Jake Dean vermutlich verdammt gewillt war sie an die Seite zu drängen.

Aber die Wahrheit war, dass sie keiner von ihnen akzeptierte, wenn sie ihr Werk lasen. Das wäre ihr Untergang. Jake hatte wahrscheinlich ihr Pseudonym überprüft. Deshalb hatte er sie abgelehnt.

„Schätzchen, wir sind zu Hause. Lass uns reingehen." Chris stieg aus dem Auto aus. Er öffnete die Hintertür und streckte ihr seine Hand entgegen. Bridget lief ums Auto herum und stand neben ihm.

Serena war in ihre Arme gehüllt, als sie aus dem Auto stieg. Tränen stachen ihr in die Augen. Egal, was ihre Ex sagte, sie wurde geliebt. Auch wenn sie nur diese beiden Menschen an ihrer Seite hatte, war sie über alle Maße gesegnet.

Serena legte ihre Arme um sie. Was auch immer passiert ist, es ginge ihr gut.

„Okay, ihr Süßen", sagte Chris und richtete die Schultern auf. „Lasst uns loslegen."

Sie schniefte ein wenig. Es schien falsch, dass sie jetzt Sicherheitsanweisungen hatte, um in ihr eigenes Haus zu spazieren. Es schien zu viel des Guten zu sein, doch Chris und Bridget bestanden darauf. Und es ließ sie sich wirklich besser fühlen.

Ihre beiden neuesten Anschaffungen drehten sich um ihre Sicherheit. Der Alarm ging los, als sie ihr Haus betrat. Und ihr Hund hechelte und wedelte mit seinem massiven Schwanz.

„Hey, du, Mojo!" Sie schaltete den Alarm aus und beugte sich auf ein Knie, der große Köter leckte jeden Zentimeter ihres Gesichts.

„Ja, Mojo ist ein richtiger Wachhund. Wirst du den Stalker zu Tode lieben? Ja, das wirst du. Du wirst ihn mit Trockensex fertigmachen, wenn du sein Bein reibst!" Bridget strich mit der Hand entlang seines Rückens. „Hättest du keinen Pitbull kaufen können?"

Sie legte ihre Arme um Mojos Hals. „Ich ging ja hin, um einen Mörderhund zu finden, aber sie wollten ihn einschläfern. Er ist so süß. Ich musste ihn retten. Und er sollte groß genug sein, dass es sich die Leute zweimal überlegen."

Chris stand da und sah sie an, er schüttelte den Kopf. Er hatte einen Baseballschläger in der Hand. Er hatte ihn gleich nach der ersten Morddrohung gekauft und ihn direkt an ihrer Haustür platziert. „Ihr zwei bleibt hier, bis ich zurückkomme."

Er ging weg und führte seine übliche umfängliche Razzia durch. Sie war ein paar Mal mit ihm gegangen, seitdem er sich für diese spezielle Vorkehrung entschieden hatte. Er lief durch jeden Raum, überprüfte ihre Schränke und schaute sogar unter die Betten.

Bridget ging zu ihrem Anrufbeantworter. Sie runzelte die Stirn, als sie das blinkende Licht sah. „Um was wetten wir?"

„Ich wette nicht. Wir wissen beide, wer es ist. Ich muss meine Nummer ändern." Serena füllte Mojos Schale mit seinem Lieblingstrockenfutter.

Bridget drückte den Knopf und Doyles Stimme drang durch die Leitung. Kühl und forsch, mit jedem Zentimeter der anmaßende Professor, sogar auf dem Anrufbeantworter klang es so.

„Gut, Serena. Ich habe gerade dein letztes kleines Formular erhalten. Mein Anwalt prüft es gerade. Ich denke, dass dir das niemand, der auch nur einen Funken Verstand besitzt, abkaufen wird. Du hast diesen Schweinkram geschrieben, als ich dich mit einem legitimen, respektablen Job unterstützt habe. Du hast diesen Dreck auf meine Kosten geschrieben. Ich will die Hälfte. Ich verschwinde nicht eher, bis du mich endlich auszahlst. Hast du verstanden?" Dann ein wütendes Klicken.

Bridgets Gesicht war hellrot. „Ich werd' ihm seine Eier mit einer richtig beschissenen Schere abschneiden. Ich möchte, dass er jeden einzelnen Moment des Schmerzes spürt. Wenn ich seine Eier

28

abgeschnitten hab', werd' ich mit meinen besten Schuhen darauf rumtrampeln und sie dann an meine Katze verfüttern. Moment mal. Ich füttere meine Katze nicht mit etwas Fettigem, Aufgeblasenem. Sie ist auf strenger Diät. Ich werd' sie an den kleinen Kläffer von nebenan verfüttern. Das Ding könnte das Cholesterin vertragen. Auf diese Weise schlag' ich zwei widerwärtige Fliegen mit einer Klappe."

„Doyle?", fragte Chris, ein düsterer Ausdruck auf seinem Gesicht.

Serena nickte. „Ich glaub', er hat gerad' herausgefunden, dass ich ihm keinen Scheck ausstellen werde."

Bridget schüttelte den Kopf. „Das solltest du auch nicht. Er hat nichts getan, um dir zu helfen. Er hat sich von dir wegen dieser Bücher scheiden lassen. Er kann jetzt nicht zurückkommen und erwarten die Hälfte des Geldes zu bekommen. Die Scheidung ist rechtskräftig."

Doch nach Angaben ihres Anwalts hatte Doyle das Recht die Klage einzureichen. Er schien zu denken, dass er das Gesetz ändern könnte. Er würde nicht gewinnen, aber er könnte ihr das Leben schwermachen. Ihr Anwalt dachte, sie wollten eine schnelle Einigung, damit sie verschwänden, doch Serena würde diesem Mann keinen Cent geben. Sie würde vor Gericht gehen und zusehen, wie der Richter seinen Fall abwies.

Das alles machte sie saumüde.

Sie umarmte ihre Freunde und verabschiedete sich und versprach anzurufen, wenn sie etwas brauchte. Sie stellte den Alarm in dem Moment an, als sich die Tür verriegelte, und schloss sich für den Rest des Tages ein. Es war erst Nachmittag, aber sie würde hierbleiben, eingesperrt.

Die Bullen sagten, der Stalker habe ihr noch nichts getan. Sie verstanden nicht, dass dieser Mann bereits ihr Leben beeinträchtigt hatte. Sie war isoliert, völlig allein und wehrlos.

Ihr Handy trillerte. Noch eine Nachricht. Wahrscheinlich mehr Drohungen von Doyle.

Sie sah sich den Text an.

Du kannst einen Menschen nicht quälen und von Gott erwarten, dass er dir vergibt.

Sie sank auf die Knie. Er hatte ihre Privatnummer. Sie wischte sich die Tränen weg und rief die Polizei an. Sie sagten ihr das Gleiche. Er hatte sie nicht ausdrücklich bedroht. Er war nicht bei ihr zu Hause aufgetaucht. Er benutzte Einweg-, nicht ortbare Handys.

Es gab nichts, was sie tun konnten, außer einen Bericht zu erstellen.

Aber bei Gott, sie wollte ihren Bericht haben. Jake Dean und Adam Miles mochten sich vielleicht dagegen entscheiden ihren Fall anzunehmen, doch sie fände jemanden, der es tat. Sie würde nicht aufhören. Sie würde sich diesem Arschloch nicht fügen. Sie würde nicht zulassen, dass er ihr das Leben nahm. Sie würde nicht aufhören zu schreiben, nur weil sie Angst hatte. Sie würde ihm nicht den kleinen Finger reichen.

Sie würde kämpfen. Allein, wenn sie musste.

Kapitel Drei

Jacob Dean beobachtete, wie eine hübsche Blondine ihm schöne Augen machte. Sie trug sehr wenig Kleidung, aber das lag in der Natur des Clubs Sanctum. Niemand trug viel. Er trug seine geschnürte Lederhose und ein Paar Stiefel. Die Blondine – er glaubte, ihr Name war Kallie – trug ein Lederbustier, einen Tanga und keine Schuhe. Die nackten Füße markierten sie als unterwürfig. Das Tablett in der Hand als dort Arbeitende.

Doch das hielt einen guten Dom nicht auf. Wenn er wollte, konnte er mit ihr spielen. Sie hatte eine schöne Figur, sehr modisch. Sie war schlank mit zierlichen Brüsten und schlanken Hüften. Ihr Make-up war perfekt und nicht eine Strähne ihres platinblonden Haars lag am falschen Platz.

Also warum dachte er an eine chaotische Brünette?

Er schüttelte leicht den Kopf, um Kallie wissen zu lassen, dass er kein Interesse hatte. Sie zuckte mit den Achseln und zog weiter.

Er wusste, warum er an Serena Brooks dachte. Weil sie viel weicher war als Kallie. Sie war ein bezauberndes Chaos, mit großen grünen lieb-mich-nimm-mich-beschütz-mich-Augen. Er hatte einen einzigen Blick auf Serena geworfen und wollte sie in seine Arme nehmen und fühlen, wie sie an ihm weich wird. Er wollte sie zwischen sich und Adam bringen und nicht eher aufhören, bis einer von ihnen in ihrer Muschi und der andere in ihrem Hintern begraben war.

Und er vertraute diesem Gefühl nicht.

„Was ist Adam in den Arsch gekrochen und eines schrecklichen Todes gestorben?" Liams musikalischer Akzent brachte

Jake aus seinen Gedanken heraus.

„Er ist sauer auf mich." Das war eine Untertreibung. Adam hatte den ganzen Nachmittag nicht mit ihm gesprochen. Adam hatte ihn aus seinem Büro geschoben und die Tür verschlossen. Adam war das erwachsener Mensch-Äquivalent eines Wutanfalls.

„Ja, ich verstehe das. Ich fragte, wo du bist, und er biss mir fast den Kopf ab. Er ist immer noch im Büro. Was ist los? Er arbeitet nie lange."

Liam hatte Recht. Wie Adam an einem Fall arbeitete, war großartig, doch zwischendurch spielte der Mann gern. Das war das Problem. Adam arbeitete bereits an einem Fall. Es spielte keine Rolle, dass die Gruppe den Fall noch nicht übernommen hatte. Es war nur wichtig, dass sich Adam bereits engagierte.

Verdammt.

Adam fiel zu hart und zu schnell. Egal mit wie vielen Frauen sie versucht hatten sich zu verbinden und gescheitert waren, Adam versuchte noch immer „die Eine" zu finden. Nach dem Grace-Debakel sechs Monate zuvor war Jake glücklich gewesen, dass sich Adam eine Auszeit von seiner Suche genommen hatte. Doch in dem Moment, als er Serena sah, hatte er gewusst, dass Adams Auszeit von seiner Liebessuche beendet war.

Tatsächlich hatte er Recht. In dem Moment, als Jake in den Raum gekommen war und sah, wie Adam Serena anschaute, hatte sich sein Magen zusammengezogen.

Konnte Adam nicht sehen, dass es die eine perfekte Frau für sie beide nicht gab? Frauen spielten Ménage, aber es gab keine Frau auf der Welt, die den Lifestyle führte, den sie wollten. Sie hatten versucht mit ein paar Frauen zusammenzuleben, sie verließen sie immer.

Oder sie wurden völlig verraten. Wie von Jennifer. Sie hatte ihre Karriere beim Militär ruiniert, nur um selbst befördert zu werden. Und sie hatte gelacht, als sie es tat. Er hatte sie gefragt, ob sie ihn heiratete, und sie hatte ihm gesagt, dass er ein Freak sei. Niemand würde ihn wollen, hatte sie gesagt, weil er nur ein halber Mann sei.

Niemand würde jemals verstehen, wie sehr er Adam brauchte. Und in letzter Zeit dachte er darüber nach, dass es an der Zeit war diesen Traum loszulassen. Vielleicht war es besser ein halber Mann zu sein und eine Frau zu haben, anstatt sich komplett zu fühlen, während fast die ganze Gesellschaft davon überzeugt war, dass sie im Irrtum sind. Und dann kam Serena durch die Tür und er hatte sofort gewusst, dass sein Herz drohte erneut in Stücke gerissen zu werden. Er hatte geschafft sich aus der Sache mit Grace herauszuhalten. Er hatte gewusst, dass sie Sean Taggart liebte, aber Serena war eine andere Geschichte.

Eve St. James ging in den Barbereich, ein frustrierter Blick auf ihrem Gesicht. Sie trug ihre Aktentasche in der Hand. Sie war noch immer im schicken Business-Outfit gekleidet, ihre Haare perfekt. „Weiß jemand, worum es hier geht?"

„Was?" Jake fragte sich, warum sich die Hälfte seines Teams hier befand, doch niemand zum Spielen gekleidet war.

„Du hast dein Handy nicht gecheckt?", fragte Eve.

Das hatte er nicht. Er war mit dem Plan in den Club gekommen, auf jeden Fall eine Sub zu finden und die Nacht zu genießen – mit oder ohne Adam. Aber er kriegte Serena nicht aus dem Kopf. Und er konnte nicht aufhören an ihren Fall zu denken.

Die Bullen lagen falsch. Das spürte er tief in seinem Inneren. Die flüchtigen Informationen sollten ihn glauben lassen, dass es sich um einen Idioten handelte, der sich gern mächtig fühlte. Er hatte nichts getan, außer sie auf einer Webseite eines sozialen Netzwerks zu belästigen und ihr E-Mails zu schicken. Doch er täte es.

Er wäre es leid ignoriert zu werden und er schlüge um sich.

Jake drehte sich der Magen um, es stieß ihm sauer auf. Es war ihm nicht möglich sie abzuweisen.

Adam kam in die Bar. Er hatte seine Krawatte abgelegt, doch seine Lederhose hatte er nicht angezogen. Alex war direkt hinter ihm und trug seine Aktentasche. Die ganze Bande hatte sich hier versammelt, wie es schien.

„Hat jeder die kurze Nachricht von Ian erhalten?", fragte Liam.

Jake fand sein Handy und sah die Nachricht. Es war einfach. Ian Taggart, sein Chef, hatte ihm geschrieben, er solle um 20 Uhr im Sanctum sein.

Was zum Teufel war hier los?

„Weißt du 'was darüber?", fragte Jake und sah zu Adam.

33

„Warst du bei Ian wegen Serena?"

Adam spannte den Kiefer an, ein sicheres Zeichen, dass er gereizt war. „Nein. Ich würd' nichts hinter deinem Rücken tun. Ich hab' an der Präsentation ihres Falles gearbeitet. Grace hat es auf die Agenda des Meetings morgen früh gesetzt. Dann werd' ich alle überzeugen. Ich werd' sogar dich überzeugen."

Jake zog ihn zur Seite, als alle miteinander zu reden anfingen. „Du musst mich nicht überzeugen. Ich bin dafür, dass wir den Fall übernehmen."

Adams ganzer Körper sackte in sichtbarer Erleichterung zusammen. „Gott sei Dank. Sie ist in Schwierigkeiten. Ich kann es fühlen. Was hat Brighton gesagt? Hat er dich überzeugt?"

Brighton war etwas abweisend gewesen. „Nein. Die Polizei ist sicher, dass dies ein Trick ist, um Aufmerksamkeit zu erregen. Selbst wenn sie ihr glaubten, könnten sie nicht viel tun."

„Warum sollte sie sich das ausdenken?"

Es war eine Frage, die ihn auch gestört hatte. „Publicity. Obwohl, wenn sie Werbung wollte, verstehe ich nicht, warum sie es so geheim hielt. Und dann ist da noch die Tatsache, dass all das begann, als ihr Ex-Mann anfing es auf ihr Einkommen abzusehen. Brighton sagt, Serena sei sehr intelligent und unglaublich kreativ. Anscheinend hat sie ein Buch geschrieben, in dem so etwas Ähnliches passiert ist. Bis hin zum Stalker der Autorin, der sich als eine ihrer Figuren ausgibt."

Adam verzog das Gesicht. „Ich kann mir einfach nicht vorstellen, dass sie sowas tut."

Jakes Instinkte sagten ihm, dass sie unschuldig war, doch er hatte sich schon einmal geirrt. „Ich denke, der beste Weg das herauszufinden, ist, ihr nahe zu kommen, aber Adam, ich denke, jemand anderes sollte es tun."

„Nein." Adam schüttelte den Kopf. „Wir sind die Besten darin, volle Deckung zu geben. Und dieser Typ bedient sich eines Computers. Niemand ist besser im Bereich Kommunikation als ich. Wir müssen es tun."

Er war in eine Ecke gedrängt worden und Jake mochte das Gefühl nicht. „Sag mir, dass du deine Hände von ihr lassen wirst."

Adam machte ein was Jake gern sein „Was, ich? Ich würde so

etwas nie tun"-Gesicht nannte. Adam machte normalerweise so ein Gesicht, kurz bevor er etwas Dummes tat. „Ich weiß, dass sie die Kundin ist. Fühle ich mich zu ihr hingezogen? Ja. Doch ich bin mehr um ihre Sicherheit besorgt als darum, sie ins Bett zu kriegen. Komm schon, Mann. Wir haben hunderte Firmenfälle bearbeitet. Das ist eine Frau, die uns braucht. Das ist eine echte Person in echter Gefahr."

„Gut. Wir werden morgen früh mit Ian darüber reden."

„Du wirst jetzt sofort mit Ian reden." Ian Taggart schritt in den Raum, ein heftiges Stirnrunzeln auf seinem Gesicht. Der Chef war ein ein Meter achtundneunzig reines Alpha-Männchen. Obwohl sie die Armee vor langer Zeit hinter sich gelassen hatten, stand Jake aufrechter, wenn Ian Taggart Jake anbellte. Manchmal vermisste er die Armee. „Alle sofort in den Konferenzraum."

„Es gibt einen Konferenzraum?", fragte Adam.

Jake musste zugeben, dass es ein seltsamer Ort für ein Geschäftstreffen war. Er konnte Szenen aus dem Kerker hören. Stöhnen und das Knallen einer Peitsche schwebten in der Bar.

Ian schritt direkt an ihnen vorbei und blickte nicht zurück. Der Chef war sauer.

Alex, Ians unendlich – Jakes Ansicht zufolge – vernünftigere Partner, schüttelte den Kopf. „Ihr beide seid in ernsten Schwierigkeiten."

Gott sei Dank wusste irgendjemand irgendetwas. „Was zum Teufel haben wir getan?"

Alex seufzte und schüttelte den Kopf. „Ihr habt jemand wichtigen verärgert. Lara Anderson ist eine persönliche Freundin von Ian. Sie hat dir heute eine Kundin geschickt, eine Frau namens Serena Brooks, und die Kundin lief tränenüberströmt nach Hause. Laras Bruder hat in Ians Einheit gedient. Er rettete Ian das Leben und starb dabei. Er hat das Gefühl, er schulde ihr was. Sie hat noch nie um etwas gebeten. Sie bat ihn, einen verfickten Fall für sie zu erledigen – eine ihrer Autorinnen zu beschützen –, und ihr zwei schickt sie weg."

Fick die Henne. Ja, er war in Schwierigkeiten, aber es gab ein paar Probleme mit Alex' Anschuldigungen. „Ich hab' sie nicht weggeschickt. Ich kann keinen Fall allein annehmen. Er muss vor die Gruppe gehen. Warum hat Ian uns nichts davon erzählt?"

„Er dachte, dass sie nicht vor morgen reinkäme. Er ist

abgelenkt. Er hat etwas über Mr. Black rausgefunden und es hat sich nicht bezahlt gemacht."

Ian Taggart war versessen einen Mann zu Fall zu bringen. Eli Nelson, auch bekannt als Mr. Black, war ein abtrünniger CIA-Agent, der Grace Taggart vor einigen Monaten fast getötet hatte. Ian hatte Rache geschworen. Jake glaubte, dass Ian nur hinter dem Mann her sei, weil er nicht wollte, dass sein Bruder hinter ihm her war. Sean Taggart war aus dem Geschäft ausgestiegen. Jake war sich ziemlich sicher, dass Ian darüber glücklich war. Worüber er nicht glücklich war, war die Tatsache, dass Sean nicht mehr mit ihm sprach. Es war sichtbar, dass ihre kleine Fehde andauerte, als sich Sean an seinem Bruder vorbeiwand. Er war mit seiner Frau Grace da, die stoppte und mit Ian sprach, doch Sean schien das nicht zu wollen.

Sean streckte eine Hand aus. „Also, Großer Bruder hat es endlich geschafft. Er hat sein ganzes Unternehmen in den Kerker verlegt. Nun, ich kann nicht sagen, dass es überrascht. Er hat sich hier immer wohler gefühlt. Ich wünschte nur, er würde sich daran erinnern, dass seine Schwägerin schwanger ist und ihre Ruhe gebrauchen kann."

Grace trat hinzu und schlug spielerisch auf ihren Mann ein. „Leg mir keine Worte in den Mund. Ich bin froh hier zu sein."

Seans Augen wurden hart. „Hast du vergessen, wo wir sind, Kleines?"

Graces Augen blickten unterwürfig auf den Boden. „Es tut mir leid, mein Gebieter. Ich würde auf die Knie gehen, aber vielleicht stehe ich nie wieder auf."

„Vergeben, meine Liebe." Er versank eine Hand in ihrem Haar und führte seine andere an die Wölbung ihres Bauches. Er wagte sich vor, ihre Verbindung spürbar. „Du weißt, warum wir nicht hier waren. Ich mache mir Sorgen um das Baby und dich. Ich werde mit Freunden reden, während du mit meinem Bruder beschäftigt bist. Und vielleicht können wir in den Kerker gehen, wenn du rauskommst."

Graces Gesicht leuchtete auf. „Danke, mein Gebieter."

Sean nahm ihre Hand in seine. Es war offensichtlich, dass er nirgendwo hingehen würde, bis er es unbedingt musste. Jake fragte sich, wie es sich wohl anfühlte mit einer Frau so verbunden zu sein. Grace trug Seans Ring, und eine zarte goldene Kette um ihren Hals kennzeichnete sie als seine Sub. Wie wäre es, wenn eine Frau ihm so vertraute, wie Grace Sean vertraute?

Er musste alt geworden sein. Er versuchte, sein Hirn wieder in den Arbeitsmodus zu bringen, da er heute Abend offenbar nicht spielte. Jake wandte sich an Grace.

„Wer ist diese Serena-Person?", fragte Jake. Er wollte diesen Raum nicht betreten, ohne ein oder zwei Dinge zu wissen. Grace war diejenige, die sie in sein Büro gebracht hatte, mit dem unheiligen Glanz einer Kupplerin in ihren Augen.

Grace zuckte mit den Schultern. „Ich weiß nicht. Ian hat mir heut' Nachmittag eine Nachricht geschickt, dass ich die VIP-Behandlung für sie vorbereiten sollte, doch war sie zu diesem Zeitpunkt bereits gekommen und gegangen. Ich hab' versucht bei ihr anzurufen und eine Nachricht zu hinterlassen, dass sie bitte zurückkommt, doch nur die Mailbox ging ran."

Alex, Eve und Liam gingen an ihnen vorbei und marschierten im Gänsemarsch in den vermeintlichen Konferenzraum.

Adam blieb zurück. „Was weißt du über sie? Sie sagte, sie sei Schriftstellerin. Hast du von Amber Rose gehört? Ich hatte noch keine Gelegenheit sie zu besuchen. Sie sagte, sie schreibt Romanzen."

Jake hatte auch keine Zeit gehabt sich ihre Arbeit anzusehen, aber er könnte wetten, dass es süße kleine Bücher über die wahre Liebe waren, in denen das Paar ihre Vereinigung mit einem einfachen Kuss vollzog. Amber Rose würde niemals tun, was sie wollten. Sie wäre schockiert und entsetzt. Sie hatten das Joch zu tragen, dass eine Frau wie Serena genau das war, was sie wollten, und genau der Typ, der nicht mit ihnen umgehen konnte.

Grace blieb stehen und sah aus, als müsse sie hyperventilieren. Ihr Gesicht errötete und ihr klappte die Kinnlade runter. „Serena Brooks ist Amber Rose? Willst du mich verarschen? Oh, mein Gott! Ich hab' alle ihre Bücher."

Sean riss die Augenbrauen hoch. „Amber Rose - wie in *Texas Sweethearts*?"

Sogar der Titel war zuckersüß. „Sie schreibt eine Serie namens *Texas Sweethearts*? Ist es ein altmodischer Western?"

Grace schüttelte den Kopf. „Nein. Es ist unglaublich. Ich hab' sie alle mindestens viermal gelesen. *Sweetheart in Chains* ist mein

Favorit. Ich hab' gehört, dass *Their Sweetheart Slave* bald rauskommt. Ich kann es kaum erwarten. Es ist eine Geschichte von Alexa, Caden und Duke. Ich habe schon ewig darauf gewartet."

„Was?", sagte Adam und wagte sich vor. „Willst du mir sagen, dass diese süße kleine Frau, die heute Nachmittag in meinem Büro war, Pornos schreibt?"

Sean zuckte zusammen. „Lieber Gott, nenn es nicht Pornografie."

Grace runzelte die Stirn, sie zeigte mit einem Finger auf Adam. „Es sind keine Pornos. Es ist erotische Romantik. Es gibt einen großen Unterschied. Amber Rose schreibt heiße Liebesgeschichten. Und wenn du damit nicht umgehen kannst, ist es mir egal. Ich liebe ihre Bücher und ich wünschte, ich hätte gewusst, wer sie ist, als ich sie traf. Erotische Romantik half mir herauszufinden, was ich will."

Jake schüttelte den Kopf. Grace las ein paar harte Sachen. Er hatte sie nie wirklich selbst gelesen, aber er hatte sie durchgeschaut, als sie Grace untersucht hatten. „Ist das dein Ernst? Die Bücher, die du liest, handeln alle von BDSM."

Es war ein wenig unverständlich, doch laut Grace gab es eine ganze Kategorie von Büchern, die behaupteten BDSM-Romanzen zu sein. Weibliche Fantasien über Bondage und Schmuse-Doms, die auf die Knie fielen und ihre Subs über sich herlaufen ließen. Ja, die hatte Jake nicht gelesen.

Grace nickte. „Ja, sie haben BDSM-Elemente." Ein kleines Lächeln huschte über ihr Gesicht. „Und sie schreibt auch viel Ménage."

Sean lachte. „Das habe ich vergessen. Wow. Das ist interessant."

„Du hast die Bücher gelesen?", fragte Jake. Ménage? Auf keinen Fall. Das war ein Witz.

Sean zuckte mit den Achseln, sein Gesicht errötete leicht. „Ich wollte wissen, was meine Frau liest. Ich gebe zu, dass Amber Roses Bücher tatsächlich ziemlich gut sind. Es gibt mehrere dieser Autoren, die ziemlich heiße Sachen schreiben. Es unterscheidet sich sehr von dem, was ich mir vorgestellt habe. Nicht mein Ding unbedingt, aber die Bücher haben wirklich Handlung und so. Zusammen mit ziemlich freakigem Sex…liebevollem, freakigem Sex." Er grunzte, als seine Frau ihn mit dem Ellbogen anstieß. „Du wirst so dermaßen gefesselt, wenn dieses Baby geboren ist. Ich führe stets eine Liste über all deine Strafen."

Grace lächelte ihren Mann leuchtend an. „Ich freue mich darauf."

„Kommt sofort rein hier!" Ians Bellen hallte durch die Bar. Jake hätte schwören können, dass sich jede Sub im Umkreis von einer Meile die Knie gestoßen hatte, wobei Grace es schaffte aufrecht stehen zu bleiben.

Adam runzelte die Stirn. „Ich glaube, wir haben das hier königlich versaut, Bruder."

Jake folgte Adam und Grace in den Konferenzraum. Er dachte darüber nach Adam zu sagen, dass es nicht seine Schuld war, doch die Wahrheit war, dass sie beide die Situation falsch angegangen hatten. Adam, in seiner Art, war zu sehr vorwärtsgeprescht. Und Jake hatte sich zu sehr zurückgezogen. Jake hatte die Situation missverstanden.

Ian Taggart stand in der Mitte des Raums, die Arme vor seiner massiven Brust verschränkt. Er mochte seine Haare wachsen gelassen haben, doch er sah noch immer mit jedem Zentimeter aus wie der Befehlshaber eines Green Beret Teams. Er hatte nicht das Kommando über Jake und Adams Team gehabt. Das hatte sein Bruder, Sean, gehabt, aber es war genügend militärische Disziplin in Jakes Hirn verankert, dass Ians Haltung ihn aufmerksam machte.

„Was ist los, Chief?" Adam hatte stets ein kleines Problem mit Autorität gehabt. Wann immer Ians Wut Jake professioneller machte, hob sie Adams Sarkasmus hervor.

Jake sandte Adam einen Blick. Es war Jakes „Lass mich das regeln"-Blick. „Ich nehme an, es geht um den Fall Serena Brooks? Wir hatten vor, ihn morgen früh der Gruppe zu präsentieren."

Es war nicht weniger als die Wahrheit. Er hatte alle Notizen auf seinem Laptop. Er hatte vor, alles später am Abend noch einmal durchzugehen, nachdem er etwas von seiner Wut verbrannt hatte. Er hatte vor, alle Informationen von Serena zu verwalten und eine perfekt ausgefeilte PowerPoint-Präsentation für das Meeting am Morgen zu haben. Er hatte geplant ihnen zu empfehlen, den Fall zu übernehmen und Liam mit der ganzen Sache zu beauftragen.

Er hasste es überrumpelt zu werden.

„Derek Anderson hat mein Leben gerettet und das Leben von drei meiner Männer, und ließ dabei sein eigenes. Er unterlag meiner Verantwortung in Afghanistan. Ich trug für ihn Verantwortung. Seine Schwester war seine einzige Familie. Ich schulde ihr etwas. Sie bat mich in zehn Jahren um einen Gefallen. Einen verfickten Gefallen. Sie bat mich darum, mich um ihre Klientin zu kümmern, die verfolgt und belästigt wird. Sie bat mich darum, mich professionell um eine einzige Frau zu kümmern. Wollt ihr mir erklären, was das Problem ist?" Niemand auf der ganzen Welt konnte Worte so kühl hervorbringen wie Ian Taggart.

„Sie kam früh rein", betonte Eve. „Keiner von uns wusste, was los war. Du hättest zumindest Grace über die Situation informieren können."

„Ich hab' ihr eine E-Mail geschickt."

Grace runzelte die Stirn und ließ offensichtlich nicht zu, dass Ians Tonfall sie im Geringsten einschüchterte. „Die ich etwa dreißig Minuten später erhielt, nachdem Serena Brooks aus dem Büro gelaufen ist. Versuch nicht mir das anzuhängen. Ich hab' es so gehandhabt, wie ich es am besten zu wissen gedachte. Als ich herausfand, dass sie es mit einem Stalker zu tun hat, rief ich Jake und Adam an. Sie sind die direkten Ansprechpartner. Sie sind die Einzigen hier, die 24 Stunden an sieben Tagen der Woche arbeiten können, seit du Liam mit dem Fall Black beauftragt hast."

Ians Stimme wurde ruhiger. „Nun, die letzte Information, die ich habe, ist, dass der Bastard in Europa ist. Liam hat dort bessere Kontakte als jeder andere."

„Und ich hab' sie kontaktiert. Jetzt können wir nur noch Geduld haben. Aber der große Bastard hier kann nicht gut mit Geduld umgehen. Ich kann mehr als einen Fall auf einmal bearbeiten. Vor allem, wenn es nur darum geht, ein Ohr auf den Boden zu legen", beschwerte sich Liam.

Alex lehnte sich in seinem Stuhl zurück und rieb sich mit der Hand übers Gesicht. „Ich kann damit umgehen, besonders, wenn Liam mich unterstützen kann."

„Nicht so, wie wir es können", mischte Adam sich ein. „Und du hast diesen Fall, an dem du gerad' arbeitest."

Ian streckte eine Hand aus und alle hielten die Klappe. „Ich hatte immer vor, Jake und Adam mit dem Fall zu beauftragen. Jake und Adam halten Tuchfühlung mit ihr, Eve erstellt ein Profil über das Arschloch und Liam kann die Verstärkung sein. Soweit ich das beurteilen kann, nehmen die Bullen an, dass es sich um einen häuslichen Streit handelt, und versuchen sich da rauszuhalten."

Eve rutschte auf ihrem Stuhl nach vorn. Die ehemalige FBI-Profilerin richtete ihren Blick auf Ian. „Warum glauben sie, dass ihr Mann involviert ist? Gibt es eine Vorgeschichte von Gewalt? Haben wir eine Akte über ihn?"

Alexander McKay gab ihr einen Aktenordner. „Ich habe zusammengesucht, was ich konnte, nachdem ich mit Ian gesprochen hab'. Ich wusste, dass du an diesem speziellen Fall interessiert wärest. Das ist sehr persönlich, genau das Richtige für dich."

Ihre warmen braunen Augen sahen zu ihrem Ex-Mann. Jake wusste nicht, warum sich das Paar getrennt hatte, es bestand jedoch kein Zweifel, dass sie einander stets zugetan waren. Doch es bestand genauso wenig Zweifel daran, dass sich eine Mauer zwischen ihnen befand. Als Eve mit der Hand nach der Akte griff, vermied sie vorsichtig den Kontakt.

„Was hast du von dem Mann gehalten?", fragte Eve, ihre Augen entglitten Alex'.

Alex räusperte sich und richtete sich auf, in seine gewohnte Professionalität in Höchstform zurückkehrend. „Ich bin nicht halb so ein Profiler wie du. Ich würde es vorziehen, wenn du dir deine eigenen Meinungen bildest. Und er ist ihr Ex-Mann. Sie haben sich vor Jahren scheiden lassen. Er hat sie eingereicht. Sie hat sie nicht abgewiesen."

Sie fing an durch die Akte zu blättern. „Warum sollte er dann jetzt anfangen sie zu belästigen? Besonders, wenn er derjenige ist, der sich entschieden hat zu gehen?"

„Das ist es auch, was die Bullen verwirrt hat." Ian nahm schließlich den Platz an der Spitze des Tisches ein. „Schau, laut den Bullen wirkt sie etwas verdächtig."

„Unsinn", sagte Adam. „Es gab nichts Verdächtiges an ihr."

Jake dachte darüber nach, seinen Partner zu erwürgen. Er wusste nie, wann er die Klappe zu halten hatte. Er konnte Ians

Gedanken quasi hören, bevor er sie in Worte fasste.

„Adam, lass es mich nicht bereuen, dir das gegeben zu haben. Sie ist eine Kundin. Eigentlich ist sie gar nicht die Kundin. Lara Anderson ist die Kundin. Serena Brooks oder Amber Rose, oder wie auch immer ihr sie nennen wollt, ist vorsichtig zu behandeln, und ein Teil der Vorsicht besteht darin herauszufinden, was die Wahrheit und was komplette Fiktion ist. Sie sollte sich ein wenig mit Fiktion auskennen. Sie schreibt eine Menge davon."

„Willst du sagen, dass sie nicht vertrauenswürdig sei, weil sie eine Autorin ist? Das ist lächerlich." Grace schien bereit die Autorin zu verteidigen.

Ian streckte eine Hand aus, um sie aufzuhalten. „Ich sage, dass sie unglaublich ehrgeizig ist. Die Frau ging von einer Teilzeitbeschäftigung im Einzelhandel zur Veröffentlichung von fünfzehn Büchern in einem Zeitraum von zwei Jahren über. Sie lernte das Geschäft sehr schnell. Lara sagte, sie hatte noch nie eine Schriftstellerin, die so produktiv ist wie Serena. Sie hat das gesamte E-Publishing-Geschäft zu ihrem spektakulären Vorteil ausgebaut und in kurzer Zeit eine treue Anhängerschaft aufgebaut. Eine Frau wie sie könnte die Publicity gebrauchen. Sag mir, Grace, wofür ist sie bekannt? Welche Art von Bücher schreibt sie? Wir alle wissen, dass es erotisch ist, aber da gibt es noch etwas anderes, nicht wahr?"

Graces errötetes Gesicht sagte Jake, dass Ian Recht hatte.

Ian schüttelte den Kopf in einem kurzen Bogen. Er wollte kein Schweigen als Antwort dulden. Ian stellte selten Fragen, deren Antwort er sich nicht ziemlich sicher sein konnte. „Und welche Arten von Handlungen schreibt sie?"

„Spannung", seufzte Grace. „Sie ist bekannt dafür, große spannende Handlungsstränge zu schreiben. Verdammt, Ian, das bedeutet nicht, dass sie sich das ausdenkt."

„Hat sie jemals ein Stalker-Buch geschrieben?"

Grace schüttelte den Kopf, doch ihre Worte sagten die Wahrheit. „*Three Riders, One Love*. Die Heldin wurde gestalkt. Sie lief in eine kleine Stadt und fand dort ihre Liebhaber. Doch sie schrieb auch Serienmörderbücher sowie Bücher, in denen russische Mafiakiller auftauchen. Sie sind in ihrem Leben nicht aufgetaucht."

Ian trommelte mit den Fingern auf den Schreibtisch. „Sie ist sehr kreativ. Das wäre eine tolle Geschichte. Sind nicht alle Schriftstellerinnen auf der Suche nach ein wenig Publicity?"

„Warum hat sie es dann nicht publik gemacht?" Jake war ein wenig überrascht, dass er die Worte laut aussprach. Er hatte vor ganz neutral zu bleiben, aber diese großen grünen Augen verfolgten ihn. Jetzt, da alle anderen Anschuldigungen vorbrachten, fühlte er das Bedürfnis sie ein wenig zu verteidigen.

Ian zuckte gleichgültig mit den Schultern. „Vielleicht wartet sie auf den richtigen Zeitpunkt. Ich bin sicher, sie hat ein Buch, das bald erscheinen wird."

„Zwei Wochen", sagte Grace.

Eve schaute in Graces Richtung. „Kannst du mir eine Liste ihrer Bücher geben? Man kann viel über eine Autorin anhand ihrer Werke sagen. SchriftstellerInnen können....labil sein. Sie können auch wunderbar gesund sein. So wie der Rest der Welt. Das Gute an SchriftstellerInnen ist, dass sie der Leserschaft in der Regel einen Blick auf ihre Seele geben, direkt auf dem Papier. Nun, in ihrem Fall auf einem E-Reader."

Ian runzelte die Stirn. „Kauf einfach die Bücher und bezahl dafür. Das wird großartig auf unseren Steuerformularen aussehen. Mami Pornos."

„Es ist kein Porno." Grace schäumte fast vor Wut.

„Du weißt, was man über Pornos sagt, du weißt es erst, wenn du es siehst." Ian schlug eine Hand auf den Schreibtisch, ein sicheres Zeichen dafür entlassen zu werden. „Beginnt heute Abend, ihr beiden. Und bringt sie ins Büro, um Eve morgen Nachmittag zu treffen. Und Adam, versuch nicht mit ihr zu schlafen, bis wir herausgefunden haben, ob sie uns alle täuscht oder nicht."

Adam bezeigte ihm elegant die Ehre. „Ich werd's versuchen, Chief."

Ian seufzte, als ob er wüsste, dass Adam sich nicht sehr bemühte. „Versaut es nicht."

Jake seufzte. Wenigstens hatte er seine Marschbefehle. Versaut es nicht. Wäre ihm nur in der Vergangenheit nicht so brutal übel mitgespielt worden, hätte er sich sogar auf den Auftrag gefreut.

Kapitel Vier

Adam kam nicht umhin den Nervenkitzel der Aufregung zu spüren, als Jake den SUV in Serena Brooks' Einfahrt bog. Er hatte nicht erwartet, sie so schnell wiederzusehen – vielleicht nie wieder. Er hatte eine Verbindung zu ihr gespürt, als er sie gesehen hatte. Er wollte es nicht mal leugnen. Er war natürlich optimistisch. Das Ding mit Grace hatte nicht geklappt. Sie war glücklich mit Sean. Adam freute sich für sie. Jetzt war es an der Zeit für ihn und Jake, das zu finden, was sie brauchten. Er hatte das seltsamste Gefühl, dass es Serena Brooks war.

Ihr Haus war ein kleines gepflegtes Haus im Ranch-Stil in einem schicken Viertel von Dallas. Es war nicht Highland Park, aber es war sicherlich obere Mittelklasse. Seinen Aufzeichnungen zufolge war dies nicht das Haus, das sie mit ihrem Mann geteilt hatte.

Ihr Hof war üppig und grün, das Haus inmitten eines kleinen Wäldchens alter Bäume zurückgesetzt. An der Vorderseite des Hauses befand sich eine kleine Terrasse mit einem kleinen Brunnen darauf. Sie wurde von spanischen Mauern und einem Eingangstor verborgen, die eine Dreijährige nicht davon abhalten konnten einzutreten. Es war ein schönes Haus, doch taktisch gesehen glich es fast einem Alptraum.

„Fuck", sagte Jake, als er den SUV parkte. „Ich hoffe, ihr Hinterhof ist leerer."

„Wahrscheinlich nicht. Es ist mehr als wahrscheinlich genauso ein Albtraum wie vorn." Adam wusste, warum Jake Einwände erhob. Es gab viel zu viele Versteckmöglichkeiten in diesem Vorgarten. Es wäre nicht schwer einen Körper an vielerlei Orten zu verstecken. Die

Bäume waren riesig. Die Veranda selbst war von schönen, mit Efeu bedeckten Ziegelmauern umgeben. Adam war sich sicher, dass es bei Tageslicht schön war, aber im Dunkel der Nacht konnte er nur daran denken, wie einfach es wäre sich dort zu verstecken und die reizende Hausbesitzerin anzugreifen, während sie nach ihrem Schlüssel suchte.

„Sie parkt in der Einfahrt. Das bedeutet, dass sie den ganzen Weg über den Hof laufen muss. Jeder könnte geradewegs zu ihr laufen und sie zwingen ihn reinzulassen." Jakes leise, wütende Stimme gab Adam ein wenig Hoffnung. Er wäre nicht so wütend, wenn er nicht in irgendeiner Weise von Serena Brooks ergriffen war.

„Nun, anscheinend müssen wir mit ihr über einige Sicherheitsvorkehrungen sprechen. Sie muss in der Garage parken. Naja, wenn sie einen Garagentoröffner hat. Gott, ich hoffe, sie hat einen. Und eine Alarmanlage." Adam öffnete das Schloss seines Sicherheitsgurts. „Dass sie uns die Tür nicht vor der Nase zuschlagen wird. Wie spät ist es überhaupt?"

„Fast zehn. Ich bezweifle, dass sie ins Bett gegangen ist, aber ich werd' ihr einen Vortrag halten, falls sie tatsächlich die Tür öffnet."

„Und wenn sie es nicht tut?"

Jake zuckte mit den Schultern. „Dann werd' ich sie dafür loben, dass sie klug war, nachdem wir eingebrochen sind und ihr bewiesen haben, dass sie nicht sicher genug ist." Selbst in den dunklen Schatten konnte Adam Jakes nüchternen Gesichtsausdruck sehen. Es war ein schlechtes Zeichen. Adam kannte seinen Partner. Jake konnte gefährlich sein, wenn sich Abgründe vor ihm auftaten.

Adam hielt seinen Tonfall weich und lässig und wollte Jakes Bestie nicht füttern. „Komm schon. Hat sie nicht schon genug durchgemacht? Sollten wir nicht ein wenig nachsichtig mit ihr sein?"

„Ich bezweifle, dass dieser Stalker, wenn es ihn gibt, sie schonen wird. Und wenn sie uns gegeneinander ausspielt, dann könnte es ihr gut tun ein wenig Angst zu bekommen."

Er war so verfickt frustrierend. Adam atmete tief durch. Wie lange sollte das noch so weitergehen? Es war über ein Jahr her, dass sie es mit einer langfristigen Beziehung versucht hatten. Adam hatte fast sofort gewusst, dass es mit Lila nicht funktionierte, aber er hatte One-Night-Stands so satt, dass er vier Monate lang durchgehalten hatte. „Du weißt, dass nicht jede Frau der Welt darauf aus ist dich zu ficken."

Jake drehte sich um, sein Mund formte eine gerade Linie. „Und nicht jede Frau auf der Welt ist vertrauenswürdig. Können wir herausfinden, welche davon Serena Brooks ist, bevor wir eine weitere Karriere für eine Frau opfern?"

„Gib mir nicht die Schuld an Jennifer. Du hast sie gefunden. Ich mochte sie nicht mal besonders." Er knallte die SUV-Tür zu und hoffte, dass es der armen Frau eine Warnung gab.

Jennifer war der Grund, warum ihre Ärsche aus der Armee geflogen waren. Jennifer war der Grund, warum seine Familie nicht mehr mit ihm sprach. Er hatte genauso viel verloren wie Jake. Es waren Jahre vergangen, die Bitterkeit war verblasst. Er sprach noch immer nicht mit seinem Vater oder seinen Brüdern. Er war immer noch der erste Miles in vier Generationen, der aus der Armee geworfen wurde. Aber er wollte das Leben nicht aufgeben.

Jake lief bis zum Ende des Hofes. Er blickte die stille Straße rauf und runter. Dort waren Autos in den Einfahrten und am Straßenrand. Niemand bemerkte vermutlich, wenn dort jemand parkte und Ausschau hielt.

„Ich wette, dass sie die übernächsten Nachbarsfamilien zu ihren beiden Seiten hin gar nicht kennt", kommentierte Adam. Die Welt funktionierte nicht mehr so. Besonders in einer gehobenen Nachbarschaft. Es handelte sich um Familien mit zwei Einkommen und hohem Ehrgeiz. Sie schickten ihre Kinder auf Privatschulen und arbeiteten zwölf Stunden am Tag.

„Wenn sie überhaupt welche kennt." Jake zeigte auf die Straße. „Diese Lichter sind aus. Ich frage mich, warum sie noch nicht repariert wurden."

„Ich werd' morgen bei der Stadt anrufen." Es wäre das erste auf einer Liste von Dingen, die er tun müsste, um ihr Zuhause sicherer zu machen.

„Und sie hat keine Bewegungsleuchten. Wir stehen seit fünf Minuten hier draußen. Sie hätte schon längst die Polizei rufen sollen." Jake schüttelte den Kopf vor Enttäuschung.

Adam sah zurück zum Haus. Die Blenden vorn waren runtergezogen. Das Haus sah sauber und ordentlich verschlossen aus. Er ging Richtung Tür. Das Tor öffnete sich und knarrte leicht, doch es gab keine Bewegung im Inneren des Hauses. Niemand öffnete einen Blendschutz, um draußen nachzusehen. Wenn sie lauschte, hatte sie ihn nicht gehört. Ihr Verandalicht war aus, der kleine, abgeschlossene Raum in Dunkelheit eingeschlossen. Selbst wenn sie aus dem Spion schaute, wäre sie nicht in der Lage die Person zu sehen, die Zutritt zu ihrem Haus verlangte. Er seufzte und läutete die Glocke.

„Ich höre nichts", sagte er nach einem oder zwei Augenblicken. Er versuchte es noch einmal, doch nichts. „Vielleicht ist sie nicht hier. Vielleicht wohnt sie bei einer Freundin."

„Nicht laut Ian." Jake lief zurück zur Einfahrt. „Ich hab' mit ihm gesprochen, bevor ich meine Lederhose auszog. Er sagte, dass Lara am frühen Abend mit ihr gesprochen hatte und Serena ihr das Wort gab heut Abend eingesperrt zu bleiben. Anscheinend arbeitet sie an einem anderen Buch. Ian wollte sie anrufen, um sie wissen zu lassen, dass wir kommen. Wenn sie angepisst ist, wird sie eine Überraschung erleben. Sie ist nicht direkt die Kundin. Lara schon. Ich werd' nicht zulassen, dass ihr kleiner Wutanfall mich davon abhält meinen Job zu erledigen."

Adam schlug seinem Partner auf den Rücken. „Red' einfach so weiter, Kumpel. Das ist genau die Einstellung, mit der sie uns aus der Hand fressen wird."

„Es tut mir leid." Jake seufzte schwer. „Ich wünschte nur, dieser Fall wäre etwas klarer. Wenn sie das aus Werbegründen macht, wirst du wieder verletzt."

Und er nicht? Jake war der knallharte Typ, aber es gab eine empfindliche Stelle in seinem Inneren, die in der Vergangenheit beschädigt worden war. Es hing von Adam ab, ihn sanft zum richtigen Ausgang dieses kleinen Chaos zu lotsen. Wenn Jake den bösen Bullen spielen wollte, ließe Adam ihn so spielen. Aber nur bis zu einem gewissen Punkt. „Gut. Aber nennen wir ihre sehr vernünftige Wut, auf dich, möchte ich hinzufügen, keinen richtigen Wutanfall."

Jakes Gesicht blieb verschlossen. „Gut. Ich war ein Arschloch. Aber wir beide wissen, dass ich wieder ein Arschloch sein werde. Lass uns rumgehen und uns hinten umschauen. Sie hat die Vorderseite verschlossen, aber sie hat überall Fenster. Sollen wir wetten, dass sie die kleinen Fenster nicht gesichert haben?"

Jake betrachtete das kleine Metallschild, das kundtat, welche

Sicherheitsfirma voller Stolz das Haus schützte. „Auf keinen Fall. Ich kenne diese Firma. Sie sichern die Türen und großen Fenster. Sie markieren nie die kleineren."

Trotz der Tatsache, dass er sie nicht erschrecken wollte, mochte er immer ein wenig Einbruch und Einstieg. Es erinnerte ihn an die Tage bei den Green Beret, an denen verdeckte Operationen stattfanden. Er war damals ein anderer Mensch gewesen. Er hatte es geliebt Teil eines Teams zu sein. Deshalb war er froh zu McKay-Taggart gekommen zu sein. „Dann lass uns loslegen."

Jake verzog die Lippen zu einem Grinsen. „Du weißt, dass du einen guten Kriminellen abgegeben hättest."

„Auf jeden." Adam folgte Jake zur Rückseite des Hauses und hielt an Serenas Auto. „Wow. Schöner Schlitten."

Der kleine Audi A6 war ein hübsches Auto.

„Anscheinend hat ihr das Schreiben gutgetan. Mit diesem Auto und diesem Haus scheint es ihr gut zu gehen." Jake beugte sich auf ein Knie, seine Hand zog die seidig glänzenden Linien des Autos nach. „Obwohl, hätte sie es die ganze Zeit in der Garage geparkt, würde niemand vermuten, dass sie allein lebt."

Adam konnte den Verdacht hören, der in Jakes Ton lag. Es gab Menschen, die viel dafür täten, um einen derartigen Lebensstil zu bewahren. Andere Leute gingen sogar noch weiter, um nach oben zu gelangen. Eine merkwürdige Linie an der Seite des Autos fiel ihm auf. Es war ein zerklüfteter weißer Streifen, der gegen das Schwarz des Autos falsch aussah. „Stimmt etwas nicht? Ist das eine Beschädigung?"

„Jemand hat ihr Auto mit einem Schlüssel zerkratzt." Jake zeigte ihm die dünne Linie, die von hinten bis nach vorn entlang der Beifahrerseite des Audi führte.

„Bastard. Sie hat heute Morgen keine Sachschäden erwähnt."

Jake kam auf die Beine. „Nein. Sie sagte, es seien nur Drohungen. Sieht so aus, als würd' sich dieser Typ genau zur richtigen Zeit radikalisieren. Just wenn sie denkt, dass wir sie abgewiesen haben, passiert etwas Schlimmeres. Interessant. Ich will Sicherheitskameras in der Nähe des Hauses."

Weil er sehen wollte, ob Serena selbst daran beteiligt war. Adam war anderer Meinung, aber es gab keinen Grund mit Jake zu streiten, bis er einen Beweis hatte. Jake war ein „schuldig bis zu nachgewiesener Unschuld"-Typ.

Jake kam zum Hinterhoftor und zog daran. Es bewegte sich nicht. „Braves Mädchen. Sie hat es abgeschlossen. Leider kann ich klettern."

Jake hob sich ohne Sorge über das hohe Tor. Adam setzte einen Fuß auf, zog sich hoch und folgte ihm. Falls der Stalker irgendeinen Sport trieb, hätte er kein Problem damit.

Ihr kleiner Hinterhof sah aus wie eine Oase der Ruhe. Sie hatte eine schöne Terrasse mit sonnigen Möbeln und einer kleinen Feuerstelle. Das ganze Haus war von alten Bäumen umgeben, die leicht zu besteigen und gut zum Verstecken sein würden.

Es befanden sich fünf Fenster auf der Rückseite des Hauses. Jake prüfte die beiden größten sorgfältig.

„Sensoren an diese hier."

Adam inspizierte die kleineren Fenster. Die Jalousien waren heruntergezogen. Es könnte zu einem Schlafzimmer führen, aber er würde sein Hemd darauf wetten, dass es sich um eine Küche oder ein Esszimmerfenster handelt. Er sah keine Kabel oder andere Sensoren. „Hier ist unser Einstieg. Bist du sicher, dass wir nicht einfach weiter an die verdammte Tür klopfen sollten? Wir könnten ihr das leicht beweisen, ohne ihr einen Herzinfarkt zu verpassen."

„Nein." Jake schüttelte den Kopf, als er das superscharfe Messer und das Panzertape, das er mitgebracht hatte, herauszog. Jake hatte eine Tasche im Kofferraum seines Fahrzeugs, gefüllt mit hilfreichen Gegenständen. „Sie muss ein paar Dinge verstehen. Wir werden sie nicht immer so beschützen, wie sie beschützt werden will. Du weißt, wie die Dinge laufen können. Sie denkt, weil sie die ‚Kundin' ist, gibt sie den Ton an. Das wird sie umbringen. Ich hätte sie lieber wütend und lebendig."

„Und wenn sie weiß, dass wir hier draußen sind, und sie mit einem Baseballschläger hinter uns her ist oder, schlimmer noch, sie uns in den Arsch schießt?" Beides waren sehr einleuchtende Szenarien. Er hatte sich gerade vom letzten Mal erholt, als er angeschossen worden war. Ohne darüber nachzudenken, legte er eine Hand über die Narben an seinem Bauch. Eine einzige Kugel hatte ihn auseinandergerissen. Er hatte Glück gehabt, dass er noch am Leben war. Als er aufgewacht war und begriff, dass sein Lebenslicht nicht ausgeloschen war, hatte er geschworen, dass er sich von nichts zurückhalten ließe. Er wollte sich der Angst nicht hingeben. Er bliebe offen für alles Mögliche. Aber wenn das Mögliche eine weitere Runde Operationen umfasste...

„Wird sie nicht. Wenn diese Frau eine Waffe besitzt, kann ich keine Menschen lesen. Sie ist eine dieser Waffenkontroll-Freaks. Glaub mir, das Einzige, auf das wir uns gefasst machen müssen, ist ihre Katze, die uns zu Tode miaut." Jake kam schnell voran. Es war nicht das erste Mal, dass sie irgendwo einbrachen, um eine Mission zu erfüllen. Er reichte Adam das Messer, als er sich daran machte Stücke des Panzertapes abzureißen. „An die Arbeit mit dem Kleber."

Es war erschreckend einfach. Jake machte kleine Griffe aus dem Tape, während Adam den Kleber durchtrennte, der die Glasscheibe am Fenster hielt. Sein Messer war klein und bösartig scharf und erledigte die Arbeit mit dem Klebstoff geschwind. In wenigen Minuten zog Jake die gesamte Scheibe aus dem Fenster, und sie hatten es leicht in Serenas Hafen einzulaufen.

Adam beschloss vorzugehen. Vielleicht hielt sie sich zurück, wenn sie merkte, dass er es war. Er war sich ziemlich sicher, dass sie Jake die Säcke wegbliese, sobald sie die Chance dazu bekäme. Er hob die Jalousien an und tatsächlich wartete da jemand auf ihn. Ein riesen Hund saß mit großen Augen vor ihm, als hätte er nur darauf gewartet, dass ein Spielkamerad auftaucht. Adam bekam einen dicken alten Schmatzer von dem großen Köter, der eine ausgeprägte Form von Hundemundgeruch zu haben schien. Er spuckte ein wenig und wischte sich den Hundesabber ab. „Du lagst falsch mit der Katze. Es ist ein echt großer Hund."

Jakes leise Stimme trieb in den Raum. „Er klingt nicht danach, als würd' er knurren."

Das tat der Hund nicht. Er wedelte mit kräftigen Schlägen mit dem Schwanz und leckte Adam das Gesicht, als ob er einen alten Freund begrüßte. „Ja, ich denke, wir können wetten, dass dieser Kerl hier nicht der Klassenbeste an der Security Dog School war."

Der Hund hechelte und drehte sich ein paar Mal im Kreis, als Adam ein Bein über die Schwelle schwang und sich hineinbeförderte. Der Hund nutzte seinen jetzt vollständig ungeschützten Körper, um ihn anzuspringen, seine massiven Pfoten auf Adams Schultern zu legen und ihn enthusiastisch abzulecken.

„Nun, zumindest wissen wir, dass du in diesem Haus Liebe findest. Das ist garantiert", sagte Jake mit einem Grinsen, als auch er eintrat. „Dieser Hund ist ein Nichtsnutz."

Doch er streckte eine Hand aus und begrüßte das riesige Ding. Jake schnaubte leicht, als der Hund ihn auch ableckte. „Ich denke, er ist eine Mischung aus Labrador und Retriever. Glaubst du, sie ist reingelaufen und hat nach dem größten Schmusehund gefragt, den sie finden konnten? Ja, Junge, ich hab' dich einen Schmusehund genannt. Das ist es, was du bist. Du hättest dich durch Adams Bein beißen sollen. Ja, das ist, was gute Hunde tun."

Adam musste es zugeben. Die Dinge sahen nicht gut aus für Serena Brooks. Hätte er sie brutal umlegen wollen, wäre er bereits an ihrem Sicherheitssystem vorbeigekommen. Er hatte sich mit ihrem Wachhund angefreundet und bisher war niemand aufgetaucht, um ihm mit einem Baseballschläger zuzusetzen.

Entweder war Serena sehr naiv oder sie hatte nicht so viel Angst.

Seine Sorge musste sich in seinem Gesicht abgezeichnet haben, denn Jake schlug ihm auf die Schulter. „Da ist es. Ich wusste, du würdest es schaffen. Ich wusste, dass du noch mit der anderen Hirnhälfte denken kannst."

„Du bist ein Arschloch." Sein Bauch zog sich ein wenig bei dem Gedanken zusammen, dass er sich bei Serena irrte.

Jake zuckte mit den Schultern. „Ja, aber ich bin ein Arschloch, das es bisher geschafft hat uns an einem Stück zusammenzuhalten."

Da war es, dieser seltsame unsichtbare Strick, der sie irgendwie zusammenhielt. Sie hatten sich am ersten Tag ihrer Grundausbildung getroffen. Adam hatte das Gewicht von Generationen im Dienst auf seinen Schultern gespürt. Jake war beigetreten, weil er sonst nicht wusste wohin. Adam war aus privilegierten Zirkeln gekommen, Jake aus der Armut. Und es hatte gepasst. Zehn Jahre, ein Krieg, dem Tod knapp entkommen und unzählige Frauen später, konnte sich Adam sein Leben ohne Jacob Dean nicht mehr vorstellen.

Und er würde nie vergessen, wie sein Vater ihn als

Schwuchtel bezeichnet hatte, nachdem sie aus der Armee geworfen worden waren, weil sie sich eine Frau geteilt hatten.

Sein Vater verstände es nie. Niemand täte es.

Adam versuchte einen klaren Kopf zu bewahren und kam auf den Fall zurück. Sein Vater würde ihm nie verzeihen. Und seine Brüder auch nicht. Jake war jetzt seine einzige Familie.

„Hast du etwas gehört?", fragte Adam. Das Haus schien vollkommen ruhig zu sein. Serena hatte die meisten Lichter ausgeschaltet. Er befand sich in einem kleinen Frühstücksraum. Ihre Küche war auf der rechten Seite. Auf der Theke stand eine offene Flasche Wein. Sauvignon Blanc. Es sah nach einem respektablen Jahr aus.

„Zumindest hat sie einen guten Weingeschmack", bemerkte Jake. „Wahrscheinlich nicht die beste Idee zu trinken, wenn jemand versucht dich umzubringen." Er hob den Kopf. Jake gestikulierte den Flur hinunter. *Da hinten.*

Und er sah sie. Sie war im Wohnzimmer. Ihre Figur tanzte am Eingang vorüber, der zu dem großen Raum führte. Sie tanzte tatsächlich. Und dann stoppte sie, als hätte sie eine Offenbarung. Sie stand für einen Moment lang still, dann schlug eine einzige Faust in die Luft und sie begann wieder zu tanzen. Sie hatte Ohrstöpsel in den Ohren, verbunden mit einem kleinen Gerät, das an ihrem Shirt befestigt war.

Serena Brooks sah völlig anders aus, als sie früher am Tag ausgesehen hatte. Weg waren der sperrige Pullover und die locker sitzende Jeans. Ihre Haare hatten sich aus dem wirren Knoten befreit und flogen in seltsamen, launenhaft sexy Winkeln umher. Im weichen Licht ihrer Lampe konnte er sehen, dass ihr Haar nicht einfach braun war. Es war mit blond und rot und dunkelbraun durchzogen und es gab eine Menge davon. Ohne die Grenzen eines Kamms schien die weiche Chose in einer seidigen Wolke überallhin zu gelangen. Sie trug rote Baumwollunterwäsche und ein schwarzes Tanktop. Beide waren von Natur aus nicht sexy, doch die Baumwolle blieb an jeder ihrer Kurven haften und betonte ihre Sanduhrfigur. Ihre Brüste hüpften umher, offensichtlich befreit von jeglicher Beschränkung.

„Was zum Teufel macht sie da?", fragte Jake, dem der Mund offenstand, als er ihr beim Tanzen zusah.

Der Tanz war kein verführerischer Sirenenruf. Er war komisch und etwas plump und freudig. Es war der Tanz einer Frau, die sich ganz sicher war, dass sie allein war. Adam entspannte sich etwas. Sie sah hundertprozentig nicht aus wie eine Frau, die sich rücksichtslos ihr eigenes Stalking für ein bisschen Werbung ausdachte. Vielleicht war er der Naivere, aber verdammt, er wollte es nicht glauben.

„Ich verstehe jetzt. Ganz einfach. Warum ist mir das nicht schon früher eingefallen?" Sie fing an zu singen. Und auch das hätte sie wahrscheinlich nicht getan, wenn sie gewusst hätte, dass jemand zusah. Adam fand sie völlig bezaubernd.

„Sie ist verrückt." Aber da lag ein Lächeln auf Jakes Gesicht.

Er musste einsehen, dass Serena ganz und gar nicht wie Jennifer war. Jennifer war absolut perfekt. Sie war eine elegante Frau, nie ein Haar fehl am Platz, auch in Uniform. Sie tat immer das Richtige und wusste genau, was sie sagen sollte. Sie war ehrgeizig und sie wusste, wie sie bekommt, was sie wollte.

Serena kannte nicht einmal den Text des Songs, zu dem sie zu jammen versuchte. Und sie spielte schrecklich Luftgitarre. Aber verdammt, sie hatte hübsche Titten.

„Ich hätte sie inzwischen zehnmal töten können." Jake versuchte nicht mal mit leiser Stimme zu sprechen. Es war offensichtlich, dass die Musik viel zu laut war, als dass Serena etwas von ihrem Gespräch hätte mitkriegen können.

„Krieg dich auf die Reihe und vergiss die Gewalt", schleuderte Adam ihm zu und ließ Serena nicht aus den Augen. Der große Köter hatte sich mitten auf den Boden zwischen Adam und Jake gesetzt, als ob er dorthin gehörte. „Denk an all die anderen Dinge, die wir ihr schon längst hätten antun können. Wir hätten sie ausziehen, fesseln und sie im Laufe dessen einer süßen doppelten Penetration unterzogen haben können."

„Keine gute Idee, Adam." Doch seine Stimme klang beengt, als ob er sich etwas unwohl fühlte.

Es erschien Adam wie eine perfekte Idee. Sie war ungebunden, offenkundig unterwürfig und brauchte definitiv männliche Aufmerksamkeit und ihren Schutz. Sie konnten all ihre Bedürfnisse befriedigen. Sie waren ein One-Stop-Boyfriend-Shop. „Ich versteh' nicht, warum nicht."

Jake drehte sich um und schüttelte den Kopf. „Lass mich dir zeigen, warum nicht. In drei Komma zwei Sekunden wird sie es sein, die über Gewalt nachdenkt."

Jake ging den Flur hinunter, als sie sich umdrehte und ihre Augen schließlich zum richtigen Zeitpunkt öffnete.

Serena riss ihre hübschen grünen Augen so weit auf, bis sie leicht schmerzhaft aussahen, und schrie. Es war kein mädchenhafter Schrei. Es war ein hundertprozentiger Todesschrei, der irgendwo auf der Richterskala erschienen sein musste. Der Hund jammerte auf und rannte zu seiner Geliebten, den Schwanz gesenkt, doch stets auf den Boden hämmernd. Sie zog die Ohrstöpsel raus, packte sich das Halsband ihres Hundes und begann zur Vordertür zu laufen.

Jake befand sich innerhalb einer Sekunde auf ihr und bewegte sich fast schneller, als Adam zusehen konnte. Es hatte einen Grund, warum sein Rufname Ghost war. Er bewegte sich wie ein Geist. Jake legte den Arm um Serenas Taille, zog sie zurück und hob ihre Füße vom Boden. Sie ließ das Halsband des Hundes los und der arme Junge jaulte nur und drehte sich im Kreis, als ob er versuchte zu verstehen, was zu tun sei. Serena schrie unaufhörlich, sie trat mit den Beinen um sich und ihre Fäuste versuchten auf etwas zu treffen.

Adam seufzte. Sie waren beide Drama-Königinnen. Die ganze Szene hätte vermieden werden können, wenn sie einfach ans Telefon oder an die Tür gegangen wäre. Oder Jake hätte etwas sanfter sein können. Sie nach dem Einbruch zu attackieren machte sie mit Sicherheit wütend. Es wäre vielleicht besser, einfach in ihre Küche einzubrechen und ihr ein gutes Essen zu kochen. Dann hätte die ganze Einbruch-und-sich-Zutritt-verschaffen-Prahlerei mit ein wenig Pasta enthärtet werden können. Er hatte ein paar Lektionen bei Sean genommen. Kochen schien eine gute Möglichkeit zu sein eine Frau ins Bett zu kriegen. Aber nein, der Höhlenmensch musste angreifen, um zu beweisen, dass er es konnte.

Er erspähte ihr halbvolles Glas Wein. Das Schreien hatte ein Niveau erreicht, das die Wände zu erschüttern drohte. Ja, das würde er brauchen. Er hob es an den Mund und nahm ohne jegliches Bedauern einen langen Schluck.

„Hör auf zu schreien!", befahl Jake. Adam nahm sie als die Stimme des großen, bösen Doms wahr.

„Lass mich los!", schrie Serena zurück. Sie schien in ausgezeichneter körperlicher Verfassung zu sein. Niemand konnte ohne eine ernsthafte Ausdauer so hart und lange kämpfen. Er war beeindruckt. Und der Sauvignon Blanc war gar nicht so übel.

„Ihr beide macht dem Hund Angst." Adam streckte eine Hand aus, und der Hund lief zu ihm und kauerte sich hinter seine Beine. Ein Chihuahua hätte zumindest etwas Lärm gemacht.

Serena schien sich endlich zu konzentrieren. „Adam?"

Er zwinkerte ihr zu. „Aus Fleisch und Blut, Schätzchen."

Jakes Griff hatte das Tanktop nach oben geschoben. Und er hatte Recht, das hübsche Mädchen trug keinen BH. Er sah die kleine Andeutung eines Nippels. Jetzt, da sie sich etwas beruhigt hatte, sah sie genau richtig in Jakes Armen aus. Sie wäre eine süße Handvoll zwischen ihnen. Er hatte noch nie dünne Mädchen geliebt. Er wollte Kurven und Brüste und Miss Serena hatte vieles von beidem.

„Was zum Teufel macht ihr zwei hier? Wichser!" Sie versuchte zurückzuweichen.

Sie hatte auch ein vulgäres Mundwerk. „Oh, ich würd' auf deine Sprachwahl achten, Schätzchen. Der große, böse Dom mag kein Gefluche. Er könnte dich versohlen."

Serena ließ nach, jeder Zentimeter dieser hellen Haut errötete im Nu. Ja. Sie mochte diese Idee. Er musste einige dieser Bücher lesen. Ihr Laptop stand offen auf einem kleinen Schreibtisch in der Ecke. Ihr ganzes Wohnzimmer schien zu einem weichen, femininen Büro umgerüstet worden zu sein. Sie hatte gearbeitet, war in ihrem Büro herumgelaufen und hatte getanzt. Er war sich nicht sicher, wie das Tanzen half, aber es gefiel ihm.

„Lass mich gehen, bitte." Serenas Stimme war heiser vor Schreien, aber nun klang sie streng kontrolliert.

Jake zögerte. „Wirst du jetzt ruhig bleiben?"

„Ja", antwortete sie und lag völlig still in seinen Armen. „Jetzt, da ich weiß, dass ihr nicht hier seid, um mich zu töten, denke ich, dass ich ruhig bleiben kann. Ihr seid nicht hier, um mich zu töten, oder?"

Adam lächelte, bevor er einen weiteren Schluck nahm. „Ganz und gar nicht. Wir sind hier, um dir zu gratulieren. Wir übernehmen den Fall, Schätzchen. Wir sind deine neuen Leibwächter."

Kapitel Fünf

Serena zwang sich, sich zu beruhigen. Ihr Herz raste wie ein führerloser Güterzug. Sie schnappte sich das Telefon. Ihr Schlafzimmer befand sich am anderen Ende des Flurs, in dem die beiden Männer saßen, die in ihr Haus eingedrungen waren, doch schien es noch immer ein wenig zu nah zu sein, um sich behaglich zu fühlen.

„Ich will, dass sie verschwinden." Sie blickte um die Ecke und konnte sehen, wie Adam sich zurücklehnte, den Kopf ihres Verräterhundes auf seinem Schoß. Sie hatte gedacht, dass er vorher in seinem perfekt geschnittenen Anzug heiß ausgesehen hatte. Nun, da er Krawatte und Jacke abgelegt hatte, konnte sie die Andeutungen seines gutgebauten Körpers erkennen. Und sie hatte selbst gespürt, wie leistungsfähig Jacob Dean war.

Und wie hart sein Schwanz werden konnte. Es gab keine Möglichkeit die Tatsache misszuverstehen, dass, sobald sie angefangen hatte sich gegen ihn zu winden, er reagiert hatte. Ebenso wie sie, als ihr klargeworden war, dass er nicht gekommen war, um sie zu verletzen. Sie hatte einen tiefen Sog in all ihren Mädchenteilen gespürt. Sie musste mit jemandem Sex haben. Und nicht mit jemandem wie Jacob Dean.

Ein langer Seufzer war am anderen Ende des Telefons zu hören. „Ich glaube nicht, dass das eine gute Idee ist, Süße. Ian hätte sie nicht zugeteilt, wenn er nicht gewusst hätte, dass sie die besten

Männer für den Job sind. Ich weiß, dass du Ian Taggart nicht kennst, aber er ist ein ehrbarer Mann. Ich vertraue ihm. Mein Bruder dachte, er könnte auf dem Wasser laufen." Serena wurde weicher. Sie kannte Laras Geschichte. Sie wusste, wie sehr sie ihren Bruder jeden Tag vermisst. „Warum kann dieser Ian nicht auf mich aufpassen?"

„Ian ist der Chef der Firma. Er kann nicht rund um die Uhr bei dir sein, bis dieses Arschloch erwischt wurde. Und es geht um Bodyguards, keine Babysitter. Du bist in Gefahr. Wage es nicht, das nicht ernst zu nehmen." Laras scharfe Stimme schnitt durch das Telefon quasi hindurch. Wenn Lara jemanden liebte, konnte sie sehr stürmisch sein. Es machte sie zu einer verdammt guten Agentin. Sie betrachtete ihre Kunden als ihre Familie.

„Ich nehme es ernst. Ich verspreche es. Ich wünschte nur, sie hätten nicht in mein Haus eingebrochen und mich in Unterwäsche erwischt." Das war mehr als demütigend gewesen. Sie hatte ihre Schlafanzughose ausgezogen, weil das Haus warm geworden war. Wenigstens hatte sie es geschafft, ihr Tanktop anzulassen. Sie wünschte sich nur, sie hätte ihren BH nicht ausgezogen. Sie konnte sich leicht vorstellen, was diese beiden fitten Männer über ihre Cellulite und schlaffen Brüsten gedacht hatten.

Lara lachte. „Oh, nein. Haben sie dich erwischt, wie du das verrückte Tanz-Ding machst, wenn dir keine Action-Szene einfällt? Oder haben sie dich mit den Ménage-Puppen erwischt?"

Manchmal benutzte sie Puppen, um die Körperlichkeit einer Liebesszene zu erfassen. Sie hatte schnell entdeckt, dass männliche Puppen zutiefst unflexibel waren, also musste sie drei Ballerina-Puppen benutzen, um die Dinge zum Laufen zu bringen. Glücklicherweise waren sie in ihrer Schreibtischschublade versteckt. „Das Ding mit dem Tanzen."

Es ließ sie seltsam erscheinen. Sie war sich dessen bewusst, aber hatte es schon seit langer Zeit aufgegeben einen Mann zu finden. Ihre Freunde verstanden, dass sie beim Singen und Tanzen besser nachdachte. Sie ignorierten es, wenn sie mit sich selbst sprach, wenn sie an einem Dialog arbeitete und verrückte Handgesten machte. Es war ihnen egal, wie unlogisch sie durchs Leben ging, weil sie eine Million Ideen auf einmal hatte.

„Das Tanz-Ding ist süß", versicherte Lara ihr. „Ian sagte mir, dass diese Typen wissen, was sie tun. Adam Miles und Jacob Dean gehörten früher Spezialeinheiten an. Sie haben mit Ians Bruder Sean zusammengearbeitet. Er spricht in den höchsten Tönen von ihnen. Sie sind seit fünf Jahren in der Privatwirtschaft tätig. Sie sind die Besten im Geschäft. Und das ist nur, bis wir herausgefunden haben, wer dieses Arschloch ist. Ich verspreche, dass Ian auch daran arbeitet."

Die Bullen hatten nicht viel getan. Wenn sie diese Typen bezahlte, würden sie sich die Sache wenigstens tatsächlich ansehen. Sie hatte kein Problem damit, eine Sicherheitsfirma einzustellen. Aber sie hatte ein Problem mit Adam und Jake. „Sie machen sich bereits über mich lustig."

Es war dumm. Sie war eine 28-jährige Frau. Sie sollte einen Scheiß darauf geben, was die Leute dachten, aber es tat weh. Sie hatte den Mist satt, der ihr etwa eine Million Mal entgegengebracht worden war, seitdem sie angefangen hatte erotische Romanzen zu schreiben. Sie hatte gedacht, sie könnte glücklich und stolz sein und allen sagen, dass sie eine veröffentlichte Schriftstellerin sei. Ihre Tante hatte sie gefragt, wann sie ein richtiges Buch schrieb. Ihr Mann hatte es gelesen und sich prompt von ihr scheiden lassen, weil er mit keiner Frau mit einem sichtlich schlechten Charakter verheiratet sein wollte. Sie fand nicht mal Schriftstellerfreunde außerhalb ihres Genres. Die einzige Schriftstellergruppe, die sie besucht hatte, bat sie zu gehen, weil sie nicht wollte, dass ihre Gegenwart einen Schatten auf den Ortsverband warf. Sie war es leid, dass man sich über sie lustig machte.

Laras Stimme wurde schmeichelhaft. Serena musste lächeln, weil sie gehört hatte, wie Lara den gleichen Ton bei Autoren anschlug, die sich ihr gegenüber wie Diven verhielten. „Was haben sie gemacht? Schau, Süße, Typen verstehen nichts von Romantik. Ich weiß, dass deine Cover anzüglich sind, doch die Bücher verkaufen sich. Du kannst nicht erwarten, dass das ein Heterosexueller gleich versteht."

„Nein, Lara. Sie fingen an über dominante Männer zu reden." Sie konnte immer noch hören, wie ihr Ex-Mann sie beschimpfte, weil sie BDSM erforschen wollte. Er hatte sie alles genannt, von Freak bis zu Hure. Das Letzte, was sie brauchte, waren zwei Leibwächter, die meinten, sie könnten auf sie herabblicken.

Es gab eine lange Pause. „Was genau haben sie gesagt?"

Sie fühlte, wie ihr ganzer Körper errötete. Sie schaute um die Ecke, um sicherzustellen, dass sie nicht zuhörten. Adam saß immer noch in ihrem Schreibtischstuhl und trank ihren verdammten Wein. Er sah umwerfend aus. Sein dunkles Haar fiel perfekt über die geformten Gesichtszüge. Er sprach leise mit Jake, den sie nicht sehen konnte.

„Adam machte sich lustig, dass Jacob mich versohlte, wenn ich nicht auf mein vulgäres Mundwerk achtete."

Laras Lachen kam laut und deutlich rüber. „Nun, du bist eine Fluchexpertin."

„Er sagte, der große, böse Dom möge das gar nicht. Ich hab' die Scheiße satt, Lara. Ich hab' Männer satt, die sich über mich lustig machen, nur weil ich nicht die kleine perfekte Vanillaprinzessin bin."

Lara seufzte. „Okay, Süße. Ich werde mit Ian sprechen. Es tut mir leid. Er ist ein guter Freund. Ich dachte, er könnte helfen. Hast du mit Storm schon darüber gesprochen?"

Storm war der Dom, mit dem Serena seit ein paar Monaten sprach. Sie hatte ihn erst kürzlich getroffen, aber er war ein unglaublich offener Mann. Vielleicht sollte sie mit ihm reden. Er könnte einige Verbindungen haben. Sie wandte sich ab und ging nach hinten in ihr Schlafzimmer. „Ich hab' in ein paar Tagen ein Treffen mit Master Storm. Ich werd' mit ihm reden."

„In Ordnung." Serena konnte Laras Müdigkeit hören. Sie wünschte sich, sie wäre nicht die Ursache dafür. „Es tut mir leid. Ich dachte, es wäre das Beste, was ich tun konnte. Bitte wirf sie nicht raus. Sie werden dich sicher beschützen, bis wir jemand anderen dafür gefunden haben. Geh einfach ins Bett und sprich nicht mit ihnen."

Sie hasste den Gedanken, dass sie sie nicht wiedersehen würde. Sie war wirklich eine Idiotin. Es waren Wichser, die sie aus ihrem Büro geworfen hatten, in ihr Haus eingebrochen waren und sich über ihre Arbeit lustig gemacht hatten. Und sie fühlte sich verletzt von der Idee, dass sie aus ihrem Leben verschwinden sollten.

Sie war tatsächlich eine Masochistin.

Sie sollte wahrscheinlich auch mit Master Storm darüber sprechen.

„Ich verspreche es." Sie fühlte, wie ihr ganzer Körper zusammensackte. „Ich werd' ein braves Mädchen sein. Ich weiß das wirklich zu schätzen, das weißt du. Ich kann einfach…ich kann damit nicht umgehen. Ich bin es so leid, dass ich fertiggemacht werde, nur weil ich ehrlich bin. Aber ich komm damit klar, während wir jemand anderen finden."

„In Ordnung, Süße. Sprich mit Master Storm. Ich werd' morgen mit Ian sprechen. Ich werd' jemanden finden, der passt. Hey, Brian ist gerade reingekommen. Er sagt hallo. Du weißt, dass er dich auch ganz doll liebhat."

Brian war Laras Mann und ihr Partner. Er kümmerte sich um die Hauptklientel. Serena war nicht sicher, ob er sie liebhatte. Manchmal dachte sie, er könne die erotische Klientel, die seine Frau reinbrachte, kaum ertragen, doch er war stets Laras Mann. „Sag ihm hallo. Wir sprechen uns morgen, Lara."

Sie legte den Hörer auf. Sie fühlte sich auch müde. Sie zog ihren Morgenmantel um sich herum und atmete tief durch. Es war an der Zeit ihren neuen Bodyguards grundsätzliche Regeln aufzustellen. Sie hatte sich gewappnet. Diesmal, wenn sie mit ihnen sprach, wollte sie zumindest wie ein Profi klingen.

„Wer ist Master Storm?", fragte eine leise Stimme.

Sie schrie wie ein fünfjähriges Mädchen. Jake Dean war irgendwie in ihr Schlafzimmer und hinter sie gelangt, als sie nicht hingeschaut hatte. „Du musst damit aufhören! Gott, wegen dir werd' ich noch einen Herzinfarkt kriegen."

„Darin ist er gut. Es ist eine seiner großartigen Lebensfertigkeiten." Adam lehnte sich locker gegen ihren Türrahmen. Mojo saß neben ihm, sein riesiger Körper blockierte ihren Fluchtweg. Mojos Schwanz wedelte und sein Mund stand mit hechelnder Zunge offen. Zumindest fand ihr Hund sie amüsant.

Sie befanden sich beide hier in ihrem kleinen Schlafzimmer. Es war die größte Aufmerksamkeit, die Heterosexuelle diesem Schlafzimmer seit Jahren geschenkt hatten. „Schleich dich nicht immer so an mich heran." Sie zwang sich Jake anzusehen. Es war eindeutig, dass Adam derjenige der Beiden war, mit dem einfacher umzugehen war. Jake glich einem sturen Hund. Sie kam mit sturen Hunden nicht klar.

Er zog eine Braue über seinem perfekten Model-Gesicht hoch. „Ich hab' mich nicht angeschlichen. Du hast nicht auf deine

Umgebung geachtet. Du warst viel zu sehr beschäftigt deiner Agentin zu sagen, dass sie uns feuern soll."

Adams Gesichtszüge fielen herab. „Was? Aber wir sind doch gerade erst angekommen. Schau, Schatz, ich weiß, dass das ganze Einbruchs-Ding beängstigend war, aber wir hatten nicht ganz unrecht. Dein Sicherheitssystem ist beschissen. Und, zu unserer Verteidigung, wir haben angerufen und an der Tür geklingelt. Wir können unseren Job nicht machen, wenn wir auf deiner Veranda stehen und warten, bis du mit dem Tanz-Ding fertig bist. Das war übrigens bezaubernd."

Sie errötete. Gott, sie hasste die Tatsache, dass ein Teil von ihr glauben wollte, dass er sie nicht beleidigte. Sein neckischer Ton war weich und schmeichelhaft. Als er lächelte, zeigten sich die schönsten Grübchen auf seinem Gesicht. Adam Miles war so ziemlich alles, was sie sich von einem Partner wünschen konnte. Er war charmant und klug und er kam mit einem eigenen Partner von Alpha-Männchen.

Hör genau hier auf, Serena Brooks. Deine Fantasie ist am Ende. Die Welt funktioniert so nicht.

„Ich glaube, es geht nicht um den Einbruch. Sie sagte, wir machten uns über sie lustig." Jake zog die Augenbrauen zu einem ernsten Ausdruck zusammen, als dachte er über ein Problem nach. „Ich hab' mich nicht über sie lustig gemacht. Ich sagte ihr, sie solle aufhören zu schreien. Ich habe ein ausgezeichnetes Gehör. Ich kann Schreien nicht ertragen."

Und er dachte anscheinend, sie sei dumm. „Du weißt, dass ich nicht von dir gesprochen habe." Sie sah zu Adam. Es schmerzte sie, dass er es geäußert hatte. Sie dachte, dass jemand wie Jake weniger von ihr hielt, aufgrund dessen, was sie schrieb, doch Adam schien toleranter.

„Was? Ich? Ist das dein Ernst? Wie hab' ich mich über dich lustig gemacht?" Er schien ernsthaft mit der Vorstellung zu kämpfen.

„Du hast offensichtlich einige Titel meiner Bücher gelesen. Sieh, ich verstehe, dass du Bücher wie diese nicht liest, aber ich höre auf niemanden, der Entscheidungen schlechtmacht, die ich für mein Leben getroffen habe. Du verstehst oder akzeptierst es vielleicht nicht, aber ich verlange, dass du sie respektierst."

Jake lachte tatsächlich. „Die kleine Sub denkt, dass wir Probleme mit BDSM haben."

Adam verdrehte die Augen. „Na, hm, du hast Probleme, Süße. Wie lange bist du schon dabei? Oder bist du nur eine kleine Touristin, die gern gegen den Apparat wütet?"

„Ich musste noch mein Leder ausziehen, bevor ich herkam. Ich war in einem Club namens Sanctum." Jakes Gesicht war etwas weicher geworden. „Adam kennt meine Grenzen. Ich mag keine reizenden Subs, die im Zorn Dreck über mich ergießen. Er hat ein kluges Mundwerk, doch würd' dich nie verspotten. Eher schlüge ein Blitz ein."

Adam lächelte sie an. „Und die Erde bebte. Im Ernst, wir denken nicht so. Wir sind viel zu sonderbar auf unsere Art. Ich hab' keines deiner Bücher gelesen, aber ich würd's gern."

Jakes ganzer Körper versetzte sich in wachsame Alarmbereitschaft. „Wir müssen es sogar. Soweit ich weiß, handelt es sich hier um Ihre Bücher, richtig?"

Sie war zwischen Erleichterung und einer gefährlichen Freude gefangen. Sie glaubte ihnen. Es war ihnen wirklich egal. Tatsächlich schien Jake Teil des BDSM-Lifestyles zu sein. Sie kannte nicht viele Männer außerhalb dieses Lifestyles, die den Begriff Leder verwenden würden, wenn sie über eine Lederhose sprachen. Der Gedanke an Jacob Dean in einer Lederhose, mit zur Schau gestellter und glattrasierter Brust, der in Richtung Boden nickte und sie wortlos bat, zu seinen Füßen zu knien, ließ ihr Herz höherschlagen.

Ungefähr eine Million Fragen tauchten in ihrem Hirn auf, aber sie zwang sich dazu, sich auf die ihr gestellten Fragen zu konzentrieren. „Der Mann, der das macht, scheint mit meinen Büchern vertraut zu sein. Wie ich bereits sagte, dachte ich, es sei eine Frau, weil die Person offenbar Protest gegen einige meiner Handlungsoptionen erhob, doch jetzt glaube ich, dass es sich um einen Mann handelt. Ich denke nicht, dass ihm meine Bücher sehr gefallen. Zuerst dachte ich, er wäre ein gewöhnlicher Kriecher, der sich durchs Internet schleicht, aber in letzter Zeit ist er hässlicher. Er hat mir heute eine Nachricht hinterlassen."

„Auf deinem Handy?", fragte Adam. „Wo ist es?"

„Mein Telefon ist auf der Theke in der Küche", sagte sie. Noch im selben Moment, in der sie die Worte ausgesprochen hatte, verschwand Adam.

Sie war mit Jake allein.

„Also, wer ist dieser Master Storm?" Die Frage wurde mit einem leisen, gottlosen, sexy Knurren gestellt. „Ist er dein Dom? Was zum Teufel macht er woanders, wenn du in Schwierigkeiten bist?"

„Er ist nicht mein Dom. Er ist jemand, mit dem ich rede. Ich musste etwas recherchieren. Wir haben uns gegenseitig ein wenig vorgefühlt, um zu sehen, ob es ihm gefiele mich zu trainieren."

Einer der Gründe, warum sie Master Storm mochte, war ihr völliger Mangel an Anziehungskraft zu dem Mann. Sie war nicht in Gefahr sich in ihn zu verlieben. Wenn sie ehrlich zu sich selbst war, benahm sich Master Storm ein wenig wie ein aufgeblasener Trottel, aber er kannte sich in D/S aus. Sie suchte nach praktischem Wissen, nicht nach einem Mann, der ihr Herz in ihrer Brust höherschlagen ließ – auch wenn er sich nicht an sie anschlich.

„Ich kenne diesen Mann nicht. Wo hast du ihn getroffen? Im Internet?"

„Ich bin nicht dumm. Ich habe ihn beim Munch getroffen. Ich bin auf einen Flyer auf einer Fetisch-Lifestyle-Seite gestoßen, die Interessenten zu einem Brunch in einem lokalen Restaurant einlud. Nur Vornamen. Ich habe Master Storm vor etwa zwei Monaten getroffen. Wir haben am Telefon über seine Philosophien gesprochen."

„Habt ihr darüber gesprochen, was du brauchst?" Er war in ihren Raum eingedrungen, sein großer Körper nahm das ganze Zimmer ein. Sie war sich nicht einmal sicher, wie er so nahegekommen war. Er war groß, mindestens eins neunzig groß, und er schien sich über sie zu erheben. Seine Stimme war noch immer tief, aber klang weniger nach Befehlston.

Es war schwer nachzudenken, wenn er so nah kam. Sie konnte die Hitze seines Körpers quasi spüren. „Ähm, dazu sind wir noch nicht wirklich gekommen. Er denkt, wir sollten zuerst über seine Regeln sprechen, um zu sehen, ob ich sie befolgen kann."

„Lass ihn fallen. Er ist kein Dom. Er ist ein Mann, der Kontrolle, aber keine Verantwortung mag. Er testet dich, um zu sehen, ob du die Richtige für ihn bist, aber er denkt nicht darüber nach, was das Richtige für dich ist. Das sollte seine erste und einzige Qualifikation sein. Ein Dom sollte finden, was er braucht, ja, aber was jeden guten Dom auszeichnet, ist seiner Sub Gutes zu tun. Wenn er nicht mal gefragt hat, was du brauchst, ist er verkehrt für dich." Sein Blick wurde schleierhaft und er richtete die Augen zu Boden, als wolle er ihr nicht wirklich in die Augen sehen. „Du solltest mit Ian Taggart sprechen. Ihm gehört das Sanctum. Er hat es sich zur Aufgabe gemacht wohlgesinnte Subs mit ehrbaren dominanten Männern zu kombinieren."

Sie schüttelte den Kopf. Das Letzte, was sie brauchte, war tiefer in das Geschäft von Laras Freund einzusteigen. Sie hatte es bisher ganz gut allein geschafft. „Danke, aber ich komm' klar."

Jetzt richtete er seinen Blick wieder auf, seine Augen verengten sich. „Es ist für mich offensichtlich, dass du es nicht tust."

Sie fühlte sich etwas angegriffen. Er kannte sie kaum, doch er urteilte schon? „Ich habe nicht nach Ihrer Meinung gefragt, Mr. Dean. Doch ich bin neugierig. Es ist eindeutig, dass du mich nicht ausstehen kannst. Das höre ich oft. Was genau gefällt dir nicht?"

Er rückte ihr jetzt nur noch etwas auf die Pelle und erlaubte ihr beinahe sich zurückzuziehen. Serena fühlte sich klein und fast hilflos ihm gegenüber. „Ich habe nie gesagt, dass ich dich nicht mag. Du bist eine wunderschöne Frau."

„Doch du scheinst mich nicht zu mögen. Du scheinst es zu mögen mich zu erschrecken." Er flößte ihr jetzt keine Angst mehr ein. Es war nicht Angst, was sie fühlte.

„Ich habe das zu deinem Schutz getan. Du musst wissen, wie verletzlich du wirklich bist. Du nimmst das nicht ernst."

Er sagte es leise, als ob er sich wirklich sorgte. Es verringerte ihren Verstimmungsgrad. Es tat nichts, um ihre Frustration zu zerstreuen, aber dennoch, als sie sprach, fand sie sich in höflicher, respektvoller Weise wieder. „Versteh ich nicht. Ich hab' alles getan, was die Polizei mir gesagt hat. Ich hab' eine Sicherheitsfirma beauftragt eine Alarmanlage zu installieren."

„Sie ist nicht besonders gut." Er kam nicht näher, doch sie fühlte sich eingepfercht, als hätte er sie genau dort hingetrieben, wo er sie haben wollte.

Serena wollte keinen Millimeter mehr nachgeben. „Woher soll ich das wissen? Ich weiß nichts über diesen Kram. Ich habe dafür bezahlt. Ich weiß, dass Mojo kein guter Wachhund ist, aber er war so süß. Ich konnte nicht zulassen, dass sie ihn einschläfern. Und ich habe einen Freund, der rüberkommt und durch das Haus geht und dafür sorgt, dass niemand hier ist, bevor ich mich für die Nacht einsperre."

„Es ist nicht genug. Es sei denn, es gibt etwas, was du mir nicht sagst."

Die Demütigung überflutete sie. Sie wusste, was er sagen wollte. „Wenn du mir nicht glaubst, solltest du gehen. Ich komm allein klar. Ich bin einfach nur eine aufmerksamkeitsgeile Hure."

Er packte ihren Ellenbogen. „Bezeichne dich nicht so."

„Warum nicht? Es ist das, was du gedacht hast. Es ist das, was die Bullen denken."

Er blickte sie die längste Zeit erstaunt an. Sie stand da und fühlte sich lächerlich. Tränen drohten. Warum, oh warum, konnte sie nicht so hart sein wie Lara und Bridget? Sie spuckten diesem Mann einfach in die Augen und sagten ihm, er solle zur Hölle fahren, Serena aber stand nur da.

„Du hast wirklich Angst, nicht wahr? Ich verlange die Wahrheit."

„Ja, irgendein Mann hat mir gedroht mir wehzutun. Es macht mir Angst. Aber ich glaube, du machst mir auch Angst."

Seine Lippen formten sich zu einem Lächeln. Er war nicht so wunderschön wie Adam. Es lag eine Strenge in seinen Gesichtszügen, die ihn davon abhielt schön zu sein, aber wenn er lächelte, verwandelte sich sein Gesicht. „Du bist ein kluges Mädchen. Du behältst die Angst bitte bei. Und als ich sagte, dass du schön bist, meinte ich das ernst. Du bist echt reizend, Serena. Das einzige Problem ist, dass ich weiß, dass einer schönen Frau nicht zu trauen ist. Jetzt sei ein braves Mädchen und mach dich bettfertig. Ich schlafe im Wohnzimmer."

Er ging weg, sie ein wenig atemlos zurücklassend – und sehr frustriert. Sie hatte endlich einen Mann gefunden, der sie für schön hielt, und natürlich vertraute er ihr nicht.

Adam stiefelte zurück in ihr Schlafzimmer, als hätte er es schon tausend Mal getan. Er sah Jake an. „Du übernimmst die erste Wache? Einer von uns muss das Fenster reparieren."

Jake nickte und ging ohne ein weiteres Wort in Richtung Küche.

Adam rieb sich die Hände. „Nun, Liebling, jetzt gibt es nur noch dich und mich."

„Was soll das bedeuten?", fragte Serena und zog ihr Gewand enger.

„Es bedeutet, dass du heute Abend nicht allein schläfst." Er warf seinen schlanken Körper in ihren gemütlichen Sessel. Es war ein dick gepolstertes Möbelstück, das mit rosa und grünen Blumen bedeckt war. Es gehörte ihrer Mutter, und obwohl es nicht wirklich zu Serenas zeitgenössischem Stil passte, hatte sie es nicht weggeben können. Sie konnte immer noch sehen, wie ihre Mutter darin saß und über sie wachte.

Jetzt machte es sich Adam Miles auf dem Stuhl bequem, auf dem Serena jeden Abend las. Er sah viel zu männlich für das blumige Polster aus, wie ein schlanker Jaguar, der sich für die Nacht ausstreckte.

„Ich werd' die Spur des Textes morgen aufnehmen." Er zog sich die Schuhe aus und sank in den Sessel, sein längliches Haar fiel über seine Augen und ließ ihn Jahre jünger aussehen.

Er war die reinste Verführung, während Jake zu hundert Prozent Alpha-Männchen war.

„Du wirst nichts finden." Es fühlte sich seltsam an ins Bett zu gehen, wissend, dass Adam beabsichtigte mit ihr im Zimmer zu bleiben. Sie hatte seit Jahren mit niemandem mehr geschlafen. Sie und Bridget hatten sich ein Zimmer bei Kongressen geteilt, aber es war nicht dasselbe. Und auch das hatte aufgehört, seit Bridget darauf bestand den Raum stets subtropisch zu halten. „Brauchst du eine Decke?"

Er schloss die Augen. „Nein. Mir geht es gut. Vertrau mir. Ich hab' an viel schlimmeren Orten geschlafen. Das ist praktisch wie im Himmel."

„Zum Beispiel wo?" Die Schriftstellerin in ihr konnte davon nicht ablassen. Laut Lara war er früher bei den Spezialeinheiten. Sie würde gern seine Geschichten hören.

Er gähnte ein wenig. „Ein anderes Mal, Schätzchen. Geh ins Bett. Wir haben morgen einen langen Tag vor uns. Du musst dich mit Lara treffen, um über die Buchvorstellung zu sprechen. Du hast bis nächste Woche drei Blogs zu schreiben, also solltest du das wirklich erledigen und du hast deinem Redakteur deine überarbeiteten Zeilen zu *Their Sweetheart Slave* nicht zurückgeschickt. Oh, und wir müssen uns mit Eve treffen. Ich hab' das für den Morgen geplant."

Sie fühlte, wie ihr der Kiefer leicht herunterklappte. „Du hast meinen Tagesplaner durchgesehen?"

„Oh, ja. Und wir werden dir einen PDA, deinen persönlichen digitalen Assistenten, besorgen. Dieses Tagesplaner-Ding ist echt ein Chaos. Mach dir keine Sorgen. Ich werd' dich im Handumdrehen organisiert haben. Betrachte das alles als einen Teil des Service." Er öffnete seine Augen. „Verheimliche mir nichts, Serena. Jake und ich sind hier, um dich zu beschützen. Wenn das bedeutet deine Privatsphäre zu verletzen, tue ich das ohne mit der Wimper zu zucken. Du kannst dich entscheiden, es auf diese Weise zu betrachten, oder du kannst mich wie einen persönlichen Assistenten behandeln, der auch noch weiß, wie man einen Mann in zwei Komma drei Sekunden tötet und dabei keinen Tropfen Blut vergießt. Es ist alles eine Sache der Sichtweise, nicht wahr?"

Adam Miles wusste, wie er an jemandes Gurgel zu gehen hatte. Er mochte weicher aussehen als der Höhlenmensch, der gerade durch ihr Wohnzimmer streifte, doch er war nicht weniger gefährlich.

Und sie konnte sie behalten. Für eine Weile.

Serena kletterte ins Bett, sich sicher, niemals einschlafen zu können. Sie schloss die Augen und fiel, zum ersten Mal seit Wochen, in angenehme Träume.

Kapitel Sechs

Jake drückte den Knopf, um den Aufzug zu rufen, mit einem seltsamen Gefühl in der Magengrube. Serena war ruhig, ihr hübsches Gesicht fahlweiß. So ganz anders als die temperamentvolle Frau, die aufgewacht war und den Kaffee zubereitet hatte. Sie hatte heute Morgen gelächelt, als ob ihre natürliche Leuchtkraft nicht durch etwas so Belangloses wie zwei Leibwächter in ihrem Haus bezwungen werden konnte.

Sie hatte eine Kanne Kaffee gekocht, ihm eine Tasse angeboten und sich an die Arbeit gemacht, all ihr weiches Haar in einem Knoten auf ihrem Kopf zusammengebunden. Sie war glücklich, während sie arbeitete. Sie war ein wenig verrückt. Er fragte sich, ob ihr überhaupt klar war, dass sie mit sich selbst sprach. Sie hatte leise gemurmelt, während sie schrieb. Jake hatte sich dabei erwischt, wie er sie anstarrte, war von ihrer Begeisterung gefangen und hatte sich gefragt, was genau in ihrem Kopf vor sich ging.

Der Morgen war seltsam angenehm.

Bis sie ihr Auto gesehen hatte.

Jake hatte gar nicht darüber nachgedacht. Er nahm an, dass sie von dem langen Kratzer gewusst hatte.

„Während du mit Eve sprichst, lassen wir ein paar Dinge durch unser System laufen." Adam war derjenige, der sie gehalten hatte, als sie wegen ihres Autos weinte. Jake hatte sich entfernt gehalten und es vorgezogen seine Zeit am Telefon mit der Polizei zu verbringen. Nicht wirklich vorgezogen, aber er hatte sich gezwungen sich fernzuhalten. „Nachdem wir ein paar Fotos vom Auto gemacht und nach Abdrücken gesucht haben, versprech' ich, dass ich dafür sorge, dass dein Auto repariert wird. Und wir parken es heut' Abend in der Garage."

Sie schnüffelte, das Geräusch tat Jakes Bauch seltsame Dinge an. „Er wird es einfach wieder tun. Es geht nicht wirklich ums Auto. Ich meine, das tut es, aber tut es auch nicht."

Adam streckte die Hand aus und berührte sie. Verdammt, Jake beneidete Adam um seine Fähigkeit einfach das zu tun, was ihm guttat. „Es symbolisiert etwas, nicht wahr?"

Sie nickte und bewies Adam, wie immer genau richtig zu liegen, wenn es darum ging Frauen zu lesen. „Es war das erste, was ich gekauft habe, nachdem ich wirklich angefangen habe Bücher zu verkaufen. Du musst verstehen, dass mein Mann sich von mir scheiden ließ. Meine Eltern sind tot, also erhielt ich von dort keine Unterstützung. Ich hatte Freunde, die sich auf Doyles Seite gestellt haben. Sie konnten nicht glauben, dass ich so ein Buch schreibe. Sie haben es in Wirklichkeit nie gelesen, sondern nur das Cover gesehen. Meine ersten paar Schecks waren klein. Ich schaffte es meinen Teil von Doyles Schulden zurückzuzahlen, weil wir die, juhu, aufgeteilt hatten. Und dann, als mein fünftes Buch herauskam, bekam ich einen Scheck, frei von Pfandrechten oder jeglicher Belastung, und kaufte das Auto meiner Träume."

„Es ist ein wunderschönes Auto." Adam lächelte Serena an, aber seine Augen suchten Jakes. Jake wusste Bescheid, dies war sein Stichwort etwas zu sagen, irgendetwas.

„Es gefällt mir. Es hat einen tollen Motor. 3 Liter V6." Na. Das klang gut. Er verhielt sich wirklich verdammt sanft.

Sie drehte sich zu ihm um, ihre Augen leuchten endlich ein wenig auf. „Ich habe nicht an den Motor gedacht. Ich dachte an die Tatsache, dass Doyle mich nie etwas anderes hat kaufen lassen als eine beschissene Limousine. Wir hatten nur das eine Auto. Ich musste mit dem Bus zur Arbeit fahren. Ich musste mit dem Bus überall hinfahren."

Ihm gefiel der Klang dessen nicht. Der Bus könnte gefährlich sein. Er ließe seine Sub nie einen Bus nehmen, wäre er nicht da, um sicherzustellen, dass es ihr gut geht. Und seine Frau? Gott, er konnte sich nicht vorstellen in einem Auto wegzufahren, während seine Frau gezwungen war den Bus zu nehmen. Was für ein Mann tat so etwas?

Der Aufzug dröhnte schließlich und sie begannen hineinzutreten. Adam riss die Augen auf eine Weise auf, die Jake verriet, dass er etwas nicht richtig machte. Er preschte vor.

„Begleite sie. Behandle sie wie eine Dame." Adam sprach die Worte leise, nur für Jakes Ohren bestimmt.

Jake war sich nicht ganz sicher, wie er sie zum Aufzug begleiten sollte. Aber er könnte sich mehr anstrengen. Er war so lange aufgeblieben, dass es ihm wie eine Ewigkeit vorkam, und hatte sich in ihrem Haus umgesehen. Er fand einen Stapel Taschenbücher, die von ihr verfasst waren. Er hatte sich das erste Buch *Texas Sweethearts* geschnappt. Und es nicht wieder weggelegt.

Serena schrieb Ménage und nicht irgendein verrücktes Sexbuch, in dem die Frau einfach mit einem Haufen Männer schlief. Sie schrieb über Liebe. Sie schrieb über die Liebe zwischen einer Frau und zwei Männern, die, wie es schien, ohne einander nicht leben konnten. Zum ersten Mal in seinem Leben hatte er ein Buch gelesen und ein Stück seiner selbst erblickt.

Er brannte darauf sie zu fragen, ob sie sich schon mal inmitten einer Ménage befunden hatte. Er wusste nur nicht, wie er die Frage stellen sollte ohne wie ein Freak zu wirken. Oder ein Perverser. Er hatte sie bereits zu Tode erschreckt. Er war ein wenig überrascht gewesen, als sie eine Tasse Kaffee mit einem Lächeln im Gesicht vor ihn hingestellt hatte.

„Ähm, welche Etage willst du?" Das war höflich, oder?

Adam schnaubte, aber Serena lächelte, ein breites Grinsen im Gesicht. „Ich glaube, es ist der fünfzehnte Stock. Aber du bist derjenige, der hier arbeitet, also weißt du es vielleicht besser als ich."

Gott, er war ein Vollpfosten. Er war so viel besser, wenn er einfach nur etwas tötete. Er drückte auf den Knopf des entsprechenden Stockwerks. „Tut mir leid."

Sie schob ihre Brille hoch. Sie ließ sie wie eine supersüße Bibliothekarin aussehen. „Es ist alles in Ordnung. Ich vergesse die ganze Zeit Sachen. Und es tut mir leid, dass ich so ein großes Ding aus dem Auto gemacht hab'. Ich weiß, dass es in Ordnung gebracht werden kann. Und dieses Auto hat mich schon mal in Schwierigkeiten gebracht. Deshalb hat Doyle beschlossen meinen Arsch zu verklagen."

Der Aufzug begann aufzusteigen. Er konnte ihr Shampoo riechen. Zitrusfrüchte. Er liebte diesen Geruch. Es war ihm nicht bewusst gewesen, wie sehr er den Geruch von Zitrusfrüchten liebte. „Wie hat es dich in Schwierigkeiten gebracht?"

Adam strahlte vor sich hin, als ob Jake ein Kleinkind wäre, das gerade lernte bitte zu sagen. Jake würde ihm später in den Arsch treten.

Sie runzelte die Nase, als sie gestand. „Bridget und ich haben vielleicht das Auto vom Parkplatz geholt und sind direkt zu Doyle gefahren. Wir haben dann vielleicht an seinem Briefkasten angehalten, wo er gerad' stand und sich mit einigen seiner spießigen Freunde vom College unterhielt. Ich hab' ihm wohl den Mittelfinger gezeigt und geschrien, dass er einen großen Fehler gemacht hat."

Jake konnte nicht anders, als zu lächeln. Er verstand den Impuls absolut. Es gab viele Arschlöcher, denen er gern mal den Mittelfinger zeigte.

„Er hätte wahrscheinlich gar nicht herausgefunden, dass ich so viel Geld verdient habe, wenn ich es einfach auf sich hätte beruhen lassen. Ich hab' ihm irgendwie gesagt, dass er ein Vollpfosten ist, weil er einen Spielautomaten kurz vor dessen Auszahlung verlassen hat."

„Ja, du hättest es wahrscheinlich einfach gut sein lassen sollen", sagte Adam mit einem Stirnrunzeln im Gesicht.

Aber einige Dinge waren es wert getan zu werden. Jake verstand das. „Ich wette, es hat sich gut angefühlt."

Das Lächeln auf ihrem Gesicht erwärmte sein Blut. Sie ging ihm unter die Haut. „Ja. Es fühlte sich gut an. Ich würde es wieder tun. Egal, was es kostet."

„Die Kosten könnten die Hälfte deines Einkommens ausmachen", grollte Adam.

Sie schien ein bisschen in sich zu versinken. „Wird es nicht. Mein Anwalt sagt, es ist nur ein Trick. Er belästigt mich wegen seiner geringen Aussichten und rechnet damit, dass ich ihn auszahle, wenn er davon ablässt. Mein Anwalt glaubt nicht daran, dass er ein Bein hat, auf dem er vor Gericht stehen kann."

Jake dachte darüber nach, Adam eins über die Rübe zu geben. Sie hatte ein Lächeln auf dem Gesicht gehabt und sich nun wieder verschlossen. Er starrte seinen Partner an. Adam flackerte mit den Augen. Jake neigte den Kopf.

Was? Diese großen Augen verrieten Jake, dass Adam sich selbst auf der Leitung stand.

Hör auf das zu versauen.

„Wow, ihr beide führt eine ganze Konversation mit wenigen Ticks. Das ist sehr interessant." Serena beobachtete sie mit großen Augen.

Adam schüttelte den Kopf und unterbrach ihren kleinen Streit. „Jetzt haben wir es geschafft. Wir werden noch in einem deiner Bücher landen. Erzähl mir mal, Schätzchen, wie sich deine Heldin den Mann auswählt, bei dem sie später in deinen Büchern landet?"

Jake fühlte sich plötzlich besser. Er wusste etwas, was Adam nicht wusste. Adam hatte noch keines ihrer Bücher gelesen. Adam dachte, dass sie eine ganze Menge Sex schrieb und dann ihre Geschichten auf konventionelle Weise beendete. Aber Jake begann zu verstehen, dass es nicht viel Konventionelles an Serena Brooks gab.

Serena wandte sich an Adam. Ihre Augenbrauen trafen sich in Bestürzung. „Was meinst du damit?"

Adam zuckte mit den Schultern, als ob die Antwort nicht wirklich etwas bedeutete. „Ich meine, wie entscheidet sie sich zwischen den Männern? Ich hab' heute Morgen einige der Klappentexte deiner Bücher gelesen. Ich fand's interessant. Ich hab' noch nie so ein Buch gesehen. Ich hab' mich nur gefragt, wie deine Heldinnen letztendlich entscheiden, wen sie heiraten wollen. Entscheiden sie sich eher für das schwachköpfige Alpha-Männchen oder für den völlig vernünftigen, leicht großstädtischen Adonis?"

Arschloch. Jetzt tat Jake, was natürlicherweise folgte. Er zog seinem Freund eins über die Rübe. „Ich bin kein Schwachkopf. Aber du bist ein großstädtischer Vollpfosten. Und Serena schreibt Romantik, du Idiot."

Während sich Adam in ihrem Schlafzimmer verkrochen hatte, hatte sich Jake ihres Computers bedient. Er hatte ihre Website gelesen, ihre Rezensionen angeschaut, sie gegoogelt. Amber Rose war bekannt für das Glück bis ans Ende ihrer Tage. Für alle.

„Was soll das bedeuten?", fragte Adam. Der angespannte Kiefer sagte Jake, dass er sich bewusst war, dass er soeben in Ungnade gefallen war.

Serenas ganzer Körperbau versteifte sich, als ob sie nur darauf wartete, dass jemand sie tritt. „Ich schreib' erotische Romanzen. Es geht um Liebe, nicht um Sex. Obwohl es eine Menge Sex gibt. Ich schreibe fortdauernde Ménage. Ich würde meine Heldin nie wählen lassen. Es würde meine Leser verärgern."

Die Aufzugstüren öffneten sich und Serena ging hinaus, ohne sich die Mühe zu machen zurückzublicken.

„Alter, woher sollte ich das wissen?" Adam hob beide Hände hoch.

Jake fühlte ein selbstgefälliges Lächeln über sein Gesicht huschen. Ein Punkt für das schwachköpfige Alpha-Männchen. „Ich schätze, ich bin nur etwas schlauer als du."

Sie gingen hinaus. Jake konnte sehen, dass sich Grace Serena bereits geschnappt hatte und lebhaft mit ihr sprach. Seans Frau vibrierte praktisch. Jake war froh sie zu sehen. Sie würde Serenas Selbstvertrauen wiederaufbauen. Laut Grace war Amber Rose das Allergrößte seit geschnittenem Brot.

Adam hielt ihn auf, bevor sie die Bürotür öffneten. „Willst du mir ernsthaft sagen, dass diese Frau über die Art von Leben schreibt, die wir leben wollen?"

Es war fast zu schön, um wahr zu sein. Ein wenig von seiner guten Laune verschwand. Dinge, die zu gut schienen, um wahr zu sein, waren es normalerweise auch. Sie konnte dazu schreiben, was sie wollte, doch wenn sie diesen Lifestyle nicht gelebt hatte, wusste sie nichts darüber. „Ja. Ich hab' nur das eine gelesen. Es war wirklich schön."

Er war überrascht gewesen, wie sehr er es mochte. Er hatte erwartet zu lachen und es dann beiseite zu legen, aber er war irgendwie mit hineingezogen worden. Die Geschichte einer Frau, die nach jahrelanger Flucht in ihre kleine Stadt zurückkehrt, war überzeugend.

„Nun, dann muss ich nur zwei lesen, oder?", sagte Adam, bevor er loslief.

Jake folgte, seine Augen ließen nie von Serena ab. Grace hielt sie festgedrückt in ihren Armen, und als ihr Gesicht auftauchte, lächelte Serena wieder.

Fuck. Er steckte schon zu tief drin.

* * * *

Das musste Adam Jake lassen. Wenn sein Partner sich dafür entschied etwas zu tun, tat er es meist mit der Beharrlichkeit eines Hundes, der einem besonders saftigen Knochen hinterherjagte. Hätten sie um Serenas Zuneigung gekämpft, wäre die zweite Runde an Jake gegangen.

Glücklicherweise war dies ein Wechselmannschaftsspiel und die einzige Opposition war eine hübsche Brünette, die keine Ahnung hatte, wie heiß ihn ihre verdammte Brille machte. Sie dachte, sie könnte sich mit einer formlosen Bluse bedecken, aber er hatte ihre Brüste gesehen. Er hatte beobachtet, wie sie wackelten. Er hatte genau gewusst, wie gut sie in seine Hand passten. Er wollte sie in einen engen Pullover stecken. Ein V-Ausschnitt würde ihre Brüste hervorheben und ihm einen guten Zugriff verschaffen, wenn sie allein waren. „Wir sollten mit ihr einkaufen gehen."

Jake seufzte. „Manchmal denke ich, dass du zu lange schwul gespielt hast."

Sie hatten schon mal ein schwules Paar undercover gespielt. Es war eine überraschend gute Manier, um letzten Endes eine Frau klarzumachen. „Sie sollte etwas tragen, das ihren Körper zur Geltung bringt."

Ein heftiger Gesichtsausdruck lief über Jakes Gesicht. „Nein. Sie ist super, so wie sie ist. Versuch nicht sie zu ändern."

Es brauchte seine ganze Kraft, dass Adam nicht die Fäuste zusammenballte. „Du willst sie nicht zur Geltung bringen. Du willst nicht, dass andere Männer sie ansehen."

Jake war notorisch eifersüchtig, wenn sein Herz involviert war. Deshalb hätte Adam wissen müssen, dass es mit Grace nicht funktioniert hätte. Nun, abgesehen von der Tatsache, dass Sean ihn getötet hätte, wenn er sich weiter bemüht hätte. Aber Jake hatte sich nie so sehr zu Grace verbunden gefühlt wie zu Serena. An Adam war die Art, wie er ihr im Aufzug geholfen hatte, nicht vorbeigegangen.

Es hatte Jake für ein einziges Mal erlaubt den guten Polizisten zu spielen.

Jakes Kiefer verspannte sich hartnäckig. „Ich denke nicht, dass wir in das Leben der Frau hineinspazieren und anfangen sollten, sie zu verändern, das ist alles. Sie sieht in ihrer eigenen Kleidung gut aus.“

Sie hatte mit dem Tank Top und ihren Unterhosen noch schöner ausgesehen. Serena Brooks hatte einen schönen runden Arsch, den er gerne in die Finger bekäme. Sie brauchte eine gute, enganliegende Jeans. Adam hatte nichts dagegen, wenn andere Männer sie ansahen. Solange sie sie nicht berührten, wollte er sie nicht töten.

Ian betrat den Empfangsbereich. „Ihr zwei. In mein Büro. Jetzt.“

„Mist. Er benutzte keine Verben mehr. Wir sitzen in der Scheiße.“ Jake fuhr sich mit der Hand durchs Haar. „Ich bin zu müde, um mit einem Anfall Big Tags umzugehen.“

Big Tags Anfälle konnten aus wenigen Worten bestehen, die einem vor Kälte den Schwanz abfrieren konnten, und reichten bis hin zu einem Mann, der irgendwem die Fresse polierte. Adam war der Empfänger von beidem gewesen. Die schlechte Nachricht war, Tag traf hart. Die gute Nachricht, dass er damit rechnete zurückgeschlagen zu werden.

Adam sah Serena an. Sie stand jetzt allein da, Grace hatte einen Anruf erhalten, mit dem sie sich befasste. Sie sah verwundbar aus, ihre Augen nach unten gerichtet. *Verdammt.* Er wollte sie eigentlich nicht so dort lassen.

„Das ist nicht dein Ernst? Nach einer Nacht?“ Eve schüttelte den Kopf, als sie an ihnen vorbeiging. Sie hatte sich in einem perfekt geschnittenen schwarzen Hosenanzug in Schale geschmissen, der einen atemberaubenden Kontrast zu ihrem schicken blonden Haar bildete. Sie zwinkerte ihm zu und senkte ihre Stimme. „Ich kenn' diesen Blick. Es ist der ‚beschützend männlich‘-Blick.“

„Nun, wir sollen sie am Leben erhalten“, betonte Jake.

„Ja, das ist wohl alles, was es ist.“ Eve seufzte. „Ich hab' gestern Abend eines ihrer Bücher gelesen. Wow. Wenn sie echt ist, weiß ich nicht, wie ihr eure kollektiven Hände von ihr lassen wollt.

Ménage ist ihre Fantasie."

„Ich hab' nicht vor, meine Hände von ihr zu lassen." Adam nicht. Er ginge es langsam an, doch er mochte Serena. Jake fühlte sich zu ihr hingezogen. Serena war augenscheinlich ein aufgeschlossenes weibliches Wesen. Er wollte die Gelegenheit nicht verstreichen lassen. Wie konnten sie diejenige, nach der sie suchten, finden, wenn sie nie ein Risiko eingingen?

„Ja, also, Ménage ist unsere Realität. Viele Frauen haben diese Fantasie. Sie neigen dazu wegzulaufen, sobald das wirkliche Leben anfängt." Jake schritt Richtung Ians Büro.

„Er wird nicht sanft fallen", sagte Eve kopfschüttelnd. „Wie geht es seinen Eltern?"

Adam sah, wie er davonging. „Immer noch auf der Straße, wie Roma lebend. Als sie das letzte Mal durch die Stadt kamen, hielten sie ihm einen Vortrag, wie das Töten von Menschen zum Zwecke des Lebensunterhalts ihnen allen Schande gebracht hatte. Seine Familie ist ein Wrack, nur das genaue Gegenteil von meiner. Wir bilden das ganze Spektrum ab."

„Wenn ich den Mann auf die Couch eines Psychiaters bringen könnte, würd' ich es tun."

„Es würd' nichts nutzen. Er wird sich selbst nicht verzeihen. Er scherzt manchmal über Jennifer, aber er fühlt noch immer die Schande rausgeschmissen worden zu sein. Und dann versucht seine Mutter ihn zu beschämen, warum er überhaupt beigetreten ist. Aber nichts ist vergleichbar mit der Entlassung, die er erlebt hat. Ich sollte es wissen." Dieser einzige Akt hatte ihn seine Familie gekostet.

„Adam, Hunderte von Soldaten haben jeden Tag Affären. Es ist lächerlich, dass sie dich entlassen haben."

„Das ist, was Unkonventionellen passiert." Vielleicht sollte er Jake ein wenig mehr Spielraum geben. Vielleicht sollte er die ganze Sache verlangsamen. Jake hatte seine Gründe vorsichtig zu sein.

„Adam?"

Er drehte sich um und sah Serena neben sich stehen, diese grünen Augen zu ihm emporblickend, die ihm jedes Mal in die Magengegend schlugen, wenn er in sie hineinblickte. Ne. Er wäre wahrscheinlich nicht langsamer. Es war sein fataler Fehler, aber er hatte nie gelernt runterzuschalten. Jedes Mal, wenn er in die verfickte

Wüste geschickt worden war, hatte er sich nicht unterkriegen lassen. Vielleicht war er der Masochist. „Was ist los, Schatz?"

„Wo soll ich warten?" Sie hatte einen Stift und ein kleines Notizbuch in der Hand. In dem Moment, in dem sie nicht direkt mit jemandem zusammen war, versank sie in ihr Schreiben. Ihre geheime Welt.

Das war im Moment nicht der Fall.

Eve lächelte. „Sie kommen mit mir, Ms. Brooks. Ich bin Dr. Eve St. James. Es ist so schön Sie kennenzulernen."

„Ich muss zu einer Ärztin?"

Adam fühlte ein tiefes Gefühl der Befriedigung, als sie ihn ansah. Die Frage war nicht an Eve gerichtet. Sie hatte ihn instinktiv um Schutz gebeten. Perfekt.

Er sprach mit dem ruhigsten Klang seiner Stimme zu ihr und nahm ihre Hand in seine. „Eve ist keine Ärztin. Sie ist unsere Profilerin. Sie möchte dir ein paar Fragen stellen, die uns helfen werden herauszufinden, wer dieser Mann ist. Wir werden dann keinen Namen wissen, aber wir werden eine Art Typ haben."

Ihre Augen leuchteten auf und jetzt wandte sie sich an Eve. „Im Ernst, Sie sind eine Profilerin. Eine echte Profilerin?"

Adam erstickte ein Lachen. Er wusste, wie Serenas Motor zum Laufen gebracht werden konnte. Alles, was er tun musste, war sie jenen vorzustellen, die ihr ein paar Fragen beantworten konnten.

„Auf jeden Fall. Ich hab' früher für das FBI gearbeitet, aber Big Tag zahlt viel besser." Eve hatte ein Lächeln auf ihrem Gesicht, doch ihre Worte hatten einen Haken. Tag konnte besser zahlen, aber das war nicht der Grund, warum Eve das FBI verlassen hatte. Es war nicht der Grund, warum Alex sie ins Team geholt hatte in der Hoffnung und im Gebet, dass diese Arbeit seine Ex-Frau wieder in Ordnung brächte.

„Das ist unglaublich cool. Ich schreibe spannende Romantik. Ich hab' etliche Strafverfolgungsfiguren." Serena begann Eve den Flur entlang in Richtung ihres Büros zu folgen. Er war bei der verrückten Suche nach Informationen vergessen worden.

„Adam!"

Er rollte die Augen Richtung Ians Gebell. Der Chef war in schlechter Stimmung. Er ging den gegenüberliegenden Flur hinunter und betrat Ians Bereich. Ein atemberaubender Blick auf die Skyline von Dallas dominierte das riesige Büro. Ein himmlischer Geruch durchdrang die Luft und erinnerte Adam daran, dass sein einziges Frühstück ein Müsliriegel gewesen war. Er musste Serenas Kühlschrank auffüllen. Ein Mann brauchte Fleisch.

„Gott, riecht das gut." Adam starrte auf das Behältnis auf Ians Schreibtisch.

„Wage verfickt nicht es anzusehen." Ian sank in seinen Stuhl und zog die Schüssel zu sich heran wie ein Gefangener, der nur eine Mahlzeit pro Tag bekam und jeden, der drohte sie zu nehmen, erdolchte. „Es sind Seans Makkaroni mit Käse überbacken. Ich weiß nicht, was er damit macht. Es ist das Beste, was ich je gegessen habe."

„Sean füttert dich wieder?", fragte Jake. Soweit Adam und Jake wussten, sprach Sean außer unhöflichen Handgesten und Kraftausdrücken noch immer nicht mit seinem Bruder.

Ian blickte hinab. „Nein. Grace hat allerdings Mitleid mit mir. Wenn ich danach wieder eine Beziehung zu meinem Bruder hab', ist es auf dem Mist meiner Schwägerin gewachsen. Ich weiß, dass ich die Beziehung total missbilligt hab', aber verdammt, ich liebe diese Frau. Sean hätte es nicht besser machen können. Eines Tages."

Adam wusste, was das bedeutete. Eines Tages würde Sean ihm für diese schreckliche Nacht vergeben, in der Ian gezwungen gewesen war sich zwischen Graces und Seans Leben zu entscheiden. Er hatte seinen Bruder gewählt und Grace wäre fast gestorben. Logisch, es war dieselbe Nacht, in der Adam fast gestorben war.

Er war operiert worden, und als er aufwachte, war er sicherer denn je gewesen sich niederlassen zu wollen. Er wollte, dass sein Leben beginnt. Er wollte eine Familie.

„Würdest du es wieder tun?", fragte Jake.

Adam musste zweimal hinhören. Jake war nie neugierig. Jake stellte nie Fragen. Er blieb für sich. Immer.

Ian schwieg so lange, dass Adam dachte, er würde die Frage völlig ignorieren.

„Nein", sagte Ian, seine Stimme ein hartes Flüstern. „Ich würde Grace retten, weil es das ist, was mein Bruder wollte. Ich versteh' es. Er liebt sie. Das übertrumpft, was ich brauche. Ich würd' mein Bestes tun, um sie beide zu retten, aber Grace käme zuerst." Er nahm eine Gabel voll Makkaroni und Käse. „Aber, Gott, die Welt wäre schlechter ohne Sean. Ich weiß nicht einmal, was Trüffelöl ist, aber ich liebe es."

„Ich wüsste es ebenso wenig", sagte Adam, der probieren wollte. Es sah fantastisch aus.

„Sprich mit Sean. Vielleicht macht er dir welche." Ian aß weiter und bot niemandem einen Bissen an. Er sah auf, als sich die Tür öffnete. „Du hast lang genug gebraucht."

„Du bist in Pissstimmung", sagte Liam, als er mit seinem Laptop unterm Arm hereinkam. Der Ire sah mehr als müde aus. Soweit Adam wusste, hatte er rund um die Uhr gearbeitet. Sein Akzent war stärker und mächtiger als sonst, ein sicheres Zeichen, dass er Ruhe brauchte.

„Sag ihnen einfach, was du herausgefunden hast." Ian machte sich wieder an sein Essen.

Liam seufzte schwer und drehte den Laptop um. Darauf war ein unscharfes Video zu sehen, das angehalten worden war. Serena saß an einem langen Tisch mit mehreren anderen Frauen, ihr Haar in einem Knoten zusammengebunden und mit einer anderen Brille auf der Nase. Das Datum des Videos zeugte von vor einem Jahr.

„Das ist euer Mädchen auf einem so genannten Romanzen-Festival in Denver." Liam schauderte. „Gott, zwing mich nicht, je etwas Derartiges besuchen zu müssen. Es gibt genug Östrogen in jenem Raum, das die Eier eines Mannes schrumpfen und abfallen ließe."

„Du kannst den Meinungsteil des Vortrags kürzen und zum interessanten Teil kommen." Ian lehnte sich zurück, seine Augen auf den Bildschirm gerichtet.

„Was ist das? Eine Art Ort für den Schriftsteller-Rückzug?", fragte Jake und beugte sich für eine bessere Sicht nach vorne.

Liam schüttelte seinen dunklen Kopf und unterdrückte ein Gähnen. „Ich denke, sie nennen es eine Leserkonferenz. Soweit ich das beurteilen kann, treffen sich ein paar hundert sexuell ausgehungerte Frauen mit viel Alkohol und Schokolade, während die Autoren ihnen Bücher über noch mehr sexuell ausgehungerte Frauen verkaufen und trottelige, scheinbar schwule Männer in sehr wenig

Kleidung herumlaufen. Kein Hetero-Mann trüge Cowboy-Überhosen, wenn er nicht auf einer Ranch arbeitet. Wirklich, es ist verstörend."

Ian grinste. „Ich schicke ihn als Cover-Model zur Konferenz hin, auf der Serena nächsten Monat erscheinen soll. Gott, ich hoffe, dieser Fall ist bis dahin noch nicht abgeschlossen."

„Vorher sterb' ich", schwor Liam.

„Könnt ihr zwei uns einfach sagen, was los ist?" Adam hatte das Geplänkel langsam satt. Er wollte das Video sehen.

„Gut. Ich denke, ich zeig's euch einfach." Liam startete das Video. Eine Stimme aus der Kamera begann zu sprechen.

„Meine Frage ist an Amber Rose gerichtet. Ich hab' mich gefragt, wie Sie es schaffen Ihre schönen Liebesgeschichten zu schreiben, während Ihr Privatleben nicht gerade das ist, was man ein Märchen nennen würde? Bitte fühlen Sie sich nicht angegriffen. Ich frage, weil ich gerad' eine Scheidung durchmache und es deprimiert mich so. Wie haben Sie es geschafft?"

Serenas Gesicht war bei der ursprünglichen Frage errötet, aber sie wurde weicher und lehnte sich nach vorn. „Es tut mir so leid, das zu hören. Scheidung kann hart sein. Ich habe mehrere meiner Bücher vor meiner Scheidung geschrieben. Ich habe erst veröffentlichen können, nachdem mein Mann mich verlassen hat. Ehrlich gesagt, das erste *Texas Sweethearts* Buch an einen Verleger zu schicken, habe ich sowohl für mich getan als auch, um es ihm zu zeigen, wissen Sie? Mein Mann sagte mir, ich sei eine talentlose Mitläuferin. Er sagte mir, ich sei pervers, weil ich über eine Frau und ihre zwei Männer geschrieben habe. Und ich werd' hier nicht darauf eingehen, was er über BDSM sagte. Aber ich musste schreiben. Ich musste schreiben, weil ich so bin, wie ich bin. Er hat mir schon Jahre genommen. Ich konnte nicht zulassen, dass er mir das auch nimmt."

Die Frau neben ihr, eine hübsche Frau etwa in Serenas Alter mit samtschwarzen Haaren, beugte sich vor und sprach in Serenas Mikrofon. „Und jetzt kann ihr Bleistift-Pimmel von Ex, der seine beschissenen Arschbücher nicht mal verschenkt kriegt, sein nullachtfuffzehn-Leben ohne das gute Geld seiner perversen Frau führen."

Der Raum brach in Gelächter aus. Serena lächelte und zwinkerte der dunkelhaarigen Frau zu. „Ja, das ist ein schönes bisschen Rache. Ich bekam die ersten paar Schecks und das half mir tatsächlich bei der Heilung."

„Er muss wütend gewesen sein!" Jemand schrie aus dem Publikum.

Serena zuckte mit den Schultern. „Ja, nun, er kann wütend sein. Er kriegt nichts von meinem ‚Porno-Lektüre'-Geld, wie er sich ausdrückte. Ich sorge dafür, dass was Schlimmes passieren muss, bevor er es in die Hände bekommt. Und im Vertrauen, ich bin Schriftstellerin. Ich kann mir verrückten Rachekram ausdenken. Wir planen einmal wöchentlich beim Mittag den Tod von Charakteren. Wir könnten meinen Ex auf die Liste der Idioten setzen, die wir kaltmachen."

Liam klappte den Laptop zu.

Adam schüttelte den Kopf. „Das bedeutet zur Hölle nichts. Wir haben alle so geredet."

„Ja, nun, er ist hinter ihrem Geld her", betonte Liam. „Wenigstens hat sie den Wichser noch nicht getötet. Sag ihr, dass meine Dienste zu buchen sind, falls sie sich entscheidet das Arschloch zu beseitigen. Ich mag es nicht, wenn jemand einer süßen kleinen Sub sagt, dass sie pervers sei. Er klingt wie ein Arschloch, das die Verantwortung nicht übernehmen will sich um eine echte Frau zu kümmern."

„Sie wird ihren Ex nicht töten." Adam war sich dessen sicher. Sie mochte in einem Raum voller sie unterstützender Frauen den Mund zu voll nehmen. Sie mochte ihn in einem ihrer Bücher kaltmachen, doch Serena Brooks war nicht in der Lage einer Fliege tatsächlich etwas zuleide zu tun. Ihre dumme Wahl an Wachhunden bewies ihr weiches Herz.

„Sie muss ihn nicht töten", sagte Jake. „Sie muss ihn nur völlig schlecht aussehen lassen. Vielleicht kommt er ins Gefängnis. Dann könnte er nicht mehr hinter ihrem Geld her sein."

Ian zeigte mit seinem Löffel in Jakes Richtung. „Was er nicht sagt. Dean, ich dachte immer, du wärst der Muskel. Du bist auch das Hirn. Weshalb ist Adam hier?"

„Fick dich, Tag." Adam wandte sich zu Jake, doch es hatte keinen Sinn sich vor Publikum zu streiten. Der Morgen mit Serena hatte Jake weich werden lassen, und jetzt war all diese Arbeit mit einem fünfminütigen Video von vor einem Jahr zunichtegemacht. Es war an der Zeit sich dem vorliegenden Fall zuzuwenden. „Hast du noch 'was Anderes als ein paar unbedachte Worte, die auf Band festgehalten worden sind?"

„Reizbar." Liam öffnete ein neues Dokument auf seinem Laptop. „Nichts Besonderes. Eve hat die Pflicht die Bücher zu lesen. Ich weiß, dass sie besonders jenem Buch Aufmerksamkeit schenkt, in dem Amber Roses Heldin von ihrem Ex-Mann verfolgt wird."

Fuck. Nichts davon klang gut. „Wie sind ihre Finanzen?"

„Gesund. Aber alles ist an ihre Bücher gebunden. Sie hat Einzahlungen von ihrem Verleger und ihrer Agentin. Fast ihr ganzes Geld stammt von diesen elektronischen Büchern, die heutzutage jeder liebt. Sie verkauft fast alles online. Sie ist ein erfolgreiches kleines Mädchen. In den zwei Jahren seit der Gründung hat sie beinahe fünfzehn Bücher herausgebracht. Was die Tatsache erklärt, dass sie sich nicht zu verabreden scheint. Sie verlässt ihren Computer nie."

„So isoliert zu sein, kann seltsame Dinge mit einer Person tun." Ian hatte sein Mittagessen beendet. „Sie ist offensichtlich von ihrer Arbeit besessen."

„Das Gleiche könnte man von dir sagen." Adam fühlte sich unruhig. Nichts davon war wie geplant verlaufen.

„Hast du eine Liste ihrer Freunde?", fragte Jake. „Ich werd' heut Nachmittag mit ihrem Ex-Mann sprechen. Ich könnt' die Runde machen."

Jakes Tonfall war abgeflacht. Es war seine professionelle Stimme, die er dieser Tage viel zu oft benutzte.

„Sie geht morgen mit einer Bridget und einem Chris essen." Adam blickte auf die kopierten Seiten, die er in der Hand hielt. Sie führten den Rest von Serenas Woche feinsäuberlich auf. In ihrem Büro befand sich praktischerweise ein Kopierer. Wenn nur alle Kunden so unkompliziert wären.

Liam hatte eine Antwort parat. „Bridget Slaten und Chris Roberts. Beide Schriftsteller. Und ja, Chris ist ein Mann. Aber er schreibt Liebesgeschichten als Frau. Sein Künstlername ist Cherry Sparks. Wer denkt sich so einen Scheiß aus? Und Bridget schreibt als Dakota Cheyenne. Glaubst du, sie gehen einfach in einen lokalen Stripclub und fragen nach Namen?"

„Also steht sie diesen anderen Schriftstellern nahe?", fragte Adam.

„Soweit ich das beurteilen kann, sind das die einzigen Menschen, mit denen sie außer der Polizei regelmäßigen Kontakt hat." Liam lehnte sich gegen Ians Schreibtisch.

„Lara sagte, Serena hielte sich verdeckt. Sie verlor die meisten ihrer Freunde bei ihrer Scheidung. Bridget und Chris sind ebenfalls Laras Kunden. Sie haben sich auf einer Party getroffen und sind seit fast zwei Jahren eng befreundet. Bridget nahm Serena unter ihre Fittiche." Ian reichte zwei Ordner weiter. „Das ist alles, was wir über die beiden und den Ex haben."

„Du musst dir ein Arschloch namens Master Storm anschauen." Jake zuckte ein wenig zusammen, als er den Namen sagte.

Ian blieb stehen, als warte er auf die Pointe. „Willst du mich verfickt verarschen?"

Adam rollte mit den Augen. „Sie erforscht BDSM."

„Hat sie eine Schisser-Dom-Seite gefunden und nach einem Mentor gefragt?", fragte Ian. „Touristen. Bringt sie zum Sanctum. Es könnte ein guter Weg sein, um sie im Auge zu behalten. Aber sie kommt an deiner Leine rein, Jake."

Jake schüttelte den Kopf und der Angsthase trat tatsächlich einen Schritt zurück. „Ich glaub' nicht, dass das eine gute Idee ist. Sie kann mit Adam reinkommen."

„Adam hat keine Masterrechte im Sanctum", betonte Ian. „Er hat den Kurs nie beendet."

Es gab einen Grund, warum Adam den Kurs nie absolviert hatte. Ian lehrte ihn. Er musste Ians Scheiße acht bis zehn Stunden täglich ertragen. Er musste nicht auch noch in einen Club gehen und noch mehr davon haben. Ian war notorisch hart zu dominanten Männern. Doch ihm gefiel die Idee, Serena ins Sanctum zu bringen. Es war ein Ort, an dem sich Jake wohl fühlte. Serena wäre begeistert in einen Underground-Club zu gehen. Sie wäre gezwungen sich auf Jake zu verlassen, und Jake wäre gezwungen sich um sie zu kümmern. Es war perfekt.

„Jake kann offiziell die Kontrolle haben", sagte Adam. „Du hast Recht. Es ist eine sehr gute Möglichkeit sie im Auge zu behalten und ihr Verhalten zu beobachten. Du kannst sie selbst beobachten, Ian."

Ian schien die Idee in Betracht zu ziehen. „Ich werd' sie aufmerksam beobachten. Wir können während einer Szene viel über eine Sub lernen. Sie will BDSM erforschen? Erweitere ihre Grenzen. Sie wird schnell lernen, ob's wirklich was für sie ist oder nicht. In der Tat, warum mache ich nicht eine Szene mit ihr?"

„Nein." Jake bellte seine Antwort praktisch heraus. „Wenn sie mit mir reinkommt, mache ich die Szenen mit ihr. Niemand außer mir und Adam berührt sie."

Das war es, was er hören wollte. Wenn sich Jake in einen besitzergreifenden Höhlenmenschen verwandelte, bedeutete dies, dass er mit etwas befasst war, ob er es wollte oder nicht.

„Gut." Ian lehnte sich in seinem Stuhl zurück und Adam erkannte plötzlich, dass Ian Jake getestet hatte. *Heimtückischer, manipulativer Bastard.* „Sorg dafür, dass sie richtig gekleidet ist. Ich erlaube keine Touristen in meinem Club."

Adam seufzte. Serenalein fände sich in Fetischkleidung und ohne Schuhe wieder oder sie bekäme nicht das Wissen, das sie suchte. Sie würde es tun. Es wäre viel zu verlockend für Serena. Und er wollte dafür sorgen, dass Serena zu verlockend für Jake war.

„Ich kümmere mich um alles", versprach Adam sanft, als er sich von seinem Stuhl erhob.

„Ich wette, verfickt nochmal, das wirst du", murmelte Jake vor sich hin, sein Ton versicherte Vergeltung.

Ian ignorierte die beiden. „Ich werd' Eve wissen lassen, dass du bereit bist deinen Schützling abzuholen. Jemand ruft durch und gibt mir Bericht darüber, wie das Treffen mit dem Ex gelaufen ist."

Jake hob die Hand. „Ich mach das. Adam bringt sie zu dem Treffen mit ihrer Agentin."

„Liam, du gehst mit Jake als Verstärkung." Ian richtete sich auf und straffte seinen Körper. „Und jemand muss herausfinden, wer dieser Master Storm ist. Ich brauche einen Nachnamen, und jener wird wohl nicht Schlappschwanz lauten."

Liam salutierte Ian auf sarkastische Weise. „Zu Befehl, zu Befehl, Boss. Ich freue mich drauf. Ich versteh' nicht, warum alle so aufgeregt sind, dass dieses Mädchen eventuell ihren Ex betrügt. Er klingt wie ein Arschloch. Ich freu' mich drauf ihn fertigzumachen."

Jake stand auf und seufzte. „Großartig. Ich krieg' den irrsinnigen Iren. Mein Traum ist erfüllt."

„Es ist jedermanns Traum, Junge."

Abgesehen von Jakes Grollen war Adam höchst zuversichtlich, als er sich auf die Suche nach Serena machte.

Kapitel Sieben

„Glauben Sie, dass es ihr Ex-Mann ist?", fragte Eve St. James.

Serena war sich zutiefst bewusst, dass es sich um viel mehr handelte als ein paar einfache Fragen. Sie war diejenige, über die ein Profil erstellt wurde. Oh, Dr. St. James könnte sagen, dass sie fragte, um ein Gefühl für den Mann zu bekommen, der sie verfolgte, aber jede Frage hatte etwas Unterschwelliges. McKay-Taggart Security wollte offensichtlich sicherstellen, dass ihre Kundin nicht log.

In gewisser Weise wäre es eine Erleichterung endlich ermordet zu werden. Auf ihrem Grabstein stünde „Hab' ich dir doch gleich gesagt". „Ich glaube, mein Ex würde es lieben, wenn ich scheitere. Er will mein Geld. Ich glaub' nicht, dass er mehr von mir will als das."

Eves perfekt gepflegte Fingernägel klopften auf das Holz ihres Schreibtisches. „Sie waren lange Zeit verheiratet."

Manchmal fühlte es sich an wie eine Ewigkeit. Manchmal wie ein Augenzwinkern und sie konnte sich kaum erinnern, wie Doyle aussah. Allerdings konnte sie sich noch gut daran erinnern, wie es sich angefühlt hat, als er sie aus ihrem Haus geworfen hatte. Er hatte es ihr öfter angedroht, doch ihre Sachen tatsächlich wie Müll auf den Rasen zu werfen, hatte tiefe Wunden bei ihr hinterlassen. Trotzdem wollte sie die Profilerin nicht anlügen. „Ich glaube nicht, dass mein Ex versuchen würde mich derart zu verletzen. Die Klage ist eher sein Stil. Ich glaube nicht, dass ich diese Person kenne. Ich denke, diese

Person ist verrückt."

Eves Kiefer wirkte angespannt. „Ich weiß nicht, ob das so ist. Ich hab' mir einige der kleinen Notizen durchgelesen, die er Ihnen geschickt hat. Es ist seltsam. Es scheint eine Abweichung zwischen den ersten Facebook-Nachrichten und den letzten E-Mails zu geben. Er wird viel gewalttätiger. Ich würd' sagen, diese Person ist sehr kreativ mit einem reichen Fantasy-Leben, das ihn offensichtlich beunruhigt. Kann ich Ihnen eine Frage stellen?"

„Ich denke, dafür werden Sie bezahlt, Doc." Eve St. James machte sie ein wenig nervös. Sie war perfekt. Perfekte Kleidung, Nägel, Haare. Es machte Serena zutiefst bewusst über ihre eigenen Unvollkommenheiten.

Eve lächelte leicht. „Haben Sie über diesen Mann nachgedacht? Als Figur?"

Sie fühlte, wie ihr ganzer Körper errötete. Wenn sie log und nein sagte, wäre es offensichtlich. Und wenn sie die Wahrheit sagte, sähe sie umso schuldiger aus. Zwickmühle. Die Geschichte ihres Lebens. Wollte sie ehrlich sein, würde sie ganz von vorn berichten. „Würd' ich diesen Mann als Bösewicht in einem meiner Bücher beschreiben, würd' ich sagen, dass er aus einer tief religiösen Familie stammt. Nicht, weil ich ein Problem mit Religion habe, sondern weil sie bisweilen die Sensibilität einer Person verzerren kann. Ich würd' sagen, es gab wahrscheinlich einen Missbrauch in seiner Vergangenheit. Er hat Schmerzen und will sie teilen. Ich hab' ihn in irgendeiner Weise beleidigt. Entweder in meinen Büchern oder mit etwas, was ich persönlich getan hab'. Ich beleidige ihn auf einer tiefen Ebene, etwas, das ihm sogar schwerfiele zu verbalisieren, denn wenn er es öffentlich zugäbe, ließe es seinen Glauben verdächtig erscheinen. Er hat keinem gesagt, was er tut, und würd' es auch niemandem sagen. Das ist eine intime, vielleicht die intimste Beziehung, die er hat. Er will, dass wir nur zu zweit sind."

„Ihm wird es nicht gefallen, dass Sie jemand anderen mitreinbringen."

„Nein." Ihr Verstand übernahm, die ganze Handlung rollte sich auf wie ein Teppich, der ausgeschüttelt wurde. „Er will diese Intimität mit mir. Er mag mich hassen, aber das ist die einzig echte Emotion, die er fühlen kann. Er kann in der realen Welt so tun, aber wenn das Licht aus ist und niemand zusieht, ist Hass alles, was er ist. Es ist so wichtig für ihn wie die Liebe für den Rest von uns. Ich bin im Moment der Mittelpunkt seines Hasses. Er wird beleidigt sein, dass ich jemand anderen in unsere Beziehung gebracht habe. Er wird die Angriffe verstärken. Er wird gewalttätig werden."

Eves perfekt gepflegte Fingernägel klopften auf ihren Schreibtisch. „Ich glaube, Sie haben Recht. Ich denke, es wird sich zuspitzen. Adam hat mir den Bericht von heute Morgen geschickt. Ihr Auto wurde beschädigt?"

Serena schluckte. Sie hasste die Tatsache, dass er ihr Auto angefasst hatte. Er war in ihrer Einfahrt gewesen, während sie im Haus war. Hatte er in ihre Fenster geschaut? „Ja. Wir haben die Polizei angerufen, aber sie sagten mir, ich solle meine Versicherung anrufen. Sie sagten, es waren wahrscheinlich Kinder. Sie nehmen das überhaupt nicht ernst. Es hilft nicht, dass der leitende Ermittler denkt, ich sei eine Verrückte."

Eve lehnte sich vor. „Was meinen Sie damit? Wer ist der Leitende? Sergeant…Chitwood. Ich kenne ihn nicht. Wir haben einige Kontakte, aber ich hab' ihn nie getroffen."

„Er kam vor etwa sechs Monaten zu mir nach Hause. Meine Nachbarn riefen die Polizei. Ich fürchte, Doyle und ich hatten eine kleine Diskussion über Geld. Hausfriedensbruch, so nannte es der Beamte. Er nahm mich ernst, bis er in mein Haus kam."

„Was hat seine Meinung geändert?"

Sie konnte immer noch die Erniedrigung spüren, als sie erkannt hatte, dass der Polizist bereits sein Urteil gefällt hatte. „Ich hatte ein paar Poster von meinen Buchumschlägen aufgehängt. Meine Freunde, Bridget und Chris, hatten Poster aus meinen E-Book-Covern gemacht und ich war stolz auf sie."

Eves zog die Lippen nach oben. „Sie sind ein bisschen sexy."

Sie waren äußerst heiß. Sie waren übertrieben, aber es waren ihre. „Sergeant Chitwood kam herein und tat so, als wäre ich der Star eines Pornofilms. Anscheinend ist er kein großer Verfechter von Ménage in der Romanliteratur."

„Ich glaube nicht, dass Sie das gleiche Problem mit Ihren Bodyguards haben werden. Adam und Jake sind ziemlich aufgeschlossen."

Die Tür zu Eves Büro öffnete sich und Adam füllte den Raum. Er sah saulecker in einem dunklen, maßgeschneiderten Anzug mit Krawatte aus. Er war ein heißer Großstadt-Typ erster Klasse. Jake stellte fast sein Gegenteil dar. Jake Dean sollte irgendwo mit einer Herde Vieh arbeiten. Sie konnte sich ihn in nichts anderem vorstellen als in einer Levi's, wie er einen Ballen Heu erntete.

Sie musste sich wirklich von den beiden ablenken. Sie waren gefährlich.

„Ist sie fertig? Sie hat ein Treffen mit ihrer Agentin und wir sollen bei der Polizeiwache vorbeikommen. Ich hab' einen Anruf von meinem Kontakt bekommen. Er will sich den Fall nochmal ansehen. Wenn wir uns beeilen, können wir noch zum Mittag essen gehen."

Er war ihr Traum-Assistent. Wunderschön, stilvoll, sexy und gut organisiert. Die Sache mit der Organisation tat tatsächlich Dinge mit ihren Mädchenteilen. Adam Miles wäre wahrscheinlich sogar beim Sex organisiert. Necken. Häkchen. Oral. Häkchen. Schreiender Orgasmus. Häkchen und Häkchen.

Und Jacob Dean würde einfach nur knurren, ihr an den Haaren ziehen und ihr sagen, was sie zu tun hatte.

Ja. Auch das tat etwas mit ihr.

„Serena?" Adams Stimme riss sie aus dieser kleinen Fantasie heraus. Sie driftete schon wieder ab. Ihr Hirn geriet an viele verrückte Orte. Leider hielten sie die meisten Leute deshalb für eine komplette Spinnerin. Eve hatte einen fragenden Gesichtsausdruck, Adam jedoch lächelte nachsichtig. Er preschte vor, in ihr Ohr flüsternd. „Wie viel würde ich darum geben zu wissen, woran du gerade denkst. Es hat deine Nippel hart werden lassen."

Sie wusste, dass sie einen Pullover oder sowas hätte tragen sollen. Ihre Brustwarzen waren groß. Sie waren nicht zart und schön. Ihr Ex hatte ihr gesagt, sie erinnerten ihn an eine Kuh. Sie fühlte sich von Scham überflutet.

„Hey." Adam fiel auf ein Knie. „Ich hab' geflirtet. Ich hab' mich nicht beschwert. Ich war glücklich darüber."

Er war so wunderschön. Es war unmöglich, dass sie ihm Glauben schenken konnte. Sie wandte sich wieder Eve zu. „Wenn Sie noch etwas brauchen, lassen Sie es mich bitte wissen. Ich möchte helfen, wo immer ich kann, und ich weiß, dass das erste, was Sie tun werden, ist mich zu überprüfen, um zu sehen, ob ich irgend so'ne Verrückte bin."

Sie erhob sich und war dabei äußerst darauf bedacht, Adam nicht zu berühren. Er machte nur seinen Job, und ein Teil seines Jobs bestand darin sicherzustellen, dass er sie kontrollierte. Sie war sich sicher, dass das Flirt-Ding nur Teil von Adams Strategie war. Sie sollte es nicht ernst nehmen. Egal, wie sehr sie es sich wünschte. Es würde sie nur in die Lage versetzen das Dummchen eines anderen Mannes zu spielen. Sie hatte Jahr um Jahr das Dummchen ihres Mannes gespielt. Die Tatsache, dass sie eine schlechte Ehe aufrechterhalten hatte, beschämte sie. Sie brauchte keine Beziehung zu einem anderen Mann aufzubauen, mit dem sie nicht umgehen konnte.

Eve nickte und studierte sie nachdenklich. „Ich habe unser Gespräch genossen, Serena."

Sicher hatte sie das. Es war kein Gespräch gewesen. Es hatte sich um ein sehr höfliches Verhör gehandelt. Sie waren sich ihrer immer noch nicht sicher. Sie glaubten es noch immer nicht und das bedeutete, dass sie noch immer gefickt war, weil niemand sein Leben für eine Frau riskierte, von der sie dachten, dass sie sowieso log. „Danke." Sie wandte sich an Adam. Das Mittagessen war keine gute Idee. Sie musste sich immer wieder daran erinnern, dass er der Leibwächter und sie nicht über jeden Verdacht erhaben war. „Ich bin nicht wirklich hungrig. Lass uns die Besorgungen so schnell wie möglich erledigen. Ich muss meine Wortanzahl noch durchgeben."

Sein Gesicht wurde blass, während er nickte und höflich zur Tür gestikulierte. „Eve, wir sprechen uns bald."

Ja, sie war sich sicher, dass er das täte. Er würde Eve anrufen, um zu fragen, ob seine ihm Anvertraute eine wahnsinnige mediengeile Hure sei oder nicht.

Sie schaffte es den ganzen Weg zum Aufzug zu laufen, bevor er ihren Ellbogen packte und sie herumdrehte. Er biss seine Hand in ihr Fleisch, ihr zutiefst bewusstmachend, dass er da war.

„Magst du mir erklären, worum es in dieser kleinen Szene ging?" fragte Adam, die Worte kamen knirschend aus seinem Mund. Er drückte den Knopf des Aufzugs und sein Gesicht glich sich wieder aus, als er Grace Taggart vorbeigehen sah. In dem Moment, als sie weg war, zog er die Mundwinkel herunter und diese herrlichen Augen verengten sich. „Jetzt, Serena. Erklär' es mir."

Der Aufzug machte ‚Ding', und bevor sie ein Wort sagen konnte, zog er sie hinein und stieß auf den Knopf, der die Tür schloss.

„Wo ist Jacob?", fragte Serena. Ließen sie ihn zurück? Hatte er einen anderen Auftrag erhalten? Jake hatte den Fall offensichtlich gar nicht erst übernehmen wollen. Vielleicht hatte Adam den Kürzeren gezogen.

Adam streckte die Hand aus und schlug auf den Knopf, der den Aufzug stoppte. „Jacob wird mit deinem Ex-Mann reden. Bist du sauer, dass ich es bin, der den Tag mit dir verbringt und nicht er?"

Die Worte waren kühl, aber da lag ein Schmerz in seinen Augen. Sie wurde weicher. „Nein. Überhaupt nicht. Es ist in Ordnung."

„Warum dann die kalte Schulter?"

„Adam, ich zeig' dir nicht die kalte Schulter. Ich hab' einfach keine Zeit zum Mittagessen." Und sie hatte nicht die Absicht, länger mit ihm zu sitzen und mit ihm zu reden und sich mehr in ihn zu verlieben, als sie es eh bereits getan hatte. Sie kannte ihre Schwächen. Sie war nicht so eine Idiotin, dass sie nicht wusste, wenn sie Gefahr lief sich in den falschen Mann zu verlieben.

Er ließ den Knopf los und der Aufzug begann wieder nach unten zu fahren. „Nun, ich glaub' schon. Wir folgen jetzt meinem Zeitplan, Serena. Wir treffen uns mit Lara und essen dann zu Mittag und gehen dann zum Lieutenant. Du wirst rechtzeitig zu Hause sein, um deine Arbeit zu erledigen. Wenn du das nicht schaffst, liegt es an dir und nicht an mir."

Sie starrte ihn einen Moment lang an, aber er war jetzt verschlossen, seine Körpersprache hart. Er war wütend. Sie war sich nicht sicher, was sie getan hatte. Warum zum Teufel scherte er sich darum, wenn sie nicht zum Mittagessen gehen wollte?

Sie war für immer dazu verdammt die Männer in ihrem Leben zu verärgern. Chris war der einzige Mann, der sich nicht über ihre Anwesenheit zu ärgern schien, und er hatte kein Interesse an ihrer Vagina. Tränen drohten zu fallen. Was für ein verfickt beschissener Tag. Und nun musste sie den Rest davon mit einem Mann verbringen, der nicht glücklich mit ihr war.

Die Etagen huschten vorbei. Warum zum Teufel hatte Ian Taggart die oberste Etage gewählt?

Adam zog die Faust heraus, knallte wieder auf den Knopf und zwang den Aufzug zum Anhalten. „Warum weinst du, Serena?"

Sie schnüffelte und hasste die Tatsache, dass sie die Kontrolle verlor. *Verdammt noch mal.* Warum konnte sie nicht so sein wie Bridget? Bridget weinte nie. Sie sagte den Leuten, sie sollten sich verpissen, und sie meinte es ernst. Serena weinte immer, was sie jedes Mal wie eine verdammte Idiotin aussehen ließ. „Das tu' ich nicht."

„Das tust du." Er streckte die Hand aus und zog sie herum. „Verdammt, Serena. Ich bin vielleicht nicht Jacob, aber glaub' nicht, dass du mir nicht gehorchen musst. Ich trag' jetzt die Verantwortung. Du wirst mir Beachtung schenken. Du wirst tun, was ich sage, und ich will wissen, warum zum Teufel du weinst."

„Ich bin es leid, dass mir niemand glaubt." Sie versuchte sich zurückzuziehen, aber er hielt sie fest. „Lass mich einfach gehen, Adam. Ich will diese Spiele nicht spielen. Ich möchte, dass du mich wie eine Kundin behandelst. Ich möchte, dass du etwas Respekt vor mir hast oder wenigstens so tust."

„Spiele? Was für ein verfluchtes Spiel soll ich denn spielen?", fragte Adam.

Sie war sich plötzlich zutiefst bewusst, dass sie sich auf engstem Raum mit einem Mann befand, den sie seit weniger als einem Tag kannte. Eine Million und ein Szenario gingen ihr durch den Kopf, die meisten davon schlecht. „Ich glaub, ich würd' jetzt gern wieder nach oben gehen."

Adam starrte sie für einen langen Moment an, dann fielen seine Arme und er trat einen Schritt zurück. Sein Gesicht wurde zu einer höflichen Maske. „Natürlich. Ich bin sicher, Liam kann das übernehmen."

Er drückte den Knopf, um den Aufzug freizugeben, und dann auf die Fünfzehn. Der Aufzug fuhr weiter nach unten. Adam fluchte. „Tut mir leid. Der wird nicht eher wieder nach oben fahren, bis er die Lobby erreicht hat. Dann geh' ich raus. Dir sollte es soweit gut gehen, um zurück ins Büro zu gehen. Sag Grace einfach, dass du jemand anderen brauchst, und sie wird dich neu zuweisen. Lass sie wissen, dass ich mir den Rest des Tages frei nehme."

Er hatte zugemacht, sein üblicherweise animiertes Gesicht war komplett leer. Trotz ihrer momentanen Angst schmerzte ihr Herz, weil sie ihm das irgendwie angetan hatte. Sie sagte oder tat immer das Falsche. Unbeholfen. Sie war ungeschickt und nichts gut Gemeintes schien es ausgleichen zu können. Die letzten Jahre waren einfacher gewesen aus dem einfachen Grund, weil sie sie in ihrem Kopf gelebt hatte, wo sie den Dialog und die Handlung schrieb und die Guten gewannen und das unbeholfene Mädchen die Jungs bekam.

„Verdammt, Serena. Ich gebe dir, was du willst. Hör auf zu weinen. Es bringt mich um." Adam starrte sie an, hielt aber seine Hände in seinen Taschen.

Sie waren fast im Erdgeschoss. Beinahe frei. Und sie würde ihn nicht wiedersehen. Sie wusste das ohne den geringsten Zweifel. Wenn sie es zuließe, dass sich die Aufzugstüren hinter Adam Miles schlossen, würde er nicht mehr lächeln, mit ihr flirten oder lachen. Er würde ihr ausweichen und sie würde nie wissen, was sie getan hatte. Er wäre ein weiterer Mann, der sie nicht mochte, und sie wüsste nicht, warum.

Sie drückte den Stoppknopf und ging auf ihn los. Die Situation war abgefuckt und sie konnte es nicht wirklich schlimmer machen. „Was hab' ich getan?"

Adams Augen weiteten sich. „Was meinst du damit?"

„Ich hab' dich wütend gemacht. Ich würd' gern wissen, was ich getan habe."

„Ich war nicht wütend", protestierte Adam. „Nun, vielleicht ein wenig, weil es so aussah, als sei dir Jake lieber. Und dann wurde mir bewusst, dass du Angst vor mir hast, und ich kann dagegen nicht ankämpfen. Du hast das Recht dich sicher zu fühlen. Wenn das jemand anderes für dich kann, muss ich beiseitetreten." Er seufzte, sein Körper entspannte sich. „Serena, ich war wütend, weil ich in einem wirklich schönen Restaurant reserviert hab'. Ich hab' deinen ganzen Tag so geplant, um ein paar Stunden allein mit dir zu verbringen. Ich habe wohl auf scheinbar ungeschickte Weise versucht dich zu verführen."

„Hast du?" Gott. Schon beim bloßen Gedanken schwirrte ihr der Kopf.

Er errötete ein wenig. „Ja. Mach dir keine Sorgen darum,

Süße. Du bist nicht die erste Frau, die mich ablehnt. Ich vermute, du wirst auch nicht die Letzte sein. Jake denkt, dass ich's zu doll angehe. Ich mein' das nicht so. Ich neige nur dazu genau zu wissen, was ich will. Ich bin ungeduldig. Ich wollte dich nicht erschrecken. Ich entschuldige mich. Ich verspreche, Liam wird einen guten Job machen. Er wird sich dir nicht an den Hals werfen. Natürlich wird er dich auch zum Mittagessen zu Hooters bringen, aber bei ihm bist du sicher."

Plötzlich jedoch wollte sie es nicht mehr sicher. Sie wollte ihn. „Versuchst du mich zu verführen, weil du denkst, dass ich so leichter zu kontrollieren bin?"

Adam lachte, doch es war ein bitteres kleines Etwas. „Ne. Ich versuch' dich zu verführen, weil ich einen verfickten Steifen hab', seitdem du gestern in mein Büro gekommen bist. Ich hab' mir den ganzen Tag Gedanken gemacht und geplant. Als ich gestern Abend im Stuhl einschlief, hab' ich entschieden dich prächtig zu bewirten. Ich wollt' heut Abendessen für dich kochen. Noch etwas, das du von Liam nicht kriegen wirst, wenn ich das hinzufügen darf."

Sie wollte Liam nicht. Sie wollte Adam und Jake. Sie hatte zwei Jahre damit verbracht, den Kopf in den Sand zu stecken. Zur Hölle, es war schon viel länger her. Die meiste Zeit ihres Lebens hatte sie die Dinge einfach geschehen lassen. Wie fühlte es sich an zu nehmen, was sie wollte? Wenn sie mit einem klaren Kopf reinginge, wissend, dass es endete, könnte ihr Herz vielleicht unversehrt bleiben.

Sie bewegte sich nah an Adam heran. „Magst du mich immer noch?"

Adam seufzte. „Serena, worum geht es hier? Wie könnte ich dich nicht mögen? Du bist süß und klug und lustig. Du bist vollkommen liebenswert, Baby."

Das war's. Serena stieg auf die Zehen und drückte ihre Lippen an seine.

Adam trat erschrocken einen Schritt zurück. „Serena?"

Gott. Hatte sie einen Fehler gemacht? „Es tut mir leid."

Er streckte die Hand aus, packte sie und zog sie nah zu sich heran. „Du solltest dir besser sicher sein. Du denkst besser darüber nach, bevor du dich an mich ranmachst." Er formte die Lippen zu dem allerköstlichsten dekadentesten Lächeln, aber es war die

Zärtlichkeit in seinen Augen, die an ihrem Herzen zog. „Necke keinen Mann, der sich bereits in dich verliebt hat."

„Adam", sie hasste die Unsicherheit in ihrer Stimme. „Ich bin nicht dumm. Ich weiß, ich bin kein guter Fang."

Er packte ihre Hüften und zog sie näher an sich heran, um sie jeden Zentimeter seines Schwanzes spüren zu lassen. Hart. Dick. Köstlich lang. Sie musste schlucken. Sie musste sich zwingen Luft zu holen.

„Baby, wenn du nicht aufhörst, so über dich zu reden, werd' ich mit Jake über die Art deiner Bestrafung reden müssen. Keiner von uns beiden wird es dir erlauben dich selbst zu verunglimpfen. Du bist wunderschön und sexy wie die Hölle und ich kann es kaum erwarten, meinen Schwanz in dir zu versenken. Aber ich beabsichtige vorerst ein Gentleman zu sein, weil ich nicht will, dass du mich benutzt."

„Dich benutzen?"

„Für Sex."

Sex? Ja, sie wollte ihn für Sex benutzen. Worüber hatte er sonst gesprochen? „Du willst keinen Sex haben?"

Er gluckste, seine Hände glitten um ihre Hüfte und bewegten sich um ihr Hinterteil. „Oh, ich will Sex, aber ich will nicht von der klugen, erfolgreichen Autorin verlassen werden, weil sie mich nur als ein sauheißes Stück Arsch sieht. Ich möchte, dass du mich kennenlernst. Ich will, dass du mich magst."

Sie wurde weich und feucht. Sie mochte ihn gerade richtig. Und er sprach, als schnappte sie sich regelmäßig ein Spielzeug für die Nacht. „Sei nicht albern, Adam. Ich hab' nicht…"

Scheiße. Sie sollte nicht dorthin hingehen.

Er neigte ihren Kopf nach oben, als er seine Hand an ihr Kinn legte. Er zwang sie in seine babyblauen Augen zu schauen, die sie jedes Mal hineinzogen. „Beende diesen Satz, Serena. Und lüg' nicht. Jake und ich bringen dich bald in einen Club. Ich würd' es ja vorziehen, den Abend damit zu verbringen, dass wir uns amüsieren, aber ich genieß es auch dir deinen Arsch rot zu versohlen."

Sie errötete. Sie fühlte die Hitze vom Haaransatz bis zu den Zehenspitzen. Ein Club. Ian Taggarts Underground-Club? Sie hatte gehofft, dass Master Storm ihr nach so langer Zeit eine Einladung zu einer der lokalen Play-Partys besorgte, aber dies war ein echter Club, wie die, über die sie schrieb. „Wirklich?"

Adam lehnte sich vor, ein Lächeln auf seinem Gesicht. Er legte seine Stirn auf ihre. „Alles, was ich tun muss, ist einen Ort zu finden, an dem du ein wenig recherchieren kannst, und schon bist du Kitt in meinen Händen. Wirklich, Baby. Ich soll dir ein Halsband und einiges mehr besorgen. Jetzt beende den Satz."

Die Tatsache, dass er ihr so nah war und verstand, was sie wollte, machte es einfacher ehrlich zu sein. „Adam, ich hatte seit fast vier Jahren keinen Sex mehr. Schon vor der Scheidung verlor Doyle das Interesse an mir. Ich bin keine verrückte Spielerin. Ich will dich nicht einfach nur vernaschen."

„Nun, ja, ich möchte, dass das so bleibt, Baby." Seine Stimme war lyrisch, magnetisch. Seine Lippen schwebten über ihren. „Ich glaube aber, dir gern einen kleinen Vorgeschmack davon geben zu wollen, was ich will."

Seine Lippen trafen auf ihre und diesmal fühlte es sich richtig an. Diesmal hatte er das Sagen, und alles, was sie tun musste, war mutig genug zu sein, um zu folgen. Sein Mund bedeckte ihren und rieb ihre Lippen aneinander. Seine Hände bewegten sich in unaufhörlicher Weise über ihren Rücken und ihre Hüften, umfassten schließlich ihren Arsch und er drückte sie an sich. Mit der Zunge leckte er über die schmale Öffnung ihres Mundes und sie öffnete sich für ihn. Wie lange war es her, dass sie geküsst worden war? Ewig. Genauso? Vielleicht niemals. Adam verschlang sie. Er trank sie wie ein Mann, der beinahe an Durst gestorben war.

Sie wurde weicher und wollte in ihn einsinken

„Berühr' mich, Baby", flüsterte Adam. „Sei nicht schüchtern. Ich will deine Hände auf mir haben. Es ist das Beste beider Welten. Ich lass' dich so lange mit mir spielen, wie du willst, und Jake wird dich fesseln. Wir können alles sein, was du willst."

Die Worte waren die Verführung selbst. Alles, was sie wollte. Alles, wovon sie geträumt hatte. Sie konnte Adam ihre Wünsche mitteilen, und er würde ihr nicht das Gefühl geben ein Freak zu sein. Sie küsste ihn wieder, Mut gewann die Oberhand. Sie ließ ihre Hände entlang der schlanken Muskeln seiner Schultern und seines Bizeps' spielen. Adam sah überall wie in Stein gemeißelt aus. Sie küsste die starke Linie entlang seines Kiefers und schwelgte in seinem Duft. Er roch sauber und männlich. Sein Haar war nur etwas lang. Er sah aus, als gehörte er auf das Cover einer Zeitschrift, und er bot sich ihr an.

„Das ist richtig, Baby. Du erkundest nach Herzenslust." Er nahm ihre rechte Hand und zog sie hinab. „Ich glaube, es gibt einen Teil von mir, den du übersehen hast."

Sein Schwanz. Sie konnte spüren, wie er gegen den Stoff seiner Hose drückte, als ob er da rauszukommen versuchte. Sie umfasste ihn und spürte seine Stärke. Wie würde es sein, diesen Schwanz zu reiten? Würde sie endlich das Vergnügen finden, über das sie schrieb? Sie war schon einmal gekommen, aber nie ohne die Hilfe von etwas, das Doppel-A-Batterien benötigte. Adam schien solche Hilfsmittel nicht zu brauchen. Adam schien, als könnte er den Job auch so gut bewältigen.

Sie küsste ihn wieder und fragte sich, wie es liefe. Würde er sie gegen die Aufzugstür werfen oder ginge er auf den Boden und ließe sie Stück für Stück auf ihn absinken?

Es geriet außer Kontrolle. Sie küsste ihn und irgendwie glitten ihre Hände an seinem Gürtel vorbei in dem Versuch heißes Fleisch zu finden.

Und sein Telefon klingelte.

„Scheiße." Adam küsste sie noch einmal und umarmte sie mit dem einen Arm, während er mit dem anderen nach seinem Telefon griff.

„Das seid verdammt nochmal besser nicht ihr im verfickten Aufzug, Adam. Die Wartung hat gerad' angerufen und gesagt, dass ein Arschloch den Aufzug anhält, und rate mal, was? Sie sind von meiner Etage losgefahren. Fickst du etwa gerad' die Kundin in dem verdammten Aufzug, fünf Minuten nachdem ich dir sagte, du sollst die verfickte Kundin nicht ficken?"

Sie versuchte sich zurückzuziehen, Ian Taggarts Stimme füllte den Aufzug, obwohl er sich fünfzehn Stockwerke höher befand.

Adam legte das Smartphone an seine Brust und schenkte ihr ein beruhigendes Lächeln. „Er hat ein schrecklich schmutziges Mundwerk, Baby. Mach dir keine Sorgen um ihn." Er nahm das Telefon wieder ans Ohr. „Nun, Boss, wenn du dich richtig erinnerst, hab' ich gesagt, dass ich es wahrscheinlich nicht sehr versuchen würde."

„Gottverdammt, Adam."

Adam streckte die Hand aus und startete den Aufzug wieder. Es machte „Ding", und Adam legte einen Arm um sie und begann hinauszugehen, als sei nichts passiert. „Ich mache nur Spaß, Boss. Du musst einen Sinn für Humor entwickeln. Wir sind auf dem Weg zu ihrer Agentin. Jemand anderes muss im Aufzug ficken. Vertrau mir, wenn es dazu kommt, dass ich die Kundin ficke, wird es an einem bequemeren Ort sein als in einem Aufzug."

„Eines Tages werd' ich deinen Arsch feuern, Adam."

Er beendete das Gespräch und schob das Telefon in seine Hose. „Na los. Lass uns das Treffen hinter uns bringen, damit wir was Kleines zu Mittag kriegen. Ich hab' Hunger."

Serena war auch hungrig, doch nicht auf Mittagessen. Sie verspürte plötzlich einen riesen Appetit auf Adam Miles, doch sie fragte sich, ob es nicht für beide von ihnen schlecht sei.

Adam lächelte sie an, mit einem Blick, den sie anfing sein „mach dir darüber keine Sorgen"- Gesicht zu nennen.

Doch sie scheiterte. Sie war definitiv besorgt.

Kapitel Acht

Jake fuhr mit seinem SUV zu dem kleinen, im Bungalow-Stil gehaltenen Haus in einer eher abgefuckten Nachbarschaft. Bei Doyle Brooks war es in den letzten Jahren nicht so gut gelaufen wie bei seiner Frau.

„Haben wir eine Zusammenfassung des Kerls?" Jake seufzte, während er sich dafür wappnete, Serenas Ex-Mann zu treffen.

„Klar. Das ist meine Lebensaufgabe", sagte Liam mit starkem Akzent. Wenn Liam allein war, zog er es vor sein Irisch fließen zu lassen, doch in dem Moment, in dem sie aus dem SUV stiegen, wusste Jake, dass er seinen natürlichen Akzent durch einen flachen, vom Mittleren Westen geprägten Rhythmus ersetzte. Es half dem Iren sich zu integrieren.

„Gib sie mir." Er hätte es gestern Abend selbst tun sollen, aber nein, er hatte *Small Town Sweetheart* gelesen und sich in der Dusche einen runtergeholt, während er sich und Adam als die Männer des Buches und die süße kleine Serena als die Heldin Gabby vorgestellt hatte. Er war ein Trottel. Und Adam hatte sie im Aufzug gefickt. Verflucht sei er. Er nahm ihm nicht ab, dass es nicht Adam gewesen war. Nicht für eine Sekunde. Es lag in der selbstzufriedenen Stimme, die über Ians Lautsprecher ertönt war. So viel dazu, sie sich gemeinsam zu nehmen.

Andererseits hatte er seinem Partner nicht viel Hoffnung gegeben, dass er überhaupt offen dafür war sie zu nehmen. Und nichts von dem, was heute passiert war, brächte ihn eher dazu, mit ihr ins Bett zu steigen.

Sie bedeutete Ärger. Süßer, sexy, höllisch heißer, unterwürfiger Ärger.

„Spreche ich hier mit mir selbst?"

Verflucht. Er musste seinen Verstand mit ins Spiel bringen. „Tut mir leid. Was hast du gesagt?"

„Ich hätt' sagen können, der Himmel stürzt ein und mein Schwanz ist das Einzige, was ihn hochhält, und du hättest es nicht mal bemerkt." Liam lehnte sich zurück, seine tiefgrünen Augen verengten sich. „Adam ist nicht der Einzige, der auf das Mädchen steht."

„Adam ist der Einzige, der verrückt genug ist nichts dagegen zu unternehmen. Wir wissen nicht mal, ob sie uns anlügt." Das dachte er nicht, doch hatte er sich schon mal geirrt.

„Gott, nicht schon wieder. Ich schwöre, fick sie einfach, steck ihr den Ring an den Finger und verschone den Rest von uns. Sean hätte mich letztes Jahr fast umgebracht. Ich musste Gracie rund um die Uhr beobachten, weil er seinen Scheiß einfach nicht in Ordnung bringen konnte. Willst du meinen Ratschlag?"

„Nein." Jake wollte keinen Rat von irgendwem, schon gar nicht von „lieb' und verlass' sie, bevor du noch nicht mal ihren Namen kennst" Liam O'Donnell. Es war, als nähme er die Moral eines Politikers an.

„Gut", sagte Liam und ignorierte ihn völlig. „Hier ist mein Ratschlag. Es spielt keine Rolle, ob das Mädchen betrügt oder nicht. Sie ist goldig und süß und sichtlich unterwürfig. Wenn ihr sie wollt, nehmt sie. Versohlt ihr den Arsch, fickt sie, bis sie nicht mehr geradeaus sehen kann, und legt ein paar Grundregeln fest. Kein vorgespieltes Stalking, oder Schmuse-Dom und BDSM-Romanzenscheiß mehr, der Frauen auf die Idee bringt uns herumschikanieren zu können. Letzteres ist vor allem wichtig."

Jake lachte etwas. Er konnte sich vorstellen, was Serena täte, wenn er ihr sagte, sie solle aufhören zu schreiben. Seine Eier bräuchten eine eigene Schutzvorrichtung, Doch der Rest war teils faszinierend. Was wäre, wenn er Serena kontrollieren könnte? Sie hatten noch nie eine D/S-Beziehung mit einer Frau ausprobiert, mit denen er und Adam gelebt hatten. Was wäre, wenn er dahin käme ihr zu vertrauen? „Hör auf mit dem Liebesratschlag, Mann. Gib mir einfach die Zusammenfassung über das Arschloch."

Liam zog sein Tablet heraus. „Nun, er ist nicht das Proleten-Arschloch, wie ich vermutet hab'. Es ist viel schlimmer."

Jake kannte einen ganzen Haufen Proleten-Arschlöcher. Er war in ihrer Nähe groß geworden. Zur Hölle, er war die Hälfte seines Lebens auch eines gewesen. Nur unter Adams Einfluss hatte er von so etwas wie Gourmetessen gehört oder davon, was einen guten Anzug ausmachte. Er mochte nicht daran denken, wie Serena mit einem Typ zusammen war, der seine Zeit auf der Jagd verbrachte. Serena schien in gewisser Weise zart zu sein. „Was ist er dann?"

Liam machte ein würgendes Geräusch. „Er ist ein College-Professor. Gott bewahre mich vor Intellektuellen. Er unterrichtet Englisch, um Himmels willen. Brauchen Studenten wirklich Unterricht in einer verfickten Sprache, die sie längst schon sprechen? Meine Mutter würd' sich im Grab umdrehen, wenn ich gutes Geld für einen Englischkurs ausgeben würde."

„Deine Mutter wär' wahrscheinlich schockiert, dass du's überhaupt aufs College geschafft hast." Jake mochte es sich mit Liam anzulegen.

„Meine Mutter war IRA pur, Bursche. Glaub mir, sie würde für nichts bezahlen, was das Wort Englisch beinhaltet. Professor Doyle unterrichtet momentan an einer Volkshochschule. North Lake. Verfluch mich. Er hat's nich' mal bis zur oberen Liga geschafft. Kein Wunder, dass er auf seine Frau eifersüchtig ist. Wenigstens macht sie etwas Produktives."

Offensichtlich war Liam nicht gerade ein Fan von Hochschulbildung. „Also hat er sich von Serena scheiden lassen und ist hergezogen?"

Liam schüttelte den Kopf. „Nein. Das ist das Haus, in dem sie gelebt haben. Er hat sie rausgeschmissen."

Arschloch. „Ist er immer noch allein?"

„Nein. Eine Masterstudentin zog etwa sechs Wochen, nachdem er die Scheidung eingereicht hatte, bei ihm ein. Professor Doyle mag es jung." Liam schob das Tablet in seine Hülle zurück. „Er hat sie verletzt. Du kannst das verstehen, oder? Soweit ich verstehe, hat sie endlich den Mut das zu tun, was sie ihr ganzes Leben lang wollte, und ihr Mann versucht sie in den Dreck zu ziehen. Was sagte die andere Frau auf dem Band? Er kann seinen eigenen Scheiß nicht verkaufen? Um was willst du wetten, dass das Arschloch da drin auf 'nem beschissenen Roman sitzt, den er seit Jahren nicht verkauft kriegt? Irgendein Scheiß, mit dem er denkt die Welt zu verändern. Er schreibt vermutlich über verdrießliche Yuppies und ihr trauriges Leben. Er war eifersüchtig auf sie. Er hat versucht sie auf die einzige Art und Weise aufzuhalten, wie es nur Tyrannen können. Ich sag' nur, wenn sich eine Frau ein wenig an so 'nem Mann rächen wollte, ist es vielleicht nicht das abscheulichste."

Vielleicht nicht. Und doch musste er erst die Wahrheit erfahren, bevor er etwas mit ihr anfangen konnte. Er konnte nicht schon wieder blind reingehen. Aber er wusste, wie es sich anfühlte, wenn alles, was er wollte, unter einem grausamen Mikroskop namens Moral seziert wurde. Er ginge der Sache nicht auf den Grund, wenn er hierbliebe. „Lass uns gehen. Er scheint zu Hause zu sein."

Das Auto stand in der Einfahrt. Nur eins, wie Serena gesagt hatte. Es schien, als brächte der gute Professor seine Schnitte immer noch dazu, den Bus zu nehmen.

Jake klopfte an die Tür, Liam hinter ihm.

Eine hübsche Blondine öffnete die Tür. Sie konnte nicht älter als dreiundzwanzig sein. Sie trug ein Sweatshirt und Shorts, die ihr den Arsch hochrutschten. „Hallo."

„Wir suchen nach Professor Brooks. Wir haben vorhin angerufen. Mein Name ist Jacob Dean. Ich bin von einer Firma namens McKay-Taggart."

Ihre blauen Augen weiteten sich. „Sie sind hier wegen seiner Ex-Frau. Amber Rose?"

Das war ihr Pseudonym. Jake verspürte ein tiefes Bedürfnis, die junge Frau zu korrigieren. Amber Rose war ein Künstlername. Serena war eine Frau. „Serena Brooks."

Sie drehte den Kopf, als ob sie nach jemandem Ausschau hielt. Als sie sich ihnen wieder zuwandte, dämpfte sie ihre Stimme. „Erzählen Sie Doyle nichts davon, aber ich liebe ihre Bücher. Ich lese alle Art von Romantik, aber ich liebe erotische Romantik. Glauben Sie, sie kennt Eliza Gayle? Das wär' so cool. Amber Rose ist gut, aber Eliza rockt, falls Sie wissen, was ich meine."

Lieber Gott, er hatte einen Groupie gefunden. „Das tue ich nicht, Miss."

Sie plapperte weiter. „Ich finde es schrecklich, dass jemand versucht sie zu verletzen. Sie sollten diesen Kerl finden. Es wäre traurig, wenn sie aufhören würde zu schreiben. Ich hab' all ihre Bücher auf meinem E-Reader. Doyle glaubt nicht an E-Books – als existierten sie nicht oder so. Er ist ein wenig unzeitgemäß. Aber ich hab' eins gelesen, weil ich neugierig war. Er spricht die ganze Zeit über diese Bücher. Ich meine, er hasst sie. Doyle ist nur eifersüchtig, weil er niemanden in New York dazu bringen kann, sein zweitausendseitiges Buch über Single-Menschen in Manhattan zu kaufen. Er hat die ekelerregendsten Beschreibungen von Geschlechtskrankheiten darin. Was soll das?"

Liam stieß ihm den Ellbogen in die Seite.

„Ginny, wer ist da?", rief eine tiefe Stimme aus dem hinteren Teil des Hauses.

„Es sind die Typen, die vorhin angerufen haben", schrie Ginny zurück. Sie rümpfte die Nase. „Sagen Sie ihm nicht, dass ich die Bücher seiner Ex gelesen habe. Er denkt, dass ich nur amerikanische Meister lese. Ich brauche die Zustimmung zur Annahme meiner Abschlussarbeit. Er ist ziemlich gut mit meinem Professor befreundet."

Sie öffnete die Tür und ließ sie rein.

Im Gegensatz zu Serenas Haus war Professor Brooks' Bungalow ein exaktes Modell von Effizienz. Jakes Herz zerriss ein wenig bei dem Gedanken an die chaotische, lustige Serena, die dazu gezwungen wurde alles perfekt zusammen zu halten. Es gab kein Buch, das nicht an seinem Platz stand, noch stapelweise Notizen, die überall verstreut herumlagen. Das Haus sah nicht bewohnt aus. Wenngleich es preiswert gewesen war, strebte der Mann, der hier lebte, ganz offensichtlich nach mehr.

Doyle Brooks betrat das Wohnzimmer. Er trat überzeugend als aufstrebender Intellektueller auf, der in Hose, Hemd und Blazer gekleidet war. „Meine Herren, bitte kommen Sie zu mir in mein Büro."

Sein Büro war ein renovierter extra Schlafraum, der mit dunklen Paneelen ausgestattet war, sowie einem riesigen Schreibtisch, der fast so satt von sich selbst aussah wie der Mann, der dahinter saß. Es gab zahlreiche Auszeichnungen und Tafeln, die ordentlich an den Wänden hingen und verkündeten, wie schlau und gebildet Doyle Brooks war. Der Mann war erst dreißig. Das bedeutete, dass er viele dieser Abschlüsse gemacht hatte, als er noch mit Serena verheiratet war. Serena, die seinen Arsch unterstützt hatte, während er zur Schule ging. Serena, die er in dem Moment verließ, als sie schwierig wurde.

Arme kleine Sub.

Es wurde sich vorgestellt und der Professor schien alles mit kühler Ruhe zu nehmen.

„Also, Serena versucht noch immer mich schlecht zu machen." Doyle lehnte sich mit einem traurigen Seufzer zurück, als wollte er es nicht glauben, doch wusste, dass es wahr ist.

„Sie versucht herauszufinden, wer sie verfolgt, Professor Brooks." Liams Akzent des amerikanischen Mittleren Westens tat seine ganze Kraft. Der Ire besah sich Serenas Ex-Mann mit seinen dunklen Augen, er schätzte den Mann ein. Liam verfügte nicht über Eves Profiler-Referenzen, hatte jedoch über Jahre gelernt Männer und Frauen zu lesen. Er hatte es gemusst. Er musste lernen, wer versuchte ihn zu töten und wer nicht. Genau wie Jake.

Ein kleines Lachen blies aus Brooks' Mund. „Niemand versucht sie zu töten. Ich hasse das. Das tue ich wirklich. Serena war früher so ein Schatz, doch spielt sie jetzt eine Art Spiel. Wir befinden uns in einem kleinen rechtlichen Streit, Serena und ich, und sie hat sich entschieden schmutzig zu spielen. Haben Sie die Polizeiberichte gelesen?"

Ja, aber jetzt, da er vor Serenas Ex saß, konnte er sehen, was die Bullen gesehen hatten. Ein perfekt gekleideter, ruhiger und vernünftiger Mann, der seinen Standpunkt in einer Weise darlegen konnte, die sie verstanden. Serena war höchstwahrscheinlich ein wenig chaotisch, ein wenig schüchtern und insgesamt ungeschickt.

„Das hab' ich", antwortete Jake. „Ich weiß auch, dass Serena einige Anrufe von Ihnen erhalten hat."

Er hatte sich den einen auf ihrem Anrufbeantworter in der letzten Nacht angehört. Er war mit Gift und Galle gefüllt. Die raue Stimme auf dem Band der vorherigen Nacht hatte nur wenig Ähnlichkeit mit den kultivierten, weichen Tönen des Mannes vor ihnen. Professor Brooks schien zwei verschiedene Persönlichkeiten zu haben.

Brooks hatte genug gesunden Menschenverstand, um ein wenig zu erröten. „Ich hätte diese Nachricht nicht hinterlassen sollen. Es war falsch von mir. Ich hätte unseren Anwälten erlauben sollen, die Dinge zu regeln. Schauen Sie, Serena und ich haben offensichtlich einige Dinge zu klären."

„Ihre Scheidung wurde vor ein paar Jahren vollzogen", bemerkte Liam. Er hatte einen Notizblock in der Hand und sah von außen betrachtet aus wie ein Assistent.

Brooks setzte sich etwas gerader auf. „Damals ist mir nicht alles klar gewesen. Mein Anwalt sagt, das ist ein ziemlich hoffnungsloser Fall, aber ich werde mich dafür einsetzen. Ich habe sie unterstützt, während sie diese...Bücher schrieb, wenn man das so nennen kann."

„Darunter verstehen wir normalerweise eine Sammlung von Wörtern, die eine zusammenhängende Geschichte bilden." Jo, der Professor war ein aufgeblasenes Arschloch.

„Ich weiß nichts über Zusammenhänge. Was meine Ex-Frau schreibt, ist reine Pornografie. Es verstopft die Verlage, so dass die echten Autoren nicht durchkommen."

Liam räusperte sich. Es war ein klares „ich hab's dir gesagt".

Und das hatte er auch. „Serena hat uns erklärt, dass Sie sich wegen ihres ersten Buches von ihr getrennt haben."

Er atmete lange durch und lehnte sich zurück. „Nun, was hat sie von mir erwartet? Ich war gerade aufs College gekommen."

„Junior College." Liam schien ein dringendes Bedürfnis zu verspüren den Professor weiter zu stochern.

Brooks bestätigte ihn nicht. „Die Frau eines Professors ist von großem Vorteil. Er wird an ihr gemessen. Wenn ich in meinem Beruf aufsteigen wollte, konnte ich sicherlich nicht der Mann sein, dessen Frau Pornos schreibt. Und erst die Handlungen, die sie beschreibt." Er rümpfte die Nase vor Widerwillen. „Das Buch ist schmutzig. Es sollte nicht da draußen sein. Es machte mich krank und, ehrlich gesagt, ist einiges davon für Frauen erniedrigend."

Das war lächerlich. Jake hatte das gleiche Buch gelesen. Sie benutzte eine grobe Sprache. Sie nannte einen Schwanz einen

Schwanz. Sie hatte nicht den Ausdruck „Honigtopf" oder „Zentrum" gebraucht, um eine Vagina zu beschreiben. Sie hatte sie eine Muschi genannt. Jake fand es erfrischend. Er verstand nicht, wie sich eine Frau, die sich entschied ihre Sexualität zu erforschen, erniedrigte. Aber dies war nicht die Zeit, um Serenas Arbeit zu verteidigen. „Wo waren Sie letzte Nacht, Professor?"

Der Mann schien etwas erschrocken. „Ich weiß nicht, ob Sie das etwas angeht."

„Wenn Sie bei meiner Kundin zu Hause waren und zufällig mit einem Schlüssel an ihrem Auto vorbeigelaufen sind, ist es definitiv meine Angelegenheit." Es war an der Zeit, diesem Arschloch mitzuteilen, dass jemand auf seine Ex aufpasste. Sie war nicht mehr allein.

Der Professor ballte die Fäuste. „Ich war hier, um Arbeiten zu benoten. Und niemand war bei mir. Ginny war im Unterricht. Der Bus hat sie nach zehn Uhr abgesetzt."

Liam keuchte. „Sie lassen dieses kleine bisschen Flaum allein durch die Straßen gehen? Was für ein Mann sind Sie denn?"

„Ich bin ein Mann, der Frauen respektiert. Sie ist kein Kind mehr. Sie hat Verstand, und sie kann auf sich selbst aufpassen."

Jake rutschte weiter vor. Er verstand den Mann jetzt. „Ich kenne Männer wie dich. Du nimmst und nimmst und gibst nichts zurück und nennst dich modern oder so'n Scheiß. Du wirst einer Frau keine Tür öffnen, weil es deiner Meinung nach beleidigend ist. Ich bin sicher, dass die kleine Ginny da drin für ihren eigenen Orgasmus verantwortlich ist, weil du nicht damit belästigt werden willst ihr einen zu geben. Du suchst jede erdenkliche Ausrede, damit du keine Verantwortung übernehmen musst."

Er zuckte mit den Schultern. „Nun, ich würde Feministinnen nicht verärgern wollen."

Jake stand auf. Es war an der Zeit dieses Interview zu beenden. Es führte nirgendwo hin, und er wusste zumindest eines über den Mann. Jake traute ihm nicht. Er gäbe Adam die Erlaubnis sich in jedes Konto zu hacken, das der Mann besaß. Es könnte Wochen dauern alles durchzugehen, doch selbst wenn dieser Wichser ihr nur eine hässliche E-Mail schrieb hatte, brächte Jake sie zu den Bullen. Brooks hatte gedacht, er könnte Serena ärgern. Nun, Jake hatte einige der weltweit tödlichsten Männer seiner Zeit verärgert. Professor Brooks wäre ein Kinderspiel. Liam konnte ein paar Tage auf das Arschloch aufpassen, doch allein mit ihm zu reden ging Jake bereits auf die Nerven. „Serena Brooks steht jetzt unter meinem Schutz. Hast du verstanden?"

„Ich verstehe, dass du wie ein schwachköpfiger Höhlenmensch klingst."

Jake lehnte sich vor und machte sich alles zu Nutze, was seine militärische Ausbildung zur Einschüchterung hergab.

Eine Welle reinen Raubvergnügens überrollte ihn, als der Professor direkt vor seinen Augen zu schrumpfen schien. „Vergiss das nicht. Wenn du ihr Haus noch einmal anrufst, bin ich wieder hier und wir unterhalten uns. Ich glaube nicht, dass dir gefallen wird, wie ich rede. Ich bin kein Freund großer Worte."

„Du drohst mir."

Er lächelte, aber Jake war sich ziemlich sicher, dass es nicht vor Glück war. „Schau, Liam. All diese Abschlüsse haben ihn wirklich schlau gemacht." Er zog sich zurück. „Und was Serenas Bücher betrifft, so sind sie gut. Ich mag sie. Ich kann sehen, an welchen Stellen du dich von ihr scheiden lassen wolltest. Sie hat dich schlecht aussehen lassen."

Die Augen des Professors verengten sich. „Du fickst meine Frau."

Da war die Stimme, die Jake auf dem Anrufbeantworter gehört hatte. Ja. Der Professor hatte eine dunkle Seite.

„Das tut er nicht, noch nicht. Doch er kommt wieder zu sich." Liam erhob sich und sammelte seine Sachen ein. Er legte eine Karte auf den Schreibtisch des Professors. „Ich möchte es Ihnen leicht machen anzurufen und sich zu beschweren. Fragen Sie nach Ian Taggart. Ihm gehört die Firma."

Doyle Brooks' Gesicht war rot gefleckt. Er griff nach der Karte. „Oh, Mr. Taggart wird von mir hören. Nun, ich glaube, ich möchte, dass Sie mein Zuhause verlassen."

Jake nickte. Er hatte nichts mehr zu sagen. Er wünschte sich, er könnte dabei sein, wenn Brooks versuchte seinen Scheiß mit Ian abzuziehen. Liam war ein Bastard. Jake war glücklich bei dem Iren nicht unbeliebt zu sein. Er folgte Liam hinaus und fragte sich, wie schwer es für Serena gewesen war in diesem Haus zu leben. Sie hätte nicht in ihrer Unterwäsche schreiben können. Sie hätte nicht herumtanzen können. Sie hätte sich eingeengt gefühlt. Sie hatte ein zutiefst unterwürfiges Wesen. Das bedeutete nicht, dass sie sich von jedem einfach rumschikanieren ließ. Das hatte sie bewiesen. Sie hatte sich kämpferisch gezeigt. Sie war ihrem Weg gefolgt. Doch es bedeutete, dass sie höchstwahrscheinlich versuchte den Menschen um sie herum zu gefallen. Besonders ihrem Mann. Dieser Drecksack im Büro hatte sie so lang wie möglich ausgenutzt und sie dann unter seinen übertrieben anmaßenden Slippern zermalmt, als er keinen Nutzen mehr in ihr sah.

„Du siehst aus wie ein Mann, der bereit ist jemandem die Scheiße aus dem Leib zu schlagen." Liam hatte ein selbstzufriedenes Grinsen im Gesicht. „Erinner' dich an meinen Rat. Fick sie und bring's hinter dich. Es ist unvermeidlich. Dann hättest du jedes Recht gehabt, diesem verdammten Wichser in die Fresse zu schlagen. Das Weichei schlüge nicht zurück."

Jake nickte Ginny zu, als er zur Tür hinausging. Er hoffte, dass die junge Frau genug Verstand hatte, um abzuhauen, sobald sie konnte.

Er konnte Professor Brooks hören, wie er jemanden anschrie. Gott, er hoffte, dass es Ian war. Die Tür schlug hinter ihm zu, als sein Handy klingelte. Er sah auf die Nummer hinunter.

„Sag mir, dass es Ian ist, der uns die Erlaubnis gibt den Bastard zu töten." Liams Irisch war wieder da. Und er hatte ein Grinsen im Gesicht. Er hatte es genossen sich mit dem Professor anzulegen.

Doch Jake verlor sein Lächeln. „Es ist Brighton." Er wischte mit der Hand über das Display, um den Anruf anzunehmen. „Hier ist Dean."

Seine Polizeiverbindung klang düster. „Hey, Jake. Hast du den Fall Serena Brooks übernommen? Kennst du die Schriftstellerin, wegen der du gestern angerufen hast?"

Jake verspürte einen kalten Schauer, der ihm immer den Rücken runterlief, wenn die Kacke zu dampfen anfing. „Ja. Ich bin gerade bei ihrem Ex-Mann. Was ist los?"

„Du solltest zur Wache kommen. Der Polizist, der an ihrem

Fall arbeitet, hat etwas gefunden. Soll ich sie anrufen oder willst du das lieber selbst machen?"

Scheiße. Er wollte sie gar nicht anrufen, doch er hatte nicht das Recht ihr etwas vorzuenthalten. Sie hatte das Recht zu wissen, was auf sie zukam. „Ich mach's. Ich bin in zwanzig Minuten da. Wie schlimm ist es?"

„Nun, es ist ernster, als wir dachten, oder sie ist cleverer. Keine Ahnung, Mann. Du musst mit den Kripobeamten sprechen, die sich mit dem Fall befassen. Ich werd' sie für dich hier behalten. Ich weiß nicht, Jake. Ich hab' ein ungutes Gefühl."

Brighton war ein Polizist und zehn Jahre dabei. Jake vertraute Brightons Bauchgefühl. Besonders, wenn sein eigenes ihm sagte, dass dies komplexer sei, als es schien. „Wir sind gleich da."

Er beendete das Gespräch und rief Adam an. Auf dem gesamten Weg zur Polizeiwache kam er nicht umhin das Gefühl zu haben, dass alles schiefging.

* * * *

Adam sah über den Schreibtisch zu Sergeant Edward Chitwood. Er war ein ruhiger Mann von unscheinbar gutem Aussehen, den die meisten Leute übersahen. Sein Schreibtisch war ordentlich eingerichtet, samt dem Bild seiner perfekt nichtssagenden Frau und seiner Kinder. Im Familienportrait lächelten sie alle. Die perfekte amerikanische Familie. Doch Chitwood lächelte jetzt nicht mehr.

„Die Vorgesetzten sind nicht glücklich mit dir, Partner." Chitwoods Partner war ein fit aussehender Mann namens Mike Hernandez.

Chitwood seufzte. „Ich weiß, Mikey. Es war dumm. Es war auch irgendwie instinktiv. Ich hatte das Ding in der Hand, bevor ich wirklich wusste, was ich da tat."

„Ist das der Brief, den Sie gefunden haben?", fragte Adam. Er drehte sich um und blickte zurück. Serena stand bei den Automaten. So viel zu seinem perfekten Mittagessen. Sie musste Chips essen und Limo trinken. Sein Magen hatte sich verkrampft. In dem Moment, in dem sie Jakes Anruf erhalten hatten, wurde sie fahlweiß und ein feines Zittern überkam sie. Sie waren gezwungen, das Mittagessen abzusagen und das Büro ihrer Agentin früher zu verlassen. Serenas Leben wurde völlig zum Erliegen gebracht.

Chitwood nickte. „Ja. Es tut mir so leid, dass ich ihr das geben muss."

Hernandez sah zu Serena hinüber, sein Mund formte eine flache Linie. „Ich würd' sie mir gern genauer ansehen, wenn sie ihn liest."

Er wollte nach allem suchen, was auffällig war, nach allem, was die Tatsache verriet, dass sie das alles selbst arrangierte.

„Ich möchte darauf hinweisen, dass sie bei mir war, als die Nachricht hinterlassen wurde", sagte Adam.

Hernandez zuckte mit den Schultern. „Also hat sie einen Komplizen. Hast du ihre Freunde getroffen?"

Nein. Er hatte morgen einen Termin, um mit ihnen zu Mittag zu essen. Liam hatte bereits Dateien über die Beiden, Bridget Slaten und Chris Roberts, weitergeleitet. Er hatte sie jedoch noch nicht gelesen. Es war leicht zu erkennen, dass mindestens einer der Polizisten, die an ihrem Fall arbeiteten, Serena für eine Verrückte hielt.

Er blickte noch einmal zurück. Sie hielt eine grüne Dose in den Händen. Er konnte ihre Lippen stets auf seinen spüren. Sie war so verdammt süß, wie ihre Hände voller weiblicher Ehrfurcht vor etwas Großartigem seinen Körper erkundeten. Er konnte noch hören, wie sie den Atem anhielt, als er ihr Becken an seines zog. Hätte Ian ihn nicht aufgehalten, wäre er mit seiner Hand unter ihren Rock geglitten, hätte seine Finger in ihre Muschi geschoben und ihren kleinen Kitzler gerieben, bis sie in seinen Armen gezittert hätte.

Er hätte sie nicht gefickt. Er täte es nicht ohne Jacob. Das Letzte, was er wollte, war, dass sie sich nur mit einem von ihnen verband. Er hatte das bereits erlebt, es führte zu Herzschmerzen.

Die Tür zum Abteilungsbüro öffnete sich und Jake trat mit Liam im Schlepptau ein. Er beobachtete, wie Serena aufblickte und fast sofort einen Schritt auf ihn zu gemacht hätte. Und sich jedoch zwang stehen zu bleiben. Jake fokussierte sie. Er hob tatsächlich die Hand, doch der große alte Feigling nahm sie dann wieder runter. So nah dran.

Sie sagten etwas und Jake nahm die Hand letztlich hoch und fand ihre Schulter. Es war eine ungeschickte Berührung, aber da war sie. Liam blickte herüber und rollte mit den Augen, um Adam wissen zu lassen, dass er die Situation wahrscheinlich schon verstanden hatte.

„Also hat sie drei Bodyguards?", fragte Chitwood und studierte die Szene vor ihm. „Das scheint ein bisschen zu viel des Guten zu sein."

„Nur ich und mein Partner, Jacob Dean. Liam ist unsere Unterstützung. Aber ich denke, Lieutenant Brighton würde es vorziehen, wenn Sie alles mit mir oder Jake besprechen. Wir sind rund um die Uhr bei ihr."

Hernandez pfiff heraus. „Das muss sie einen hübsche Stange Geld kosten. Sie ist noch stinkreicher, als wir dachten, Eddie. McKay-Taggart ist eines dieser noblen Sicherheitsunternehmen, das sich um die wirklich Reichen kümmert."

Adam ärgerte sich über die Bullen. „Sie ist ihrer Agentin sehr wichtig. Jetzt würd' ich gern wissen, was los ist."

Jake ging hinter ihm her, Serena an seiner Seite. Es gab nur zwei Stühle. Jake bot den freien Stuhl Serena an.

„Es ist gut. Ich kann stehen", sagte Serena.

Jake starrte sie bloß an und sie setzte sich. Sie müssten sie darin trainieren, ihre Höflichkeit zu akzeptieren. Es ging sogar über bloße Höflichkeit hinaus. Es war ihre Art sich um sie zu kümmern.

„Ich würd' nie sitzen, wenn du gezwungen wärest zu stehen", erklärte Jake. „Und stellt das das einzige Essen dar, das du heut hattest? Eine Limo und ein paar Chips." Er blickte missbilligend in Adams Richtung.

Adam streckte seine Hände aus. Instinktiv wollte er erst zu seinem Partner zurückbellen, doch er musste zugeben, dass er glücklich darüber war, dass Jake so sehr an ihrem Wohlbefinden interessiert zu sein schien. „Ich hatte reserviert. Du bist derjenige, der anrief und mir sagte, ich soll meinen Arsch hierher bewegen."

„Ich hab' einen Sandwichstand auf der anderen Straßenseite gesehen. Ist Truthahn in Ordnung?", fragte Liam und zwinkerte Serena ein wenig zu. „Sag nicht nein. Jake wird dich bis zur absoluten Hingabe dominieren. Gib einfach nach."

Ein kleines Lächeln rundete ihre Lippen ab. „Truthahn ist in

Ordnung. Mit Senf. Ich danke dir vielmals."

„Ich nehme das Gleiche", sagte Adam. „Nur lass es mit Pastrami auf Roggenbrot belegen, und scharfem Senf."

Liam zeigte ihm den Mittelfinger. „Du kannst froh sein, überhaupt 'was zu kriegen."

Liam lief los. Adam hoffte vielleicht ein paar dieser Chips von Serena zu bekommen. Er wandte sich wieder an die Polizei. „Jetzt sind wir alle hier. Erklären Sie uns, warum Sie uns gerufen haben."

Chitwood errötete leicht. Er war sehr blass. Adam wettete, dass er den ganzen Sommer durchgearbeitet hatte. „Es ist meine Schuld."

„Alter, ich hätte wahrscheinlich das Gleiche getan", sagte Hernandez und schlug seinem Partner sympathisch auf den Rücken.

Adam wollte gerade losbrüllen, als der Detective zu sprechen anfing. „Ich bin rumgekommen, um den Bericht über Miss Brooks' Auto vorbeizubringen."

Jake stand hinter Serena und sah aus wie eine Art schützender Greifvogel. „Warum sollten Sie das tun? Wir hatten einen Termin mit Brighton um zwei Uhr."

„Das hat mir keiner gesagt", erklärte Chitwood.

„Er hat sich heute Morgen um seine Frau gekümmert. Sie hat Krebs." Hernandez' Gesicht verdüsterte sich. „Seine Kinder sind auf dem College. Er bleibt manchmal zu Hause, wenn sie einen schlechten Morgen hat. „Ich decke ihn bei den Vorgesetzten."

Adam tat leid, das zu hören. „Wenn Sie nicht reingekommen sind, woher wussten Sie dann, dass überhaupt etwas passiert ist?"

„Mikey hat mir den Bericht weitergeleitet. Ich hab' auf dem Weg zur Arbeit dort angehalten. Ich will ehrlich sein. Ich hätte es sowieso getan, egal, ob ich von dem Treffen mit den Vorgesetzten gewusst hätte oder nicht. Ich wollte vorbeifahren, um ein paar Fotos zu machen. Aber ich klopfte an die Tür, und während ich es tat, fiel ein Umschlag herunter. Er fiel gerad runter, da hab' ich 'was Dummes gemacht."

Adam schloss die Augen. Es war verständlich, half ihnen aber nicht weiter. „Sie haben ihn gefangen."

Der Kripobeamte schnaufte lange aus. „Ja. Also lassen wir ihn nach Abdrücken untersuchen, aber Sie können wetten, dass meine drauf sein werden."

„Es ist keine Tragödie", sagte Hernandez.

Das war es nicht. Optimal war es auch nicht. „Haben Sie eine Kopie?"

Ihm entging nicht die Tatsache, dass sich Hernandez auf Serena konzentrierte. Während sich Chitwood einen Ordner schnappte, ließ Hernandez kein Auge von Serena. Sie setzte sich nach vorn und war offensichtlich besorgt darüber, was in dem Bericht stand.

„Er weiß, wo ich wohne." Ihr Ton war flach, fatalistisch. „Ich habe gehofft, dass das Auto ein Zufall war, doch das war es nicht. Er hat meine Privatadresse."

Adam langte zu ihr rüber und legte seine Hand auf ihre. „Es ist alles gut."

Sie schüttelte den Kopf. „Ich bin vorsichtig. Ich hab' ein Postfach. Ich hab' meinen richtigen Namen nie publik gemacht."

Er wusste, wie dieses Arschloch sie gefunden hatte. Er hatte gestern nach ihr gesucht und mit einer kleinen Information hatte er ihren richtigen Namen und ihre Privatadresse gefunden, die direkt im Internet zur Verfügung standen. „Du hast eine GmbH."

Chitwood nickte. „Ich bin sicher, so hat er Sie gefunden. Der Staat verlangt von allen Firmen, dass sie über eine Anschrift verfügen. Wenn er weiß, unter welcher GmbH Sie veröffentlicht, kann er Sie leicht im Internet suchen und Ihre tatsächliche Adresse ermitteln."

„Gott, ich fühle mich so dumm. Amber Rose LLC. Warum zum Teufel habe ich das getan?" Tränen füllten ihre Augen.

„Du wusstest es nicht", sagte Jake. „Es ist in Ordnung, Serena. Nicht viele Leute denken darüber nach."

Adam hatte bereits ein Vorhaben in Gang gesetzt. „Ich hab' heute Morgen die Adresse ihrer GmbH geändert. Ich hab' mit einer netten Dame im Büro des Buchhalters gesprochen. Wir werden die Anschrift der Post nutzen, wo sich ihr Postfach befindet."

Sie drehte sich zu ihm. „Das hast du getan?"

Adam zuckte mit den Schultern. Einige Frauen mochten es als Einmischung sehen. Er sah es einfach so, dass er sich um Probleme kümmerte, von denen sie nicht einmal wusste, dass sie sie hatte. „Du hast gearbeitet. Ich wollte dich nicht stören. Ich erklärte der Frau, dass ich dein Assistent sei. Sie glaubte mir, da ich deine Passwörter und alle anderen Informationen hatte."

„Wirklich?"

Er nickte. „Ja."

Er wartete darauf, dass sie sich aufregen würde, aber die Hand unter ihm drehte sich um und umklammerte seine. „Danke. Was auch immer Lara dir bezahlt, es ist nicht genug."

Erleichtert atmete Adam auf. Wenigstens war sie vernünftig. „Los, lasst uns einen Blick auf diese Notiz werfen."

Chitwood runzelte die Stirn, öffnete aber den Ordner. „Sie dürfen ihn nicht anfassen. Er muss noch weiter die Forensik durchlaufen, aber wie Sie sehen, ist jemand nicht glücklich."

Adam lehnte sich vor. Es war ein einziges Blatt, das aussah wie dickes Kartonpapier. Darauf befand sich das Cover von Serenas neuestem Buch - *Their Sweetheart Slave*. Das Cover war pulsierend und zeigte einen Western-Schauplatz mit den drei Liebhabern, die auf einem Feld in Szene gesetzt worden waren. Ein Mann mit langen, dunklen Haaren saß auf einem Pferd und langte zu einer hübschen Brünetten herunter, die neben einem Mann stand, der sich seinen Cowboyhut richtig aufsetzte. Und offensichtlich glaubten Cowboys in Serenas Welt nicht an Hemden.

Und irgendwer hatte sich von der Titelseite extrem angegriffen gefühlt. Die Gesichter der Männer waren ausgeschnitten und jemand hatte das Wort *HURE* in leuchtendem Rot über den Körper der Frau geschrieben.

„Das ist es, was in ein paar Wochen erscheint?", fragte Jake. „Alexa, Caden und Duke?"

Serena lächelte ihm zu, ihr Gesicht strahlte trotz aller Umstände. Jake hätte nicht besser durch die Anspannung schneiden können. „Ja."

Hernandez schnaubte. „Sie haben es gelesen?"

Jake starrte auf das Cover. „Ich hab' eins gelesen, doch Alexa taucht in *Small Town Sweetheart* auf. Sie ist Gabbys Tochter. Duke war der lang verlorene Bruder des Alpha-Helden. Ich dachte, du würdest versuchen sie zusammenzubringen."

Adam schwor, seine verdammte Lektüre nachzuholen. Er

114

wusste, dass er sich wahnsinnig freuen sollte, doch er war leicht eifersüchtig darüber, wie Serena Jake ansah, als wäre er ein Siegesheld. Er hatte nur bewiesen, dass er gebildet war. Adam konnte auch lesen.

Er hätte sich einfach nicht vorgestellt, dass er so etwas wie *Their Sweetheart Slave* las. „Woher haben sie das Cover?"

„Ich hab" es auf meiner Website veröffentlicht, sobald ich es erhalten hab'. Es ist auch auf der Website des Herausgebers sowie mehreren Fanseiten zu finden", sagte Serena. Sie starrte auf das Cover, ihr ganzer Körper starr.

Jake legte eine Hand auf ihre Schulter. „Was für ein Messer hat er benutzt, um die Gesichter herauszuschneiden? Oder ist das eine Schere?"

Chitwood zeigte auf die beleidigenden Spuren. „Ich glaube, es ist ein Messer. Beachten Sie, dass die Unterseite der Markierungen etwas zerklüfteter ist als die Oberseite. Dort beginnt der Schnitt."

Adam konnte es jetzt sehen.

„Ich wette, das ist von einem Universalmesser", sagte Jake. „Oder ein Cutter. Haben Sie die Tür auf Abdrücke untersucht?"

Hernandez nickte. „Die Tür und die Sturmtür, wobei wir dort auch die Abdrücke des Keystone Cops finden werden."

Chitwood seufzte. „Ich wusste nicht, dass es sich um einen Tatort handelt, bis ich die Tür öffnete und es hier herausfiel."

Serena nahm einen großen Atemzug und blickte zu den Polizisten. „Ich versteh' das alles nicht. Manchmal scheint er oder sie oder wer auch immer es ist wie ein aufgebrachter Fan, der über die Bücher verärgert ist, und manchmal…"

Adam drückte ihre Hand fester in seiner. Er wollte hören, was ihr Instinkt ihr sagte. Sie war das Zentrum des Ganzen. Sie war diejenige, die verfolgt wurde. Ihre Instinkte könnten einen wichtigen Hinweis geben. „Nur zu. Beende den Satz, Liebling."

Sie zitterte leicht. „Manchmal fühlt es sich persönlicher an. Als ob mich diese Person dafür hasst, wer ich wirklich bin. Ich hab' Angst vor dieser Person. Über die andere ärger ich mich."

Chitwood beugte sich vor. „Oftmals können diese Art von Tätern mehrere psychische Störungen haben, einschließlich Schizophrenie und bipolare Störungen. Es ist nicht verwunderlich, dass diese Person instabil ist. Aber dann würde ich vermuten, dass Sie diese Störungen wahrscheinlich erforscht haben. Liege ich richtig in der Annahme, dass Ihre Bücher ein Element von Spannung enthalten, ist das richtig?"

Sie nickte, obwohl sie nicht so aufleuchtete, wie sie es normalerweise tat, wenn jemand nach ihrer Arbeit fragte. Sie schien zu verstehen, dass die Polizei versuchte sie festzunageln. „Natürlich. Ich hatte eine Figur in *Sweetheart in Chains*. Er war der Bösewicht. Er hatte eine bipolare Störung. Ich bin mir im Klaren über die Krankheit."

Adam mochte die Blicke nicht, die die Polizisten miteinander austauschten. Sie waren schon dabei ihre Probleme als Scheiße abzulegen, mit der sie sich nicht befassen mussten.

„Schicken Sie uns den forensischen Bericht, wenn Sie ihn erhalten. Ich bin sicher, dass Brighton damit kein Problem haben wird", sagte Jake. Er streckte Serena eine Hand entgegen. „Na, komm. Wir können zur anderen Straßenseite gehen und Liam treffen und dort zu Mittag essen. Ich glaub' nicht, dass sie noch etwas von dir brauchen. Adam, würde es dir etwas ausmachen mit Brighton zu reden? Ich brauche etwas Luft."

Serena stand auf und sah zu Adam, der Richtung Jake nickte.

„Nur zu. Ich bin in einer Minute da." Er protestierte nicht, obwohl sein Magen es etwas tat. Jake hatte ein kaum gebändigtes Auftreten an sich. Er musste weg, bevor er etwas Dummes sagte oder tat. Jake konnte äußerst geduldig sein, aber wenn er das Gefühl hatte, dass etwas Ungerechtes geschah, neigte er dazu unangenehm zu werden. Sie brauchten die Polizisten noch. Raffinesse war vonnöten, und diese war Adams zweiter Vorname.

Serena lief mit Jake davon. Was zum Teufel war bei ihrem Ex-Mann geschehen, dass Jake so gereizt war? Was auch immer, Adam war dankbar, denn Jakes Hand kam hervor und öffnete ihr die Türen. Er legte seine Hand auf den unteren Teil ihres Rückens und führte sie hindurch. Schützend. Etwas besitzergreifend.

Adam wandte sich wieder den Bullen zu. „Ich verstehe, dass Sie fest davon überzeugt sind, dass meine Klientin sich das selbst antut, aber ich erwarte, dass Sie jeden einzelnen Vorfall untersuchen. Ich lass' heut Kameras installieren. Ich bin eigentlich froh, dass dieses

Arschloch näherkommt. Wir sind rund um die Uhr bei ihr. Wenn er sich wieder annähert, kriegen wir ihn."

Hernandez verschränkte die Arme vor seiner Brust und seufzte. „Ich hoffe, Sie haben Recht, aber etwas stimmt bei der ganzen Sache nicht. Mir gefällt die Tatsache nicht, dass es in dem Moment eskaliert, als wir ihr sagten, sie solle sich keine Sorgen machen."

„Es ist nicht das erste Mal, dass wir so etwas sehen", sagte Chitwood. „Ich habe vor etwa einem Jahr mit der Arbeit in dieser Abteilung begonnen und ich habe bereits mindestens drei Fälle gesehen, in denen die Ex-Frau ihrem Ex-Mann eine Falle gestellt hat. Sie war entweder auf das volle Sorgerecht aus oder wollte mehr Geld."

Adam fühlte, wie sich sein Gesicht vor Verärgerung erhitzte.

„Miles? Hey, schön dich zu sehen!" Derek Brightons tiefe Stimme holte Adam aus seiner Fantasie, in der er gerad' die Scheiße aus den zwei vor ihm sitzenden Polizisten schlug.

Es würde nicht die geringste Spur Gutes bewirken. Er zwang sich, sich umzudrehen und zu lächeln, da er den Lieutenant wirklich mochte. Leutnant Brighton nickte den Beamten zur Begrüßung zu und trieb Adam weg von ihnen.

„Hey, und, wie sehr haben sie dich verärgert?", fragte Brighton.

„Jake hat sich wegen ihnen vom Acker gemacht", gab Adam zu und folgte dem großen Typ in sein Büro. Er schloss die Tür und war froh darüber, dass er den Bullen nicht länger zuhören musste. „Kannst du den Fall neu zuweisen lassen? Sie sind ihr gegenüber absolut voreingenommen."

Brighton plumpste in seinen Stuhl hinein. „Ich könnte, aber du würdest gegen dasselbe ankämpfen. Schau, du arbeitest in diesem Job lang genug und wirst bei allem zynisch. Das musst du auch. Chitwood da draußen hat zehn Jahre bei der Sittenpolizei gearbeitet. Er kam zu dieser Abteilung, weil er es satt hatte Nutten zu verhaften und sich inmitten der schlimmsten häuslichen Streitigkeiten wiederzufinden, die die Welt je gesehen hat. Und Hernandez, zum Teufel, der wurde zynisch geboren. Es brauchte keine fünf Jahre als Polizist dafür. Das ist nicht die Armee, Kumpel. Hier werden die Dinge nicht in trockene

Tücher gepackt. Manchmal ist es schwer zu sagen, wer der Feind ist."

„Was denkst du denn?" Adam sackte zusammen, als er die Frage stellte. Er wollte die Antwort wahrscheinlich gar nicht wissen.

Brighton lehnte sich zurück, sein Gesicht wurde nachdenklich. Er stieß einen langen Seufzer aus, bevor er sprach. „Folgte ich meinem Instinkt, würd' ich dir sagen, dass das Mädchen eine natürliche Sub ist und nicht fähig wäre irgendwas vom dem zu tun. Sie erhielte lieber positive Aufmerksamkeit. Ich würd' sagen, sie würde keine Mühen scheuen negative Aufmerksamkeit zu vermeiden, da sie es vorzieht den Menschen in ihrem Leben zu gefallen."

Brighton war ein guter Polizist und nach all dem, was Ian ihnen erzählt hatte, war er auch ein verdammt guter Dom. „Das ist genau das, was ich denke. Hast du diese Theorie mit deinen Untergebenen besprochen?"

Er schnaubte. „Mit Puritaner-Chitwood und Mike-geht-viermal-die-Woche-zur-Messe-Hernandez? Nein. Ich hab' nicht erwähnt, dass mir meine BDSM-Ausbildung sagt, dass sie unterwürfig ist. Ich kann mir vorstellen, wie gut das funktioniert. Das sind gute Polizisten. Sie werden sich um den Fall kümmern und trotzdem, jetzt, wo du und Jake bei ihr seid, vermute ich, dass ihr die Dinge lieber auf eure Weise regelt."

Damit hatte er Recht. „Kann ich alles kriegen, was du hast? Auch das, was nicht in den Berichten steht?"

„Hab' ich dir vor fünf Minuten geschickt. Die Techniker jagen hinter den IP-Adressen her, die der Täter benutzt hat. Bibliotheken. Schön. Meine Steuergelder in Betrieb. Der Täter hat die Computer von Bibliotheken in Vororten genutzt, um dein Mädchen per E-mail zu kontaktieren. Wir sind rausgefahren und haben mit ein paar Bibliothekaren gesprochen, aber sie erinnern sich an nicht wirklich viel. Sie sind offenbar unterfinanziert und zu beschäftigt."

Aber sie könnten dazu überredet werden die Überwachung gründlicher vorzunehmen. Computer in Bibliotheken waren bekanntlich veraltet. Sie hatten keine Kamerafunktion, die er einschalten könnte, aber er könnte sie überwachen. Das war ein Problem von morgen. Heute musste er sich mit der Sicherheitsfirma befassen und den Zeitplan von Serena umorganisieren. Wenn sie nicht ein Wort auf eine Seite schrieb, fühlte sie sich schlecht und sie hatte bereits genug Angst in ihrem Leben. Er hatte ein kurzes Gespräch mit ihrer Agentin geführt, die sie zu verehren schien. Doch Lara hatte deutlich gemacht, dass es Serenas Arbeit war, die sie durch die harten Zeiten gebracht hatte.

Diese Zeiten konnten ihr nicht viel härter erscheinen.

Er dankte Brighton und versprach anzurufen, falls noch etwas passierte.

Er lief durch die Türen der Abteilung und den langen Saal. Er hatte ein anderes Problem. Er sollte Serena ins Sanctum bringen. Das bedeutete richtige Kleidung für sie zu finden und sie vorzubereiten. Und Jake darauf vorzubereiten, mit der Situation umzugehen, wobei er das tun müsste, ohne dass Jake es bemerkte, sonst könnte er sich auf was gefasst machen.

Seine Welt war zu einem empfindlichen Netz geworden, durch das er mit Bedacht und Sorgfalt navigieren musste. Aber wenn er es schaffte, bekam er vielleicht alles, was er sich wünschte. Und wenn er versagte, könnte er alles verlieren. Ian wäre sauer. Jake wäre wütend. Serena ginge einfach.

Er trat hinaus in die Sonne und erblickte sie. Serena saß an einem der Tische draußen, ihr Haar strahlte in der Sonne. Sie warf ihren Kopf zurück und lachte. Und Jake. Scheißdreck, Jacob Dean strahlte sie an. Er drehte seinen Kopf ein wenig herum und seine Augen fanden Adam. Er nickte Adam zu, dass er sich ihnen anschloss.

Serena folgte Jakes Augen und plötzlich erhellte dieses Lächeln Adams ganze Welt. Sie schob ihre Brille hoch und winkte, dass er herüberkäme. Sie zog den Sitz hervor, den sie für ihn reserviert hatte.

Er gehörte dort hin, neben sie.

Er joggte über die Straße. Ja. Es war ein gefährliches Spiel, das er spielte, doch wenn er gewann, gelangte er zu einer Familie.

Das war es wert.

Kapitel Neun

Zwei Tage später saß Serena in ihrem Hinterhof, eine Tasse Tee in der Hand, ihr gesamter Computerbildschirm mit Worten gefüllt. Es war gerade mal fünf Uhr, aber sie hatte die Wortanzahl verdoppelt, die sie für den Tag brauchte.

Es war ganz einfach. Adam hatte alles andere übernommen, was die Arbeit betraf. Er beantwortete ihre E-Mails und leitete nur solche weiter, die ihre besondere Aufmerksamkeit erforderten. Er hatte sich mit dem Sicherheitssystem und dem Klempner befasst, den sie anrufen musste, als die Dusche kaputtgegangen war. Er hatte im Lebensmittelladen eingekauft und ihre Küchenvorräte aufgefüllt. Er hatte ihre Post sortiert. All die kleinen Dinge, die sie aufzuhalten schienen, hatte Adam übernommen.

Und Jake. Jake war zu ihrem Schatten geworden. Am Anfang war es seltsam. Er würde nichts sagen, aber sie konnte ihn doch spüren. Es kam ihr in den Sinn, dass seine Anwesenheit sie ablenken müsse, doch sie fühlte sich so sicher, dass die Worte nur so dahinflossen. Zum ersten Mal seit Monaten konnte sie sich wirklich in ihre Geschichte vertiefen. Ihre neue Serie, Happiness, Montana, floss wie nichts, das sie je geschrieben hatte.

„Du hast eine Stunde, Schatz." Adam stellte einen Teller auf den Tisch. Sie blickte hinab. Ein Sandwich.

„Ich habe zu Mittag gegessen. Versuchst du mich dicker zu machen, als ich bin?" Serena stellte die Frage leichtherzig. Adam schien sie ungefähr jede Stunde mit etwas zu füttern.

Jake knurrte im Hintergrund.

„Du verärgerst den Dom, Süße." Adam zwinkerte ihr zu und schob das Sandwich näher heran. „Leg dich jetzt nicht mit ihm an. Er ist bereits in seiner Domsphäre für heute Abend."

Sie holte Luft. Heute Abend. Sie würde heute Abend mit ihnen in einen Club gehen. Allein in den Club Sanctum zu gehen, wäre aufregend, doch mit zwei heißen dominanten Männern reinzugehen war mehr, als sie je erwartet hatte.

Sie sind nicht deine dominanten Männer, Serena. Komm runter, Mädchen. Sie sind nett zu dir. Sie werden dafür bezahlt, sich um dich zu kümmern. Du gewöhnst dich besser nicht an diese Behandlung.

Sie blickte zurück zu Jake, der in einem ihrer zierlich aussehenden Gartenstühle saß. Nun, sein riesen Körper ließ sie hingegen zierlich aussehen. Er runzelte die Stirn.

„Vergiss nicht, Serena. Ich hab' heut Abend das Sagen. Höre ich noch ein Wort aus deinem Mund über dein Körperfett, wirst du intensiv mit dem Versohlen vertraut gemacht."

Er konnte unmöglich wissen, dass sie diese Szene in den letzten Tagen bereits hundertmal in ihrem Kopf mit ihm durchgespielt hatte. In jeder und jeglicher Fantasie war Jake hinter ihr, seine große Hand die Strafe austeilend, während Adam vor ihr stand, seinen Schwanz an ihre Lippen gedrückt hielt und verlangte ihn zu lutschen. Sie wäre zwischen ihnen gefangen. Sie müsste diesen großen Schwanz in den Mund nehmen, während Jake ihr auf den Hintern schlug. Die Wärme floss. Sie würde sie in ihrer Muschi spüren. Jeder Schlag seiner Hand beförderte sie höher, doch sie konnte sich nicht darauf konzentrieren, weil sie sich um Adam kümmern musste.

„Serena, Liebes, haben wir dich verloren?"

Sie errötete und konnte das wissentliche Lächeln, das zwischen ihren Leibwächtern ausgetauscht wurde, nicht übersehen. Gott, sie wussten genau, was sie dachte. Sie nahm einen Schluck von ihrem perfekt gebrauten Earl Grey und versuchte ihre Würde wiederzugewinnen. „Ich verspreche mich heute Abend sehr gut zu benehmen, mein Herr."

Falls Jake seine Domsphäre fand, dann war es vielleicht an der

Zeit die Sub zu spielen. Sie genoss die Art, wie sich Jakes Augen verengten und er sich auf seinem Stuhl bewegte. Vielleicht verfehlte die Sub ihre Wirkung genauso wenig.

Ein kleines Glockenspiel ertönte von Adams Handy. Jakes ging zur gleichen Zeit los…

„Wer zum Teufel ist das?", fragte Jake und las die Anzeige seines Telefons.

Adam hielt ihr seins hin. „Erkennst du diesen Kerl?"

Serena lehnte sich hinüber und sah auf den Bildschirm. Es war immer noch schwer für sie zu glauben, doch sie hatte jetzt ein Sicherheitssystem, das sich direkt in die Telefone ihrer Leibwächter einwählte. Jedes Mal, wenn die Bewegungsmelder etwas Größeres als eine Katze erwischten, das sich zu nah an ihrem Haus bewegte, schwirrte der Sicherheitsfeed ihre Telefone an. Es hatte bereits für einige harte Nächte gesorgt. Adam und Jake schliefen abwechselnd mit ihr im Raum, so dass sie jedes Mal hörte, wenn das System benachrichtigt wurde. Sie hatte nie bemerkt, wie viele Hunde nachts herumliefen. Und betrunkene Teenager. Doch sie war nicht überrascht auf Frau Renfroe von nebenan zu stoßen, die ihre Zeitung stahl. Sie genoss zuzusehen, wie die Frau fast einen Herzinfarkt bekam, als Jake sie dabei erwischte.

Aber das war weder ein streunender Hund noch ein lauter Nachbar.

„Das ist Master Storm. Was zum Teufel macht er hier?" Sie stand auf und lief zum Haus.

Jake befand sich vor ihr, bevor sie die Hintertür öffnen konnte. „Wag es ja nicht."

Er war ein riesiger Adonis von Muskel, der ihr den Weg versperrte. „Jake, ich kenne diesen Kerl."

„Nein, das tust du nicht", bestand er darauf. „Du hast ihn ein paar Mal getroffen. Du kennst ihn nicht wirklich. Und er hat keinen Termin."

„Ne. Ich bin für deinen Zeitplan zuständig, Süße. Ich weiß ganz sicher, dass er keinen Termin hat", sagte Adam glatt.

Es klingelte an der Tür. „Du kannst nicht erwarten, dass ich ihn ignoriere. Er ist seit Monaten mein Kontakt zur BDSM-Welt. Er hilft mir bei der Recherche."

„Du brauchst ihn nicht mehr", sagte Adam. „Du hast uns. Frag uns alles."

„Nein", sagte Jake und ging zur Seite. „Ich glaube, wir lassen Master Storm rein. Lasst uns den Kerl ein wenig eingehender untersuchen. Schließlich fing einiges davon an, seitdem du ihn getroffen hast, ist das richtig?"

Zur Hölle unmöglich, dass Master Storm hinter dem Stalking steckte. „Sei nicht albern."

Es klingelte erneut an der Tür und Jake ging ihr aus dem Weg. „Bitte ihn herein. Lass Adam aber die Tür öffnen. Du öffnest niemals diese Tür."

Sie ließ Adam zuerst gehen und folgte ihm, spürte Jake direkt hinter sich. Die Männer schienen sie zwischen sich in der Mitte zu haben, wann immer sie konnten. Noch in der Nacht zuvor, als sie sich zusammen hingesetzt hatten und fernsahen, hatte sie sich bequem zwischen ihre großen Körper geklemmt. Es war eine schöne, friedliche Nacht gewesen. Sie hatte die letzten Tage genossen, obwohl das Schreckgespenst über ihr schwebte. Adam und Jake um sie herum zu haben, hatte ihr fast das Gefühl gegeben wieder eine Familie zu sein.

Adam gab den Alarmcode ein und entriegelte die Schlösser. Er schwang die Tür auf und da stand Master Storm, der außerordentlich angepisst aussah.

Er war ein schlanker Mann von etwa einem Meter achtzig. Er war salopp gekleidet, sein langes, leicht graues Haar in einem Pferdeschwanz, obwohl sie wettete, dass er ihn eine Schlange nannte oder irgendeinen asiatischen Begriff dafür fand. Er hatte einen schwarzen Gürtel in irgendeiner Form von Kampfkunst. Er schien sich gern für gefährlich zu halten, doch jetzt, wo er neben Adam und Jake stand, erschien er weniger tödlich als früher. Zu einem bestimmten Zeitpunkt hatte er geheimnisvoll gewirkt, doch jetzt sah er klein im Vergleich zu ihren Männern aus.

Hör auf damit. Sie sind nicht dein.

„Wer sind Sie", fragte Storm, seine Augenbrauen zogen sich bestürzt zusammen.

Adam öffnete seinen Mund, höchstwahrscheinlich um etwas Sarkastisches zu sagen, doch Serena starrte ihn an ruhig zu bleiben. Er schloss die gläserne Sturmtür auf und öffnete sie.

„Sein Name ist Adam. Er und sein Partner, Jake, sind vorerst meine eigene kleine Sicherheitsgarde." Sie trat zurück, um ihn hereinzulassen. Er war geduldig mit ihr gewesen, hatte all ihre Fragen beantwortet und sie mit einigen Leuten, die er aus dem BDSM-Lifestyle kannte, in Kontakt gebracht. Trotz seiner etwas aufgeblasenen Art war er ein Gewinn.

Er trat ein, beäugte Jake und Adam kritisch und wies sie ab wie Kellner im Restaurant. „Möchtest du mir erklären, warum du plötzlich Sicherheit brauchst?"

Er sprach mit dieser tiefen Stimme zu ihr. Es war lustig, doch plötzlich fand sie sie etwas irritierend. Jakes Stimme war tiefer und er kümmerte sich um sie. Er war derjenige, der das Haus überprüfte, bevor sie es betrat, der sich vor sie stellte. Er hatte sich das Recht verdient, diese Stimme bei ihr zu benutzen. Mit Master Storm hatte sie meist nur gesprochen. Dennoch schuldete sie ihm ein wenig Höflichkeit.

„Ich habe einigen Ärger mit einem Stalker gehabt", gab sie zu und führte ihn in ihr Wohnzimmer. Es war sonst mit Notizen und Papieren bedeckt, doch Adam hatte alles gründlich aufgeräumt. Noch ein weiteres Plus, das er in ihr Leben brachte. Sie hatte rasch bemerkt, wie viel einfacher es war zu arbeiten, wenn sie die Dinge wiederfand.

Er rümpfte die Nase, als er sich umblickte. „Hat das etwas mit den Büchern zu tun, die du schreibst?"

Er billigte ihre Bücher nicht, wenn auch nicht aus den gleichen Gründen, warum andere es taten. Sie war enttäuscht gewesen, doch er schien überzeugt zu sein, Romantik sei unter seiner Würde. Er schien zu denken, dass jedes Buch, das von BDSM gekennzeichnet war, den Lifestyle aus intellektueller Sicht propagieren sollte.

„Ja, es scheint, dass ich einen übereifrigen Fan habe", erklärte Serena. „Magst du dich bitte setzen?"

Er starrte sie an. „So begrüßt du mich also, Kleines?"

„Entschuldigung?", fragte Adam.

Jake legte eine Hand auf ihren Ellbogen, als ob er wüsste, was sie vorhatte. „Wage es ja nicht auf die Knie zu gehen."

Sie seufzte. „Es ist nichts Ernstes. Er hilft mir nur bei meiner Form."

„Ist mir scheißegal", gab Jake zu. „Du kniest dich nicht vor ihm hin. Du trägst nicht sein Halsband."

Master Storm lachte, aber es war ein bitteres kleines Schnaufen. „Nun, jetzt versteh' ich, was los ist, Liebes. Ich war über den Ton unserer letzten beiden Austausche leicht verärgert. Ich hatte das Bedürfnis hier rauszukommen und persönlich mit dir darüber zu sprechen."

Sie war verlegen. Ihre letzten beiden Gespräche hatten aus einem Telefongespräch und einem sehr protzigen Mittagessen in einem japanischen Restaurant bestanden, in dem sie gezwungen gewesen war stundenlang im Schneidersitz zu sitzen. Als sie versucht hatte sich zu dehnen, hatte er erklärt, dass sich unbehaglich zu fühlen ab und zu gut für die Seele sei. Ihr war es so vorgekommen, als dass sich unbehaglich zu fühlen einfach nur für'n Arsch war. Doch sie hatte nichts gesagt.

„Hab' ich 'was falsch gemacht?", fragte Serena. Die Panik, die gewöhnlich mit dieser Frage einherging, blieb diesmal aus. Sie hatte keine Angst, jemanden wütend gemacht oder etwas Tapsiges getan zu haben. Sie war lediglich neugierig. Die Tage mit Jake und Adam verbracht zu haben schien Wirkung zu zeigen. Sie hatte schnell gelernt, dass sie in ihrer Nähe ungeschickt sein konnte, und sie lachten einfach darüber. Nun, Adam lachte, und auf Jakes gewöhnlich strengem Gesicht kam ein leichtes Lächeln zum Vorschein, das sie wissen ließ, dass er amüsiert war.

„Du hast nichts falsch gemacht", bestand Adam darauf.

Jake setzte sich auf ihre Couch und zerrte sie neben sich.

Master Storms Augenbrauen schoben sich streng über seine grauen Augen. „Ich dachte, du sagtest, er sei dein Angestellter, Liebes."

Sie rollte die Augen. „Nenn ihn nicht so. Das macht ihn wütend."

„Sie bezahlt mich nicht. Ihre Agentin tut es. Sie ist meine Wirrung und Irrung. Kleine Göre."

Irgendwie, als Jake es sagte, bekam sie ein warmes, zartweiches Gefühl in ihrem Inneren. Als reizte er sie mit Zuneigung. „Ich bin nicht so schwierig."

Jake schüttelte den Kopf. „Sie ist nicht schwierig. Weißt du, was ich gestern machen musste? Ich musste sie und eine namens Bridget zum Mittagessen einladen. Klingt großartig, was? Nicht schwierig. Iss 'was Mexikanisches. Entspann dich. Während die beiden hingegen die ganze Zeit damit beschäftigt waren zu besprechen, wie sie ihre Charaktere ermordeten. Dann sprachen sie über flotte Dreier. Und Vierer. Und Fünfer. Nach drei Margaritas, bin ich mir ziemlich sicher, sprachen sie darüber, wie sie eine Ziege dazwischenschieben könnten."

Serena kicherte. „Und du dachtest, es gäbe langweilige Diskussionen über die Arbeit, nicht wahr? Du hast Chris noch nicht getroffen."

Jake schüttelte den Kopf. „Alles, was ich weiß, ist, dass ihr nahezu fünf Familien verscheucht habt, während ich den lauschenden, von einer Arschloch-Mannschaft besetzten Tisch neben uns wegjagen musste."

Adam streckte die Hand aus und gab seinem Partner ein High Five. „Sie waren Feiglinge. Alles, was wir tun mussten, war die Knarre aufblitzen zu lassen, und sie sind abgehauen."

Serena fühlte, wie ihr Kiefer runterklappte. „Ihr habt den Männern neben uns am Tisch eure Waffen gezeigt?"

Jake zuckte die Achseln, offensichtlich zufrieden mit seinem inneren Höhlenmenschen. „Es hat seinen Zweck erfüllt." Er wandte sich Master Storm zu. „Wollen Sie meine Waffe sehen?"

„Ich brauche keine Waffe", antwortete Master Storm. „Mein Körper ist meine Waffe."

Serena konnte spüren, wie der ganze Raum von Testosteron überflutet wurde. Wenn sie die Situation nicht unter Kontrolle brachte, und zwar schnell, würde Master Storm eine Demonstration davon bekommen, was die Green Berets ihren Männern beibrachten. „Ich fürchte, ich bin verwirrt, Herr. Ich hatte den Eindruck, dass du mit meinem Fortschritt in unserem letzten Gespräch zufrieden warst."

Sie hatte gedacht, sie bekäme eine Einladung zu einer Demonstration. Sie hatte sich darauf gefreut, bis sich Risse in ihrer Welt aufgetan hatten.

„Ich hab' mich auf den ziemlich ungezogenen Ton deiner letzten beiden E-Mails bezogen. Ich hab' dich gefragt, ob du an diesem Wochenende zum Spielen zu mir nach Hause kommen magst, und mir wurde gesagt, ich solle mit mir selbst spielen, wobei du rauere Begriffe verwendet hast. Ich frage mich, ob du das überhaupt gewesen bist, Liebes."

Sie drehte sich zu Adam um.

„Ich hab' ihm genauer genommen gesagt, er soll sich selbst ficken. Und wenn er einen Arsch zum Versohlen braucht, soll er in den Spiegel schauen." Er lehnte sich zurück, ohne einen Funken Reue auf seinem Gesicht.

Sie atmete tief durch und nickte Master Storm zu. „Offensichtlich hab' ich diese E-Mail nicht verschickt. Ich hatte Adam gebeten, mir jede Mail zu schicken, die meine unmittelbare Aufmerksamkeit verlangt."

„Und ich sollte mich um all die kümmern, die es nicht taten", erklärte Adam. „Ich hab' genau das getan, was du von mir wolltest. Ich hab' mich um alles Unwichtige gekümmert."

Sie müssten später darüber sprechen, doch jetzt sandte sie ihm schlichtweg ihren strengsten Blick. Er schien direkt von ihm abzuprallen. Er zwinkerte ihr zu.

„Es tut mir so leid, Herr. Ich entschuldige mich für jegliche Unhöflichkeit." Nur weil Adam sich entschieden hatte sich wie ein Arsch zu verhalten, bedeutete das nicht, dass sie die Beziehung nicht retten konnte. Wenn Adam und Jake weg waren, bezweifelte sie, dass sie die Zeit fänden ihre Fragen zu beantworten. Sie wäre allein in ihrer fiktiven Welt, und sie würde Master Storm brauchen. Jake und Adam sahen es vielleicht nicht so, aber sie wusste, wie es liefe. Sie interessierten sich, weil sie die einzig verfügbare Frau war. Sie wurden dafür bezahlt bei ihr zu sein, rund um die Uhr. Wenn sie es nicht mehr mussten, fänden sie eine Frau aus ihrer Liga und sie stände draußen in der Kälte.

Master Storm setzte sich schließlich hin. Er schien die Männer im Raum zu ignorieren, die Augen auf sie gerichtet. „Ich bin froh, das zu hören, Kleines. Ich muss zugeben, dass mich diese E-Mail mehr verletzt hat, als ich erwartet hätte."

Um ehrlich zu sein, das half nicht. Eines der Dinge, die sie an Storm gemocht hatte, war die Tatsache, dass er von ihr relativ ungerührt schien. Das Letzte, was sie brauchte, war sich mit jemandem einzulassen, den sie nicht mal mochte. Sie hatte sich für

Storm entschieden, weil sie emotional nicht gebunden wäre. Und doch konnte sie es ihm nicht wirklich sagen.

„Es tut mir leid. Ich habe das nicht verschickt und natürlich werden Adam und ich darüber ein Gespräch führen."

Jake setzte sich nach vorn. „Rechne mich dazu, Baby, denn ich hab' ihn dazu gebracht, den Part über diesen Kerl in Erfahrung zu bringen, der zeigt, was für ein völliger Esel er ist. Du weißt, dass sein wirklicher Name Austin Stinchfield ist, oder? Ich hätte meinen Namen auch geändert, Alter. Obwohl ich mir 'was Anderes ausgesucht hätte als Storm."

Storms Augen verengten sich. „Serena, Liebes, eines der Dinge unseres Lifestyles ist es, dass wir uns entscheiden müssen, diejenigen auszuklammern, die uns nicht verstehen. Und wir müssen harte Entscheidungen treffen." Er beugte sich vor. „Serena, du musst das nicht tun. Ich hab' ein Dojo, in dem ich mehrere Mitglieder der Polizei von Dallas unterrichte. Ich kann dich beschützen. Du musst dir das nicht gefallen lassen. Es wäre sogar das Beste, wenn du dir eine Tasche holst und einfach mit zu mir nach Hause kommst."

Jake saß aufrecht. „Sie geht nirgendwo hin. Das ist eine ernsthafte Bedrohung."

Jakes Kiefer war angespannt und bildete eine gefährliche Linie. Serena legte eine Hand auf sein Knie, ihn stillschweigend anflehend sie das regeln zu lassen. Sie hatten ihre Beziehung zu Master Storm bereits geschädigt.

„Ich danke dir für das Angebot, Herr", begann sie höflich.

Master Storm lächelte, ein zutiefst selbstzufriedener Ausdruck. „Gut. Weil ich auch deine Bücher mit dir besprechen wollte."

„Ich hab' dir gesagt...", begann Jake, Adam hielt ihn jedoch zurück. Sie schienen wieder eines dieser stillen Gespräche zu führen, die sie so faszinierend fand. Nach einem Moment lehnte sich Jake zurück. „Bitte zögert nicht die Diskussion jetzt zu führen."

Master Storm runzelte die Stirn. „Ich denke, das machen wir am besten privat. Ich mag es nicht meine Subs zu demütigen, es sei denn, ich werde dazu gezwungen."

Demütigen? Sie fühlte, wie sich ihr Magen zusammenzog. Ihr gefiel dieser Ton nicht. Master Storm hatte ihr gesagt, dass er ihre

Bücher lesen würde. Er hatte Interesse gezeigt und sie hatte gedacht seine Meinung vielleicht ändern zu können. Schließlich war er Teil dieses Lifestyles. Sie warb für den BDSM-Lifestyle. Sie wusste, dass das, worüber sie schrieb, Romantik und nicht reine Erotik war, und bestimmt erkannte er den Wert darin. „Ich höre mir gern deine Meinung an."

Das tat sie nicht wirklich, doch besser, sie kannte sie.

Master Storm runzelte die Stirn und lehnte sich auf dem Sofa zurück. „Na gut. Wenn du darauf bestehst. Einer der Gründe, warum ich mich entschieden habe mich deiner Erziehung anzunehmen, ist der, dass ich deine Schreibkarriere formen kann. Du hast etwas Talent, liegst aber in den meisten Ansichten über diesen Lifestyle kläglich falsch. Es gibt so was wie Ménage mit irgendeiner Art von Dauerhaftigkeit im BDSM-Lifestyle nicht."

„Oh, Gott, er glaubt nur an die eine Wahrheit", stöhnte Jake heraus.

Storm ignorierte ihn. „Du stellst die Sub in den Vordergrund, was mir lediglich beweist, dass du die Bedeutung der Unterwerfung nicht verstehst. Bei der Unterwerfung geht es um den Dienst am Dom und die Sub findet ihre wahre Aufgabe darin, dem Dom zu dienen und zu gefallen. Dominante Männer in deinen Büchern schonen ihre Subs viel zu sehr. Ich denke, wenn ich dich erziehe, wirst du Dominanz und Unterwerfung besser verstehen. Ich biete dir einen Platz als Vollzeitsklavin. Ich werd' die führende Hand hinter deiner Arbeit sein. Du musst aus dem Blickwinkel bürgerlicher Romantik raustreten."

„Ach ja?" Jo. Da war's. Demütigung. Adams Hand kam hervor und suchte nach ihrer, doch sie ignorierte sie. Er hatte sie auch gedemütigt.

Storm seufzte. „Es ist gut, Kleines. Du verstehst es einfach nicht. Du blickst aus der Sichtweise eines Kindes auf die Welt."

Serena atmete tief durch und versuchte die verhassten Tränen zu verbannen, die ihre Augen wieder füllten. „Also du willst die Kontrolle übernehmen, wie ich meinen Job mache?"

Das Gesicht des Doms nahm eine ausdruckslose Leere an. „Ja, Schatz, genau das macht ein Dom. Ich werd' die Kontrolle über deine Arbeit und dein tägliches Leben übernehmen. Ich hab' schon einen

Zeitplan für dich gemacht. Dein Tag wird stark reglementiert. Ich hab' bemerkt, dass du etwas desorganisiert zu sein scheinst. Das wird aufhören. Ich werd' deinen Raum täglich inspizieren, ebenso wie das Haus und deinen Arbeitsplatz. Wenn sie nicht meinen Standards entsprechen, wirst du in der von mir für richtig befundenen Weise bestraft. Ich hab' den ganzen Vertrag bereits ausgearbeitet. Du musst ihn nur noch unterschreiben, dann können wir mit der Arbeit beginnen."

„Du hast einen Vertrag ohne jegliche Beteiligung ihrerseits geschrieben?", fragte Adam.

„Es ist für mich offensichtlich, dass keiner von euch die Beziehung zwischen einem Dom und seiner Sub versteht. Die Sub unterschreibt entweder den Vertrag oder lässt es bleiben. Ich verhandle nicht."

„Genau deshalb hat Ian Taggart dir die Mitgliedschaft im Club Sanctum verweigert." Jake starrte den Dom nun direkt an. „Ich hab' mir die Aufzeichnungen über dich geangelt, als ich herausfand, dass du etwas mit meiner Schutzbefohlenen zu tun hast. Die Beraterin des Sanctums gab dir keinen offiziellen Zutritt. Sie vermutete, du würdest möglicherweise die Macht missbrauchen, die du über deine Sub gewinnst. Ich werd' nicht zulassen, dass Serena mit dir irgendwohin geht. Du solltest dich jetzt verabschieden."

Seine grauen Augen verengten sich und Storm zog die Mundwinkel stur nach unten. „Ich glaube, das entscheidet Serena."

„Praktisch", murmelte Adam. „Sie hat nichts zu melden, so lange du sie nicht brauchst, um dir zuzustimmen."

Storm lehnte sich vor. „Die Männer im Sanctum sind Dilettanten, Serena. Sie machen nur einen auf D/S. Du solltest unbedingt mit mir mitkommen. Ich kann dir den Weg zeigen. Ich kann dich befreien."

Indem er ihr Leben übernahm. Vielleicht hatte sie D/S überhaupt nicht verstanden. Es hatte so perfekt geschienen, doch die Art Master Storms schien ein rein egoistisches Ding zu sein. Es war überhaupt nicht das, was sie sich gewünscht hatte. Sie hatte sich jemanden gewünscht, der auf sie achtgab. Es schien, als wollte Storm nur eine Sklavin. Vielleicht war das für manche in Ordnung und sie wollte ihnen das Recht, einen funktionierenden Lifestyle zu genießen, nicht verweigern, doch wieder einmal schien es, als gäbe es keinen Platz für sie.

Ihr Ex-Mann hielt sie für pervers. Der Master fand sie nicht unterwürfig genug. Sie lag nie richtig und sollte das einfach in ihren dämlichen Schädel kriegen. Sie hatte BDSM als etwas betrachtet, in das sie sich eventuell hätte einfügen können, doch wie bei allem anderen schoss sie entweder über das Ziel hinaus oder sie war nicht gut genug.

Sie stand auf. „Master Storm, ich schätze all Ihre Geduld mit mir, aber ich lehne es ab einen Vertrag mit Ihnen abzuschließen. Ich denke, Sie haben Recht. BDSM ist nichts für mich. Ich werd' versuchen, mich ab jetzt an das Schreiben von Ménage zu halten. Ich möchte die Gemeinschaft nicht in Verlegenheit bringen."

Er runzelte die Stirn. „Aber ich kann es dir beibringen, Serena."

Sie schüttelte den Kopf und lief zur Tür. Sie wollte das alles hinter sich lassen. „Ich glaube nicht. Trotzdem danke ich Ihnen."

Er stand auf und stolzierte zu ihr rüber. „Ich schätze, ich hatte wirklich Recht, was dich betrifft. Du hast nicht das Zeug dazu meine Sub zu sein. Guten Abend."

Er verschwand und mit ihm viele ihrer Hoffnungen. Sie hatte nicht auf ihn gehofft, aber er repräsentierte das, was sie sich erhofft hatte – einen Ort, wo sie hingehörte. Eine kleine Gemeinschaft, die sie akzeptierte. Sie beobachtete, wie er wegging. Sie hatte nicht in Doyles akademische Welt gepasst. Sie hatte gedacht zu den anderen Schriftstellern zu passen, doch anscheinend war sie entweder nicht erfolgreich genug oder viel zu erfolgreich, das lag im Auge des Betrachters. Selbst unter erotischen Romantik-Autoren kämpfte sie darum, ihren Platz zu finden. Und jetzt hatte sich diese Tür geschlossen.

Sie wusste, was zu tun war. In ihre Arbeit versinken. Die Welt in ihrem Kopf war der einzige Ort, an dem sie jemals so akzeptiert werden würde, wie sie war. Sie sollte das einfach anerkennen und akzeptieren und aufhören zu versuchen sich nach außen anzupassen. Sie schloss die Tür und drehte sich um.

Adam und Jake standen beide vor ihr und warteten.

Sie seufzte. Jetzt musste sie sich um sie kümmern. „Ich denke, ich werde eine Weile arbeiten gehen."

Sie musste definitiv ordentlich Abstand von allem gewinnen. Vor allem von ihnen. Sie waren aufgetaucht und hatten ihre Welt auf den Kopf gestellt, aber sie würden sie letztendlich verlassen. Sie kehrten in ihre Welt zurück, in die sie passten, und hatten ein ganzes Team hinter sich, das sich um sie scherte. Sie wäre allein und sollte sich nicht auf sie verlassen.

„Serena, ich hätte dir sagen sollen, dass er geschrieben hat", sagte Adam, seine Stimme zaghaft. „Ich fürchte, ich habe gedacht, er wäre nicht gut für dich, deshalb bin ich ihm aufs Dach gestiegen. Ich war im Unrecht."

„Nein, warst du nicht", antwortete Jake. „Er ist der Falsche für sie. Wir sind es einfach falsch angegangen".

Es spielte keine Rolle. Sie wusste es jetzt. „Es ist in Ordnung. Wie ich schon sagte, ich muss noch etwas Arbeit hinter mich bringen."

Adam verschränkte seine Arme vor der Brust und betrachtete sie. „Du hast nicht viel Zeit. Du hast deine Wortanzahl für heute erreicht. Warum gehst du nicht duschen? Wir werden in ein paar Stunden im Sanctum erwartet. Lass dich von Jake und mir zum Abendessen ausführen, bevor wir dich im Club herumführen."

Wow. Sie würde sowas von nicht dorthin gehen. „Ich habe meine Meinung geändert. Ich will zu Hause bleiben. Bitte dankt Herrn Taggart für seine Einladung, aber ich halte mich von nun an von Dingen fern, von denen ich nichts verstehe."

Sie würde sich auf die Ménage-Bücher konzentrieren. Sie entsprangen ihrer Fantasie. Sie beleidigte niemanden, wenn sie sie schrieb. Nun, niemanden, der nicht eh schon beleidigt war.

„Stopp." Jakes Stimme war völlig still geworden.

„Was willst du von mir, Jacob?", fragte Serena und fühlte sich mehr als müde. Sie hatte sich zu sehr an sie gewöhnt. Abstand zu schaffen würde schwer werden. Sie um sich zu haben, hatte ihr bewusst gemacht, wie einsam sie gewesen war.

Adam näherte sich ihr an. Er schien das gern zu tun. „Wir wollen, dass du uns anschreist. Wir haben es verkackt. Ich noch mehr als Jake."

„Nein, ich hab' dir ein High-Five gegeben, als du die E-Mail abgeschickt hast." Jake schien entschlossen eine geschlossene Front zu bilden. „Serena, du musst verstehen, dass Master Storm der Falsche für dich war. Es gibt eine Fraktion innerhalb des Lifestyles, die tatsächlich glaubt, dass ihr Weg der einzige Weg ist und der Rest von uns Poser sind. Sie behandeln es fast wie eine Religion, obwohl es gar keine ist. Es sollte viel flexibler sein. Wenn du dich mit so einem Mann einlassen würdest, ließe er dich im Glauben, dass es für eine Sub nur einen einzigen Weg gibt zum großen Kerker in den Himmel zu kommen."

Und sie dachten, sie ist eine Idiotin. Schön. „Ich hätte nie einen Vertrag mit ihm unterschrieben. Ich wäre ab dem Moment davongerannt, in dem er versucht hätte mir zu sagen, was ich schreiben soll. Ich war neugierig, Jacob, keine Fußmatte."

Obwohl sie wahrscheinlich manchmal so aussah.

„Ausgezeichnet", sagte Adam und nahm ihre Hand. „Dann kannst du nicht allzu wütend auf uns sein. Schatz, du brauchst jemanden, der dein Leben organisiert. Du brauchst wen, der sich um dich kümmert und niemanden, der dein Leben so umzugestalten versucht, dass es in seiner Pflege endet. Das funktioniert bei manchen Leuten, aber bei dir nicht. Bei BDSM geht es darum wählen zu können und herauszufinden, was zu einem Paar… oder einem Trio am besten passt. Lass dich nicht von ihm verjagen."

„Ich denke, ich sollte keine Aufmerksamkeit erregen, bis diese ganze Stalker-Sache langsam nachlässt."

Jake bewegte sich vor die Tür, die nach hinten führte, eine unverkennbare Wegsperre. „Er hat dir zugesetzt. Lass dir nicht von ihm unsere Nacht verderben. Verkriech dich wegen ihm nicht wieder in deinen Panzer zurück."

Sie atmete tief durch. „Es ist alles in Ordnung. Ich war nur enttäuscht, als ich herausfand, was für ein Arschloch er ist. Er war mein einziger echter Kontakt."

Adam winkte mit der Hand. „Hallo." Er zeigte mit dem Finger auf Jacob. „Ein wahrer Dom, der genau hier vor dir steht. Ich wollte mich nicht drei Wochen lang von Ian anbellen lassen, so dass ich nicht im Besitz eines glänzenden Stück Papiers bin, doch ich weiß da ein oder zwei Dinge. Und ich denke, ich hab' verdammt gute Arbeit dabei geleistet mich um dich zu kümmern. Ich toppe dich seit Tagen und du hast es nicht mal bemerkt."

Das war lächerlich. Außer, dass es das nicht war. Sie dachte an die letzten Tage. Adam hatte klammheimlich viele der tagtäglichen Kleinigkeiten ihres Lebens übernommen. Er hatte sie mit einem Lächeln erledigt und sie gezwungen sich auf ihre Arbeit zu konzentrieren. Er hatte begonnen ihre E-Mails zu beantworten, ihre Termine zu vereinbaren und sogar ihre Telefonate zu beantworten. Er hatte das Ruder übernommen und sie war einfach froh, dass sie all diese Dinge nicht tun musste. Es hatte sich natürlich angefühlt. Adam hatte die Details übernommen und Jake sorgte dafür, dass niemand näher herankam.

Sie toppten sie. Und sie mochte es irgendwie. Es hatte ihr das Leben leichter gemacht und sie hatte sich sicher und umsorgt gefühlt.

„Siehst du", sagte Adam, als ob er ihre Gedanken lesen könnte. „Es kann für dich funktionieren, aber es muss sanfter sein als das, was Master Vollpfosten von dir will. Das kann auch funktionieren. Aber nicht mit dir."

Sie schüttelte den Kopf. „Aber ich tue nichts für euch beide."

„Machst du nicht? Jake hatte gestern Kopfschmerzen. Was hast du getan?", fragte Adam.

Sie hatte bemerkt, dass er gestresst aussah. Sie hatte nicht wirklich begriffen, dass er Kopfschmerzen hatte. Sie war nur ihren Instinkten gefolgt. Sie hatte seine Kopfhaut massiert, bis er quasi in seinem Stuhl geschmolzen war. Sie war etwas überrascht und zutiefst erfreut gewesen, dass er den Kontakt erlaubt hatte.

„Ich habe mich wegen dir besser gefühlt", sagte Jake. „Du hast getan, was du konntest, um dich um mich zu kümmern. Verdammt, Serena, du bist ins Gästezimmer gegangen und hast Adams und meine schmutzigen Kleider rausgeholt. Du hättest sie nicht waschen müssen. Das hätten wir schon erledigt."

„Ich hab' sowieso eine Ladung gewaschen." Sie sagte die Worte, aber sie fühlten sich ein wenig trotzig an. In dem Moment wollte sie etwas für sie tun. Sie wollte ihnen helfen, so wie sie ihr geholfen hatten. Vielleicht war es das, was eine Beziehung wirklich ausmachte.

„Komm heute Abend mit uns", schmeichelte Adam, der seine Hand auf ihren Arm legte. „Lass uns dir zeigen, dass dieser Lifestyle, wie alles andere auch, das ist, was du daraus machst."

Jake starrte auf sie herab und berührte sie ganz und gar nicht, doch sie konnte immer noch seine Hitze spüren. Adam streichelte sie.

Sie konnte sich auf das Risiko einlassen. Sie hatte nicht viel zu verlieren. Sie könnte etwas lernen. Trotz der Tatsache, dass sie Storm gesagt hatte sich nunmehr auf Ménage zu konzentrieren, dachte sie daran, dass ihr neustes Buch BDSM-Elemente enthielt. Und offenbar war Ian Taggart die ultimative Autorität im Umkreis von Dallas/Fort Worth. Sie hatte vom Sanctum gehört. Und sie hatte auch gehört, dass sie nur Leute zuließen, die strenge Tests bestanden. Ihr bot sich eine echte Gelegenheit die Dinge zu erforschen. Wenn sie Distanz hielt, konnte es zu ihren Gunsten laufen.

Adam trieb sich in ihrer Nähe rum. Er war ihr so verdammt nah. Und Jake. Er war so perfekt. Jeder von ihnen rief sie auf seine Weise zu sich.

„Komm mit uns."

Sie wollte gerade eben antworten, als die Türklingel erneut läutete.

„Verdammt nochmal." Jake durchquerte den Raum, seine Hand griff zur Tür. „Wenn es dieser Idiot ist, wird er meine Waffe sehen. ,Mein Körper ist eine Waffe'. Dämliche Scheiße. Ich wette, meine Waffe kann seinen Körper verdammt schnell ausschalten."

Sie drehte sich um, Adam hatte seine Hand auf ihre Schulter gelegt. Er preschte vor, seine Lippen nah an ihrem Ohr. „Gib uns eine Chance, Baby. Wir können dir eine ganz neue Welt zeigen."

Das war genau richtig gesagt. Es war genau das, was sie hören musste. Die Welt, in der sie lebte, war hart. Es wäre schön, einen Ort zu haben, an dem man sich fallenlassen konnte.

„Sag ja."

Sie nickte. Sie hatte nichts Besseres zu tun.

Jake drehte sich um, ein Paket in der Hand. „Es war ein Kurier. Erwartest du Bücher?"

Sie schüttelte den Kopf. „Nein. Ich muss noch Neudrucke ordern. Ich hab' keine bestellt. Ich gebe bald eine Autogrammstunde, aber Lara hat sie bestellt und sie gehen direkt in die Buchhandlung."

„Hier ist eine Rücksendeadresse." Er zog vorsichtig das Etikett ab und begann, das Paket zu öffnen. Er zog ein Buch heraus.

Sie erkannte es sofort. Es war eine süß aussehende Blondine zu sehen, ihren Kopf unterwürfig zur Seite drehend, ein heißer Dom und der sündhaft coole zweite Held mit Cowboyhut. *Sweetheart in Chains*.

„Es sind nur deine Bücher", sagte Jake und reichte ihr jenes.

Serena nahm es an sich. Es waren ihre Bücher im Taschenbuchformat. Nichts Ungewöhnliches. Sie hatte einen Schrank voll davon. Sie blätterte durch das Buch und entdeckte den Unterschied.

Jedes dreckige Wort, jedes Muschi, jeder Schwanz, jeder Pimmel, jedes Ficken und jede Menge mehr waren durchgestrichen. Jemand hatte sich enorm viel Zeit genommen, jede erdenkliche Stelle des Buches zu markieren, die auch nur annähernd unseriös verstanden werden konnte.

Sie blätterte nach vorn.

Hör auf Dreck zu schreiben, sonst wird mein Zorn auf dich niederprasseln.

„Jemand hat dir eine Kopie eines jeden Buches geschickt, das du im Druck hast." Adam hielt eine Kopie von *Two Men to Love* hoch. Er fing an durch das Buch zu blättern und seine Haut errötete. Sie wusste, dass sie sich alle ähnelten.

Jemand hasste sie. Es war alles verfickt zu viel. Irgendwo zwischen Storms Kritik und dieser hier fühlte sie, wie die Tränen fielen. Zu viel. Sie hatte nur einen Ort für sich finden wollen und erfuhr so viel Ablehnung.

Jake legte seine Arme um sie. Sie lag an seiner Brust, als das Schluchzen begann.

Kapitel Zehn

Jake stand neben Adam, das sanfte Hämmern der Industrial Music dröhnte aus dem Kerker. Er beobachtete die Umkleidekabine der Frauen und wartete auf den Moment, in dem Serena mit Eve herauskäme. Er war verdammt glücklich, dass Eve da war. Er war sich unsicher, ob Serena vielleicht nie herausgekommen wäre, hätte er sie allein da reingeschickt.

„Sie lässt sich Zeit." Adam sah auch hin.

„Sie ist nervös." Und hat Angst. Und ist ein wenig tiefbetrübt. Er hatte sie festgehalten, als sie geweint hatte, doch das Gros seiner verdammten Abwehr musste dringend verstärkt werden. Die letzten Tage mit Serena waren hart gewesen. Es war hart für ihn von ihr Abstand zu halten, hart, sie nicht zu mögen, hart, einfach jede Minute am Tag hart zu sein. Sein Schwanz hatte seine Entscheidung getroffen. Seinem Schwanz war es scheißegal, ob das eine schlechte Idee war. Sein Schwanz wusste einfach, dass sie genau sein Typ war, und dass ihr weiches Herz zu ihrem kurvenreichen Körper passte. Es war eine gefährliche Kombination.

„Ich hab' sie geschont." Adams Mundwinkel verzogen sich nach unten. „Ich hab' sie nicht ganz nackig zurückgelassen."

Jake drehte sich zu ihm. „Vielleicht hätte ich dir nicht die Verantwortung für ihre Kleidung überlassen sollen."

„Schenk mir ein wenig Vertrauen. Ich wollte sie nicht verscheuchen. Ich hab' ihr einen Minirock und ein Korsett gelassen."

Jakes Schwanz sprang einfach los. Seine Lederhose fühlte sich plötzlich zu eng an. *Fuck*. Wie zum Teufel sollte er seine Hände von ihr lassen? Es war schwer für ihn, wenn sie voll bekleidet war. Was zum Teufel wollte er nur tun, wenn sie mit fast nichts am Leib rauskam und wie sein feuchter Traum aussah?

Adam legte eine Hand auf seine Schulter. Er trug noch Straßenkleidung. Er hatte einen Job zu erledigen. „Du schaffst das schon. Das ist eine sehr neugierige Frau, die wahrscheinlich auch sehr schüchtern sein wird. Du wirst vermutlich die ganze Zeit am Rand der Menge stehen."

Jake warf seinem Partner einen Blick zu. Serena konnte zutiefst schüchtern sein, doch Jake hatte das Gefühl, dass, sobald sie in den Kerker käme, ihre Schüchternheit gegen Neugierde kämpfte und es unmöglich war, dass Scheu gewann. Serena war zu sehr an allem interessiert. Er hatte beobachtet, wie sie einen Kellner in die Enge trieb, als er erwähnte, dass er einige Zeit im Irak verbracht hatte. Sie hatte ihm eine Million Fragen gestellt. Sie war nicht zu schüchtern, um mit ihm zu reden.

„Also, wo ist die Kundin, die niemand hier fickt?" Ian trat neben Jake, sein massiver Körper durchdrang den Raum. Ian war zum Spielen in Motorradstiefel und Lederhose gekleidet.

„Sie ist mit Eve in der Umkleide. Ich bin mir ziemlich sicher, dass Eve sie auch nicht ficken wird." Adam musste es einfach mit Ian auf die Spitze treiben.

Ian lächelte nur und richtete eine Augenbraue auf. „Lass uns nicht voreilig sein. Ich könnt' mir die Show eigentlich anschauen." Er seufzte. „Also, ich hab' von Liam gehört, dass heute etwas Bewegung in die Sache gekommen ist. Ich erhielt einen hektischen Anruf von Lara. Sie ist wirklich besorgt darüber. Sie sagte auch, dass sie einen Anruf von einem lokalen Fernsehsender erhielt. Es scheint, jemand hat Blut geleckt und denkt, das könnte eine gute Geschichte werden."

Ein harter Knoten formte sich in Jakes Magengrube. Das war es, worüber er sich Sorgen gemacht hatte. Serena schien Publicity nicht zu wollen. Sie hatte die Presse nicht angerufen. Also, wer war es?

„Beruhig' dich, Dean. Weißt du nicht, dass Reporter routinemäßig bei der Polizei wegen interessanter Fälle nachhaken?"

Ian konnte seine Gedanken stets lesen.

Adam stürzte sich auf diese kleine Tatsache, als wäre sie eine Rettungsleine. „Natürlich. Es ist eine interessante Geschichte. Privatleben einer Schriftstellerin spiegelt ihre Bücher wider. Ich kann mir vorstellen, dass ein Reporter darüber einen Beitrag ergattern will. Und ich hab' ihr Telefon überprüft. Die einzigen Leute, mit denen sie gesprochen hat, sind ihre Freunde und ihre Agentin. Sie ist quasi eine verdammte Nonne.“

Ian zog die Stirn in Falten. „Ja. Siehst du, das ist es, was ich hören will. Sicher trägt sie im Moment kein Ordenskleid. Verdammt.“ Er knurrte etwas, als Serena rauskam. „Es gibt keine verfickte Möglichkeit sie nicht zu ficken. Verflucht noch mal. Ich war glücklicher, als ihr beide schwul gespielt habt.“

Jake wäre nie in der Lage, schwul bei dieser Kundin zu spielen. Sein Schwanz sprang, als er Serena sah. Den Rock, den sie trug, einen Mini zu nennen, war äußerst großzügig. Er glich eher einem Stück Elastan, das sie um ihren knackigen Arsch gewickelt hatte. Es wäre so leicht ihn zur Seite zu schieben und sie vorzubeugen. Er konnte seinen Schwanz tief hineinschieben, ohne das Ding jemals abstreifen zu müssen. Und ihre Brüste sahen aus, als fielen sie gleich aus dem Korsett heraus. Es war ein leuchtendes Rot, ihre Porzellanhaut bildete einen scharfen Kontrast. Ihr Haar fiel über ihre Schultern herab. In ihrem alltäglichen Leben trug sie einen Pferdeschwanz oder sie benutzte einen Stift, um hastig einen lockeren Knoten zu binden, doch jetzt formten ihre weichen braunen Haare einen Wasserfall auf ihrem Rücken. Er konnte seine Hand darin versenken und ihn greifen, um sie dahin zu führen, wo er sie haben wollte. Er konnte sie auf den Boden dirigieren, sie vor ihm kniend, dieser herrliche Mund darauf ausgerichtet, seinen Schwanz zu schlucken.

„Du siehst wunderschön aus, Serena.“ Wenigstens war Adam noch des Sprechens fähig.

„Du siehst aus, als ob du einem großen, bösen Dom aufgetischt wirst. Adam, hast du vergessen, die Kirsche darauf zu legen?“ fragte Ian, der Sarkasmus floss.

Serena errötete.

„Überhaupt nicht, Boss. Aber die kleine Serena dort hat eine eigene Kirsche. Sie ist nicht oben, wenn du weißt, was ich meine." Adam lachte, aber die rauchige Art sagte Jake, dass er nicht unberührt war.

Serena schüttelte den Kopf. „Ich weiß nicht, was du…oh, mein Gott, du redest von meinem Hintern."

Ian lachte. „Schaut euch das Erröten der kleinen Sub an. Nachdem ich einige Auszüge aus deinen Büchern gelesen habe, hätte ich geschworen, dass du es nicht draufhast. Doch du benutzt eine harte Sprache."

Serena richtete sich auf. Jake wollte Ian gerade sagen, dass er sie mal kreuzweise könne. Sie hatte einen harten Tag hinter sich und das Letzte, was sie brauchte, war Ians Kommentar zu ihren Büchern. Doch Serena runzelte die Stirn und brachte es geradewegs vor dem Dom vor. „Wenn du mit einem kleinen harten Gebrauch nicht umgehen kannst, solltest du dich vielleicht besser an Vanillabücher halten."

Ian lachte. „Oh, ich mag Gören, Schatz. Ich verzehre sie gern zum Mittagessen. Achte auf deine Manieren, Sub, oder du wirst über meinen Schoß gelegt. Dann werden wir sehen, ob du deinen görenhaften Mund gegen mich richtest."

„Verschwinde, Ian." Jake nahm sie an die Hand, zog sie nah zu sich und schob sie halb hinter seinen Körper. Er wollte hier nicht stehen und zusehen, wie Ian mit seiner Sub flirtet. *Fuck*. Sie gehörte nicht ihm. Außer für die eine Nacht. Er hatte ihr Halsband in der Hand. Dünn und zart, es war ein Trainingshalsband. Es war das einzige Teil ihrer Garderobe, für das er verantwortlich war, und er hatte zwei verdammte Stunden gebraucht, um es auszusuchen. Ian hatte ihn angeschrien Serena in Ruhe zu lassen und jetzt starrte das Arschloch sie an wie ein hungriger Falke, der ein besonders saftiges Häschen erspähte. Auf keinen verfickten Fall. Eine tiefe Besitzgier machte sich in ihm breit. „Ich hab' dir gesagt, dass sie sonst keiner diszipliniert."

Ian schüttelte den Kopf. „Diese Scheiße hätte besser vorbereitet werden sollen, Dean. Ich will keine Klage. Du sorgst dafür, dass sich um sie gekümmert wird. Und versuch mit deinem Hirn zu denken und nicht mit deinem Schwanz. Hat sie einen Vertrag unterschrieben?"

Jake konnte Serena hinter sich spüren, ihr Kopf schaute hinter seiner Schulter hervor.

„Das hab' ich, aber sie wollten nicht, dass ich eine Kopie mitnehme. Ich sollte eine Kopie bekommen, findest du nicht?", fragte Serena, als hätte der Mann ihr nicht gerade angedroht ihr den Arsch zu versohlen.

Ian starrte auf sie herab. „Damit ich es in deinem nächsten Buch nachlesen kann? Ich glaub' nicht. Sag mir, Serena. Interessierst du dich für den Lifestyle, um BDSM-Bücher zu verkaufen, oder weil es dich wirklich interessiert?"

„Sie ist interessiert, Ian", erklärte Jake. „Sie hat versucht, einen Mentor zu finden. Leider ist sie auf Dom Mistkerl gestoßen."

„Jo, ich hab' gehört, dass er sich als Stinchfield herausgestellt hat. Mir gefiel es nicht, wie er mit den Subs umging, mit denen ich ihn getestet hab'. Er zeigte keine wirklichen Gefühle für sie. Es sollte um mehr gehen als nur den Service zwischen Dom und Sub. Es sollte etwas Spannung da sein. Etwas Gefühl. Er war sehr am Service der Sub interessiert. Er wollte einen totalen Energieaustausch, doch ich hatte das Gefühl, dass er damit nicht unbedingt so umging, dass es der Sub diente."

„Ich glaube, es war richtig, dass du ihn abgewiesen hast", räumte Jake ein. „Aber deshalb will ich noch lange nicht, dass du mit meiner Sub flirtest."

„Unsere Sub", mischte Adam sich ein.

„Also überprüft ihr sie alle?", fragte Serena, ihre Wange an seinem Bizeps. „Setzt ihr euch mit Eve zusammen? Gibt es ein Formular, das sie ausfüllen müssen? Unterzeichnen alle den gleichen Vertrag wie ich? Jacob tritt in meinem Fall als mein Dom auf. Was passiert, wenn eine Sub keinen Dom hat? Findet ihr dann einen für sie?"

„Ruhig, Sub", bellte Ian. Jake hatte keinen Zweifel daran, dass Ian hoch über Serena ragte, wenn er nicht zwischen ihnen stünde.

„Sie ist sehr neugierig." Jake fühlte ein irrationales Bedürfnis sie zu verteidigen. „Aber sie wird ihre Fragen an mich richten."

Ians Augen verengten sich. „Sie kann ihre Fragen stellen, aber ich zieh' es vor, dass sie sie schriftlich einreicht und ich entscheide, was ich ihr antworten will und was nicht. Über meine Antworten verhandle ich nicht. Du wirst deinem Vertrag folgen und Jacob gehorchen. Falls Adam was zu sagen hat, das sinnvoll und hilfreich ist, gehorchst du ihm ebenfalls."

Adam grollte hinter ihm.

Ian ignorierte ihn. „Und wenn das läuft und du beweist, dass du wirklich interessiert bist, dann können wir darüber reden dir einen erweiterten Zutritt ins Sanctum zu gewähren und ich werd' mit allen dominanten Mitgliedern und Subs sprechen sich mit dir auszutauschen."

„Wirklich?", fragte Serena.

Ian nickte. „Ja, wirklich. Ich bin nicht so ein Monster. Nun, die meiste Zeit nicht. Ich hab' diesen Club gegründet, um kleinen Subs wie dir zu helfen. Und, hey, diese Auszüge, die ich gelesen hab', waren heiß. Vielleicht solltest du den ganzen „Schmuse-Dom"-Mist sein lassen, doch, wie auch immer, ich bin mir sicher, dass viele der Subs hier deine Bücher lieben würden. Vielleicht könntest du Autogramme geben oder so."

Jake seufzte. Es würde lange dauern Serena zur Ruhe zu bringen.

„Das kann ich auf jeden. Und ich würd' gern mit allen Subs und dominanten Counterparts sprechen. Ich hab' eine Million und eine Frage. Wann wusstest du zum Beispiel, dass du dich als Dom fühlst? Was waren die ersten Anzeichen?"

Es war an der Zeit die Kontrolle über seine Sub zu gewinnen. „Serena, Schluss."

Sie hatte genug gesunden Menschenverstand, um nun Ruhe zu geben.

Ian blickte zu Adam zurück. „Brauchst du Verstärkung?"

Er schüttelte den Kopf. „Das krieg ich hin. Der Spur ist leicht zu folgen, ich muss nur die Bänder durchsehen, die ich aus den Büchersälen hab'. Ich hab' stundenlanges Filmmaterial der Überwachungskameras beider Büchereien. Ich denke, ich hab' eine Möglichkeit gefunden die Gesichtserkennung zu nutzen, um sie beide zu vergleichen. Ich suche nach einer Verbindung und die Zeitstempel sollten mir helfen. Es dürfte nicht schwierig sein, nur zeitaufwendig. Ich könnte es eigentlich auch morgen früh machen."

„Mach's jetzt, Adam", bellte Ian und lief von dannen.

Jake drehte sich um und sah Serena an. „Du wirst uns Ärger bereiten."

Adam fand mit seiner Hand ihre Hüfte. Sie drängten sich um sie, ihr halbnackter Körper zwischen ihnen. „Genau deshalb sollte ich bleiben. Sie braucht zwei Master. Sie macht einem viel zu viel Ärger."

„Oder wir gehen alle nach Hause und du kannst den Job erledigen, für den wir bezahlt werden." Jake starrte seinen Partner an.

Nach all dem, was heute passiert war, wie konnte er nur daran denken, den Fall hinauszuschieben? Jake hatte sich die Bücher angesehen und sein Magen hatte sich umgedreht. Wer auch immer das Paket geschickt hatte, verspürte ein großes Bedürfnis Serena zu verletzen. Jedes schmutzige Wort, wie Muschi, ficken, Schwanz, Fotze, ja sogar verdammt waren markiert. Es gab keinen Text. Keine Wörter auf den Seiten. Die Bücher waren einfach von allem gereinigt worden, was der Leser für Dreck hielt. Nichts, was dieser Stalker zuvor getan hatte, erschreckte Jacob so sehr wie diese kleine Einlage. Die Liebe zum Detail hatte seine Haare zu Berge stehen lassen. Wie lange hatte er mit seinem Marker am Schreibtisch gesessen und Serenas Bücher dezimiert? Wie weit würde er gehen, um die Frau selbst zu verletzen?

Sein Blick verfing sich mit dem seines Partners, und er fühlte Serena angespannt neben sich stehen.

„Ich zieh' mich um."

„Nein", sagte Adam schnell. „Bleibt hier. Viel Spaß im Club. Ich wünsch' dir eine gute Zeit mit Jake." Adam lehnte sich hinüber und küsste sie auf die Wange. „Ich bin trotzdem da. Ich hab' meine Ausrüstung im Konferenzraum aufgestellt. Ich kann von dort aus arbeiten, wenn du also 'was brauchst, kann ich da sein."

Das war es, was Jake hören wollte. Das ganze Computer-Such-Ding war Adams Handwerkszeug. Und heut Abend war es Jakes Aufgabe, die Gedanken ihrer Sub an die ganze miese Scheiße fernzuhalten. Ihrer Kundin, korrigierte er sich selbst. Kundin. Sie gehörte nicht zu ihnen. Er musste sich daran erinnern.

Adam blinzelte ihr zu und ging zum Konferenzraum.

„Wir müssen das nicht tun", sagte Serena nach einem langen Moment des Schweigens. „Wir können gehen und Adam helfen. Oder wir könnten einfach nach Hause gehen. Ich weiß, dass das nicht deine Idee war."

Jake atmete tief durch und sah sie sich richtig an. Trotz der sexy Kleidung haftete noch immer ein Hauch von Unschuld an ihr. Und definitiv auch ein Hauch an Selbstzweifeln. Ihr Mann hatte sie abgewiesen, weil sie sexuell dominiert werden wollte. Sie hatte ihre tief verwurzelten Fantasien niedergeschrieben, und ja, sie umfassten auch Sex, aber mehr als das, all ihre Fantasien handelten von wahrer Liebe und Akzeptanz. Sie war viele Jahre auf der Suche nach Akzeptanz gewesen, und wenn sie sie nicht bald fände, würde sie ganz und gar aufhören danach zu suchen. Es könnte ihr in den Sinn kommen, dass es einfacher wäre diesen Teil von sich wegzuschieben, tief in sich zu vergraben, wo er keine Rolle mehr spielte. Er wollte das nicht für sie. Sie war wunderschön und es ging ihm bis auf die Knochen. Er wollte, dass sie frei war.

„Du willst nicht spielen? Ich dachte, du würdest dir wenigstens ein paar Szenen ansehen wollen." Es fiel ihm noch immer schwer einfach zu sagen, was er wollte.

Sie lächelte, ein schwaches kleines Etwas. „Ich möchte alles ausprobieren. Ich möchte die Erfahrung machen, Jacob, aber ich weiß, dass du mich nicht so siehst. Es ist gut. Wir können einfach zusehen. Ich verspreche nicht zu unausstehlich mit meinen Fragen zu sein." Ihre Augen folgten Adam. In ihrem Blick lag eine Sehnsucht, die Jake eifersüchtig machte. „Adam hat gesagt, er würde mit dem Rest helfen."

Hatte er? Wie verfickt nett von Adam beim „Rest" zu helfen. Etwas Böses wuchs in Jakes Innerem. Es war nicht fair. Er wusste es. Er war es, der sie zu Beginn versucht hatte wegzustoßen, doch die letzten Tage mit ihr zu verbringen, hatte sie ihm nähergebracht. Er konnte nicht anders. Er hatte auf sie achtgegeben, sich zu sorgen gelernt. Und nun wollte Adam, dass er neben ihr stünde und sie den Szenen zusähen, während er sich ihr Training ausdachte und plante? Adam war nicht halb so ein Dom wie Jake. Er war nicht annähernd so in den Lifestyle involviert, doch hatte sich vorgestellt, diese kleine, sexy, großäugige natürlich veranlagte Sub zu trainieren?

Nein verdammt.

„Worin genau besteht dieser Rest, Serena?" Seine Worte

kamen harsch geknirscht hervor.

Serena errötete, ihre helle Haut errötete schön leicht. Sie sähe so verdammt gut aus, wenn er sie übers Knie legte. Sein Schwanz ruhte in einem tiefen, pochenden Rhythmus.

Ihre Augen glitten von ihm ab. „Dieser Sicherheitsvorschriften-Kram."

Er umschloss ihren Hals, legte eine Hand auf ihr Rückgrat und zwang sie sanft nach oben zu schauen. Er legte das Halsband um ihren Hals und stellte es auf eine bequeme Länge ein. Er hielt das Halsband, während er sprach. „Ich bin für dich verantwortlich. Nicht Adam. Ich bin derjenige, der hier Rechte hat. Wenn du etwas über den Lifestyle lernen willst, läuft das über mich. Fangen wir von vorn an. Zeig' mir, wie du deinen Herrn begrüßt."

Er konnte dem nicht widerstehen. Er wusste, dass er einfach nicken und sie durch den Kerker führen sollte, doch die Versuchung, sie vor seinen Füßen knien zu sehen, war zu groß. Sie biss sich auf die Unterlippe und sah sich um, als ob sie versuchte sich zu entscheiden, ob sie sicher war. Doch das war nicht ihre Entscheidung.

„Jetzt, Serena. Auf die Knie. Du willst einen Dom für eine Nacht? Nun, das ist mein Halsband für dich. Du wirst mir gehorchen oder wir tun genau das, was du gesagt hast. Wir gehen nach Hause, setzen uns und warten auf Adam. Wir werden, zur Hölle, unglaublich langweilig fernsehen und du kannst in dein scheiß sicheres Vanilla-Leben versinken und wirst nie wirklich wissen, was es bedeutet sich hinzugeben. Du kannst einfach darüber schreiben."

Ein Feuer brannte in ihren Augen und sie fiel auf die Knie. Ja, das war es, was er wollte. Sie dachte nicht an die Tatsache, dass ihr Rock zu kurz war oder die Leute sie sehen konnten. Sie dachte an ihn und bewies ihm das Gegenteil. Es war nicht der Ort, an dem er sie wollte. Es wäre ihm lieber, wenn sie lediglich gedachte ihm zu gefallen, doch er nähme es gern an.

Er studierte sie für einen Moment. Sie beherrschte das Wesentliche. Ihr brünetter Kopf war unterwürfig zu Boden gerichtet. Ihre Hände lagen auf den Knien, die Schultern nach hinten gerichtet. Wäre sie nackt, hätte sie damit ihre Brüste voll und prächtig ausgestellt.

„Ich bevorzuge die Handflächen-nach-oben-Position, Serena."

Sie drehte die Handflächen nach oben. „Ich hab' gelesen, es sei anders herum."

„Es gibt viele Möglichkeiten den Lifestyle auszuleben, Serena. Darüber entscheidest du und dein Partner. Ich bevorzuge die Handflächen nach oben. Ich kann nicht wirklich erklären, warum. Es ist einfach das, was mich anmacht." Und das tat es auch. Sie sah entzückend aus, doch es gab eine gewisse Perfektion, die nur durch eine dauerhafte Ausbildung erreicht wird. „Spreiz die Knie weiter auseinander."

Sie zögerte einen Moment, bevor sie die Knie ein Haarbreit bewegte.

„Weiter, Serena." Jake war sich der Ungeduld in seiner Stimme bewusst.

Serena schnaufte kurz und spreizte die Knie weiter auseinander. Der kleine Rock, den Adam ihr gegeben hatte, rutschte weiter hoch und zeigte eine spektakuläre Aussicht auf was, das Adam nicht als Kleideroption vorgesehen hatte, war sich Jake ziemlich sicher.

„Was bedeckt deine Muschi?", fragte Jake und führt eine Hand in ihr Haar. Er zog leicht daran, bewusst den Schauer wahrnehmend, der ihr über die Haut lief. Und auch ihre Atmung hatte sich beschleunigt. Sie war erregt. Er war sich dessen ganz sicher.

„Unterwäsche, Jake."

Er ballte die Hand in ihrem Haar vorsichtig zu einer Faust und knurrte sie leicht an.

„Mein Herr", korrigierte sie sich schnell. „Das ist meine Unterwäsche, mein Herr."

„Hat Adam für heut Abend schlichte, weiße Baumwollunterwäsche zu deiner Kleidung gelegt?" Jake war sich der Antwort auf diese Frage verdammt sicher. Es war unmöglich, dass Adam sie dazugelegt hatte. Adam liebte Dessous. Wann immer sie eine Frau hatten, kaufte Adam eine Schachtel nach der anderen mit teuren Dessous und Fetischkleidung, um sie zu bekleiden. Jake lachte dann und beschuldigte Adam, dass er wohl nach einer Fick-Mich-Barbie suchte.

Ihre Augen weiteten sich, als ob sie erkannte, dass sie in der Klemme steckte. „Nein. Er hat etwas anderes hingelegt. Es war zu klein. Es hat nichts bedeckt. Es war ein Tanga, die mag ich wirklich nicht."

„Du magst keine Tangas? Willst du mich verarschen? Serena, Liebling, ich hab' deine Werke gelesen. Sag mir, was Joshua Lake mit seiner Sub täte, die die Kleiderordnung ihres Doms eklatant verletzte." Er setzte ihre Arbeit gegen sie ein, wobei es sich in diesem Fall tatsächlich um das richtige Trainingsmaterial handelte.

Diese sexy Unterlippe zitterte und er verspürte den Wunsch sie zu küssen, bis sie unfähig war sich zu bewegen. „Er würde wohl sagen, dass sie das nicht noch einmal tun sollte."

Sie wollte auf diese Weise spielen? Er zog ihr sanft am Haar und zwang sie ihm direkt in die Augen zu schauen. „Er ist kein Schmuse-Dom, Serena. So hast du ihn nicht beschrieben. Von allen Charakteren, über die du geschrieben hast, ist er der lebhafteste, der lebendigste. Er ist deiner Fantasie entsprungen. Jetzt sag mir, was er täte."

Sie stieß den Atem in flachen Stößen aus. „Er würde sagen, dass ich das Recht auf Unterwäsche prinzipiell verwirkt habe."

Jake lächelte und ließ ihr Haar los. „Ausgezeichnet. Da fangen wir an. Zieh das Höschen aus. Es beleidigt mich."

„Aber Jake, wenn ich's auszieh', ist der Rock so kurz, dass die Leute alles sehen können."

„Das sind zehn Schläge."

„Aber das wusste ich nicht", versuchte Serena dagegenzuhalten.

Realität schien in die kleine Sub einzukehren. Es war seltsam, doch Jake genoss in der Tat die Dynamik von Anziehung und Abstoßung. Er hatte die letzten Jahre mit perfekt ausgebildeten Subs verbracht, die vor Lust einen Orgasmus bekamen, ihren Körper und reinen Gehorsam zur Schau zu stellen. Das war jedoch nicht Jakes Verdienst. Er verstand auch, dass es Serenas Fantasie war. In Serenas Fantasien ging es nicht darum, dass alles perfekt lief. Ihre Figuren mussten kämpfen. Dies wäre ein kleiner Kampf, den sie beide gewinnen könnten.

„Du wusstest nicht, dass dein Dom dich disziplinieren würde?", fragte Jake. „Das sind übrigens noch zehn weitere."

Sie ballte die Hände zu Fäusten. „Ich wusste nicht, dass du es sein würdest."

Die Worte trafen ihn wie ein Eimer eiskaltes Wasser. „Du dachtest, es wäre Adam. Klar."

Sie mochte Adam. Sie wollte Adam. Adam war der mit all den sanften Zügen. Adam kochte für sie und gab auf ihren Zeitplan acht. Jake war nur der Schwachkopf, dessen Aufgabe es war, seinen überdimensionalen Körper vor jede Kugel zu werfen, die in ihre Schusslinie geriet. Ja. Er sollte das längst verstanden haben.

„Ich dachte, Ian hätte dich nur dafür auserkoren, weil du das Kurs-Ding gemacht hast."

Er hörte die Worte, doch seine Gedanken waren woanders. „Ist ok, Serena. Na, komm. Ich führ dich im Club herum. Adam wird ein paar Stunden brauchen. Wir können uns umsehen und dann bring' ich dich nach Hause. Was möchtest du als erstes sehen?"

Er wäre wie ein Reiseleiter, höflich, tüchtig und unbeteiligt. Sein Schwanz müsste sich nur verflucht nochmal beruhigen. Er drehte sich um, um sich in Bewegung zu setzen, doch sie hielt seine Hand. Als er sich umdrehte, kämpfte sie mit sich auf die Beine zu kommen. Er half ihr auf. Er bewies zumindest, dass er höflich sein konnte. Er war nicht irgendein Tier. Jennifers Worte kehrten zurück, verfolgten ihn.

Du bist nur ein dummes Geschütz von Muskelprotz, Jake. Ich wollte dich nie heiraten. Ich werde mein Leben nicht mit einem Infanteristen verbringen, egal wie gut er ausgebildet ist. Adam ist ein Mann, bei dem ich mir das Heiraten hätte vorstellen können, doch du hast ihn ruiniert. Jetzt hat er nicht mal mehr eine Karriere.

Er half Serena auf, weil sie Adams Mädchen war. Nicht seines. Er wollte es Adam nicht nochmal versauen.

Serena stand da und starrte ihn an, ihre großen Augen drohten ihn hineinzuziehen. „Es tut mir leid, mein Herr."

Er schüttelte den Kopf. „Nein, ich entschuldige mich. Ich hab' nicht verstanden, was du wolltest. Kein Problem, Serena. Und nenn mich einfach nur Jake."

Es war zu hart zu hören, wie sie ihn mit „mein Herr" in ihrem rauchigen, texanischen Südstaatenakzent ansprach, solange es nicht echt war. Er wollte nicht mit Serena spielen. Er wollte, dass es echt war. Er war ein Idiot genau das zu tun, was er Ian versprochen hatte nicht zu tun. Er hatte mit dem Herzen gedacht und nicht mit dem Kopf.

„Sag mir, dass du nicht mit mir spielst."

Serenas sanfte Worte ließen ihn umkehren. Sie sah klein und zerbrechlich aus, als sie dort in ihrem Minirock und dem Korsett stand, barfuß auf dem Teppich.

Er seufzte. „Ich werd' dir nicht wehtun, Serena. Ich verspreche es. Keine Schläge. Gar nichts. Du musst bei mir bleiben, da du dich nicht auskennst, doch keiner berührt dich."

Sie ballte die Fäuste zu ihren Seiten. „Verflucht, Jake, das ist nicht das, was ich meinte."

Er hasste es verflucht zu werden, besonders von Subs, doch sie war die Kundin und der Schwarm seines besten Freundes.

„Dann erklär bitte, was du willst, Serena. Ich bin hier, um deine Bedürfnisse zu erfüllen."

Sie schüttelte den Kopf. „Das will ich nicht. Ich will es so, wie es noch vor ein paar Minuten war, doch ich hab' Angst. Nicht vor dir. Gott, Jacob, wir müssen an deinem Selbstwertgefühl arbeiten. Du bist so großartig, dass es mir schwerfällt dich anzusehen, doch der erste Gedanke, der deinem Hirn vorschwebt, wenn ich spreche, ist, dass ich dich zurückweise. Das werd' ich nicht. Ich hab' Angst, dass es die beste Erfahrung meines Lebens sein wird und du danach einfach weggehst und nie wieder an mich denkst. Das ist es, wovor ich Angst hab'. Und ich hab' das Gefühl, du magst hartes Spanking. Ich werd' vermutlich weinen und vielleicht schreien und mich lächerlich machen. Wenn du mir jedoch sagst, dass dir das doch etwas, irgendetwas bedeutet, dann geht es mir gut. Jake, ich bitte dich nicht um einen Verlobungsring oder ein festes Halsband, ich will nur wissen, dass du mich magst, und dass du das nicht nur deshalb tust, weil Adam dich dazu gedrängt hat."

Gott, er war verrückt nach ihr. Keine andere Frau auf der Welt hätte ihm vorgeworfen Probleme mit seinem Selbstwertgefühl zu haben, doch Serena gab das einfach alles von sich. Sie sagte es unverblümt und stand da, als sie auf sein Urteil wartete. Auf seine Ehrlichkeit. Es war wunderbar.

„Serena, ich weiß nicht, wohin das führt", gab er zu. „Du hast verstanden, dass Adam und ich teilen, oder?"

Sie nickte. „Ja, und ich scheine wohl kein Problem damit zu haben."

„Es kann ganz schön hart für eine Frau sein. Und wir kennen uns noch nicht lang."

„Ich weiß. Doch bei dem ganzen Lifestyle geht es doch darum mutig genug zu sein, um es zu versuchen, nicht wahr? Jemand macht mich fertig, Jake. Mein Mann hat 'ne Nummer mit mir abgezogen. Es gibt da einen Teil tief in mir, der sich verstecken will und so tut, als bräuchte ich niemanden, doch ich muss mutiger sein als dieser. Ich möchte das alles mit dir erkunden. Und das einzige, worum ich dich bitte, ist, dass wenn du dich entscheidest mich nicht mehr zu wollen, du mir etwas Freundlichkeit entgegenbringst, okay? Ich bin eine erwachsene Frau. Ich kann damit umgehen, aber ich brauche etwas Freundlichkeit."

Sein Herz verzehrte sich nach ihr. Er konnte verflucht nochmal nicht mehr anders. Er streckte die Hand aus und zog sie zu sich, ihre Hände erstmals auf seiner Haut. Er schlang sich ganz und gar um sie, als ob er sie so vor der ganzen Scheiße schützen könnte, die auf sie zukam. Freundlichkeit war das Mindeste, was sie von Männern erwarten sollte, mit denen sie ihren Körper teilte. Freundlichkeit, Zärtlichkeit, Zuneigung. Sie dürstete so sehr danach.

„Ich kann mit Freundlichkeit umgehen, Serena", flüsterte er ihr ins Ohr. Verflucht, er konnte seine Hände jetzt nicht mehr von ihr lassen. Auf gar keinen Fall. Er musste nur warten, bis Adam da sein konnte. Adam hatte jedoch schon eine Kostprobe bekommen. Es war nur fair, wenn er auch einen Kuss bekäme. Er schnüffelte leicht an ihrem Ohr und freute sich über den kleinen Seufzer, den sie ausstieß. Es fühlte sich richtig an so nah bei ihr zu sein. Er küsste sie, seine Lippen fanden zuerst ihre Wange und dann die weiche Umrandung ihres Mundes.

In dem Moment, in dem sich ihr Mund unter ihm öffnete, verlor er beinahe die Kontrolle. Sie war so verdammt perfekt für ihn. Er liebte ihre Kurven und die Art, wie sie quasi vor ihm dahinschmolz. Ihre Hände tasteten sich vorsichtig vor, als sie seine Taille fanden, aber packten dann zu, um das Gleichgewicht nicht zu verlieren. Das war es, was er wollte, sie ins Gleichgewicht bringen und sie zum Mittelpunkt seines Begehrens machen.

Er küsste sie, leckte sich dabei fordernd seinen Weg über ihre Lippen, sie mit einem kleinen Knurren wissen lassend, was er wollte.

Sie seufzte und ihre Zunge kam heraus, um mit seiner zu tanzen. Dann übernahm er, beherrschte ihren Mund und seine Hände verwirrten sich in ihren Haaren, um sie so führen zu können, wie er wollte. Er zog sie nah zu sich ran und wollte keinen verfickten Zentimeter Abstand zwischen ihnen haben. Er rieb seinen Schwanz gegen ihren Bauch. Er musste sie höher bringen. Sie war zierlich, klein im Gegensatz zu ihm. Er würde sie gegen eine Wand schieben müssen, um sie auf die richtige Höhe zu bringen, um seinen Schwanz tief in sie hineinschieben zu können.

Er wollte sie gerade zur Wand manövrieren, als er klappernde Absätze auf dem Boden hörte, der zur Umkleide führte.

„Soll ich euch ein Spielzimmer besorgen?" Eves Stimme traf ihn wie ein Schlag. *Fuck*. Er hatte vergessen, wo sie waren. Es war nicht so, als hätte er nicht schon ein paar Subs vor aller Augen im Kerker gefickt, aber doch nicht einfach vor der Umkleide. Was hatte er sich dabei gedacht? Und er konnte Serena nicht ficken. Nicht ohne Adam.

Jake zog sich zurück. Sein Kopf war schwer, aber es gelang ihm sich auf Eve zu konzentrieren. Sie war mordsmäßig in perfekt geschnittenem Minirock und Korsett gekleidet. Fast wie Serena, doch Eve war schlanker und ihr Haar perfekt hergerichtet. Es gab nichts Chaotisches an Eve. Haare, Nägel und Make-up, es war alles perfekt. Er war sich sicher, dass die 12,5-Zentimeter hohen High Heels an ihren Füßen ein Paar Designerschuhe waren, die so viel kosteten, dass Jake die Augen ausfielen. Also, warum war die chaotische, mollige Serena die, die ihn anzog? Warum machte ihn der Anblick ihrer nackten Füße so an? Er hielt ihre Hand. Ihre Nägel waren kurz und sie hatte überall Schwielen an den Händen. Sie gebrauchte sie den ganzen Tag. Sie tippte, und wenn sie plante, holte sie einen Stift oder einen Marker raus und schrieb ein Notizbuch voll oder auf ihr Whiteboard. Er verdammt nochmal liebte ihre Hände. Er führte eine zu seinem Mund und küsste sie.

„Tut mir leid", sagte er zu Eve, während er Serena festhielt. „Ich hab' mich hinreißen lassen. Und ich hab' die Disziplin ganz vergessen, die meiner Sub bedarf."

Serena neigte das Gesicht nach oben. Sie trug Kontaktlinsen, die ihre Augen weit und aufgeschlossen aussehen ließen. Er war sadistisch genug, um das kleine Zittern der Angst zu genießen, das er vor sich wahrnahm. „Es waren erst zwanzig, oder?"

„Wer bekommt zwanzig?", fragte Alex, der aus der Männerumkleide trat. Sein Blick blieb einen Augenblick auf Eve haften, bevor er auf den Boden blickte. „Mit Sicherheit nicht Evie. Sie verlangt fünfzig."

Gott, war das immer noch so? Jake fühlte mit Alex. Er war von Eve geschieden, aber sie kam immer noch zum Disziplinieren zu ihm. Soweit Jake wusste, hatten sie keine Intimität, die über die Hiebe von Alex' Peitsche oder die Schläge seines Paddels hinausging. Alex hatte ihm mal bei viel zu vielen Bieren gesagt, dass dies der einzige Weg war, dass sie sich noch mit ihm einließ. Und er würde damit fertig werden, weil er seine Ex-Frau noch immer liebte.

Jake schob seinen Arm um Serenas Taille. Sie fingen gerade erst an und mit etwas Glück kämen sie nie an den Ort, an dem sich Alex und Eve nun befänden, sehnsüchtig und unerfüllt. „Nur zwanzig, Schatz. Aber es werden mehr sein, wenn du mir nicht das Höschen gibst."

Eve lächelte, ein kleines Glucksen entwich ihrem Mund. Es war schön ihr Lachen zu hören. „Ich hab' sie gewarnt, dass du das Höschen nicht mögen würdest."

Serena nickte. „Okay. Ich zieh' mir das Stringtanga-Dingen an."

Jake gab diesem wunderschönen Arsch einen scharfen Klaps. „Nie im Leben, Baby. Du hast das Stringtanga-Dingen in dem Moment drangegeben, als du versuchtest Adams Wünsche zu umgehen und deine Muschi mit einem Stück Baumwolle bedeckt hast. Jetzt bist du entweder dabei oder du bist raus. Wenn du noch nicht bereit bist, geh zurück in die Umkleide und zieh dich um. Wir fahren nach Hause und werden reden. Falls doch, zieh das verfickte Höschen aus und denk daran, dass, wenn ich dich noch einmal darin sehe, es fünfzig Schläge sind, und die werden nicht erotisch."

Ihre Wangen flammten auf, und er dachte kurz, sie verschwände in der Umkleide wie ein kleines ängstliches Häschen.

Sie atmete tief durch und bereitete sich sichtlich mental vor.
„Okay.“

* * * *

Ihre Hände zitterten leicht, als sie unter den Rock griff. Es war das absolut kürzeste Stück Stoff, das sie je getragen hatte, aber es war auch ein Test. Das verstand sie nun. Wenn sie die Freuden des Machtaustausches spüren wollte, sollte sie besser auch auf den nicht geheuren Scheiß vorbereitet sein. Jake wollte ihre Unterwäsche. Sie wollte Jake. *A* plus *B* glich potenziellem Orgasmus und sie ließe nicht zu, dass so eine Kleinigkeit wie äußerste und absolute Erniedrigung sie davon abhielt, dass die Rechnung aufging.

Sie klemmte die Daumen zwischen Taille und die schlichte Baumwollunterwäsche und wünschte sich, sie hätte es doch mit der Arsch-Zahnseide versucht. Es war alles ihre Schuld. Zwei Sekunden inmitten dieses Lifestyles und Serena Brooks toppte from the bottom, also versuchte quasi „von unten“ zu disziplinieren, ohne Einverständnis des Tops, ihrem Dom. Und bekäme ihr Spanking. Jacob Dean würde ihr den Arsch versohlen und ihr wurde plötzlich klar, dass er den Rock nicht zwischen ihnen beließe. Er würde das Elastan aller Voraussicht nach zur Seite schieben und die Hand an ihren nackten Arsch anlegen. Es würde beginnen zu brennen, sobald die Hitze ihre Haut entflammte.

„Serena, das ist keine höhere Mathematik.“

Sie blickte in seine ernsthaften ungeduldigen braunen Augen. Jacob Dean war ihr feuchter Traum von Dom-Fantasie und hier hatte sie Tagträume. „Tut mir leid, mein Herr.“

Er streckte seine Hand aus und wartete, dass sie das beleidigende Kleidungsstück aufgab. Sie versuchte das Höschen auszuziehen, während sie sich an dem Anschein von Würde festhielt. Sie war sich nicht sicher, ob sie den Mut hätte einfach ihren Rock hoch- und ihre Unterwäsche auszuziehen, wenn sie allein wären, doch sie war sich brutal bewusst, dass die wunderschöne Eve St. James neben ihr stand. Und Ians Partner, der Eves Dom zu sein schien.

„So wird das nicht funktionieren“, flüsterte Eve.

Doch Serena versuchte es. Sie wackelte und wandte sich, bis

das Höschen auf ihren Knien lag, und fühlte sich erfolggekrönt, als sie es an Jake weitergab und ihren Rock glattstrich. Sie hatte es geschafft. Sie hatte das Höschen ausgezogen und ihre Muschi nicht entblößen müssen. Ja. From the bottom toppen könnte Spaß machen.

Jake nahm ihre Unterwäsche und bewies, dass er mit dem Selbstbewusstsein kein Problem hatte. Er hielt es sich unter die Nase und nahm einen langen Zug. Serena sah ihm zu, ein wenig entsetzt, doch es törnte sie auch ein wenig an.

„Gott, du riechst so verfickt gut, Serena." Jake verstaute die Unterwäsche in seiner Tasche und runzelte die Stirn. „Jetzt begib dich in deine Position."

„Ich hab' dir gesagt, dass es nicht funktionieren wird", sagte Eve mit einem sympathischen Lächeln.

Verdammt. Er zwang sie in die Knie. Wenn sie auf die Knie ginge und die Beine spreizte, saß sie für das sie betrachtende Publikum offen da. Und wenn sie sich weigerte, würde sie sich selbst hassen. Es war nur eine Muschi. Sie hatte die Szene tausend Mal beschrieben. Eine Muschi war nur eine Muschi und es war nicht so, als ob ihre abscheulich aussah. Sie war rasiert. Sicher, es war schon was her, aber sie sah nicht aus wie Big Foot. Sie könnte das tun.

„Serena, ich warte."

„Was, wenn ich nicht schön bin?"

Er lachte, ein überraschendes Geräusch. „Wenn du nicht schön bist, verzichte ich auf mein linkes Ei. Im Ernst, Serena, wenn es das ist, was dich besorgt, dann finde deine Position, Alex und ich werden dich beruhigen."

„Ich kann dir eine weibliche Sichtweise bieten", bot Eve mit einem Lächeln an. „Ich steh' zwar nicht auf dieses Frau-mit-Frau-Ding, aber ich erkenne eine attraktive Muschi, wenn ich eine sehe."

Es war lächerlich. Es war albern. Genau deshalb hatte sie dieses erste Buch geschrieben, weil es auch echt war. Sie fühlte sich plötzlich freier als zuvor und sie fiel auf den Boden und spreizte ihre Knie weit auseinander. Sie legte ihre Handflächen nach oben und spürte die kühle Luft des Raumes auf ihrem weiblichen Fleisch. Sie war ungeschützt und unbedeckt und fühlte sich seltsam mächtig.

„Serena, du bist nicht schön, Baby. Du bist wunderschön. Ist meine Sub nicht umwerfend, Alex?" Jakes Worte waren wie warmer

Honig, der sie aufheizte und sie süß fühlen ließ.

„Das ist sie wahrhaftig. Es bringt mich dazu, meine direkt neben ihr sehen zu wollen."

„Alex", begann Eve.

„Bist du mein für die Nacht oder nicht?" Alex' Ton wurde eisig und hartnäckig. „Wir haben einen Vertrag, Eve. Nur weil ich mich entscheide, meine Rechte nicht einzufordern, bedeutet das nicht, dass sie nicht existieren. Ich fass dich nicht an. Ich will dich nur ansehen. Ich möchte für einen Moment das Gefühl haben, wirklich eine Sub zu haben. Ich bin gerad' brutal eifersüchtig auf Jacob."

Eve sank auf die Knie neben Serena.

„Wird er dich auch beim Tragen von Unterwäsche erwischen?", fragte Serena.

Eve kicherte, ihre vorherige Gereiztheit schien sich ein wenig aufzulösen. „Ich mach' das schon seit langem, Serena. Ich weiß, dass kein Dom seine Muschi bedeckt haben will." Sie stoppte, als hätten ihre Worte sie wieder durcheinandergebracht.

„Wir haben zwei entzückende Subs. Und ich denke, ihre beiden Ärsche werden rot sein heut' Abend", versprach Jake. „Nun, ich scheine mich daran zu erinnern, dass Alex und Eve eine Szene spielen wollten, und Serena und ich würden gern zusehen."

Ihre erste echte Live-Szene. Sie blickte auf, noch etwas nervös in Eves Gegenwart, doch die coole, professionelle Frau zwinkerte ihr zu.

„Ich denke, du wirst es hier sehr mögen, Serena. Tu einfach, was Jake dir sagt. Er wird dich nicht in die Irre lenken." Sie streichelte Serenas Hand.

Ein warmes Gefühl der Akzeptanz erfüllte Serena. Sie könnte hierhergehören, wenn sie sich einfach der Erfahrung öffnete. Jake streckte eine Hand aus und half ihr hoch, während Alex Eve vom Boden half. Alex ließ sie schnell gehen, doch Jake zog Serena nah zu sich. Ja, das war es, wonach sie ihr ganzes Leben gesucht hatte. Sie fühlte sich umsorgt in Jakes Armen, und zu wissen, dass Adam nicht weit weg war, ließ ihr Herz höher schlagen. Zwei Männer. Könnte sie sie halten? Würde sie ihnen genügen?

„Du hast gute Arbeit geleistet, Baby", sagte Jake. „Ich weiß, es war schwer für dich, doch du hast es gut gemacht."

Allerdings war es gar nicht schwer, nachdem sie die Entscheidung getroffen hatte, ihm zu vertrauen. Sie stützte sich auf seine Stärke. Trotz seines heißen Körpers und seines wunderschönen Gesichts war er immer noch ein Mann, der Liebe und Zuneigung brauchte. Sie hatte so viel zu geben, wenn er es nur annehmen würde.

Er küsste sie, als ob er ihre Gedanken lesen könnte. „Komm schon. Ich weiß, dass du alles sehen willst."

Er führte sie durch die Türen und in den Kerker. Sie folgte ihm, bereit, diesen neuen Teil ihres Lebens zu beginnen.

Kapitel Elf

Adam studierte Zeile für Zeile des Codes, die Ziffern drohten bereits zusammenzulaufen. Er war drei Stunden lang damit zugange, während Serena die ganze Zeit durch den Kerker lief, ihr Arsch in nichts anderem als einem schmalen Streifen Stoff. Er wollte sie in dem hübschen Stringtanga sehen, den er für sie ausgesucht hatte. Wenn sie von all den obszönen, anstößigen Dessous eine Ahnung hätte, die er schon sorgfältig für sie ausgewählt hatte, liefe sie wahrscheinlich davon. Sie sähe umwerfend in etwas Hauchdünnem mit Spitze aus, ihre kleinen süßen Füße in ernst zu nehmenden Fick-mich-Heels.

Aber nein. Er saß im Konferenzraum, umgeben von Computern, anstatt zuzusehen, wie sein süßes Mädchen in Kink eingeführt wurde.

Er knurrte leicht, als das Programm wieder rausgekickt wurde. Nichts. Er konnte es nicht glauben. Es war möglich, dass Serenas Stalker gut mit Computern umzugehen wusste und E-Mails mittels verschiedener Systeme weiterleiten konnte, doch Adam bezweifelte das. Warum sollte ein solches Verfahren in so unmittelbarer Nähe zu Serena eingesetzt werden? Wenn die Person gut wäre, hätte sie die E-Mails von überall gesendet. Nein. Adam war sich sicher, dass der Stalker die Computer der Bibliotheken persönlich nutzte.

Adams Problem war, dass er unzufrieden mit der Gesichtserkennungssoftware war, die es auf dem Markt gab. Er spielte mit dem Code herum und versuchte ihn zu verbessern. Die Antwort musste hier zu finden sein. Er hatte die Zeitstempel zweier Bibliotheken, die mit E-Mails übereinstimmten, die von den öffentlichen Computern an Serena gesendet wurden.

Alles, was er tun musste, war, das Gesicht zu finden, das an beiden Orten war.

„Bist du noch dran?", fragte Liam und stellte eine Tasse Kaffee vor ihn.

Adam fuhr sich mit seiner Hand überdrüssig durchs Haar. „Ja. Es ist eine Menge Scheiße, die es zu durchsuchen gilt. Ich hab' die Lieferscheine…Überraschung! Dieses Arschloch hat bar gezahlt, mit einer Adresse, die sich als Café herausstellte, und unter falschem Namen. Joshua See. Serenas großer böser Dom."

„Ich denke, sie hat da einen neuen großen, bösen Dom. Ich hab' gesehen, wie Jake sie ansah." Liam setzte sich auf den Rand des Schreibtisches. „Ihr zwei plant das Mädchen zu zweit zu nehmen?"

Das war der Plan. Er fühlte sich durchaus ein wenig schlecht wegen Jake. Es wäre nicht leicht für ihn die Hände von Serena zu lassen. Er ständer aller Voraussicht nach mit verfickt dicken Eiern da. „Wir lassen es langsam und vorsichtig angehen. Ich mag sie."

Liam nickte. „Ich mag sie auch. Sie ist seltsam, doch ich mag ihre Offenheit. Ich glaub', Jake steckt genauso tief drin wie du. Bist du absolut sicher, dass sie nichts damit zu tun hat?"

Adam stöhnte. Er hatte diese Frage satt. „Ja. Ich das bin ich."

Liam hielt beide Hände hoch. „Ich verurteile das Mädchen nicht. Menschen können viele Gründe haben eine solche Nummer abzuziehen. Ich bin kein perfekter Mann. Ich erwarte auch nicht, dass eine Frau perfekt ist. Ich sag' nur, dass Jake relativ reizbar bezüglich Ehrlichkeit ist, und sollte er herausfinden, dass sie gelogen hat, wird es für keinen von euch schön sein."

Wenn es eine Sache gab, bei der sich Adam sicher war, dann die, dass Serena Angst vor dieser Person hatte. Sie hätte keine Angst, wäre sie es selbst. „Ich bin mir bei Serena sicher."

Liam schwieg für einen Moment, blickte dann auf den Computer und blinzelte mit den Augen, als er den Code las. „Ich bin froh, dass du dir sicher bist, Mann. Da sind ein paar Dinge, die mich an diesem Fall stören. Ich hab' Evies Profil gelesen. Sie ist etwas verwirrt, glaub' ich."

„Sie sagt, dieser Typ muss bipolar sein." Er hoffte darauf, dass das Arschloch irgendwo da draußen wieder seine verfickten Medikamente nähme.

Liam schüttelte den Kopf. „Sie hat gesagt, dass sie davon ausgeht, dass er es ist, weil die Notizen und E-Mails so absolut unterschiedlich sind. Aber ich dachte eigentlich an etwas anderes. Ich kannte dieses Mädchen damals in Irland. Sie hatte einen...wie heißt es hier? Weißt du, wenn ein Kerl nicht den Mumm hat einem Mädchen zu sagen, dass er sie gern vernaschen würde?"

„Geheimer Bewunderer", antwortete Adam.

„Ich nenn' sie Weicheier. Wie auch immer, diese Freundin von mir erhielt erst Schokolade und dann schmutzige Nachrichten. Nicht die schlechteste Art. In der Art, die sie heiß machte, wenn du weißt, was ich meine. Also sie dachte, dass er beide Seiten mit ihr zu spielen versuchte. Die Nachrichten mit den Pralinen waren wirklich süß, alles über Liebe und wie hübsch sie war, während die anderen nur vom Ficken handelten. Nun, sie dachte, sie hätte den Jackpot geknackt."

Adam konnte sehen, wohin das führte. „Es waren zwei Typen, richtig?"

„Oh, ja. Der eine war ein Junge, der neben ihr im Naturwissenschaftsunterricht saß, der andere sein verdammt bester Freund, der gewettet hatte, welchen sie bevorzugen würde. Sie erzählte herum, dass sie an keinem der beiden interessiert sei, machte aber Pläne, um den schmutzig Schreibenden nach der Schule zu treffen. Er war ein dummer Wichser. Musste das Mädchen acht Wochen später heiraten. Jetzt haben sie vier Kids und er trinkt zu viel. Wirklich, er lebt diesen Traum. Aber mein Punkt ist, sie wusste nicht, dass es zwei waren. Sie reagierte bloß auf die dunklere Hälfte desjenigen, von dem sie annahm, es sei einer."

Adam blickte von seiner Arbeit auf. „Woher weißt du, dass sie dachte, es sei nur ein Typ? Sie hätte es herausfinden können. Jemand hätte es ihr sagen können."

„Weil ich das blöde Balg war, das ihr die Schokolade geschickt hat. Sie sprach mit mir darüber. Sie sagte mir, sie mochte die Schokolade, doch sie mochte die Böser-Junge-Facette ihres Bewunderers mehr." Liam trommelte mit den Fingern auf den

Schreibtische, die Mundwinkel nach unten gezogen.

„Denkst du, es könnten zwei Leute sein?" Adam hatte es nicht in Betracht gezogen. Es schien allzu zufällig zu sein. Manch Prominenter hatte mehrere Stalker, Serena aber war nicht sehr bekannt.

Liam zuckte mit den Schultern. „Ich weiß nicht, doch wenn ich raten müsste, würd' ich sagen, das sind verschiedene Leute." Er öffnete den Ordner und zog Kopien der Notizen heraus, die Serena geschickt worden waren. „Diese hier benutzt gern das Internet. Und sie spricht über die Werke. Sie ist verrückt nach den Charakteren. Und ehrlich gesagt, sie klingt wie eine geifernde Frau. Wenn ich sie mir vorstelle, sehe ich eine, die nicht rausgeht, die wohl mehrere Katzen besitzt und mehr in fiktive Charaktere investiert ist als in die Welt um sie herum. Der Punkt ist, dass sie angepisst ist, dass ihre Lieblingscharaktere nicht das tun, was sie wollte. Sie spricht darüber, nicht über Serena selbst."

Ein guter Punkt. „Aber konnte sie nicht einfach irre genug geworden sein, um Serena so zu hassen?"

Liam zuckte mit den Schultern. „Warum dann immer wieder darauf zurückkommen? Schau, es gibt ein Muster. Bis vor etwa zwei Wochen ging es um die Figuren aus ihrem neuen Buch. Dann begann das wirklich üble Zeug. Dann verlagerte es sich zu Angriffen auf Serena. Die Person, die diese Notizen verfasst hat, hasst sie als Schriftstellerin und Frau. Die Angriffe werden bösartig und persönlich. Und es fühlt sich an, als wäre das ein Mann. Hör' auf die Art und Weise, wie er spricht. Er spricht über ihre verlockenden Männer. Er spricht von Sünde und Gericht. Diese Person liest ihre Bücher nicht. Er hasst sie."

Aber Eve hatte erklärt, wie das passieren konnte. „Schau, wenn diese Tussi oder der Kerl oder wer auch immer seine Medikamente nicht einnimmt, könnte diese Person rasend wild werden. Sie könnte sich geradezu wie zwei verschiedene Menschen verhalten."

„Du weißt, dass ich Evie liebe, doch sie ist immer auf der Suche nach interessanten psychischen Problemen. Ich glaube, sie zerdenkt diesen Fall zu sehr. Sie sucht nach Zebras, wo sie nach Pferden suchen sollte – zwei, um genau zu sein. Es sind zwei Leute, nach denen du suchst. Denk einfach mal darüber nach. Ich denke, es sind zwei Täter, ein gefährlicher und ein durchgedrehter, der Serena vermutlich zu Tode quatschen will. Der Schlüssel wird sein, den Gefährlichen zu fangen, ohne sich von dem Verrückten ablenken zu lassen."

Es war keine Theorie, über die er nachdenken wollte, doch Liams Worte machten Sinn. „Ich werd' das berücksichtigen. Spielst du heut Abend?"

„Das wollte ich, doch ich wurd' dann depressiv. Es tut weh, Alex und Eve zu beobachten. Ich konnte mir nicht die ganze Szene ansehen. Sie sind noch dabei." Liam seufzte und streckte sich. „Ich hab' Mitleid mit dem armen Bastard. Sechs Jahre, und sie bestraft ihn immer noch. Ich glaub' nicht, dass sie ihm jemals verzeihen wird, was zur Hölle er ihr auch immer angetan hat. Und sie ist verdammt weit davon entfernt sich selbst zu vergeben."

„Scheiße. Sieht Serena sich das an?" Manchmal konnten Eves und Alex' Szenen sehr hart werden. Eve weinte für gewöhnlich und Alex kam dem sehr nahe. Und doch hielten sie an diesem Ritual fest, als sei es das Einzige, was sie noch verband. Es war nichts, was er Serena gern gezeigt hätte.

„Ja, sie ist dort, aber nach allem, was ich gesehen hab', ging es heut Abend recht zärtlich zu. Ich denke, sie fand es schön." Liam verzog den Mund, seine Augen blickten zu Boden. „Es wird sie nicht verschrecken, wenn es das ist, worüber du dir Sorgen machst. Ich kenn' einfach diesen Blick in Alex' Augen. Er leidet und das schreckt mich ab. Ich wünschte, ihr Kerle würdet mit dem ganzen Beziehungs-Ding aufhören. Es ist deprimierend für einen Menschen. Ich werd' mit Ian als meinem Flügelmann enden. Er ist ein schrecklicher Flügelmann. Die meiste Zeit macht er Frauen Angst."

Adam schnaubte. Ja, er hatte nicht gesehen, dass Ian Liam in letzter Zeit geholfen hatte Mädchen aufzureißen. „Nun, falls du nichts zu tun hast, du kannst mir immer helfen, die Bänder der Überwachungskameras zu analysieren."

Liams Augen verengten sich. „Wo sind die Kameras aufgebaut? Ein Frauenstudio? In einem Stripclub?"

„Bibliotheken in den Vororten." Adam hatte nicht viel Hoffnung, dass Liam hierbliebe.

„Ich mach los." Liam war aus der Tür, bevor Adam ihn ein Arschloch nennen konnte.

Er wandte sich wieder seiner Arbeit zu. Zwei Leute. Verdammt. Serena schien Ménage anzuziehen, wohin sie auch ging.

* * * *

Serena beobachtete, wie Alex Eve vom Andreaskreuz und ihrem schönen Körper in einen weißen plüschigen Umhang half, der die feinen Peitschenhiebe quer über ihrem Rücken bedeckte. Das heißt, die neuen. Eves Rücken war von einem Durcheinander an Narben gezeichnet, einige alt und weiß und gezackt, andere fast chirurgisch in ihrer Präzision. Sie musste sich fragen, ob sie die alle von Alex erhalten hatte. Als die Szene begann, hatte sie Alex angestarrt und sich gefragt, was für ein Mann er war.

„Sieh Alex nicht so an. Er hat diese Spuren nicht auf ihr hinterlassen", flüsterte Jake, als sie nach Luft schnappte, während Eve sich vollständig entkleidet hatte. „Und was sie heute von ihm bekommt, wird bis morgen verblassen. Verurteile sie nicht, bis du ihnen zugeschaut hast, Serena."

Dann hatte die Szene begonnen und Serena verstand, was er gemeint hatte. Alex war vorsichtig, sowas von vorsichtig mit ihr. Er war ein Meister im Umgang mit der Peitsche. Es war eine ein Meter zwanzig lange Lederpeitsche. Er hatte die Peitsche ein paar Mal geschwungen, bevor er begonnen hatte. Der Knall der Peitsche war durch die Luft gehallt, doch als die Peitsche Eves Haut berührte, hinterließ sie kaum Spuren. Alex hatte nach je zehn Schlägen angehalten und sich jedes Mal informiert, wie es ihr ging. Eve antwortete, dass alles im grünen Bereich war, was bedeutete, dass sie glücklich und bereit für weitere war. Sie sah völlig ruhig aus, ihr Ausdruck friedlich, nur gelegentlichen verzog sie das Gesicht. Die Tränen waren ihr schließlich gekommen, als er zum vierzigsten Hieb ansetzte, und beim fünfzigsten weinte sie offen heraus, doch hatte immer noch geantwortet, dass alles gut sei, als Alex fragte.

„Wird er sich jetzt liebevoll um ihr Auffangen kümmern?", fragte Serena. Eve zitterte in ihrem Morgenmantel und schien sich nach jemandem umzusehen. Sie zog sich von ihrem Dom zurück.

Auffangen, hatte sie recherchiert, war das, was Angehörige des Lifestyles die Zeit im Anschluss an eine Szene nannten, wenn der Dom sich um die Bedürfnisse der Sub kümmerte. Es konnte alles sein, vom Kuscheln bis hin zur Ersten Hilfe. Es war eine Zeit, in der der Dom und die Sub aus ihren „Räumen" in die Realität zurückkehrten, wie von einem High-Zustand.

„Eine der anderen Subs wird sicherstellen, dass ihre Striemen richtig behandelt werden", sagte Jake mit ernstem Gesichtsausdruck. „Eve lässt nicht zu, dass Alex sie auffängt."

Doch er wollte sie auffangen. So viel war klar. Die Augen des großen Doms sahen traurig aus, als Eve von einer süßen Sub weggeführt wurde. Eve weinte noch, scheinbar verloren in ihrer eigenen Welt, und Serena verstand plötzlich.

„Es ist die einzige Möglichkeit, wie sie weinen kann, nicht wahr?", fragte Serena und fragte sich, was passiert sei, was Eve in diese Lage versetzt hatte.

Jake runzelte die Stirn und sah zu, wie Alex seine Peitsche einwickelte und sie weglegte. „Sie redet nicht darüber, doch sie hatte einen Fall, der schiefging. Sie war beim FBI und etwas ist passiert. Sie redet genauso wenig über die Narben an ihrem Hals. Sie und Alex waren Jahre geschieden, als er begann für Ian zu arbeiten. Alex hat sie reingeholt. Als sie das erste Mal hierherkam, hat sie sehr gefroren. Dann fing sie damit an und ihr war etwas besser zumute. Aber ich will heute Abend nicht über sie reden."

„Sollen wir eine andere Szene finden?", fragte Serena und sah sich um. Es gab so viel, das sie sehen wollte. Sie wollte eine Feuerspielszene sehen. Sie hatte ein Buch von Cherise Sinclair gelesen, das eine Feuerspiel-Szene beinhaltete, und es hatte ihre Fantasie angeregt. Und Welpen spielen. Sie wollte das so gerne sehen. Sie war sich nicht sicher, wie es sie anturnen würde, doch sie wollte gern zusehen.

Jake bewegte sich nicht von seinem Platz, sondern stand nur da und starrte sie an. „Die Szenen können warten. Ich glaube, ich schuld' dir noch ein wenig Disziplin. Strafbock oder mein Schoß?"

„Was?" Sie schluckte. Sie hätte wissen müssen, dass er es nicht vergaß, aber sie hatte es sich irgendwie gewünscht. Ihre Augen fielen auf eine Szene, die sich in einer Ecke abspielte. Sie musste anhalten und hinstarren. Ian Taggart hatte eine der Subs gefesselt und zeigte ihr den größten Dildo, den Serena je gesehen hatte. Er musste dicker als ihr Handgelenk sein und war fast dreißig Zentimeter lang. „Heilige Scheiße. Ist das ein Elefantenpenis?"

Jake ärgerte sich. „Nein, das ist ein großer Buttplug. Er ist zum Trainieren, Serena. Jenna war ziemlich widerständig gegen Analsex, aber sie schwor, sie wolle es versuchen. Ian wird sie nicht in den Arsch ficken, bis er sie vorbereitet hat."

„Für ein Pferd? Im Ernst, Jacob, das Ding ist riesig." Sie war irgendwie neugierig, was passierte. Es war merkwürdig, doch zu wissen, dass jeder hier einen Vertrag hatte und alles einvernehmlich war, ließ es in Ordnung erscheinen zuzusehen.

Jake schüttelte den Kopf. „Du machst Witze, oder?"

Sie wandte sich Jake wieder zu. „Wie groß ist das Ding? Nein. Das tue ich nicht. Ich denke, wir müssen das Instrument von der Liste streichen."

Er sprach mit tief gesenkter Stimme, als er vorpreschte. „Serena, meiner ist größer als dieser Plug."

Sie starrte ihn an, ihr Verstand war jetzt völlig verrückt. Sie konnte nicht anders. Sie sah an seiner Lederhose hinab. „Keine Chance."

Er verzog das Gesicht zu einem breiten Grinsen. „Chance. Adam liegt nicht weit hinter mir. Und nach alldem, was ich gesehen hab', hat die arme Jenna vermutlich noch zwei weitere Schritte vor sich, bevor sie es mit Ian aufnimmt. Ich hab' keine Ahnung, wie er funktioniert. Er sollte ohnmächtig werden mit so wenig Blut in seinem Gehirn. Jetzt hör auf dir Sorgen um etwas zu machen, das noch gar nicht geschieht, und beantworte die Frage. Bock oder Schoß?"

Nervös war sie. Aufgeregt war sie. Etwas erregt war sie. Sehr erregt war sie. Und es interessierte sie definitiv, ob Jake die Wahrheit sagte oder nicht. Ihr lief bei der Vorstellung das Wasser im Mund zusammen. Wie groß war er? Sie hatte nur mit Doyle geschlafen und das war gar nicht so toll gewesen. Es hatte sich größtenteils um eine Übung in Sinnlosigkeit und Frustration gehandelt. Was, wenn sie das Problem wäre? Doyle hatte das stets behauptet und jetzt schlief er mit einer kleinen frechen Masterstudentin. Was, wenn er Recht hatte und sie war wirklich frigide? Was, wenn sie Jake enttäuschte? Was, wenn all dies zusammenbrach, gerade wenn es gut zu werden schien?

„Schoß ist es, also." Er griff herab und hob sie auf, als ob sie gar nichts wiegte. Er ließ sie sich so zart fühlen.

„Jake, was machst du da?" Sie blickte sich um, doch niemand schien sich darum zu kümmern, dass sie entführt wurde.

Er lief vom Schauplatz in Richtung Rückseite des Kerkers. „Ich denke, wir werden diese erste Bestrafung privat machen. Ich will dich aus deinen Gedanken holen. Ich mag es nicht, wenn du abtauchst, wie du es gerad' getan hast. Ich hab' keine Ahnung, was in diesem Hirn vor sich ging, aber ich mag den Ausdruck nicht, der sich auf deinem Gesicht widerspiegelte.

Ein Mann in Lederhose stand in einem kleinen Flur.

„Braucht ihr ein Zimmer, Jake?" Der große Mann gab ihm einen Schlüssel. „Fünf ist frei und gut ausgestattet."

„Danke, Glen. Und wenn Ian fragt", begann Jake.

Glen zuckte mit den Schultern. „Ich seh' nie was. Ich bin quasi verfickt blind, Mann. Und ich würd' mich niemals in den Weg wahrer Liebe stellen. Ian hat ein schwarzes Herz."

Serena errötete bei dem Gedanken, doch Jake dankte dem Mann bloß und ging auf den Raum mit der Nummer fünf zu. Spielräume. Für alles Mögliche. Für alles Mögliche beim Sex. Für alles Mögliche im Kink. Spankings. Und Sex. Sie würde mit Jacob Dean allein sein. Sie würde halbnackt und vielleicht völlig nackt sein und er würde ihre Cellulite sehen. Gott, warum hatte sie nicht darüber nachgedacht eine Art Mieder zu tragen? Was dachte sie sich? Sie hatten sie kaum einen String tragen lassen. Ihr Höschen war in Jakes Tasche und hing heraus, damit es alle sehen konnten. Er mochte sie wohl nicht mit einem Mieder bedeckt sehen.

„Siehst du, da ist es. Du bist einfach irgendwohin abgetaucht, obwohl du bei mir sein solltest." Er stellte sie auf die Beine und hatte im Nu die Tür geöffnet. Er drängte sie hinein und schaltete das Licht an. Das Zimmer war ein kleines Mini-Spielzimmer. Darin war ein Strafbock, eine Wand voller Gerätschaften und ein großes Bett. Ein großes, gemütlich aussehendes Bett.

Sie war allein mit ihm.

„Woran hast du gedacht? Sag es mir jetzt." Er benutzte diese tiefe, dunkle Stimme bei ihr. Sie fand es beinahe unmöglich sich zu wehren.

Nun, sie war nichts als ehrlich. „Ich hab' mir Sorgen gemacht, wie ich aussehen werde, wenn du mir die Sachen ausziehst."

Er schüttelte den Kopf und setzte sich aufs Bett. Er hatte seine muskulösen Beine auseinandergespreizt, seine Arme lagen über seiner glattrasierten Brust verschränkt. „Ich werd' dich nicht ausziehen, Serena. Wenn du dachtest, ich bring dich her, um dir die Kleider auszuziehen, wirst du enttäuscht sein."

Das war sie tatsächlich. Jetzt war sie beschämt. Das war eine große Annahme ihrerseits gewesen. Sie hatte irgendwie gedacht, da Adam klargestellt hatte, dass er sie wollte, dies gelte auch für Jake. Doch wie konnte sie sich sicher sein, dass er nicht nur eine Rolle übernahm? Er hatte sie geküsst. Das musste nichts bedeuten. Sie musste es aus dem Kopf rauskriegen. Das war, was viele Leute taten. Sie spielten. Es war nicht ernst. Es war Gelegenheitssex. Das Problem war, dass sie kein Gelegenheits-Typ Frau war. „Tut mir leid. Ich dachte mir nur, da wir allein sind, dass du mich…"

Jake unterbrach sie mit einem kurzen Kopfschütteln. „Dir leichtmachen? Auf keinen Fall. Du wirst dich jetzt für mich ausziehen. Langsam. Du wirst mir deine Brüste und deine Muschi und deinen Arsch zeigen und wirst dich dann über meinen Schoß legen und meine Disziplin akzeptieren. Wie lauten deine Sicherheitswörter?"

Er hatte sie in ihren Vertrag geschrieben. „Gelb und rot." Gelb verlangsamte die Dinge, und Rot stoppte sie ganz. Sie war ein wenig besorgt, dass sie ein großes gelbes Licht in ihrer Zukunft beschien. Sie war verwirrt, aber das lag wahrscheinlich mehr an ihr als an ihm. Sie hatte nicht allzu viele Erfahrungen. Alle Männer, von denen sie in letzter Zeit geträumt hatte, entstammten ihren Büchern. Sie waren in Sicherheit.

„Warum hast du Angst, Serena?"

„Ich habe Angst, dass du mich nicht mehr willst, wenn du mich nackt siehst, und ich will, dass du mich willst."

Er lächelte, ganz langsam erhellte ein Lächeln sein Gesicht. „Hervorragend. Ich schätze deine Ehrlichkeit, Baby. Ich kann dir nicht sagen, wie sehr ich es liebe, dass du keine Spiele spielst. Also werd' ich es auch nicht tun. Ich find' dich äußerst attraktiv. Ich hatte seit dem Tag einen verfluchten Ständer, an dem du in mein Büro gekommen bist. Jetzt tu, was ich dir sage und zieh dich aus. Du wirst es nicht wissen, bis du es versuchst."

Sei tapfer. Das war es, was sie in ihren Büchern predigte. Es war an der Zeit sich eine Scheibe davon abzuschneiden. Keine ihrer Heldinnen bekam, was sie wollte, ohne zu lernen, danach zu fragen. Sie begann, das Korsett zu öffnen und war sich besonders bewusst, wie peinlich sie war. Sie konnte immer noch hören, wie Doyle ihr sagte, wie unsexy sie sei. Aber als sie aufblickte, lächelte Jake sie an, als ob er ihre Unbeholfenheit liebenswert fand.

„Mach so langsam oder schnell, wie du magst, Süße. Ich werd' die Show nur genießen."

Sie atmete tief durch. Sie fühlte sich bei Jacob Dean sicher. Die Tage des Zusammenlebens hatten ihr wohlgetan. Sie löste den ersten Haken, dann den zweiten, und ihre Brüste strömten heraus. Sie legte das Korsett mit zitternden Händen zur Seite.

„Zeig mir deine Brüste, Serena." Er sprach nun langsamer, sein Akzent stärker als zuvor. Er war ein Südstaatenjunge.

Sie umfasste sie mit den Händen. Sie wirkten immer zu groß, doch Jake fraß sie mit den Augen auf. Ihre Brustwarzen wurden hart, ihre Muschi feucht, ihr Herz hüpfte. Sie konnte alles ignorieren, außer ihr Herz. Doch er fesselte sie und es war verdammt lange her, dass sie es so sehr wollte.

„Jetzt werd' den Rock los. Ich will deine Muschi sehen."

Diesmal zögerte sie nicht. Sie schob den Rock von ihren Hüften.

„Sehr schön, Baby." Jakes Stimme beruhigte sie. Sie verstand, warum er sie hergebracht hatte. Er hatte die Privatsphäre gewollt, damit sie an nichts und niemanden außer ihn dachte. Da war noch ein kleiner Teil in ihr, der sich Sorgen um so triviale Dinge wie Cellulite machte, aber hier, an diesem Ort mit Jacob war es leicht, diese bedeutende Stimme zum Schweigen zu bringen.

Die Luft war kühl auf ihrer Haut, aber seine Augen waren heiß. Er hob die Hände und zog kleine Kreise mit den Zeigefingern, sie leise dazu auffordernd sich umzudrehen. Er wollte sich ihren Hintern ansehen. Ihren Arsch, wie er mit seiner tiefen, harschen

Stimme sagte. Er wollte ihren Arsch ansehen und er erwartete keine Perfektion. Er erwartete Kurven und Weichheit. Er hatte sie erwartet.

Sie drehte sich, Vertrauen in jede ihrer Bewegungen. Er hatte ihr gesagt, was er wollte, und sie hatte keinerlei Grund anzunehmen, dass er log. Er war ehrlich zu ihr. Er war verletzt worden und er hatte ihr nicht vertraut. Jetzt wollte er sie und er hielte sich nicht zurück. Sie waren eine seltsam passende Zusammenstellung, beide auf ihre Weise unsicher. Sie konnte spüren, wie er sie ansah. Sie atmete ein und ließ es geschehen.

„Sehr schön, Baby. Es ist Zeit. Komm her und leg dich über meinen Schoß." Seine Hände deuteten auf seinen Schoß.

Es war Zeit entweder dabei oder raus zu sein. Sie wusste, was sie war. Sie war dabei. Sie wollte jetzt nicht aufhören. Sie wollte wissen, wohin das führte und ob es der richtige Ort für sie war. Sie hatte davon geträumt. Sie drehte sich um und ging zu Jacob. Er streckte eine Hand aus und half ihr sich über seinen Schoß zu legen. Ihr Arsch hing in der Luft, ihr Oberkörper auf seinen Knien quer liegend. Sie schob sich noch ein wenig hin und her, um es sich bequem zu machen, doch Jacob legte eine Hand auf ihren Rücken und sie beruhigte sich.

„Wie fühlst du dich, Serena?"

Sie lächelte. „Gut, mein Herr. Es geht mir gut."

„Ich bin froh, weil es mir absolut gut geht, Serena. Ich will das." Er ließ die Hand auf ihren Arsch sinken, das Geräusch schlug durch den Raum.

Sie schrie auf. Sie konnte nicht anders. Dieser einzelne Schlag entzündete ihr Fleisch. Hitze und das Knistern von Schmerz jagten ihr durch den Körper. Die Hand Jacobs kam wieder herab. Er schlug zweimal, und dann ein drittes, ein viertes und ein fünftes Mal. Er glitt umher und traf nie zweimal die gleiche Stelle. Sie wand sich auf Jakes Schoß und fühlte, wie sein Schwanz sich krümmte.

„Wie ist dir, Baby? Es ist dein erstes Mal. Wir können es langsam und ruhig angehen."

Sie holte Luft. Die Hitze sank in ihr Fleisch, Endorphine rasten durch ihren Körper. Ihr Hintern schmerzte und ihre Haut brannte, doch das nicht nur vor Schmerz. „Mir geht es gut."

„Ich muss es hören, Serena." Jakes Stimme war ruhig, aber sie nahm den Unterton wahr. Er war kein zurückhaltender Teilnehmer. Er war kaum losgelassen, doch sein Schwanz bildete eine harte Linie an ihrem Bauch. Sie hatte ihn hart gemacht. Sie schob ihren Arsch noch ein wenig hin und her und fühlte, wie sein Schwanz Sprünge machte. „Jetzt, Serena."

„Gut geht es mir, mein Herr." Sie war sich jetzt völlig sicher. Sie hörte die feine Schärfe in seiner Stimme, sich bewusst darüber, dass sie der Grund war, dass er so klang.

Seine Hand senkte sich erneut, diesmal direkt auf ihrer Pofalte. „Kleine Schäkerin." Er gab ihr einen Klaps nach dem anderen. „Du magst die Tatsache, dass ich hart und bereit für dich bin, nicht wahr, Baby? Du neckst den großen, bösen Dom gerne."

Sie schrie einfach ein wenig, weil er sich nicht zurückhielt und nicht höflich spielte. Er versohlte ihr nicht nur den Hintern, um die ganze Sache hinter sich zu bringen. Er schien förmlich in seine Rolle zu versinken und schwelgte in ihrem Fleisch. Er schlug ihr auf den Arsch und packte ihn dann, als ob er die Hitze darin halten könnte. Er teilte ihre Pobacken und gemäß seinem urigen Knurren ging sie davon aus, dass ihm gefiel, was er dort sah. Mit seiner Hand zog er die Linie ihrer Wirbelsäule nach, bevor sie emporschnellte und wieder herunterknallte. Er ließ sie ungeduldig werden und sich gedulden, was er als nächstes täte.

„Jetzt denkst du an nichts anderes mehr als an mich." Die Zufriedenheit in seiner Stimme ließ sie wissen, dass es keine Frage war. Er versohlte sie, fünfmal in rascher Abfolge. Sie hatte zu zählen aufgehört, er jedoch nicht. Sie war seltsam entspannt. Ihre Hingabe gewährte ihr auf eine Weise zu genießen, wie sie es vorher nicht kennengelernt hatte.

Er hörte auf und frustrierte sie völlig. Seine Hand tauchte tiefer. „Ich kann dich riechen."

Sie atmete ein, der Raum roch nach Sex. Sie war so feucht, feuchter als je zuvor in ihrem Leben. Jake neckte sie mit der Hand entlang ihrer Muschi, tauchte ein und kam wieder heraus.

„Jacob, bitte. Ich hab' noch nie etwas so gewollt, wie ich das will."

„Was willst du, Serena? Sei äußerst konkret."

„Ich will dich." Sie wollte ihn, und sie wollte Adam, doch

Adam war gerade nicht hier. Es waren nur sie beide und Jake war ihr so nah. Es schien falsch einander nicht näher heranzukommen. Sie wackelte erneut und versuchte seinen Finger wieder hineingleiten zu lassen. Es wäre nicht genug. Sie wusste es. Sie würde nur mehr wollen, doch alles war besser als das langsame Necken, mit dem er sie jetzt berührte.

Er schlug ihr auf den Arsch, je einmal auf jede Pobacke. „Versuch das nicht zu kontrollieren. Es steht dir nicht zu Befehle zu erteilen. Das Recht habe ich. Und ich habe dich gebeten konkret zu sein. Welchen Teil von mir willst du? Willst du diesen Finger?"

Ein einziger Finger spielte mit ihrer Muschi, wirbelte herum und sank tief ein. Serena keuchte.

„Ist das alles, was du willst? Willst du, dass ich dich finger'?"

Wenn sie ja sagte, könnte es das Letzte sein, was er täte. Er zwang sie danach zu fragen, was sie wollte. Er ließe sie nicht so leicht davonkommen. Es war Teil des Austauschs für Jake. Er wollte es von ihr hören. Es zwang sie zudem, die Verantwortung für ihr Handeln zu übernehmen. Es machte sie zu Jakes Partnerin. „Nein. Ich will deinen Finger nicht."

Sie wollte mehr. Sie wollte alles.

Er zog den Finger weg. Sie wimmerte, die Wärme vermissend. Sie hörte, wie er den Finger in seinem Mund lutschte. „Fuck, Baby, du schmeckst so verdammt süß. Vielleicht willst du meine Zunge. Willst du, dass ich deine Muschi vernasche? Willst du, dass ich deine Klitoris lecke und sie tief in meinen Mund sauge? Willst du, dass ich meine Zunge in deine Muschi schieb' und dich so ficke?"

Sie zitterte. Er schlug ihr wieder auf den Arsch, aber er spielte jetzt. Ihre Disziplinierung war vorüber, ihre Bestrafung jedoch nicht. Die Vorstellung von Jakes Mund in ihrer Muschi entzündete ein Feuer in ihr, aber das war es auch nicht, was sie wollte. Nicht jetzt.

„Antworte mir." Er schlug ihr auf den Oberschenkel.

„Nein. Das ist nicht das, was ich will."

„Sag mir, Serena. Sag mir, was du willst." Er setzte sich in Bewegung, zog sie von seinem Schoß. Sie befand sich nun zwischen seinen Beinen kniend und sah zu ihm auf. Sein Gesicht war errötet, seine Schultern rechtwinklig. Er sah so dominant und männlich aus, dass sie die Augen niederschlug. Er hob ihr Kinn mit seiner Hand zu ihm hoch. „Du sagst mir jetzt, was du willst. Nimm kein Blatt vor dem Mund, wenn du mit mir sprichst."

Sie war atemlos. Sie hatte sich noch nie so machtlos und doch sicher gefühlt. „Ich will deinen Schwanz, Jacob. Ich will deinen Schwanz in mir."

„Fuck." Er starrte sie an. „Wir sollten nicht. Ich sollte nicht. Ich bin nicht gut für dich."

Er konnte sich jetzt nicht zurückziehen. Nicht, wo sie so nah dran war. „Sollte ich das nicht eben entscheiden? Ich hab' dir gesagt, was ich will. Ich hab' dir meine Wünsche mitgeteilt. Ich bitte nicht um einen Ring, Jake. Ich bitte nicht mal um ein Halsband."

Er lehnte sich zu ihr rüber. „Doch wenn du so weitermachst, Baby, ist das genau das, was du kriegen wirst. Du wirst mein Halsband um den Hals kriegen. Mein Schwanz wird so tief in deiner Muschi stecken, dass du dich nicht mehr daran erinnerst, wie es sich anfühlt nicht von mir ausgefüllt zu sein. Ich werd' dich fünfmal am Tag nehmen und nicht höflich fragen. Ich werd' dich nehmen, weil du mir gehörst. Ich werd' deine Muschi und deinen Arsch nehmen und dich in den Mund ficken. Ich werd' dir den Arsch versohlen, wenn du dich schlecht benimmst, und manchmal mach' ich es einfach nur aus Spaß. Ich werd' dich fesseln. Ich werd' dich schön weit spreizen. Ich werd' dich nackt rumführen, weil du mir gehörst. Mein, Serena. Kannst du dir vorstellen, wie verfickt besitzergreifend ich sein werd'?"

Es hätte sie in Schrecken versetzt, nur ganz leicht, doch er hatte Adam, um die Balance zu halten. Adam, der sie so einfühlsam und doch souverän from the bottom toppte, dass sie es nicht mal bemerkte. Es bestand eine delikate Ausgewogenheit zwischen den beiden. Nimm den einen ohne den anderen und die Beziehung mochte scheitern, entweder an unverschämten Besitzansprüchen seitens Jake oder dem übermäßigen Genuss vonseiten Adam. Doch zusammen waren sie eben das, was sie brauchte, wonach sie sich sehnte.

„Ich glaub', ich werd' mit dir fertig, Jake."

Er versenkte seine Hand in ihrem Haar, zog leicht daran, doch mit genau dem richtigen Biss, um sie wissen zu lassen, dass es ihm ernst war. „Wie nennst du mich, wenn ich dich toppe?"

Es war hier, wo Jacob es wirklich genoss zu dominieren. Er

verlangte ihre Hingabe im Schlafzimmer. Sie hatte bemerkt, dass er es die meiste Zeit vorzog im Hintergrund zu bleiben, lautlos hinter ihr stehend und beschützend, doch er verlangte die volle Kontrolle, wenn es darum ging.

„Mein Herr. Es tut mir leid, mein Herr. Ich werd' mit dir fertig, mein Herr."

„Du magst jetzt so denken, doch du solltest dir besser sicher sein, Serena. Du solltest dir verfickt sicher sein." Er senkte die Hände zu den Bändern seiner geschnürten Lederhose „Hol meinen Schwanz raus. Ich kann nicht widerstehen. Ich brauch' dich, Baby."

Die Art, wie er umhertastete, ließ ihr das Herz schmerzen. War er nervös mit ihr zu schlafen? Er glich quasi einem griechischen Gott, das feine Zittern seiner Hände jedoch kennzeichnete ihn als Mann und das machte Serena heiß. Sie legte ihre Hände auf seine und löste langsam seine Schnüre. Sie zog das Leder auseinander und sah, dass sie nicht die Einzige war, die keine Unterwäsche trug. Jakes Schwanz sprang frei und er hatte keinen Scherz gemacht. Er war riesig, lang und dick und mit einer pflaumenförmigen Eichel bedeckt. Ein Tropfen perlenartiger Flüssigkeit floss aus seiner Spitze.

Jake sah auf sie herab, sein Gesicht streng vor Verlangen. Er nickte zu seinem Schwanz. „Probier' mich."

Sie war nicht gut darin, doch plötzlich war das in Ordnung. Jake würde ihr sagen, was er wollte. Er würde nicht still daliegen und sich dann beschweren, dass sie nicht wusste, was sie tun sollte. Er würde mit ihr reden. Sie lehnte sich vor und leckte den Tropfen Flüssigkeit ab. Sie war salzig und würzig und entlockte das süßeste Stöhnen aus seiner Brust.

„Das ist richtig, Baby. Leck mich. Leck meinen Schwanz. Mach mich bereit deine kleine Muschi zu ficken. Mach den Dom hart, um seine Sub heulen zu lassen."

Sie liebte Dirty Talk. Es war fast so erregend, wie Haut an Haut mit ihm zu sein. Sie atmete den Duft seiner Erregung ein, während sie sich den Weg zu seinem Schwanz leckte. Sie begann an seiner Basis, wo der Schaft auf dicke Eier traf. Sie hob die Hand und umschloss ihn, spielte damit und drückte ihn leicht, während ihr Mund auf seinem Schwanz entlang glitt.

„Leck meine Eichel."

Sie bewegte sich zu seiner Spitze und zog sie in ihren Mund. Sie ließ ihre Zunge das tiefe *V* an der Unterseite seines Schwanzes finden.

„Fuck, ja, Baby. Das ist es, was ich will." Er verwirrte seine Hände in ihrem Haar, zog sie zu sich und zeigte ihr, was er wollte. „Tiefer. Ich will dir in den Mund ficken, Serena."

Sie entspannte sich und versuchte ihn tiefer zu nehmen. Er füllte sie aus und fickte ihr mit kurzen Bewegungen in den Mund. Sie bewegte ihre Zunge auf allerlei Art.

Er zog ihn plötzlich zurück. „Ich kann nicht warten. Scheiß drauf. Ich kann nicht warten."

Er stand auf, nahm seine Lederhose ab und warf sie zur Seite. Er nahm ihre Hand und zog sie zu sich. Er drehte sie herum, so dass ihr Arsch gegen seine Vorderseite gedrückt war. Sie atmete tief ein, als sie den Spiegel sah. Es war groß, das Bett spiegelte sich darin. Sie hatte es kurz bemerkt, als sie reingekommen war, doch jetzt konnte sie sehen, dass Jake ihr zugesehen hatte. Er hatte dabei zugesehen, wie er sie versohlt hatte, und als sie seinen Schwanz in den Mund genommen hatte.

„Sieh dir an, wie hübsch du bist, Baby. Sieh dir diese Titten an." Er umfasste sie, seine Daumen streiften über ihre Brustwarzen.

Sie sah anders aus. Sie hatte ihren Körper immer gehasst, doch sie schien eine andere Frau zu sein. Diese Frau war sexy, schamlos, begehrt. Jakes Hände sahen groß auf ihrem Körper aus. Er überragte sie. Eine seiner Hände wanderte ihren Oberkörper entlang zu ihrer Muschi. Es gab keine Möglichkeit, die glänzende Feuchtigkeit zu verbergen, die ihre Weiblichkeit bedeckte. Jakes Finger glitten spielend auf ihren Schamlippen, trennten die Blütenblätter voneinander und zwangen ihre Klitoris aus ihrem Verdeck hervorzuragen.

„Deine Muschi ist auch schön." Seine Augen trafen im Spiegelbild auf ihre und hielten sie mit seinem dunklen Blick gefangen.

Sie war dabei zu ertrinken und ihr gefiel es. Sie drückte ihr Becken nach oben und flehte ihn um mehr an. Er nippte an ihrem Ohrläppchen.

„Es wird schwer sein über dich Herr zu werden." Er drehte sie wieder zu sich und legte seinen Mund auf ihren. Er zwang sie ihren Kiefer zu öffnen, seine Zunge drang ein. Sie schlang sich um ihn, ihre Hände glitten über die Konturen seiner Muskeln. Er war überall wie geschliffen. Und stark. Er war so stark. Er dominierte sie mit Leichtigkeit und doch konnten seine Hände so sanft sein. Sie glitten über ihren Hintern, verfolgten ihre Kurven und ließen ihre Haut aufleuchten. Er schob sie nach hinten, ihre Kniekehlen trafen auf die Bettkante.

Sie fand sich auf dem Rücken liegend wieder und sah zu Jake auf. Er streichelte seinen Schwanz. Gott, er war so groß und würde bald in ihr sein. Er griff in die kleine Kommode und zog ein Kondom heraus. Er rollte es über seinen Schwanz.

„Sei dir sicher, Serena. Ich werde dich nicht mehr loslassen können."

Sie streckte die Hände nach ihm aus.

„Ich hab' dich gewarnt. Wag' es nicht zu sagen, dass ich dich nicht gewarnt hätte." Er stieg aufs Bett, ließ sie sich nach hinten lehnen und nahm ihre Beine hoch. Sein Schwanz lag auf dem Rand ihrer Muschi. „Nimm mich, Serena. Lass mich hinein."

Sie stöhnte, als sich der große Schwanz langsam seinen Weg in sie hinein kämpfte. Sie biss sich auf die Lippe. Groß. Er war so groß. Sein Daumen fand ihre Klitoris und drückte gegen den kleinen Druckknopf. Die Freude begann in ihrem Körper herumzuwirbeln, vereint mit dem Gefühl, das Jake in ihr weckte, während er sie in kurzen, lockeren Stößen fickte.

„Es ist alles gut, Baby. Du bist eng. Du bist so verfickt eng, doch du bist wie für mich gemacht. Du bist dafür gemacht meinen Schwanz zu nehmen." Seine Augen waren halb geöffnet, der Kopf war nach unten gerichtet. „Sieh es dir an."

Er nahm die Hand aus dem Weg, so dass sie an ihrem Körper hinunterblicken und die Stelle sehen konnte, wo sein Schwanz in ihrer Muschi verschwand. Er bewegte seine Hüften und zog ihn fast bis zum Anschlag heraus. Sie konnte die Länge seines Schwanzes sehen, von ihren Säften überzogen. Es war intim, band sie an ihn, wie es nur Sex nicht konnte. Jake zwang sie den Moment zu genießen, ihr eigenes Erwachen zu bezeugen.

Er stöhnte, als er wieder in sie eindrang, mit jedem langen

Stoß an Boden gewann. Ihre Knie waren weit gespreizt. Er akzeptierte nichts Geringeres, als dass sie sich vollständig öffnete und sich ihm hingab. Vorher war Sex ein schnelles Ding gewesen. Einfach rein, einfach raus. Und, schon lass ich dich frustriert zurück, Ma'am. Doch das hier war etwas ganz anderes. Dies kam ihren Fantasien gleich. Sie konnte Jacob spüren, und zwar nicht nur seinen Schwanz. Sie war mit ihm verbunden und verwoben, bis sie vergaß, wo sie aufhörte und er begann.

„Ich möchte, dass du für mich kommst." Er presste sich tief hinein, schloss sie beide zusammen.

Oh, sie war so prall. Er weitete sie, doch sie war bereit für ihn. Er hatte dafür gesorgt. Er hatte sie mit dem Versohlen erwärmt und mit ihr gespielt. Er hatte schmutzig und süß geredet. Sie akzeptierte ihn für alles, was er war.

„Leg deine Beine um mich. Gott, Serena, du bist so verfickt eng."

Sie liebte sein Gewicht auf ihr. Sie wurde auf köstliche Art in die Matratze gedrückt. Er küsste sie, hielt sich tief in ihrem Inneren fest, während sie sich Zeit ließ, um sich an seine Größe anzupassen. Sie wickelte ihre Beine um seine Taille und hielt die Knöchel überkreuz. Er betäubte sie mit Küssen, rieb sein Becken gegen ihres und entzündete ihre Klitoris. Immer und immer wieder traf er sie, brachte sie nah daran und beförderte sie wieder weg. Es trieb sie in den Wahnsinn, und sie versuchte sich zu bewegen, ihn zu zwingen sie zu ficken, aber er war zu groß. Sie war völlig machtlos gegen seine Stärke.

„Du kriegst noch eine Tracht Prügel, Baby. Beweg dich nicht. Ich genieße das."

Er folterte sie. Sie konnte nicht atmen. Sie war so nah dran.

„Wie lang ist es her, dass du einen Orgasmus hattest?" Seine Worte kamen in einem tiefen Grollen heraus, als ob er versuchte an seiner Kontrolle festzuhalten.

„Ich benutze manchmal einen Vibrator", gab sie zu. Warum redete er noch immer? Wollte er sie verrückt machen? Sie zog die Beine enger um ihn herum.

„Wie lang ist es her, dass dir ein Schwanz in der Muschi einen Orgasmus beschert hat?" Er begann wieder zu stoßen, kurze und flache Bewegungen, die über einen magischen Ort tief in ihrem Inneren glitten. „Da ist er. Da ist dein Sweet Spot, Baby. Wie lang ist es her, dass ein Geliebter deinen Sweet Spot gefickt hat?"

Sie keuchte. Es fühlte sich so gut an. Der Druck nahm zu. Sie fühlte sich wie eine Flasche Champagner, die auf den Moment wartete überzuschäumen, sobald der Korken knallte. „Ich wusste nicht, dass ich einen solchen Spot habe."

Oh, aber Jake hatte ihn gefunden. Er stieß hart in sie hinein. „Dein Mann war ein Arschloch. Ich werd' nicht den gleichen Fehler machen, Serena. Du wirst mein sein und ich werd' dich behalten."

Und er war fort. Er hielt sich nicht zurück. Er fickte sie hart, während er diesen Punkt traf und an ihrer Klitoris rieb. Immer und immer wieder stieß er zu, sein Gesicht verzerrt vor Anstrengung. Er war so herrlich zu ihr, wie er über ihrem Körper arbeitete. Sie konnte nicht atmen. Es fing an. Etwas Erstaunliches. Größer als jemals zuvor.

„Sag es, Serena. Sag, dass du mir gehörst."

Sie konnte kaum denken, aber es gelang ihr es zu sagen. Er musste es hören. „Ich gehöre dir, Jake. Ich will dir gehören."

Er war entfesselt. Er stieß in sie hinein und sie flog davon, der Orgasmus überholte sie, entflammte jeden Zentimeter ihres Fleisches. Jakes wunderschönes Gesicht verzerrte sich und er stieß ein letztes Mal tief zu.

Er brach auf ihr zusammen, sank in sie und schmiegte seinen Mund an ihren Hals. „Jetzt hast du es geschafft, Baby. Jetzt gehörst du ganz mir."

Sie fühlte, wie sich ein Lächeln auf ihrem Gesicht breitmachte, doch dann erblickte sie einen Mann an der Tür stehen. Sie schrie kurz auf, ihr Herz pochte in ihrer Brust.

„Tut mir leid", sagte Adam, sein Gesicht höflich ausdruckslos. „Ich hätt' nicht gedacht, dass sich jemand an Jake anschleichen könnte. Er war immer der mit dem besten Gehör in unserer Einheit. Ich schätze, er war mit anderen Dingen beschäftigt. Ich bin früher fertig geworden. Der Rest der Programme kann über Nacht laufen und wir sollten morgens eine Antwort haben. Ich dachte, ihr zwei würdet euch über ein Update freuen."

Jake setzte sich auf, seine Brust hob sich noch immer. „Adam, es tut mir so leid. Ich hab die Kontrolle verloren."

„Du verlierst nie die Kontrolle, Jake. Ich weiß das über dich", antwortete Adam.

Serena zog das Laken zu sich und bedeckte sich. Sie war sich plötzlich sehr bewusst, dass Adam sie beobachtet hatte. Wenigstens hatte er den letzten Teil gesehen. Er hatte zugesehen, wie sie in Jakes Armen aufgeschrien hatte. Aber war es nicht das, was er gewollt hatte? „Ich verstehe nicht, was los ist."

Adam schüttelte den Kopf. „Gar nichts, Serena. Es ist in Ordnung. Ich bin sicher, du wirst mit Jake wirklich glücklich sein."

„Was?" Verwirrung trat ein. Sie war sich ganz sicher, dass Adam das gewollt hatte. Er hatte sie eine Woche lang zusammen mit Jake bedrängt. „Ich verstehe nicht."

Adam lächelte, doch es klang bitter. „Oh, aber ich tu' es, Liebling. Viel Glück mit ihm. Er ist manchmal schwer zu handhaben. Ich lass' Liam wissen, dass er meinen Platz einnehmen kann. Oder zur Hölle, du kannst den ganzen Einsatz allein machen, du bist doch der große böse Dom."

„Adam, beruhig' dich." Jake knurrte praktisch.

„Du wirst mich verdammt nochmal nicht toppen, Jake. Fick dich. Zehn verfickte Jahre und so endet es nun." Er öffnete die Tür und knallte sie zu, der Rums hallte mit einem Bums der Endgültigkeit durch den Raum.

„Warum ist er so wütend?" All die Freude, die mit Jake Liebe zu machen gekommen war, war verflogen. Sie fühlte sich schon wieder verletzlich.

„Weil er ein Arschloch ist, der zuerst ran wollte. Zieh dich an, Serena. Wir müssen ihn finden und du wirst ihn überzeugen müssen, dass du ihn immer noch willst. Er hat alles, was wir gesagt haben, falsch verstanden. Verdammt noch mal. Das ist meine Schuld. Ich wusste, ich hätte warten sollen." Er schritt zum Badezimmer und schloss die Tür.

Serena sah ihm nach und fragte sich, ob sich nun beide Türen für immer geschlossen hatten.

Kapitel Zwölf

Jake schritt in Adams Richtung den Flur hinunter. Er konnte nicht allzu weit gekommen sein.

Fuck. Fuck. Fuck.

Was zum Teufel hatte er sich dabei gedacht? Er hatte überhaupt nicht gedacht. Er und Adam hatten darüber gesprochen. Beginne in der Weise, in der du den Weg beschreiten willst. Das war ihr Motto. Zusammen beginnen und die Frau an sie beide binden. Aber Jake hatte nicht darüber nachgedacht. Er hatte Serena seine Aufmerksamkeit geschenkt. Er griff nach ihrer Hand, bange, dass, wenn er sie losließe, sie weggehen könnte. Die Freude, die er in ihren Augen erkannt hatte, war fort und ersetzt durch äußerste Unsicherheit.

Ja, Jake wusste, dass es seine Schuld war. Und dennoch dachte er ernsthaft darüber nach, Adam die Scheiße aus dem Leib zu schlagen, wenn er ihn fand.

„Hey, sollte ich Adam nicht nach hinten schicken?", fragte Glen. Er war der Schutzengel des Sanctums, seit Ian den Club eröffnet hatte. Er war bestens über Adam und Jakes Neigung im Bilde. Jake konnte es ihm nicht verübeln. Das war es, was sie taten. Sie teilten sich Frauen.

„Mach dir keine Sorgen. In welche Richtung ist er gegangen?"

Glen zeigte in Richtung Bar. Klar. Adam ginge direkt zum Scotch oder Wodka oder was auch immer diese Woche angesagt war. Er hatte sich wie ein Arschloch benommen.

„Vielleicht sollte ich mich umziehen gehen." Serena versuchte mit ihm Schritt zu halten.

Er verlangsamte seine Schritte. Adam war nicht der Einzige, der sich wie ein Arsch aufführte. Serena war unsicher und verängstigt, sie hatte gerad ihren ersten Sex seit Jahren gehabt, und was machte ihr Dom? Ihr Dom drängte sie sich wieder zu bekleiden und jagte sie durch den Club.

Er stöhnte und zog sie näher heran. „Serena, Baby, es tut mir leid."

Sie schüttelte den Kopf an seiner Brust. „Es ist meine Schuld. Du hast gesagt, wir sollten es besser nicht machen."

„Nein. Es musste so kommen. Und Adam taucht wieder auf. Er ist nur angepisst, angepisst wegen mir." *Er ist besser nur wegen mir angepisst.* Wenn Adam wütend auf Serena wäre, dann stände wirklich ein Kampf bevor. Er küsste ihre Stirn. Sie sollten noch im Bett liegen. Er sollte ganz eng mit ihr kuscheln. Zur Hölle, Adam hätte sich einfach ausziehen und zu ihnen klettern sollen.

„Ich weiß darüber nichts," sagte sie traurig. „Ich verkack's andauernd."

Er neigte ihren Kopf nach oben. „Nein. Diesmal nicht. Du warst perfekt, Baby. Vergiss das nicht. Und du gehörst mir. Mir und Adam. Vergiss auch das nicht. Zieh dich jetzt an, wir bringen dich nach Hause. Doch ich muss dich warnen. Er wird die gleiche Zeit wollen."

Adam nähme sich höchstwahrscheinlich mehr Zeit, doch Jake war bereit sie ihm zu geben. Er hatte es versaut. Und er täte so ziemlich alles, um Serena wieder lächeln zu sehen.

Sie schüttelte den Kopf. „Er scheint jetzt nicht gerad' interessiert zu sein. Es spielt keine Rolle. Ich möchte echt gern nach Hause. Ich bin müde."

Er zügelte sein Temperament. Es war nicht gegen sie gerichtet. Er küsste sie wieder. „Serena, ich meine es ernst, was ich vorhin gesagt hab'. Wir sind jetzt zusammen. Ich werd' dir jetzt nicht erlauben dich zurückzuziehen, nur weil es ein wenig beängstigend wurde. Jetzt geh und zieh dich um. Wir werden alle reden, wenn wir zu Hause sind."

Sie nickte, aber es schien nicht viel Hoffnung in ihren Augen zu liegen. Sie lief zur Umkleide. Jake drehte sich um und fand seine Beute. Adam stand an der Bar und sprach mit Liam. Er erzählte Liam vermutlich, dass er seinen Auftrag übernehmen könnte, immerhin hatte Jake ihm das Mädchen gestohlen. Drama Queen. *Verfluchte Scheiße.*

Adam sah nicht mal auf, als Jake in den Barbereich kam.

„Also musst du dich mit Jake abstimmen", sagte Adam.

„Du, Wichser. Hast du eine Ahnung, was du gerad' mit ihr gemacht hast?" Er wusste, dass er mit einer Entschuldigung beginnen sollte, doch dieser traurige Blick in ihren Augen war noch zu frisch in seinen Erinnerungen. Sie war ganz allein in der Umkleidekabine, weil Adam nicht in der Lage war seine verfickten Gefühle zurückzuhalten.

Adams Gesicht kam zum Vorschein. „Ich weiß genau, was du gerad' mit ihr gemacht hast. Mal sehen. Du hast sie gefickt. Du hast sie für dich in Anspruch genommen. Ich glaub', deine Worte waren so was wie „Du gehörst mir. Alles verflucht nochmal meins"."

Liam sprang von seinem Barhocker. „Ich werd' mich nicht in die Sache einmischen. Ihr beide müsst das klären. Und Adam, ich werd' deinen Platz nicht einnehmen. Nicht, bevor Ian es mir sagt. Das is'n verfickter Job. Es geht hier nicht um dein Liebesleben. Sie schwebt noch immer in Gefahr. Pack deinen Schwanz beiseite. Du wirst bezahlt, um einen Job zu machen. Genau deshalb hat Ian euch gesagt, dass ihr euch von ihr fernhalten sollt."

Er lief davon. Jake machte sich bereit Adam fertigzumachen, doch Liam drehte sich nochmal um.

„Ihr zwei solltet eigentlich verfickte Partner sein. Verfickte Partner trennen sich nicht, weil ein Partner 'was Dummes macht. Ihr kriegt euren Scheiß besser auf die Reihe. Ihr habt keine Vorstellung, wie es ist allein zu sein. Keine verfickte Vorstellung." Liam wartete nicht auf eine Antwort. Er stakste davon.

Allein. Jake war den größten Teil seines Lebens allein gewesen, sogar in seiner Familie. Niemand hatte ihn verstanden. Er war das wertlose Dean-Kid, das in nichts Besserem als einer Wohnung oder Armeekaserne gelebt hatte, bis er Adams Mitbewohner geworden war. Zur Hölle, einen großen Teil seines Lebens hatte er in Kommunen verbracht oder im Truck seines Vaters gelebt, weil seine Eltern die Natur finden wollten oder ähnlichen

Scheiß. Es wäre schön gewesen, wenn seine Eltern ihm einen Moment Aufmerksamkeit geschenkt hätten, doch sie waren viel zu sehr damit beschäftigt gewesen, sich selbst zu finden, anstatt ihre Aufmerksamkeit ihren Kindern zu widmen.

Adam hatte ihm das meiste davon beigebracht, wie man sich in der Gesellschaft bewegt. Adam war sein Maßstab. Mit Adam war es das erste Mal gewesen, dass er sich wahrhaftig mit einem anderen Menschen verbunden fühlte. Er wollte nicht mit Adam schlafen, aber er sorgte sich sehr um ihn. Er konnte sich sein Leben ohne Adam nicht mehr vorstellen. Jetzt jedoch konnte er es sich auch ohne Serena nicht mehr vorstellen.

„Es tut mir leid, Adam."

„Du wusstest, was ich für sie empfinde." Adam lehnte sich auf seinem Stuhl zurück. Er klang müde.

„Ja." Er wäre wahrscheinlich nicht weitergegangen, wenn er nicht gewusst hätte, was Adam für sie empfand. Es hätte nicht funktioniert, wenn Adam sie nicht auch gewollt hätte. „Du hast es ganz deutlich gemacht. Und hast sie mir in die Arme getrieben."

Adams Augen verengten sich. „Und du wusstest verdammt gut, dass ich hätte da sein sollen. Du willst die Oberhand haben."

Jake brummte böse. „Welche verfickte Oberhand? Du bist derjenige, der gern kleine Psychospiele spielt, Adam. Das tu' ich nicht. Ich wollte sie. Sie war nackt. Ende der Geschichte. Du bist derjenige, der mich dazu gedrängt hat, sie in D/S einzuführen."

„Das ist deine Ausrede?" Adam brachte seine Frage aufgebracht hervor. „Du hast sie eingeführt? Ich werd' aufs verfickte Abstellgleis gestellt, weil ich nicht 24 Stunden lang mit einer Gerte in der Hand rumlaufe?"

Jake lehnte sich rüber und näherte sich Adams Raum. „Sie schreibt BDSM. Was dachtest du, was passieren würde?"

Adams Augen traten hervor und verengten sich. „Sie schreibt auch Ménage. Daher hab' ich gedacht, dass ich zu dieser verfickten Party eingeladen bin. Ich wusste nicht, dass Jacob Dean die Frau als seine Sub nehmen würde, in die ich mich verliebt hab'. Zehn verfickte Jahre, Jake. Wie viele Frauen haben mir ernsthaft etwas bedeutet? Und du erhebst Anspruch auf die, mit der es vielleicht geklappt hätte. Zehn Jahre. Zehn verfickte vergeudete Jahre."

Jake konnte nicht anders. Er verdrehte die Augen. „Das hast du arrangiert. Du hast uns dahin gedrängt. Fick dich, Mann, du hast sie selbst angekleidet. Es tut mir leid, dass ich nicht gewartet hab', aber es ist einfach passiert, und, weißt du was, ich bin verrückt nach ihr."

„Ja. Das hab' ich verstanden. Und sie gehört dir. Das hab' ich verdammt nochmal auch verstanden."

„Es geschah im Überschwang des Augenblicks. Verdammt noch mal, Adam. Du benimmst dich wie ein Kind."

Adam riss die Arme hoch. „Nun, ich schätze, das ist bloß meine verfickte Rolle, oder? Es ist meine Rolle der Idiot zu sein, der's versaut. Es ist meine Rolle mich an dir festzuhalten und zu hoffen, dass sich die Frau zu dem verfickt primitiven Typen herablässt. Du hast das Sagen. Ich bin der urbane Trottel, der sich nur ans Schlepptau des Leitwolfs hängt."

Gott, Adams Vater hatte eine Nummer mit ihm abgezogen. „Sie ist verrückt nach dir. Wärest du derjenige, der sie heut Abend herumgeführt hat, wärest du derjenige, der mit ihr im Bett gelandet wäre."

Er schüttelte den Kopf. „Nein. Das wäre ich nicht. Ich hätte auf dich gewartet. Ich hätte sie im Aufzug nehmen können, doch das hab' ich nicht."

Und das war der Kern der Sache. Adam hätte gewartet. „Es tut mir leid. Mehr kann ich nicht sagen. Du jedoch hast sie zurückgeworfen heut' Abend. Ich hatte sie an einem sicheren Ort. Hättest du dir zwei Sekunden Zeit genommen, um an sie zu denken, hättest du das ausdiskutieren können. Jetzt ist ihre seit Jahren einzige sexuelle Erfahrung mit Schuld überzogen."

Er wurde kreidebleich. „Ich war nicht wütend auf sie. Ich war sauer auf dich."

„Sie versteht das nicht. Ihr Mann ließ sie denken, dass sie alles versaut hat, und du hast das heut Abend noch verstärkt."

Adam zögerte, sein brillanter Verstand setzte sich endlich mit dem Problem auseinander. „Aber sie sagte, sie gehört dir. Ich hab' es gehört. Ich weiß, was ich gesehen hab'. Ich mache sie dafür nicht verantwortlich. Ich bin nicht wirklich zum Zug gekommen, nicht wahr?"

Er war wie ein Zweijähriger, wenn er sich so benahm. „Nein. Du hast die Gelegenheit nicht wahrgenommen. Ist es dir in den Sinn gekommen zu uns ins Bett zu steigen?"

„Nein. Ist es nicht." Adam trank einen kräftigen Schluck von dem Scotch, der vor ihm stand. „Ich versteh die Bedeutung von Regeln und Grenzen. Wenn dir die Freundin deines besten Freundes sagt, dass sie zu ihm gehört und nur zu ihm, tritt ein anständiger Mann zur Seite."

„Wirklich? Hast du das auch Sean erzählt?" Adam war lange hinter Grace her gewesen, auch nachdem sie bereits mit Sean zusammen war.

„Das war etwas anderes."

„Sicher, es war anders. Das war Grace. Dies ist Serena."

„Du warst in Grace verliebt?" Eine vertraute Stimme unterbrach ihren Streit.

Jake schloss die Augen und wünschte, er hätte das gar nicht erwähnt. *Fuck*. Serena hatte die Worte ausgesprochen. Sie hatte sich bei weitem viel schneller fertiggemacht, als er ihr zugetraut hätte. Er drehte sich um und sah, dass sie sich wieder in ihren altbackenen Kleidern befand, ihr Haar zum Pferdeschwanz gebunden. Sie hatte ihre Rüstung wieder angezogen und war wie ein Ritter, der nicht zögerte, in den Kampf zu ziehen.

Adam errötete. „Ich hab' mich zu ihr hingezogen gefühlt. Ich hab' eine ziemlich beschissene Zeit durchgemacht. Ich hab' einen Fehler gemacht. Sie ist in Sean verliebt. Das war sie immer. Sie wollte mich nicht."

Serena nahm sich einen Moment Zeit. Jake konnte sehen, wie ihr Gehirn arbeitete, und er war sich ziemlich sicher, dass er nicht mochte, was sie dachte. „Grace ist sehr schön. Ich kann sehen, warum du interessiert wärst. Können wir jetzt nach Hause gehen, Jake? Oder müssen wir auf Liam warten?"

Jake biss die Zähne zusammen. Serena war die wahnsinnig tolle Autorin. Adam war der Charmantere. Keiner von ihnen hatte ein Problem zu kommunizieren. Also warum verdammt nochmal bauten sie auf ihn? Er mochte es nicht mal zu reden. Er mochte es der stille Typ zu sein, denn er hatte nie wirklich was zu sagen, und nun machten die beiden Menschen, die ihm am meisten bedeuteten, dicht.

Die beiden Menschen. Serena hatte große Bedeutung erlangt, war möglicherweise sogar unentbehrlich geworden. Adam hatte ihm das verflucht nochmal eingebrockt und er ließe nicht zu, dass Adam das jetzt versaute. Ließe Jake Serena nun gehen, könnten Tage vergehen, bis sie das Problem genau besprachen. Jake wollte nicht tagelang warten. Er sah auf seine Sub herab. Sie war das schwache Glied. Sie war diejenige, die sich verhielt wie sonst nie.

„Frag ihn. Du hast kein Problem damit, den Leuten die seltsamsten und unangenehmsten Fragen zu stellen, die dir aus dem Mund rutschen. Frag ihn. Sei tapfer. Sei Serena."

Sie stoppte und riss die Augen auf. „Sei Serena? Das ist ergiebig, Jake. Serena ist eine kleine Maus."

Jake fuhr sich mit der Hand durchs Haar. „Nein, ist sie nicht. Sie ist eine Kämpferin. Sie ist eine Frau, die nicht aufgehört hat, nur weil ihr Ehemann ihr das sagte. Sie ist eine Frau, die für ihre verdammte Stellung kämpft. Sie ist eine Frau, die nicht aufhört zu suchen, was sie braucht, nur weil ihr unterwegs ein paar Idioten begegnet sind. Verdammt, Serena, ich bin nicht für diesen Scheiß geschaffen. Ich weiß nicht zu argumentieren. Ich schlüge lieber einfach auf die Dinge ein, aber ich bitte dich die Frau zu sein, die ich tagelang kennenlernen durfte. Diese Frau würde ihn nicht vom Haken lassen. Diese Frau würde nicht weglaufen. Diese Frau ließe ihn sich erklären."

Adam starrte ihn an. „Das sind die meisten Worte, die ich je mit einem Male aus deinem Mund gehört hab'."

Serena lächelte ihn an, als wäre er ein kleines Kind, das gerade etwas Gutes getan hatte. „Du kannst sehr gut mit Worten umgehen, Jacob." Sie stellte sich auf die Zehenspitzen und gab ihm einen Kuss, dann drehte sie sich zu Adam. Jake war ein wenig glücklich zu sehen, dass Adam sich ein Stirnrunzeln eingehandelt hatte. „Erklär' dich, Adam."

Adam machte plötzlich ein störrisch hartnäckiges Gesicht. „Ich glaube nicht, dass es so viel zu erklären gibt."

„Das glaub' ich doch", schoss Serena zurück. „Du hast mich in diese Lage gebracht. Du bist derjenige, der endlos lang darüber sprach, wie du und Jake versucht habt eine Frau zum Teilen zu finden. Du wusstest, was ich davon halten würde. Hast du gelogen?

Hast du mir nur meine Fantasien vorgespielt? Hast du herausgefunden, dass ich über Ménage schreibe, und entschieden, dass dies eine Möglichkeit ist, um mich zu kontrollieren?"

Adam zog die Augenbrauen zusammen. „Nein. Das ist lächerlich, Serena. Es ist die Wahrheit. Jake und ich teilen uns seit Jahren Frauen. Wir sind wirklich auf der Suche nach etwas Dauerhaftem."

Serena stieß mit dem Fuß auf den Boden. Es war etwas, was sie zu tun schien, wenn sie ungeduldig wurde. „Warum dann der große dramatische Augenblick? Hast du nicht erwartet, dass ich mit Jacob schlafe? Funktioniert eine Ménage in deiner Welt anders?"

Adam sah sich langsam ein wenig in die Enge getrieben. „Jacob und ich waren uns einig, dass wir zusammenarbeiten würden."

„Gut. Wir haben es versaut. Mir wurde kein Zeitplan vorgegeben. Darin bist du gut, Adam. Warum legst du mir nicht einen Zeitplan vor, der mir vorgibt wen ich wann und in welcher Position zu ficken hab'? Auf diese Weise weiß ich's das nächste Mal." Sie machte auf dem Absatz kehrt und begann loszulaufen. „Ich geh' jetzt nach Hause. Ihr zwei könnt das in Ruhe bequatschen. Ich sehe ganz klar, dass dies nichts mit mir zu tun hat."

Adam starrte ihr nach. „Was verdammt nochmal ist nun passiert?"

Jake lächelte. „Ich glaube, diese Sub hat dich gerade erledigt." Er sah seinen Partner an. „Es tut mir leid. Ich wollte dich nicht verletzen, aber es fühlte sich richtig an mit ihr. Ich habe nicht versucht dich auszuschließen. Sie hätte es nicht zugelassen. Ich war in der Dom-Welt. Das bedeutet nicht, dass ich zehn Jahre Freundschaft wegtue. Aber du scheinst darin sehr schnell zu sein. Ich muss mich umziehen. Ihr folgen. Was auch immer du in der Sache tun willst, versuch' dich daran zu erinnern, dass sie immer noch in Gefahr schwebt."

Er drehte sich um und lief zur Umkleide. Er hatte das Gefühl, dass sich Serena ein Taxi nähme, wenn er sich nicht beeilte.

* * * *

Adam beobachtete, wie Jake sich losmachte. Wie hatte er die

Dinge so dermaßen verkacken können? Er war glücklich gewesen herauszufinden, dass sie in ein Spielzimmer gegangen waren. Er hatte Glens Zweitschlüssel genommen und erwartet, dass er auf eine heiße BDSM-Szene traf. Er hatte nicht mit der Zärtlichkeit gerechnet, die er vorfand.

Serena hatte sich so perfekt um Jake geschlungen, dass er einfach wusste, dass es keinen Platz für ihn gab. Die Weise, mit der sie Jakes Namen gestöhnt und versprochen hatte Jakes zu sein und Jakes allein, hatte ihn zerlegt, ein Schnitt bis auf die Knochen. Er war derjenige, der sie erkannt hatte. Er war derjenige, der versucht hatte sie alle zusammenzubringen. Er hätte derjenige sein sollen, an den sie sich schmiegte, während er sie zum Kommen brachte. Sein Magen hatte sich vor Eifersucht gewunden.

Und er hatte sich zum Narren gemacht. Jetzt lief Serena weg und er musste sie aufhalten. Er war sich nicht sicher, was zur Hölle er vorhatte zu sagen, doch er wusste, dass er es besser schnell tat, bevor sie versuchte nach Hause zu gehen. Er machte sich in Richtung vorderer Eingangshalle davon.

Sie stand da, auf den dunklen Parkplatz hinausschauend. Ihre Schultern hingen herunter, als ob sie sich bereits in sich zurückzog. Das hatte er ihr angetan. Jake lag damit richtig. Sie hatte sich glücklich im Spielzimmer gefühlt. Sie war leidenschaftlich und ungehemmt gewesen. Jetzt war sie wieder damit beschäftigt, Mauern zu errichten.

Er beschloss mit dem Offensichtlichen zu beginnen. „Gott sei Dank. Ich hatte Angst, dass du gehen würdest."

Sie sah nicht zu ihm, blickte einfach unvermindert weiter aus den Fenstern. Die Straße war dunkel, nur ein Schimmer Mondlicht, der die Welt draußen erhellte. „Ich bin kein Idiot, Adam. Ich weiß, dass das gefährlich wäre. Ich warte nur auf Jacob. Die Türen sind verschlossen und es gibt Securities. Ich bin sicher genug, wenn ich hier stehe. Ich werd' mich nicht in die Nacht stürzen, nur um etwas zu beweisen."

Sie stand gleich da, aber sie war ihm noch nie so distanziert erschienen. Wegen ihm hatte sie diesen unnahbaren Gesichtsausdruck. Wenn er sie ließe, zöge sie sich vollständig zurück. Sie verfügte über eine ganze Welt in ihrem Kopf. Er hatte zugesehen, wie sie hineingezogen wurde, und nun musste er sie da rausholen. Wenn er seine Karten nicht richtig spielte, mochte sie vielleicht nie wieder zurückkehren.

„Serena, es tut mir leid wegen der Szene." Die Worte klangen dumm, wie sie aus seinem Mund kamen. Er war sanft, verdammt noch mal. Er wusste immer, was er sagen sollte, aber jetzt wollten die Worte nicht herauskommen.

Sie seufzte, ihre Mundwinkel heruntergezogen. „Mir nicht. Besser, es jetzt zu wissen."

„Was zu wissen?" Er wollte die Hand nach ihr ausstrecken, doch er bezweifelte, dass sie die Zuneigung von ihm annähme.

„Dass es nicht funktionieren würde. Es ist nur eine Fantasie, Adam. Es geht nicht, weil Menschen nicht so funktionieren."

„Warum zum Teufel sagst du das?"

Sie lachte ein wenig, aber es lag kein Humor darin. „Empirische Daten, wie mein Ex sagen würde. Ich komme Jacob das erste Mal nahe und du flippst aus. Ich befände mich stets in der Mitte, oder? Ich wäre immer verunsichert, dass ich dem einen zu viel Aufmerksamkeit schenke und dem anderen zu wenig. Es klingt wie ein Traum, doch ich begreife jetzt, was für ein Albtraum es sein könnte."

Er lehnte sich gegen das Fenster und versuchte sie zu zwingen ihm in die Augen zu schauen. „Du hattest beim ersten Mal Recht, Serena. Ich hab' das vermasselt, weil ich genauso unsicher bin wie der Rest der Welt. Ich hab' dich mit Jake reden gehört, und plötzlich hab' ich mich gefragt, was zur Hölle ich dir bieten kann."

„Wovon redest du da?"

Sie war so ehrlich zu ihm. Es war an der Zeit, dass er es ihr zurückzahlte. Wenn das funktionieren sollte, müsste sie ein paar Dinge über ihn wissen. „Ich weiß nicht, was ich dir bieten kann. Ich fürchte, wenn du dich in Jake verliebst, wirst du mich nicht brauchen."

„So funktioniert das nicht, Adam."

Wie wenig sie wusste. „Jetzt nenn ich mal ein paar empirische Daten. So funktioniert's. Ich sollte es wissen, denn in dem Moment, in dem ich mich als Ärgernis erwies, verlor ich meine Familie. Ich konnte meinem Vater nie gerecht werden, weißt du. Ich war nicht so stark wie mein ältester Bruder und nicht so schlau wie mein jüngerer. So war ich nutzlos. Serena, ich hab' keine Familie mehr. Mein Vater und meine Brüder sprechen nicht mehr mit mir."

Sie wandte sich ihm schließlich zu, die Sorge stand ihr ins Gesicht geschrieben. Sie brauchte wirklich einen Aufpasser. „Warum?"

„Weil ich unehrenhaft aus der Armee entlassen wurde. Verstehst du, was das bedeutet?"

„Es bedeutet, dass sie einen Grund fanden, um dich rauszuwerfen, doch du hast nichts Kriminelles getan. Mit wem hast du geschlafen, mit der du es nicht hättest tun sollen?"

„Eine Frau, auf die einer der leitenden Offiziere versessen war. Sie nahm auch einen höheren Rang ein als wir. Ich und Jake gehörten zur Sondereinsatztruppe, sie aber arbeitete bei der CIA. Sie war wichtiger und das wusste sie. Wir schliefen mit ihr, doch als wir erwischt wurden, lautete die Anklage, dass wir miteinander geschlafen hätten. Damals hieß es, frag nicht, sag nichts, und es bedeutet, dass du nicht erwischt wirst."

Ihr klappte der Kiefer herunter. „Dein Vater denkt, dass du schwul bist? Nun, warum sagst du ihm nicht die Wahrheit?"

Naives kleines Ding. „Ich hab's versucht, Schatz. Er war mit mir in dem Moment fertig, als die Geschichte ihre Runde machte. Meine Familie kann eine lange und geschichtsträchtige Karriere im Militärdienst vorweisen. Ein Miles ist in jedem Krieg gestorben, den dieses Land seit dem Krieg von 1812 geführt hat. Lieber wäre es ihm gewesen, mir wäre in Afghanistan eine Granate durch den Bauch gejagt worden, als entlassen zu werden. Meine Brüder sind ganz seiner Meinung. Sie haben ihr glückliches Vanilla-Leben und erkennen den Perversen der Familie nicht mehr an."

„Was ist mit deiner Mutter?"

Er war sich nicht sicher, ob seine Mutter einen Unterschied gemacht hätte. Er erinnerte sich kaum an sie. Sie war ein Bild an der Wand, eine hübsche Frau, die so stolz darauf zu sein schien, neben ihrem Offiziersmann zu stehen.

Hätte sie zu ihm gehalten? Er bezweifelte es. „Sie starb, als ich fünf war. Krebs. Dad heiratete wieder, doch Justine wollte nicht viel mit uns Kindern zu tun haben. Wir wurden alle ins Internat geschickt. Ich lebe nicht mehr zu Hause, seitdem ich sieben Jahre alt bin. Ich hab' einer längerfristigen militärischen Karriere entgegengesehen. Außer, dass ich feststellen musste, dass ich gerne teile. Offenbar ist die Armee nicht hip genug, um zu beurteilen, was in erotischen Romanzen hot ist."

Sie hob die Hände und griff zu seinen Schultern. „Adam, es tut mir so leid, das zu hören."

Er zog seinen Vorteil daraus. Er zog sie zu sich in seine Arme. Er würde nehmen, was er kriegen konnte, und falls er wieder einen Fuß in die Tür ihrer Sympathie kriegte, empfände er keine Sekunde Reue. „Ich passe nirgendwo rein, Serena. Ginge ich nach Hause, beschuldigte mich mein Vater schwul zu sein, weil ich zu viel Zeit auf Kleidung verschwende oder weil ich es mag längere Haare als Igelschnitt zu tragen. Weil ich, zur Hölle, gern Bücher lese, hat mein Vater meine Sexualität in Frage gestellt. Jake passte besser zu meiner Familie als ich. Ich nahm ihn mal mit auf Heimfahrt zum Urlaub und mein Vater fragte, warum ich nicht so wie Jake sein könnte. Ich war Angehöriger einer verfickten Kommandotruppe und nicht männlich genug für meinen Vater. Er hat mich beschuldigte Jake ruiniert zu haben."

„Dein Vater war ein Arschloch." Jake stand hinter ihnen, in Jeans und T-Shirt gekleidet.

„Naja, nun, es sieht so aus, als ob das in der Familie läge." Adam atmete tief durch und wich zurück, in Serenas Augen hinunterschauend. „Ich hab's versaut. Ich kann dich nicht so toppen wie Jake. Ich will's nicht. Ich zieh's vor die kleinen Dinge zu tun. Ich bin nicht so ein krasser Dom."

Sie sah zu ihm auf, wieder mit einem sanften Ausdruck in den Augen. Sie strich sein Haar zurück, liebevoll ließ sie ihre Finger hindurchgleiten. „Ich erwarte das gar nicht von dir. Ich möchte, dass du Adam bist. Ich möchte, dass du meinen Tag planst und mich zwingst etwas zu essen, was nicht aus der Mikrowelle kommt. Ich will euch beide aus verschiedenen Gründen, doch ich hab' jetzt Angst. Ich hab' Angst, dass uns die Eifersucht immer begleitet."

„Ich hatte einen schlechten Moment, Serena. Davon hab' ich nicht allzu viele." Er blickte zu Jake rüber. „Hab' ich mich in der ganzen Zeit, in der wir teilen, jemals einer Frau gegenüber so verhalten? Was hätte ich getan, wenn ich dich fickenderweise mit Grace erwischt hätte?“

Jake glitt hinter Serena und fing sie zwischen ihren Körpern ein, was bewies, dass seine Instinkte wie immer goldrichtig waren. „Du hättest wohl einen fröhlichen Tanz aufgeführt, doch ich bin mir sicher, dass Grace nicht die Richtige für uns ist. Ich kann hierüber nicht dasselbe sagen. Und ich glaube, das ist das Problem. Du weißt, dass sie die Richtige für uns ist. Du hast Angst, dass sie sich zwischen uns entscheiden wird und du am Ende den Kürzeren ziehst.“

„Ich werd' mich nicht zwischen euch entscheiden.“ Serena hatte den Mund zu einer hartnäckigen Linie geformt, aber Adam bemerkte, dass sie nicht zu fliehen versuchte. Sie war in einer Weise eingekuschelt, als ob sie gewahr würde, dass sie genau dort hingehörte. „Ich werd' mich nicht zwischen euch beide stellen. Adam, du triffst die Entscheidung besser. Ich kann mit einer solchen Szene nicht nochmal umgehen. Und ich kann nicht meine ganze Zeit damit verbringen mir Sorgen zu machen, dass ich einem von euch ans Bein pisse.“

Jake preschte vor und rieb seine Wange an ihrem Haar. „Ich denke, wir können das klären. Nun, können wir das mit nach Hause nehmen?“

Adam gefiel der Klang des Ganzen. Und er mochte Serenas hübsches kleines Haus lieber. Er hatte ein eigenes Haus mit Treuhandfondsgeldern gekauft, an das sein Vater nicht ran kam, doch Serenas Haus hatte mehr Charakter. Er sollte langsam beginnen seine und Jakes Sachen rüber zu bringen. Wenn der Auftrag beendet war, wären sie fest in Serenas Leben und ihrem Zuhause etabliert und sie würde es nicht einmal merken, bis es zu spät war und er ihr einen Ring an den Finger gesteckt und Jacob ihr ein Halsband um den Hals gelegt hatte.

List. List gewänne diese spezielle Schlacht. Es hatte bereits mit Jake funktioniert. Adam blickte zu Serena hinunter. Es lag noch ein ernstzunehmendes Um-Gnade-Winseln vor ihm. Glücklicherweise war er gut darin. Er lehnte sich nach vorn und streichelte ihre Lippen mit seinen und war froh, dass sie sich nicht zurückzog. „Es tut mir leid, Schatz.“

Sie schniefte ein wenig, doch ein Lächeln erhellte ihr Gesicht.

„Okay. Mach das nicht noch einmal. Ich hab' Jake gebeten einfach ehrlich zu mir zu sein. Ich kann viel vertragen. Ich bin nicht zerbrechlich. Ich will Ehrlichkeit, und wenn du dich entscheidest zu gehen, erwarte ich etwas Freundlichkeit."

Er wollte nicht gehen, also war das ein einfaches Versprechen.

Sie stoben auseinander, Adam nahm Serena an die Hand. Jake öffnete die Tür zum Club, und sie gingen alle nach draußen. Die Nachtluft war etwas kühl und der Parkplatz dunkler als üblich. Als sie vorhin angekommen waren, war alles noch beleuchtet gewesen. Das Sanctum war ein kleiner Club. Er war auch privat. Kein Neonschild, das auf den Weg hinwies. Ian hatte ein altes Lagerhaus gekauft und renoviert. Von der Straße sah es aus wie ein Industriegebiet. Der Parkplatz war für jeden gesperrt, der den Code nicht kannte, aber er lag neben der Straße. Er war leicht hinzugelangen. Besonders, wenn es dunkel war.

„Sind die Lampen aus?", fragte Jake und sah zu den Straßenlaternen hoch. Es schien, als läge der gesamte Parkplatz im Dunkeln.

Adam blickte die Straße auf und ab. Um diese Zeit war es üblicherweise relativ ruhig, jetzt jedoch fühlte es sich totenstill an. Ab und zu kam ein Auto vorbei, doch sie befanden sich auf einer Seitenstraße. Ian zog es vor. Es war weniger auffällig. Adam erblickte die SIG, die Jake immer trug. Er griff in sein Schulterhalfter und zog seine eigene heraus. Etwas war nicht in Ordnung.

„Was ist los?", fragte Serena, ihre Stimme ein leises Flüstern.

Das war selbst für Jake zu viel. Er hielt seine Hand in einer Faust geballt hoch, Adam lautlos sagend, er solle so leise wie möglich gehen. Jake zeigte auf sich selbst und machte dann mit der Faust einen Kreis. Er wollte sich umsehen, aber wollte, dass Adam hierblieb. Adam nickte und zog Serena näher zu sich heran, seine Hand auf ihrer Taille. Er lehnte sich zu ihr rüber und legte seinen Mund an ihr Ohr.

„Es ist wahrscheinlich nichts, doch du bleibst in meiner Nähe. Jake überprüft alles." Adam war sich sehr darüber bewusst, dass es seine Aufgabe war Serena zu beschützen. Wenn Jake etwas Auffälliges erblickte, würde er Adam das Signal geben, sie wieder rein zu bringen, während er nachsah. Adam hatte vor langer Zeit gelernt Jakes Instinkten zu vertrauen. Solche Instinkte hatten ihren gesamten Zug bei mehr als einer Gelegenheit gerettet.

Serena nickte, blieb aber ruhig. Es schien, ihre Instinkte waren auch gut.

Jake machte eine Umkreissuche, er bewegte sich vorsichtig und vollkommen still. Er schaute hinter jedem Auto auf dem kleinen Parkplatz nach. Er war akribisch und blickte in jedes einzelne, bevor er vor Serenas Audi hielt. Es war gerade an diesem Morgen aus der Werkstatt zurückgekommen und sie war so glücklich gewesen. Adam hatte Jake überzeugt damit zu fahren. Er hatte Jake nicht überzeugen können Serena fahren zu lassen. Jake zog die Schlüssel aus seiner Tasche und öffnete den Kofferraum. Er schloss ihn wieder und sah dann durch die Fenster. Schließlich gab er grünes Licht.

„Alles in Ordnung?", fragte Serena. Es klang, als hätte sie den Atem angehalten.

Adam drückte sie ein wenig. „Uns geht's gut. Es ist alles in Ordnung. Wir sind nur ein bisschen paranoid."

Ihre Hand zitterte, als er nach ihr griff. Er hielt seine Waffe an seine Seite gedrückt und hoffte, dass sie, wenn sie sie nicht wahrnähme, vergaß, dass sie eine bewaffnete Leibgarde brauchte. Er konnte es nicht. Sein Blut kochte quasi. Er musste dieses Arschloch finden, damit er nie wieder auf einem verfickten Parkplatz stehen musste, besorgt, dass jemand schon wieder versuchte sein Mädchen zu töten. Er überprüfte seine Wut. Serena brauchte Ruhe. Sie musste wissen, dass sie die Kontrolle hatten.

„Warum gehst du nicht mit zu ihr nach hinten?" Jake formulierte es als Frage, doch Adam kannte einen Befehl, wenn er ihn hörte. Und er stimmte zu. Wenn etwas passierte, konnte er sie mit seinem Körper bedecken. „Ich ruf Ian von unterwegs an und sage ihm, er soll seine Wartungsfirma besser bezahlen. Diese Lichter sollten funktionieren."

Jake drückte den Knopf und die Tür schloss sich auf. Adam öffnete die Hintertür und machte Platz, damit Serena einsteigen konnte. Sie war fast durch die Tür, als er es hörte. Ein heftiges Rasseln war vom Rücksitz zu hören, der Klang bedrohlich, tödlich. Ohne weiter nachzudenken, zog er Serena mit einem heftigen Ruck an ihrem Ellbogen zurück. Sie landete mit einem dumpfen Aufschlag und einem kleinen Schrei hinter ihm auf dem Boden, Adam konnte ihr jedoch nicht helfen. Er hatte es mit einer gottverdammten, verfickten Schlange zu tun, die sich auf dem Rücksitz befand.

„Ist es das, was ich denke, was es ist?", fragte Jake.

Adam konnte nicht antworten. Die Schlange richtete sich auf und Adam schoss. Der Ton dröhnte durch die Nacht, doch sein Schuss hatte seine Wirkung nicht verfehlt. Der Kopf der Schlange war weggeblasen und Serenas Auto musste gradewegs zurück zur Werkstatt.

Und der Stalker war soeben noch gefährlicher geworden.

Kapitel Dreizehn

Serena zitterte trotz der Wärme des Konferenzraums.

„Hier, Liebling, trink das." Adam stellte eine Tasse Kaffee vor sie hin. Von dem Moment an, in dem er die Schlange getötet hatte, war er über sie hergefallen. Adam hatte sie zurück in den Club getragen, obwohl sie protestiert hatte, dass er die Schlange bereits getötet hatte und es wohl keine weiteren mehr auf dem Parkplatz gäbe. Er hatte bei ihr gesessen, seine Arme um ihre Schulter gelegt, während Jake die Polizei rief. Ian Taggart war aufgetaucht und hatte begonnen Befehle an das Personal zu erteilen, die Lobby in weniger als fünf Minuten perfekt nach Vanilla aussehen zu lassen.

Das war auch gut so, denn die Polizei trudelte zehn Minuten später ein.

Jemand hatte eine Klapperschlange in ihr Auto gelegt. Jemand hatte versucht sie zu töten.

Edward Chitwood kam herein, einen Notizblock in der Hand. Er trug einen Anzug, doch sein Partner sah aus, als sei er von zu Hause gerufen worden. Er trug sein Abzeichen um den Hals und war in Jogginghose und Kapuzenpulli gekleidet. Er schien nicht glücklich darüber, hier zu sein.

„Tut mir leid, dass ich Sie auf diese Weise wiedersehen muss, Ms. Brooks." Chitwood war leicht, wenn nicht sogar sauhöflich. Er hatte einen Hauch von Überlegenheit an sich, doch er war immer überaus höflich zu ihr. Und er machte ihr irgendwie Angst. „Das ist

194

keine gute Situation."

„Ja, das ist es", stimmte Hernandez zu. „Und es scheint schlimmer zu werden. Das war das zweite Mal innerhalb eines Tages. Wir hatten kaum den Anruf wegen der Bücher erhalten, die dir jemand geschickt hat, und dann das hier. Jemand scheint es auf dich abgesehen zu haben."

Er hob das Wort „jemand" eindeutig hervor, während er sie immer wieder demonstrativ ansah.

Serena schob den Kaffee weg. Sie fühlte sich krank in der Magengegend. Noch vor einer Stunde hatte sie in Jakes Armen gelegen und die Welt war ein warmer und glücklicher Ort. Jetzt wurde sie an ihre Brutalität erinnert.

„Hast du nach Abdrücken auf dem Auto gesucht?", fragte Adam.

Die Tür schwang wieder auf und Jake trat ein, gefolgt von Ian Taggart. Jake setzte sich an der anderen Seite zu ihr, während Ian Taggart wie ein großes Raubtier über dem Verfahren schwebte und darauf wartete zu entscheiden, wen er zum Abendessen verzehren sollte.

„Natürlich werden wir nach Abdrücken suchen." Hernandez lehnte sich vor, sah sie unvermittelt an. „Haben Sie eine Ahnung, wer die Presse angerufen hat? Hier steht ein Nachrichtenwagen vor der Tür."

Kein Wunder, dass Ian aussah, als sei er bereit zu töten. *Verdammt.* Ian Taggart schien ein Mann zu sein, der seine Privatsphäre schätzte. Er mochte keine Nachrichtenteams, die vor seinem Underground-Club Schlange standen. Sie machte ihm eine Unmenge Ärger. Würde er sie als Kundin abschießen? Hingen Jake und Adam bei ihr ab, auch wenn sie keiner dafür bezahlte? Wie konnten sie? Sie müsste die Stadt verlassen. Vielleicht musste sie ihren Namen ändern.

„Serena." Jakes scharfer Ton holte sie zurück. Er schenkte ihr ein schwaches Lächeln und wandte sich dann wieder den Bullen zu. „Sie hat diese Art, dass sie sich so zurückzieht, wenn sie in Panik gerät. Ich denke, es ist ein Schriftstellertick. Sie haben dir eine Frage gestellt, Liebling."

Frage. Ja, sie hatten nach der Presse gefragt. Sie rieb sich die

Augen. Das Letzte, was sie wollte, war, dass ihr Ärger in den Zeitungen verstreut wurde. „Ich weiß nicht. Ich hab' sicher niemanden angerufen."

Adam lehnte sich vor. „Sie hat verdammt niemanden angerufen. Sie stand unter Schock. Ich war die ganze Zeit bei ihr."

Chitwood winkte ab. „Beruhigen Sie sich, Mr. Miles. Wir beschuldigen sie nicht. Nun, lassen Sie mich Ihnen ein Update geben. Wir können die Fingerabdrücke vom Auto nehmen, aber ich weiß nicht, was es uns bringt. Das Auto kam heute früh aus der Werkstatt, richtig?"

Sie nickte. „Das heißt jeder in der Werkstatt hat es berühren können."

Chitwood klopfte mit seinem Kuli auf das Papier seines Notizblocks. „Ja. Ich hasse es, Ihnen das sagen zu müssen, Ms. Brooks, aber es wird sehr schwer herauszufinden sein, wer einen Abdruck auf Ihrem Auto hätte hinterlassen sollen und wer nicht. Das Auto steht auch auf einem Parkplatz inmitten der Stadt. Das macht die Dinge schwieriger, als wenn es die ganze Zeit in Ihrer Garage gestanden hätte. Ich bin allerdings etwas verwirrt. Haben Sie gesagt, das Auto sei abgeschlossen gewesen?"

Jake seufzte. „Ich hab' das überprüft. Ich hab' das Auto geöffnet, zuerst den Kofferraum, dann die Türen. Adam hat die hintere Beifahrerseite geöffnet, da fanden wir die Schlange."

Es schien surreal. Eine Schlange. Sie hatte noch nie eine Schlange aus nächster Nähe gesehen, ohne Glas dazwischen. Aber jemand war damit klargekommen. Jemand hatte riskiert gebissen zu werden, weil es wichtiger war sie zu verletzen, als selbst sicher zu sein. Sie fühlte sich so weit entfernt. Sie war sich bewusst, dass sie redeten, aber es schien von weit her zu kommen.

„Ich bin nur daran interessiert, wie diese Person am Sicherheitssystem ihres Autos vorbeigekommen sein könnte." Chitwood hatte etwas auf seinen Notizblock geschrieben.

„Ich könnte es machen", antwortete Adam. „Ich bin sicher, es gibt viele Leute da draußen, die über die technischen Fähigkeiten verfügen. Ihr Bullen müsst euch die ganze Zeit mit diesem Mist beschäftigen. Sie wissen, dass ein Krimineller mit Absicht so ziemlich alles durchstehen kann."

Hernandez starrte ein Loch durch sie hindurch. „Oder jemand hat einen Schlüssel."

Sie fühlte, wie ihr Gesicht errötete.

Chitwood hörte auf zu schreiben und sah auf. „Hat noch jemand anders einen Schlüssel, Ms. Brooks?"

„Hat sonst niemand einen Schlüssel", sagte Adam, dann seufzte er. „Bridget oder Chris?"

„Bridget ist zu desorganisiert. Ich habe einen bei Lara gelassen. Manchmal verlier' ich Dinge. Ich hatte zwei Sets vom Autohaus und einen Parkschlüssel. Ich gab Lara das zusätzliche Set. Doch sie würde sowas nicht tun. Sie würde eine Schlange nur in einem Paar Manolo Blahniks berühren." Sie konnten unmöglich denken, dass Lara daran beteiligt war.

Die beiden Polizisten tauschten Blicke aus. Sie konnte sofort erkennen, dass sie ihr nicht glaubten. Sie hatten seit Beginn der Untersuchung entschieden, dass sie sie nur benutzte, um ihre Karriere voranzutreiben, und nichts war geschehen, das sie davon abhielt. Sie wollten ihre Meinung nicht ändern, bis sie einen Körper in den Händen hielten.

Chitwood lächelte, ein kleiner salbungsvoller Ausdruck. „Das kann man sicherlich mit einem einfachen Telefonat klären. Machen Sie sich keinen Kopf darum. Ich werd' sie morgen selbst anrufen. Jetzt beginnt die Tierkontrolle, die die Rasse der Schlange bestimmt."

„Es klapperte. Ich denke, es ist sicher davon auszugehen, dass es sich um eine verfickte Klapperschlange handelte", sagte Jake, mit leiser Stimme.

„Es gibt viele verschiedene Arten von Klapperschlangen, Mr. Dean", betonte Chitwood. „Ich würd' gern die Rasse wissen. Ich würd' gern wissen, ob sie gewöhnlich oder selten ist. Vielleicht wurde sie in einem Geschäft gekauft, das auf Reptilien spezialisiert ist. Es könnte eine Spur des Geldes geben, der man folgen kann."

„Sicher, das könnte alles normal sein. Sie wissen, dass wir Schlangen in Texas haben", sagte Hernandez. „Manchmal finden sie ihren Weg in Autos."

Serena schüttelte den Kopf. „Ich kann Ihnen sagen, was für eine Art das war. Es war eine Wald-Klapperschlange."

„Sie sind eine Expertin für Schlangen?" Chitwood richtete

seine Krawatte.

„Ich bin eine Expertin für meine eigene Arbeit", antwortete Serena, ihre Stimme flach monoton. Sie war sich sicher, dass das, was sie ihnen als nächstes sagte, nichts anderes täte, als ihren Verdacht auf sie zu bestätigen. „In *Sweetheart in Chains* ist eine Szene, in der ich schrieb, wie der Bösewicht eine Wald-Klapperschlange in das Auto des Helden schiebt."

„Scheiße", murmelte Jake in seinen Atem.

„Ich wünschte mir jetzt wirklich, ich hätte diese eine Szene nicht geschrieben. Nächstes Mal mache ich daraus einen flauschigen Hasen. Es schien so aufregend, als ich darüber schrieb, doch es war genau genommen ziemlich beängstigend." Sie sah zu Adam, der dieser Schlange so nah gekommen war. Er hatte sie weggeschubst und ihren Platz eingenommen. Wäre er nicht dort gewesen, wäre sie sicher eingestiegen und gebissen worden, womöglich mehrmals. „Habe ich mich bei dir bedankt?"

Er hielt ihre Hände in seine gedrückt. „Nein, aber es ist alles in Ordnung. Du kannst es später wiedergutmachen." Adam schrie kurz auf, als Ians Hand vorschnellte und ihm hart auf den Kopf schlug.

„Vergeben Sie meinen Mitarbeitern, Officers", sagte Ian. „Sie sind die Besten im Geschäft, aber können manchmal auch etwas unprofessionell sein."

Adam runzelte die Stirn und blickte zu Ian. „Hey, ich hab' die Schlange sehr professionell erschossen."

„Das hat er. Er hat auch nicht mädchenhaft geschrien oder so." Jake verpasste ihm ein selbstgefälliges Grinsen.

Adams Mittelfinger kam hoch und zeigte direkt auf Jake. „Als ob."

Jake zuckte mit den Schultern. „Ich kann immer noch das Schreien hören, das du bei dem Einsatz in Südamerika von dir gelassen hast."

„Ich wurde von einer knapp neun Meter langen Anakonda erwischt. Das verfluchte Biest brach mir zwei Rippen und ich schaffte es trotzdem noch die Mission zu beenden."

„Und du hast trotzdem wie ein Mädchen geschrien."

„Haltet die Klappe, ihr beide", sagte Ian.

Jake stand auf. „Ich versteh' nicht, warum, Boss. Es ist offensichtlich, dass sie nicht helfen werden. Sie haben sich bereits entschieden."

Chitwood stand auch auf. „Das ist überhaupt nicht wahr, aber wir müssen alles aus jedem Winkel betrachten. Es ist noch nichts entschieden. In Stalkerfällen lässt der Stalker das Opfer üblicherweise wissen, wer er ist. Er will, dass das Opfer ihn besonders fürchtet. Das ist hier anders. Diese Person scheint etwas sagen zu wollen. Er scheint Ms. Brooks klarmachen zu wollen, dass das, was sie tut, falsch ist. Seine Worte, natürlich. Nun, ich habe gehört, dass Sie sich das Material der Überwachungskameras ansehen? Haben Sie schon etwas darüber? Wir konnten keine Übereinstimmung finden."

„Ich spiele mit der Software herum, versuche sie zu verfeinern", erklärte Adam. „Ich sollte morgen früh wissen, ob es funktioniert."

„Wenn Sie was rausbekommen, erwarten wir, dass Sie es mit uns teilen", Hernandez stand auf und streckte sich. „Ich weiß, dass Sie Profis sind, aber es ist offensichtlich, dass Sie auch persönlich involviert sind. Ich will keinerlei Selbstjustiz."

„Es könnte die einzige Gerechtigkeit sein, die wir kriegen", sagte Adam und verdiente sich einen weiteren Schlag auf den Kopf. „Verdammt, Ian. Hör auf damit."

„Das werd' ich, wenn du damit aufhörst dummes Zeug vor den Bullen zu sabbeln." Ian ging zur Tür und öffnete sie. „Officers, ich danke Ihnen für Ihre Zeit. Ich versichere Ihnen, dass sich um die Presse gekümmert wird. Die Nachrichtenwagen sind weg. Die einzige Geschichte, von der heut Abend berichtet wird, handelt von einer meiner Angestellten und ihrer Begegnung mit einer Schlange. Es wird erläutert, wie sie und ihr Freund sie aufgabelt haben müssen, als sie zum Angeln fuhren. Wenn der Sender die Geschichte überhaupt bringt, wird es lediglich eine kleine humorvolle Geschichte sein."

„Sie sind sehr gut darin, Menschen zu manipulieren, nicht wahr, Mr. Taggart?" Chitwood runzelte die Stirn.

„Erinnern Sie sich daran." Ian schloss die Tür hinter ihnen. Er drehte sich um. „Die beiden sind nutzlos. Sie denken, sie nutzt das System aus, und nichts wird ihre Meinung ändern. Adam, wie weit bist du mit dem Überwachungskamera-Scheiß?"

Serena nahm einen tiefen Atemzug. „Glaubst du mir noch?"

Ian zuckte mit den Schultern. „Serena, du bist die Kundin. Ich frag' dich verdammt nochmal jetzt. Spielst du ein Spiel, das schiefgelaufen ist? Hast du damit angefangen und jemand anderes beendet es? Sag's mir jetzt, denn es ist der einzige verfickte Weg, wie ich dich beschützen kann."

Es war das erste Mal, dass sie jemand einfach nur geradeheraus fragte. Sie schätzte es sehr. „Ich habe nichts damit zu tun. Ich weiß nicht, was los ist. Ich habe wirklich Angst."

Ian Taggarts Gesicht wurde etwas weicher. „Na gut, dann. Mach dir keine Sorgen um die Bullen. Das ist unsere Operation. Wir kümmern uns um dich." Seine Augen verengten sich, als er sich die Männer im Raum ansah. „Außerdem hab' ich das Gefühl, dass du jetzt Teil der Familie bist. Fickst du sie, Jacob?"

Jake lehnte sich in seinem Stuhl zurück, ein kleines Lächeln auf dem Gesicht. „Ja."

Adam runzelte die Stirn. „Ich noch nicht."

„Lieber Gott, Serena, fick Adam. Er wird eingeschnappt sein, bis du es tust." Ian öffnete die Tür. „Und haltet mich auf dem Laufenden. Liam ist mit einem neuen Auto auf dem Weg. Ihr beide bringt sie zu euch nach Hause. Wer auch immer dieser Arschlappen ist, er weiß, wo sie wohnt, und er wird von Sekunde zu Sekunde gefährlicher. Ich lasse Kameras um den Parkplatz herum installieren. Ich bin sicher, die Gäste werden es lieben, aber es sieht so aus, als hätte jemand den Strom unserer Lampen unterbrochen. Mir gefällt das alles nicht."

„Ich kann nicht nach Hause?", fragte Serena. Ihr Laptop war zu Hause. Ihre Notizen waren zu Hause. Ihr Hund war zu Hause.

„Gib Alex deine Schlüssel und den Code für deinen Alarm. Er fährt gleich los, um ein paar Sachen für dich zu holen. Du hast einen Hund, oder? Ist er gefährlich?", fragte Ian.

„Nicht, solange Alex sich darum sorgt, dass sein Bein gebumst wird", schoss Jake zurück. „Sag ihm, er soll ihren Laptop nicht vergessen."

„Und ihre Notizbücher. Und ihren Planer. Ich hab' ihn noch nicht auf einen elektronischen umgestellt. Sie schreibt immer noch jeden Scheiß auf. Und sie braucht ihren IPod mit den violetten

Ohrsteckern. Die weißen passen nicht richtig, sie ist frustriert von ihnen", sagte Adam.

Das hatte er bemerkt?

„Und Socken", fuhr Jake fort. „Sie mag ihre flauschigen Socken. Ihre Füße werden kalt."

Ians Augenbrauen kletterten seine Stirn hoch. „Gibt es noch was, das Prinzessin Serena braucht? Würdet ihr beide ihr auch gern ihre Höschen aussuchen?"

Jake und Adam schafften es, gleichzeitig zu antworten. „Sie darf keine Höschen tragen."

Ian schloss die Augen, als ob er die Zügel seiner Geduld straffte. Als er sie wieder öffnete, seufzte er in offensichtlicher Niederlage. „Wenigstens hab' ich dir was beigebracht. Adam, ich erwarte einen Anruf, sobald du etwas herausgefunden hast."

Er ging zur Tür hinaus.

„Muss jeder von den Höschen wissen?", fragte Serena.

Adam zuckte mit den Schultern. „Ich will Alex' Zeit nicht damit verschwenden, etwas einzupacken, was du nicht brauchst. Höschen sind ein Privileg, kein Recht." Er streckte die Hand aus und zog sie in seinen Schoß.

Sie zögerte nicht. Sie legte ihre Arme um ihn und fühlte sich sicherer als vor einer Stunde. Adam umschlang sie.

„Ich kann nicht nach Hause." Sie wusste, dass sie elend klang, doch sie konnte nicht anders. Es schien früher echt gewesen zu sein, doch jetzt war es super-HD-3D-Technicolor echt. Sie konnte nicht nach Hause. Sie hatte zwei Männer, deren Aufgabe es war dafür zu sorgen, dass sie am Leben blieb. Das war ihr Leben.

„Es ist alles gut, Baby", sagte Jake, seine Hand in ihrem Haar. „Wir gehen nirgendwo hin."

Sie klammerte sich an Adam und betete, dass Jake die Wahrheit sagte.

* * * *

Adam nahm Alex die Tasche aus der Hand und trat zur Seite, als Mojo hereinkam. Alex hatte alles mitgebracht, was sie brauchten, einschließlich des Laptops, den er im Club gelassen hatte. Er war noch immer eingeschaltet, das Programm lief noch. Adam nahm ihn schnell und schloss ihn an, nicht bereit die Daten zu verlieren.

„Dieser Hund ist nutzlos", sagte Alex, ein schimmerndes Lächeln auf dem Gesicht, als der große Köter mit dem Schwanz wedelte. „Er bellte mal, als ich reinkam. Ich sagte ihm mit einer etwas tieferen als meiner üblichen Stimme, er solle aufhören, und seitdem folgt er mir mit dem Schwanz zwischen den Beinen. Er ist ein Sub-Hund. Wie hat sie einen Sub-Hund gefunden?"

„Ich denke, Gleiches zieht Gleiches an, wie dieser Fall", murmelte Adam und streichelte den Hund.

„Geht es ihr gut?", fragte Alex.

Adam nickte. „Geht so. Ich glaube, sie steht noch immer unter Schock. Ihren Laptop zu haben wird helfen. Ich weiß das wirklich zu schätzen, Mann."

„Kein Problem." Alex hielt inne. „Du meinst es ernst mit dem Mädchen, oder? Weil Eve denkt, dass sie leicht zerbrechlich ist."

„Sie ist nicht zerbrechlich. Sie hat eine Menge durchgemacht." Sie war stark.

„Ich glaube, Eve macht sich Sorgen, dass du ihr wehtust."

„Warum, zur Hölle, sollte ich ihr wehtun? Ich versuche sie zu beschützen." Er verteidigte sich, doch hatte er sie heute Abend schon einmal verletzt.

„Du stürzt dich in diese Dinge, ohne sie wirklich zu durchdenken, und Jake kann wie ein Kaktus sein. Ich bin ein wenig besorgt darüber, was mit ihr passiert, wenn das Ding nicht funktioniert. Das ist ihre Fantasie. Sie hat davon geträumt, darüber geschrieben. Ich mache mir nur Sorgen, was passiert, wenn die Blase platzt."

„Wird sie nicht." Adam wurde es langsam leid, dass ihn alle warnten. Er war kein Kind mehr. Er war dreißig verfluchte Jahre alt und er wusste, was er wollte. Er wollte Serena. Er wollte sie haben.

Alex hielt seine Hände in vorgetäuschter Kapitulation hoch. „Stell nur sicher, dass du schonend Schluss machst, wenn die Zeit kommt. Das ist alles, was ich sage."

Alex drehte sich um und ging zur Tür hinaus.

„Kein Mensch glaubt, dass das funktionieren kann." Jake stand im Küchenbogen, ein Glas Wein in der Hand. Es musste für

Serena sein. Jake trank keinen Wein. Er war ein Bier- und Whiskey-Typ.

„Nun, wir wissen es besser. Adam mochte den leeren Ausdruck in Jakes Augen nicht. „Ich hab's versaut. Du hast's versaut. Sieh uns an. Es geht uns gut. Sie ist noch hier. Es wird alles gut werden."

Das musste er glauben. Er hatte viel zu viel aufgegeben, um nun zu denken, dass sie es letztlich nicht schafften.

Jake nickte. „Sie ist immer noch richtig ruhig. Ich sagte ihr, sie solle duschen. Du musst zu ihr gehen. Du musst sie in Ordnung bringen. Sie ist in ihren Kopf gefangen und kommt da nicht raus."

Sie war auf dem Weg nach Hause still gewesen und hatte aus dem Fenster gesehen, als ihr Auto verschwand. Jenes Auto sollte erneut abgeschleppt werden und sie konnte sich darin nicht sicher fühlen. Es war ein Symbol dafür gewesen, was sie erreicht hatte, und jetzt war es eine Erinnerung daran, wie Scheiße das Leben sein konnte. Sie konnte nicht nach Hause. Sie war allein und verletzlich und fragte sich, was wohl sonst noch alles schief ginge. Sie musste daran erinnert werden, was gut lief. Zärtliches süßes Schmusen funktionierte wohl nicht.

„Einer von uns muss Wache halten. Ich glaube, sie braucht dich mehr als mich", räumte Adam ein. Sie brauchte einen Dom. Sie brauchte jemanden, der Nein als Antwort nicht zuließe, wenn es um ihr Glück ging.

Jake schüttelte den Kopf. „Ich hatte meine Zeit mit ihr. Jetzt zeigst du ihr, was wir wollen. Wir wollen teilen. Nun, du bist dran, Bruder. Top sie, wenn sie dir Ärger macht. Es ist das, was sie will. Du kannst das. Sie braucht nicht versohlt zu werden. Sie braucht lediglich einen festen Schub in die richtige Richtung, um ihren Verstand von all dieser Scheiße abzulenken und dorthin zurückzuholen, wo er hingehört. Ich und Mojo werden Ausschau halten. Nun, ich werd' zusehen, Mojo wird sich wohl selbst den Arsch lecken. Mehrmals."

Jake drückte ihm das Weinglas in die Hand und ihn quasi zum Hauptschlafzimmer. Das Haus hatte fünf Schlafzimmer. Er und Jake hatten beide ihr eigenes. Es gab ein großes Hauptschlafzimmer, das sie für eine Beziehung eingerichtet hatten, die sich nie verwirklicht hatte. Er hatte Serena damit vertraut gemacht und gedacht, wie perfekt sie darin aussah. Er würde ihre Kleider morgen auspacken und in die Kommode legen. Es waren drei im Raum, jede leer. Allerdings nicht mehr nach morgen.

Für heute Abend brauchte sie keine Kleidung.

Er konnte die Dusche im Badezimmer laufen hören. Er versuchte es mit der Tür und fand sie verschlossen, ein irritierender Zustand, den er sich nicht gefallen ließ. Es war ein einfacher Drehverschluss, der eine Person wissen ließ, dass der Raum besetzt war, mehr nicht. Er fischte einen Nickel aus der Tasche und hatte die Tür mit einer kurzen Umdrehung geöffnet.

Er hatte das Badezimmer renovieren lassen, als er das Haus gekauft hatte. Es wurde entkernt und erweitert, bis es ein dekadentes Paradies war, bis jetzt jedoch hatte er keinen wirklichen Grund gehabt es zu nutzen. Er hatte viel Zeit mit diesem Raum verbracht. Eine große Jacuzzi-Wanne dominierte den Raum, doch Serena befand sich in der mit Glaswänden verkleideten Dusche. Dampf beschlug die Wände und hüllte das ganze Bad in Dunst. Durch den Nebel konnte er ihre Figur sehen, ihr Kopf an die Fliesen gelehnt, die Schultern nach unten hängend. Sie ließ das Wasser auf sich einschlagen. Obwohl er sie nicht hören konnte, hätte er um alles wetten können, dass sie weinte.

Jake hatte Recht. Sie brauchte etwas anderes, auf das sie sich konzentrieren konnte. Er konnte sich nichts anderes vorstellen, als dass sie sich auf ihn konzentrierte. Er zog sich sein Hemd über den Kopf und machte sich dann an seiner Jeans zu schaffen. Er warf sie zur Seite und ging zur Dusche. Ganz leise öffnete er die Tür. Serena drehte sich um, ihre Augen waren schwer.

„Adam. Ich habe die Tür abgeschlossen."

„Und ich habe sie aufgeschlossen."

Sie schien zu realisieren, dass sie nackt war. Sie nahm die Hände hoch, um ihre Brüste zu bedecken, doch er fing sie ein und trat zu ihr unter den heißen Strahl des Duschkopfes. Die Dusche war groß, gebaut, um drei Personen Platz zu bieten, die mehr Aktivitäten im Sinn hatten, als nur sauber zu werden.

„Adam, das ist keine gute Idee."

Ihr Gesicht hatte einen müden Ausdruck, aber Adam konnte nicht nachgeben. „Gib mir einen Grund."

„Weil es nicht funktionieren wird. Adam, wenn wir diese Person nicht fangen, muss ich vielleicht weggehen. Ich muss vielleicht meinen Namen ändern und weggehen."

Es war zur Hölle unmöglich, dass er sie gehen ließ. „Ich werde ihn fangen, Serena. Du musst mir vertrauen. Ich werde ihn kriegen. Ich werde nicht zulassen, dass dir etwas zustößt, Süße. Jake und ich werden uns sehr gut um dich kümmern."

Ihr Haar war nass, von ihren Schultern herabhängend. Er ließ ihre Hände los, bewegte sich aber nicht aus ihrem Raum. Er hatte Null Absicht, ihr in den nächsten Stunden Raum zu lassen. Er ließ seinen Blick über ihren Körper schweifen. Runde, feste Brüste, mit keck rosa Brustwarzen bestückt, ließen seinen Schwanz springen. Er wanderte mit seiner Hand von ihrer Schulter zu einem der köstlich dekadenten Hügel und umschloss sie.

„Adam", stöhnte sie seinen Namen. Ihre Augen waren halb geschlossen, als sie ihren Blick auf seinen Körper richtete. Sie dachte nicht an die Schlange oder die Bücher oder die Tatsache, dass da draußen ein Arschloch war, das versuchte sie zu verletzen. Sie dachte an ihn. Jake hatte Recht. Sie brauchte das. Adam brauchte es auch. Er brauchte es so sehr. Er brauchte sie.

„Serena, das ist meine Zeit. Jake hatte seine Zeit. Es geht um mich und dich."

„Ist es so, wie du es willst?" Ihre Augen kamen wieder hervor. Sie saugte an ihrer Unterlippe zwischen den Zähnen. „Ich weiß nicht, wie es läuft. Ich habe über eine solche Beziehung ein Dutzend Mal geschrieben, doch ich habe keine Ahnung, wie sie in der realen Welt funktioniert."

Er wusste, wie er es haben wollte. „Wir müssen nicht wirklich irgendwelche Regeln haben. Nicht so. Wir wechseln uns nicht die meiste Zeit ab. Wir nehmen dich gemeinsam. Wir richten dich an wie ein Festmahl, das wie für zwei Männer gemacht ist."

Er wollte sie jetzt verschmausen. Sie war so süß. Er glitt mit den Händen über ihren Körper und entdeckte ihre Kurven. Ihre Haut war weich und warm vom Wasser. Sein Schwanz schmiegte sich an ihren Bauch. Ja, genau hier wollte er sein.

„Was, wenn ich nicht genug bin?" Ihre Stimme zitterte ein wenig, als sie die Frage stellte.

„Oh, Baby, das ist das Letzte, worüber du dir Gedanken machen musst." Er stöhnte ein wenig, weil er nicht tun konnte, was er wollte. Er wollte sie gegen die Duschwand lehnen, ihre Beine spreizen und seinen Schwanz tief in sie hineingleiten lassen. Aber er musste ihr zeigen, wie sehr sie beide sie wollten. Er drehte sie herum, so dass er ihr Hinterteil auf seiner Vorderseite spürte. Das heiße Wasser floss an ihrem Körper herunter. Er kam mit seinem Mund direkt an ihr Ohr, seine Stimme leise. „Willst du, dass ich dir erzähle, auf welcherlei Art ich dich will? Ich muss dich warnen, das Wasser könnte kalt werden. Die Liste ist lang."

Er konnte sehen, wie sich ihre Mundwinkel nach oben verzogen. „Warum nennst du mir nicht die Highlights?"

„Ich will deine Brüste. Gott, Serena, hast du eine Ahnung, was deine Brüste mit mir machen? Es macht mich verdammt verrückt, dass du sie verdeckst, aber dann freue ich mich doch darüber, weil ich denke, dass sie niemand anders ansehen sollte." Er kniff ihr leicht in die Brustwarzen. „Daran will ich lutschen. Wenn Jake und ich dich ins Bett bringen, nehmen wir jeder eine Brust und lutschen daran, bis du es nicht mehr aushältst."

Sie schmiegte sich leidenschaftlich an ihn.

Er wanderte mit seinen Hände nach oben, um die Linien ihrer Lippen zu verfolgen. „Ich will auch diesen Mund. Du sagst manchmal so görenhafte Dinge, dass ich das Bedürfnis verspüre hier etwas reinzuschieben."

Ihre Zunge kam heraus und leckte spielerisch an seinem Finger. „Du willst mir deine Finger in den Mund schieben?"

„Siehst du, wie eine Göre." Er ließ sie seinen Schwanz in ihrer Poritze spüren. „Du wirst etwas viel Größeres als meine Finger spüren."

Sie saugte leicht an seinen Fingern. „Ich dachte, Jake wäre der Dom. Du redest nicht gerad' wie ein Vanilla-Jung."

Er biss ihr leicht in den Hals. „Ich mag nicht so ein Dom sein, wie Jake einer ist, aber wage nicht für einen Moment zu glauben, dass ich dich nicht toppen kann. Und an mir ist nichts Vanilla, Baby. Ich ficke dir in den Mund und in deine Muschi und in deinen süßen, süßen Arsch. Zur Hölle, ich werd' dir die Titten einschmieren, sie zusammendrücken und dich so ficken. Es wird keinen Teil von dir geben, den ich nicht mit mir bedecke."

Er glitt mit den Händen zu ihrer Muschi hinunter. Sie hatte sich rasiert, wie er sie gebeten hatte. Da war nichts als heißes, pralles Fleisch. Und sie schien es zu mögen, wenn er schmutzig sprach.

„Und was ist mit Jake?"

Er gluckste. „Jake wird dich auch füllen. Erzähl mir was, Schätzchen, bevor Jake seinen Frühstart hingelegt hat, wie lange ist es her gewesen?"

„Ein paar Jahre, wenn man die Vibratoren nicht mitzählt." Ihre Stimme war atemlos und sie schnappte nach Luft, während er ihre Muschi erkundete. „Mach ich aber. Ich hab' ihm einen Namen gegeben. Wobei ich zugeben muss, dass ich Sam an manchen Abenden herausgeholt habe, aber dann in einer TV-Show versunken bin, und wir haben nur zugesehen. Ich mag also beim Sex echt scheiße sein, wenn ich noch nicht mal meinen Vibrator interessieren kann."

Gott, sie brachte ihn zum Lachen. „Ich glaube, dein Glück wendet sich, Süße. Ich glaube, Jake hatte dieses Problem nicht. Er war an nichts anderem interessiert als an dir. Und ich hab' ihn am Ende beobachtet. Ich glaube nicht, dass es irgendwelche Zweifel daran gibt, dass Sex mit dir Spaß macht. Sag mir, hat dir deine Zeit mit Jake gefallen?"

Er begann sanft an ihrer Klitoris zu reiben.

„Es war unglaublich." Ihr Kopf fiel zurück, ihr Körper wölbte sich.

„Sag's mir oder ich hör' auf zu reiben."

Sie stöhnte leicht, doch begann zu reden. „Ich mochte es. Es war der beste Sex, den ich je hatte."

Er biss ihr ins Ohr. „Serena, du bist eine Autorin. Ich erwarte ein wenig mehr als ‚ich mochte es'. Sag mir, wie sich sein Schwanz angefühlt hat. Sag mir, was er getan hat. Hat er dich versohlt?"

„Ja. Ich habe nicht gehorcht. Ich trug Unterwäsche."

Jake war hart zu ihr gewesen. „Er mochte den kleinen hübschen String nicht, den ich zurückgelassen hab'? Das überrascht mich. Ich hab' ihm gesagt, was ich vorhatte. Er hat nur nach einem Grund gesucht, um diesen hübschen Arsch hier zu versohlen."

Die Art, wie sie zögerte, ließ ihn glauben, dass er etwas nicht mitgekriegt hatte. „Du sahst gut aus in dem Tanga, den ich dir gekauft habe, oder, Süße?"

„Ich habe ihn nicht angezogen."

Er hielt inne und zog seine Hände zurück.

Sie drehte sich um, legte ihre Hände auf seine Brust. „Jake hat mich bereits versohlt."

Sie hatte viel durchgemacht, aber er musste eine Ansage machen. „Du hast nicht das getragen, was ich dir gesagt hab' zu tragen."

Sie biss sich auf die Unterlippe und schien alles auf eine Karte zu setzen. Es war süß, doch es würde bei ihm nicht funktionieren.

„Dreh dich um und sieh zur Wand, Hände auf die Fliesen, Beine weit gespreizt."

Die Tränen strömten. „Adam, es tut mir leid. Ich weiß, dass es falsch war. Jake hat mich bereits versohlt. Ich bin immer noch wund."

„Ich werd' dich nicht verhauen. Ich tu' was, was ich für morgen geplant hatte, doch jetzt, wo du dich mir im Club vor all unseren, dich beobachtenden Freunden offen widersetzt hast, wirst du's heute Abend bekommen."

„Oh Gott, du willst jetzt mit dem Plug spielen."

Er konnte nicht anders. Er musste grinsen. „Ja, woher wusstest du das?"

„Ich hab' diese Szene geschrieben, Adam. Was ist, wenn ich nicht geplugt werden will?"

„Dann können wir das hier und jetzt beenden. Ich werd' so Vanilla wie möglich sein und du wirst nie wissen, wie es ist zwei Männer in dir zu haben, denn keiner von uns wird dich in den Arsch ficken, bis du richtig vorbereitet bist." Seine Gesichtszüge waren verhärtet, doch wurden etwas weicher, als er ihr Haar zurückstrich. „Die ganze Ménage-Sache ist auf gewisse Weise vom Analsex abhängig. Wenn du nicht interessiert bist, dann sollten wir das hier überdenken. Ich will mich wirklich nicht abwechseln. Ich würd's vorziehen dich gemeinsam zu nehmen. Ich hab' auch meine Fantasien."

Sie hob ihr Kinn trotzig geneigt, drehte sich um, legte ihre Hände auf die Wände der Dusche und spreizte die Beine. Sie lehnte sich vor, hielt ihren Rücken beinahe gerade.

„Geht das so?", fragte Serena.

Es war eine ausgezeichnete Stellung zum Einführen. „Für eine Jungfrau bist du gut informiert."

Sie drehte sich leicht, ein Lächeln auf dem Gesicht. „Ich recherchiere."

„Du hast Analsex recherchiert?"

„Klar. Daher weiß ich, dass du Gleitmittel brauchen wirst. Versuch nicht mich zu überzeugen, dass Wasser funktioniert."

„Niemals, Liebling." Er trat aus der Dusche und dankte Gott, dass er ein ausnahmslos vorbereiteter Mann war. Gleitmittel und der Plug, den er nur für sie gekauft hatte, warteten in der Schublade neben dem Waschbecken. Er nahm beides und trat zurück in die Dusche. Sie wackelte ein wenig mit dem Arsch, während sie ihre Haltung festigte. Er legte seine Hände auf die Kugeln dieses wunderschönen Hinterteils. „Sag mir, wie man Analsex erforscht."

Er legte den kleinen Plug auf ihren Rücken, knapp oberhalb ihrer Venusgrübchen. Er öffnete das Gleitgel und teilte ihre Pobacken, wobei er zum ersten Mal diese kleine kecke Rosette sah.

„Der übliche Weg. Ich lese. Ich sehe mir Filme an."

Er schmierte einen seiner Finger ein und berührte sie. Sein Schwanz sprang, als sie sich zusammenzog. Er umkreiste sie. Er müsste langsam und vorsichtig vorgehen. Es war alles gut. Er war ein geduldiger Mann. Und er war zutiefst amüsiert. „Liebling, der übliche Weg, um Analverkehr zu erforschen, wäre ein Schwanz, tief in deinen Arsch geschoben."

„Und so hast du ihn recherchiert?" Serenas Stimme tropfte vor Sarkasmus.

„Ja, so ist es." Er war plötzlich verdammt glücklich, dass er diese Frage positiv beantworten konnte. „Ich hab' keine Dom-Rechte im Sanctum, doch jede Person, die Mitglied ist, muss einen Sicherheitskurs absolvieren. Für Männer, die beabsichtigen Analsex zu treiben, beinhaltet das auch ein Plugging."

Ihr ganzer Körper schüttelte sich. „Also du und Jake?"

Er umkreiste sie immer und immer wieder, entspannte ihre Muskeln zwangsweise. Mit ihr zu reden schien hilfreich zu sein. Sie hatte sich beruhigt, die Anspannung verließ ihren Körper. „Ja. Und ich sag' dir, er hat die ganze Zeit gejammert. Er war Angehöriger einer verdammten Kommandotruppe und ein kleiner Plug in seinem alten Rektum trieb ihm Tränen in die Augen. Er war überzeugt davon, dass alles, was er ihr sagte, in einem Buch endete. Jake träte ihm in den Arsch. „Und ich setz noch einen drauf. Ian folgt seinen eigenen Regeln."

„Ian Taggart?"

Er schob seinen kleinen Finger etwas hinein und gewann an Boden. Sie wich nicht zurück. Er war sich sicher, dass ihr Verstand seine Worte verarbeitete. „Ian Taggart würd' mit einer Sub, mit der er selbst keine Erfahrung gesammelt hat, nichts anfangen. Ich mochte denken, dass Ian die Hälfte der Zeit ein Arschloch epischen Ausmaßes ist, doch er ist ein guter Dom. Er nimmt's ernst. Ich nehm's ernst. Nicht das Dom-Ding, aber den Sex. Das ist ernst, Serena. Es soll Spaß machen, aber ich will mich auch gut um dich kümmern."

Ihr Lachen war verklungen, eine Düsterkeit kam. „Ich glaube, das würde mir gefallen."

Sein Finger versank in ihrem Arsch, die Muskeln verkrampften sich um ihn herum. Verdammt, sie würde so eng sein. Er hielte es in der Hitze ihres Arsches nicht lange aus. Er fing an sie mit dem Finger zu ficken, langsam und sanft. „Das würd' mir auch gefallen. Ich hab' diese Woche genossen. Ich mag es deinen Zeitplan zu machen und sicherzustellen, dass du hast, was du brauchst. Wie fühlst du dich, Serena?"

Sie stieß ihren Atem stoßweise aus. „Okay. Es ist seltsam. Ich weiß nicht, ob es mir gefällt, aber hassen tu' ich's nicht."

Er zog seinen kleinen Finger heraus, wusch ihn unter der Dusche ab und bereitete den Plug vor. Er drückte dessen Spitze an ihren Anus und übte ein wenig Druck aus, befriedigt von dem Schnaufen, das von ihr kam. „Das ist die Art von Sex, die mit der Zeit besser wird. Und ein Schwanz ist anders. So wurde es mir jedenfalls gesagt."

„Du weißt es nicht?"

Er hielt inne. „Nein. Trotz allem, was mein Vater denkt, wurd' mir noch nie ein Schwanz in den Arsch geschoben, und ich beabsichtige es auch nicht."

„Ich hab' nur Spaß gemacht, Adam." Serena wackelte mit dem Hintern, diesmal mit voller Absicht. „Ich habe keinen Zweifel an deinem Heterosein. Ich hab' keine Ahnung, was dein Vater denkt. Du würdest nicht als schwul durchgehen, selbst wenn du es versuchtest."

Er lachte etwas. Sie war so unglaublich süß. Er wusste, wie er manchmal rüberkam. Doch er wollte sicherstellen, dass sie sein Verlangen nach ihr nie in Frage stellte. „Das sagst du nur, weil du noch nicht gesehen hast, wie ich's versuche. Jake und ich sind schon mal undercover als Liebhaber gegangen."

Sie richtete sich auf und vergaß unverkennbar, dass sie ein Gebot zu befolgen hatte. „Du und Jake?"

Sie sagte es mit einer atemlosen Neugierde, die Adam zum Lächeln brachte. „Ja. Wir haben entdeckt, dass es ein erstaunliches Mittel ist, um eine Frau zwischen uns zu kriegen." Er klang etwas nüchterner. „Es ist auch eine gute Möglichkeit ungefährlich zu wirken. Wenn jemand, den wir observieren, davon ausgeht, dass wir schwul sind, glaubt er, dass es bei all den Muskeln darum geht, attraktiv zu wirken und es sich nicht um jahrelanges Training handelt. Sie unterschätzen so, dass einer von uns beiden gefährlich sein könnte."

Ihr Blick wanderte seinen Körper entlang, bei der jüngsten seiner Narben haltmachend, einer runzelig, kreisförmigen inmitten einer chirurgisch sauberen.

„Es sieht aus, als wurdest du hier nicht unterschätzt." Ihre Stimme war leise, als verstände sie soeben, dass sein Job gefährlich war.

„Oh, nein, das ist die Aufmerksamkeit eines Mannes, der mich definitiv unterschätzt hat. Er kam mir zuvor, als ich damals versuchte Grace zu retten." Er nahm ihre Hand und führte sie an die Narbe zu seinem Bauch. Sie musste es verstehen. „Das ist es, was ich bin, Serena. Und es ist nicht meine einzige Narbe. Das war eine Kugel im Bauch." Er bewegte ihre Hand zu einer silbernen Narbe auf seiner Brust. „Die hab' ich in Afghanistan bekommen. Wenn du dir meinen Rücken ansiehst, dort ist eine Messerwunde eines Nahkampfs im Irak."

Sie berührte eine kleine Narbe über seiner linken Augenbraue. „Und hier?"

Er lächelte. „Ich war zehn, bin im Internat hingefallen. Ich glaub', ich hab' versucht, über einen Zaun zu klettern, den ich damals nicht hätte hochklettern sollen."

„Es ist mir egal, wie viele Narben du hast, Adam. Ich finde, du bist wunderschön." Sie hob ihr Kinn, als ob sie ihn geradezu herausforderte sie abzulehnen.

So süß. Sie ging über das hinaus, was er brauchte. Sie war buchstäblich perfekt.

„Ich finde, du bist umwerfend, Schätzchen." Er lehnte sich vor und küsste sie, legte seinen Mund auf ihren, glückselig, wie sie unter ihm weich wurde. „Jetzt dreh dich um und lass mich tun, was ich tun muss. Du willst uns doch beide, oder? Du musst wissen, dass wir dich nicht nehmen, bis du bereit bist. Wir wollen dir nicht wehtun."

Sie nickte und drehte sich um, ihre vorherige Position wiederfindend. Anhand der angespannten Linien ihres Körpers sah er, dass sie nervös war. Sie mochte diese Szene schon einmal beschrieben haben, doch hatte sie sicherlich nie selbst praktiziert. Er gäbe ihr eine ganz neue Perspektive. Serena zu helfen, diese Seite an sich zu erforschen, verbände sie alle miteinander. Es wäre ein Geschenk, das sie sich gegenseitig machten.

Sie zitterte leicht. Das Wasser war noch heiß, also schrieb Adam es den Muskeln zu. Er schmierte den Plug ein. Sobald er drin war, wäre sie nicht mehr nervös. Sie war sich bewusst, dass es ein notwendiges Unbehagen war, das sich innerhalb der ersten paar Minuten nicht mehr schrecklich unangenehm anfühlte.

Er drückte den Plug an ihre Rosette und begann sich hineinzuarbeiten. Er bewegte ihn in kleinen Stößen, gewann hier und da einen Zentimeter und zog ihn wieder zurück, ihren Arsch sanft fickend. Sie bewegte den Rücken, ballte die Hände zur Faust, doch sie protestierte nicht und versuchte auch nicht sich zurückzuziehen.

„Wie geht es dir, Serena?" Er drückte den Plug hinein, ihr Anus kämpfte gegen ihn an, doch öffnete sich langsam.

„Es geht mir gut. Ich weiß nicht, ob es mir gefällt."

Er konnte sich ein Lächeln nicht verkneifen. Er gewann einen weiteren Zentimeter, der Plug begann in ihrem Hintern zu versinken. „Was, wenn ich dir sagte, dass es eine errungene Vorliebe ist, die, wenn du sie erst einmal erworben hast, dich nie wieder umkehren lassen wird. Es ist düster und schmutzig und so verfickt intim. Du wirst unaufhörlich einen von uns in deiner Muschi und den anderen in deinem Arsch haben wollen."

Ihr Atem bebte in ihrer Brust. „Das hoffe ich, denn ich fühl' mich hin- und hergerissen."

Er seufzte, als der Plug eindrang. Er drückte ihn ganz hinein, seine Rundungen setzten sich gegen ihren Anus durch und hielten den Plug an seinem Platz. Der Anblick des rosigen Plugs, der tief in ihrem Arsch saß, ließ seinen Schwanz erneut springen. Bald befände sich dort ein Schwanz und sie wäre ausgefüllt von ihm und Jake. Doch in diesem Augenblick war er da, um ihre Bedürfnisse zu befriedigen.

„Geht es dir gut, Liebling?"

Sie nickte. „Mach's einfach, Adam. Ich komme schon klar."

„Es ist erledigt. Du bist schön geplugt." Er tippte gegen den Plug und beobachtete, wie ihre Wirbelsäule emporschnellte.

Sie hielt für einen Moment inne, als ob sie versuchte den Wahrheitsgehalt seiner Worte zu beurteilen. „Oh. Ich kann ihn fühlen."

Er tippte wieder gegen das Ende des Plugs und sie reagierte, indem sie schauderte und ihm ein kleines Stöhnen schenkte. „Siehst du. Nicht so schlimm."

Sie erhob sich und atmete tief durch. „Es ist nicht schlecht. Ich komm damit klar. Ich kann's." Das Lächeln, das ihr Gesicht kreuzte, ließ ihn auch schmunzeln. Nur seine Serena betrachtete den Akt, ihr einen Plug in den Arsch zu schieben, als eine Lektion fürs Leben.

Er nahm ihre Hand und führte sie zu seinem Schwanz. „Kannst du jetzt mit mir klarkommen, Liebling?"

Ihre Augen verdunkelten sich, als sie auf ihre Hand an seinem Schwanz runterschaute. Sie fuhr mit den Fingerspitzen über seine Eichel und ließ ihn schaudern. Ihre Finger waren wie kleine Schmetterlinge auf dem Fleisch seines Schwanzes. Es fühlte sich unglaublich gut an, doch er wollte mehr.

„Nimm dir meinen Schwanz, Serena." Er verhärtete seine Stimme. Seine Art mochte etwas weicher sein als die von Jake, doch er hatte das Sagen.

Serenas Hand schloss sich fester.

„Ja, das ist, was ich will." Er biss die Zähne zusammen. Fuck, sie fühlte sich gut an und er war noch nicht mal in die Nähe ihrer Muschi gekommen. Ihre Hand wanderte von der Eichel über seinen

213

Schaft bis zur Peniswurzel, jeden Zentimeter von ihm erkundend. Sie hatte ein kleines Lächeln auf dem Gesicht, ein Ausdruck femininer Kraft. Er liebte diesen Blick. Er war anders als der des schüchternen Mädchens, das er zuerst getroffen hatte. Das war es, was Serena sein konnte, wenn sie sehr geliebt wurde. Sie würde ihre Kraft erkennen, sich daran erfreuen. Er schob seine Hüfte nach vorn. „Härter, Liebes."

Sie nahm seinen Schwanz und fasste härter zu, der gesteigerte Druck gab ihm das, was er brauchte. Ihre Hand pumpte nun, während sie ihren Kopf nach oben neigte und er sich zu ihr hinablehnte, um sie zu küssen. Seine Zunge verschlang sich mit ihrer, er atmete sie ein. Er liebte es, wie weich sie war. Er liebte ihre kleine Hand, die seinen Schwanz bearbeitete, ihn dazu bringen würde sie zu ficken.

Es war eine Weile her, dass er Sex gehabt hatte, und noch länger, seit er mit einer geschlafen hatte, die ihm etwas bedeutete. Serena war alles, was er sich von einer Partnerin für ihn und Jake wünschte. Sie war klug und kreativ und brauchte sowohl seine Fürsorge als auch Jakes Dominanz. Und sie brauchte ihren Schutz.

Er zog sich zurück. Ließe er sie noch eine Minute länger machen, hätte er nicht das ultimative Vergnügen in sie zu versinken.

„Adam?" Serena sah zu ihm auf. Ihr Haar war so viel länger, wenn es nass war. Es kräuselte sich auf ihrer Brust, Ranken klammerten sich an ihre Brustwarzen.

Er nahm sie hoch und setzte sie auf das Bord. Vorgeblich war es dazu gedacht, Shampoo und Rasiermesser zu deponieren, Adam hatte es jedoch nach Maß anfertigen lassen. Es war tief und es befand sich auf perfekter Höhe für Sex in der Dusche. „Halt' die Beine gespreizt."

Er packte ein Kondom aus und rollte es so schnell wie möglich auf, bevor er zwischen ihre Beine trat und seinen Schwanz aufrichtete. Ihre Muschi war bereits ein wunderbar saftig feuchtes Gemisch. Er tauchte seinen Schwanz in ihre Erregung und schob sich hinein.

Serena fasste ihn an seinen Schultern und sah zwischen ihnen beiden herunter, sie bekam Knopfaugen. Adam folgte ihrem Blick und erkannte, dass Jake seinem alten Kunststück treu geblieben war. Jake mochte es seinen Schwanz in einer Muschi versinken zu sehen. Er hatte ihr offensichtlich die Schönheit des Beobachtens beigebracht.

Es war wirklich eine schöne Sache. Ihre Muschi blühte auf, zog seinen Schwanz hinein und machte ihm tief in ihrem Körper Platz. Er stöhnte, als sie ihre Beine um seine Taille legte und ihr Kopf zurückfiel.

„Es fühlt sich so gut an, Adam." Ihre Stimme war ein leises Stöhnen. „So eng. Es ist, als sei Jake schon hier bei uns."

Das war genau das, was er sie wissen lassen wollte, wie gut und vollständig sie sich fühlen konnte. Und er liebte das rechtschaffen enge Gefühl ihrer Muschi. Der Plug nahm Platz ein und machte ihre Muschi zu einem Schraubstock auf seinem Schwanz. Er drückte ihn hinein und biss die Zähne zusammen, genoss so das reine Vergnügen sie zu ficken. Er hielt sie zusammen. Er war drin. Er war endlich in ihr.

Und er verstand, warum Jake gesagt hatte, was er gesagt hatte. Das war etwas anderes. Das war Serena.

„Meine."

„Solch besitzergreifende Männer", sagte sie mit einem kleinen gehauchten Seufzer.

Sie hatte keine Ahnung, doch jetzt war nicht die Zeit zu erklären, dass sich ihr Leben verändert hatte. Sie würde früh genug lernen, dass sie sie jetzt, da sie sie aufgenommen hatte, nicht mehr loswerden konnte.

Adam zog ihn heraus, der Plug in ihrem Arsch ein süßer Widerstand an seinem Schwanz, der jeden Zentimeter zum reinsten Vergnügen machte. Er fickte rein in sie und wieder raus. Rein und raus. Rein und raus. Die Reibung ließ seine Eier zusammenziehen und seine Wirbelsäule krümmen. Er wollte niemals aufhören sie zu ficken, doch sie war zu eng, zu süß, zu gut. Es dauerte nicht lange und er musste sie zum Kommen bringen.

Er griff zwischen ihnen hinunter und fingerte ihre Klitoris, übte nachdrücklich Druck aus, während er seinen Schwanz bis an die Grenzen des Möglichen schob. Serenas wunderschöne Augen weiteten sich und sie schrie, als sie ihre Muschi auf ihn presste, ihr Orgasmus verlieh ihr seine eigenen Kräfte. Welle um Welle heißen Vergnügens schoss ihm durch den Körper. Er zog sie zu sich und holte tief Luft, als er vom Höhepunkt seines Orgasmus herunterkam.

Sie hielt ihn fest, ihre Beine immer noch um seine Taille

geschlungen, ihre Hände in seinem Haar. „Ich glaub', ich muss mich nochmal waschen."

Adam lachte, seine Sinne von ihrer Süße optimistisch gestimmt. „Ich glaub', ich komm' damit klar, Liebes."

Kapitel Vierzehn

Serena erwachte, öffnete aber noch nicht die Augen, zog es vor in ihren Erinnerungen an die vorherige Nacht zu schwelgen. Adam war perfekt. Nachdem er mit ihr geschlafen hatte, war er so zärtlich gewesen. Er hatte ihre Haare einshampooniert und ihren Körper gewaschen. Als das Wasser schließlich kalt wurde, trocknete er sie ab und föhnte ihr Haar trocken. Alles, was sie tun musste, war ihren Wein zu trinken und Adam sich um sie kümmern zu lassen.

Sie hatte sich müde und bettfertig gefühlt und Adam hatte sie ins Schlafzimmer getragen, nachdem er den Plug herausgezogen und ihr für das nächste Mal einen größeren versprochen hatte. Er wollte sie mit Jake ficken. Er hatte ihr zugeflüstert, wie sie sie immer und immer wieder nehmen würden.

Serena wälzte sich im Bett herum und kuschelte sich in die Matratze. Es war genau dort, wo sie sein wollte.

Adam hatte die ganze Nacht über mit ihr gekuschelt.

Wo war er jetzt?

Sie gab das Spiel auf. Sie konnte nicht den ganzen Tag im Bett bleiben und darauf warten, dass einer von ihnen kam und mit ihr Liebe machte, obwohl sie zugeben musste, dass es besser klang, als aufzustehen und zu arbeiten. Richtig guter Sex könnte ihrer Karriere den nötigen Schub verleihen, über richtig guten Sex zu schreiben. Das Problem war nur, dass es in echt viel besser war, als darüber zu schreiben.

„Serena?"

Sie drehte sich um und fühlte, wie ein Lächeln ihre Lippen kräuselte. Adam stand da, köstlich gutaussehend. Er stand dort in seiner üblichen Kleidung. Keine Sweat- oder T-Shirts für ihren Kleinen. Er trug eine extrem ansehnliche Hose und ein perfekt designtes Hemd. Er hatte die Krawatte abgenommen, doch Serena verstand langsam, dass es bedeutete, dass sie nirgendwo hingingen. Täten sie es doch, hätte er eine Krawatte angezogen. Gott, sie liebte ihn in einer Krawatte.

Sie ließ die Oberkante der Decke nach unten rutschen, ihre Brüste enthüllend. Vor dem gestrigen Tag wäre sie noch zutiefst verlegen gewesen. Jetzt fühlte sie sich sexy und schön. Sie hatte mit zwei Männern geschlafen. Kein Sex. Es war viel mehr als das. Sie hatte mit ihnen Liebe gemacht. Zur Hölle, sie hatte sich in sie verliebt.

Adam wandte seinen Blick nicht von ihr ab. „Serena, zieh dich an, komm raus und triff' uns im Wohnzimmer."

Sie fühlte eine leichte Beklommenheit von seinem Tonfall, entschied aber, dass er es nur übermäßig ernst meinte. Jake hatte sie am Abend zuvor gezüchtigt, weil sie zu feige war. Sie sollte danach fragen, was sie wollte. Bei diesem ganzen Beziehungs-Ding drehte sich alles um Kommunikation. „Warum kommst du nicht wieder zurück ins Bett? Wenn ich recht überlege, warum holst du Jake nicht auch und wir starten schön in den Morgen."

Sie wollte sie beide. Es war ihre Fantasie und doch war es viel mehr, denn hier handelte es sich nicht um Traummänner. Das waren keine Männer, die sie in ihrem Kopf erschaffen hatte. Jake und Adam waren echt. Sie waren vollkommen unvollkommen, sie waren unglaublich.

Adam senkte die Augen und Serena fühlte echte Aufregung vor Sorge. „Du musst dich anziehen und hier rauskommen. Wir haben etwas auf dem Band der Bibliothek gefunden, das du dir ansehen musst."

Jake hatte das Filmmaterial der Videoüberwachung aus den Bibliotheken durchgesehen. Adam hatte damit angefangen und Jake hatte geplant die Software auszuführen, um zu sehen, ob sie einen Treffer erzielen konnten. Sie suchten jemanden, der sich in beiden Bibliotheken etwa zeitgleich mit dem Versenden der E-Mails aufgehalten hatte. Es gab ihnen zwar keinen Namen, aber sie hatten ein Gesicht und einen Ort, an dem sie anfangen konnten zu suchen.

Hatten sie den Kerl gefunden? War der Fall abgeschlossen? Trotz der Tatsache, dass sie verdammt glücklich wäre ohne ein Arschloch, das Schlangen in ihr Auto beförderte, war sie sich nicht wirklich sicher, ob sie bereit war sie zu verlassen. Funktionierte es überhaupt?

Oder blieb es bei dem, was sie getan hatten?

„Ich warte draußen auf dich." Adam drehte sich um und lief zur Tür.

„Adam? Adam, was ist los?"

Er hielt in der Tür inne, hob und senkte die Schultern, während er tief ein- und ausatmete. „Zieh dich einfach an, Serena. Wir wissen jetzt alles. Beeil dich einfach, damit wir es hinter uns bringen können."

Nun, das beantwortete eine ihrer Fragen. Es schien, wenn der Fall vorbei war, hätten sie nichts mehr mit ihr zu tun. Ihr Bauch fühlte sich an, als hätte jemand ein Loch in sie geschlagen. Wie konnte er mit ihr geschlafen haben, wie er es in der Nacht zuvor getan hatte, um dann heute Morgen ein Loch durch sie hindurch zu starren? Sie wussten alles. Der Fall war vorbei – zumindest ihr Teil schien es zu sein, und nun wollte er jeglichem schnöden Abschied aus dem Weg gehen.

Serena zwang sich dazu sich zu bewegen. Es wäre einfacher, sie wären bei ihr gewesen. Sie fühlte sich dann nicht so ahnungslos. Sie müsste keinem langen, schmerzhaften Prozess entgegensehen. Sie waren fertig mit ihr, doch sie hatte kein Auto. Jemand müsste sie nach Hause fahren. Sollte sie sich ein Taxi rufen? Oder Bridget? Sie könnte Bridget anrufen. Sie griff nach ihrem Telefon. Sie hatte es in ihre Handtasche gesteckt, bevor sie duschen gegangen war.

Ihre Handtasche war weg.

Warum hatten sie ihre Handtasche genommen?

Beruhige dich. Steh das durch. Vielleicht ist Adam einfach so. Vielleicht denkt er, dass du sie nun, wo der Fall vorbei ist, nicht mehr willst.

Positiv denken. Sie ging immer vom schlimmsten Fall aus und das könnte sie hier in Schwierigkeiten bringen. Wenn sie da rausginge, Trübsal bliese, niedergeschlagen aussähe und nur annahm, dass sie mit ihr fertig waren, mochte es selbsterfüllend sein.

Serena kam auf die Beine und fand ihre Kleidung und entschied sich doch für eine andere Taktik. Sie musste den Wink Bridgets annehmen. Selbstvertrauen. Manchmal dachte sie, Bridget bekäme Dinge, die sie nicht hätte kriegen sollen, nur weil sie so tat, als hätte sie sie verdient. Und Adam und Jake hatten nichts gesagt, was sie hätte glauben lassen, dass sie diese kleine Affäre beenden wollten. Im Gegenteil, sie hatten ihr quasi gesagt, dass sie bei ihr wohnen wollten.

Adam hatte sein Hemd der vorherigen Nacht über die Kommode gehängt. Serena zog es an, knöpfte es zu, ließ aber eine schöne Portion ihres Dekolletés offen.

Sie sah sich selbst im Spiegel an. Sex-Haare. Sie hatte endlich Sex-Haare und sie wollte sie so belassen.

Was auch immer Adam in eine beschissene Stimmung gebracht hatte, sie musste einfach damit klarkommen. So verhielten sich verliebte Menschen.

Oh, Scheiße. Sie war in sie verliebt. Es war dumm. Es war so ein dummer Fehler, weil es niemals funktionieren konnte, doch sie war in beide verliebt und sie hasste sich selbst, wenn sie es nicht versuchte.

Sie atmete tief durch. Sie war bereit herauszufinden, wer versuchte ihr wehzutun, um mit Adam und Jake weitermachen zu können.

Serena öffnete die Tür und wünschte sich, sie hätte sich ein anderes Mal entschieden frech zu sein. Adam stand da und starrte sie an, nicht ein Hauch von Emotion auf seinem Gesicht. Er zuckte mit einer Augenbraue.

„So gedenkst du zu spielen?", fragte Adam.

„Was spielen?" Ein schlechtes Gefühl machte sich in ihr breit, dass er etwas wusste, was sie nicht wusste. „Sind alle da draußen? Es tut mir leid. Ich dachte, wir wären allein. Ich ziehe mir was Richtiges an."

„Dafür ist es zu spät." Er streckte die Hand aus und griff nach ihrem Handgelenk, sie vorwärts ziehend. „Komm schon, Süße. Es ist Zeit, die Zeche für dieses kleine Spiel zu zahlen, das du gespielt hast."

Sie stellte sich auf die Hinterbeine, rutschte aus und landete auf ihrem Arsch. Ihr Handgelenk verdrehte sich in Adams Hand. Schmerzen flammten auf. „Wovon sprichst du?"

In seinen Augen, sonst immer so warm, lag keine Spur von Wärme. „Steh auf. Ich will das hinter mich bringen, damit du gehen kannst."

Hitze schoss ihr durch den Körper, Erniedrigung ließ ihre Haut erröten. Hier ging es nicht um ein kleines Missverständnis oder seine Unsicherheiten. Er meinte ernst, was er sagte. Er meinte jedes harte Wort ganz genau so. Er hatte am Vorabend mit ihr geschlafen. Er hatte sie wie eine Prinzessin behandelt und nun, wo er seinen Spaß gehabt hatte, warf er sie aus dem Schloss. Er war derjenige, welcher ein Spiel gespielt hatte, und Serena hatte verloren.

„Ich hol' meine Sachen. Ich brauch' mein Telefon, um Bridget anzurufen, damit sie mich abholt. Gibt es einen Ort, wo ich warten kann?" Sie säße nicht mit ihnen im Wohnzimmer. Sie wollte allein sein. Sie konnte immer noch nicht ganz verarbeiten, was vor sich ging, doch das Letzte, was sie wollte, war eine große Szene, in der sie ihr aufzählten, was sie alles falsch gemacht hatte und warum sie nicht gut genug für sie war.

Sein Lächeln war brutal grausam. „Das würd's dir leichtmachen, nicht wahr, Schätzchen? Ich bin nicht geneigt es dir leicht zu machen."

Er griff wieder nach ihr, und sie versuchte sich zu entziehen. „Lass das."

„Was lassen? Ich soll es sein lassen meinen Job zu machen, wenn du nichts anderes kannst als lügen? Willst du mich verarschen?"

„Macht sie dir Ärger?" Jake stand am Ende des Raums, sein schönes Gesicht mit einem Stirnrunzeln entstellt. „Fass sie nicht an, Adam. Sie wird uns noch verklagen. Stell dir vor, wie viel Publicity sie dadurch bekommen könnte. Die arme kleine Autorin wird von ihren Leibwächtern missbraucht."

„Wovon zum Teufel redest du da?" Sie hatte die Nase voll davon. „Sagt es mir einfach. Hört auf mit der ganzen Scheiße."

Adam versuchte erneut nach ihr zu greifen, doch Jakes Bellen hielt ihn auf. „Ich hab' genau gemeint, was ich sagte, Adam. Du weißt, was los ist. Fass sie nicht an. Sie wird es gegen dich verwenden. Behandle sie wie die Schlange letzte Nacht. Sie beißt und ist giftig. Nun, Ms. Brooks, wenn Sie mir folgen mögen, zeige ich Ihnen, wie ich Ihren kleinen Betrug aufgedeckt habe. Es könnte beim nächsten Mal helfen, wenn Sie sich erneut für eine solche Tat entscheiden. Sie werden besser vorbereitet sein. Wenn es Ihnen egal ist es zu wissen, dann können Sie gern gehen. Es ist mir wirklich nur noch egal."

Er drehte sich um und ging weg, als hätte er sie nie festgehalten und ihr gesagt, dass sie ihm gehöre. Jacob Deans zu sein bedeutete nicht viel, offensichtlich. Ihm war sie gewiss egal genug, sich länger mit ihr abzugeben. Eine Nacht. Es schien alles zu sein, wofür sie gut war.

„Würde es dir etwas ausmachen mir zu sagen, wessen ich beschuldigt werde?" Sie versuchte auf die Beine zu kommen und ein wenig Würde dabei zu wahren. Sie trug keine Unterwäsche, da sie ihr keine gegeben hatten. Sie hatte nach ihren Regeln gespielt, doch nicht gemerkt, dass es nur ein Spiel war. Es hatte so echt gewirkt. Die Worte, die sie zu ihr gesagt hatten, waren für sie von Bedeutung. Sie hatte sich viel zu lange nicht mehr in der Dating-Szene bewegt, lebte vielmehr in einer Welt, die nur in ihrem Kopf existierte. Jetzt fiel ihr wieder ein, warum sie sich zurückgezogen hatte. Die reale Welt war brutal und grausam.

Adam hob keine Hand, um ihr zu helfen, sondern stand einfach da, als ob ihm ihre Schamlosigkeit eine Last wäre. „Du weißt, was du getan hast, Serena. Du kannst aufhören so zu tun. Wir haben alles auf Band aufgenommen."

Frustration stieg auf. „Tu so, als sei ich eine Idiotin."

Er musste nicht so tun. Sie war eine Idiotin, die sich in jedes ihrer freundlichen Worte und jede ihrer wohl gut eingeübten Bewegungen verliebt hatte. Wie vielen Frauen hatten sie das „Wehe mir, die Welt versteht unsere Bedürfnisse nicht"-Stück vorgeführt?

Endlich lag ein Funke an Emotion auf seinem Gesicht. Leider sah es furchtbar nach Wut aus. „Du hast das Ganze geplant. Gott, ich will dich nicht einmal ansehen. Ich kann deinen Anblick nicht ertragen. Ich kann damit umgehen, dass du diesen Scheiß mit mir abgezogen hast. Weißt du, wenn nur ich es wäre, würde ich dir wahrscheinlich sogar vergeben, doch du wusstest, was Jake gefühlt hat, und dennoch hast du ihn weiter ausgespielt."

Ah. Sie waren wieder beim Geld und dem Aufmerksamkeitsgeile-Ruhm-Hure-Argument angekommen. Ihre Hände zitterten, sie wischte sich die dummen Tränen aus den Augen, die immer wieder herabfielen. „Ich möchte dieses Band sehen."

Es änderte nichts. Sie wusste, dass sie nicht schuldig war, doch sie sah gern, was diese Veränderung verursacht hatte. Vielleicht hatten sie es selbst frisiert, um aus einer verfahrenen Beziehung rauszukommen. Vielleicht war Adam mit ihr aus dem Bett gerollt und gegangen und hatte Notizen mit Jake ausgetauscht und sie hatten entschieden, dass sie nicht gut genug im Bett war, um ihre magische „Eine" zu sein.

Doch sie wollte sich das Band verflucht sicher ansehen.

„Gut. Zieh dich um."

Sie war nicht im Begriff sich von ihm jemals wieder sagen zu lassen, was sie tun sollte. Sie war vielleicht noch nie zuvor in einer echten D/S-Beziehung gewesen, jedoch wusste sie eines. Sie schuldete diesen dominanten Männern gar nichts mehr. Sie hatten die Verbindung unterbrochen, und zwar ziemlich brutal. Sie hatten sich einen Scheiß darum geschert, was sie ihr versprochen hatten. Sie hatten nicht mit ihr kommuniziert, das hatten sie auch zugesagt. Sie hatte ihnen ihre Hingabe und ihren Körper gegeben und es kam ihr vor, als schätzten sie weder das eine noch das andere.

„Das glaube ich nicht. Ich werd' sehen, was auch immer diese Beweise sind, die ihr gegen mich habt, und dann werd' ich mich umziehen und aus eurem Leben verschwinden. Ich nehme an, du hast mein Handy? Hast du's gestohlen, nachdem ich eingeschlafen bin? Du hättest einfach fragen können. Ich hätte es dir gegeben." Sie hätte ihm alles Mögliche gegeben. Sie hätte ihm alles gegeben.

Sie war der Trottel, der es nie lernte, doch vielleicht waren dies die Männer, die ihr endlich die Lektion erteilen konnten.

Zum ersten Mal wirkte er etwas unsicher, seine Augen verengten sich, sein Mund formte sich zu einer flachen Linie. „Jake hat danach gefragt, nachdem er herausgefunden hat, was auf dem Band war."

„Ja, natürlich." Seine erste Loyalität galt immer Jake. Sie war nur ein Mädchen, mit dem sie rumgemacht hatten. Tief im Inneren hatte sie das auch wirklich verstanden. Sie hatte einfach gedacht, dass sie sie in ihren engen Kreis gelassen hätten.

Aber sie stände immer außerhalb. Etwas war in ihnen gebrochen und sie war nicht die Frau, die es in Ordnung bringen konnte. Es war töricht gewesen es überhaupt zu versuchen.

„Ich kann dich nicht zum Umziehen bringen?" Seine Augen verharrten für einen Moment auf dem *V* ihres Hemdes und glitten dann weg.

Also war er nicht völlig unberührt. Nicht, dass es wichtig wäre. Er mochte Brüste. Das hatte er in der Nacht zuvor deutlich gemacht. Er mochte ihren Körper, nur nicht genug, um sie mit der Freundlichkeit zu behandeln, um die sie gebeten hatte.

„Ich dachte, du hättest es eilig das über die Bühne zu bringen, damit du mich nicht mehr ansehen musst."

„Ich habe meine Meinung geändert. Ich denke, das kann zivilisierter ablaufen mit der richtigen Kleidung." Seine Worte kamen hart geschliffen aus seinem Mund.

Aber sie war fertig damit, ihren Scheiß zu fressen. Ein kalter Ort öffnete sich in ihr. Sie hätte sich daran erinnern sollen, dass alles, was sie hatte, ihre Freunde waren. Bridget und Chris und Lara. Sie waren die, die zu ihr hielten. Sie hätte damit zufrieden sein und sich daran erinnern sollen, dass ein Vibrator ihr das Herz nicht brechen konnte.

Doch sie konnte lernen. „Nun, es ist für mich offensichtlich, dass nichts davon zivilisiert ablaufen wird, und Sie ändern Ihre Meinung furchtbar viel, Mr. Miles. Also gehen Sie vor. Lasst uns diese Szene hinter uns bringen."

Sie wartete darauf, dass er sich bewegte, doch er schien an Ort und Stelle verwachsen zu sein, als ob er sich nicht ganz sicher war, was er tun wollte oder wie er mit ihr umgehen sollte.

Sie gab auf und lief allein los. Sie war immer allein. Sie waren nur eine Fantasie. Die Realität war, dass sie allein war, und so war es viel einfacher. Sie marschierte mit hocherhobenem Kopf ins Wohnzimmer.

* * * *

Jake ging auf und ab. Er war die ganze Nacht auf- und abgegangen. Schlafmangel und die schrecklich klaffende Wunde in seiner Magengegend forderten ihren Tribut. Wann würde er lernen? Wenn etwas aussah, als wäre es zu gut, um wahr zu sein, war es gewöhnlich auch so.

Serena Brooks war ihm mit ihrem süßen Lächeln und ihrem weichen Körper und ihrem noch weicheren Herzen unter die Haut gegangen.

Der Herz-Teil war allesamt eine Lüge gewesen. Die Bänder und ihr Telefon bewiesen das zweifellos.

Wieder einmal war der trottelige Jake von einer hübschen Frau ausgespielt worden. Wenigstens kostete ihn diese hier nicht seine Karriere. Es kostete ihn nur einen weiteren Teil seines Herzens und eine ganze Menge Stolz.

Serena kam in das Zimmer mit nichts anderem an als Adams Hemd. Es hing ihr bis zu den Knien und sie hatte die oberen Knöpfe offengelassen, so dass eine cremige Weite ihrer Haut zu sehen war sowie ein verlockender Blick auf die runden Kurven ihrer Brüste. Er liebte verdammt nochmal ihre Titten. Sie waren echt und so verdammt weich. Er konnte den leisen Laut nicht vergessen, den sie ausstieß, als er an ihren Brustwarzen schnippte. Sie liebte das.

Oder war das auch eine Lüge? Schließlich war sie sehr gut darin, Fiktion zu erzeugen.

„Ich würd' gern das Band sehen, bitte." Sie war sehr höflich, doch er konnte sehen, dass sie geweint hatte. Und sie hielt ihr rechtes Handgelenk hoch.

Adam hatte ihr wehgetan? *Fuck*. Das konnte er nicht gewollt haben. „Was ist mit deinem Handgelenk?"

„Es spielt keine Rolle. Ich möchte das Band gern sehen."

Dachte sie, sie könnte das hier kontrollieren? „Serena, ich hab' dir eine Frage gestellt. Was ist mit deinem Handgelenk passiert?"

Adam folgte ihr in den Raum, ein leerer Ausdruck auf seinem Gesicht. „Ich hielt es zu fest und sie versuchte loszukommen. Sie fiel hin und hat es sich irgendwie verdreht. Ich hole 'was Eis."

Er stakste Richtung Küche.

„Ich kann mich später darum kümmern. Es ist nicht so schlimm. Wenn du willst, dass ich ein Formular unterschreibe, aus dem hervorgeht, dass ich dich nicht wegen Missbrauchs meiner Person verklage, werd' ich's sicherlich unterschreiben. Ich will das hier nur hinter mich bringen, um ein paar andere Leibwächter finden zu können."

Gott, sie wollte es bis zum Ende spielen. „Ich nehme an, die Leibwächter dienen großartiger Augenwischerei, nicht wahr?"

Sie stand einfach nur da, wartete, nahm den Köder nicht an. Ihr Gesicht befreite sich von jeglichem Ausdruck. Da lag einfach ein leerer Blick auf ihrem Gesicht, als ob er ihr nichts bedeutete. Er war nur etwas, das sie durchstehen musste, um mit ihrem Leben weitermachen zu können. Er hasste sie ein wenig in diesem Moment.

„Möglicherweise fickst du dann die neuen Wachen, obendrein."

Nichts. Keine Antwort. Nicht einmal ein Blinzeln. Er wollte so viel mehr. Er wollte, dass sie ihn verletzte, wie er es tat, doch damit das geschehen konnte, hätte sie sich nur ein klein wenig um ihn scheren müssen, und er wusste mit verdammter Sicherheit, dass sie es nicht tat. Dennoch schürte ihn ein kleines Körnchen Wut.

„Du solltest die Unschuldiges-Mädchen-Nummer dennoch auf Eis legen. Es fängt langsam echt an zu stinken. Das ganze Ich-bin-fromm-und-schüchtern-Ding wird langweilig, Liebling. Du könntest viel besser eine Schlampe darstellen."

Ihre Hand verfolgte einen grausamen Bogen, als sie ihm direkt ins Gesicht schlug. Der Schmerz loderte auf und etwas tief in seinem Inneren war zufrieden, zumindest eine Reaktion ihrerseits provoziert zu haben.

„Zeig mir das Band oder ich verklag euch alle. Hast du mich verstanden? Ich werd' hier nicht stehen bleiben und dich so mit mir reden lassen. Ich weiß, dass ich es bin, die dir in den Kopf gesetzt hat, dass ich so was wie ein Fußabtreter bin, doch ich hab' nichts getan, dass ich das von dir verdient hätte. Jetzt zeigt mir das Band."

Ihre Stimme zitterte. Alles in Jake sagte ihm, dass sie tapfer war, dass sie eine Quelle der Traurigkeit tief in ihr versiegelte und es sie alles Erdenkliche kostete, um nicht hier und jetzt zusammenzubrechen. Folgte er seinen trotteligen Instinkten, würde er sie in seine Arme ziehen und ihr versprechen, dass alles in Ordnung sei, er sich um sie kümmerte, und bäte sie um Vergebung. Doch drauf geschissen, sie konnte keine plausible Erklärung für das Band liefern.

„Hier." Adam streckte ihr einen Beutel Eis hin, den er in ein Geschirrtuch gerollt hatte.

„Es geht mir gut." Ihre Stimme klang wieder so flach monoton, bevor sie ihm die Scheiße aus dem Leib geschlagen hatte. „Gib ihn Jake. Sein Gesicht sieht ein wenig rot aus."

Adam riss die Augen auf. „Was ist passiert? Heilige Scheiße. Hast du Jake geschlagen?"

„Ich hab's ihm übel genommen, dass er mich eine Schlampe nennt. Ich glaub', er hat nach dir gesucht. Er hat mich provoziert ihn zu schlagen. Wenn ich euch jetzt verklage, wie die gierige Schlampe, deren Anschein ich mache, kann er mich gleich zurück verklagen. MAD – wechselseitig zugesicherte Zerstörung."

Adam schloss die Augen und holte tief Luft, bevor er sie wieder öffnete. „Warum setzen wir uns nicht alle hin und reden darüber?"

Serena schüttelte den Kopf. „Diese Option ist nicht verfügbar. Nicht mehr seit dem Moment, als du mich heute Morgen wie ein Stück Dreck angesehen hast. Es gibt nichts mehr zu besprechen, Adam. Zeig mir einfach das Band und gib mir mein Handy und ich gehe."

Es war genau das, was Jake gewollt hatte. Er wollte, dass sie aus seinem Leben verschwand. Abgesehen davon, dass der Gedanke ihn reizte sich übergeben zu wollen. Die Idee, sie nicht wiederzusehen, fühlte sich an wie eine klaffende Wunde in der Brust. Er wollte nicht wirklich, dass sie verschwand. Er wollte sie auf ihren verfickten Knien vor sich haben, ihn um Verzeihung anbettelnd. Er wollte sie zwingen sie sich zu verdienen, und obwohl er ihr nie wirklich vergeben würde, nähme er sie zurück in sein Bett, weil er verfickt abhängig von ihr war. Er würde sie ficken, solange sie ihm im Griff hatte, und ihr dann die Tür zeigen.

Das Problem war nur, dass er sich nicht sicher war, ob er jemals über sie hinwegkäme. Serena Brooks bewies ihm ein für allemal, dass er nicht in Jennifer verliebt gewesen war. Er verstand es jetzt, weil er sich unerträglich sicher war, dass er Serena liebte.

Und er müsste einfach darüber hinwegkommen.

Er zwang sich dazu, sich umzudrehen und das Band zu starten.

Klientin. Sie war nur die Klientin, die gelogen hatte und erwischt wurde. Er musste sie so sehen. Er konnte nicht daran denken, wie gut es sich angefühlt hatte in die seidige Hitze ihres Körpers zu gleiten oder wie sie sich um ihn herumgeschlungen und sich an ihn geklammert hatte, als sei er das Einzige, was auf der ganzen Welt wichtig war.

Jake zwang sich seine professionellste Stimme zu benutzen. „Also du weißt, dass wir die Bänder der Überwachungskameras von zwei der Bibliotheken gekriegt haben, von denen die E-Mails geschickt worden sind?"

Sie nickte, ihre Augen auf den Bildschirm gerichtet. „Ja, ihr habt nach wem gesucht, der zur gleichen Zeit in der Bibliothek war, als die Nachricht gesendet wurde. Ihr habt zwei Bibliotheken und zwei Nachrichten. Wenn du die gleiche Person zur richtigen Zeit in beiden Bibliotheken findest, hast du einen Anhaltspunkt."

Adam legte den Beutel mit dem Eis hin und war offenbar nicht bereit mit ihr darüber zu streiten. Er seufzte und stellte die Wiedergabe auf den großen Bildschirm um. Das Schwarz-Weiß-Band begann zu spielen. Das bedeutende Band war aus der Bibliothek in Hurst, in der die Kamera auf die Gäste gerichtet war, die die Bibliothek sowohl betraten als auch verließen. „Du kannst sehen, dass die Bänder mit einem Zeitstempel versehen sind, also haben wir uns die Stunden vor und nach dem Versenden der E-Mail angesehen. Es ist schwer ein Gesicht zu erkennen, aber ich hab' uns mit einer echt fortschrittlichen Gesichtserkennungssoftware ausgestattet. Es sucht ähnliche Gesichtsstrukturen auf Basis der Mathematik. Ich hab's so eingestellt, dass es durchläuft, bevor wir ins Bett gingen."

Er hatte es so eingestellt, dass es lief, bevor er verschwunden war und Serena das Hirn rausgefickt hatte. Jetzt wünschte sich Jake, er wäre etwas weniger nachgiebig gewesen. Er hätte sich durchsetzen können. Adam hätte es zugelassen. Er hätte noch eine Nacht mit ihr verbringen können.

„Hier ist es." Er verlangsamte die Wiedergabe.

„Ich erkenne diese Person nicht." Serena starrte vor sich hin, ihre Augen verengt auf die einsame Gestalt. Die Person, offensichtlich weiblich, ging in die Bibliothek, eine riesige Tasche über ihre Schulter gehängt. Sie trug eine Sonnenbrille, ihre Figur war in einem langen Mantel vorborgen. Sie blieb in der Mitte der Lobby stehen und zog ihr Telefon heraus. Sie nahm sich die Sonnenbrille von der Nase. Sie lächelte, als sie den Anruf tätigte, ihr Gesicht nach rechts zur Kamera gedreht.

Jake studierte Serena sorgfältig und er fühlte einen Schlag im Magen, als sich ihre Augen weiteten und ihr Kiefer herunterfiel.

„Das ist Lara." Sie nahm die Hand an den Mund, ihn verdeckt haltend. Sie schüttelte den Kopf. „Ihr liegt falsch. Das beweist gar nichts."

„Sie ist ebenso in der Bibliothek in Irving aufgetaucht." Er hielt ihr Telefon hoch. „Möchtest du wissen, wen sie hier anruft?"

Serena war fahlweiß geworden, jegliche Farbe war von ihrem Gesicht gewichen. „Ich bin sicher, dass sie mich angerufen hat. Es muss so sein, nicht wahr?"

„Du löschst deine Nachrichten nicht." Jake drückte den Knopf und die Nachricht wurde abgespielt.

„Hey, Serena, Schatz, ich bin's. Schau, ich weiß, dass du dir Sorgen um die Werbung für das neue *Sweetheart* Buch machst, aber ich verspreche dir, dass ich mich um alles kümmere. Ich habe genau das getan, was du mir gesagt hast. Es ist etwas unorthodox im Gegensatz zur üblichen Promotion, aber hey, du schreibst nicht gerade süße Regency-Romanzen. Ich denke, du hast Recht. Das wird funktionieren. Ich bereite alles vor. Wir sprechen uns später."

Serenas ganzer Körper schien zu ermatten. Ihre Schultern fielen zusammen und ihr Kopf hing so herab, als ob sie von einer Kraft belebt worden wäre, die jetzt verschwunden war. „Ihr werdet mir nicht glauben, aber diese Nachricht handelte von einer Autogrammstunde, die ich in einem Spielzeugladen für Erwachsene mache, um das neue Buch zu promoten. Ich musste sie dazu überreden. Sie dachte, es wäre billig, aber ich dachte, es würde Spaß machen. Ich habe sogar mit einem Freund gesprochen, der unartige Muffins backt. Er serviert sie. Aber das spielt keine Rolle. Ich geh' jetzt einfach."

Sie wandte sich langsam ab. Jake gefiel es nicht, wie sie aussah. Er hatte den gleichen leeren, glasigen Blick bei Trauma-Opfern gesehen. Als er noch gedient hatte, war er genau dem gleichen leeren Blick in den Augen von Männern und Frauen begegnet, deren

Häuser soeben von einer Bombe in die Luft gejagt worden waren. Es war, als könnten sie den Schrecken dessen, was gerade passiert war, nicht wirklich verarbeiten.

Sie schien ein wenig benommen und unsicher auf den Beinen zu sein. Zum ersten Mal seit er dieses verdammte Video gesehen hatte, war er sich unsicher, was er dort gesehen hatte.

„Serena, brauchst du Hilfe?" Er wollte sie nicht umfallen lassen, egal wie wütend er auf sie war. Gott, sie nur anzusehen, ließ sein Herz schmerzen, und zum ersten Mal musste er tatsächlich berücksichtigen, dass er ihr vielleicht verzeihen musste. Ihr wirklich vergeben, weil sie notwendig geworden war. Er begann sich ihr anzunähern. Sie musste Eis auf das Handgelenk legen.

„Fass mich nicht an." Sie trat zurück, biss die Kiefer zusammen. „Fass mich nie wieder an."

„Serena, möchtest du dich erklären? Ich bin bereit zuzuhören." Adams Stimme kam mit einem wackeligen Atemzug heraus, als ob er wüsste, dass er auf einem gespannten Seil liefe, und er war sich ziemlich sicher, dass er nicht davon herunterfallen wollte.

„Zuhören? Du bist bereit zuzuhören? Fick dein Zuhören, Adam, weil ich euch beiden zugehört hab', und ich mag kein einziges Wort von dem, was ich gehört hab'." Sie ballte die Fäuste zu ihren beiden Seiten, ihr Gesicht war tiefrot. Sie weinte wieder, die Tränen liefen ihr die Wangen hinab. Sie sah jung und verletzlich aus und so verfickt zerbrechlich in Adams Hemd und der Brille, hinter der sie sich versteckte. „Ihr wollt die Wahrheit? Ich bin alles, wofür ihr mich je gehalten habt. Ich bin einfach eine gierige Schlampe. Ich hab' euch beide benutzt, und jetzt bin ich wirklich verärgert, dass ihr es herausgefunden habt, weil ich es noch nicht in die *Times* geschafft hab' und ich wirklich gehofft hatte, bei der *Times* zu landen. Hättet ihr es nicht herausgefunden, hatte ich geplant meine eigene Vergewaltigung und Folter vorzutäuschen, damit ich auf der Bestsellerliste nach oben rutsche. Also herzlichen Glückwunsch an euch beide. Ihr hattet Recht. Ich war schon immer eine erbärmliche Hure. Jake, du solltest wieder schmollen gehen, und Adam kann seine Suche nach der perfekten Frau fortsetzen. Das bin ganz verdammt sicher nicht ich."

Sie drehte sich um, doch Jake war schneller. Er stand plötzlich vor ihr, versperrte ihr den Rückzug. „Nein, Serena. Ich denke, wir werden uns alle hinsetzen und reden. Ich entschuldige mich für das, was ich vorhin gesagt habe. Ich war zu emotional. Jetzt setz dich bitte hin und lass uns darüber reden."

„Steck dir deine Entschuldigung in den Arsch, Jacob. Oder du könntest es Adam für dich machen lassen. Er ist gerne behilflich."

Fuck, sie wusste mit einem Messer zuzustechen. Jake sah, wie Adams Gesicht ein fahles Weiß annahm. Es war derselbe Ausdruck, der erschienen war, als sein Vater ihn rausschmiss. „Serena, ich bin bereit zuzugeben, dass ich vermutlich etwas zu voreilig war, aber du musst mir zustimmen, dass dies erdrückende Beweise sind."

„Ich muss dir in nichts zustimmen. Ich muss meine Sachen holen und gehen."

„Ich werde dich das nicht tun lassen." Nun, da er etwas klarer dachte, hatte er ein paar Fragen. Er hatte die E-Mails. Er konnte ihr sogar abkaufen, dass Lara jemanden bezahlt hatte, um Serenas Auto zu zerstören. Aber die Schlange? Wirklich?

Adams Handy klingelte. Er zog es heraus und antwortete, seine Stimme nahm einen ruhigen, professionellen Ton an.

„Lass mich los." Serena starrte ein Loch durch ihn hindurch.

Er konnte es nicht. Er geriet jetzt ein wenig in Panik. Sie konnte nicht lügen, um ihr Leben zu retten, und die ganze „Ich-bin-eine-Hure"-Rede war eine lange Lüge. Was, wenn sie die Wahrheit sagte? Was, wenn sie von nichts wusste? Er hatte alles versaut, und wenn er sie gehen ließe, sähe er sie vielleicht nie wieder. Nie? Zur Hölle, wenn er seine verdammten Augen von ihr abwendete, wäre sie weg und er konnte das nicht zulassen. „Nein. Nicht, bis wir das klären."

„Es gibt nichts zu klären."

Doch es gab eine ganze Menge, was Jake zu klären hatte. Er musste wissen, wie tief er gefickt war und wie hart er arbeiten müsse, um sich aus der Scheiße zu ziehen, in die er sich geritten hatte. „Das gibt es und das weißt du. Serena, du stehst stets unter unserem Schutz."

„Nein, tu' ich nicht. Du bist gefeuert."

„Du bist nicht die Kundin."

Ein kleines bitteres Lächeln kreuzte Serenas Gesicht. „Nein, aber Lara ist es. Doch weißt du was, Jake? Sie ist auch gefeuert. Wenn du mich hierbehalten willst, musst du es gegen meinen Willen tun."

Er fühlte, wie sich sein ganzer Körper in Alarmbereitschaft setzte. Sie wollte einen Kampf? Er käme mit einem Kampf klar. „Das lässt sich arrangieren."

Er hatte sie fesseln wollen, seitdem er sie gesehen hatte.

„Jake, wir müssen sie in die Stadt bringen." Adam stand mit den Schlüsseln zum SUV in der Hand vor ihm. „Das war Ian. Lara sitzt in seinem Büro. Er will mit uns allen reden."

Fuck, er hatte Adam auch reingeritten. Adam hatte sie erst aufwecken und sie dann fragen wollen. Jake war derjenige, der ihn wegen der Situation zum Überschäumen gebracht hatte. Und er hatte auch noch Ian mit einbezogen. Jake hatte Ian angerufen, nachdem er die Nachricht auf Serenas Mailbox abgehört hatte.

Was zum Teufel wollte er tun, wenn Ian die Operation stoppte?

„Zieh dich an, Serena. Und ich schwöre bei Gott, ich werde dich jagen, wenn du dieses Haus verlässt. Der Alarm ist an, wenn du also versuchst aus dem Fenster zu stürmen, werde ich an der Rückseite sein, bevor du zum Tor kommst, und es ist mir scheißegal, ob du später die Polizei rufst."

Ihr Lächeln war ein fieses kleines Etwas. „Kein Problem, Jake. Die Bullen denken auch, dass ich eine aufmerksamkeitsgeile Hure bin. Ich glaube, du bist sicher. Ich möchte mich bitte umziehen. Ich habe meiner Ex-Agentin ein paar Dinge zu sagen."

Er ging ihr aus dem Weg, zufrieden, dass sie nicht wegliefe.

Zumindest jetzt nicht.

Sie verschwand den Flur entlang und Adam trat zu ihm heran.

„Sie wusste nichts davon."

„Ich weiß." Jake war sich nicht sicher, wie zum Teufel er da rauskommen wollte. Er war brutal, seine Vergangenheit prägte die Gegenwart auf eine Weise, die fast sicherstellte, dass er keine Zukunft mehr hätte.

„Sie wird uns nie verzeihen." Adam wandte sich ab. „Ich mach' das Auto klar."

Er ging wie ein Mann hinaus, der bereits aufgegeben hatte.

Serena war eine Frau, die verschmäht worden war.

Doch nichts dergleichen könnte mit einem Mann auf Mission Schritt halten. Er wollte nicht aufgeben. Ja, er hatte alles versaut, doch Serena war zu wichtig. Er hatte eine verfickte Zukunft, und zwar mit ihr. Er wollte nicht zulassen, dass seine Vergangenheit ihn eine Sekunde länger zurückhielt. Er starrte den Flur hinunter, etwas öffnete sich in ihm. So lange war er verschlossen gewesen, vielleicht die meiste Zeit seines verfickten Lebens, Serena aber hatte verdammten Sonnenschein gebracht und jetzt sehnte er sich danach.

Er hatte es versaut, doch er wollte nicht zurück in die Finsternis. Er würde das Leben führen, das er wollte, und das war nur möglich mit ihr.

Er wartete, einem Löwen auf der Jagd gleich. Komme, was wolle, er bekäme seine Beute.

Kapitel Fünfzehn

Serena fühlte sich ausgehöhlt, als hätte jemand entschieden, dass es eine gute Idee sei sich mit einer Eiskugelzange ihr Inneres vorzunehmen. Oder so wie eine der russischen Matrjoschka. Ja. Das war eine bessere Metapher. Sie war wie eine der größeren Puppen, ein hohles Etwas, das nur den kleineren Puppen nutzte, die alle guten Dinge, die es an ihr gab, enthielten. Jemand hatte sie geöffnet und sie in ihrem Inneren zerbrochen, nun war sie ein nutzloses, nichtiges Etwas.

Ja. Das war eine gute Metapher. Die könnte sie gebrauchen.

Die Stockwerke schwanden dahin und ihr wurde bewusst, dass das den Rest ihres Lebens darstellte. In ihrem Kopf zu leben. Entscheiden, wie Emotionen am besten zu Papier gebracht werden könnten, denn sie stellten den einzigen Weg dar, wie sie jemals wieder etwas fühlte.

Vielleicht war sie die Drama Queen.

„Wie geht es deinem Handgelenk?", fragte Adam besorgt. Er war äußerst höflich, hatte Augenkontakt vermieden und alles, was brisant hätte sein können. Er war der Bodyguard, und sie war die Kundin. Mehr war es nicht.

„Es geht mir gut." Es war nicht annähernd so schlimm, wie sie vorgegeben hatte. Sie bezweifelte, dass es blaue Flecken gäbe. Es war nichts im Vergleich zu den Schmerzen in ihrem Inneren.

Mit Adam und Jake kam sie klar. Schließlich hatte sie tief im Inneren gewusst, dass sie nicht ernsthaft bleiben würden. Männer wie sie blieben nicht in dauerhaften Beziehungen mit Frauen wie Serena. Sie fanden Trophäenfrauen, wenn sie bereit waren sich niederzulassen. In gewisser Weise ersparte es ihr nur den Schmerz später.

Doch Lara war eine andere Geschichte.

Jake zog ihren Arm in seine beiden Hände. Serena versuchte sich zu entziehen, doch er hielt sie am Ellbogen und der Handinnenseite, drehte ihren Unterarm herum und inspizierte ihre Haut.

„Lass das." Sie wollte nicht, dass er sie anfasste. Es fühlte sich zu schön an, seine schwieligen Hände auf ihrer Haut. Es erinnerte sie daran, wie es sich angefühlt hatte in seinen Armen zu liegen.

„Nein." Er verfolgte mit einem Finger die leichte Wundreibung an ihrem Handgelenk. „Ich denke, es geht ihr gut. Äußerlich. Innerlich haben wir eine Nummer mit ihr abgezogen."

Adam beobachtete nur, wie die Stockwerke vorbeizogen.

„Das wird der schwierigere Part sein", sagte Jake, seine Stimme fast verschwörerisch. Was zur Hölle spielte er jetzt? Als sie nicht antwortete, führte er das Gespräch einfach so weiter, als hätte sie es doch. „Ich weiß. Ich bin auch überrascht. Sonst bin ich das widerwärtige Arschloch. Ich mag das ganze ‚den Moderator spielen' nicht, aber ich schätze Kompromisse sind der Schlüssel zu dieser Beziehung."

„Es gibt keine Beziehung, Jacob. Die Beziehung erlosch vor etwa einer halben Stunde, als du mich eine Hure genannt hast."

Er schüttelte den Kopf. „Ich hab' dich nicht als Hure bezeichnet, Baby. Ich hab' erwähnt, dass du eine gute Schlampe abgäbest. Eine Hure nimmt Geld. Eine Schlampe liebt nur den Sex und du magst Sex wirklich."

Arschloch. Wann hatte er entschieden zu versuchen wieder zu guten Umgangsformen ihr gegenüber zurückzukehren und warum scherte er sich darum? Hatte er Angst, dass sein Chef angepisst wäre? Sie war sich ziemlich sicher, dass Ian Taggart ihr sagen würde, sie sei auf sich allein gestellt. Lara hatte ihn auch angelogen.

Waren Bridget und Chris daran beteiligt? Sie wusste nicht, ob sie damit umgehen konnte, wenn sie es waren. Sie wäre wirklich ganz allein auf der Welt.

„Kann ich meinen Arm wiederhaben?", fragte Serena.

Sein Daumen zog kleine Kreise über ihrem Puls am Handgelenk, eine winzige Berührung, die drohte ihr geradewegs Schauer durch den Körper zu jagen. Es erinnerte sie daran, dass sie vorher vielleicht keinen Sex gemocht hatte, doch nach Jake und Adam war sie eine Süchtige. Und sie müsste einfach auf Entzug gehen, damit sie nicht wieder auf ihre Scheißweise hereinfiel.

„Serena, mach es nicht so schwer. Du weißt, du willst uns verzeihen. Wir lagen falsch. Wir waren komplette Arschlöcher, doch du hast die Beweise gesehen. Komm schon, Baby, lass uns dieses Treffen mit Ian überstehen und dann führen wir dich zum Frühstück aus, was genau das ist, was wir von vornherein hätten tun sollen. Das war's, was Adam tun wollte."

„Es spielt keine Rolle, was Adam wollte. Alles, was zählt, ist, was passiert ist, und ich werd' keinem von euch mehr vertrauen. Also gib mir meinen Arm zurück und lass uns diese kleine Farce aus dem Weg räumen, damit wir mit unseren Leben weitermachen können." Nach heute mochte sie wohl niemals wieder jemandem vertrauen.

Jake nahm ihre Hand und küsste ihre Handfläche. „Ich geh' nicht weg, Serena."

„Großartig, also kann ich jetzt zwei Stalker haben. Oh, warte. Einer war eine Fälschung, also kannst du mein Erster sein."

Er ließ ihre Hand los, doch seine Augen glühten in dunkler, Dom-sinnlicher ihr-feuchte-Höschen-machenden-Manier, die er an sich hatte. *Verdammt sei er.* „Ich war auch auf andere Weise dein Erster."

Er stand für ihren ersten richtig Mann-gemachten Orgasmus und es schien nicht so, als wollte er sie das vergessen lassen.

Die Türen öffneten sich und Serena ging hinaus. Wenigstens Adam schien das Spiel aufgegeben zu haben. Er sah ihr nicht in die Augen und sagte nichts, was nicht gesagt werden musste.

Grace blickte von ihrem Platz an der Rezeption auf, ein strahlendes Lächeln auf ihrem Gesicht, das verschwand, als niemand es erwiderte. „Oh Scheiße. Sie haben es verkackt, nicht wahr? Ich wusste, dass etwas nicht stimmt, wenn Ian uns alle an einem Samstag zusammentrommelt. Er ist hinten bei deiner Agentin. Geht es euch allen gut?"

Serena mochte Grace, aber sie musste ihre Probleme nicht an die Wand malen, damit sie jeder sehen konnte. Sie schenkte Grace ihr denkbar bestes Lächeln. „Es geht uns gut. Ich denke, der Fall ist so gut wie abgeschlossen, und das ist gut so."

Jake ließ nicht locker. „Uns geht es nicht gut. Wir haben es verkackt. Wir haben Serena beschuldigt, sie lüge uns an und benutze uns nur, und haben uns wie komplette Arschlöcher aufgeführt und nun spricht sie nicht mehr mit uns und Adam hat emotional abgeschaltet."

Adam richtete kalte Augen auf seinen Partner. „Echt? Diesen Weg schlägst du ein?"

Jake zuckte mit den Schultern. „Irgendeinen Weg müssen wir wohl einschlagen, Kumpel. Wenn es dir nicht gefällt, wie ich mit dem Streit umgehe, dann fühl dich frei aus deinem Panzer zu kriechen und zu übernehmen. Vertrau mir. Ich wäre zutiefst erleichtert. Du solltest eigentlich mit dieser emotionalen Scheiße umgehen können."

Graces Augen wanderten von Adam zu Jake und wieder zurück. „Müsst ihr zuerst Eve sehen? Sie gibt gerade Gruppentherapie, glaube ich."

Jake lächelte bei dem Gedanken. „Keine schlechte Idee. Kann sie uns für heute Morgen einplanen?"

Serena wurde Jake gegenüber angriffslustig. Er gab ihr nicht die Möglichkeit ihre Demütigung für sich zu behalten. „Was zum Teufel machst du da?"

Er nahm sie am Ellbogen und führte sie von Grace weg. Adam blieb an Ort und Stelle, der sich als einziger so zu verhalten schien, wie er sollte. Jake hielt seine Stimme leise. „Ich versuche zu retten, was ein kompletter Haufen Scheiße von einem Morgen war."

„Warum? Ihr seid draußen, Jake. Du musst dir keine Sorgen mehr um mich machen. Du musst mich nicht beschützen. Lass es einfach, wie es ist, und wir können beide fortfahren."

Er hielt die Augen ruhig auf sie gerichtet. „Ich hab' Null Absicht ohne dich fortzufahren."

„Das entspricht nicht dem, was du heute Morgen gesagt hast. Ich glaube, du sagtest, du könntest meinen Anblick nicht ertragen."

Er wurde ein wenig weicher, seine Stimme leiser. „Und nach all der Beweislage hab' ich bereits in meinem Inneren versucht zu rechtfertigen, warum ich dich halten sollte. Ich hab' schon versucht herauszufinden, wie es in Ordnung zu bringen ist oder ich dich bestrafen kann, damit ich damit klarkomme bei dir zu bleiben."

Er war so frustrierend. „Warum?"

Er wollte etwas sagen, doch dann verschloss sich sein Gesicht. „Weil wir gut zusammenpassen."

Nicht die Antwort, die sie sich gewünscht hatte. Nicht die Antwort, die sie akzeptierte. Sie hatte gehofft, nur für eine Sekunde, dass er das eine sagte, mit der ihr dummes Herz nicht klarkam. Ich liebe dich. Sie hätte sich in seine Arme geworfen und ihm mit diesen drei kleinen Worten vergeben, doch sie kam ihm einfach gelegen. Er war Dominant. Sie war unterwürfig. Sie war an Ménage interessiert. Sie sah für Jake bestimmt wie ein ziemlich guter Deal aus, jetzt, da er sich sicher war, dass sie keine lügende, goldschürfende Hure war.

„Lass es gut sein, Jake. Du willst, dass ich dir verzeihe. In Ordnung. Ich verzeihe dir, doch ich kann dir nicht vergessen, dass du beim ersten Mal, als der geringste Zweifel an mir aufkam, bereit warst mich den Wölfen zum Fraß vorzuwerfen. Ich hatte nur um eines gebeten, Jake. Ein wenig Freundlichkeit, wenn du mit mir fertig bist."

Sein Gesicht versteinerte sich zu Granit. „Ich bin noch nicht fertig, Serena. Und es tut mir leid deine Illusionen zu zerstören, aber ich bin auch nicht besonders freundlich. Und weißt du was, du hast mir super Paroli geboten, Schwester."

„Wovon redest du da?" Sie riss sich zusammen.

Er zeigte zurück zu Adam. „Was war das für ein Witz, Adam schiebt mir was tief in den Arsch? Weißt du, was das mit ihm gemacht hat? Ich weiß, dass er erwachsen ist und mit sowas umgehen können sollte, aber Gott, Serena, du hast etwa tausend Wunden in dem Mann aufgerissen, die nie verheilt sind."

Sie blickte hinüber. Adam sprach nicht mit Grace. Er stand da, seine Arme verschränkt, als ob er nur darauf wartete, dass alles vorbei war. „Ich meinte, ihr beschützt euch gegenseitig und habt mich beide rausgeworfen. Ich hab's nicht so gemeint."

„Ist mir egal, wie du's gemeint hast, Serena. So hat er's verstanden. Also können wir nicht alle einfach einsehen, dass jeder irgendeinen dämlichen Scheiß von sich gegeben hat, und weitermachen?"

Und was passierte das nächste Mal, wenn sie es versaute? Das nächste Mal, wenn sie Adam verärgerte? Es war zu viel. Sie konnte mit dem Drama nicht umgehen. „Ich will das nicht mehr. Ich glaube, ich sage mein Sicherheitswort."

Er schüttelte den Kopf, die Enttäuschung war eindeutig auf sein Gesicht geschrieben. „Wir sind nicht im Kerker, also zählt es nicht. Ich werde das nicht aufgeben, Serena."

Ian kam herein, sein Gesicht streng und unnachgiebig. „Serena, würdest du bitte mit nach hinten in mein Büro kommen? Wir müssen über etwas reden. Jake, Adam?"

Die Männer nickten und alle begaben sich auf den Weg zu Ians Büro.

Ian öffnete die Tür und das erste, was sie sah, war Lara am Fenster stehend. Sie drehte sich um und Serena trat fast einen Schritt zurück. Ihre immer perfekt glänzende Agentin hatte ein rotes Gesicht, weil sie geweint hatte. Sie hatte ihr Gesicht unverkennbar zu irgendeinem Zeitpunkt sauber geschrubbt, und Lara Anderson ohne Make-up sah viel jünger und verletzlicher aus, als Serena sich hätte vorstellen können.

Das Aussehen verrät nicht immer alles.

„Serena, es tut mir so leid." Sie wollte gerade einen Schritt nähertreten, stockte aber, als Jake Anstalten machte sich vor Serena zu stellen, seine Geste eindeutig. Er würde sie beschützen. Oh, er würde ihr gelegentlich das Herz rausreißen, darauf rumtrampeln und dann entscheiden, dass hey, es gar nicht so gemeint war, doch er würde sie beschützen.

Serena bemerkte, dass Brian sich gegen die Rückwand des Büros lehnte. Er hielt seine Arme verschränkt und vibrierte praktisch vor Unbehagen. Doch er lächelte ihr zu, als er bemerkte, dass sie in seine Richtung schaute. „Serena, hallo. Ich möchte, dass du weißt, dass dies kein Werbegag war, mit dem die Firma selbst etwas zu tun hatte."

„Halt deinen Mund, Brian. Können wir wie Freunde darüber reden? Müssen wir mit juristischem Scheiß anfangen?", fragte Lara, ihre Augen verengten sich.

Brian errötete. Sein Haar war konservativ geschnitten und er trug einen Anzug, haargenau einem erfolgreicheren Literaturagenten gleichend. Laut Bridget war er nicht besonders glücklich mit den neuen Romantikkunden seiner Frau, aber er mochte das Geld, das sie einbrachten. Und gerade schien er sich Sorgen um eine Klage zu machen. „Du wirst dir wünschen, wir hätten unseren Anwalt eingeschaltet, wenn Serena jedes verfickte Wort, das du in diesem Büro sagst, benutzt, um uns auf alles, was wir haben, zu verklagen. Sie muss wissen, dass du das getan hast, nicht die Firma."

„Ich glaube, wir haben festgestellt, dass Mr. Anderson die Geschäftspraktiken seiner Frau nicht mag." Ian holte tief Luft, während er sich hinter seinen Schreibtisch setzte. Er sah dort wie ein König auf seinem Thron aus, der entschied, was mit den Bauern geschehen solle. „Ich nehme an, Jake und Adam haben Sie darüber informiert, was sie entdeckt haben?"

Jake hielt ihr den von Ians Schreibtisch nächstgelegenen Stuhl hin. Er schickte ihr einen Blick, der sagte, dass er ein großes Ding daraus machte, wenn sie sich nicht hinsetzte. Serena glaubte ihm. Er schien äußerst bereit zu sein sie auf Schritt und Tritt zu demütigen. Sie sank in den Stuhl und sah Ian Taggart direkt in die Augen. „Ja. Ich verstehe, dass das alles ein Werbegag war, den sich meine Agentin ausgedacht hat. Ich weiß, dass Sie es wahrscheinlich nicht glauben werden, aber ich habe nichts damit zu tun. Ich entschuldige mich zutiefst dafür, dass ich Ihre Zeit und Ressourcen verschwendet habe. Schicken Sie mir einfach die Rechnung für die letzte Woche, ich bezahl sie."

Sie stand auf und wollte gehen. Sie brauchte keine Erklärungen. Jetzt war alles ans Licht gekommen, sie würde die Zeche bezahlen und Adam und Jake könnten aus ihrem Leben verschwinden. Und sie brauchte keine Agentin. Sie wäre unabhängig. Auf diese Weise wäre sie auch nicht gezwungen sich auf jemanden zu verlassen.

Ian nahm die Hände vor die Brust und verschränkte die Finger ineinander, während er sie betrachtete. Er ließ einen erheblichen Moment zutiefst unangenehmer Stille verstreichen. Schließlich hielt es Serena keinen Moment länger aus.

„Also ich sollte jetzt gehen?" *Verdammt.* Das klang nicht selbstsicher. Ian starrte durch sie hindurch und für den kürzesten Moment wollte sie auf die Knie fallen, eine unterwürfige Position finden und hoffen, dass sich der große böse Dom damit zufrieden gab.

„Nein, Serena. Sie sollten jetzt nicht gehen. Sie sollten sich zurücklehnen, bis dieses Treffen vorbei ist."

Sie schluckte, beschloss aber sich zu erheben. Unabhängigkeit bedeutete, dass sie es sich nicht leisten konnte sich jemandem unterzuordnen. Sie musste ihre eigene Frau sein, die in der Lage war sich gegen jemanden wie Ian Taggart zu behaupten. „Ich glaube, mein Geschäft ist hier erledigt. Wie ich schon sagte, schicken Sie mir die Rechnung."

„Gut. Die Rechnung beläuft sich auf eine halbe Million Dollar." Ians Lächeln war eiskalt und höflich. „Mit kleinen Abweichungen. Ich besorg' Ihnen eine detaillierte Auflistung. Sie können einen Scheck bei Grace hinterlassen."

„Fick mich", sprach Brian, während er ausatmete „Sie wird uns auch noch dafür verklagen. Verdammt, Lara. Ich hätte niemals zulassen sollen, dass du Kunden anheuerst."

„Halt den Mund, Brian. Ich hab' dich nicht gebeten hier zu sein", zischte Lara zurück.

Serena starrte Ian für einen Moment an und entschied, dass es ihm ernst war. Sie hatte für eine Woche rund um die Uhr erstklassige Leibwächter gehabt und ein weiterer Agent hatte in ihrem Fall ermittelt. Ja. Es könnte eine halbe Million Dollar sein. Die hatte sie nicht. Alles steckte in ihrem Haus, ihrem Auto und ihrem Geschäft. Wenn sie ihre Konten auflöste, konnte sie vielleicht etwas mehr als zweihunderttausend auftreiben, doch sie musste auch noch vor Gericht gegen ihren Ex kämpfen. Ihre Vorschüsse waren im Vergleich zu denen der großen New Yorker Autoren gering. Sie verdiente ihr Geld der verkauften Menge entsprechend. Sie müsste ihr Schreibpensum erhöhen. Sie müsste mehr Bücher herausbringen.

Sie würde einen Zahlungsplan brauchen.

„Verdammt, Ian. Lass sie vom Haken", sagte Adam zu seinem Chef, die Stirn runzelnd.

„Aber sie zappelt so schön." Ians Gesichtsausdruck veränderte sich nicht.

„Setz dich, Baby." Jake nickte wieder zum Stuhl. „Er berechnet dir nichts. Er ist ein Scheißkerl."

Es schien ein Zustand zu sein, der heute die Runde machte.

Ian starrte seinen Angestellten an. „Ich versuche nur Kenngrößen zu setzen, Jacob. Und du weißt, wie ich mit unhöflich görenhaften Subs umgehe."

„Ich arbeite an dem Problem", sagte Jake, als sie wieder auf ihren Platz sank.

Problem? Sie war nicht das Problem. „Ich bin nicht seine Sub. Ich bin niemandes Sub."

Ian verdrehte die Augen. „Und du hast meinen Rat nicht befolgt. Frau Brooks, als Jacob mich mitten in der Nacht anrief und mich aus meinem wohlverdienten Schlaf holte, um mir zu sagen, dass Sie uns alle ausgetrickst hätten, erwähnte ich ihm gegenüber bereits, dass er eventuell einen Schritt zurücktreten und das Problem mit Intellekt und nicht aus Emotionen heraus betrachten sollte."

„Er sagte mir, ich solle aufhören mit meinem Schwanz zu denken", gab Jake zu.

„Und was hast du gemacht?", fragte Ian.

„Oh, mein Schwanz benimmt sich ziemlich blödsinnig, Boss. Praktisch schwachsinnig. Aber das ist ein Problem zwischen uns dreien."

Ian schüttelte den Kopf. „Wenn das nur wahr wäre. Nun, abgesehen von deiner äußerst unanständigen und verfahrenen Beziehung, können wir zu dem eigentlichen Grund kommen, warum ich euch hergerufen hab'? Es ging mit Sicherheit nicht darum, euch eine Rechnung zu schreiben und euch eures Weges ziehen lassen. Wobei ich einen Scheck annehme, wenn sich dazu jemand verpflichtet fühlt."

„Ian!", schrie Adam quasi.

Ian zuckte mit den Achseln, eine faule Bewegung, die ihn rücksichtslos aussehen ließ. „Nun, ich habe dieses Büro nicht bekommen, indem ich kostenlose Beratung angeboten hab'."

„Ich kümmere mich darum, Ian. Ich stelle sicher, dass du einen Scheck bekommst." Lara atmete tief durch und starrte wieder aus dem Fenster.

Brian riss sein Maul in ihre Richtung auf. „Du verarschst mich doch. Du wirst ihr keinen verfickten Scheck über eine halbe Million ausstellen, damit deine Klientin ihre Bodyguards ficken kann." Er errötete und wandte sich an Serena. „Es tut mir leid, Serena. Ich bin anscheinend nicht auf dem neuesten Stand heutiger professioneller Standards. So arbeiten meine Autoren nicht. Es tut mir wirklich leid, was Lara getan hat, aber ich kann damit nicht umgehen. Keiner scheint zu verstehen, dass auch mein Ruf auf dem Spiel steht."

Er stolzierte aus dem Raum.

Lara schüttelte den Kopf, ihre Augen auf die Tür gerichtet, die ihr Mann soeben zugeschlagen hatte. „Bitte vergibt ihm. Er kann damit nicht so gut umgehen. Und ich meine es ernst, dass ich für den Fall bezahle. Es ist meine Schuld, nicht die Serenas. Und ihr müsst offensichtlich an dem Fall dranbleiben."

Ian seufzte. „Darf ich keine Witze machen? Im Ernst, du tötest ein paar Leute und hast einen Ruf und plötzlich glaubt dir niemand mehr, dass du lustig bist. Hör auf, eine Märtyrerin zu sein, Lara. Du hast es königlich verkackt. Es bedeutet nicht, dass ich dich Bankrott machen werde, und außerdem ist es nicht so, als hätten Adam und Jake ihre Pflichten gehasst. Sie haben wohl genug Nebenleistungen erhalten, um ihren Bonus nicht ausgezahlt zu kriegen."

Serena fühlte, wie sie errötete.

„Ian, pass auf", sagte Jake.

„Jetzt bin ich der Bösewicht, weil ich auf das Offensichtliche hinweise. Behaltet eure Beziehung unter euch. Lara, sprich."

Lara nickte mit dem Kopf, sich einen Moment Zeit nehmend, um sich zu beruhigen. Sie blickte schließlich auf, ihre Augen auf die von Serena richtend, bevor sie sich offenbar dafür entschied, dass es viel einfacher war mit Ian zu sprechen. „Sie ist meine absolut talentierteste Klientin. Ich sage das aus Liebe und Respekt, und nicht einfach nur deshalb, weil ich mit ihr viel Geld verdienen kann."

„Aber das tust du", sagte Jake. Er hatte seinen Platz an ihrer Seite nicht verlassen, während Adam damit begonnen hatte auf und ab zu gehen.

Lara nickte. „Ja. Ja, das tue ich. Du musst verstehen, dass Serenas Bücher wunderbar sind, aber sie erreichen auch nur ein Nischenpublikum."

„Ich schreibe Ménage, Lara. Das wusstest du, als du mich aufgenommen hast. Es ist nicht gerade Mainstream und auch keine BDSM-Romanze. Wenn du jemanden wolltest, der süß schreibt, hättest du auf mich verzichten sollen." Was zur Hölle hatte sich Lara dabei gedacht? Sie hatte es geschafft Serena eine heilige Scheißangst einzujagen und hatte das für Geld getan.

„Du schreibst umwerfende Liebesgeschichten. Sie brauchten nur etwas Publicity." Sie atmete tief durch. „Deshalb entschied ich mich dein Stalker zu sein."

Adam richtete sich an sie. „Du hast sie in Schrecken versetzt. Du hättest sie mit der gestrigen Nummer töten können. Hast du eine Ahnung, was sie durchgemacht hat?"

Ian hob eine Hand. „Sie ist noch nicht fertig, Adam. Es wird noch viel schlimmer."

Ein kleiner Schauer der Angst lief durch Serena hindurch. Sie hatte die Männer, denen sie nähergekommen war, sowie ihre Agentin innerhalb einer Stunde verloren. Sie mochte vielleicht sogar noch ihre Freunde verlieren. Was könnte schlimmer sein?

„Ich hab' nur die E-Mails verschickt. Ich schwör's dir, Serena, ich hab' nur die E-Mails verschickt. Ich hatte mehr im Sinn. Ich hatte einen ganzen Plan auf meinem Computer ausgearbeitet. Ich wollte dir E-Mails für ein paar Wochen schicken und dann den Einsatz erhöhen, um es mal so zu sagen. Ich wollte, dass meine Stalker-Persönlichkeit Anzeigen aus den lokalen Zeitungen herausschnitt, und dich bitten Alexa nicht mit Herzog und Caden zusammenzubringen. Ich hab' sogar einen Himmelsschreiber gefunden, der damit über die Innenstadt fliegen wollte. Stell dir das vor. Schriftstellerin wird von ihren Figuren verfolgt. Die Presse hätte es geliebt. Es ist erfinderisch. Es ist Guerilla-Marketing und ich dachte, es wäre das Beste, wenn du nicht wüsstest, dass es ein Werbegag ist. Um natürlich zu wirken."

„Ja, sie hat sehr natürlich reagiert, als sie fast getötet wurde." Jakes Stimme klang eisig.

„Ich hab' weder was damit zu tun, dass dein Auto zerstört wurde, noch mit der Schlange. Ich habe über die Charaktere gesprochen, Serena. Meine Idee des Stalkers handelte von der Liebe zu deiner Arbeit. Ich würde nichts Schlechtes über dich äußern. Als du das erste Mal eine Nachricht erhieltst, die nicht von mir war, rief ich Ian an. Ich habe damit angefangen, aber jemand hat es aufgegriffen. Gott, Serena, es tut mir so leid."

Sie fing erneut an zu weinen.

Was zur Hölle tat sie da? Lara war schon immer eine Rebellin mit ihren eigenen verrückten Ideen. Es war einer der Gründe, warum es zwischen ihnen gefunkt hatte. Das war einer der Gründe, warum sie bereit gewesen war, das Risiko für eine Schriftstellerin wie Serena einzugehen. Lara war die einzige Agentin, die ihre Arbeit überhaupt las. Sie war eine ruhige Hand, die Serena durch alles führte. Hatte sie sich nicht ein wenig Spielraum verdient?

Es war nicht so, als hätte Serena nie einen Fehler gemacht. Sie hatte Tausende begangen.

„Waren Bridget und Chris beteiligt?" Sie musste es wissen.

Lara schüttelte den Kopf, sie sprach durch ihre Tränen hindurch. „Gott, nein. Ich habe ein wenig Angst vor Bridget und Chris könnte noch nicht mal ein Geheimnis bewahren, um sein Leben zu retten. Er hätte es dir drei Minuten später gesagt, nachdem ich es ihm erzählt hätte. Serena, ich weiß, dass du mich jetzt hassen musst, aber du musst auch auf mich hören. Ich habe keine Schlange in dein Auto gelegt. Ich habe vorhin mit der Polizei gesprochen. Ja, ich habe deinen Schlüssel, aber ich schwöre dir, ich hab' ihn nicht benutzt. Ich wollte eine kleine Meldung in der Presse. Ich wollte dir nicht wehtun. Ich würde nie versuchen dir wehzutun. Ich dachte, dass es ein kleines Spiel ist. Ich dachte, wir bekämen eine gute Berichterstattung für die Veröffentlichung des neuen Buches und die Autogrammstunden. Es war dumm. Ich bin bereit alles dafür zu tun, um es wieder in Ordnung zu bringen."

Also war es noch nicht vorbei. Es war noch lange nicht vorbei. Es hatte einen Moment des Friedens gegeben, als Serena erkannt hatte, dass sie, obwohl sie so viel verloren hatte, frei von jeglicher Lebensbedrohung war.

Jetzt hatte sie noch nicht mal das. Irgendwer da draußen wollte sie immer noch tot sehen.

Sie wandte sich Ian zu. „Also, was soll ich tun? Die Polizei will nichts davon hören. Wenn sie es herausfinden, halten sie noch weniger von mir. Ich könnte einpacken."

Es könnte die beste Lösung sein. Sie konnte einen Ort finden, an dem niemand wüsste, wer sie war. Ihre Cousine hatte eine kleine Hütte in Colorado, das könnte gehen. Von dort aus konnte sie nach einem eigenen Zuhause suchen. Sie könnte in die Berge verschwinden und einfach in ihrer Arbeit versinken. Sie könnte Jake und Adam vergessen.

„Nein. Er könnte dich finden, und dann wärst du ganz allein", sagte Ian.

„Er würde nicht wissen, wohin ich gegangen bin." Je mehr sie darüber nachdachte, desto besser hört es sich an. Die Hütte war friedlich, isoliert. Sie konnte tagelang gehen, ohne einer Menschenseele zu begegnen.

Ian zog eine einzige Augenbraue hoch, als er sich Jake zuwandte. „Würdest du wissen, wohin sie ginge?"

Jake nickte. „Sie ginge direkt zu einem Ort namens South Fork, in Colorado. Ihre Lieblingscousine hat dort eine Hütte. Wenn ich sie dort nicht fände, hätte sie noch eine Freundin in St. Augustine mit einer am Strand gelegenen Eigentumswohnung, wohin sie sich verkriechen könnte. Und wenn sie wirklich exotisch werden wollte, ginge sie nach Sydney, Australien. Sie spricht dort die ganze Zeit mit einer Schriftstellerfreundin. Sie reden davon, dass sie dorthin kommt."

Verdammt sei er. Es war genau das, was sie soeben gedacht hatte, und zwar genau in derselben Reihenfolge. War sie wirklich so leicht zu durchschauen?

Jake lächelte in sich hinein, als ob er ihre Frustration spüren könnte und eine besondere Freude daran empfände. „Es ist am besten, wenn du hierbleibst und unter unserem Schutz stehst, bis er erwischt wird. Wir bringen dich zu uns nach Hause. Jetzt, da wir wissen, was wir zu ignorieren haben, können wir uns auf das Wesentliche konzentrieren. Wir können Eve ein neues Profil erstellen lassen, basierend auf dem, was wir wissen. Adam, wie sieht Serenas Zeitplan für diese Woche aus?"

Adam schaute herüber, sein Blick streifte sie flüchtig, bevor er sich an Jake richtete. „Es ist eine ruhige Woche. Sie trifft sich heut' Nachmittag mit Bridget und Chris zum Essen. Sie hat einige Blog-Auftritte, doch das einzig Öffentliche, was sie vor sich at, ist die Party im Velvet Room. Dort ist die Autogrammstunde. Ich hab' das Catering-Menü bereits bestätigt."

Das hatte er? Wann hatte er das getan?

Adam antwortete, als ob er ihre Gedanken gelesen hätte. „Ich bat dich gestern es dir anzusehen und du sagtest mir, ich solle mich darum kümmern. Wir servieren ein Menü aus Vorspeisen bestehend, Teigtaschen inbegriffen. Du magst asiatisch, also habe ich das Menü dementsprechend zusammengestellt. Mit rot-samtenen Penis-Muffins. Wir haben gratis Champagner und ich hab' zwei meiner Reporterfreunde überredet darüber zu berichten. Ich hab' ein Kleid für dich bei Neimans gefunden und, du wirst die Schuhe hassen, aber sie sind perfekt. Christian Louboutin Stilettos. Sie kommen heut' Nachmittag an und du solltest sie einlaufen. Ich hab' einen Fotografen bestellt, da wir alles auch für künftige Pressemitteilungen nutzen können. Ich hab' eine detaillierte Quittung über alles, doch hab's geschafft all das für zehn Prozent weniger zu bekommen, als es das Budget vorsieht."

Gott, war er ein sexy Mann. Wie zur Hölle sollte sie ohne ihn wieder ins Leben finden?

Ian lächelte. „Siehst du, ich sollte dir allein seine Organisationsfähigkeiten berechnen." Er schlug mit der Hand auf den Schreibtisch. „In Ordnung. So wird es gemacht. Lara, du bist eine Knalltüte, aber ich hab' deinen Bruder geliebt. Er hat mir auf seine Kosten das Leben gerettet und das bedeutet sich mit dir abzufinden, auch wenn du ein Dummkopf bist. Willst du, dass Serena lebt?"

Er sah zu Serena, als ob ihr ganzes Leben davon abhing, was Lara als nächstes sagte.

„Das tue ich. Sie wird es nicht glauben, aber ich liebe sie."

Ian schüttelte den Kopf. „Es ist mir egal, was sie glaubt. Vertrau mir, ich weiß genau, wie es ist, jemanden, den man liebt, am Leben zu halten, auch wenn ich dafür Hass erntete. Wenn du willst, dass sie lebt, sorge ich dafür, dass es so bleibt."

Es schien dumm danach zu fragen, ob sie ein Mitspracherecht hatte, doch sie wollte es irgendwie. Trotzdem. Es war eine dumme Frage. Sie beneidete das Mädchen nicht, das sich in diesen zutiefst widerwärtigen, total heißen Mann verliebte. Ian Taggart war beides, Hammer und Amboss.

Aber diesmal würde sie mehr Kontrolle bewahren. „Ich würd' gern einige der Leibwächter interviewen und herausfinden, mit welchem es am besten funktioniert."

Ian lehnte sich vor. „Verstehst du die Bedeutung einer halben Million und ihrer Berechnung? Du wirst nehmen, was ich dir gebe, und gottverdammt glücklich sein, dass du am Leben bist. Und du ziehst ernsthaft in Betracht Lara zu vergeben, weil sie sich verdammt um dich sorgt. Adam und Jake denken, sie hätten mir etwas erzählt, was ich nicht eh schon wusste. Lara hat vor ein paar Tagen bereits ausgepackt."

„Warum hast du uns dann verdammt nochmal nichts gesagt?", fragte Jake, er hielt seine Hände auf seine schlanken Hüften gestemmt.

„Es war auf Grundlage meines Bedürfnisses informiert zu sein und ihr brauchtet es noch nicht zu wissen. Ich hab's Eve gesagt, nachdem sie sich mit Serena getroffen hat." Er schob einen Aktenordner über den Schreibtisch. „Hier ist ihr neues Profil. Ich hatte gehofft Ms. Brooks im Ungewissen zu lassen. Sie wäre glücklicher, wenn sie es nicht wüsste. Wenn es hilft, ich hab' ein langes Gespräch mit ihr geführt und sie dazu gebracht alles preiszugeben."

„Er hat viel geschrien", gab Lara zu.

Jake schnappte sich den Ordner. „Ich schau' ihn mir auf dem Heimweg an."

Adam trat vor. „Ich denke, du solltest uns ersetzen lassen."

„Was?", fragte Jake und starrte seinen Partner an.

Sie mochte es, wie Adam dachte. Er tat es mit einem offenbar klaren Kopf. „Ja, wie er gesagt hat. Ich nehme jeden anderen. Gib mir die Praktikanten. Sicher hast du Praktikanten."

Ian hob die Augenbraue derart in die Höhe, dass es sie wissen ließ, dass auch sie ein ziemlicher Knallkopf war. „Nein. Seltsamerweise hab' ich keinen Haufen Praktikanten, die bereit sind sich eine Kugel für eine Kundin verpassen zu lassen, und mich dafür unterzeichnen lassen drei ihrer Semesterwochenstunden am College gedeckt zu haben. Du bekommst Adam und Jake. Wenn Adam es vorzieht seinen Job zu kündigen, weil er sich entschieden hat gegen meinen unglaublich guten Rat zu verstoßen, die hübsche Kundin nicht zu ficken, dann kriegst du nur Jake. Oder du kannst dich diesem Arschloch ganz allein stellen. Ich hoffe, du weißt, wie man mit Schlangen umgeht, wo wir nun wissen, dass er gern von ihnen Gebrauch macht."

Gefickt sei er. Er hatte Recht und sie in eine Ecke gedrängt.

Was sollte sie tun? Sollte sie die Entscheidung treffen, die ihr Stolz verlangte? Sollte sie es mit ihm aufnehmen, wer zur Hölle dieser Kerl auch immer war, ganz allein? Oder konnte sie alles aufgeben und sich zurückziehen und ein ruhiges Leben führen?

Sie käme damit klar. Sie gab nichts anderes auf. „In Ordnung. Doch ich möchte gern auf dem Laufenden gehalten werden. Ich möchte, dass das so schnell wie möglich geklärt ist."

„Das will ich auch." Ian stand auf. „Liam untersucht die Situation. Er wird weiterhin als Adams und Jakes Rückgrat fungieren, bis ich ihn nach Europa oder sonst wohin beordere, je nach dem wo Mr. Black beschließt seinen bald abgehackten Kopf wiederaufzurichten. Hatte ich erwähnt, dass ich diesen Hurensohn umbringen werde?"

Serena hatte keine Ahnung, wer Mr. Black war, aber sie war froh nicht an seiner Stelle zu sein. Ian Taggart war kein Mann, dem sie in die Quere kommen wollte. Und auch der Mann, der sie in eine peinliche Lage brachte. Sie würde sich auf die Männer verlassen müssen, die sie gedemütigt hatten.

Sie blickte zu Jake auf, der mit der Situation äußerst zufrieden schien. Dann zu Adam, der Blickkontakt vermied. Adam, der ihr Leben perfekt organisiert hatte, bis hin zu dem Essen und dem Wein, wie sie es sich gewünscht hätte. Sie hatte nicht nachdenken müssen. Sie hatte einfach geschrieben, weil sie Adam vertraut hatte, dass er sich um alles kümmerte, und es war okay, weil er es gerne tat.

Hatte er das? Er hatte ihr gesagt, dass er das tat. Er schien glücklich zu sein, als er es gemacht hatte.

War das auch eine Lüge?

Sie war brutal verwirrt und fühlte sich elendig. Wie würde sie die folgenden Wochen in ihrer Gegenwart überleben? Besonders, wenn Jake aggressiv war und Adam sie noch nicht einmal ansah.

Doch sie hatte keine Wahl. Sie kam mit ihnen klar oder war auf sich allein gestellt. Sie war nicht zu blöd zu leben. Sie mochte zu blöd sein, um glücklich zu sein, aber zumindest wäre sie noch am Leben.

„Geht klar." Es gab keine andere Antwort. Sie war in die Ecke gedrängt. Sie sah zu Jake auf. Er hatte sie in eine Ecke gedrängt. Er fände heraus, dass sie nicht für immer dort bliebe.

* * * *

Adam fuhr durch die Straßen von Dallas, seine Augen auf der Straße, seine Gedanken bei der Frau auf dem Rücksitz.

„Mir geht es gut, Bridget. Es ist alles in Ordnung." Sie sprach in ihr Telefon. Er blickte sie einen kurzen Moment durch den Rückspiegel an. Sie hatte ihre Sonnenbrille wieder vergessen. Sie quälte sich stets damit ab die verschreibungspflichtige Sonnenbrille zu finden, die sie trug. Er hatte ausdrücklich darum gebeten, dass Alex sie am Abend zuvor abholte. Er hatte sie direkt neben ihre Handtasche gelegt, als er ihre Sachen ausgepackt hatte, doch sie hatte sie offensichtlich wieder vergessen.

Wenn sie ihren nächsten Termin hätte, stellte er sicher, dass sie die Art von Brille bekam, die sich im Sonnenlicht veränderte. Die Sonne in Texas war viel zu hell, um auf UV-Schutz zu verzichten.

Er hatte seine Augen wieder auf die Straße gerichtet. Was dachte er sich dabei? Sie war nicht mehr die, um die er sich scherte, und das tat höllisch weh. Er hatte es versaut, und er wusste aus Erfahrung, dass sie ihm nicht verzieh. Ein Mann hatte bei den meisten Leuten wirklich nur einen Versuch. Vermasselte er diesen, war er draußen.

„Bridget, ich verheimliche nichts. Gott, hat dir schon mal jemand gesagt, dass du ein bisschen wie eine Bulldogge bist? Gut." Es gab eine kleine Pause und dann seufzte Serena. „Nein. Das hat nicht geklappt."

Serena schreckte kurz auf und hielt das Telefon vom Ohr weg. Bridget schrie, ihre Wut kam deutlich zum Ausdruck. Wohl kein Satellit konnte die Wut, die durch Serenas kleines Handy dröhnte, unterdrücken.

Nun, zumindest hatte er einen Fan in Bridget gefunden.

„Serena, Süße? Du kannst das Telefon wieder ans Ohr legen. Hier ist Chris. Ich hab' Bridgets Handy an mich genommen. Sie wird jetzt irgendwo für sich schreien."

Serena nahm das Telefon wieder ans Ohr, das Gespräch schien nach einem zivilisierteren Ton zu klingen.

Jake drehte sich auf seinem Platz zu Adam um. „Warum

machst du das?"

Bridget war nicht die einzige Bulldogge auf der Welt. „Was? Fahren? Nun ja, Jacob, wenn ein Mensch irgendwo hin will, hat er ein paar Möglichkeiten."

„Stell den Scheiß ab, Mann. Warum verhältst du dich wie ein verriegeltes Arschloch?"

Weil er nicht zu ihren Füßen um Gnade winselte. Es funktionierte nicht. „Macht es dir was aus dieses Gespräch unter vier Augen zu führen?"

Jake schüttelte den Kopf. „Wir sind unter uns. Es gibt nur dich und mich und Serena."

„Ohne Serena." Es gab Adam und Jake und Serena nicht mehr.

„Kumpel, sie scheint kein Problem damit zu haben, vor uns zu reden. Ich spiel' nur nach ihren Regeln."

Tatsächlich schniefte Serena gerad in ihr Handy. „Es hat einfach nicht geklappt. In Ordnung. Okay. Das hab' ich. Nun, beide. Nein. Zu diesem Teil sind wir nicht gekommen. Sie haben sich entschieden mich nicht mehr zu wollen."

„Bullshit, Serena, und das macht zwanzig fürs Lügen." Jake verengte die Augen, vom Vordersitz aus danach strebend sie zu dominieren.

Sie sah zu ihm auf. „Du kannst mich nicht mehr versohlen."

„Pass auf."

Sie kam zu ihrem Telefonat zurück, wenn auch jetzt etwas ruhiger. „Siehst du, er ist brutal. Nein. Ja. Ich habe nicht gesagt, dass es mir nicht gefiel, doch jetzt nicht mehr, denn er ist ein Arschloch. Können wir nicht einfach beim Mittagessen darüber reden?"

„Es gibt kein Mittagessen, Serena", sagte Jake. „Wir fahren nach Hause."

„Sie isst einmal pro Woche mit Bridget und Chris zu Mittag. Das ist der einzige Tag, an dem sie diese Woche Zeit hatten. Ich hab' ihre Termine koordiniert. Ich hab' die Reservierung selbst vorgenommen", betonte Adam. Er kannte ihre Gewohnheiten bereits. Er liebte es in alle Einzelheiten ihres täglichen Lebens eingebunden zu sein. Er hatte kein Interesse daran, einer dieser Freunde zu sein, die neunzig Prozent der Zeit ihren eigenen Weg ging und nur für etwas

Sex zu ihrer Geliebten kamem. Er wollte ihr wichtig sein. Zur Hölle, er wollte unentbehrlich sein.

Eine riesen Menge guter Dinge, die es ihm angetan hatten.

„Ich esse immer mit meinen Freunden zu Mittag. Es ist die einzige Zeit, in der ich rauskomme." Serena hielt die Hand über die Ohrmuschel und es lag ein verlorener Blick auf ihrem Gesicht.

Adam verstand. Es war ihre Routine. Sie fand Trost darin. Der Rest ihres Lebens war ein chaotisches Durcheinander und sie wollte mit den einzigen beiden Menschen auf der Welt zusammen sein, die sie nicht im Stich gelassen hatten. Es waren nur ein paar Stunden und sie wäre in Sicherheit.

Jake hielt die Stellung, doch Adam hatte gewusst, dass er das täte. „Nein. Du wirst alles absagen. Einschließlich dieser Signierstunde."

„Ich kann die Signierstunde nicht absagen."

„Sie kann die Signierstunde nicht absagen. Wir haben alles arrangiert." Adam hatte sich den Arsch aufgerissen, um sicherzugehen, dass die Signierstunde stattfand.

Sie runzelte die Stirn, diese herrlich pralle Unterlippe zitterte ein wenig. „Aber wenn ich die Signierstunde absage, dann gewinnt der Terrorist."

Er wollte lachen. Sie war so verdammt lustig.

Jake schien es nicht amüsant zu finden. „Und wenn ich dich nicht dazu bringe es abzusagen, lasse ich dich vom Terroristen mit einem wirklich großen Messer ausweiden."

Gott, Adam wollte sie beschützen, aber er war in diesem Fall irgendwie auf Serenas Seite. Was taten sie hier, wenn sie nicht einen einzigen Auftritt machen konnte, um ihre eigene Arbeit zu promoten? „Sollten wir sie nicht beschützen, damit sie ihr tägliches Leben fortführen kann?"

Serena sprang direkt darauf an. Sie zeigte auf Adam. „Wie er sagt." Sie nahm das Telefon wieder ans Ohr. „Sorry, Babe, wir versuchen gerad' herauszufinden, ob das vernünftige Arschloch oder der Kerl mit dem tief in seinem Arsch sitzendem fünf mal zehn Zentimeter Kantholz obsiegt. Ja, das ist Jake."

Adam erstickte ein Lachen, doch Jake drehte sich auf seinem Platz herum. „Fünf mal zehn, Serena? Schatz, das ist nichts im

Vergleich zu dem Plug, den ich dir reinschieben werd'. Weißt du, was wir mit kleinen Gören, die ihren Dom necken, machen? Sie kriegen eine schöne fette Ingwerwurzel in den Hintern geschoben."

Sie flüsterte ins Telefon. „Ja, er hat nur gedroht mich zu figgen. Nein. Das kann er nicht tun, weil er nicht wirklich mein Dom ist. Nein. Igitt. Du darfst nicht zusehen. Das ist keine Recherche, Chris."

Jake blickte zurück zu Adam und schüttelte traurig den Kopf. „Du hast nichts zu sagen, Mann. Du hast bereits ausgecheckt."

Adam fühlte eine kleine Welle der Wut. Jake hatte ihn überhaupt erst in Schwierigkeiten gebracht. Er war derjenige, der Adam wirklich wütend gemacht hatte. Wenn sie es auf Adams Art getan hätten, wären sie mit ihr ins Bett gestiegen und hätten sie über die Situation befragt. Aber nein. Jake musste aus allem ein Worst-Case-Szenario machen und jetzt wollte er Adam rausschmeißen? „Ich bin immer noch an diesem Fall dran. Wenn du ein Problem damit hast, mach das mit Ian klar."

Jake war nicht der Einzige, der eine Entscheidung treffen konnte. Adam wechselte die Spur und machte eine Rechtswendung.

„Wohin fährst du?", fragte Jake, seine Stimme angespannt.

„Es ist Samstag. Es ist fast elf Uhr. Ich bringe unsere Klientin zu ihrem Mittagessen."

„Vernünftiges Arschloch hat gewonnen. Aber ich glaub', er hat gewonnen, weil er fährt. Ich bin mir nicht sicher, ob ich aus dem Auto steigen darf", informierte Serena Chris. „Ja. Ich brauch' unbedingt eins. Bestell einen ganzen Krug."

„Kein Alkohol, Serena", bellte Jake. Er drehte seine Augen zurück zu Adam. „Ich muss wissen, ob du in dieser Sache noch hinter mir stehst."

„Ich werd' sie beschützen. Ich werd' meinen Job machen." Aber er dachte schon daran, wie sehr ihr Lächeln seinen ganzen verfickten Tag erleuchtete. Wie wollte er seine Hände von ihr lassen? Weil sie ihm deutlich gemacht hatte, dass sie ihn nicht mehr wollte. Er rannte nicht wieder ins Leere. Er war offen und ehrlich über alles gewesen, was er wollte, und beim ersten Fehler, den er beging, warf sie ihn raus ohne sogar bereit zu sein sich eine Erklärung anzuhören. Er war diesen Weg schon mal gegangen und täte es kein zweites Mal.

„Das war nicht meine Absicht, Mann." Jake lehnte sich zurück, ein langer Seufzer kam aus seiner Brust. „Ich brauche dich, Mann. Ich bin verfickt nicht gut darin. Ich kann's nicht allein retten."

„Es gibt nichts zu retten, außer ihrem Leben. Lass uns das tun, was wir von vornherein hätten tun sollen. Unsere Arbeit machen. Sie ist die Kundin. Nichts weiter." Er sprach die Worte ruhig aus, doch jede Silbe schmerzte ihn in seinem Innersten.

Er blickte im Rückspiegel zurück zu ihr und für die kürzeste aller Sekunden sah er einen allarmierenden Schmerz auf ihrem Gesicht, ihre Augen flackerten vor Schmerz auf. Sie schob den Gedanken sofort beiseite und widmete sich wieder ihrem Freund.

Sie war die Kundin. Er war der Wächter. Es war schon längst Zeit mit der Arbeit zu beginnen. Ihr Leben zu bewachen, und sein idiotisches Herz.

Kapitel Sechzehn

Serena rannte fast ins Restaurant hinein. Bridget und Chris saßen an ihrem gewohnten Tisch im Hinterzimmer des kleinen mexikanischen Imbisses. Als sie sie erblickten, standen sie auf und liefen zu ihr, Sorge stand ihnen auf den Gesichtern geschrieben.

Gott sei Dank war sie nicht allein. Bridget beeilte sich sie zu umarmen und sie eng an sich zu drücken.

„Hey, Süße. Geht es dir gut? Ich weiß, das tut es nicht, das war einfach nur irgendwas Dummes, was ich dachte, das ich sagen müsste. Es tut mir so leid. Wir haben uns beide entschieden Lara zu feuern."

Serena schniefte. Es schien, als könnte sie heute nicht aufhören zu weinen. „Feuert sie nicht. Lasst uns wenigstens darüber reden, bevor ihr wirklich eine Entscheidung trefft. Ich habe sie noch nicht gefeuert."

Sie hatte es vorgehabt, doch die Dinge hatten sich so schnell entwickelt, und dann war sie einfach nicht in der Lage gewesen die Worte zu sagen, um die Beziehung zu beenden. Lara hatte so elendig ausgesehen und die Wahrheit war, dass es nicht viele Menschen in ihrem Leben gab, die wirklich behaupteten sie zu lieben. Sie konnte Lara zumindest einen oder zwei Tage Zeit geben.

„Das ist vernünftig von dir. Zu schade, dass du dich weigerst deinen Liebhabern die gleiche Höflichkeit entgegenzubringen." Jake stand mit einem grimmigen Gesichtsausdruck neben ihr.

Er würde Ärger machen. Adam schien zumindest nur den Tag überstehen zu wollen.

„Hallo, Bridget. Du scheinst die zusätzlichen Stühle losgeworden zu sein." Jake starrte auf den kleinen Tisch. Tatsächlich hatte der Tisch für vier Personen nur drei Plätze.

Bridget stellte sich vor Jake und zeigte ihm glücklich den Mittelfinger. „Rede zu der Hand, Arschloch."

„Es ist etwas mehr als ein Finger", hob Jake hervor.

Chris war unendlich höflicher. Er streckte die Hand aus, doch mit kargem, leerem Gesichtsausdruck. „Tut mir leid, sie ist etwas wütend. Eigentlich sind wir es beide."

Jake griff nach der ihm angebotenen Hand und schenkte Chris ein strahlendes Lächeln. Viel strahlender, als sie ihn je zuvor hatte lächeln sehen. Es war ein charmantes Lächeln, ein Lächeln, das seufzenswert war. *Arschloch*. „Ich kann verstehen, warum, Chris. Ich hoffe, ihr gebt uns irgendwann die Möglichkeit das zu erklären. Fürs Erste nehmen wir einfach diesen Tisch neben euch dreien. Ich gäbe euch gern mehr Privatsphäre, doch das ist offensichtlich keine gute Idee. Wir nehmen ihre Gesundheit und ihr Wohlbefinden beide sehr ernst, und das nicht nur, weil sie unsere Kundin ist. Sie uns sehr wichtig. Ich weiß, dass du das verstehst."

Serena wollte sich übergeben. Jake hatte exakt herausgefunden, wie er mit Chris umzugehen hatte. Er behauptete, er wüsste nicht, wie er sich mit Menschen auseinandersetzen sollte, doch das war nur eine weitere auf der langen Liste von Lügen. Nun, sie gab zu, dass Chris nicht nur irgendein Mensch war. Er gehörte zum Lifestyle, und Jake hatte es vermutlich in dem Moment gewusst, als er einen Blick auf ihn geworfen hatte. Chris war ein großer alter Bottom und er lächelte dem großen bösen Dom bereits zu.

„Wir können noch ein paar Stühle besorgen", bot Chris an.

„Nein, können wir nicht." Bridget war nicht annähernd unterwürfig. „Der Arschloch-Tisch ist da drüben. Komm schon, Serena. Ich hab' dir einen Drink bestellt. Und du solltest dich besser daran erinnern, wem deine Loyalität gilt, Chris. Nur weil Hottie McHot Ass mit seinem mega-großstädtisch-heißen Freund hier reinmarschiert, mit all seinen Muskeln und anderem Scheiß, bedeutet das nicht, dass du dich in einen Haufen verlogener Heuchelei verwandeln musst. Wir hassen sie."

Chris seufzte, auf Jakes Brust starrend. Er trug ein T-Shirt, doch es war gut zu erkennen, dass er erstaunlich muskelbedeckt war. Jake nickte Chris zu und nach ihm Adam, während sie sich auf den Weg in den hinteren Teil des Raumes machten und an ihrem Tisch niederließen.

Bridget schlug Chris auf die Brust. „Was ist los mit dir?"

Chris war der Kiefer leicht heruntergeklappt. Sie konnte es ihm nicht verübeln. Sie sahen von hinten genauso gut aus wie von vorn. Sie hatten beide unglaublich heiße Ärsche.

„Ich...heilige Scheiße, Serena. Du hast es wirklich mit beiden gemacht?"

Bridget sah ihn mit verengten Augen an. „Ja, sie hat fürchterlich liederliche Dinge getan und dann haben sie sie wie Müll behandelt, deshalb hassen wir sie."

„Das tu' ich. Ich hasse sie. Aber heilige Scheiße." Chris blickte ihnen nach. „Hast du sie gesehen?" Er griff nach Serenas Hand und hielt sie an sein Herz. „Es tut mir so leid, Baby. Das tut es mir wirklich. Bist du sicher, dass sie nicht schwul sind? Weil er mir echt schwul vorkam."

Serena konnte nicht anders. Sie lachte. Chris dachte von jedem Mann mit halbwegs anständigem Körper, dass er schwul sei, demzufolge hatten Adam und Jake seinen defekten Gaydar ins Schleudern gebracht. „Ich versichere dir – einhundert Prozent nicht schwul. Zumindest haben sie sich im Bett nicht schwul angefühlt."

„Also könnten sie schwul sein." Chris seufzte. „Doch, ja, wir hassen sie."

„Ja, wir hassen sie." Serena sprach die Worte aus. Sie wünschte sich nur, sie könnte sie tief in ihrer Seele spüren. Sie hasste sie nicht. Sie war immer noch verrückt nach ihnen, aber sie konnte ihnen nie wieder vertrauen. Sie folgte Chris und Bridget zurück zu ihren Plätzen, wo Bridget anfing lauthals über all die Männer zu sprechen, mit denen sie Serena verkuppeln würde, sobald sie wieder bereit war sich zu verabreden.

Sie hätte nie wieder ein Date.

Sie hörte zu, wie Adam und Jake das Mittagessen bestellten. Sie spielte mit dem Strohhalm ihres Swirl-Margaritas. Bridget und

Chris begannen über Arbeit, gewöhnliche, alltägliche Dinge zu sprechen. Es war das Gleiche wie bei jedem Mittagessen zuvor, außer, dass sie jetzt ein ganz anderer Mensch war.

Wie konnte sie sie jetzt schon vermissen? Sie saßen keine anderthalb Meter entfernt, doch sie waren für sie verloren, als wären sie weg, nie wieder zu sehen. Sie würde sie nicht mehr sehen. Nicht wirklich. Sie würde sich durch die Tage quälen, doch sie hätten nichts wirklich gemeinsam. Adam und Jake wären in der Nähe, aber eher wie Accessoires, während sie zuvor essenziell gewesen waren. Sie hatte sich innerhalb einer Woche mehr auf sie verlassen als jemals auf ihren Mann, obwohl sie jahrelang verheiratet gewesen waren.

Und eines Tages, bald, würden sie diesen Kerl erwischen. Sie wusste, dass sie es täten. Sie würden dieses Versprechen einlösen. Sie würden ihn fangen und sie wäre in Sicherheit und sie gingen ihrer Wege. Sie ginge ihres Weges. Abgesehen davon, dass sie es nicht täte. Sie war seit Jahren nicht mehr ihres Weges gegangen, nicht emotional. Sie hatte an ihrer Karriere gearbeitet und Barrikaden für alle errichtet, die nicht zu ihrer kleinen Gruppe von Freunden zählten. Wenn Adam und Jake weg waren, ginge sie nicht ihres Weges. Sie versänke einfach tiefer in sich selbst, bis sie sich die einzige Emotion, die sie jemals empfände, von der Seele getippt und ins Internet gestellt hatte, damit sie alle sehen konnten.

„Schatz? Geht es dir gut?", fragte Chris, streckte die Hand aus und umschloss ihre Hand mit seiner.

Sie schüttelte den Kopf. „Nein. Doch ich habe im Moment keine andere Möglichkeit zu sein."

Er starrte sie einen Moment lang an. „Bist du dir sicher?"

„Chris, du warst heute Morgen nicht dabei. Du hast einige der Dinge, die er zu mir gesagt hat, nicht gehört und Adam hat überhaupt nichts gesagt. Vertrau mir. Ich weiß genau, wo ich bei den beiden stehe. Ich war ein bequemer Fick."

„Ich weiß nicht so recht." Chris lehnte sich zurück, seine Augen wanderten zum Tisch neben ihnen, wo Jake und Adam saßen. Ihr Essen war gekommen, doch keiner von beiden schien etwas anzurühren.

„Nun, ich aber. Männer sind Idioten." Bridget preschte vor, als ob sie bereit wäre sich in eine ihrer Tiraden zu ergehen.

„Nein. Ich bin dran." Chris machte nicht oft Gebrauch von diesem scharfen Bellen, doch wenn er es tat, meinte er es ernst. Bridget seufzte und nickte. Chris wandte seinen Blick zu Serena. „Du weißt, was Bridget gerade macht, oder? Sie wird mit allem einverstanden sein, was du sagst, weil sie denkt, dass du jetzt eine dich voll unterstützende Freundin brauchst, doch ich denke, was du brauchst, ist jemand, mit dem du wirklich reden kannst. Wonach ist dir, Liebling? Ich kann hier sitzen und Männer mit Bridge verfluchen, oder ich kann dir ein paar sehr konkrete Fragen stellen."

Sie wollte Bridgets Geheul hören, weil es sie beruhigte. Sie wollte, dass sie ihr einfach sagten, dass sie mit allem Recht hatte, doch sie konnte es nicht einfach. „Frag mich."

„Serena, sie sehen nicht aus wie zwei Männer, die begierig darauf sind von dir wegzukommen."

„Dann siehst du nicht gut genug hin." Die Worte klangen stur, als sie aus ihrem Mund kamen.

„Ich beobachte sie." Chris hatte eine gute Sicht zum Tisch. „Sie schauen beide stets rüber."

Nun, sie kannte die offensichtliche Antwort darauf. „Mein Leben ist mehrmals bedroht worden. Das sind Leibwächter. Sie machen ihre Arbeit."

„Ich glaube nicht. Sie sind besorgt, aber nicht um dein Leben. Schau, Schatz, ich kenn' das alles schon viel länger als du. Ich kenne Männer. Ich kann einen Playboy aus kilometerweiter Entfernung erkennen. Keiner dieser Männer blickt auch nur annähernd auf Bridgets Dekolleté, obwohl sie ihre Brüste in ihrer ganzen Pracht präsentiert."

Bridget zuckte mit den Schultern. „Es stimmt. Ich hab' sogar noch einen weiteren Knopf aufgemacht, als ich herausfand, dass sie mit dir herkämen. Kein Mann kann diesen doppelten Ds widerstehen. Ich hasse es zuzugeben, doch ich denke, Chris könnte Recht haben. Sie sind entweder verrückt nach dir oder schwul. Der Brusttest lügt nicht."

Serena starrte auf ihren Drink herab. „Ihr versteht nicht, Leute. Denkt drüber nach. Sie teilen gern eine Frau, und Jake ist ziemlich hardcore, wenn es um Peitschen und Ketten geht. Ich bin absolut offen für beide Formen des Lifestyles. Es ist einfach praktisch. Sie haben mich nie wirklich gerngehabt und sich deshalb so verhalten, wie heute Morgen."

„Ja, weil Liebe immer rational ist", sagte Chris traurig. „Ich liebe meinen Freund und wir haben uns gegenseitig einige der verletzendsten Dinge der Welt gesagt. Süße, ein Mann, der eine echte Leidenschaft für dich empfindet, der dich bis ins Mark liebt, kann sehr grausam sein, wenn diese Liebe bedroht ist."

„Alles, worum ich gebeten hatte, als wir mit dieser Sache angefangen haben, war ein wenig Freundlichkeit." Es war nicht zu viel verlangt.

Chris seufzte. „Leidenschaft hat nichts mit Freundlichkeit zu tun. Sie kann es sein, doch du erwartest, dass Liebe eindimensional ist, doch das ist sie nicht. Todsicher ist sie das nicht mit zwei Männern. Du hast zwei Männer mit zwei Herzen und ihrer jeweils eigenen Vergangenheit, die du zu händeln hast. War ihr Leben nur Sonnenschein und Rosen? Du weißt, dass wir so reagieren, wie es uns das Leben gelehrt hat. Stell dir selbst die Frage. Was hat das Leben diesen beiden Männern gelehrt? Hat es dazu beigetragen, wie sie auf eine spektakulär schlechte Nachricht reagiert haben? War das, was sie getan haben, tatsächlich unverzeihlich?"

Unverzeihlich? Was bedeutete das tatsächlich? Doch selbst wenn Chris recht hatte, war sie vielleicht einfach zu geschädigt, damit das je funktionierte. Er sprach davon, dass die Vergangenheit dafür ausschlaggebend sei, wie eine Person mit der Gegenwart umginge. Ihre Vergangenheit hatte sie gelehrt, dass sie keinesfalls von gutem Urteilsvermögen gesegnet war. Sie vertraute sich von nun an genauso wenig wie ihnen. Sie hatte den Fehler gemacht sich in diese Situation zu stürzen, obwohl sie verdammt genau wusste, dass es nicht funktionierte.

Doch das war exakt das, was sie tat. Nichts klappte, wie sie es beabsichtigte. Genau wie ihre Schreibkarriere. Sie hatte die Vision gehabt bejubelt und geliebt zu werden, doch hatte zumeist Hohn und Spott von jedem außerhalb der erotischen Romantik-Community geerntet. Und jetzt schien sich jemand so an ihrer Arbeit zu stoßen, dass sie Leibwächter benötigte. Alles, was sie tat, schien sie zu isolieren, sie immer weiter weg von weißem Lattenzaun und Kindern zu manövrieren. Sie verstand nicht, warum ihr weißer Lattenzaun nicht um einen Kerker herumführen konnte. Und warum nicht zwei Typen ihr Traumhaus bewohnten?

Ihre Fantasien waren harmlos. Warum wurde sie dafür bestraft? Warum sollte eine Frau dafür bestraft werden?

Bridget nahm ihre andere Hand. „Schatz, ich weiß, ich hau manchmal zu viel raus, aber selbst ich kann sehen, dass du unglücklich bist, und es geht nicht nur um das Arschloch, das dir böse Nachrichten schickt."

„Und eine Schlange", erwähnte Serena. Gott, sie konnte das nicht aus dem Kopf kriegen.

Bridgets Augen weiteten sich. „Eine Schlange? In deinem Auto? Wie bei *Sweetheart in Chains*?"

Chris wurde knallrot. „Er kopiert Sachen aus deinen Büchern und nutzt sie gegen dich?"

Serena nickte. „Ja. Ich wünschte, ich hätte nicht all das gruselige Zeug geschrieben. Ich denke, ich werd' das Schreiben romantischer Spannung aufgeben. Das nächste Mal, wenn ich einen Stalker erfinde, wird er flauschige Hasen hinterlassen. Lebendige flauschige Hasen. Ich hoffe, er hat nicht *Missing in Joy* gelesen." Was sie mit ihrer ehemaligen FBI-Profiler-Figur gemacht hatte, war einfach schrecklich.

Chris stand auf und stolzierte zum nächsten Tisch, seine Hände zu Fäusten geballt. Er starrte zu Jake und Adam hinunter. „Sagt mir, dass ihr diesen Kerl töten werdet. Ihr tötet ihn besser oder ich schwöre bei Gott, sonst tu' ich es."

Wenn Chris in Schutzmodus verfiel, ging er aufs Ganze.

Jake sah ruhig auf. „Ich versprech's. Ich verspreche nicht, dass ich's schnell tun werde."

„Wir werden uns um sie kümmern", sagte Adam und sah sie schließlich an. Es lag ein hohler Ausdruck in seinen Augen, der, war sie sich ziemlich sicher, zu ihrem eigenen passte. „Wir kümmern uns um sie, ob es ihr gefällt oder nicht."

Chris setzte sich zu ihren Leibwächtern an den Tisch und begann alle möglichen Fragen zu stellen.

Bridget schenkte Serena einen weiteren Drink ein. „Sie scheinen nicht wie Männer zu sein, die mit dem Ergebnis des Tages zufrieden sind. Ich hasse das. Ich kling' so vernünftig, aber Chris ist im Er-beschützt-seine-Frauen-Modus. Also muss ich jetzt die Stimme der Vernunft sein. Bäh."

Serena fühlte ein schwaches Lächeln, das ihre Mundwinkel hob. Sie liebte Bridget. Vernünftig oder nicht. „Ich denke, sie hätten es vorgezogen mich mit Sex bei der Stange zu halten, und das können sie jetzt nicht mehr."

Bridget runzelte die Stirn. „Wirklich? Also hatten sie die volle Kontrolle?"

Jake bestimmt nicht. Er hatte sie letzte Nacht verloren. Er hatte sie genommen, obwohl er wusste, dass er es nicht hätte tun sollen. Und Adam hatte nicht wie ein Mann reagiert, der eine Frau an die Leine legte. Er hatte mit seinem besten Freund gekämpft, weil er nicht in deren leidenschaftliche gemeinsame Zeit einbezogen worden war. Er hatte selbst Zeit eingefordert.

„Nein. Sieht nicht so aus. Ich schätze, sie hätten mit mir spielen können, doch ich glaube nicht. So hat es sich nicht angefühlt. Es hat sich echt angefühlt, doch heute Morgen fühlte es sich auch echt an." Dieser verdammte Morgen hatte sie fast umgebracht.

„Ich weiß. Doch das war unvermeidlich. Verliebte Menschen streiten miteinander." Ja. Bridget war mehr als vernünftig.

„Sie sind nicht verliebt." Sie hatten nichts anderes gesagt, als dass sie versuchen wollten eine Beziehung zu führen. Es war viel zu früh, um über Liebe nachzudenken.

„Aber du bist es." Bridget ließ die Worte wie eine potentielle Mine fallen, die kurz davor war zu explodieren und vor ihrem Gesicht in die Luft zu fliegen.

Serena entschied sich die Bombe zu entschärfen, und zwar auf die einzige Weise, wie sie es konnte. Ein kleines bisschen Wahrheit und eine ganze Menge optimistischer Lügen. „Vielleicht, doch ich kann mich auch entlieben. Hey, ich dachte, ich wäre in Doyle verliebt. Ich bin davon geheilt und ich war sogar mit ihm verheiratet."

Sie stand auf und streckte sich leicht. Sie war in gewisser Weise wund, was sie daran erinnerte, wie gut sie ihren Körper in der Nacht zuvor in Anspruch genommen hatten. Es war Jahre her, dass sie Sex gehabt hatte, und sie hatte ihn nie so erfahren, wie er sich mit ihnen angefühlt hatte. Hart und rau mit einer Würze echter Versprechungen. Oder sie war schlichtweg nur gut sich Fiktion auszudenken und es war einfach nur Sex gewesen, ein Akt zweier Körper, die aus Not und biologischen Motiven zusammenfanden.

„Ich geh' auf die Toilette." Sie brauchte eine Minute Ruhe. Sie musste sich zusammenreißen. Sie wollte nicht mitten im Restaurant weinen.

Jake und Adam erhoben sich bereits.

„Ich kann sicherlich allein auf die Toilette gehen", sagte Serena. War es so weit gekommen, dass sie nicht einmal einen einzigen Moment für sich haben konnte?

Adam entfernte sich, er und Jake tauschten Blicke aus.

„Er sieht sie sich an", erklärte Jake. „Bridget, würde es dir etwas ausmachen mit uns zu kommen? Ist die Toilette komplett im Innenbereich? Keine Fenster?"

Bridget nickte und folgte Jake, als er in Richtung Waschräume ging, Serenas Ellbogen fest in seiner Hand. „Es ist klein. Nur zwei Kabinen. Keine Fenster. Ich geh' mit ihr rein."

Jake lächelte sie an. „Dank dir."

Sie erreichten die Toilette, als Adam herauskam.

„Es scheint sicher genug zu sein. Niemand ist drin. Willst du, dass ich vor der Kabine warte?", fragte Adam, seine Jacke stand gerade genug offen, um eine Spur dunklen Metalls an seiner Seite zu offenbaren. Seine SIG Sauer.

„Nein", sagte Serena schnell. Sie konnte sich nichts Schlimmeres vorstellen, als auf die Toilette zu gehen, wo einer dieser Männer zuhörte. „Niemand ist drin. Niemand kommt hier rein. Bridget kommt mit."

„Ich habe ihr oft beim Pinkeln zugehört", sagte Bridget, noch immer auf den Punkt starrend, an dem seine Waffe aufgeblitzt war.

Serena warf ihr einen Blick zu, doch Bridget zuckte nur mit den Schultern und öffnete die Tür.

Als sich die Tür schloss, atmete sie tief durch. Einfach nur bei ihnen zu sein, war hart.

„Heilige Scheiße, Serena. Er hat eine Waffe." Bridget starrte auf die Tür.

„Er ist ein Leibwächter. Es ist irgendwie ein Teil seiner Uniform." Serena blickte herab und sah, dass ihre Hände zitterten. Sie wollte sofort wieder hinausgehen und einen von ihnen anflehen sie zu halten. Sie wollte in ihrer Stärke versinken und von ihnen umgeben sein. Sie wollte Adams Hände in ihrem Haar spüren, seine Stimme hören, die ihr versprach, dass er sich um alles kümmern würde. Sie wollte, dass Jake sie küsste. Als Jake ihren Mund dominiert hatte, konnte sie an nichts anderes denken als an sie.

Doch sie konnte es nicht tun. Selbst wenn sie es zuließen, war sie sich nicht sicher, ob es nicht einfach zu noch mehr Herzschmerz führte.

Tränen traten in Bridgets Augen. „Warum? Warum passiert das? Ich versteh' nicht."

Wenigstens hatte sie Bridget. Es war einfach sie zu umarmen, ihre Arme um ihre beste Freundin zu legen und ihre Köpfe eng beieinander zu halten. Diese Frau war so lieb zu ihr. Bridget wurde brutal missverstanden, weil sie ihre Worte nicht zu filtern wusste. Doch tief in ihrem Inneren war Bridget durch und durch loyal. Sie wusste sich als Freundin zu benehmen. Sie verstand es zu lieben. Wenn alles um sie herum zusammenbräche, war sich Serena hundertprozentig sicher, stände Bridget an ihrer Seite. „Ich komme wieder auf die Beine."

Bridget schniefte. Nicht viele Leute verstanden, wie emotional sie sein konnte. „Das musst du. Ich weiß nicht, was ich ohne dich täte. Ich liebe dich, Serena. Das tue ich wirklich. Ich weiß, dass sie dich verletzt haben, aber du musst auf sie hören. Du kannst kein Risiko eingehen. Du bist zu wichtig. Für mich. Für Chris. Und egal, was dieses Arschloch sagt, du hast Tausende von Leserinnen, die ebenso der Meinung sind, dass du wichtig bist. Erinnerst du dich an die Autogrammstunde, in der dir diese Frau dankte, weil sie deine Bücher gelesen hat, als sie sich einer Chemo unterziehen musste? Du warst ihr wichtig. Er ist einfach nur krank. Du kannst nicht auf ihn hören."

„Ich weiß", sagte sie, die Tränen liefen jedoch nicht. Sie liebte Bridget auch, doch es fühlte sich schrecklich angestaut an, als ob sie einfach nicht loslassen konnte. Ihre Augen füllten sich mit Tränen, doch sie blinzelte sie zurück. Vielleicht konnte sie eines Tages wieder weinen. Aber nicht heute. Heute bliebe sie stark. Sie hielt alles zurück, bis Jake und Adam weg waren, und dann konnte sie so viel heulen, wie sie wollte.

Aber jetzt bliebe sie stark.

Bridget ließ sie los, wischte sich die Augen trocken. „Tut mir leid. Ich bin nur besorgt."

„Das glaub' ich dir. Ich würd' mir auch Sorgen um dich machen, Süße." Sie trat zum Waschbecken und ließ etwas kaltes Wasser laufen. „Können wir uns hier eine Weile verstecken?"

Bridget kicherte. „Nun, ich bin mir sicher, dass sie hier auftauchen, wenn wir zu lange brauchen. Ich bin gleich wieder da."

Bridget verschwand in der größeren der beiden Kabinen. Serena starrte sich selbst im Spiegel an. Sie sah müde und leer aus. Erst gestern Abend hatte sie Wein getrunken, während Adam ihr die Haare bürstete. Sie hatte sich wie eine Prinzessin gefühlt. War sie dumm? Sollte sie einfach rausgehen und sie fragen, ob sie noch einmal von vorne anfangen könnten? Vielleicht würde es nicht funktionieren, doch vielleicht funktionierte es doch.

„Dumpfbacke", sprach sie, während sie ausatmete zu dem Mädchen im Spiegel. Keine drei Stunden, nachdem sie ihr das Herz rausgerissen hatten, suchte sie nach einem Grund, sich erneut in das tiefe Ende des Pools zu stürzen.

Die Tür zur Kabine wurde aufgeworfen und Bridget kam heraus, mit aufgerissenen Augen und einem Umschlag in der Hand. „Er klebte auf der Rückseite der Tür. Ich schätze, Adam hat nur die Tür geöffnet und sichergestellt, dass sich keine Person da drinnen befindet. Ich wollte ihn nicht öffnen. Ich will es immer noch nicht. Oh, Gott. Ich hab' ihn berührt. Ich hätte ihn nicht anfassen sollen."

Serena fühlte, wie ihr Herz zu flattern begann. Bridget hielt einen schlichten weißen Umschlag in den Händen, ein Stück Klebeband befand sich noch am oberen Rand. *Hure* stand auf der Vorderseite. Ja. Das war vermutlich für sie bestimmt. Ohne wirklich nachzudenken, griff Serena danach. Es war, als zöge sie Verband ab. Sie wollte es einfach wissen. Wenn sie Jake und Adam herbeiriefe, sähe sie vielleicht nie wirklich, was der Mann, der sie töten wollte, zu sagen hatte.

Dem einzelnen Blatt des computergenerierten Briefes waren einige Ausschnitte von Nachrichtenartikeln beigefügt.

Bitte lies die Artikel, die ich mit beigelegt habe. Du ruinierst Ehen mit deinen ekelhaften Worten. Du verleitest gute Männer dazu, schlechte Dinge zu tun. Ich liebe meine Frau, aber ich werde dich ficken. Wenn du es hart willst, du Schlampe, dann werde ich es dir geben. Du bist eine Hure. Du beweist es mit jedem deiner Worte.

Wie du sehen kannst, kenne ich deine Gewohnheiten, also denke nicht, dass du dich hinter deinen angeheuerten Wachposten verstecken kannst. Ich werde geduldig sein. Ich werde warten und dich finden.

Huren verdienen keine schönen Dinge. Ich habe deinen Dreck gelesen. Du sagst, es sei deine Fantasie. Ich lasse deine Fantasien wahr werden. Jede von ihnen. Besonders die bösen.

Serena fühlte, wie sich ihr der Magen umdrehte.

Die Tür zur Toilette öffnete sich und Jake platzte herein. „Serena, wir müssen gehen."

Sie hielt den Brief hoch. „Er hat das hier hinterlassen."

Jake biss die Kiefer zusammen und nahm ihre Hand. „Er hat mehr als nur eine Nachricht hinterlassen, Baby. Ich glaub', er hat gerad' dein Haus abgefackelt."

Kapitel Siebzehn

Jake versuchte den Polizisten zuzuhören, doch sein Verstand drehte sich noch immer um die zerstörte Hülle, die einmal Serenas Haus gewesen war. Die Sicherheitskameras, die sie im ganzen Haus aufgestellt hatten, waren unnütz gewesen. Jake hatte sich den Feed angesehen, den er erhielt, bevor das gesamte System ausfiel, und alles, was er hatte, war eine vage Aufnahme von der Rückseite eines unscheinbaren Mannes in dunklem Kapuzenpulli und Jeans, der sich außerhalb der Hinterhofkamera bewegte. Dann brach die Verbindung ab.

„Ms. Brooks", sagte Edward Chitwood, „offenbar radikalisiert sich diese Person."

„Sie geben zu, dass diese Person existiert?", sagte Adam, seine Bitterkeit klang mit. Er war durch die Säle der Polizeistation gelaufen, bis die Detectives sie reingerufen hatten. Adam war derjenige, der sie alle vom Tatort weggescheucht hatte. Jake hatte nur dagestanden und beobachtet, wie Serenas Haus niederbrannte, seine Seele völlig aufgewühlt. Alles, was sie besaß, befand sich in diesem Haus, bis auf den kleinen Koffer, den Alex ihr in der Nacht zuvor gebracht hatte. Ihre ganze Welt um sie herum ging in Flammen auf und sie ließe sich nicht von ihm halten.

Wenigstens hatte Adam nachgedacht. Er hatte sie so schnell wie möglich da rausgeholt, da sich eine Menschenmenge versammelt hatte, die den Feuerwehrleuten zusah, wie sie den Brand löschten.

Jeder von ihnen hätte der Mann sein können, der das Feuer gelegt hatte. Adam war smart genug, ein Video mit seinem Handy von der Menge aufzunehmen. Sie würden es später analysieren.

Und Jake war einfach nur dagestanden und hatte Serena beobachtet und gefühlt, wie seine ganze Seele zusammenfiel. Er musste herausfinden, wie er sie erreichen konnte. Egal, was passiert war, er konnte sie nicht gehen lassen. Das wusste er jetzt. Selbst nach all der Scheiße, die er durchgemacht hatte, konnte er Serena nicht entkommen lassen. Er war noch nie verliebt gewesen und es war so viel wichtiger als sein eigener Stolz.

Chitwood runzelte die Stirn und lehnte sich auf seinem Sitz vor. „Ja, ich glaube, das verstehe ich jetzt. Ich für meinen Teil glaube nicht, dass Miss Brooks so weit ginge ihr Haus niederzubrennen für ein klein bisschen öffentliche Aufmerksamkeit. Apropos öffentlich, die Presse stellt Fragen. Es kommt heut' Abend in den Nachrichten."

„Halten Sie ihren Namen da raus", sagte Jake. Das Letzte, was er wollte, war, dass die Geschichte ans Licht kam. Es mochte Laras Plan gewesen sein, doch Serena hatte ihn scheitern lassen, indem sie sich geweigert hatte mitzuspielen. Sie hatte die Polizei gerufen und die Presse ignoriert. Sie hatte ihre Privatsphäre geschützt. Es war das Einzige, was ihr geblieben war.

„Zum gegenwärtigen Zeitpunkt sagen wir lediglich, dass es ein Feuer war. Ich wünschte, wir hätten einen Zeugen, doch anscheinend fand am anderen Ende der Straße eine große Blockparty statt." Chitwood sah auf seinen Bericht hinab. „Verraten Sie mir etwas, Mr. Miles, haben Sie etwas auf den Bändern der Überwachungskameras entdecken können?"

Adam seufzte und gab dem Polizisten ein bedauerndes Kopfschütteln. „Nein. Ich schaue sie mir immer noch an. Bis jetzt ist nichts zu erkennen. Haben Ihre Experten was gefunden?"

Ihre Experten hatten Lara Anderson nicht getroffen. Sie sähe aus wie jede andere Frau, die aus der Bibliothek kam und telefonierte. Jake hatte sie auf dem Band der Überwachungskamera der anderen Bibliothek gefunden, doch sie hatte ihr Gesicht im Bild nach unten gewandt, um ihren Kopf war ein Schal gebunden. Adam hatte sie nur an ihrer Handtasche erkannt. Es gab nicht viele Vorstädter, die mit Chanel herumliefen. Er und Adam hatten beschlossen, die Polizisten bei diesem Teil ihrer Untersuchung nicht mit einzubeziehen. Sie hatten die gleichen Bänder. Wenn sie nicht zu den gleichen Schlussfolgerungen kamen, war es ihre verdammte Schuld. Außerdem würde es nur das Wasser trüben, da Lara nichts damit zu tun hatte. Er hatte Ian angerufen und Lara war den ganzen Nachmittag über bei ihm gewesen, hatte geweint und versucht herauszufinden, wie sie ihrer Klientin helfen konnte. Falls sie noch immer versuchte die ganze Sache in ihrem Sinne zurechtzubiegen, war es für Jake nicht erkennbar.

„Nein. Ich glaube, das ist eine Sackgasse." Chitwood schloss seinen Ordner und sah Serena nun mit sympathischen Augen an.

Jake wollte nichts lieber, als ihr seine Hand entgegenzustrecken und seine Finger zwischen ihre zu schieben. „Hat der Brandinspektor bestimmt, wie das Feuer gelegt wurde?"

Chitwood seufzte. „Nun, wir sind sicher, dass es Brandstiftung war, aber es gibt Vorschriften. Er wird seinen Bericht in den nächsten Wochen einreichen. Wir haben einer Menge an Beweisen nachzugehen."

„Natürlich." Serena lehnte sich zurück, ihr Blick war leer. „Ich verstehe. Wissen Sie, wie lang es dauern wird, bis die Schadenssachverständigen reingehen können?"

Hernandez ging auf seinen Partner zu und stellte sich hinter ihn, seine Augen verengten sich. „Es könnte eine Weile dauern, Miss Brooks. Ihr Versicherungsagent wird einen vollständigen Bericht wünschen. Sie zahlen nicht, nur weil das Haus abbrennt. Sie müssen sicherstellen, dass Sie einen berechtigten Anspruch haben."

Oh, Jake wollte Hernandez regelrecht ins Gesicht schlagen. *Arschloch.* Er wollte keinen Zentimeter nachgeben. „Sie wissen, wo Sie uns finden. Wenn Sie noch weitere Fragen haben, rufen Sie mich an. Sie wird nicht mehr an ihr Handy gehen."

Chitwood nickte. „Ich denke, das ist eine gute Idee. Es ist äußerst klar, dass diese Person nicht verschwindet. Er scheint was zu sagen zu haben. Verraten Sie mir etwas, Miss Brooks. Haben Sie daran gedacht, sich für eine Weile von der Arbeit zurückzuziehen? Vielleicht verschieben Sie die Veröffentlichung des neuen Buches? Es könnte ihn beschwichtigen."

Jetzt wollte Jake die Scheiße aus Chitwood schlagen. „Sie

wird die Veröffentlichung ihres verdammten Buches nicht verschieben. Sie hat nichts falsch gemacht. Sie versucht einem legalen Beruf nachzugehen und sie wird niemandem nachgeben, der sie einzuschüchtern versucht."

Chitwood hielt beide Hände hoch. „Es war nur ein Vorschlag."

Hernandez runzelte die Stirn. „Es war ein guter Vorschlag. Er versucht nur sie am Leben zu halten. Aber, hey, wenn ihr ihre kleinen Bücher wichtiger sind als ihr Leben, dann soll sie es machen."

„Hernandez!" Brighton schrie aus seinem Büro, sein Gesicht rot angelaufen. „Mein Büro. Jetzt."

Hernandez versteifte sich, drehte sich dann um und ging zum Büro seines Chefs.

Chitwood lehnte sich vor. „Vergeben Sie ihm. Er ist sehr konservativ. Er ist katholisch. Er denkt, dass Ihre Bücher die Religion der Mormonen befürworten. Ich habe versucht ihm zu erklären, dass Ihre Bücher nichts mit Religion zu tun haben."

Es war an der Zeit Serena von diesen Leuten wegzubringen. Er stand auf. „Ich danke ihnen. Lassen Sie uns bitte in Kontakt bleiben."

Auch Adam erhob sich, sein ganzer Körper steif. Er sah aus, als wäre er zum Zuschlagen bereit, aber er schien sich zu zügeln. „Wir sollten unsere Anvertraute jetzt nach Hause bringen. Und ihr Buch erscheint pünktlich. Am Tag der Veröffentlichung wird sie Autogramme geben. Ich hab' einige Freunde bei der Presse, die gerne wüssten, ob sich die Polizei von Dallas um die Verfolgungsopfer kümmert. Ich vermute, wir sehen uns dort."

Chitwood lächelte ihnen das falscheste aller falschen Lächeln zu. „Wir wären nirgendwo sonst. Wir nehmen das ernst, Gentlemen."

„Serena." Jake drehte sich um und wartete darauf, dass Serena aufstand. Sie tat es, aber sie bewegte sich auf eine Weise, die ihn beunruhigte. Sie bewegte sich, aber es gab keinen Funken Leben, keine Lebhaftigkeit. Sie verhielt sich wie ein Zombie, schob sich vorwärts, ging hin, wo er ihr sagte, dass sie hingehen solle, tat, was er ihr sagte. Sie hatte komplett abgeschaltet und das war ein Problem.

Sie sah zu ihm auf. „Ich weiß, ich sollte nicht, aber könnte ich bitte auf die Toilette gehen? Ich hab' es nicht wirklich bis zu der im

Imbiss geschafft."

Chitwood erhob sich und gestikulierte in Richtung einer uniformierten Beamtin. „Leah? Könnten Sie Ms. Brooks zur Toilette begleiten? Sie soll nicht allein gelassen werden. Überprüfen Sie die Kabinen, bevor sie reingeht."

Leah, die laut ihrer Dienstmarke Officer Nelson hieß, schenkte Serena ein Lächeln. „Aber natürlich. Hier entlang." Während sie weggingen, lehnte sie sich herüber und Jacob konnte ihre Worte kaum noch hören. „Ich hab' gehört, Sie sind Schriftstellerin. Das ist so cool. Hey, kennen Sie zufällig Mari Carr? Ich liebe ihre Bücher. Worüber schreiben Sie?"

Adam folgte den Frauen und pflanzte sich vor die Toilettentür.

„Und, aus der Schmollecke rausgekrochen?", fragte Jake, denn er hatte es langsam satt, mit empfindlichen Stimmungen umgehen zu müssen.

„Fick dich, Jake. Und ja, ich bin aus der Schmollecke rausgekrochen." Er starrte auf die Tür. „Ich weiß nicht, was ich täte, wenn sie sterben würde. Schau, ich geb's zu. Ich will abhauen. Ich glaub' nicht, dass es funktioniert, denn ich glaub' nicht, dass sie es zulässt, doch er hat ihr Haus in Brand gesetzt. Das Mindeste, was ich tun kann, ist sicherzustellen, dass dieses Arschloch zu Boden geht. Das schulde ich ihr."

„Du bist nicht bereit zu kämpfen?" Es war für Jake unverständlich. Wie konnte er Serena einfach gehen lassen? Ein Funke Wut entzündete sich in ihm. „Du hast mich in diese Beziehung reingebracht."

„Und du hast uns rauskatapultiert", spuckte Adam zurück.

Ah, das war der wahre Grund. „Ich sagte doch, es tut mir leid. Ich hab' ein paar Dinge gesagt, die ich nicht hätte sagen sollen. Ich hab' alles falsch verstanden. Ich war ein Arschloch. Aber das bedeutet nicht, dass ich jetzt den Fehler mache wegzugehen."

„Ich hab's dir gesagt. Ich geh' nicht weg. Ich bin hier. Ich werd' meinen Job machen."

„Dein Job ist sie zu lieben. Es ist unser beider Job. Verstehst du nicht, wie es ablaufen wird? Wenn ihr euch beide in eure Ecken verzieht, wird es auseinanderbrechen."

„Es ist schon auseinandergebrochen", knurrte Adam vor sich

hin.

Jake war nicht mehr frustriert. „Dann setzen wir es verflucht nochmal wieder zusammen. Verdammt nochmal, Adam. Weißt du was, vielleicht hast du recht. Vielleicht solltest du für Liam Platz machen, denn, wenn das der Weg ist, den du jedes Mal einschlägst, wenn was schiefgeht, dann will ich dich nicht in dieser Beziehung. Ich werd' sie zurückholen und ich brauch' einen Partner, nicht irgendein weinerliches Arschloch, das seine Vaterprobleme nicht überwindet."

Jake zischte vom scharfen Schock der Schmerzen, nachdem Adam sich aufgebäumt und ihm direkt auf die Nase geschlagen hatte. *Fuck.* Er hatte nicht vergessen, wie man trifft. Und es war das zweite Mal an diesem Tag, dass ihn jemand, um den er sich scherte, schlug. Es war ein verschissen beschissen verfickter Tag. Er spürte seine Nase.

„Ich hab's nicht kaputt gemacht." Adam lehnte sich gegen die Wand.

„Hey, gibt es ein Problem?" Ein uniformierter Beamter blieb stehen und starrte beide an.

„Ja", antwortete Jake und zuckte vor Schmerzen in der Nase. Adam hatte sie nicht gebrochen, doch das bedeutete nicht, dass sie nicht höllisch schmerzte. „Mein Partner ist ein Arschloch. Aber wissen Sie was? Er war schon so, als wir zusammen die Grundausbildung absolviert haben. Es sollte mich nicht überraschen."

„Ah, Familienangelegenheit. Nun, mein Partner ist auch ein Arschloch, aber was willst du tun? Er ist dein Bruder, Mann." Der Polizist ging mit einem Kopfschütteln weiter.

Adam war sein Bruder. Adam war die einzige Familie, die Jake geblieben war. Seine Eltern dachten nie daran anzurufen. Jake musste sie ausfindig machen, wenn er reden wollte. Seine Brüder waren alle weggezogen. Und Jake war Adams einzige Familie.

„Wirst du mir verzeihen?" Jake musste fragen, denn plötzlich war er etwas besorgt darüber. Was zur Hölle täte er ohne Adam? Adam war fast sein ganzes Erwachsenenleben sein bester Freund gewesen. Er hatte die meiste Zeit mit Adam gelebt. Er hatte sich auf die Tatsache verlassen, dass Adam immer da war.

Adam war derjenige, der ihre Tage plante. Adam tat all die

kleinen Dinge, was Jake erlaubte, die großen zu tun.

Sie waren wahrhaftig wie ein altes Ehepaar. Nur ohne Sex. Gott, sie brauchten Serena.

Aber er brauchte auch Adam. Irgendwie, auf irgendeine Art war Adam mehr als nur ein Freund geworden. Er war die andere seltsame Hälfte von Jacobs Seele.

Adam starrte nur vor sich hin, als versuchte er herauszufinden, wie er mit ihm umgehen sollte. Doch Jake hatte es satt, von allen vorsichtig behandelt zu werden. Er hatte die Grundlage dazu geschaffen, indem er ein wortkarger Hurensohn war, der Adam erlaubte sich um alles zu kümmern, was auch nur annähernd emotional war, weil Jake damit nicht umgehen wollte. Adam hatte sich um die Frauen gekümmert, die sie teilten. Er hatte sich um ihre Freunde gekümmert. All das, damit Jake nicht durch den großen, angsteinflößenden emotionalen Ozean waten musste. Gott, er war ein Feigling.

„Adam, ich weiß nicht, was ich ohne dich täte, Mann. Ich hoffe sehr, dass du mir verzeihen kannst, denn mein Leben wär' ohne dich echt scheiße, doch ich werd' mit dir oder ohne dich für sie kämpfen. Du hast mich da reingezogen. Du hast mich manipuliert, bis ich mich richtig in sie verliebt hab'. Und ich's versaut hab'. Aber ich werd' nicht nachgeben. Sie ist die Richtige. Sie ist die Richtige für uns, doch wenn du zu sehr Schisser bist, um es zu versuchen, dann kann sie die Richtige für mich sein."

Schließlich spielte ein kleines Lächeln um Adams Mund. Sein Hurensohn-Lächeln, das Adam immer gern benutzte, wenn ihn jemand herausforderte und er beschloss es mit demjenigen aufzunehmen. „Du kriegtest sie gar nicht ohne mich."

„Ich will es nicht mal versuchen", gab Jake zu. Doch er täte es.

„Jake, was ist passiert?" Serena öffnete die Tür und zum ersten Mal, seit er heute Morgen alles versaut hatte, waren ihre Augen vor Sorge weit aufgerissen. „Deine Nase."

„Er hat mich wütend gemacht", gab Adam zu.

Serena lief zu ihm, hob ihre Hände zu ihm hoch, ihr ganzer Körper flatterte vor sanfter, weiblicher Besorgnis. „Er braucht Eis. Adam, wie konntest du ihn schlagen?"

„Nach allem, was er zu dir gesagt hat, wie hätte ich es nicht tun können?", fragte Adam.

Jake ließ seinen ganzen Körper in sich zusammensinken. „Ich hab's verdient. Ich habe ihn noch nicht mal zurückgeschlagen. Es tut mir leid."

Serena errötete. „Es gibt keinen Aufruf zur Gewalt. Wir müssen ihn nach Hause bringen. Ich denke, du wirst ein blaues Auge kriegen."

Jake lächelte Adam zu, während Serena sich um ihn herumbewegte. Sie berührte ihn zum ersten Mal, seitdem sie ihn geschlagen hatte. Ihre Finger strichen seidig über seinen Arm, als ob sie sich nicht ganz zurückhalten konnte ihn zu trösten.

Er folgte ihr zum Auto und lauschte ihrem Vortrag, dass Freunde nicht kämpfen sollten.

Doch er würde kämpfen. Er war einfach nur froh, dass er seinen Partner zurückhatte. Jetzt mussten sie nur noch herausfinden, wer versuchte sie zu töten.

* * * *

Zwei Tage später war Adam kurz davor sich die Haare auszureißen.

„Willst du noch eine Tasse Kaffee?" Adam blickte zu Serena hinunter, die an ihrem Schreibtisch saß, ihr Laptop geöffnet. Sie starrte auf den Bildschirm, doch soweit Adam es beurteilen konnte, hatte sie seit Tagen kein einziges Wort geschrieben.

„Nein, danke." Sie machte sich gar nicht die Mühe aufzublicken, sondern sprach nur so wenig Worte wie nötig in dieser geistig abwesend höflichen Stimme, in der sie in den letzten Tagen mit jedem sprach, der nicht ihr Hund, ihre beste Freundin oder ihr schwuler Mann war. Er fing an Chris als solchen anzusehen. Er hatte wie verheiratet geklungen, als er vor ein paar Tagen gedroht hatte Adams Eier abzuschneiden und sie zum Kernstück eines schönen Multimedia-Kunstwerks zu machen, das er in naher Zukunft plante.

Warum hatte er sich überhaupt die Mühe gemacht es zu versuchen? Er hatte es versucht, weil Jake so hartnäckig war, und für ein paar Minuten in dieser ersten Nacht, nachdem sie es dermaßen versaut hatten, dachte er, sie vergebe ihnen. Doch als sie nach Hause gekommen waren, hatte sie sich wieder verschlossen und war wieder so höflich und distanziert, als sei ihr nicht bewusst, dass er über seine Funktion als ihr Hüter hinaus existierte, war er sich sicher.

Und er fing an brutal wütend auf sie zu werden.

Sie hatten in den letzten achtundvierzig Stunden alles getan, was sie konnten, um es wiedergutzumachen. Sie hatten sie mit Zärtlichkeit und tiefer Sorge umgarnt. Sie hatten ihr jeden Wunsch von den Lippen abgelesen. Als sie erwähnt hatte, sie wolle etwas Süßes, war Jake quasi aus dem Haus gerannt, um ihr was zu holen. Er war mit Eis zurückgekehrt, doch sie hatte geseufzt und ihnen gesagt, dass sie ihre Meinung geändert hätte und ins Bett ginge.

Sie bestrafte sie entweder oder war ein noch größerer Feigling, als er gedacht hatte.

Oder sie war einfach durch.

Er hatte es versucht. Das hatte er wirklich. Er hatte so ziemlich alles getan, was er konnte. Und das alles misslang noch immer. Es klopfte an der Tür. Er seufzte und ließ sie zurück, während sie dort saß und auf den leeren Bildschirm starrte. Er durchquerte das Foyer und betrachtete den Sicherheitsmonitor. Er hatte Kameras auf mehrere Schlüsselpunkte im und um das Haus herum gerichtet. Er warf einen Blick auf den Monitor, der die Vordertür zeigte. Liam stand da, schaute demonstrativ in die Kamera und verdammte sie mit einem Stirnrunzeln. Ja, dachte er, er sollte Liam wahrlich mit Bridget zusammenbringen. Sie schienen die gleiche Sprache zu sprechen. Adam drückte auf den Knopf, der die Tür öffnete, und Liam lächelte, bevor er hineinging.

„Ihr seid beide paranoide Ficker, das wisst ihr", sagte er, als er durch das Foyer und in die Küche marschierte. Er stellte eine Tasche auf die Granitinsel. „Ich liebe es einfach euren Laufburschen für Lebensmittel zu spielen. Hab' ich erwähnt, dass ich einen verfickten eigenen Fall haben will?"

Adam begann damit die Lebensmittel auszupacken und versuchte das Thema auf etwas anderes zu lenken, das Liam nicht zum Fluchen veranlasste.

„Hast du das Profil durchgesehen?", fragte Adam. Er hatte es tagelang studiert und versucht daraus schlau zu werden. Doch er hatte gewollt, dass Liam es sich ansah. Liam hatte immer gedacht, dass an dem Fall etwas faul ist, und er hatte Recht gehabt.

„Sicher. Ich habe nichts Besseres zu tun." Liam sprang auf den Barhocker, nachdem er eine Bierflasche von ihrem Platz im Sixpack befreit hatte. Er drehte den Kronkorken mit einer eleganten Bewegung auf. „Eve und ich haben gestern Abend in der Tat darüber gesprochen. Sie ist sich sicher, dass es sich um einen Mann handelt. Sie denkt, dass er wohl verheiratet war oder noch ist und das Gefühl hat, dass seine Beziehung von den Fantasien bedroht wird, über die Serena schreibt. Es ist nicht leicht dem Milliardär mit dem 30-Zentimeter-Schwanz gerecht zu werden." Ein Lächeln formte sich langsam. „Nun, es ist sowieso schwer, dem Part des Milliardärs gerecht zu werden."

Das Letzte, was Adam wollte, war über Liams Schwanz zu reden. „Gut, also ist er wütend, dass sie ihn schlecht aussehen lässt."

Liam zuckte mit den Achseln, während er einen langen Schluck zu sich nahm. „Es ist mehr als nur das. Er fühlt sich wahrscheinlich von allem bedroht. Er hat ein großes Ego, aber nur sehr wenig Selbstvertrauen. Er gehört zu der Sorte von Mann, die allem Schuld gab, außer sich selbst. Und uns ist noch etwas anderes eingefallen."

Adam blickte wieder zu Liam. Es schien, als ständen er und Eve sich näher, als Adam vermutet hatte. Er fragte sich, was Alex davon hielt, dass seine Ex-Frau so viel Zeit mit dem gutaussehenden irischen Dom verbrachte. „Was ist euch eingefallen?"

Liam setzte sich weiter vor, Geheimdienstliches schimmerte durch seine grünen Augen. „Ich glaube, sie kennt ihn, als wäre er ein Teil ihres Lebens. Vielleicht ist sie ihm nicht wirklich nahe, doch sie bewegt sich in seinen Kreisen."

Er hasste es zuzugeben, aber er und Jake hatten über dasselbe gesprochen. „Es scheint allzu zufällig."

Liam nickte kurz. „Das hast du genau richtig verstanden. Scheiße wie diese spielt sich so nicht ab. Er nutzt es aus. Er hat davon gehört, was mit ihr geschehen ist und sah einen Weg, um sie zu verletzen. Oder er ist ihr vorgestellt worden, durch den Fall."

Das war das schlimmste aller Szenarien, das ihm durch den Kopf gegangen war. „Ich mag die Bullen nicht."

„Und sie sagen, dass du ein hübsches Gesicht hast", antwortete Liam mit einer abfälligen Bemerkung. „Ich überprüf gerad einiges über die Bullen. Und ich denke, wir sollten einen weiteren Blick auf ihren Ex werfen. Warum kümmerst du dich nicht ums Hacken, deine Spezialität? Besorg mir alles. E-Mails, die Bücher, die er geschrieben hat, und zur Hölle, ich werd' mir seine Unterrichtspläne ansehen."

Es war ein guter Plan und Adam wollte ihn weiterdenken. „Und Lara. Es ist mir egal, was Ian denkt. Sie ist verdächtig. Ich werd' mir auch alles, was ich kann, von den Computern der Agentur runterziehen."

Liam nickte. „Wer auch immer das ist, es ist persönlich. Er hat ihr Haus abgefackelt. Der Brandstifter hat übrigens verdammt gute Arbeit geleistet. Er war quasi professionell."

„Oder er war in der Tat professionell und wurde für seine Dienste bezahlt."

Liam zuckte mit den Schultern. „Könnte sein. Chitwood und Hernandez interessieren mich. Du sagst, sie scheinen Serena nicht zu mögen?"

„Sie vertrauen ihr nicht. Hernandez scheint sie absolut nicht zu mögen und ich hab' keine Ahnung, warum. Sie ist so süß wie nur möglich."

„Sie ist eine kleine Puppe." Liam lächelte. „Ich mag sie eigentlich sehr gerne. Du weißt, wie ich über neugierige kleine Subs denke."

„Hände weg", schoss Adam zurück. Liam war bekannt dafür, dass er vorzüglich ungebundenes Spielen genoss.

„Tut mir leid. Sie ist süß. Ich denke, ihr habt sie beide sehr gut ausgewählt. Ich meine es ernst. Sie wird gut für euch sein."

Adam zog Serenas Lieblingstee aus dem Beutel. „Darüber bin ich mir nicht sicher. Wir sind verrückt nach ihr, aber sie scheint mit uns fertig zu sein."

Jake kam herein, ein Handtuch um den Hals. Er war in Trainingszeug gekleidet. „Ich dachte, wir hätten beschlossen zu versuchen optimistischer zu sein. Hey, Li. Wie geht's voran?"

Liam zog eine Grimasse. „Ich verbringe viel zu viel verfickte Zeit in Ians Arsch. Ich sag' dir, wenn ich auch nur Wind von diesem

Wichser, Black, bekomme, werd' ich ihn aus Prinzip allein töten. Doch wir sprachen über euer Mädchen. Adam scheint zu denken, dass ihr beide in ernsten Schwierigkeiten steckt."

Jake lehnte sich an die Wand, seine Müdigkeit offensichtlich. „Sie ist ein hartnäckiges Etwas. Sie hat seit Tagen nicht wirklich mit uns gesprochen. Wir versuchen ihr etwas Freiraum zu schenken."

Liam lachte. „Also, das ist euer erster Fehler. Blödmänner. Gib einer Frau niemals eine Minute Zeit zum Nachdenken, bevor sie erkennt, wie viel mehr sie verdient hat als dich. Kommt schon. Ihr beide spielt wie Amateure. Sie ist durch die Hölle gegangen. Sie braucht einen verdammten Dom und keine Schmuse-Jungs, die ihr einen Haufen Entscheidungen überlassen, zu denen sie noch nicht bereit ist."

Adam blickte zu Jake. Vielleicht hatten sie alles falsch gemacht. „Sie ist unter unserer Fürsorge nicht zusammengebrochen."

Liam schnaubte. „Ihr lasst sie das kontrollieren? Sie hat ihr Haus verloren. Sie hat alles verloren, und ihr lasst sie allein? Seht ihr nicht, dass sie ernsthaft Grenzen überschreitet?"

Jake schnappte sich eine Wasserflasche, drehte sich um und lehnte sich an die Theke. „Wir waren vielleicht ein wenig grob zu ihr, als wir von der ganzen Sache mit Lara erfuhren."

„Ja nun, ich hätte die gleichen Bedenken gehabt", antwortete Liam. „Und ich hätte mich wahrscheinlich auch zu einem kompletten Arsch gemacht. Aber was ihr jetzt tut, ist noch schlimmer. Ihr lasst sie taumeln. Schaut, ich denke, dass ihr beide die Kundin nicht hättet ficken sollen, aber ihr seid offensichtlich in sie verliebt, also seid ihr für sie verantwortlich. Ihr solltet im Bett mit ihr liegen. Ihr solltet mit ihr kuscheln. Ich kann nicht glauben, dass ich das gerad' gesagt hab'. Wenn ich Kuscheln höre, krieg ich das leichte Gefühl, als müsste ich mich übergeben, doch Frauen mögen es anscheinend."

„Sie ist nicht in Kuschelstimmung." Adam täte nichts lieber, als sie zu halten, doch jede Nacht war sie ins Bett gegangen und hatte sich abgewandt. Adam oder Jake waren mit ihr im Zimmer geblieben, doch keiner war zu ihr ins Bett gestiegen. Vielleicht war das ein Fehler gewesen. Ihr Freiraum zu geben funktionierte nicht. Es ließ sie sich nur noch schlechter fühlen.

„Dann versetzt sie in eine." Liam sprang von seinem

Barhocker. „Sie ist neugierig. Seht, ob ihre Neugierde noch immer das volle Ausmaß erreicht. Ihr zwei habt wohl jedes bisschen Training, das ihr absolviert habt, hingeworfen. Sie ist ein Fall. Wo fangt ihr an?"

Adam wusste genau, was er zu tun hatte. „Wir schätzen unsere Vor- und Nachteile ein."

Jake lächelte mit erhobenen Augenbrauen. „Ihre Neugierde auf BDSM stellt einen klaren Vorteil dar."

„Und ihr absoluter Hass auf uns einen klaren Nachteil." Er seufzte. Er tat es wieder. Er gewann Serena nicht durch Trübsal blasen zurück. „Sie hasst uns nicht wirklich. Sie ist sauer und weiß nicht, wie sie da rauskommen soll."

„Also zeigen wir es ihr."

Adam ging seine mentale Checkliste durch, was er für den Tag erledigen musste. Er hatte Arbeit für den Fall zu erledigen. Er hatte einige organisatorische Aufgaben zu erledigen. Er musste die Caterer und den Besitzer des Erotik-Shops anrufen, wo die Autogrammstunde am Samstag stattfinden sollte. Er musste jeden, der an der Veranstaltung teilnahm, auf dessen jeweilige Herkunft überprüfen. Und nun musste er sich eine Szene im Club ausdenken.

Ja, das wäre der beste Teil seines Tages. Sein Schwanz zuckte bei dem Gedanken wieder in Serena einzudringen. Er hatte nur eine Nacht mit ihr gehabt, und es war nicht annähernd genug gewesen.

„Ich steck die Schläge ein", sagte Adam. „Ich ruf Ian an und sehe, was wir tun können."

„Du bist ein tapferer Mann." Jake schlug ihm mit einer brüderlichen Geste auf den Rücken. „Ich fahr zu dem Laden, wo die Autogrammstunde stattfindet, und kümmre mich um die Sicherheit. Wenn es mir nicht gefällt, wird sie dort nicht hingehen."

Adam stöhnte. „Sag ihr das nicht, Mann. Wir brauchen sie gutgelaunt."

Jake zuckte mit den Schultern und überließ diesen Part scheinbar Adam. Jake und Liam liefen hinaus, den Fall besprechend, und ließen Adam zurück, um die Aufräumarbeiten zu erledigen.

Er seufzte und schnappte sich die Pfandflasche. Wenigstens war er für etwas gut.

Jetzt musste er sicherstellen, dass er gut für Serena war.

Kapitel Achtzehn

Serena saß auf dem Rücksitz des Autos und fragte sich, warum sie nur hier war.

Verdammt. Sie wusste, warum sie hier war. Weil sie hier sein wollte, doch sie beabsichtigte sie nicht genau wissen zu lassen, warum sie bereit war mit ihnen zu gehen. Weil sie nicht aufhören konnte an sie zu denken. Allein die Vorstellung gezwungen zu sein eine Nacht in ihrer Nähe zu verbringen, ließ ihr Herz höherschlagen.

„Alles in Ordnung da hinten?", fragte Adam. Er war auf den Fahrersitz gerutscht.

Okay? Sie war verängstigt. Sie befand sich nahe eines Abgrunds. Sie fühlte sich unruhig. „Es geht mir gut."

Sie waren rücksichtslose Bastarde, die wussten, wie sie ein Mädchen kriegten. Sie wussten, dass ein Mann, der ein Mädchen kriegen wollte, ihre Neugierde wecken muss. Es mochte das letzte Mal sein, dass sie in einen echten Club ging. Das ganze Debakel mit Master Storm hatte ihr gezeigt, dass es nicht gerade sicher war sich jemanden zu suchen, der sie durch diese Welt führte. Vielleicht war es nicht die beste Idee eine Anzeige auf einer Social-Networking-Site zu schalten.

Dann war da noch die Tatsache, dass sie noch eine weitere Nacht mit ihnen wollte. Sie wusste jetzt, dass es nicht funktionierte, doch sie konnten ihr mehr beibringen als etwas Spanking und tollen Sex. Sie wollte wissen, wie es war zwischen zwei Männern. Nur einmal. Es war die Fantasie ihres Lebens, sie waren ihre Fantasiemänner. Sie würde die Erfahrung machen und sie festhalten. Sie schriebe darüber für immer und ewig, noch lange nachdem sie weg waren und eine neue Frau hatten.

Wenn sie nur herausfände, wie sie es ermöglichen konnte, ohne zu viel von sich preiszugeben.

Adam fuhr zur Vordertür vor. Das Sanctum war ein unspektakuläres Gebäude inmitten eines anständigen Stadtteils. Nichts an dem Bauwerk schrie heißer Sexclub, der Mann jedoch, der aus der Eingangstür stolzierte, tat das ganz von selbst.

Liam trug eine Lederhose und ein Paar Stiefel, sonst nichts als ein Lächeln. Er öffnete die Tür zum Heck des Autos und streckte seine Hand aus. „Ihr Begleitschutz ist da."

Sie konnte nicht herausfinden, was sie an dem wunderschönen Leibwächter störte, aber etwas war nicht in Ordnung. Er verheimlichte etwas und das fand sie faszinierend. Beschriebe sie ihn als Charakter, hätte er eine tragische Vergangenheit, die seine Zukunft trübte. Er hielte sich versteckt. Und einfach so fiel ihr auf, was sie störte.

„Das ist nicht dein wahrer Akzent, oder?"

Der Dom sah sie an, seine Augen weiteten sich und dann floss sein Irisch. „Fick mich, das Mädchen ist gut."

Sie lächelte. Das war er. „Du siehst nicht nach Mittlerem Westen aus." Der flache Tonfall hatte noch nie mit dem Rest von ihm zusammengepasst.

„Das Mädchen hat auch schon einen Begleitschutz." Jake stellte sich vor Liam und griff nach ihrer Hand.

Liam, trotzdem er irre heiß war, ließ ihr Herz nicht so rasen wie Jake. Sie versuchte nicht sich zurückzuziehen. Es war ihr sehr deutlich gemacht worden, dass die Fahrt ins Sanctum von einem sehr guten Verhalten abhing. Sie erlaubte Jake ihr aus dem Auto zu helfen.

„Ian wollte sichergehen, dass wir keine Wiederholung des letzten Mals haben", erklärte Liam, als Adam wieder losfuhr, um das Auto zu parken. Adam und Jake hatten deutlich gemacht, dass sie das ebenso nicht wollten. Die Sicherheitsvorkehrungen im Club waren sehr gut, doch sie wollten sie absetzen und an der Tür abholen. Sie waren alle Vorkehrungen für ihre Sicherheit durchgegangen. Sie sollte immer in der Nähe von einem der beiden oder Liam bleiben. Sie durfte nicht eher ins Auto steigen, bis Jake oder Adam es überprüft hatten und kämen, um sie abzuholen. Sie wurde dann auf dem kurzen Weg vom Club zum Auto nicht von einem, sondern von zwei Männern begleitet.

Das war jetzt ihr Leben.

„Hey", sagte Jake und drückte ihr leicht die Hand. „Es wird alles gut. Komm schon. Ian sollte schon damit beschäftigt sein, einige der Subs zu bestrafen. Es sollte Spaß machen."

„Er hat seine einsachtzig lange rausgeholt", sagte Liam mit einem Augenzwinkern in ihre Richtung. Er schien so anders mit seinem echten Tonfall, genießbarer, entspannter.

Jake drängte sie zur Tür. „Die Einsachtziger machen mir Angst. Ich kann damit nicht umgehen."

Sie sprachen von einer Peitsche. Ian beabsichtigte, eine fast zwei Meter lange Peitsche auf das Hinterteil irgendeiner armen Sub zu schwingen. Oder wenn die Sub eine totale Masochistin war, könnte er beabsichtigen, sie auf den Hintern einer glücklichen Sub zu schwingen. Es hing alles davon ab, wie ein Mensch es betrachtete. Das war es, was sie an dem Lifestyle liebte. Er war offen für alles, was ein Mensch brauchte.

Sie brauchte Jake und Adam. Warum musste sie sie nur brauchen? Warum konnte sie nicht einfach aus ihrer verdammten Ecke rauskommen? Sie ließ sich von Jake hineinführen. Sie war bereits für den Abend in einem Minirock und einem hellrosa Tank Top gekleidet. Und absolut nichts anderem, obwohl sie ihnen erklärt hatte, dass sie keinen Sex zu haben beabsichtigte. Sie waren hartnäckig gewesen, kein BH und keine Unterwäsche.

Doch irgendwie hoffte sie Sex zu haben.

Serena stöhnte innerlich. Sie konnte diese Unentschlossenheit nicht ertragen.

„Ich werd' meine Schlüssel und mein Hemd in meinen Spind legen. Kannst du ein Auge auf sie haben?", fragte Jake Liam.

Liam grinste an ihr herunter und winkte Jake zu. „Klar."

„Ein Auge, Li. Keine Hände." Jake warf ihm einen dunklen Blick zu, bevor er zu den Schließfächern ging.

Liam schenkte ihr ein sexy Lächeln und lehnte sich gegen die

Rezeption. „Also, du genießt es mit den Jungs zu spielen, oder?"

Das klang nach einer Fangfrage. „Ich spiele nicht mit ihnen. Wir hatten eine kurze Affäre und nun ist sie vorbei."

„Es sieht nicht so aus, als wäre es für sie vorbei. Sie scheinen es sehr ernst mit dir zu meinen."

Ja, das war mehr als nur ein freundliches Gespräch. „Es war bequem mit mir."

„Willst du sehen, wie bequem es mit dir ist? Glaubst du, ein Mann würde versuchen, seinen Freund wegen einer bequemen Nummer zu töten? Vertrau mir. Adam hat das verdammt nochmal verdient." Liam streckte die Hand aus und legte den Arm um ihre Taille, zog sie näher ran, ihre Brust stieß gegen seine.

„Was machst du da?", fragte Serena, die ihn eindringlich mit ihren großen Augen ansah.

„Etwas beweisen. Ich lass dich zutiefst unbequem werden." Er lehnte sich hinüber, und bevor sie protestieren konnte, streichelte er ihre Lippen mit seinen.

Sie fühlte einen kurzen Schock der Anerkennung. Liam war ungemein heiß. Er war irre sexy. Er hatte solch tiefgrüne Augen und furchtbar dunkles Haar und diesen Akzent, der ihre weiblichen Teile schmelzen ließ. Sie spürte die Neugierde eines Moments. Sie war nicht sehr oft geküsst worden. Sie hatte einige wenige Freunde gehabt, doch Doyle hatte den Großteil ihrer sexuellen Erfahrung ausgemacht.

Es war anders Liam zu küssen. Sie besann sich der Erfahrung aus intellektueller Sicht, auch als Liam anfing seine Lippen an ihren zu formen. Er setzte die Zunge nicht ein. Sie hätte dagegen protestieren können. Liam zeigte ein nahezu halbherziges Interesse. Sie fühlte sich seltsamerweise sicher bei ihm.

Und während der Mann zu küssen wusste, wollte sie eigentlich nicht von ihm geküsst werden. Denn sie gehörte jemand anderem. Sie gehörte Adam und Jake. Adam und Jake waren die, die sie bewegten. Sie hätte nicht weiter darüber nachgedacht, hätten sie den Arm um sie gelegt. Sie hätte sich in diesem Kuss verloren.

Plötzlich fühlte sich Liams Arm brutal falsch an. Sie begann ihn von sich zu drücken, doch das war nicht nötig. Sie fiel auf den Hintern, als sie seinem Arm entzogen wurde. Adam spielte nicht den

Gentleman. Er schrie nicht und fragte nicht, was passiert war. Er streckte nicht die Hand aus, um ihr zu helfen. Seine Augen waren schwarz wie die Nacht, als seine Faust hervorkam.

„Nun, Adam, ich habe nur ein Argument vorgebracht", sagte Liam und hielt die Hände in beschwichtigender Geste hoch.

Wieder ging kein Wort über Adams Lippen. Er holte aus, die Faust flog und traf auf Liams Kiefer. Der irische Dom fluchte.

„Kein Scheiß, Adam, du weißt, dass du das verdient hast. Sean gäbe mir ein High-Five dafür." Liam hatte ein selbstzufriedenes Grinsen im Gesicht.

Adam bewegte einfach seinen Körper auf den anderen Mann zu und rammte sein Knie in seinen Bauch, Liam ächzte vor Schmerz.

„Was verflucht nochmal ist hier los?", fragte Jake, der Serena eine Hand anbot, um ihr hoch zu helfen.

Serena war sich nicht sicher, wie sie es erklären sollte. Sie schaute zwei Männern beim Kämpfen zu. Es war sonderbar leiser, als sie erwartet hatte. Liam hatte offenbar entschieden, dass es ihm nicht gefiel, wie Adam ihm beinahe sein Knie in die Leiste stieß, hörte auf ihn zu verspotten und zog es erkennbar vor es ihm zurückzuzahlen. Er trat aus und versuchte Adam zu erwischen. Sie kämpften wirklich. Wegen ihr.

Nun, Adam stritt sich um sie. Sie hatte eher das Gefühl, Liam kämpfte nur so.

„Serena, ich hab' dir eine Frage gestellt." Jake starrte sie an und zwang sie ihre Aufmerksamkeit wieder auf ihn zu richten.

„Adam mochte etwas nicht, das Liam tat, und dann fingen sie an zu kämpfen."

Jake starrte auf sie herab. „Was verflucht nochmal hat er getan? Sag es mir jetzt."

„Er hat mich geküsst." Ihr fiel keine Lüge ein und sie befürchtete, was er täte, wenn sie log. Er mochte es schließlich sie zu versohlen.

Jake nickte und für den kürzesten aller Momente dachte sie, er ginge vernünftig damit um. Sie teilten keine Verbindlichkeit. Sie waren nicht Freund und Freundin. Oder hieß es Freunde und Freundin? Es spielte keine Rolle, denn Jakes Moment der Vernunft war äußerst kurzlebig. Er drehte sich um und sprang ins Gefecht. Er schlug Liam direkt aufs Auge.

„Verdammt noch mal." Ian kam in die Lobby, ein heftiges Stirnrunzeln auf dem Gesicht. Alex war neben ihm. Beide Männer waren in Leder gekleidet und sahen wie die Ruhe im Sturm aus. *Gott sei Dank.* Jemand könnte das beenden.

Ian watete ins Gedränge und zog Adam am Kragen hoch. Alex bekam Liam in die Finger.

„Ihr drei müsst euch beruhigen", befahl Ian, seine tiefe Stimme unverblümt militärisch. Serena konnte sich ohne Probleme vorstellen, wie er eine Einheit Elitesoldaten im Griff hatte. Oder äußerst wütende dominante Männer.

Alex hielt Liam am Hals fest und schlug ihm mit einem Mal auf die Nase. Liam schrie auf, fluchte.

„Was verdammt nochmal?" Liam hielt sich seine blutige Nase.

„Das war für Eve", sagte Alex, seine Schultern angespannt. Er drehte sich um und lief davon.

Liam hielt die Hände hoch. Er wandte sich um und blickte zu Ian, seine Augen aufgerissen, offenbar vor Schock. „Worum ging es hier? Ich hab' Eve nie berührt."

„Er weiß, dass du viel Zeit mit Eve verbringst. Er vermutet anscheinend, dass du mit ihr schläfst." Ian schenkte Adam ein kleines wütendes Knurren. „Wag verdammt nochmal nichts anderes. Das gilt auch für dich, Jake."

Jake schenkte ihm einen sturen Blick. „Er hat meine Sub geküsst."

„Sie trägt kein Halsband", betonte Ian. „Leg ihr ein Halsband an und wir unterhalten uns wieder. Und du", wandte er sich an Liam, „musst dich von Alex' Frau fernhalten."

„Ex-Frau." Liam runzelte die Stirn. „Ich fick' Eve nicht. Nicht mal annähernd." Er grinste in Serenas Richtung. „Aber die werd' ich ficken."

Jake und Adam bewegten sich beide wieder in seine Richtung. Ian zog Liam hinter seinen eigenen riesengroßen Körper.

„Hört auf", befahl Ian. „Er benimmt sich wie ein Arschloch."

Liam verschränkte die Arme vor der Brust und blickte zu Serena hinüber. „Bitte schön, Liebes. Hier hast du deine Antwort. Du bist jetzt äußerst unbequem. Sie riskieren ihre Jobs und ihre Jobs sind so ziemlich alles, was sie haben. Du bist brutal dickköpfig. Ihr drei verletzt euch alle gegenseitig. Komm aus deiner Ecke raus, Serena. Du willst dort sowieso nicht sein." Liam nahm Abstand. „Ich mach mich wieder zurecht. Ihr drei lasst euch besser was einfallen, bevor es zu spät ist."

Er lief davon. Ian qualmte quasi der Dampf aus den Ohren. „Was verflucht nochmal redet er da. Ich hab' die Scheiße satt. Ich hab' eine Sub auszupeitschen."

Er schritt von dannen, und sie wurde mit den beiden Männern zurückgelassen, die ihr Leben komplett auf den Kopf gestellt hatten.

Adam schien sich ein wenig zu beruhigen. Er glättete seine Kleidung, ein weißes Hemd und eine geschnürte Lederhose. Er hatte einen Kratzer auf dem Gesicht, doch ansonsten schien es ihm gut ergangen zu sein. „Komm schon, Serena."

Sie fühlte sich wie angewurzelt und zutiefst unsicher. „Ich denke, wir sollten vielleicht darüber reden."

„Und ich denke, dass jemand reif für eine kleine Bestrafung ist", sagte Jake barsch.

„Bestrafung?" Warum zur Hölle verkrampfte sich ihre Muschi, wenn sie das Wort hörte? Die Bestrafung bedeutete, dass sie Hand an sie legten. „Ich habe nichts getan."

„Hast du einen Vertrag unterschrieben oder nicht, als wir dich zum ersten Mal in diesen Club gebracht haben?", fragte Jake. Seine Gesichtszüge formten harte Linien. Sie hatte den plötzlichen Wunsch vor ihm auf die Knie zu gehen.

„Du weißt, dass ich das habe." Ian ließe sie nicht rein, ohne einen Vertrag unterschrieben zu haben. Darin stand, dass Jake sich wie ihr Dom verhielte und für ihr Verhalten verantwortlich war. Es ging um alles Mögliche wie Diskretion, und wie sie sich zu verhalten hatte. Sie fühlte, wie ihr die Kinnlade runterfiel. Dieser hatte auch klargestellt, dass sie nach allen Regeln dieses Clubs zu ihrem Dom gehörte. Sie starrte Jake an. Das war nicht ihre Schuld. „Er hat mich geküsst, nicht umgekehrt."

„Du hast dich nicht gegen ihn gewehrt", sagte Adam. Er wirkte jetzt ruhiger. „Du warst immer noch in seinen Armen. Ich kenne dich, Serena. Du hättest dich gegen ihn gewehrt, wenn du es nicht gewollt hättest."

„Ich wollte es nicht, verdammt. Ich war nur neugierig."

Jakes Lächeln zeigte keinen Hauch von Humor. „Du weißt, was Neugierde mit Miezekätzchen macht. Ich denke, du findest heraus, was es mit deiner Muschi macht. Los, Serena. Oder wir fahren nach Hause und machen genau da weiter, wo wir aufgehört haben, du vor dem Rechner sitzend, nichts auf die Reihe kriegend."

Adam legte eine Hand auf ihre Schulter. „Serena, bist du nicht neugierig darauf?"

Das war sie. Verdammt noch mal. Und das war nur die Bestrafung. Bestrafung, die zu Sex führen konnte. Sex, der zu etwas anderem führen konnte. Nein. Sie dachte darüber nicht nach. Sie wollte keine Zukunft mit ihnen planen. Sie war fertig damit. Aber sie konnte noch eine Nacht haben. Vielleicht ein paar Nächte mehr.

Sie fiel auf die Knie, versuchte die richtige Position zu finden. Sie würde sich ihnen nicht verweigern. Sie wollte es mit ihnen erkunden. Sie hatte über diesen Lifestyle geschrieben, ihn studiert und davon geträumt. Diese Chance verstreichen zu lassen, weil sie wusste, dass es mit Jake und Adam nicht funktionierte, schien nicht richtig zu sein.

Sie war nervös und so verwirrt, dass sie nicht klar sehen konnte. Sie war nicht in der Lage irgendeine Art von Entscheidung zu treffen, doch sie konnte das haben. Nur für eine Weile.

Jakes Hand kam hervor und zwang ihr Kinn nach oben. „Ich werd' dich heut Abend nicht nachsichtig behandeln."

Sie wollte auch gar nicht, dass er das täte. Sie wollte die Erfahrung. Es sollte schmerzen und brennen und sie wollte kommen, wie sie noch nie zuvor gekommen war. Und sie wollte es mit ihnen. „Ja, mein Herr."

Es gab keine Möglichkeit misszuverstehen, was diese simplen Worte mit Jakes Schwanz taten. Er presste gegen das Leder. Sie erinnerte sich, wie gut sich dieser Schwanz tief in ihrem Körper anfühlte. Sie hatte sich noch nie so verbunden gefühlt wie in dem Moment, als sie erst mit Jake und dann mit Adam Liebe gemacht hatte. In diesen kurzen Augenblicken hatte sie echte Intimität geteilt. Sie hatte sich lebendiger denn je gefühlt.

Machte sie einen schrecklichen Fehler? Vielleicht. Doch sie konnte sich nicht einfach wieder mit ganzem Herzen einklinken. Ihr

Körper war eine andere Geschichte.

„Du wirst mir keinen Zentimeter nachgeben, oder?", fragte Jake, sein Gesicht verlor seine Härte. Eine Wolke der Traurigkeit stieg über ihm auf. „Adam hatte Recht. Du wirst uns nie verzeihen."

„Ich vergebe euch." Es war einfach die Worte auszusprechen. Sie musste sie nicht ernst meinen.

„Ich hab's dir gesagt", sagte Adam, seine Stimme tief.

Jake wandte sich Adam zu und sie teilten einen dieser stillen Momente, um die sie sie immer beneidete. Sie schienen in der Lage zu sein miteinander zu sprechen, ohne ein Wort zu wechseln, als ob ein Ereignis sie vor langer Zeit auf eine Weise miteinander verbunden hatte, die nur wenige Menschen verstanden.

Jake sah schließlich wieder zu ihr hinab. „Das ist alles, was du uns geben wirst?"

„Das ist alles, was ich zu geben habe." Ihr Innerstes schmerzte noch immer. Sie hatte ihnen ihr Herz geschenkt und ein Fleckenchaos zurückbekommen. Sie kam einfach nicht über den Moment hinweg, als sie sie abgelehnt hatten. Es würde wieder geschehen. Unter Umständen immer und immer wieder. Doyle hatte dreimal die Scheidung verlangt, bevor er sie endlich einreichte. Jedes Mal hatte sie ihm erlaubt sich wieder herauszureden. Es täte ihm leid. Er hätte es in der Hitze des Gefechts gesagt. Er hätte es nicht so gemeint.

Doch das hatte er. Selbst wenn sie es diesmal nicht so meinten, würden sie es in der Zukunft. Sie konnte es nicht riskieren. Nicht noch mal.

„Das nehme ich so an." Jake nahm sie am Ellbogen und half ihr auf. „Alles, was du hier willst, ist eine D/S-Beziehung. Hab' ich dich richtig verstanden?"

Serena klammerte sich an den Gedanken. Eine D/S-Beziehung war keine Liebesbeziehung. Es musste sich um nichts anderes handeln als einen Machtaustausch. Einige D/S-Beziehungen beinhalteten nicht mal Sex. Sowas wollte sie totsicher nicht, aber eine D/S-Beziehung musste nicht zwangsläufig enden, wenn der Fall vorbei war.

Jake war ein Dom. Adam war in den Lifestyle involviert. Was wäre, wenn sie ihre Sub werden könne? Sie könnten zum Spielen zusammenkommen. Sie könnte sie auf die minimalste Weise bei sich halten.

„Ja, mein Herr. Das ist genau das, was ich immer wollte. Ich habe nach einem Dom gesucht, falls du dich erinnerst." Serena hielt ihre Stimme sorgsam kontrolliert. „Mein Leben ist seit geraumer Zeit außer Kontrolle. Ich glaube, ich brauche das. Ich weiß, dass ich es gern ausprobieren würde."

„Und wenn ich nein sage? Wenn ich dich nicht toppen will?" Jake knurrte die Frage fast heraus.

Ließe er sich nicht darauf ein, würde sie den Teil von sich einfach abschalten oder ihn dort verwahren, wo er sich längst befand – tief in ihren Büchern vergraben. Worte konnten ihr nicht schaden. Sie zuckte einfach mit den Schultern. „Dann macht es für mich keinen Sinn hier zu sein, Herr. Du solltest mich nach Hause bringen."

Adam lachte, ein kleiner bitterer Klang. „Nun, ich sehe, dass ich hier nicht gebraucht werd'. Ich dachte, sie wäre an Ménage interessiert, aber sie scheint nur einen Dom zu wollen."

Warum musste er so verfickt sensibel sein? Die meisten Jungs würden hinter ihr herlaufen und nur auf die Chance warten ihren Schwanz reinzuschieben, aber nein, Adam musste eine Szene machen. Klar wachten die meisten Jungs nicht jeden Morgen auf, machten ihr Kaffee und stellten sicher, dass ihr Zeitplan perfekt ausdetailliert und ausgereift war. Er hatte ihr in den letzten Tagen sogar die entsprechende Kleidung für ihre Aktivitäten rausgelegt. Sie musste nicht an all die kleinen Dinge denken, wenn Adam in der Nähe war. Doch mit seinem Ego musste sie sich auseinandersetzen.

„Ich würde zwei dominante Männer vorziehen."

„Ich bin kein Dom, Serena."

„Wirklich? Doch du besitzt offenbar die Kontrolle über meinen ganzen Tag. Du kontrollierst meinen Zeitplan, meine Kleidung, was ich esse und wann ich es esse." Er hatte beinahe alles übernommen und ihr Leben war so viel schöner. Er hatte selbst damit begonnen ihren Hund zu füttern. „Ich würde es vorziehen, wenn du bliebest, Herr. Ich interessiere mich für Ménage. Aus intellektueller Perspektive."

Adams Stiefel kamen in Sichtweite. Und dann zischte sie leicht, als er an ihrem Haar zog und sie zwang ihn anzusehen. „Intellektuell? Du laberst Scheiße, Schätzchen, und ginge ich nicht für eine Sekunde davon aus, dass du dich selbst und uns beide hier belügst, wär' ich weg. Doch ich hab' zufälligerweise eine Menge Frustration angestaut und es würd' mir enorm helfen sie an deinem süßen Arsch auszulassen. Ich hab' vielleicht keine Dom-Rechte im Club, doch glaub verdammt nochmal keine Sekunde, ich könnte dich nicht toppen. Jetzt steh auf."

Serena erhob sich, Adams Hand unter ihrem Arm, ihr Unterstützung gebend. Das war es, zu was er geworden war, ihre Unterstützung, während Jacob das Bollwerk gegen alles Schlechte war, das sich ihr in den Weg stellte.

Bis auf den Moment, in dem er selbst zum Schlechten geworden war.

Scheißdreck. Sie fühlte sich so verdammt zerrissen. Doch sie konnte nicht anders. Sie riefen nach ihr und sie folgte.

„Zieh dein Shirt aus." Jake verschränkte die Arme über der Brust.

Sie fühlte, wie sich die Welt ein bisschen vor ihr drehte. „Was?"

Seine Augen verengten sich. „Ich sagte, zieh dein Shirt aus. Ich bin dein Dom. Ich will deine Brüste sehen. Ich will sie allen zeigen, denn in diesem Club gehören diese Titten mir. Ich find' sie schön und ich will sie sehen. Also zieh dein Shirt aus, oder gebrauche dein Sicherheitswort und wir fahren nach Hause."

Er drängte sie, und sie wollte das nicht hinnehmen. Nun, nicht auf diese Weise. Sie wollte nicht zulassen, dass er sie wegstieß. Sie blieb störrisch stumm, jedoch zog sie das untere Ende ihres Tanktops hoch. Es war nur etwas Haut. Jede Frau an diesem Ort hatte Brüste. Es war nichts, was nicht jeder schon eine Million Mal zuvor gesehen hatte.

Mit zitternden Händen reichte sie Jake ihr Shirt. Ihre Brüste waren entblößt, die Brustwarzen wurden in der kühlen Luft des Clubs steif.

„Besser." Jake wandte sie Adam zu. „Sollen wir jetzt mit ihrer Bestrafung beginnen?"

Es hatte noch nicht angefangen? Ian lief vorbei, seine Augen hingen an ihr. Er starrte auf ihre Brüste. Er war ein Prachtexemplar an Mann, der wahrscheinlich jede Frau bekäme, die er haben wollte, und er sah direkt auf ihre Brüste. Der knappste Hauch eines Lächelns hob diese wunderschön geformten Lippen und dann zwinkerte er ihr zu, als er an ihr vorbeikam.

Heilige Scheiße. Sie war halbnackt und es fühlte sich tatsächlich sexy an. Sie fühlte einen Schmerz aufsteigen, tief in ihrem Innersten.

Ja, das kam ein wenig Folter gleich, doch sie fühlte sich lebendiger als je zuvor.

Adam starrte auf sie runter und ignorierte alles andere um sie herum. Seine Hände verschwanden in seinen Taschen. Sie holten etwas heraus, das sie gut kannte, nicht jedoch aus eigener Erfahrung. Nippelklammern. Zwei japanische Nippelklammern, die mit einer kleinen Kette verbunden waren. Adam ging auf die Knie und reichte Jake die Klammern. Er lehnte sich vor und saugte eine Brustwarze in seinen Mund.

Serena keuchte. Sie fing an zu taumeln, doch Jake stand hinter ihr, seine starken Arme hielten sie fest.

„Du lässt dich von ihm vorbereiten. Kämpfe nicht gegen ihn. Kämpfe verflucht nochmal nicht gegen deinen Dom." Jakes Atem war heiß an ihrem Ohr.

Und Adam quälte ihre Brustwarze mit der Zunge. Er saugte und biss und verwöhnte sie mit Zuneigung, die Empfindung direkt an ihrer Muschi zu spüren. Sie rang mit sich selbst still zu bleiben. Es war so schwer, doch sie liebte es. Sie war ganz und gar von ihnen umgegeben, ihre Wärme versank in ihrer Haut.

Adam ließ nicht locker. Er macht sich über ihre Brustwarzen her, eine nach der anderen. Die Leute kamen vorbei, doch es war Serena egal. Adam legte seine Arme um ihre Taille und hielt sie fest, während Jake sie im Gleichgewicht hielt. Sie konnte spüren, wie sich Jakes Erektion an ihre Arschbacken schmiegte. Sie ließ ihren Kopf nach hinten gegen seine Brust fallen, als Adam zur anderen Brustwarze wechselte. Er neckte die eine mit seiner Zunge, während er die andere zwischen Daumen und Zeigefinger rollte.

Bis er von ihr abließ und sich seiner Handarbeit besah. Ihre Brustwarzen reckten sich ihm entgegen und standen stramm. Er streckte eine Hand aus, und Jake gab ihm die Klammern.

Sie wimmerte ein wenig, als Adam sie befestigte und

vorsichtig an der Schraube drehte.

„Sie sind kaum eng genug, um zu halten." Adam berührte die Kette, die zwischen ihren Brüsten hing. „Du wirst sie für eine Weile tragen, also kann ich sie nicht zu eng machen. Noch nicht. Doch ich werd' dich auf ein echtes Brennen vorbereiten. Jake, wir brauchen einen Plug und etwas Privatsphäre. Ich bin noch nicht fertig diese Sub zu schmücken."

„Ich hab' genau das, was wir brauchen." Jake küsste sie in den Nacken. „Ich hab' ein Spielzimmer reserviert und es einrichten lassen."

Sie war ganz außer Atem. „Ich dachte, wir würden Ian zusehen."

Jake knurrte ein wenig. „Ich denke, wir haben heute Abend genug von unserem Team gesehen. Du kannst mit der Peitsche zu einem späteren Zeitpunkt vertraut gemacht werden. Heute Abend wirst du die Gerte spüren."

Sie musste sich zum Atmen zwingen. Die Vorstellung, dass Jacobs Gerte auf das Fleisch ihres Hinterns trifft, ließ ihr Herz höherschlagen.

„Du wirst für mehr als Liams Kuss bestraft." Adams Hände liefen an der Kette entlang, die zwischen ihren Brustwarzen hing. Der Druck war ziemlich schwach, kaum spürbar. Sie fragte sich, wann sie wieder die Schrauben anzogen. Zog Adam die Schrauben der Klammern fester, würden sich ihre Brustwarzen dann mit Blut füllen und äußerst empfindlich werden?

Sie hatte die Szene so oft geschrieben, doch jetzt war sie echt. Jetzt entstammte sie tiefen emotionalen Beweggründen. Sie besaßen ihren Körper. Es war ein tiefgehender Austausch, der über Sex hinausging. Es ging um weit mehr als nur einen Orgasmus. Es ging um Bindung. Es ging darum, sich zu vertrauen und auf den anderen verlassen zu können.

Sie wollte das so sehr. Sie konnte es in der realen Welt nicht haben, konnte nicht vertrauen, doch sie konnte so tun, als sei es hier echt. Vielleicht, wenn sie Glück hatte, konnte sie die Beziehung so halten, wie sie die ganze Zeit hätte sein sollen. Eine D/S-Beziehung. Ein Mentoring oder so was Ähnliches. Keine Versprechungen, die über das hinausgingen, was sie vertraglich festgelegt hatten.

Jake zog ein Halsband aus der Tasche. Er musste es bei sich getragen oder es in seinem Schließfach aufbewahrt haben. Es war ein Lederhalsband, dünn und feminin, mit einem zarten Silberring auf der Vorderseite. Er hielt es hoch und zeigte es ihr, bevor er Adam zunickte.

Adam drückte sich von hinten an sie heran, seine dicke Erektion an ihr Hinterteil reibend. Sie zitterte ein wenig, als er ihr Haar auflas und hochhielt. Mit einer feierlichen Formalität legte er ihr das Halsband um den Hals.

„Es ist nur ein Trainingshalsband. Du kannst dich entspannen. Es ist keine Verpflichtung. Du scheinst sie nicht zu wollen."

Sie wollte sie mehr als alles andere. Sie wusste nur, wie viel es bedeutete. Doyle hatte sich verpflichtet. Ihr Vater hatte sich verpflichtet. Doch beide waren gegangen, als es leichter gewesen war, als zu bleiben. Sie wusste, dass sie schwierig sein konnte. Sie lebte die meiste Zeit in ihrem Kopf. So war sie schon als Kind gewesen. Sie konnte aufhören zu schreiben, doch sie konnte die Stimmen in ihrem Kopf nicht verstummen lassen. Doyle hatte nie verstanden, dass ihr inneres Leben ihr nicht die Sorge um die Außenwelt nahm. Es war nur ein Teil von ihr.

Jake und Adam wären am Ende müde von ihrer Lebensfremdheit.

„Ich will es nicht. Ich will nur das Training." Die Worte klangen selbst in ihren eigenen Ohren flach, aber er schien eine Antwort zu verlangen.

„Wenn alles, was du willst, eine Erfahrung aus dem wahren Leben für deine Bücher ist, dann sollst du sie haben." Er drehte sich um, jeder Muskel starr. „Folge mir. Schau jedem anderen Dom nicht in die Augen. Das ist unhöflich. Halt den Kopf gesenkt und sprich nicht, es sei denn, du wirst dazu aufgefordert. Jede Übertretung kostet deinen Arsch fünf Schläge. Ich zieh dir den Rock hoch und versohl' dich öffentlich. Wenn du nicht bereit dafür bist, würd' ich mich benehmen."

Auf Adams Gesicht lag eine bedächtige Leere, als er ihren Ellbogen nahm und begann sie durch den Kerker zu führen. Die Spielzimmer lagen seitlich, doch Jake ging an ihnen vorbei, seine langen Beine verschlangen die Distanz zwischen dem Eingang und einer erhöhten Bühne, auf der eine hübsche Sub mit langen, schwarzen Haaren an ein St. Andrews Kreuz gebunden wurde. Ihr nacktes Fleisch war zur Schau gestellt und ihre Schultern entspannten sich, als sie Ian erlaubte die Gurte an Handgelenken und Knöcheln zu straffen.

Eine zweite Frau war bereits fixiert. Eine Brünette mit kurvenreichem Hinterteil. Ihren Kopf hatte sie in den Nacken geworfen, als ob sie nur darauf wartete, dass ihre Bestrafung begann. Es herrschte eine Atmosphäre gedämpfter Erwartung, die durch den Kerker strömte. Eine kleine Menge stand da, fast alle in einer Art Fetischkleidung. Serena sog alles auf. Es waren genügend Lederteile präsent, um einen Mega-Shop zu eröffnen. Die meisten Frauen trugen Röcke und Bustiers, andere gar nichts. Dort waren dominante Männer und Femdoms mit ihren Subs, sowohl männliche als auch weibliche.

Wie sie wohl in ihrem Alltag waren? Ihr Verstand raste bei dieser Vorstellung. Waren sie alle auf ihre eigene Art mächtig, jeder nach ein bisschen Frieden suchend, der mit Hingabe einherging? Sehnten sie sich danach, weil der Verantwortungsstress ihre Seelen verzehrte? Oder waren sie wie sie? Brauchten sie eine Erlaubnis, um loszulassen, irgendeiner Situation zu vertrauen?

„Sie ist wieder weg." Adam sah auf sie herab, der Ansatz eines Lächelns lag auf seinem Gesicht.

Ja, sie war wieder versunken. „Ich entschuldige mich."

„Ich war nicht wütend", sagte Adam und nahm eine Hand hoch, um ihre Wange zu streicheln. „Ich wünschte nur, ich wüsste, wo du warst. Ich beneide dich."

„Warum?"

„Weil sich eine ganz andere Welt in deinem Kopf befindet. Ich lese deine Bücher. Ich bin kein großer Romantikfan, aber ich erkenne eine gute Geschichte, wenn ich sie lese. Ich weiß, dass du in jedes Buch versinkst. In deinem Kopf hast du bereits hunderte Leben gelebt, Dinge gesehen, sie gespürt, wie es dem Rest von uns nicht möglich ist. Ich wünschte, du würdest begreifen, dass ich weiß, wie wertvoll ein solches Geschenk ist. Ich möchte es schützen, es wachsen lassen. Ich möchte mich um die kleinen Dinge kümmern, damit dein schönes Gehirn die Abenteuer erleben kann, für die es geschaffen wurde."

Er wusste wirklich, was er zu ihr sagen musste. „Du würdest es nach einer Weile leid sein. Du könntest glauben, ich ignoriere dich."

Er schüttelte den Kopf. „Ich wüsste, dass ich irgendwo da drin bin. Ich würd' lesen, was du am Ende des Tages geschrieben hast, um herauszufinden, welche Geschichten du über mich ersinnst. Du würdest über mich schreiben. Dafür würd' ich sorgen. Ich würd' dich so lang und so gut lieben, dass du über mich schreiben müsstest."

Jake sah nicht in ihre Richtung. Er behielt seine Augen auf die Bühne gerichtet, aber es lag eine Intimität in seiner Stimme, die die Tatsache verriet, dass er nicht ganz gefühllos war. „Und ich würde dich von Zeit zu Zeit zwingen wieder herauszukommen. Ich würde dich bei uns behalten. Wir könnten den Bezug zur Realität herstellen, Serena. Du musst dich nicht die ganze Zeit verstecken. Ich verstehe, dass du deine Arbeit liebst. Ich will, dass du das tust. Aber du kannst deine Realität auch lieben."

Ihre Realität war schrecklich momentan. Ihre Realität bestand darin, dass jemand versuchte sie zu töten und die Männer, die sie liebte, ganz weit weg von ihr waren. Sie wusste, dass es ihre Entscheidung war. Sie wusste, dass sie stur war, doch sie konnte nicht einfach die Hand ausstrecken und nach ihnen greifen. „Du verzeihst mir, wenn ich das wirkliche Leben im Moment nicht genieße."

Jake sah auf sie herab. „Ich meinte nicht genießen, Serena. Genießen ist ein faules Wort. Ich weiß, dass dein Leben im Moment scheiße ist. Doch deine Realität ist, dass du eine Familie um dich hast. Es ist vielleicht nicht die, die du dir gewünscht hast, als du sechs Jahre alt warst und Kinderträume hattest, die alle perfekt aussahen, aber es ist nichtsdestotrotz eine Familie. Bridget und Chris rufen seit Tagen an, und du ignorierst sie."

Sie ignorierte sie nicht. Sie wusste einfach nicht, was sie sagen sollte. Und sie wollte nicht, dass sie verletzt wurden. „Ich denke, sie sollten sich eine Weile von mir fernhalten."

„Adam." Der Name kam ihm über die Lippen wie ein scharfer Befehl und Adam schien zu wissen, was er zu tun hatte.

„Schraube anziehen, die erste, Liebling", sagte Adam, der seine Hände zu den Klammern an ihren Brüsten führte. Er drehte an der Schraube, während ihre Brustwarzen sich spitzten, als sie gezwickt wurden.

Sie wimmerte ein wenig. Ja, das hatte sie gespürt. „Wofür war das denn?"

Jake lehnte sich rüber und flüsterte ihr ins Ohr. „Zuerst einmal hab' ich dir keine direkte Frage gestellt, das sind also fünf, wobei wir es als Warnung zählen und sie für's Spielzimmer aufheben. Das nächste Mal wird es sich genau hier in der Öffentlichkeit abspielen. Zweitens versuche ich, genau das zu tun, wofür du mich angeheuert hast. Du willst mich nicht als deinen Liebhaber. Du willst einen Dom. Nun, Aufgabe eines Doms ist es das Verhalten seiner Sub zu korrigieren, das ihr Probleme und Kummer bereitet. Disziplin vermitteln. Du verjagst deine Freunde. Das wird dich einige Menschen kosten, die du dir nicht leisten kannst zu verlieren. Du wirst sie morgen früh anrufen. Du versuchst sie zu erreichen. Genehmigung zu sprechen, aber bleib höflich."

Oh, diese Genehmigung-zu-sprechen-Scheiße ging ihr auf die Nerven, doch Jake hatte diesen überlegenen Gesichtsausdruck. Er, der ihr genau das sagte, was sie von einem puren Dom erwarten könne. Nicht ihr Freund. Ein angestellter Dom. Verdammt, sie hatte es nicht so gemeint, doch sie wusste nicht, wie sie es wieder geradebiegen sollte. „Jake, was ist, wenn dieser Kerl beschließt mich über meine Freunde zu verletzen?"

Adam drehte sie zu sich um, damit sie ihn ansah. „Würdest du Bridget abservieren, wenn sie in Schwierigkeiten geriet?"

„Niemals." Bridget und Chris waren ihre Lebensadern. Und sie wäre am Boden zerstört, wenn sie ihre Hilfe nicht zuließen. Wenn das mit Bridget und Chris geschehen würde, wollte sie dort sein und direkt neben ihnen stehen. „Ich rufe sie morgen an."

„Ausgezeichnet. Ah, Ian fängt langsam an." Adam ließ sie sich zurück zur Bühne drehen. „Unsere kleine Sub denkt endlich ein wenig nach."

„Gut. Ich war mir nicht sicher, ob sie erziehbar sei. Sie ist sehr dickköpfig."

„Ich glaub', sie ist lernfähig. Ich denke aber auch, dass sie einiges an Bestrafung braucht."

Keiner der beiden Männer sah sie an, ihre Lektion war klar. So behandelten sie also eine Sub, die ihnen eindeutig zu verstehen gegeben hatte keine Bindung haben zu wollen. Das war genau das, was sie ihnen gesagt hatte, was sie wollte.

Sie wusste nicht, was sie wollte. Ian stand auf der Bühne und sprach über alle möglichen formalen Regeln, die wahrscheinlich äußerst gut für ihren nächsten Roman waren, doch alles, woran sie denken konnte, war, wie unglücklich sie war. Und dass sie nicht wusste, was sie dagegen tun sollte.

Ian streckte seine Peitsche aus und präsentierte sie beiden Subs, die sie ehrfürchtig küssten, bevor er zurücktrat. Sein muskulöser Arm schnellte zurück und es gab ein krachendes Geräusch, das die Luft um sie herum spaltete.

„Macht das irgendwas mit dir?", fragte Adam. Sein Arm schlang sich um ihre Taille und zog sie so fest an sich, dass sein Mund direkt an ihrem Ohr lag. Sie nistete sich bei ihm ein, von vorn bis hinten. Ein Arm blieb auf ihrer Taille liegen, doch die andere Hand lag auf ihrem Oberschenkel und schlich sich zu ihrer von-keinem-Höschen-bedeckten Muschi hinauf.

Ja, das tat etwas mit ihr. Es ließ ihren Atem schneller werden, ihre rosa Teile pulsieren. Sie war halb nackt in einem Club voller anderer nackter Menschen, die einen ernsthaft heißen Typen beobachteten, der zwei Frauen auspeitschte, und einer der sexigsten Männer, die sie je gesehen hatte, kuschelte sich ganz nah an sie heran, seine Hand schwebte über ihrer Pussy.

„Ja, mein Herr." Die Szene war interessant, aber vor allem interessierte sie sich für den Arm um ihre Taille und den Atem an ihrem Ohr. Sie kuschelte sich noch näher an. Ja, ihre Muschi wallte, doch sie wollte sich ihm nahe fühlen, beiden nah sein.

Jake stand plötzlich vor ihr. Er legte eine Hand auf die Kette zwischen ihren Brüsten. „Warum sind dann deine Augen halb geschlossen? Du schaust dir die Szene gar nicht an. Ich dachte, du wärst neugierig. Ich dachte, du wolltest etwas über D/S lernen."

Er zog an der Kette und Serena fühlte, wie ihre Augen tränten. Ihre Brustwarzen flammten zu einem kurzen Schmerz auf, der sich in eine fast unerträgliche erotische Stimulation verwandelte.

„Das tue ich, mein Herr." Aber sie wollte es von ihnen lernen.

Im schlechten Licht des Verlieses sah Jake hart und unnachgiebig aus. „Ich denke, du interessierst dich mehr für einen

Orgasmus als für den Lifestyle, du kleine Touristin. Weißt du, wie wir mit görenhaften Touristinnen in diesem Club umgehen? Wir zeigen ihnen die Wahrheit. Am Ende der Nacht bist du entweder dabei oder draußen. Ich wette, du wirst draußen sein. Ich vermute, du wirst nicht in der Lage sein damit umzugehen."

Er wollte sie herausfordern? Nun, sie konnte auch ziemlich stur sein. „Fick dich, Jake."

Adam gluckste ihr tief ins Ohr. „Jetzt hast du's geschafft."

Jake nahm sie hoch und warf sie über seine Schulter wie einen Sack Kartoffeln. Ihre ganze Welt auf den Kopf gestellt, als er aus dem Verlies in Richtung Spielzimmer stakste.

Serena wurde weich in seinen Armen. Er hatte Recht. Sie wüsste nach heute Abend genau, womit sie umgehen konnte.

Kapitel Neunzehn

Jakes Schwanz pochte, doch es war nichts im Vergleich dazu, wie wütend er auf sie war. Er drückte sich durch die Tür zum Spielzimmer. Er hatte ein anderes reserviert als den Raum, in dem sie sich zum ersten Mal geliebt hatten. Er konnte da nicht wieder reingehen. Es war nicht dasselbe. Es ging nicht darum Liebe zu machen. Sie wollte keine Liebe mit ihm machen. Sie wollte keinen Liebhaber.

Alles, was sie wollte, war ein verdammter Dom.

Nun, er konnte das für sie sein.

Er stellte sie auf die Beine und war sich bewusst, dass er sich am äußersten Rand seiner Kontrolle befand. Seine Augen bewegten sich zu den Klammern an ihren Brüsten. Adam war ein Weichei mit diesen Klammern gewesen. Sie waren kaum angezogen. Wollte sie eine BDSM-Beziehung, musste sie sich an ihre Rolle gewöhnen. Er war der Sadist. Und sie war die Masochistin.

Barsch und so unpersönlich er konnte, zog er die Schrauben an.

Sie riss die Augen auf, die grünen Kugeln schienen riesig in dem schlechten Licht. Nun, wenigstens hatte einer von ihnen seine Rolle im Griff. Die kleine Serena mochte einen Bissen Schmerz. Ja, den konnte er ihr geben.

„Das rote Zimmer?" Adam warf ihm einen Blick zu. „Wirklich?"

Das rote Zimmer war als die Bestrafungskammer bekannt. Es war etwas größer als die anderen Spielzimmer und darin befand sich ein Strafbock, ein Spanischer Reiter, eine Menge Haken in den Wänden und an der Decke, und eine Wand voller ungenutzter Schlagspielzeuge.

„Sie sagte, sie wollte ein BDSM-Erlebnis. Ich schaffe ihr eins." Die erste Nacht, in der sie sich geliebt hatten, war persönlich, intim gewesen. Er hatte es ihr erst mit der Hand gemacht und dann mit ihr geschlafen, mit dem einzigen Gedanken an ihr gemeinsames Vergnügen. Es hatte nicht funktioniert. Es hatte sie nicht an ihn gebunden. Ihr tagelang großzügige Zuneigung zu schenken hatte nicht funktioniert. Alles, was sie wollte, war seine Härte. Vielleicht war sie das einzig Wertvolle, was er zu geben hatte.

„Streck deine Hände aus." Er hob ein glänzendes Paar Handschellen vom Tisch auf. Er hatte darüber nachgedacht ein Set für sie zu kaufen und alles selbst auszuwählen. Aber das wollte sie ja nicht.

Sie streckte gehorsam die Hände aus. Ihr Gesicht war verschlossen, ihre Haltung schloss ihn aus, obwohl sie für ihn wie ausgestellt dastand. Er legte ihr die Handschellen an, ließ sie zuschnappen und zog sie fester. Sie würdigte ihn stets keines Blickes. Sie starrte nur auf die Handschellen und katalogisierte wohl die Erfahrung für ein zukünftiges Buch.

„Zieh den Rock aus, dreh dich um und leg deine Hände flach auf den Strafbock." Die Handschellen ließen genug Spiel, um ihr das zu erlauben.

„Was wirst du tun?", fragte Serena.

Adam stöhnte. „Ich kümmer' mich darum." Er setzte sich auf den Rand des Bettes, das einzig Weiche im ganzen Raum. Er zog Serena über seinen Schoß, zog ihren Minirock hoch und gab ihr fünf schnelle Schläge. Serena trat kurz mit den Beinen aus, dann sanken sie herab.

So verfickt hingebungsvoll. Warum konnte sie nicht sehen, dass sie mehr als das waren?

„Du kennst dein Sicherheitswort, Serena. Du hast ein Sicherheitswort und eines zur Verlangsamung. Mach Gebrauch von ihnen. Das wird nicht gutgehen, Liebes. Du und Jake scheint euch heut Abend auseinandernehmen zu wollen." Adam beruhigte mit seiner Hand ihr pinkfarbenes Fleisch.

Serena sagte gar nichts.

Adam seufzte und stellte sie wieder auf die Beine. „Dann solltest du tun, was er sagt."

Serena drehte sich um und lehnte sich über den Strafbock, legte ihre Handflächen auf dessen Oberfläche und senkte den Rücken. Sie machte keine Anstalten ihren Rock an seinen Platz zu schieben. Er war um ihre Taille gewickelt, das einzige Stück Kleidung, das er ihr gelassen hatte.

Er mochte es so. Es gab der ganzen Szene einen kleinen Hauch von Brutalität. Wenn er ihr befähle ihn auszuziehen, wäre sie nackt, vollkommen wehrlos, ihre weiche Haut ganz und gar zu seinem Vergnügen da. Sie sähe viel zu offen und vertrauensvoll aus, wenn er verdammt nochmal wüsste, dass sie ihm nahestände. Nun, zumindest tat es ihr Herz. Sie war durchaus bereit ihre Beine für ihn breit zu machen.

Er ging zum Spielzeugregal und wählte einen neuen Analplug aus, dieser größer als das klitzekleine Ding, das Adam ihr in den Arsch geschoben hatte. Wenn sie einen Dom wollte, fände sie heraus, dass der Dom, den sie ausgewählt hatte, es genoss kleine verfickt hingebungsvolle Arschlöcher zu ficken. Sie würde lernen seinen Schwanz tief in ihr Rektum zu stecken. Er wusch das Spielzeug ab, scheuerte es mit ungeduldigen Händen und schmierte es ein.

„Jacob, vielleicht solltest du auch ein Sicherheitswort haben."

Das Ganze ging Adam langsam an die Nieren. „Wenn es dir nicht gefällt, kannst du gerne gehen."

Adam seufzte, als er sie beide anstarrte. „Du warst derjenige, der mir gesagt hat, ich solle geduldig sein."

„Ich gebe ihr genau das, was sie will."

„Sie weiß nicht, was sie will, Jake."

„Fick dich, Adam", sagte Serena.

„Oder sie ist zu stur, um zuzugeben, was gut für sie ist." Adam schlug ihren Arsch fünf weitere Male, seine Hand schwang im großen Bogen und hinterließ rosa Fleisch, wo er sie getroffen hatte. Er holte tief Luft. „Du weißt, dass das ein klassisches Benehmen von Gören ist. Sie toppt from the bottom. Ich kann ihre Muschi jetzt schon riechen. Sie versucht, das zu bekommen, was sie will, ohne was dafür aufzugeben."

„Mein Arsch steht in Flammen, Adam. Ich glaube, hier gibt es einen Austausch." Serena bewegte sich kein bisschen, doch ihr Sarkasmus schien gut im Fluss zu sein.

Adam verzog das Gesicht, aber tat, was getan werden musste. Zehn Schläge dieses Mal, den letzten zwischen ihre Beine. „Sei ruhig, Serena. Es sei denn, du hast 'was Süßes zu sagen oder möchtest dein Sicherheitswort nutzen und uns allen eine Menge Kummer ersparen."

Die kleine Göre hatte nichts dazu zu sagen. Gott, er wartete noch immer darauf, dass sie sich umdrehte und ihn bat sie zu küssen, sie zu halten. Er wartete noch immer auf ihre Vergebung, die nicht kam. Er hatte alles mit ein paar leichtsinnigen Worten ruiniert, doch er kannte sich gut. Er würde es wieder vermasseln. Er könnte grausam sein. Er könnte es versuchen, doch wenn sie ihn jedes Mal, wenn er sich wie ein Idiot benähme, durch die Hölle schickte, dann liefe er den Rest seines Lebens wie auf Eierschalen.

Vielleicht hatte sie Recht. Vielleicht war dies der einzige Weg, wie sie zusammen sein konnten.

„Halt ihre Pobacken für mich auseinander." Glücklich machte es ihn nicht, doch drauf geschissen, er konnte nicht anders. Wenn das alles war, was sie ihm gab, nähme er es und wäre alles, was sie dachte, dass er sei.

Adam streichelte kurz ihre Arschbacken, bevor er sie auseinanderzog und die Rosette ihres Hinterns enthüllte. Jakes Schwanz machte einen Sprung in der Hose. Er wollte sie genau dort nehmen. Er wollte sie auf jedwede Weise nehmen, in der es einem Mann möglich war eine Frau zu nehmen. Er wollte sie vollpumpen, wissentlich, dass sie mit seinem Sperma tief in ihrem Körper herumlief.

Fuck. Er wollte, dass sie schwanger wird. Wäre sie schwanger, wären sie enger aneinandergebunden als mit jedem Vertrag. Selbst wenn er es schaffte sie dazu zu bringen, einen reinen D/S-Vertrag mit ihm abzuschließen, konnte sie immer weggehen. Er konnte sie nicht halten. Er war sich äußerst bewusst, dass seine Zeit mit ihr begrenzt war. Wenn sie ihren Stalker fänden und sie in Sicherheit war, ginge sie und spräche vermutlich nie wieder mit ihnen oder ihr einziger Kontakt wäre in diesem Club mit ihm als ihrem distanzierten Dom.

Aber ein Kind zwänge sie alle zusammen.

Er drückte den eingeschmierten Plug an ihren Arsch, spielte mit der Idee in Gedanken. Serena wäre wunderschön, ganz groß und rund und voll Kind. Sein Kind. Adams Kind. Es spielte keine Rolle. Das Baby gehörte ihnen und sie müssten einen Weg finden, um als Familie zu funktionieren. Sie würde ihn brauchen. Sie würde Adam brauchen.

Serena keuchte, das kleine Geräusch wanderte direkt zu seinem Schwanz. Er umspielte die Rosette ihres Arsches mit dem Plug, bevor er anfing ihn hineinzudrücken.

„Ausatmen, Liebes", wies Adam sie an. „Halt deinen Rücken flacher. Lass den Plug reingleiten."

Adam. Adam war der Süße. Adam war derjenige, den sie bereits brauchte. Adam kümmerte sich um ihre täglichen Bedürfnisse. Jake war nur der Muskel, der da war, um jede Kugel aufzufangen, die ihr in den Weg geschossen wurde. Wen zur Hölle verarschte er hier? Serena kannte das Ergebnis. Er war gut für das hier, für die Forschung, zum Ficken. Er wäre nie in der Lage sich hinzusetzen und mit ihr über Bücher zu reden, so wie Adam es tat.

Etwas Böses verwurzelte sich in seinem Innersten. Wenn er sie schwängerte, würde sie ihn bestimmt trotzdem nicht dabei haben wollen.

Er presste den Plug hinein und zwang sich vorsichtig zu sein, auch wenn alles, was er tatsächlich wollte, war den verfickten Plug wegzuwerfen und seinen Schwanz in sie hineinzuschieben. Der Plug bewegte sich schließlich, er vergrub sich tief in ihr.

„Siehst du, das war gar nicht so schlimm", sagte Adam, mit seiner Hand wanderte er entlang ihrer Wirbelsäule, hinauf und wieder herab.

Adam war immer der Gute. Jake ward immer die Rolle des Bösewichts zugeschrieben. Das war sein Platz auf Erden. Er nahm die Gerte von der Wand.

„Diesmal ist kein Zählen erforderlich, Serena. Du bekommst fünfzehn, weil du dich nicht an Befehle und Vorschriften hältst. Weitere zehn, weil du mich verflucht hast."

„Aber Adam hat mich bereits versohlt."

„Und weitere fünf dafür, dass du mich in Frage stellst." Sie verstand wirklich nicht, wie das ablief. „Du wolltest zwei dominante Männer. Adam hat dich bereits bestraft. Jetzt ist meine Zeit gekommen."

Sie war hartnäckig still, ihr Arsch hing in der Luft.

Ein kleines Gefühl der Erleichterung stieg in ihm auf. Für einen Moment lang hatte er gedacht, sie sagte ihm, er solle verschwinden. Dass er sie beide, sie und Adam, in ein und demselben Moment verlieren könnte.

Doch es war vorbei. Sie wollte die dunkle Kunst, die er sie lehren konnte. Ohne Vorwarnung schlug er zu, die Gerte landete auf ihrem Arsch.

Serena schrie auf, ihr ganzer Körper zitterte. Sie hielt sich mit gefesselten Händen am Strafbock fest.

„Kein Ton, Sub." Er schlug wieder zu und senkte die Ledergerte auf das blasse Fleisch ihres Arsches. Er konnte nicht anders. Der Anblick seiner Markierung auf ihr tat etwas mit ihm. Sie bekäme keine blauen Flecken. Er war mehr als vorsichtig, der rosa Streifen jedoch bliebe für ein oder zwei Tage und markierte sie als seine Sub. Zweimal und noch drei weitere Male bewegte er sie abwärts, verbreitete Schmerz in ihrem Körper und wartete darauf, dass die Schmerzen auflodern, in ihren Knochen versinken und sie von innen heraus erwärmten.

„Schau nach, Adam." Er musste wissen, ob es tat, was es tun sollte. Wenn sie das nicht geil werden ließ, wenn der Schmerz alles war, was sie fühlte, dann wollte er gehen mit ganzer Einsicht darüber, dass er nichts zu geben hatte.

Adams Finger verschwanden zwischen ihren Beinen. Er kam wieder hoch, saugte die Finger in seinen Mund, leckte ihre Säfte auf. „Sie ist ein reifer, saftiger Pfirsich, mein Bruder. Sie genießt das hier."

Wenigstens eine Sache lief gut. Sie wollte einen Dom. Er wünschte sich, sie wollte mehr, doch er konnte das tun.

Er zählte in seinem Kopf weiter und zwang sich seine unerwünschten Emotionen zu verbergen. Er hatte tagelang versucht der geduldige, liebevolle Mann zu sein, von dem er dachte, dass sie ihn wollte. Er hatte versucht mit ihr zu reden, doch sie schwieg wie zuvor. Er hatte sich um die Versicherungsvertreter gekümmert, während Adam sich ihren Geschäften gewidmet hatte. Und sie hatte dagesessen, auf ihren Computerbildschirm gestarrt und beide ausgeschlossen.

Sie hatte ihm nur eine Möglichkeit gegeben, um sie zu erreichen, und sogar hier setzte sie Grenzen. Er musste etwas Kontrolle zurückgewinnen. Er musste die Sache so angehen, wie er es sich wünschte, und das bedeutete seinerseits Grenzen zu setzen. Mauern zwischen ihnen, die ihr Verhalten leiteten.

Er bestrafte sie mit unnachsichtiger Hand. Und trotzdem weinte sie nicht. Als er fertig war, half ihr Adam beim Aufstehen, ihr Gesicht war rot, doch keine Träne fiel.

Er hatte versucht ihre Mauern zu überwinden, doch sie waren zu hoch, um je über sie rüber zu gelangen.

„Geht's dir gut?" Es war eine Frage, die er jeder Sub stellte. Die Antwort war klar, doch sie log wieder. Eine weitere Wand.

„Es geht mir gut, mein Herr."

„Dann geh auf die Knie." Obwohl es sich anfühlte als zerbräche sein Herz, wollte er sie verfickt trotzdem. Er öffnete sein Leder und befreite seinen Schwanz. „Es gibt eine Möglichkeit deinem Dom für seine Disziplin zu danken. Soll ich es dir genauer darlegen?"

Endlich brachte sie ein Lächeln hervor. „Ich glaube, ich weiß, wohin das führt. Ich danke dir, mein Herr. Die Disziplin war erleuchtend."

Es hätte eine verbindende Erfahrung sein sollen. Es hätte tief und emotional und mit transformativer Wirkung sein sollen, doch er war sich ziemlich sicher, dass sie sich die Erinnerung schlichtweg für den späteren Gebrauch bewahrte.

„Gib mir deine Hände." Er öffnete die Handschellen und legte sie beiseite. Er sähe sie gern im Ganzkörper-Bondage. Er liebte die Handschellen. Wenn sie seine wäre, trüge er sie immer bei sich, um seine kleine Sub festbinden zu können, wann immer es nötig war. Wenn sie wirklich seine wäre, fände sie sich an den seltsamsten Orten wieder, gefesselt und gefickt, wobei die Erfahrungen eine Verbindung zwischen ihnen herstellten.

Doch sie war nicht seine, und wenn er sie in diesen

verfluchten Handschellen sah, tat ihm das Herz weh. Er hätte doch beim Seil bleiben sollen.

Adam hatte recht mit der Emotion im Raum gehabt, doch er hatte Unrecht, dass sie von beiden Seiten ausging. Jake war der Einzige, der in Stücke gerissen wurde. Doch er bekäme eine gewisse Entschädigung.

„Lutsch mich. Nimm meinen Schwanz und schluck es runter. Alles, was ich dir gebe." Seinem widerspenstigen Schwanz war es egal, dass sein Herz schmerzte. Es wollte nur eins und nur die eine – Serena. Er sorgte sich etwas, dass er nie wieder eine andere wollte. Serena hatte ihm schlicht alle anderen Frauen verdorben.

Adam half ihr auf die Knie. „Kneif die Pobacken zusammen, Liebes. Am Anfang ist es schwer, doch du schaffst das."

Sie lächelte ihn an, als sie sich niederließ. „Werde ich bestraft, wenn er rauskommt?"

„Ja, ich denke, der große böse Dom da hat ein endloses Bedürfnis dich heute Abend zu bestrafen", sagte Adam und nahm ihre Haare zurück. „Du solltest tun, was er sagt. Du solltest seinen großen Schwanz verzehren. Ich denke, du solltest deinen beiden Gebietern dienen."

Adam kam auf die Beine und befreite seinen Schwanz. Serenas Augen leuchteten auf, sie sah von Jake zu Adam und wieder zurück. Sie leckte sich ihre Fick-mich-Lippen und lehnte sich dann rüber, ihre Zunge saugte Jakes Schwanz ein, während sie Adams mit der Hand umschloss.

Reines, weißes Vergnügen durchdrang ihn, als Serena ihn lutschte. Sie war anfangs tapsig, arbeitete ihren Mund um seinen Schwanz und versuchte einen Rhythmus zu finden.

So sollte es sein, alle drei zusammen. Doch er hatte alles versaut.

Er schloss die Augen und die Hitze ihres Mundes wallte in ihm auf. Ihre Zunge wirbelte um seinen Schwanz und umschloss ihn mit Vergnügen. Die Spannung ließ jeden seiner Muskeln hart werden. Sie saugte ihn in langen Zügen und kniete sich dann zu Adam, Jakes umschloss sie mit der Hand.

Er beobachtete, wie sich ihr Mund um Adams Schwanz schloss. Irgendwer hatte ihm gesagt, es sei pervers, aber er sah gerne zu. Er sah gerne zu, wissentlich, dass er eine Frau nicht allein zu erfreuen und zu versorgen hatte.

Serena wechselte hin und her, saugte an beiden nacheinander. Sie leckte Jakes Schwanz auf und ab und nahm ihn hoch, um seine Eier küssen und lecken zu können. Sie waren so gespannt, darauf wartend loszuschießen.

Adam stöhnte, als sie ihn wieder lutschte, und dann fiel sein Kopf zurück, als er in ihrem Mund kam. Serena schluckte gehorsam alles, was er ihr zu geben hatte, und richtete sodann diese großen grünen Augen auf Jake. Sie sah so verdammt zufrieden mit sich aus. Sie waren ihre Lehrer. Sie war die Studentin, die mit einer Eins rechnete. Es war kein Gefühl in ihren Augen zu erkennen, nur Selbstzufriedenheit.

Nun, sie war noch nicht fertig.

Er verwirrte seine Hände in ihren Haaren. „Ich werde dich jetzt in den Mund ficken, Serena. Wirst du mich das tun lassen?"

„Ja, mein Herr." Sie lehnte sich bereits vor, offenbar begierig ihre Pflicht zu erfüllen.

Er schob seinen Schwanz hinein, schaffte dem Bedürfnis Platz Kontrolle zu übernehmen. Es war die einzige verfickte Kontrolle, die er hatte. Er drückte ihn hinein und hörte dabei zu, wie sie durch die Nase atmete und den Rhythmus fand, der für beide der richtige war. Er drängte ihn hinein und gewann jedes Mal an Boden. Ihr Mund war klein, doch sie schien entschlossen. Ihre Zunge wirbelte herum, streichelte die Unterseite seines Schwanzes mit einer Kraft, die ihn erhellte. Er spürte, wie seine Eier pulsierten, seine Wirbelsäule kribbelte.

Sie war alles, was er von einer Frau wollte. Intelligent und kreativ und in der Lage mit beiden umzugehen. Aber das wollte sie nicht. Alles, was sie wollte, war das, den Energieaustausch. Er versuchte es hinauszuschieben. Er fickte rein und raus, zog und schob, nahm alles, was sie gab, doch es fühlte sich zu gut an, um es länger hinauszuzögern. Er konnte es keinen Moment länger aushalten. Er glitt in ihren Rachen. Sie schluckte um ihn herum und er war verloren.

Als er kam, spritzte es nur so heraus, weißglühende Lust schoss ihm durch den Körper.

Er kam mit einem kleinen Absturz in die Realität zurück. Serena leckte ihn sauber, ihre Zunge überhäufte ihn mit Zuneigung. Es war ein schöner Anblick. Seine Frau auf den Knien, die ihm ihre Liebe schenkte.

Doch es war keine Liebe. Sie war im Subspace. Er war nicht annähernd in seinem dominanten Gefühl angekommen. Das Einzige, was sein ausgebranntes Hirn wollte, war ihr zu sagen, dass er sie liebte, und sie ins Bett zu bringen. Er wollte sie zwischen sich und Adam haben und sie nie wieder loslassen. Nachdem sie sie bewusstlos geliebt hatten, konnten sie sie sanft in Richtung Ehe und Familie bewegen.

Er wollte ihr Sklave sein.

Er zog seinen Schwanz aus ihrem Mund, zwang sich zurück in die Realität. Sie liebte sie nicht, würde die Erklärung nicht begrüßen. Er würde sich selbst nur zum Narren machen und das hatte er oft genug getan. Er musste für zwei verfickte Sekunden anhalten und kurz nachdenken. Er war nicht bereit aufzugeben, nicht wirklich. Aber sie alle brauchten Zeit. Sie waren mit beiden Füßen hineingesprungen und hatten eine Situation erzwungen. Serena wollte einen Dom. Sie konnten ihr zwei geben. Er würde sie in einen Vertrag verwickeln und langsam damit beginnen sie zu überreden.

Aber nicht heute Abend. Heute Abend war er zu grob innerlich. Er hätte sie nie hierher zurückbringen dürfen. Er hätte sie nicht anrühren dürfen. Er hätte die Demonstration sehen sollen und dann hätten sich alle hinsetzen und darüber reden sollen, wie er es gewöhnlich mit einer Sub tat, die er trainierte.

Er brauchte alles auf der richtigen Grundlage.

„Danke, Serena." Keine Kosenamen mehr. Er musste es langsam angehen lassen. Für sie. Für sich selbst. Und auch für Adam. Wenn Jake ihn ließe, fiele Adam einfach auf die Knie. Das hatten sie schon versucht. Es war an der Zeit, ein wenig Härte auszuprobieren.

Er zog sich wieder an und atmete tief durch. „Zieh deinen Rock runter. Adam, wir sollten ihr wahrscheinlich die Klammern abnehmen. Sie hat sie schon eine Weile an. Mal schauen, ob wir bei der nächsten Strafaktion zusehen können. Ich will um elf Uhr hier raus sein."

„Was?" Serena klang etwas benommen, ihr Mund stand leicht

offen, als sie offenbar versuchte Luft zu holen.

Also hatte sie gedacht, sie könnte alles kriegen, was sie wollte? Nun, zumindest hatte er nicht jede verdammte Schlacht der Nacht verloren. Er würde diese gewinnen. „Serena, ich hatte nicht die Absicht dich heute Abend zu befriedigen. Du hattest ein Sicherheitswort und warst mit der Bestrafung einverstanden. Ich habe Sex nicht zugestimmt."

Sie schüttelte den Kopf, als ob sie versuchte ihn zu ordnen. „Ich verstehe nicht."

Es wurde mit einem flachen Tonfall gesprochen, der Jake höllisch durchdrehen ließ. „Serena, das war eine Bestrafung. Geschlechtsverkehr wäre eine Belohnung. Du hast sie dir nicht verdient. Du wolltest eine D/S-Beziehung. Hier ist sie, Schätzchen. Jetzt mach dich fertig, damit wir uns noch anderen Dingen heut Abend widmen können. Lass den Plug ruhig drin. Du kannst ihn entfernen, wenn wir zu Hause sind."

„In Ordnung." Sie nahm Adams Hand, doch in dem Moment, als sie auf den Beinen war, wandte sie sich ab. „Ich werde die Klammern selbst abnehmen, bitte. Könnte ich einen Moment für mich allein sein? Ich ziehe es vor mich allein zurecht zu machen. Und könnte ich mein Shirt wiederhaben? Ich verspreche mich nicht wieder schlecht zu benehmen."

Es war keine unangemessene Bitte. Und es wäre einfacher für ihn nicht die ganze Nacht auf ihre Brüste zu starren. „Du kannst dein Shirt tragen. Aber erlaube Adam die Klammern zu entfernen. Es erfordert etwas Raffinesse."

„Bitte, Jacob." Die Bitte kam mit einem kleinen Schnaufen, einem hauchdünnen Flehen heraus.

„Gib mir nicht die Schuld, wenn es höllisch wehtut." Sie ließ es nicht einmal zu, dass sie sich um sie kümmerten.

Er stiefelte zur Tür hinaus, Adam ihm dicht auf den Fersen.

„Was für eine heilige Scheiße war das?", fragte Adam und zog Jake am Arm. „Alter, warum hast du sie nicht einfach verprügelt? Es hätte weniger wehgetan."

Und seine Nacht war komplett. Adam war wieder angepisst. „Wir sprachen darüber. Wir sollen ihr zeigen, wie eine D/S-Beziehung läuft."

„Du bist nie so hart zu einer Sub. Niemals."

Er hatte sich auch noch nie das Herz von einer herausreißen lassen. „Ich war absolut höflich. Sie hat nicht gehorcht. Sie wurde bestraft, und, ehrlich gesagt, habe ich sie nicht zu hart bestraft. Sie ist nur wütend, dass sie nicht mehrere Orgasmen hatte. Das ist es nämlich, was sie wirklich wollte. Nun, ich habe nicht vor den Hengst zu spielen, den sie auf die Weide setzt, sobald diese Mission vorbei ist."

Adam lehnte sich an die Wand, sein ganzer Körper sackte zusammen. „Es wird nicht funktionieren, oder? Sie will uns. Ich weiß, dass sie das tut. Aber wenn sie sich nicht darum bemühen will, dann kann es nicht klappen. Ich dachte, sie bräche während der Bestrafung zusammen. Ich dachte, sie würde endlich weinen, doch sie ist weiter weg als je zuvor."

Und es gab keine Möglichkeit sie zu erreichen.

Sie käme heraus, in Shirt gekleidet und mit angelegter Rüstung. Sie täten so als ob, und nach einem Tag oder einer Woche würde sie sie entlassen und mit ihrem Leben fortfahren.

Er würde wieder zurückgelassen werden.

Wofür zum Teufel brauchte sie so lange? Er wollte diesen Haufen Scheiße von einer Nacht hinter sich bringen. Er ging zur Tür, bereit ihr zu sagen, sie solle reinhauen, und dann hörte er es. Er hörte das eine, wegen dem er nicht toben oder sonst was vortäuschen konnte.

Sie weinte.

Jake öffnete die Tür, jeder Gedanke, sie zu verlassen, war durch diesen einen winzigen Ton wie vom Winde verweht.

* * * *

Serena öffnete die zweite Klammer und schaffte es nicht zu schreien. Ja. Er hatte Recht. Es tat höllisch weh, als das Blut in ihre Brustwarzen zurückfloss, doch es konnte unmöglich mehr schmerzen als seine vollkommene Ablehnung.

Sie hielt sich ihre schmerzende Brust und war dankbar, dass sie ihr keinen BH gegeben hatten. Es spielte jetzt keine Rolle mehr. Sie hätte in einem Parka bekleidet sein können und würde sich trotzdem nackt fühlen.

Nur für eine kurze Zeit hatte sie sich in ihnen verloren. Es gab eine kleine Weile, in der nichts von Bedeutung war, außer ihnen zu gefallen. Sie hatte alles andere vergessen. Sie war auf die Knie gegangen und hatte hochgeschaut, und beide hatten dagestanden. Es war alles so, wie sie es sich hätte wünschen können. Sie waren so schön zusammen, ihre Schwänze bewegten sich wie zwei köstliche Leckerbissen auf sie zu. Als sie diese harten Schwänze im Mund hielt, hatte sie sich mächtig gefühlt. Das war die Ehre der Hingabe. Sie hatte sie auf den Knien gefunden. Als sie erst Adams und dann Jakes geschluckt hatte, war für sie in Vergessenheit geraten, dass es noch was anderes gab als sie. Sie war bereit fast alles zu tun, um dieses Gefühl zu bewahren.

Und jetzt wusste sie, dass alles eine Lüge war. Sie hatte überhaupt keine Macht.

Und sie hatte darum gebeten.

Ein kleines Schluchzen entfloh ihrem Mund. Sie konnte nicht anders. Es war alles so falsch und es gab keine verdammte Möglichkeit es wieder in Ordnung zu bringen.

Ihre Brustwarzen schmerzten und sie hatte einen dämlichen Plug im Hintern, und sie war einfach dumm es überhaupt zu versuchen. Warum hatte sie es eigentlich versucht? Sie stolperte fast zum Bett. Sie musste ihr Shirt anziehen und sich aufrichten. Sie musste einen Weg finden, um wieder ruhig zu werden. Sie wollte nach Hause.

Sie hatte kein Zuhause mehr.

Tränen flossen ihr übers Gesicht. Es war zu viel. Viel zu viel.

„Baby." Jakes Stimme klang so sanft, wie sie den ganzen Tag über nicht geklungen hatte. Sie tauchten ins Bett ein, als er sich zu ihr legte, seine Arme um ihren Körper schlang und sie mit seiner Hitze umschloss. „Baby, es tut mir so leid. Ich wollte dich nicht zum Weinen bringen. Gott, Serena. Bitte, weine nicht."

Er klang gefoltert. Sie hatte ihm das angetan. Sie hatte keinen Zweifel.

Adam kniete an der Seite des Bettes, sein wunderschönes Gesicht war aufgrund ihrer Tränen ein wässriges Durcheinander. „Hör nicht auf ihn, Liebes. Wein jetzt. Du musst weinen. Lass es raus. Lass uns dich halten."

Jake berührte ihre Wange mit seinen Lippen. „Bitte, Serena, du bringst mich um. Bitte."

Alles war vorüber. Sie war nur in diesem Moment. Sie war viel zu schwach, um nicht nachzugeben. Sie drehte ihren Kopf nur ein ganz kleines bisschen und Jakes Mund traf ihren. Himmlisch.

Sie packte das Gefühl. Jakes Lippen formten sich auf ihren, zwangen ihren Mund sich zu öffnen und dominierte sie auf die süßeste Weise. Seine vorherige Kälte schien sich verflüchtigt zu haben und Hitze trat an ihre Stelle. Jakes Zunge strömte herein und glitt an ihrer entlang. Er bewegte sie und zog sie an seine Hüften, bis sie ihm nahe war, Brust an Brust. Ihre wund gescheuerten Brustwarzen glitten über die glatte Haut seiner Brust.

Adam glitt mit seiner Hand durch ihr Haar. In dem Moment, in dem Jake ihr Luft zum Atmen ließ, übernahm Adam die Kontrolle. Adam hielt ihren Kopf in seinen Händen und ließ sie sich sicher und umgeben fühlen. Er küsste sie immer wieder. Sie fühlte, wie Jake sich vom Bett erhob, hörte, wie sich eine Schublade öffnete und schloss.

„Serena", spielte Adams Stimme über ihre Haut. Sie liebte es, wie er ihren Namen sagte, wie ein ehrfürchtiges Gebet. „Baby, lass mich dich lieben."

Sie wollte es. In dem Moment konnte sie sich nichts anderes vorstellen, was sie lieber wollte. Sie öffnete die Arme und zog ihn nah zu sich heran. Adam küsste sie und bedeckte ihr Gesicht mit federleichten Küssen. Er strich über ihre Nase, ihre Augenlider, ihre Stirn. Er arbeitete sich wieder nach unten und streichelte ihr Kinn und ihren Hals, bis er ihre Brüste erreichte.

„Das wollte ich machen, wenn ich dir die Klammern gelöst hätte. Ich hätte den Druck der Klammern durch meine Lippen ersetzt, Baby. Ich hätte dich dazu gebracht sie zu lieben." Er saugte eine empfindliche Brustwarze in seinen Mund, ließ Serena vor Erregung keuchen. Ihr Fleisch flammte vor Schmerz auf, doch er beruhigte sie mit seiner Zunge und saugte sie sanft ein. Sie wimmerte. Wenn die Nacht nichts anderes bewiesen hatte, so war sie jetzt sicher, dass sie wirklich unterwürfig war. Sie war so heiß geworden, als Jake ihren Arsch mit seiner Gerte bearbeitet hatte. Ihre Muschi war so feucht geworden.

Ihr wurde wieder heiß und es war nicht nur physisch. Sie brauchte sie.

Sie legte ihre Arme um Adams Hals und schwelgte in der Art, wie er sie hineinzog. Seine Zunge wusch ihre Brustwarzen aus. Er leckte und saugte an der Brustwarze. Serena krümmte den Rücken, ihr Kopf fiel zurück auf Jakes Schulter.

„Vergib mir." Er küsste ihren Mund und spielte leicht, während er sie im Gleichgewicht hielt. Er gab ihr keine Zeit zum Nachdenken, wartete nicht auf eine Antwort. Er neigte nur vorsichtig ihren Kopf nach hinten und küsste sie mit all der Leidenschaft, die zuvor gefehlt hatte. Sie ließ sich fallen. Sie weinte noch, als sie seine Küsse erwiderte.

Sie umschlossen sie, vier Arme, die sich um ihren Körper wandten, ließen sie sicher fühlen. Sie fielen aufs Bett zurück. Irgendwie hielt Jake sie fest, schmiegte ihren Rücken an die Vorderseite seines Körpers. Adam zog ihr den winzigen Rock aus und sie war nackt, doch diesmal war es in Ordnung. Es gab keine harten Blicke oder abweisenden Worte mehr. Diesmal waren sie bei ihr.

Adam warf den Rock zur Seite und ging dann an die Arbeit seiner Lederhose. Sein Schwanz sprang wieder frei, offensichtlich bereit für die nächste Runde.

„Wir sind für dich da, Baby", flüsterte Jake. „Wir wollen für dich da sein. Wir wollen nicht, dass du dir Sorgen machst. Wir wollen uns ein verficktes Leben aufbauen, in dem es darum geht, dich zu beschützen und für dich da zu sein. Das Dom-Ding ist zum Spielen. Das hier ist kein Spiel."

„Wir spielen nicht, Serena." Adam blickte äußerst ernst, als er zurück aufs Bett kroch.

Jakes Füße verwirrten sich mit ihren, spreizten dann ihre Beine und machten Adam Platz an ihrem Mittelpunkt. Adam beugte sich vor und gab ihr beinahe ehrfürchtig einen Kuss auf ihren Venushügel.

„Das ist mein Leben, Serena. Es kann unser Leben sein."

Und es klang unglaublich. Zwei Männer zum Lieben. Zwei Männer, die sich um sie kümmerten, sie beschützten und umgaben. Doch sie konnte den Sprung nicht einfach so wieder wagen. Nicht, wenn sie sie zwei Minuten zuvor verlassen hatten. „Bitte, muss ich heute Abend eine Entscheidung treffen?"

Adam küsste nochmal ihre Muschi, bevor er auf die Knie ging. „Nein, Liebling. Keine Entscheidungen. Nur das hier. Wir drei zusammen."

Jake streichelte ihre Brüste, sein Schwanz pulsierte am unteren Ende ihrer Wirbelsäule. „So sollte es sein."

Adam rollte ein Kondom über seinen angespannten Schwanz. Sie war bereit, mehr als bereit. Sie war feucht und weich, seitdem Jakes Gerte sie an einen anderen Ort gebracht hatte. Doch sie brauchte mehr als nur einen Schwanz. Sie brauchte sie.

Adam richtete seinen Schwanz auf und Serena legte ihre Arme um ihn, zog ihn nah zu sich ran. Sie pressten sie zwischen sich, Adams Gewicht verankerte sie an Jakes Körper. Kein bisschen Luft zwischen ihnen. Sie wollte keine.

„Liebes, du fühlst dich so gut an." Adam stieß langsam zu und arbeitete seinen Schwanz nach und nach ein. „Der Plug macht dich so eng."

„Wenn du bereit bist, wirst du uns beide tief in dir haben. Wir werden zur gleichen Zeit mit dir Liebe machen. Wir füllen dich aus mit Schwanz. Du wirst zu keinem einzigen Mann zurückkehren wollen. Du wirst süchtig nach uns sein." Jakes heisere Worte klangen wie eine Prophezeiung.

Sie wimmerte vor erstaunlicher Fülle, doch sie war besorgt, weil Jake sich irrte. Sie war bereits süchtig nach ihnen und es gab für sie keinen Ausweg mehr. Wenn sie gingen, würde sie sich für immer nach ihnen sehnen.

Adam stieß zu und zog sich heraus, einen Rhythmus anstimmend, der ihr den Atem raubte. Sie hatten recht mit dem Plug. Er ließ sie enger werden und machte sie auf jeden Zentimeter seines Schwanzes aufmerksam, während er zustieß.

Jakes Hand schlang sich zwischen sie hindurch. „Lass los, Baby. Lass los. Wir werden genau hier sein, um dich aufzufangen."

Seine Finger fanden ihre Klitoris und übten Druck aus, zogen Kreise um sie herum in demselben Takt von Adams Stößen. Die ganze Zeit über flüsterte er, wie schön sie war. Er küsste sie auf die Wangen und ihr Haar und sagte ihr, dass er es kaum erwarten konnte der Mann zu sein, der sie fickte.

Die ganze Welt schmolz dahin. Nichts anderes war von Bedeutung als das. Ihre Probleme schienen weit weg von ihr zu sein. Es gab nur diesen Moment und diese Männer.

Adam schob sich hinein und traf auf diesen magischen Ort in ihr, gerade als Jake ihr die Klitoris so zusammendrückte und der Höhepunkt sie in andere Gefilde versetzte. Serena wurde wild, zog sich zusammen und versuchte nach Möglichkeit jeden Moment zu genießen. Sie drückte sich hoch und wieder zurück, als täte sie so, als wäre Jake in ihr, als befänden sich beide tief bis zu den Eiern in ihrem Körper.

Adam versteifte sich über ihr und schmiegte sich dann an sie, während er ihr seinen Orgasmus schenkte.

Sie fielen alle wie ein köstlicher Haufen ineinander, aus Armen und Beinen und süßem Schweiß bestehend, der sie zusammenhielt.

„Ich bin genau da, wo ich sein will", flüsterte Adam, sein Schwanz noch in ihr. „Endlich."

Jake vergrub sein Gesicht in ihrem Nacken, sog ihren Duft ein. „Er ist genau da, wo ich sein will. Und er macht mir nun besser Platz, weil ich an der Reihe bin, Baby. Du wolltest eine Ménage? Oh, wir können dir eine geben. Wir können es dir die ganze Nacht geben."

Serena ließ ihre Ängste für ein kleines Weilchen verschwinden und stellte sich auf eine lange Nacht ein.

Kapitel Zwanzig

Adam dachte darüber nach, den Mann in der Tür zu töten. Er könnte es aus der Ferne tun. Das Arschloch stand einfach da und klingelte an der Tür. Es wäre einfach sich ein Gewehr zu schnappen und den Wichser aus dem zweiten Stock zu erwischen.

Leider stand Liam mit Grace und Sean dort, und Sean bekäme einen Wutanfall, wenn Liam es schaffte Grace vollzubluten.

Ein Dartpfeil voller Beruhigungsmittel. Er könnte irgendwo welche haben. Liam würde nicht bluten, aber er würde sterben, wenn Adam drei oder vier davon auf ihn schoss. Ja. Das war ein Plan.

„Wirst du sie reinlassen?", fragte Jake und betrachtete den Überwachungsmonitor.

„Ich hab' daran gedacht Li zu töten." Jake würde wahrscheinlich helfen.

Jake lachte ein wenig und drückte den Knopf, der die Tür öffnete. „Töte ihn drinnen, bitte. Und lass Grace es nicht sehen." Jake schlug ihm auf den Rücken, bevor er den Flur runter lief. „Du weißt, wir wären ohne Liams Hilfe wohl nicht mit Serena im Bett gelandet."

Es hatte ihnen gar nichts gebracht. Serena schlief mit ihnen, doch sie waren nicht näher an sie herangekommen eine Verpflichtung aus ihr herauszuholen. Jedes Mal, wenn er fragte, bekam sie diesen leeren Gesichtsausdruck und murmelte etwas davon, es beim Ist-Zustand zu belassen. Der Ist-Zustand war heikel und irgendwie beschissen. Er wollte eine gottverdammte Zukunft. Er begann sich

Sorgen zu machen, dass Serena seine Pläne nicht teilte.

„Sie wird nachgeben." Plötzlich war Jake der Optimist.

Er konnte Liam mit Sean reden hören, als sie sich im Vorderzimmer versammelten. Adam hielt seine Stimme gesenkt. Das Letzte, was er wollte, war, dass Liam hörte, dass sie sich noch immer im Streit mit ihrer Frau befanden. Der irische Ficker könnte sich dazu entschließen wieder zu helfen und Adam wäre gezwungen das Gehänge seines sogenannten Freundes abzuschneiden. „Wie kannst du dir da sicher sein?"

„Weil sie aufgehört hat nach einem Vertrag zu fragen." Jake nickte ihm etwas zu. „Ich habe einen Fehler gemacht, neulich Abend so ungeduldig gewesen zu sein. Ich bin noch immer außer mir. Ich bin mir sehr wohl bewusst, dass sie jede Minute gehen könnte und wir sie vielleicht nie wiedersehen, doch sie ist noch da, und solange wir in ihrem Bett liegen, haben wir eine Chance. Und noch was anderes hat mich umgehauen. Sie schreibt wieder."

Sie saß stets acht bis zehn Stunden täglich vor ihrem Computer, doch zumindest schrieb sie jetzt was. Sie hatte eine der Liebesszenen ihrer letzten Ménage-Romanze neu geschrieben. Das Wort Wunde hatte sie mindestens zehnmal neu hinzugefügt.

„Und sie jammert wieder", gab Adam zu. Er konnte nicht aufhören zu grinsen. „Sie war verrückt nach dem Plug, Mann."

Sie hatten die letzte Woche damit verbracht sich an eine ruhige Routine zu gewöhnen. Serena hatte gearbeitet. Adam hatte an seinem Computer recherchiert und Jake schlug auf Sachen ein. Meistens auf den Sack im Trainingsraum. Jake zwang Serena auch zu täglichen Spaziergängen mit Mojo, sowohl mit ihm als auch Adam an ihrer Seite. Jake hatte auch damit begonnen Serena zu trainieren, wenn auch nicht so, war sich Adam sicher, wie er es vorgezogen hätte. Jake trainierte Notwehrtechniken mit ihr und brachte ihr bei, wie sie auf sich aufpassen konnte. Abends aßen sie zusammen zu Abend, sahen fern oder schauten sich einen Film an, und gingen dann ins Bett, um Stunden mit dreckigem, versautem, schönem Sex zu verbringen.

Adam hatte Jake und Serena tags zuvor beobachtet, wie sie elementare Selbstverteidigungstechniken erprobten. Es hatte ihn erschreckt, dass Jake sie ihr beibrachte, falls sie mal nicht da waren und sie sich verteidigen konnte. Er hasste den Gedanken, doch er musste sich der Möglichkeit stellen, denn trotz des Sex' sprach keiner über die Zukunft, mit Ausnahme eines kleinen Ereignisses. Serena nahm jeden Tag einen größeren Plug an und streckte ihnen ihren Hintern entgegen, bereit Analsex zu akzeptieren. Sie jammerte mächtig.

„Sie sagte, es sei ein Elefanten-Plug. Ich musste sie versohlen, damit sie ihn nimmt", sagte Adam.

Ein breites Lächeln kreuzte Jakes Gesicht. „Sie mag Spanking. Sie hat gestern dreimal die Klappe aufgerissen, damit ich sie versohle. Und die Tatsache, dass sie wieder Witze macht, gibt mir ein wenig Hoffnung. Die alte Serena ist da drin. Wir können nur beten, dass wir uns noch nahe sind, wenn sie ins Leben zurückkehrt."

Das war das Problem. Adam war sich nicht sicher, ob sie die Beziehung am Laufen halten konnten, sobald Serena ihre Dienste nicht mehr benötigte. Und früher oder später erwischten sie diesen Kerl und mussten mit einer Welt klarkommen, in der sie sie nicht rund um die Uhr im Griff hatten.

„Machen wir uns bereit zu gehen?", fragte Serena und kam hinter ihnen her. Sie trug das Kleid, das er für sie ausgesucht hatte, ein reizendes blaugrünes Wickelkleid, das sich an ihren Kurven festhielt und ihre Brüste hervorhob. Es war schön, aber professionell. Und ihre Beine sahen in den knapp zwölf Zentimeter hohen Louboutin-Absätzen unglaublich aus. Er hatte sie gestern Abend in diesen Fick-mich-Absätzen gesehen, mit sonst nichts.

„Solltest du nicht einen Pullover oder so was tragen?", fragte Jake. Der Höhlenmensch schien nicht zu würdigen, dass Adam ein Auge dafür hatte ihr wunderschönes Mädchen anzukleiden. Jakes Augen fixierten ihre Brust. „Vielleicht ein Rollkragenpulli?"

Langsam breitete sich über Serenas Gesicht ein Lächeln aus. „Gefällt es dir?"

„Er macht sich Sorgen, dass alle es mögen, Liebes." Adam zwinkerte ihr zu. Auf keinen Fall steckte er sie in einen Rollkragenpulli. „Doch was er vergisst, ist, dass wir Waffen haben. Du kannst so schön aussehen, wie du willst. Lass sie alle gucken. Wir erschießen einfach den ersten Kerl, der sie berührt. Und den zweiten. Und so weiter." Er nahm ihre Hand und führte sie ins Wohnzimmer, in dem sich Liam, Sean und Grace versammelt hatten. „Und da ist der erste, den ich töten werde."

Liam rollte mit den Augen. „Stecken wir immer noch in dem Durcheinander?"

Sean grinste. „Ah, Karma. Ich liebe Karma."

„Ich hab' Grace nicht geküsst." Adam verzog das Gesicht. „Nun, jedenfalls nicht richtig."

Serena warf ihm einen bösen Blick zu. Jake legte einen Arm um ihre Taille.

„Ich hab' Grace nie geküsst." Ja, Jake schien stolz auf sich zu sein.

Glücklicherweise hatten sie einen Job zu erledigen. „Serena, wenn es dir nichts ausmacht Grace und Sean Gesellschaft zu leisten, wir müssen mit Liam reden, bevor wir losfahren."

Argwöhnische Augen starrten ihn an. „Du meinst, dass ihr euch erst entscheiden müsst, ob wir überhaupt gehen?"

Jake küsste sie auf die Stirn und entfernte sich. „Ja. Das ist es, was wir meinen."

Er lief ohne ein weiteres Wort in die Küche. Adam folgte ihm. Er hoffte vielmehr, dass Liams Bericht über die Sicherheitsdetails der Veranstaltung dazu führte, dass sie die ganze Sache abblasen konnten. Er wusste, dass Serena die Autogrammstunde veranstalten wollte. Er hatte geholfen die Veranstaltung zu planen, doch jetzt, wo er sich der Tatsache stellte, dass sie sich in der Öffentlichkeit zeigte, machte es ihn ein wenig nervös.

Sean folgte direkt hinter Liam. „Ihr lasst mich da draußen nicht im Stich. Sie reden über Bücher und Sex. Und in den Büchern geht es um Sex. Wer hätte gedacht, dass Frauen so verdammt gesprächig sind, wenn es um Sex geht? Männer machen sowas nicht. Wir schauen uns einfach ein Mädchen an, verkünden, dass wir es getan haben, und jeder macht weiter."

Jo, so war es einfacher.

Liam schüttelte den Kopf. „Ihr labert eine verdammte Scheiße. In den letzten Monaten musste ich euch dreien zuhören und ihr habt mehr über eure Gefühle geredet, als sie es in einer verdammten Talkshow tun. Ich schwör', euch sind allen Vaginas gewachsen."

Sean schien nicht beleidigt zu sein. „Nein. Wir sind alle

muschigeknechtet. Ich mag es, muschigeknechtet zu sein. Das bedeutet, dass die Muschi zu mir gehört. Du hast einfach zu viel Zeit mit College-Mädchen in Hotpants verbracht, die nach Trinkgeld aus sind."

„Ich mag Hotpants. Keine hätte damals Hotpants in Irland getragen." Er seufzte, als ob er an etwas Schönes dachte, wahrscheinlich daran, was er mit der Neunzehnjährigen vergangene Nacht gemacht hatte. „Viel mehr Frauen sollten sie tragen."

„Alter, falls du gerad' an Eve in kurzen Shorts denkst, lass das. So weit kannst du nicht gehen. Alex bringt dich um. Und er wird es nicht fair abziehen. Er wird warten, bis du alles darüber vergessen hast und dann eines Nachts deinen Arsch in einer Hinterhofgasse aufgabeln", sagte Jake.

„Ich sollte mich wohl besser von Gassen fernhalten, nicht wahr?", fragte Liam, er richtete den Rücken auf. Und dann seufzte er. „Ich schlafe nicht mit Eve. Ich verbringe nur Zeit mit ihr. Es ist unschuldig."

Doch fast nichts war unschuldig, wenn es um Liam und Frauen ging. „Du spielst ein gefährliches Spiel, Mann."

„Ich spiele gar nicht. Und fick dich. Du versuchst mich in das Vagina-Geschwätz zu ziehen. Ich werd's nicht tun. Ich hab' keine Gefühle. Überhaupt gar keine. Und ich belasse es dabei." Er runzelte die Stirn und setzte sich auf einen der Barhocker. „Nun zum eigentlichen Geschäft. Ich hab' die Sicherheitsvorkehrungen des Spielzeugladens überprüft. Erstens, hab' ich erwähnt, wie verdammt nochmal sehr ich Amerika liebe? Dieser Ort ist unglaublich. Es ist wie ein Lebensmittelgeschäft, nur mit Porno. Du kriegst alles dort. Ich hab' einen sehr schönen Flogger ins Auge gefasst. Ich hab' diese Sub neulich Abend im Hooters getroffen…"

„Du sprichst wieder über Gefühle", betonte Adam, der unbedingt vermeiden wollte noch mehr von Liams Sexualleben hören zu müssen.

„Nein, ich rede davon geil zu sein. Das ist kein Gefühl. Es ist ein reiner Daseinszustand."

„Das ist sein gewöhnlicher Zustand", lieferte Sean hilfreich mit.

„Wie ich schon sagte, es ist gar nicht so schlecht. Es gibt zwei

Zugangspunkte, die beide mit Alarm und Kameras bewacht werden. Keine Fenster. Es ist wie eine Box, wenn auch eine nett dekorierte. Das Hauptgeschoss hat ziemlich klare Sichtlinien. Ich hab' der Besitzerin geraten den Tisch, an dem sie die Bücher signieren wird, an der Rückseite aufzustellen, damit sie eine Wand hinter sich hat. Was die Cocktailparty betrifft, so sollte es uns gut gehen, solange wir in demselben Raum sind. Wir können Metalldetektoren benutzen. Die Besitzerin verkauft Schlagzeug. Keine Messer. Ich hab' bereits mit der Polizei gesprochen, sie schicken die zwei Detectives und jemanden in Zivil, die an der Veranstaltung teilnehmen. Ich denke, die kleine Party eures Mädchens wird ein Erfolg."

Nicht das, was er hören wollte, doch wenigstens war Liam gründlich. Adams Blick glitt in Seans Richtung. „Und du lässt Grace teilnehmen?"

„Sie ließe es sich nicht entgehen. Sie liebt Amber Rose. Sie denkt, dass diese Bücher uns zusammengebracht haben. Ich würd' sagen, sie haben wohl geholfen." Sean seufzte und öffnete seinen Mantel, eine glänzende SIG Sauer präsentierend. „Ich kehre für heute aus dem Ruhestand zurück. Diese Frau bedeutet meiner Braut sehr viel. Ich werd' nicht zulassen, dass ihr irgendein Drecksack wehtut. Und ich glaube, dass sie meinen Freunden etwas bedeutet."

Jake nickte düster. „Das tut sie. Sie bedeutet die Welt für uns. Wir müssen sie nur noch davon überzeugen."

„Ich denke, Grace könnte dabei helfen, sogar während wir gerad' sprechen", antwortete Sean.

Liam schlug den Kopf auf die Theke. „Ihr seid wieder bei Gefühlen. Kann mich jemand erschießen?"

Adam lachte. Das war viel besser, als Liam zu erschießen. Folter. Der Ire hatte es verdient. Nun, nur ein bisschen. Er blickte zu Sean Taggart, sein befehlshabender Offizier in der Armee, sein Freund und Mentor, dem Mann, der ihm zu vergeben schien. „Danke, dass du mitgekommen bist, Sean. Wir nehmen die Hilfe gerne an."

„Von Gefühlen muss ich brechen." Liam hob den Kopf. „Haben wir Zeit für ein Bier?"

„Kein Alkohol vor der Arbeit", kündigte Jake an.

Liam runzelte die Stirn. „Aber ich hab' E-Mail-Dienst. Ich darf hier sitzen und vierhundertfünfzig von Doyle Brooks' langweiligen

Schimpftiraden gegen Studenten und all die Leute lesen, die sein Genie nicht schätzen. Gott, lass mich den eingebildeten Wichser einfach töten."

Sie waren jede kleinste Information durchgegangen, die Adam von Professor Brooks' Computern sowie denen der Anderson-Agentur gehackt hatte. Sie hatten sich abwechselnd damit beschäftigt sowie mit den Informationen, die sie über die zwei Detectives herausfinden konnten.

Jake schüttelte den Kopf. „Kein Bier. Brooks so lange nicht töten, bis wir etwas Scheiße über ihn gesammelt haben. Na los, machen wir uns bereit. Wir fahren in zwanzig Minuten."

Adam zählte die Minuten, bis sie sich wieder zu Serena kuscheln konnten und sie heil und unversehrt wäre.

＊＊＊＊

„Bist du sicher, dass es dir nichts ausmacht?", fragte Grace Taggart.

Serena musste lächeln, als sie die Bücher von Grace entgegennahm. Sie könnte ein wenig eifersüchtig auf die reizende Frau sein, da Adam offenbar etwas für sie übriggehabt hatte, doch sie war so süß, dass es unmöglich war Grace zu hassen. Und sie war ein Fan. Das machte vieles von dem Groll in Serenas Seele wieder gut. Sie hatte alle da. Alle *Texas Sweetheart* Bücher und *Three Riders, One Love* und den Rest dieser Serie. Ja, Grace Taggart war definitiv ein Fan.

„Die meisten Leute kaufen nur E-Bücher", sagte Serena und setzte sich auf die Couch, als Grace ihr einen Stift reichte. Sie öffnete das erste Buch. *Small Town Sweetheart*. Sie hatte sich mit dem Buch abgequält. Sie hatte so viel von sich selbst reingesteckt.

„Ich habe wegen dieser Bücher so viele einsame Nächte durchgestanden. Ich denke, ich möchte dir dafür wirklich danken."

Tränen stachen Serena in die Augen und sie musste kämpfen, um einen Hauch Professionalität zu bewahren. Sie hatte nicht mit dem Schreiben angefangen, weil sie dachte, dass sie Menschen wie Grace fände. Sie hatte angefangen zu schreiben, weil es eine Lücke in ihrem Leben füllte. Es war eines der großen Wunder dieses Universums, dass es ihr mit ihrer Arbeit gelungen war, die Lücke im Leben anderer zu schließen. „Danke. Das bedeutet mir sehr viel."

„Also kannst du dich nicht von einem Idioten vom Schreiben abschrecken lassen."

Sie unterschrieb ihren Namen in Schnörkeln. Nun, sie hatte ihren falschen Namen schnörkelig unterschrieben. Manchmal fragte sie sich, wer realistischer war – Serena Brooks oder Amber Rose? Letzte Nacht war Serena die Echte gewesen. Serena war diejenige, die in Jakes und Adams Armen eingeschlossen gewesen war. „Lasse ich nicht. Ich werd' nicht mal zulassen, dass er mich davon abschreckt zur Autogrammstunde zu gehen."

Grace lächelte und holte tief Luft. „Und du solltest dich auch nicht von einem Idioten abschrecken lassen, ein großartiges Leben mit zwei unglaublichen Männern zu führen."

Das Gespräch hatte eine Wendung ins zutiefst Persönliche genommen. Anscheinend redeten ihre Männer gern. „Nun, ich schätze, du weißt, dass Adam, Jake und ich ein wenig Spaß haben."

„Nein. Ich weiß, dass sich Adam und Jake in dich verliebt haben."

Was zur Hölle sollte sie dazu sagen? „Ich würd' nicht sagen, dass es so ernst ist. Wir haben nichts Längerfristiges geplant. Es ist nur eine kleine Affäre."

Die Sympathie, die in Grace Taggarts haselnussbraunen Augen abzulesen war, ließ Serena zusammenzucken. „Oh, Süße, ein Mann hat sich eine Nummer erlaubt, nicht wahr? Bist du geschieden?"

„Glücklicherweise", zwang sie sich zu sagen. Sie hatte Doyle nicht wirklich geliebt. Sie hatte gedacht, sie sei verliebt, doch sie war zu jung gewesen.

„Schatz, keiner ist glücklich sich scheiden zu lassen. Nicht wirklich. Die Ehe mag die Hölle gewesen sein, doch fast jeder trauert zumindest dem Verlust der Möglichkeit nach, die sie dargestellt hat."

Sie war kaum neunzehn gewesen, die Möglichkeit bestand in Form einer großen, glänzenden Zukunft. „Nun, ich weiß nur, dass die Realität in Form eines Mannes bestand, der drohte mich zu verlassen, wenn etwas schiefflief. Die ganze Ehe war ein langer Kampf, bei dem ich ihm nachgeben musste oder andernfalls die Beziehung verlor. Ich fand endlich etwas, das ich mehr wollte als diese Ehe. Ich fand das Schreiben. Ich glaube nicht, dass ich jemals wieder heirate."

Auf diese Weise war es einfacher. Sie könnte einfach in diesem Moment leben und wusste, dass morgen alles vorbei sein könnte. Es war die Wahrheit. Nichts war sicher, also warum sollte sie so tun, als wäre es das?

„Mein Mann ist gestorben. Ich war mir ziemlich sicher, dass ich nie wieder heirate."

„Aber du hattest eine glückliche Ehe?" Hier gab es einen riesigen Unterschied. Graces Mann hatte nicht vorgehabt sie zu verlassen.

„Zum größten Teil. Es gab ganze Teile von mir, die hab' ich abgeschaltet, weil ich dachte, dass mein Mann damit nicht umgehen konnte. Und dann hab' ich Sean gefunden. Ich sei zu alt, um neu anzufangen. Das habe ich mir etwa hundert Mal gesagt. Aber so funktioniert es nicht, zumindest muss es das nicht. Ich bin einundvierzig. Ich sollte eine Großmutter sein, doch jetzt bekomme ich ein weiteres Baby, und ich denke, dieses hier wird mich jung halten, wie Sean es tut. Ich dachte, die Liebe zu Sean wäre das Dümmste, was mir je geschehen ist, doch sie stellte sich als die größte Freude meines Lebens heraus."

„Das ist wunderbar, Grace." Es war eine schöne Geschichte. Es hatte nur nichts mit ihr zu tun.

„Warum gibst du ihnen keine Chance?" Grace lehnte sich zurück, ihre Hand auf ihrem runden Bauch. „Sag mir, wenn ich mich einmische."

„Du mischt dich ein."

Langsam formte sich ein Lächeln auf ihrem Gesicht. „Das mag sein, doch wenn du es dir gestattest, könnten wir so gute Freunde sein. Daher fordere ich jetzt meine Schwangeren-Rechte ein und bring's trotzdem zur Sprache. Ich sag dir ein paar Dinge, weil ich Adam und Jake liebhabe, und weil ich dich auch liebhab'."

Serena schüttelte den Kopf. „Du kennst mich nicht."

„Oh doch, das tue ich. Du warst in den letzten Jahren eine Stimme in meinem Kopf. Bei manchen Autoren ist es so. Als ich wirklich einsam war, hatte ich deine Figuren. Und ich habe viel von ihnen und der Frau gelernt, die sie erdacht hat." Grace legte ihre Hand auf den Stapel von Büchern, die Serenas Lebenswerk darstellten. „Diese Frau ist stark. Diese Frau lässt sich von der Vergangenheit nicht die Zukunft rauben. Diese Frau langt mit beiden Händen zu und schnappt sich, was sie verdient. Diese Frau weiß zu lieben und zu kämpfen. Ich bete für meine Freunde, dass diese Frau kein erdachtes Werk ist."

Serena starrte auf ihre Bücher, die Leidenschaft ihres Lebens. Aber was bedeutete ihr Leben, wenn all ihre Leidenschaft auf Worte verschwendet wurde? Ihre Ehe war gescheitert. Bedeutete das etwa, dass sie für den Rest ihres Lebens allein sein sollte oder nur im Moment existierte, weil künftige Schmerzen zu groß waren, um sie ins Auge zu fassen?

„Serena? Bist du bereit?" Jake stand in der Tür und sah attraktiv aus in dunklem Anzug und Krawatte, das Jackett des Anzugs in der Hand. Er trug ein Schulterhalfter aus Leder, seine Waffe klar in Sichtweite, die sie daran erinnerte, dass sie einen Leibwächter brauchte.

War sie bereit? Sie war wahrscheinlich für nichts von all dem bereit. Sie war nicht bereit, eine Entscheidung über irgendetwas zu treffen.

„Baby?" Jake starrte zu ihr hinab. „Alles in Ordnung?"

Sie schüttelte den Kopf. Er fragte, ob sie bereit sei zu einer Autogrammstunde zu gehen, und sie saß hier und stellte sich gewaltige Lebensfragen. Fragen, auf die sie immer noch keine verfluchte Antwort hatte, doch Grace Taggart machte sie nachdenklich. Sie war seit Monaten von der Idee einer Autogrammstunde besessen und jetzt war der einzige Gedanke, den sie hatte, das Ganze schnell hinter sich zu bringen, denn sie hatte einiges zu überdenken.

„Ich bin bereit." Sie stand auf, ihr Blick hing an den Büchern. Waren sie nur Fiktion? Oder waren diese Bücher ihre Stützräder, ihre Chance, die sie lehrten das zu tun, was es brauchte, um wirklich stark zu sein, nämlich ein Risiko einzugehen und wieder wirklich zu lieben? Ihre Stimme klang diesmal standhafter. „Ich bin bereit."

Jake nahm ihre Hand und führte sie zum Auto.

* * * *

Tatsächlich war Jake nicht bereit. Er sah sich in dem kleinen Laden um und erkannte, dass er nicht bereit war sie in Gefahr zu bringen, und er war verdammt sicher nicht bereit sie gehen zu lassen.

„Also, hier entscheidet sich unsere illustre Autorin ihre Bücher zu signieren?" Detective Hernandez hielt eine Box mit einem Vibrator darin hoch. „Nun, wir wissen, worum es in den Büchern geht, wenigstens das."

Jake hatte genug von dem Detective. Er wandte sich an Detective Chitwood. „Vielleicht brauchen wir hier niemanden vom Police Department in Dallas. Dieses Arschloch hat offensichtlich ein echtes Problem mit der Arbeit meiner Klientin."

Chitwood bewegte sich zu Jake rüber und hielt seine Stimme gesenkt. „Bitte, Mr. Dean, geben Sie ihm etwas Spielraum. Ich werde mit ihm reden. Er macht zu Hause gerade eine schwierige Zeit durch. Seine Frau scheint sich gefunden zu haben, sozusagen. Sie hat eine neue Karriere begonnen und ihn dabei zurückgelassen. Und sie hat Liebesromane geliebt. Nicht wie die von Amber Rose, aber Mike wirft sie alle zusammen. Ich fürchte, er denkt, dass bei seiner Frau unrealistische Erwartungen geweckt wurden, die von Büchern wie diesen stammen."

„Mir ist seine Ehe egal", sagte Jake ehrlich. Ja, er sähe sich Hernandez nochmal an. Sie hatten nichts gefunden, Adam müsste gründlicher suchen. „Es interessiert mich nur, ob er seinen Job macht oder nicht. Und ich hab' das Gefühl, dass Sie Serenas Karriere genauso wenig billigen."

Chitwood schüttelte den Kopf. „Ich verstehe nichts davon und es ist mir auch egal, wie auch immer. Es spielt keine Rolle, was sie beruflich macht. Sie verdient es dieses Leben zu führen, ohne um ihr Leben fürchten zu müssen. Ich habe einen Eid abgelegt und ich habe vor ihn zu halten. Mein Privatleben ist im Moment auch hart, aber ich werd's nicht zulassen, dass es meine Fähigkeit beeinträchtigt, sie zu schützen. Apropos, ich hab' das Profil gekriegt, das Sie mir geschickt haben. Ausgezeichnete Arbeit. Ihr Profiler scheint äußerst fähig zu sein."

Eve war das Beste, was das FBI zu bieten hatte, bis ein Fall zu einer schrecklichen Wende geführt hatte. „Also, stimmen Sie mir zu, dass es jemand ist, den sie kennt?"

„Ich bin mir nicht sicher. Ich denke allerdings, dass der Täter der Meinung ist, dass sie ein großes Unrecht begeht, das das Leben des Stalkers berührt." Chitwood runzelte die Stirn und starrte für einen Moment auf seine Füße. „Ich weiß, was Sie denken."

Jake wartete einfach darauf, dass Chitwood bewies, dass er nicht so dumm war, wie er zuerst ausgesehen hatte.

„Sie denken, ich oder Mike ist es. Angesichts der gewalttätigen Drohungen, die auftraten, nachdem die Polizei eingeschaltet wurde, und hinsichtlich unserer Reaktionen würd' ich uns beide logischerweise auch auf die Liste der Verdächtigen setzen. Ich denke, nach heute sollten wir uns wegen Voreingenommenheit zurückziehen und den ganzen Fall von vorn beginnen."

Chitwood sagte das Richtige. Aber das brächte Jake nicht dazu sich zurückzuziehen. „Ich denke, das wäre eine gute Idee."

Ein kleines Lächeln spielte auf den Lippen des Detectives. „Natürlich wäre es genau das richtige Spiel, wenn ich Sie von der Spur ablenken wollte. Fühlen Sie sich frei uns verfolgen zu lassen, Mr. Dean. Wir sind genau die, die wir vorgeben zu sein, ein Detective, der sich auf den Ruhestand freut und…lieber Gott, Mike, leg das weg." Er schüttelte den Kopf in Richtung des Regals, wo Hernandez einen riesigen Analplug studierte. „Ein Detective, der in den Ruhestand geht und sein idiotischer Partner. Das ist alles, was Sie finden werden."

Jake war sich dessen nicht so sicher, Adam hatte bislang jedoch nichts über beide Männer gefunden. Er wusste bis jetzt, dass Hernandez getrennt war und im YMCA lebte, was jeden Mann stinkig machen konnte, und Chitwoods Frau kämpfte gegen Krebs. Jedoch wurde Chitwood als tief religiös beschrieben, auf der Website seiner Kirche standen deutliche Warnungen vor etwas, das sie die Pornografie der Welt nannten.

Er behielte ein Auge auf beide. Er fühlte sich weit besser mit der Zivilbeamtin, die sie mitgebracht hatten. Sie war eine junge Frau mit einem strahlenden Lächeln, die überhaupt nicht beleidigt schien, dass sie in einem Spielzeugladen arbeitete. Sie hatte mit Grace noch über etwas gelacht, bevor sie begonnen hatte die Umgebung zu durchsuchen.

„Wo ist die Agentin?", fragte Adam, als er von draußen hereinkam. Draußen stand eine Schlange von Lesern, fast alles Frauen mit einem Stapel Bücher in den Händen. Es war ein bisschen wie in einem Tollhaus da draußen. Ian kümmerte sich persönlich um die Sicherheit und machte heimlich Fotos von jedem für spätere Recherchen. Wenn der Stalker hier wäre, hätten sie zumindest ein Bild, mit dem sie arbeiten konnten.

„Sie ist hinten." Jake zeigte auf die Tür, die zum Büro des Besitzers führte, und auf den großen Raum, den sie als Lagerraum benutzten. Jake war durch den Raum gegangen und hatte dafür gesorgt, dass die eine Tür nach draußen fest verschlossen war. Draußen war ein Beamter des Dallas Police Departments, der Wache stand. Der Beamte war sehr hilfsbereit und hatte Lara und Brian die Tür geöffnet, als sie Bücher und Kartons hereingekarrt hatten. Lara befand sich im ruhigeren Hinterzimmer, Bücher und Waren auspackend. „Ich habe Chris gesehen, wie er ihr geholfen hat, wobei er sagte, dass er es unter Protest täte und Lara noch unter Bewährung stände. Und der andere Typ war auch da, obwohl er meist nur die Stirn in Richtung seiner Frau zu runzeln schien."

„Brian Anderson?" Adam runzelte die Stirn. „Mir wurde gesagt, dass er den Mainstream-Bereich des Unternehmens leitete und es nicht besonders mag mit den „einfachen" Kunden zu tun zu haben."

Chris stoppte vor ihnen, ein großer Stapel *Their Sweetheart Slave* in seinen Armen. „Redest du von Brian? Er hasst uns irgendwie. Oh, er versucht es zu verbergen, doch ich hab' ihn sagen hören, dass Lara ihren Ruf als Agentur ruiniert hätte, uns als Kunden aufzunehmen. Sie wissen, dass wir Autoren erotischer Romantik für den Untergang der westlichen Zivilisation verantwortlich sind."

„Warum ist er dann hier?", fragte Jake. „Er stand nicht auf der Liste, aber Serena hat ihn genehmigt."

„Nun, auch ein Snob mag Geld. Ich denke, Brian hat endlich erkannt, dass das Genre Fiction die Rechnungen bezahlt, Jake. Kann ich dich jetzt Jake nennen, wo du jetzt wieder gut bei unserem Mädchen dastehst? Übrigens, bezog sich die ganze Eier-abschneiden-Sache auf den Fall, dass du sie wieder verletzt. Ich werde das an deinem nicht ganz legalen Hochzeitstag erwähnen, von dem ich annehme, dass er bald kommt, sonst muss ich das Eier-abschneiden-Ding durchziehen und das gefällt mir gar nicht. Es ist schwierig."

Jake mochte den Mann, den Serena ihren schwulen Ehemann nannte. „Du rennst hier offene Türen ein, Mann. Wir haben ihr gesagt, was wir für sie fühlen."

Chris' Augen verengten sich. „Dann ist es gut. Es ist nur eine Frage der Zeit." Er seufzte. „Zurück zu den Salzminen für mich. Ich muss die Bücher abgeben und ihm dann im Hinterzimmer helfen. Wann kommt der Champagner raus?"

Es schien eine rhetorische Frage zu sein, denn Chris lief zum Signiertisch.

Jake mochte keine Änderungen in letzter Minute. Kein bisschen. „Behalte die beiden Andersons im Auge."

Sie hatte Serena schon einmal verheizt. Jake wollte sicherstellen, dass sie keine zweite Chance bekäme.

„Okay", stimmte Adam zu. „Und das haben wir nicht, das weißt du."

„Was nicht?"

Adam blickte zu Serena, seine Augen wurden weicher. „Wir haben ihr nicht gesagt, was wir fühlen. Wir haben ihr gesagt, dass wir sie wollen. Wir haben ihr den Arsch rot geschlagen und sie kommen lassen, doch wir haben ihr diese drei kleinen Worte nicht gesagt."

Ich liebe dich.

Gott, er hatte ihr nicht gesagt, dass er sie liebte.

„Aber wir tun es", sagte Jake feierlich und sah zu Adam.

Ein breites Lächeln kreuzte Adams Gesicht. „Verflucht, ja, das tun wir."

Jake blickte durch den Raum, in dem Serena an ihrem kleinen Tisch saß. Der Tisch war für die Autogrammstunde, die nach dem Cocktailempfang beginnen sollte. Sie sah so verdammt hübsch aus. Trotz der Tatsache, dass er es vorgezogen hätte, ihre schönen Brüste bei dieser Art von Treffen nicht derart auszustellen, musste er zugeben, dass Adam eine spektakuläre Arbeit geleistet hatte sie zu kleiden. „Also, was machen wir nun? Sie hiernach zum Essen ausführen und ihr was erklären, das sie schon vor einiger Zeit hätte verstehen sollen?"

Adam lehnte sich an die Wand und beobachtete sie. „Sie ist

sich ihrer selbst nicht bewusst. Und sie ist äußerst vorsichtig. Ich denke, wir müssen es ihr mehr als einmal sagen, bis sie es wirklich begreift. Wir müssen nur sicherstellen, dass sie nicht wegläuft, wenn dieser Fall vorbei ist."

„Nun, ich habe ein paar Ideen an dieser Front." Jake konnte gut mit Handschellen. Er würde Serena einfach festbinden.

Er wusste eins. Er wollte sie nicht gehen lassen. Er würde alles versuchen, was er musste, wenn es bedeutete sie in der Nähe zu behalten.

Jake schaute aus den vorderen Fenstern. Dort wartete eine Menschenmenge. Zumeist Frauen, wobei einige ihre Männer mitgenommen zu haben schienen. Und dort waren ein paar Männer, die anscheinend allein dort waren. Ja, er wollte sich die Männer ansehen.

„Nicht mehr lange", sagte Adam, seine Uhr prüfend.

Gar nicht lang. Jake wollte die Minuten herunterzählen, bis er Serena nach Hause und in Sicherheit brächte und sie anfangen konnten ihr genau zu sagen, was sie für sie empfanden.

Kapitel Einundzwanzig

„„Also schläfst du jetzt nur noch mit ihnen?", fragte Bridget, während sie Stifte herausholte und sie auf den Tisch legte.

Serena konnte die Vorspeisen riechen, als der Caterer anfing das Personal loszuschicken, um Runden zu drehen. Jeden Moment öffneten sich die Türen und sie sähe, ob jemand erschienen war. Aber alles, woran Bridget denken konnte, war Serenas Sexualleben.

Liebesleben. Es war ein verdammtes Liebesleben, weil sie verliebt war.

„Ich weiß es nicht. Ich denke, ich verlieb' mich gerad' in sie", gab sie zu und spielte mit ihrer Wasserflasche. Sie würde ihrer besten Freundin nicht die volle Wahrheit sagen. Das würde bedeuten zuzugeben, dass sie bereits in sie beide verliebt war, und sie war sich nicht sicher, wie sie damit umgehen sollte.

„Du denkst? Wirklich? Du musst darüber nachdenken?" Chris legte einen großen Stapel des neuen Buches auf den Tisch. „Es gibt noch mehr davon, wo das herkommt. Lara hat drei Kisten mitgebracht. Und eine Kiste mit dem letzten Buch, nur für alle Fälle. Ich geh eben und hol sie und bin dann fertig damit, ihren Laufburschen zu spielen. Wissen sie denn nicht, dass ich hier als Augenweide für viele einsame Frauen agiere? Ich dachte, das stände in meiner Stellenbeschreibung. Schwuler bester Freund, auch als Model tätig und schreibt Bücher. Nirgendwo steht das Wort ‚Packesel'. Ne. Mh-mh. Und Serena, du musst nachdenken. Diese

Männer machen sich Sorgen, sonst hielten sie es nicht mit uns beiden aus."

Serena beobachtete, wie sich Jake und Adam unterhielten. „Was meinst du damit?"

Bridget lächelte. „Wir haben sie dem Beste-Freundinnen-Test unterzogen. Adam war so dumm mir seine Telefonnummer zu geben, und dann war er genervt genug, um mir die von Jake zu geben."

„Wir haben täglich angerufen, um Neuigkeiten zu erfahren und als gemeine Plagegeister aufzutreten. Es ist nur ein kleiner Test. Männer wie diese beiden ertragen nur äußerst wenig Mist von Leuten und doch waren sie vollkommen nett zu uns beiden", verriet Chris.

„Jake hat schließlich aufgelegt, als ich ihn fragte, ob er helfen könnte meiner Katze einen Einlauf zu machen." Bridget zuckte mit den Schultern. „Vielleicht hab' ich etwas übertrieben. Aber er ist vorher vorbeigekommen und hat ein neues Sicherheitssystem installiert. Und er war nett genug, sein Hemd auszuziehen. Nun, ich war klug genug, um die Klimaanlage auszuschalten und den Ort auf etwa hundert Grad aufzuheizen, bevor er hier vorbeikam. Du verfluchtes Mädchen, das ist ein feiner Mann."

Sie hatten kein Wort zu ihr gesagt. Keiner der beiden Männer hatte etwas davon gesagt, ihren Freunden geholfen zu haben. „Vielleicht sind sie einfach nur wirklich nett."

Jake drehte sich um, sein Gesichtsausdruck war tief finster. Ne. Er sah überhaupt nicht gut aus. Und sie erkannte, dass sie in törichter Weise stur war. Sie sorgten sich. Sie wusste nur nicht, ob es hielte. Jake ballte die Fäuste und er fing an in seinen Kopfhörer zu sprechen. Die Türen wurden geöffnet und eine Flut von Menschen strömte herein.

„Vielleicht bist du einfach nur dumm", sagte Bridget mit einem Stirnrunzeln. „Ich sage das wegen der heißen Ménage-Männer, die sich wirklich um dich zu kümmern scheinen, und auch deshalb, weil ich mir seit Wochen von dir anhören muss, dass niemand auftauchen wird. Schau, ein Mob, Fräulein Pessimistin."

„Wow." Sie setzte sich hin und legte ihr Autorengesicht auf, als der erste Fan auftauchte.

Chris blinzelte in ihre Richtung. „Ich bin gleich wieder da, Schatz. Komm, Bridge, hilf mir Bücher zu schleppen. Unser Mädchen sieht aus, als würde sie die brauchen."

Bridget und Chris liefen los und Serena begann mit ihren Lesern zu sprechen und in einen der lohnendsten Teile ihres Jobs zu versinken. Grace Taggart setzte sich auf den Stuhl neben ihr und fing an sicherzustellen, dass in den signierten Büchern alle Werbematerialien enthalten waren. Ihr gutaussehender Mann schwebte ganz in ihrer Nähe. Serena war sich ziemlich sicher, für einen kurzen Moment eine Waffe unter seinem Jackett gesehen zu haben. Sie hatte gehört, dass er nun ein angehender Koch war, doch früher war er Jake und Adams Befehlshaber bei den Green Berets gewesen, was ihn zu einem harten Kerl machte, der zu kochen wusste. Ja. Da war irgendwo ein Held zu finden.

Doch zuerst musste sie eine Geschichte über Jake und Adam schreiben. Sie betete nur, dass es ein glückliches Ende fand.

* * * *

Die Party spielte sich um Adam herum ab. Es lief sanfte Musik und Serena lachte und sprach mit einer Menge von Frauen, die sie offensichtlich vergötterten. Sie war sonderbar in ihrem Element, lächelnd und lachend, ihre schüchterne Natur wie verblasst.

Seine Frau war sehr weit gekommen und er wollte ihr dabei zur Seite stehen. Ein Optimismus stieg in Adam auf, den er noch nie zuvor gespürt hatte. Er und Jake befanden sich endlich vollkommen und zeitgleich auf derselben Wellenlänge. Jetzt mussten sie nur noch Serena ins Boot holen. Doch sie schafften es. Sie waren schon längst ein tolles Team.

Da war ein kleines Summen in seinem Ohr, als Ian eine Nachricht weitergab, die Adam zum Schäumen brachte. Adam griff zu dem Gerät in seinem rechten Ohr. „Willst du mich verdammt nochmal verarschen? Ich bin gleich da. Rate mal, wer da draußen steht und darauf wartet reinzukommen? Master Storm."

Ein Knüller folgte auf den nächsten. Jede Minute würde Serenas Ex auftauchen und dann wäre die ganze Bande komplett.

„Willst du mich verarschen?", fragte Jake, sein Gesicht verformte sich zu einer steinernen Maske.

„Ich kümmere mich darum. Du passt auf unser Mädchen auf."

Adam sah hinüber, wo Serena über etwas lachte, was eine Leserin gesagt hatte. Sean befand sich im Raum gegenüber und beobachtete sie ebenfalls.

„Wenn du ihn tötest, ruf mich besser um Hilfe", sagte Jake, als Adam nach draußen trat. Ian stand direkt an der Tür, jeden eingehend prüfend, der reinkam.

Adam sah Master Storm vor dem Laden stehen und fühlte, wie eine kalte Wut ihn fast in zwei Teile spaltete. „Wollen Sie uns erklären, warum Sie hier sind?"

Der Mann schenkte ihm ein kleines Lächeln. „Es ist eine öffentliche Autorgrammstunde, Mr. Miles. Ja, ich kann auch recherchieren. Ich weiß alles über Sie und…Ihren Partner. Sagen Sie mir, kennt Serena die ganze Geschichte über Sie? Weiß sie, warum Sie aus der Armee geflogen sind? Eine ganz schön üble Angelegenheit war das. Ich dachte, sie sollte alle Infos haben, bevor sie eine Entscheidung trifft."

Adam hatte keinerlei Absichten, den Mann in die Nähe von Serena zu lassen. „Serena hat ihre Entscheidung getroffen. Sie hat sich entschieden Sie nicht mehr zu treffen. Sie müssen gehen. Sie werden hier nicht reinkommen."

„Dann werde ich bis nach der Veranstaltung warten, aber verstehen Sie, Mr. Miles, ich werde Serena sehen. Ich habe einen Fehler gemacht, dass ich neulich weggegangen bin. Die arme Serena weiß nicht, was sie will. Sie braucht eine leitende Hand und ich werde es nicht zulassen, dass Sie sich zwischen uns stellen. Ich habe etwas entschieden, wenn es Sie besser fühlen lässt. Serena soll erlaubt sein zu schreiben, was immer sie will. Ich merke jetzt, dass es eine Lücke in ihr füllt."

Er hatte sich mit diesem Arschloch beschäftigt. Oh, er hatte ca. vierundzwanzig Stunden nachdem er ihn das erste Mal getroffen hatte, eine ein Kilometer lange Akte über ihn erstellt. „Ich denke, was Sie brauchen, ist ein Zufluss an Geld. Das Kampfkunstgeschäft zahlt sich nicht mehr so aus, wie es früher einmal war, oder?"

Sein Gesicht lief rosafarben an. „Ich habe keine Ahnung, wovon Sie reden."

„Ihr Geschäft ist in Schwierigkeiten und Sie haben herausgefunden, wie viel Geld Serena mit ihren Büchern verdient."

Adam hätte dem Wichser gern in den Bauch geschossen, doch Ian war da. Ian würde sich aufregen, wenn er eine Leiche verstecken müsste. Obwohl, so schien es, er wirklich gut darin war. „Sie wird ihre Schecks nicht unterschreiben. Gehen Sie."

„Ich gehe nicht weg, du Hurensohn. Ich habe monatelang mit diesem Mädchen gearbeitet und ich will meinen verdammten Lohn dafür ernten."

Storm ergriff das Revers an Adams Jackett, aber Adam war viel, viel schneller. Er hatte den Lauf seiner Waffe sicher zwischen die Augen des Hurensohns gerichtet, noch bevor er Adam ergreifen konnte. Adam packte Storms Hemd an der Vorderseite und balancierte den Mann vor sich her, der plötzlich so aussah, als wolle er wegkommen.

„Adam, gibt es ein Problem?", fragte Ian. Wie üblich war sein Chef cool, ruhig und gefasst. Er sah zu, als ob er darauf wartete zu sehen, ob Adam wirklich den Abzug betätigte.

„Hat sie dir von dem Stalker erzählt?", fragte Adam.

Es kam Adam in den Sinn, dass, wenn Storm Serena wirklich unter seine Fittiche nehmen wollte, der beste Weg darin bestände, sie zu Tode zu erschrecken. Es hätte sie direkt in seine Arme, sein Haus, dieses verfickte Vertragswerk getrieben, in das er sie haben wollte. Wie weit wäre dieser Mann gegangen?

„Nein. Sie hat kein Wort gesagt. Ich schwöre, ich wusste bis zu dem Tag in ihrem Haus nichts davon." Die tiefe Dom-Stimme war weg, und er sah zur Waffe, seine Augen überkreuzten sich fast. „Ich wusste nichts."

„Adam, ich glaube nicht, dass er das getan hat." Ian schüttelte kurz den Kopf, Verachtung tropfte von jedem seiner Worte. „Ich glaube, du wirst feststellen, dass der Mann sich in die Hose gepinkelt hat. Nicht gerade ein harter Typ. Ich denke, er wird Serena von nun an wohl in Ruhe lassen. Außerdem hat er, laut Liams Bericht, in der Nacht des Schlangenangriffs gearbeitet und die Stadt verlassen, als ihr Haus abbrannte."

„Ihr Haus ist weg?" Storms Augen weiteten sich. „Jemand versucht echt, sie zu töten? Ich dachte, das wäre nur ein kleiner Witz."

Adam stöhnte. Der Idiot hatte sich wirklich in die Hose gemacht. Er ließ seinen Griff los und Storm fiel auf seinen Arsch und kletterte zurück. „Verschwinde von hier. Wenn ich dich noch einmal in ihrer Nähe sehe, werd' ich das hier benutzen."

Storm verdrückte sich.

Ian seufzte. „Verdammt, ich hatte gehofft, dass er es sei. Er ist ein Arschloch. Mein Herz leuchtete irgendwie auf, als ich sah, dass er dort in der Schlange stand. Niemand lässt mich jemals wieder einen Menschen töten. Ich vermisse das."

Adam blickte zum Parkplatz hinaus, ein Mann fiel ihm ins Auge. Er stand ganz nah bei Jakes SUV. Zu nah. Der Mann war durchschnittlich groß und sah ziemlich fit aus, doch er trug einen dunklen Kapuzenpulli und es war warm draußen. Die Kapuze hatte er über den Kopf gezogen.

Adam beobachtete, wie er anhielt und etwas in sein Handy zu sagen schien. Es befanden sich vier Läden in dem kleinen Einkaufszentrum. Der Velvet Room war der größte, doch es gab auch einen Mini Markt, einen Waschsalon und einen Buchladen. Die Dämmerung rückte näher. Er wollte das vor Einbruch der Dunkelheit erledigt haben, doch die Menge, die den Laden betreten hatte und darauf wartete mit Serena zu sprechen, war größer als erwartet.

Adam hielt seinen Blick auf den Mann im Kapuzenpulli gerichtet. Ian legte eine Hand auf seinen Arm, seine Augen schauten auf sein Telefon herab.

„Hast du das hier? Liam sagt, er hat vielleicht was gefunden. Du hast die Spur einiger Menschen aus ihrem Leben verfolgen lassen und er will über ein paar von ihnen reden. Willst du mit Li sprechen oder diesem lächerlich verdächtigen Mann zusehen?" Ian sah ihn hoffnungsvoll an. „Weil ich mich um das Arschloch kümmern könnte."

Auf gar keinen Fall. Falls es sich hier zufällig um den richtigen Typ handelte, wollte Adam das Glück haben. „Du gehst, um mit Liam zu reden, Boss. Und schick Jake hier raus." Jake wollte den Spaß nicht missen, wenn es so liefe, wie er sich das vorstellte.

„Alles klar. Ich lass Sean an der Vordertür platzieren. Ein Uniformierter steht an der Hintertür und Officer Sims bleibt in Serenas Nähe. Sie hat bis jetzt noch nichts Auffälliges gesehen. Nur einen Haufen Frauen. Hast du gewusst, dass einige von ihnen geweint haben, als sie Serena trafen? Was zur Hölle ist nur los? Ich versteh

Frauen nicht. Bin gleich wieder da."

Adam gab Acht, die Spannung stieg, ein leichter Schauer lief ihm den Rücken herunter. Ja. Etwas würde geschehen. Er war sich nicht sicher, was, doch es würde geschehen. Jeder Instinkt seines Körpers sagte ihm, er solle stillhalten und abwarten.

Die Tür hinter ihm öffnete sich. Jake war an seiner Seite. „Was ist los? Alles scheint drinnen ruhig zu sein."

Adam nickte nur Richtung Parkplatz. Er war sich ziemlich sicher, dass der Mann ihn nicht gesehen hatte. Es befand sich eine Reihe von Bäumen zwischen ihm und dem Velvet Room. Adam konnte ihn ganz klar sehen. Er sprach weiter ins Telefon und rückte immer näher an den SUV heran.

„Scheiße. Er hält was in der Hand. Was ist das?", fragte Jake und blinzelte ins frühe Abendlicht.

„Keine Ahnung, aber in dem Moment, wenn er es fallen lässt, kleb ich an seinem Arsch."

„Er hat ungefähr die gleiche Größe wie ihr Ex-Mann. Ich kann sein Gesicht nicht sehen." Jakes Stimme glich einem leisen Knurren, das Geräusch eines Raubtiers, das auf eine besonders saftige Mahlzeit wartete. „Fuck, ich hoffe, er hat eine Waffe."

Falls das Arschloch eine Waffe hätte, wären sie völlig berechtigt ihn zu töten, wenn sie ihn dazu brächten, abzudrücken. Dann müsste sich Serena keine Sorgen mehr machen, außer darum, wie schnell sie heirateten. Weil er nicht aufgab, und er verflucht nochmal sicher nicht ihren Ängsten nachgab.

„Komm schon. Bewegung." Adam sprach die Worte wie ein Gebet, seine Hand bereits in seiner Jacke. Das Gewicht seiner SIG war ihm vertraut und beruhigend. Doch wenn sie zu schnell waren, könnten sie ihn erschrecken. Adam wollte, dass der Typ einen Zug machte.

Der Mann im Kapuzenpulli drehte sich ein letztes Mal um, seine Augen blickten über den Parkplatz, während er sein Handy in seine Jacke schob. Er stand direkt neben dem SUV. Dann tat er es. Er nahm den Scheibenwischer hoch und legte einen Umschlag darunter.

„Los", befahl Jake, seine Stimme leise.

Adam berührte seinen Ohrhörer und sprach leise, seine ruhige Stimme im Widerspruch zu seinem rasenden Herzen. Eine heftige

Freude drohte ihn zu überkommen. Fuck, ihm gefiel die Jagd. Er lief hinter den Bäumen entlang, während er sprach. „Ian, wir spüren gerad' einen Verdächtigen auf. Du schickst vielleicht jetzt die Bullen raus. Das könnte hässlich werden."

Ians Stimme war über das Funkgerät zu hören. „Wird gemacht. Stellt sicher, dass es nach Notwehr aussieht, Jungs. Viel Spaß."

Jake bewegte sich neben ihm, schweigend über den Parkplatz pirschend. Der Mann im Kapuzenpulli drehte sich um, sah sie und tat das, was Adam gehofft hatte. Er rannte davon.

Adam lief quer über das Gelände, Jake nahm die andere Seite, so dass sie ihm auf der Spur waren, egal in welche Richtung er liefe. Er hörte den Mann fluchen und sah, wie er versuchte sich umzudrehen, doch er fiel zu Boden, sein Fuß war an der Parkplatzschranke hängen geblieben. Es gab einen lauten dumpfen Aufschlag, als der Mann mit dem Gesicht zuerst auf dem Boden landete.

Fuck. Er bekäme nicht die Chance das Arschloch zu erschießen.

„Lass deine Hände auf dem Boden liegen." Adam hielt seine Waffe an den Hinterkopf des Mannes.

Die Finger des Hoodie-Typen spreizten sich auf dem Beton, als ob er fast alles versuchte, um zu beweisen, dass er nicht bewaffnet war. „Alter, ich bin nur ein Kurier. Was zur Hölle ist hier los? Jemand muss die Polizei rufen."

„Das ist nicht ihr Ex", sagte Jake, seine Waffe ebenfalls auf den Mann gerichtet.

„Haben Sie ihn?" Eine laute Stimme spaltete die Luft über dem Parkplatz. Detective Hernandez.

„Ja, er ist gesichert. Könnten Sie den Umschlag überprüfen, den er auf dem Auto hinterlassen hat?", fragte Adam. Etwas stimmte immer noch nicht. „Dreh dich um, ganz langsam. Ich bin heute sehr ungeduldig, und falls du eine falsche Bewegung machst, kann es passieren, dass ich den Abzug drücke."

Jake sah zu, wie sich der Mann langsam umdrehte, sein Körper zuckte offenbar vor Schmerz zusammen. „Wohin geht Ian?"

„Um mit Liam zu reden. Ich schätze, er wollte ein wenig

Privatsphäre. Oder er wollte einen Drink kaufen." Ian war in Richtung Mini Markt gegangen. In der Ferne konnte Adam Liams Auto sehen, das vorfuhr. Liam sprang heraus und machte sich auf den Weg zum Laden. „Er hat etwas über unseren Freund hier herausgefunden."

„Alter, ich hab's dir doch gesagt. Ich mach nur einen Job." Der Mann hatte sich umgedreht, und Adam konnte mit Sicherheit sagen, dass er den Mann noch nie zuvor gesehen hatte. Und er war jünger, als Adam gedacht hatte. Er sah aus, als wäre er fünfundzwanzig.

„Wer hat dich bezahlt, und für was?", fragte Jake.

Die Hände des jungen Mannes hatten die volle Wucht seines Sturzes abgekriegt, sie waren mit Kratzern und Schnitten vom Asphalt bedeckt. „Ich sollte einfach diesen Umschlag auf dem SUV deponieren, das Kennzeichen hatte er mir genannt. Er sagte mir, ich solle versuchen sicherzustellen, dass mich niemand sieht. Und es musste um 17:30 Uhr getan werden. Ich weiß nicht, warum. Und er sagte mir nicht, wie viele Leute in der Nähe sind."

„Hey, hier ist nur ein leeres Blatt Papier drin", sagte Chitwood und kam zu ihnen. Er hatte sich Latexhandschuhe angezogen.

Hernandez war hinter ihm mit einem seltsamen Gesichtsausdruck. „Es ist an Amber Rose adressiert, aber es ist nichts drin. Was soll das bedeuten?"

Adam mochte das Gefühl in seiner Magengegend nicht. Falsch. Ganz falsch. Irgendwas an dieser ganzen Sache deutete auf eine Falle hin. „Wer hat dich angestellt?"

Der junge Mann wurde knallrot. „Ich weiß es nicht. Ich arbeite für einen Kurierdienst. Sie gaben mir den Job. Ich dachte, es wäre wie ein Angebot oder so. Ich weiß von nichts. Ich musste nochmal anrufen, weil ich das Kennzeichen des Autos vergessen hab'. Glauben Sie, dass ich gefeuert werde?"

Adam berührte sein Kopfstück, als er sich umdrehte. Er wollte keine Minute mehr verschwenden. Serena war in Schwierigkeiten. „Sean, ich möchte, dass du deine Augen sofort auf Serena richtest. Jake und ich kommen rein." Er wartete auf Antwort. „Sean? Sean, kannst du mich hören?"

„Kommunikation funktioniert nicht." Jake rannte zum Laden los. Adam rannte ihm nach und betete, dass es nicht zu spät war.

* * * *

Serena schüttelte ihre einundfünfzigste Hand. So ungefähr. Sie versuchte verzweifelt sich an Namen und Gesichter zu erinnern. Chris lehnte sich herüber und flüsterte ihr ins Ohr.

„Das ist Regina Moore. Sie betreibt einen der größten erotischen Romantikblogs im Internet. Lächle und sag ihr, wie sehr du ihre Seite liebst." Chris war absolut unentbehrlich. Es kam Serena vor, als kannte er jeden.

„Regina, hi." Serena schüttelte die Hand. „Vielen Dank, dass Sie gekommen sind. Ich kann Ihnen gar nicht sagen, wie sehr ich Ihre Seite liebe."

Die ältere Frau strahlte. „Es ist Arbeit aus Liebe, Schatz. Und ich denke, dass Sie eine großartige Rezension für das neue Buch in der Ausgabe nächster Woche finden. Lara war so freundlich dafür zu sorgen, dass ich eine Kopie bekomme. Ich hab's geliebt. Ich kann kaum auf das nächste warten. Wo ist Lara überhaupt?"

Lara versteckte sich. Serena musste einen Umgang mit ihr finden. Sie war sich nur noch nicht sicher, wie sie mit ihr umgehen sollte. Es gab einen großen Teil an ihr, der vergeben und vergessen wollte, aber konnte sie es wirklich?

„Sie ist ganz in der Nähe", sagte Serena. „Sie macht die ganze Hintergrundarbeit."

Was Lara wirklich nicht ähnlich sah. Serena war auf vielen Tagungen mit Lara gewesen, und ihre Agentin war hierbei üblicherweise ein Wirbelwind geschäftigen Treibens.

„Serena?"

Serena drehte sich um. Brian Anderson stand vor ihr in Hemd und Krawatte, ein trauriger Ausdruck lag in seinen Augen. „Ich glaub', ich werd' Lara nach Hause bringen. Du hast genug Bücher. Die ganze Werbung ist raus und die Party scheint gut zu laufen. Gibt es eine Chance, dass ich dich davon überzeuge, nach hinten zu kommen und dich von ihr zu verabschieden? Ich kann sie nicht dazu bewegen, hierher zu kommen."

Serena seufzte. Lara war ein echtes Risiko für sie eingegangen. Lara hatte ein mitfühlendes sympathisches Ohr gehabt. Lara war ihre Reiseleiterin in der Geschäftswelt des Verlagswesens.

Und Lara hatte diese Party in Gang gesetzt. Sie sollte zumindest in Erscheinung treten.

„Bitte, Serena, wenn herauskommt, dass du und Lara nicht mehr gut aufeinander zu sprechen seid, könnte es dem Geschäft wirklich schaden. Sie versucht einen weiteren Nachwuchsautor zu verpflichten. Und sie weiß, dass sie etwas Dummes getan hat." Brian starrte auf sie herunter, seine Augen waren seltsam emotional. Sie hatte gehört, dass er und Lara Probleme hatten, und diese Situation konnte nicht geholfen haben. Das Mindeste, was sie tun konnte, war, eine Geste des guten Willens zu zeigen.

„Alles klar. Ich hole sie, damit sie herkommt." Sie lief zur Tür zum Hinterzimmer. Vielleicht war die Beziehung noch zu retten, vielleicht auch nicht, doch sie konnte jetzt keine Entscheidung treffen und sie schuldete Lara zumindest die Chance darüber zu sprechen. Sie blickte zu Chris rüber. Er befand sich in einer intensiven Diskussion mit einem Rezensenten. Bridget hatte den Laden verlassen, um sich etwas zu trinken zu holen. Adam und Jake waren nirgendwo zu finden.

Graces Mann Sean tauchte mit dem Ohrhörer in der Hand auf. „Irgendwas stimmt mit der Kommunikation nicht. Geh nirgendwo hin."

Sie war sich nicht sicher, wohin sie gehen sollte. Es war schließlich ihre Party.

Sie öffnete die Tür zum Hinterzimmer und trat hinaus. „Lara? Warum kommst du nicht raus und schließt dich der Party an?"

Die Tür schloss sich hinter ihr. Sie drehte sich um. Brian stand in der Tür und blockierte ihr den Weg. Ein kleiner Schauer ergriff Serena.

„Wo ist Lara?", fragte Serena. Sie mochte den hässlichen Verdacht nicht, der ihr über die Wirbelsäule kroch.

Brians Augen sahen kalt und raubtierhaft im schwachen Licht aus. „Sie ist hier irgendwo. Vielleicht solltest du sie im Bad suchen."

„Sag ihr, dass ich später mit ihr rede. Ich muss zurück zur Party." Es war zu ruhig hier, und etwas stimmte nicht mit Brian.

Brian ging ihr nicht aus dem Weg. Er stand da, ein ein Meter achtzig fittes Männchen, das die Tür blockierte. Und dann sah sie die Waffe. „Nicht schreien, sonst erschieß' ich dich auf der Stelle, und

Bridget kriegt keine Chance zu leben. Du willst doch, dass deine Freundin lebt, oder?"

„Bridget?"

„Sieh hinter den Kisten nach, Serena. Oder soll ich dich besser Amber nennen? Amber ist diejenige, die mein Leben ruiniert hat, letzten Endes" Er richtete die Waffe nach links auf einen Stapel Kisten. „Nur zu. Sie hat nicht mehr viel Zeit."

Die Angst nagte an ihr. Sie trat einen Schritt zurück und blickte nach links. „Bridget!"

Bridget lag auf dem Boden, ihre dunklen Haare verdeckten ihr Gesicht. Sie hatte ein weißes langes Kleid getragen, doch Serena musste mit Entsetzen sehen, dass es mit leuchtend rotem Blut bedeckt war. War sie tot? Ihre Freundin? Sie konnte nicht tot sein.

Serena fiel auf die Knie und griff nach Bridgets Hand. Es war noch warm. Das Blut kam aus einer Wunde in ihrem Bauch, direkt über ihrem Becken.

Bridgets schlug mit zuckenden Lidern die Augen auf. „Du musst weglaufen. Er ist verrückt. Ich glaube, Lara ist tot."

„Geh weg von ihr, Serena." Brians Stimme klang leise und kalt. „Ich kann ihr auch eine Kugel verpassen. Der Schalldämpfer funktioniert recht gut. Steh auf und beweg dich nach hinten. Wir steigen ins Auto oder deine Freundin wird sterben. Im Moment hat sie noch eine Chance. Einer dieser Leibwächter wird hier bald reinstürmen."

Serena verstand die Nachricht. Wenn sie aus dieser Tür ginge, mochte Bridget vielleicht noch eine Chance haben. Tat sie es nicht, war Bridget tot.

„Geh nicht", sagte Bridget. Sie sprach die Worte mit leisem Stöhnen vor Schmerz aus. Bridget war liebevoll und loyal und so talentiert. Die Welt wäre ohne ihre einzigartige Energie dunkler.

„Ich gehe." Serena stand auf und startete zur Hintertür, ihre Beine zitterten. Die Absätze behinderten ihre Bewegungen. „Lebt Lara noch?"

Da war ein leises Glucksen hinter ihr. „Nein, Serena. Lara ist tot. Ich hab' ihren Körper ins Badezimmer gebracht, damit sie zusammen mit einer Notiz von deinem sogenannten Stalker gefunden wird. Öffne die Tür. Mein Partner ist da draußen."

Wenn sie in das Auto stieg, käme sie nicht wieder lebendig heraus. Und sie wollte leben. Es war ihr jetzt klar, als sie der Waffe entgegensah. Sie wollte leben und keine weitere Minute mit Angst verschwenden. Vielleicht ginge alles schief, aber sie wollte es versuchen.

Sie öffnete die Tür und machte sich bereit zu laufen. Sie fummelte am Türknauf, während sie aus ihren Schuhen trat. Sie konnte nicht in ihnen laufen. Sie müsste barfuß gehen.

„Mach die Tür auf, Serena", befahl Brian. „Mach schon. Ich kann sie auch von hier aus erschießen."

Bridget war so still. War sie schon tot? Serena dachte, sie hätte gesehen, wie sich ihre Brust auf und ab bewegte, leicht atmend, am Leben festhaltend. Chris fände sie, oder Jake und Adam kämen, um Bridget zu suchen, und fänden sie. Sie hatte noch eine Chance. Und Serena müsste ihre ergreifen.

Sie atmete tief durch und warf die Tür auf, bereit zu laufen. Sie stolperte über einen Körper. Gott, es gab noch einen anderen Körper. Der uniformierte Beamte lag auf dem Beton, sein Hinterkopf ein blutiges Durcheinander. Serena kämpfte, um auf die Beine zu kommen.

„Hallo, Serena." Doyle stand in der Gasse, eine Waffe in der Hand. „Zeit, diese Ehe zu beenden."

Kapitel Zweiundzwanzig

Doyle streckte die Hand aus und zog sie am Arm, sie eng an seinen Körper zerrend. Sie spürte den Druck von hartem Stahl, der ihr in die Seite gedrückt wurde. Brian trat vor sie, eine kleine Kugel in der Hand.

„Mach weit auf, Schlampe", sagte Doyle.

Serena versuchte zu schreien, doch Brian zwang ihr den Ballknebel in den Mund. Er drückte ihn hinein und schob sie dabei mit dem Rücken zu Doyle.

„Hast du den Polizisten getötet?", fragte Doyle. „Wir haben nichts davon gesagt einen Polizisten zu töten."

Sie kämpfte, doch ihr Kiefer wurde gewaltsam geöffnet. Brian sicherte den Knebel. „Er atmet noch, er wird aber höllische Kopfschmerzen haben. Und er hat mich nicht gesehen. Alles, woran er sich erinnert, ist, dass ihn jemand von hinten getroffen hat, und er dann mit einem Haufen Leichen und einem Überlebenden aufgewacht ist – mir. Ich muss mich um die vorlaute Schlampe kümmern. Ich glaube, sie ist noch nicht tot. Es wird mir ein Vergnügen sein, diese arrogante Fotze von ihrem Elend zu befreien."

Bridget. Sie wollten Bridget kaltmachen. Serena versuchte nach hinten zu treten, doch Doyle hatte sie am Hals. Er drückte zu und unterbrach ihr die Luft.

„Kämpfe nicht gegen mich an, Serena. Ich will dich noch nicht töten. Ich muss dafür sorgen, dass es wirklich gut aussieht."

Doyle fing an sie zum Auto zu ziehen. „Wir haben einen besonderen Ort für dich eingerichtet. Du weißt, wie oft du wolltest, dass ich pervers bin und dir weh tue? Dein Wunsch wird in Erfüllung gehen. Ich werde dich foltern. Ich habe mich eingelesen, und ich denke, du hattest die ganze Zeit recht. Ich bin etwas sadistisch, Liebes. Und du bist schlicht rechtschaffen desorganisiert. Wusstest du, dass ich stets der Begünstigte deiner Lebensversicherung bin? Und ich habe kürzlich erfahren, dass du kein anderes Testament aufgesetzt hast. Ich habe dir gesagt, dass ich das bekomme, was mir zusteht. Und niemand wird mich verdächtigen. Ich bin bei Mutter, weißt du. Wir hatten eine nette lange Unterhaltung in ihrer Wohnung in Tyler. Ja, Mutter hat dich immer gehasst, Serena. Sie hilft gerne weiter."

Er hatte den verfluchten Ballknebel extrem weit reingeschoben. Sie hatte Mühe zu atmen. Panik drohte sie überkommen. Er fing an sie zu einem Auto zu ziehen, das sie nicht kannte. Es war nicht Doyles Limousine, und Brian fuhr einen SUV. Sie hatten das anscheinend gemeinsam geplant.

Sie versuchte sich in der Gasse umzusehen. Sie grenzte an ein anderes Gebäude, doch sie sah weder Türen noch Fenster. Es war ruhig in der Gasse mit nur zwei geparkten Autos und einem großen Müllcontainer. Sobald sie sie im Auto hatten, dauerte es weniger als dreißig Sekunden, bis sie auf die Straße kämen. Royal Lane war ausgelastet. Sie verschwänden sehr schnell und Adam und Jake fänden sie nicht wieder.

Wie war dies geschehen? Nur wenige Augenblicke zuvor schien alles offen und hell. Jetzt war Lara tot und Bridget lag im Sterben, und das alles, weil ihr Ex-Mann ihr Geld wollte. Und sie hatte seit Jahren nicht mehr an ihren letzten Willen gedacht. Es war nichts Besonderes gewesen. Sie hatten ein Formular unterschrieben, das Doyle von einer juristischen Website im Internet ausgedruckt hatte. Ein sehr einfaches Testament. Doch es hätte wohl vor Gericht Bestand.

Und sie ließen es so aussehen, als hätte der „Stalker" sie alle getötet.

„Du denkst, du schreibst großartige Bücher, Schätzchen, aber ich war schon immer der wahrlich Brillante. Und deine sogenannte Agentin ist eine Idiotin. Sie verschaffte uns den perfekten Plan. Ich wette sogar, dass sich deine dreckigen Scheißbücher besser verkaufen, wenn du tot bist." Er blickte zurück zum Gebäude. „Warum zum Teufel braucht er so lange?"

Serena machte sich schlapp, indem sie ihre komplette Muskulatur dazu zwang, zu erschlaffen.

Sie würde ihm ganz sicher nicht helfen.

„Hey." Doyle stolperte, versuchte sich an ihr festzuhalten. „Fuck, Serena. Steh auf. Du steigst ins Auto oder ich bringe dich gleich hier um."

Tränen trübten ihr die Sicht, als sie ihre Entscheidung traf. Sie stiege nicht lebendig in dieses Auto. Sie mochte am Ende sein Opfer sein, doch sie wollte nicht auf seine Art spielen.

Jake hatte ihr ein paar Dinge beigebracht. Gott, warum war sie nur so stur? Die Wochen, die sie mit Jake und Adam verbracht hatte, waren die besten Wochen ihres Lebens gewesen. Adam hatte sich um sie gekümmert, sich als wahrer Partner erwiesen, sie unterstützt, wenn sie schwach war, und Jake war ein wahrer Dom. Ein wahrer Dom lehrte seine Sub stark zu sein, wenn es nötig war.

„Ich sagte, steh auf, verdammt noch mal." Doyle stand über ihr, die böse Waffe zeigte direkt auf ihren Kopf. Seine Füße waren zu beiden Seiten an ihrer Hüfte platziert, und er stand da und starrte sie an, als wäre sie Müll, den er entfernen musste, damit sein Leben wieder schön wäre.

Kümmere dich um die empfindsamen Teile, Serena. Selbstverteidigung hat nicht unbedingt etwas mit Stärke zu tun. Es kann um Intelligenz gehen. Es kann darum gehen, die Schwächen deines Gegners gegen ihn zu nutzen.

Serena sammelte jedes bisschen Kraft, das sie noch hatte. Einen Schlag, so hatte Jake ihr beigebracht, sollte sie nicht vor dem Ziel abbremsen. Ein Schlag sollte direkt hindurchgehen.

„Steh verdammt noch mal auf, du Schlampe. Verstehst du meine Sprache nicht?"

Serena formte mit der rechten Hand eine Faust, stieß zu und versuchte die Eier ihres Ex-Mannes bis hoch in seinen Bauch zu befördern. Sie schlug mit allem, was sie hatte.

Doyle keuchte, sein ganzer Körper krümmte sich. Serena zog den Knebel aus ihrem Mund und warf ihn zur Seite.

Serena nutzte die Gelegenheit, wandte sich um und lief auf die Straße. „Hilfe! Hilfe!"

Sie schrie so laut wie möglich, während sie rannte. Wenn er ihr in den Rücken schoss, dann wäre das so, doch sie ließ sich nicht von ihm wegschaffen. Sie wollte nicht zulassen, dass er sie länger missbrauchte, als er es sowieso schon getan hatte. Und er käme damit nicht durch. Jake und Adam fänden es heraus. Sie würden nicht aufgeben. Sie würden nicht aufhören den Fall zu bearbeiten, nur weil ihre Klientin tot war.

Sie hörte nicht auf, weil sie sie liebte.

„Hilfe!"

Serena rannte auf die Straße zu. Sie lief mit allem, was sie hatte, denn sie hatte etwas, wofür es sich zu leben lohnte, jenseits der Figuren in ihrem Kopf. Das wirkliche Leben war härter und die wahre Liebe war beängstigend, aber es war jeden Schmerz wert, jedes Bisschen Kummer war es wert dafür zu kämpfen.

Sie hörte den Schuss, der das Ende von Bridgets Leben bedeutete. So viel zu Brians Schalldämpfer. Schmerz peitschte durch sie hindurch, aber sie lief weiter. Sie konnte nicht aufhören. Ihre Füße wurden von den Steinen auf dem Gehweg zerschnitten, doch sie rannte.

Fast geschafft.

Fast geschafft.

Es gab noch einen weiteren Schuss und Serena spürte einen starken Schmerz in ihrer Seite. Sie fiel, sie brach auf den Knien zusammen, während sie auf den Bürgersteig schlug. Blut. Da war Blut an ihrer Seite und ein schreckliches brennendes Gefühl.

Fast geschafft.

Sie versuchte zu kriechen. *Fast geschafft.*

Etwas Hartes gab ihr kontra.

„Nicht diesmal, Serena. Diesmal entkommst du mir nicht." Doyle hielt ihre Knöchel, drehte sie um und zwang sie ihn anzusehen. Er richtete die Waffe auf ihren Kopf. „Dieses Mal gewinne ich."

Serena versuchte zu kämpfen, doch sie fürchtete, dass er diesmal Recht hatte.

Sie schloss die Augen und dachte an sie. Gott, sie wünschte, sie hätte es ihnen gesagt.

Ich liebe euch.
Ihre letzten Worte, nur in ihren Kopf geflüstert.
Ich liebe euch beide so sehr.

* * * *

Ian holte Jake und Adam ein, als Jake die Tür zum Velvet Room betrat. Sein Herz hämmerte in seiner Brust, doch er zwang sich cool zu bleiben. Panik rettete Serena nicht.

Liam befand sich direkt hinter Ian. „Es ist der Ehemann der Agentin. Und Serenas Ex. Nachdem Lara Ian alles gestanden hatte, war Adam ihr Konto durchgegangen. Ich lese seit Tagen die E-Mails."

Jake sah sich im Raum um. So verfickt viele Leute. Wo war Serena? Liam sprach weiter.

„Lara hat die Aufzeichnungen für das gesamte Unternehmen geführt, wenn es um Einreichungen ging. Habt ihr gewusst, dass Doyle Brooks letztes Jahr ein Buch bei Brian Anderson eingereicht hat? Ich bin noch einen Schritt weitergegangen und hab' mich in sein Konto gehackt. Sie schickten sich E-Mails hin und her, nichts allzu Verdächtiges, doch es machte mich nachdenklich. Ich glaube nicht, dass es hier um eine verrückte Person geht. Hier ging es immer um Geld. Viel Geld."

„Wo zum Teufel ist sie?", fragte Adam.

„Spar dir die Erklärungen, Liam. Wir müssen sie finden." Jake wusste, dass sie Recht hatten. Er spürte es in seinem Bauch. Die Polizei befragte den Jungen, der angeheuert worden war. Eine Ablenkung. Brian Anderson hatte genau um 17:30 Uhr eine Ablenkung gebraucht. Er hatte sie bekommen. Die ganze militärische Stärke hatte einen dummen Jungen verfolgt.

Sean kam mit einem kleinen schwarzen Kasten in der Hand an. „Handyblocker. Er war in einer Kiste mit Büchern. Meins ist immer noch am Kämpfen. Es muss mehr als einen geben."

„Wo ist Serena? Und wo ist ihre Agentin?" Jake hielt seine Stimme gesenkt, doch er hatte Lust zu schreien.

„Durchsuchen", befahl Ian, Sean und Liam in sofortige Bewegung setzend.

Chris Roberts bewegte sich durch die Menge, ein Glas Champagner in der Hand. Der besorgte Gesichtsausdruck entsprach nicht seiner üblich entspannten Haltung. „Was ist los?"

„Ich muss Serena finden und ich will, dass du und Bridget euch von Brian Anderson fernhaltet." Jake brauchte sich nicht auch noch Sorgen zu machen, dass der Mann Serenas Freunde als Geiseln nutzte.

Das Glas fiel aus Chris' Hand, und er wurde kreidebleich. Ohne ein Wort zu sagen, drehte er sich um und lief zum hinteren Teil des Gebäudes.

Adam war sofort hinter ihm.

Etwas sehr Schlimmes ging vor sich. „Räumt den Raum", befahl Jake, als er an Ian vorbei joggte.

Adam attackierte Chris, bevor er zur Tür gelangte.

„Hör auf", protestierte Chris. „Du musst mich da reinlassen. Sie ist mit ihm mitgegangen, um Lara zu holen. Gott, ich hab' sie vor drei Minuten reingehen sehen. Ich ließ sie gehen."

Jake verstand die Verzweiflung des Mannes, aber sie mussten das geschickt spielen. „Du bleibst hier. Geh zu Ian. Sag ihm, was los ist und dass ich Männer brauche, die zur Rückseite des Gebäudes kommen. Ich brauch' jeden Ausgang blockiert, und ich brauche die Polizei, um eine Fahndung nach Brian Anderson und möglicherweise Doyle Brooks einzuleiten. Hast du verstanden? Ruf vorsorglich einen Krankenwagen und noch mehr Polizisten. Wir haben möglicherweise eine Geiselnahme. Ich möchte, dass das so schnell wie möglich erledigt wird, und ich möchte, dass du ruhig bleibst. Geh zu Ian. Er ist der große Kerl, der wahrscheinlich gerade alle zu Tode erschreckt. Sag ihm, dass Jake dich geschickt hat. Er wird dir zuhören."

Chris nickte und erlaubte Adam ihm aufzuhelfen.

„Drei Minuten sind eine lange Zeit", sagte Adam, er biss die Kiefer zusammen.

„Und unser Mädchen ist intelligent. Wenn es wirklich um Geld geht, töten sie sie vielleicht nicht hier. Sie müssen es gut aussehen lassen und das bedeutet von hier wegzukommen." Jake betete, dass er Recht hatte. „Okay. Du gibst mir Rückendeckung."

„Verstanden." Adam lief hinter ihm. Wenn sie ins Hinterzimmer gingen, hielt Adam ihm den Rücken frei.

So leise er konnte, öffnete er die Tür und trat mit schussbereiter Haltung hindurch.

„Du dumme Schlampe, weißt du, wie lange ich das schon machen wollte?"

Eine männliche Stimme kicherte. Das Hinterzimmer war übersät von Regalen und Stapeln von Kartons. Er konnte nicht sehen, wer sprach, er war sich jedoch fast sicher, dass er die Stimme kannte. Brian Anderson. Er richtete sich in südwestliche Richtung, wo die Stimme herkam. Auf leisen Sohlen pirschte er durch den lagerartigen Raum gen Stimme.

„Fick dich, Anderson. Damit kommst du nicht durch. Jemand wird es herausfinden."

Das war nicht Serena. Bridget. *Fuck*. Wie war Bridget involviert? Sie hörte sich verletzt an, in ihrer Stimme klang Schmerz mit.

„Ich bin schlauer als du und schlauer als meine dumme Frau, die unbedingt mein Geschäft ruinieren musste. Ich genoss früher Respekt. Jetzt sind wir eine Lachnummer. Nicht mehr. Ich krieg' Laras Geld und Doyle das von Serena. Auf Wiedersehen, Bridget."

Jake hatte die richtige Reihe mit Kisten gefunden. Er schickte Adam mit einem kurzen Kopfnicken auf die andere Seite. Sie hatten die meiste Zeit ihres Erwachsenenlebens zusammengearbeitet. Jake musste nicht mal hinsehen, um zu wissen, dass Adam das tat, was er tun musste. Mit Adams Rückendeckung konnte Jake einfach reingehen.

Brian Anderson stand über Bridget, ein Messer in der Hand. Das Messer war ein mittelgroßes Küchenmesser und es sah so aus, als hatte er damit bereits Verwendung an ihr gefunden. Er betete, dass Chris den Krankenwagen gerufen hatte, weil sie ihn brauchten. Doch sogar während er sich in Stellung brachte, hämmerte ihm eine Frage durch den Kopf.

Wo war Serena? Er hatte sie nicht gesehen. Wo zur Hölle war sie?

Wenn sie tot wäre, würde er sie alle zerfetzen. Brian, Doyle, diesen Hurensohn, der geplant hatte, sie zu benutzen. Er würde nicht aufhören, bis sie alle im Boden vergraben waren.

„Leg das Messer weg." Er wollte nicht wirklich, dass Brian

Anderson das Messer weglegte. Er wollte ihn erschießen, doch zuerst musste er wissen, wo sich Serena befand.

Anderson keuchte und war dabei sich umzudrehen, um wegzulaufen, als Adam ihm den Weg abschnitt.

„Jake?" Bridgets Stimme klang wie ein gequältes Stöhnen. „Du musst sie retten. Ich glaub', er hat sie nach draußen gebracht. Ich konnt's nicht sehen. Ich…bitte hilf ihr."

Jake ließ Anderson nie aus den Augen, der sichtlich zitterte. Wenigstens dachte Bridget, dass Serena noch lebte. „Die Polizei ist auf dem Weg, Bridget. Und auch ein Krankenwagen. Du musst nur durchhalten. Es wird dir möglich sein gegen dieses Arschloch auszusagen."

Ein trauriges kleines Lachen kam aus ihrem Mund. „Das wäre gute Forschungsarbeit, nicht wahr?"

„Ich kann nicht ins Gefängnis gehen." Das Messer in Andersons Hand zitterte, als er von Adam zu Jake und wieder zurück sah. „Ich war es nicht. Es war Doyle."

„Wir haben dich soeben auf frischer Tat erwischt, du Trottel", erklärte Adam. „Jetzt sag uns, wo Serena ist, und du könntest mit versuchtem Mord davonkommen."

„Wird er nicht. Er hat Lara getötet. Er hat seine Frau getötet. Er wird untergehen und Gott sei Dank sind wir in Texas." Bridget klang ein wenig betrunken. „Todesstrafe, Kumpel. Genieße die Zeit der Vergewaltigungen, bevor sie dir eine Nadel in den Arm stecken."

Jake fluchte, weil er sah, in welchem Moment Anderson seine Entscheidung traf. Er wandte sich Adam zu und hob das Messer. Er machte einen einzigen Schritt, bevor Adam den Abzug drückte. Das Messer landete klappernd auf dem Boden, nur wenige Sekunden bevor der Körper des Agenten zusammenbrach.

Die Tür, die nach innen führte, öffnete sich und Ian stürmte herein, seine Glock im Anschlag. „Serena?"

„Bridget. Und anscheinend ist Lara hier irgendwo, doch ich glaube nicht, dass sie es geschafft hat. Es tut mir leid." Jake ging zur Hintertür. Bridget hatte gesagt, sie hätten sie hinten rausgebracht.

„Mir tut es auch leid." Ian kniete sich neben Bridget. „Geh und finde dein Mädchen."

Jake erstarrte fast das Blut, als er einen gedämpften Schrei hörte. „Hilfe!", rief eine weibliche Stimme. Serena.

Adam trat die Tür auf, und Jake folgte ihm in die Gasse. Serenas Schuhe waren in der Türöffnung ausgezogen worden.

„Nach rechts", sagte Adam.

Jake stand neben seinem Partner. Serena befand sich in der Mitte der Gasse. Sie lag da, ihr braunes Haar war alles, was Jake von ihrem Gesicht sehen konnte.

Ein Mann stand über ihr, sein Rücken zu Jake gerichtet, doch Jake war viel zu lang beim Militär und dann im privaten Sicherheitsgeschäft gewesen, um die Haltung nicht zu erkennen. Jake konnte die Waffe nicht sehen, doch er wusste, was los war. Doyle Brooks wollte seine Frau auf die einzige Art besiegen, wie er konnte.

Jake hob seine Waffe und feuerte, Adam tat dasselbe.

Doyles Körper zuckte zusammen und fiel dann auf die Knie, die Waffe ließ er los. Er sank auf Serena.

Adam war zuerst bei ihr, rief ihren Namen und zog den Körper des Bastards von ihr herunter.

Jake fiel zu Boden. Sie blutete. Gott, da war so viel Blut. Wie viel davon war von ihr? Er berührte ihr Gesicht, aus Angst ihren Körper zu bewegen. „Serena, Baby? Baby, geht's dir gut?"

Adam überprüfte Doyle Brooks, um sicherzustellen, dass er tot war, und schloss sich dann Jake an, wiegte Serenas Hand in seiner. „Serena, verdammt, du darfst nicht sterben. Sag es ihr, Jake. Du bist ihr verdammter Dom. Befiehl ihr nicht zu sterben."

Sie kräuselte die Lippen etwas. „Ich liebe herrische Männer."

Ihre Augenlider flatterten, dann erschlaffte sie.

Jake hörte die Sirenen kommen und betete, dass es nicht zu spät war.

Kapitel Dreiundzwanzig

„„Ich bin bereit jemanden zu töten. Besorgt mir einen verfickten Computer." Adam ging auf und ab, sein Magen hatte sich verkrampft. Fünf Stunden. Es waren fünf Stunden vergangen, seitdem der Krankenwagen Serena weggebracht hatte, und alles, was ihm jeder sagte, war, dass es ihr gut ginge.

Okay? Sie war verdammt nochmal angeschossen und angegriffen und erschreckt worden, und alles, was er wusste, war, dass sie „okay" war.

Sean und Grace saßen Jake gegenüber, Grace lehnte sich an Seans starken Körper. Eve und Alex waren auch gekommen, die ganze McKay-Taggart-Crew kauerte zusammen wie eine Gruppe von Überlebenden auf einer Rettungsinsel.

„Du kannst dich nicht ins Krankenhaus hacken", sagte Jake, seine Stimme klang müde. Er lehnte sich zurück, sein Kopf lag auf der Couch. Sie hatten sich zu Hause zurückgezogen, nachdem sich die Polizei geweigert hatte, Informationen über Serenas Aufenthaltsort zu geben. Adam Miles und Jacob Dean waren nach Angaben des Krankenhauses keine „Familie" und daher auch nach den Besuchszeiten nicht willkommen.

Und dann war da noch die Tatsache, dass das Töten eines Mannes, auch in Ausübung seiner Pflicht, eine enorme Menge an Papierkram erforderte.

„Wir sollten da draußen sein und nach ihr schauen." Adam

konnte sich nicht ganz damit abfinden, dass er sie nicht sehen oder gar wissen durfte, wie es ihr ging. Keine Familie. Sie war sein ganzes verficktes Herz. „Und ich kann ein System hacken. Ich kann mich reinhacken und ihre Aufzeichnungen ändern, um zu lesen, dass sie mit einem von uns verheiratet ist."

„Und wenn sie uns nicht sehen will?" Jake öffnete die Augen, seine Worte formulierten eine potentielle Wahrheit, die keiner von ihnen bereit war zu erläutern.

Was wäre, wenn Serena mehr Zeit wollte, um herauszufinden, was zwischen den dreien geschehen würde? Könnte er es akzeptieren? Hatte er wirklich eine Wahl?

Liam und Ian kamen aus der Küche. Ians Gesicht war in tiefe Falten gelegt. Adam fühlte mit ihm. Er hatte viel verloren. Ian hatte Freunde und Familie verloren und Lara Anderson war nur eine weitere Person, die nun für immer aus Ians Leben verschwunden war.

„Es tut mir leid wegen der Schwester deines Freundes", bot Adam an. Worte bedeuteten jetzt rein gar nichts, er war sich jedoch nicht sicher, was er sonst tun sollte.

Ians Gesicht sah vorsichtig ahnungslos aus. „Mir tut es auch leid. Trotz ihrer Probleme war Lara eine feine Dame. Sie dachte wirklich, sie helfe Serena. Es stellte sich jedoch heraus, dass sie ihrem Mann das gegeben hatte, was ihm als perfekte Tarnung für den Mord diente."

Jake setzte sich auf. Mojo nahm sofort zu Jakes Füßen Platz, als sich dieser hingesetzt hatte. Der Hund versuchte den Mann zu trösten, der zu einem seiner Herrchen geworden war. Jakes Hand strich träge durch das Hundefell. „Lass es uns nochmal durchgehen. Ich weiß nicht, ob ich das richtig verstanden hab'. Also Doyle hat versucht Serenas Agentin dazu zu bringen, sein Buch zu vertreten?"

Liam schüttelte den Kopf. „Nein, Doyle hat versucht Brian Anderson dazu zu bringen, sein Buch zu vertreten."

Eve wandte sich Jake und Adam zu. „Brian hat den Mainstream-Bereich der Firma geleitet. Er hat Jahre damit verbracht, sich einen Ruf mit guter Romanliteratur zu erwerben. Doch er hat nie erfolgreichere als mittelmäßige Autoren vertreten. Dann beschließt seine Frau es zu versuchen und nur ein paar Jahre später nimmt sie das Gros des Geldes ein."

Adam konnte den Gedanken für sie vervollständigen. „Jedoch solche, die Brian Anderson für minderwertige Autoren hielt. Serena und Bridget und Chris. Und soweit ich es bei einem ihrer Mittagessen aufgeschnappt habe, hat Lara versucht zu expandieren, indem sie mehr Romantik-Autoren reinbringen wollte."

Liam nahm neben Sean und Grace Platz. „Der arme, versnobte Brian konnte keine Pause einlegen. Und Doyle Brooks ebenso wenig. Ich hab' die Handyaufzeichnungen überprüft. Sie haben vor etwa drei Monaten begonnen darüber zu reden. Sie sprachen stundenlang, mehrmals pro Woche. Als Brian von dem Werbegag erfuhr, den Lara bewerkstelligte, muss er gedacht haben, dass er bereits gestorben und im Himmel war."

Grace riss die Augen auf, als sie sich Adam zuwandte. „Sie waren es, die gewalttätigen Notizen geschickt und ihr Auto mit einem Schlüssel zerkratzt haben?"

„Und ihr Haus niederbrannten." Sie einmal zu töten, war nicht genug. „Alles in dem Bestreben der Tatsache Glaubwürdigkeit zu verleihen, dass ein Stalker hinter Serena her sei."

„Warum haben sie diesen Schritt gerade heute gemacht?", fragte Jake. „Warum haben sie nicht gewartet, bis sich die Dinge ein wenig beruhigt hätten? Irgendwann hätten wir unsere Vorsicht etwas gelockert. Ich meine, wenn sie sich für ein oder zwei Monate zurückgezogen hätten, wären wir wahrscheinlich davon ausgegangen, dass die ganze Sache vorbei sei."

Ian atmete tief durch. „Ich kann das beantworten. Lara hat mir erzählt, dass sie die Scheidung nächsten Montag vorhatte einzureichen. Sie wollte Brian verlassen und all ihre Kunden mitnehmen. Ihre Kunden waren das Einzige, was die Agentur gestützt hat. Irgendwann überzeugte er Doyle Brooks, dass sie ihre beiden Ehepartner töten und in der Zwischenzeit etwas Geld verdienen könnten. Serena hat ihr Testament nie aktualisiert. Und es bestand eine Lebensversicherung über eine halbe Million Dollar, die noch in Kraft war. Doyle hätte eine Menge Geld verdient."

„Also schlugen sie den Beamten nieder, den wir vor der Tür platziert hatten, und Doyle hätte Serena mitgenommen, nachdem er Brian Anderson auf eine nicht-tödliche Weise erschossen oder erstochen hätte, damit es so aussah, als wäre er nur ein weiteres Opfer gewesen. Ich bin mir sicher, wir hätten Serenas Leiche ein paar Tage später gefunden, und beide Männer hätten Alibis gehabt. Und mit dem Geld, das er von der Lebensversicherung gekriegt hätte, die Brian für Lara abgeschlossen hatte, wollte er ein paar hochkarätige Kunden finden, wett' ich. Zur Hölle, vielleicht hätte er sogar selbst ein Buch geschrieben. Es hätte eine Menge Presse gegeben. Ich bin mir sicher, dass es immer noch so sein wird", betonte Jake.

„Autorin wird verfolgt und fast von Agentin getötet." Alex lachte ein wenig los. „Ja, es wird landesweit in die Nachrichten kommen. Und Serena kann eine Menge Aufmerksamkeit erwarten. Wundere dich nicht, wenn ihre Bücher danach verrückt werden."

Wusste sie das? Wusste sie, dass sie kurz davor war, in eine andere Stratosphäre gestoßen zu werden? Bräuchte sie jetzt zwei schwierige Leibwächter, wo sie gerade dabei war, ihren Traum zu verwirklichen?

Sie hatten es ihr nicht leichtgemacht. Adam war launisch und emotional und Jake so hartgesotten, und sie hatten keine Chance gehabt es ihr zu sagen.

Ich liebe dich.

Müsste er zu einer Autogrammstunde gehen, um sie wiederzusehen?

Der Ton des Sicherheitssystems klingelte.

„Ich kümmer' mich darum", sagte Liam, zur Vorderseite des Hauses schreitend. „Hoffentlich haben die Reporter noch nicht eure Adresse herausgefunden."

Adam sah seinen Partner an und wusste, dass sie an die gleichen Dinge dachten. Sie fragten sich, wo sie wohnen und wer sich um sie kümmern würde. Sie war eine erwachsene, intelligente, fähige Frau, doch jeder brauchte Menschen, die sich um sie kümmerten, die für Kleinigkeiten sorgten. Käme sie für ihren Computer zurück oder schickte sie wen, um ihn zu holen?

„Hi."

Adam drehte sich um und sein Herz sprang im Zickzack, als er Serena in der Tür sah, ein müdes Lächeln auf ihrem Gesicht.

Chris gab ihnen allen einen kleinen Wink. „Ich fuhr sie her. Wir haben es geschafft an der Presse vorbeizukommen. Sie waren überall im Krankenhaus. Ich hab' sie hinten rausgeschmuggelt."

„Das tut mir leid", sagte Serena. Der höfliche Ton ihrer Stimme machte Adam nervös. „Ich weiß, dass ihr mich lieber gefahren hättet, aber es war so verrückt dort, dass ich es nicht noch komplizierter machen wollte."

Adams Augen fraßen sie auf, aber er bewegte sich nicht vom Fleck. War sie hier, um ihre Sachen zu holen? *Verdammt.* Er ließe sie nicht kampflos ziehen.

Jake war aufgestanden. „Sie haben dich gehen lassen? Was haben die Ärzte gesagt?"

Sie sah so zerbrechlich aus, wie sie neben ihrem Freund dastand. „Die Kugel hat meine Seite gestreift. Keine Operation. Es brauchte nur drei Stiche. Sie waren besorgter, dass ich eine Gehirnerschütterung hatte, doch auf den Aufnahmen war nichts. Ich hab' noch so lange gewartet, bis ich wusste, dass Bridget ok ist. Und ich habe nach dem Polizisten gefragt, der verletzt wurde. Er hat eine Gehirnerschütterung, aber sie sagen, dass es ihm gut gehen wird. Ich muss eine Möglichkeit finden ihm zu danken."

„Das wirst du." Grace näherte sich Serena von der Seite. „Geht es Bridget gut?"

Serena nickte, die Erleichterung war ihr ins Gesicht geschrieben. „Es war knapp, doch sie wird wieder gesund. Die Ärzte sagen, dass Ian ihr wahrscheinlich das Leben gerettet hat. Er hielt sie mit seinen eigenen Händen zusammen, bis die Sanitäter ankamen. Ich kann dir gar nicht genug danken."

Ian seufzte nur und lief langsam zur Tür. „Gern geschehen. Ich bin froh, dass es deiner Freundin gut geht. Ich wünschte nur, ich hätte Lara retten können."

Ian ging hinaus, die Tür schloss sich hinter ihm.

Sean packte die Hand seiner Frau. „Kleines?"

Grace nickte zur Tür. „Geh ihm nach. Eve kann mich nach Hause fahren. Dein Bruder braucht dich. Lass alles andere für eine Nacht ruhen."

„Er wird nicht darüber reden wollen, doch ich kann ihm einen Drink ausgeben." Sean sah zu Liam und Alex. „Na los. Lasst uns mit dem Boss auf ein Bier rausgehen."

„Ich bringe die schwangere Frau nach Hause." Eve legte eine Hand auf Adams Schulter. Sie ging auf die Zehenspitzen und küsste seine Wange. „Ihr drei solltet reden. Gute Nacht, Serena. Wenn du mich brauchst, meine Tür ist immer für dich offen."

Eve und Grace verabschiedeten sich und gingen in die Nacht hinaus.

Chris seufzte. „Und ich muss zurück zu Bridget. Sie sollte in ein paar Stunden aus der Intensivstation entlassen werden. Ich glaub', ich hab' sie überzeugt mich die Nacht bei ihr verbringen zu lassen. Sie mag keine Krankenhäuser. Ich mag keine Liegen, doch ich überwinde meinen Hass auf Unannehmlichkeiten aus Liebe zu meinem Mädchen."

„Wie bist du reingekommen? Sie wollten uns nicht mal sagen, in welchem Zimmer sie lag. Die Polizei musste uns sagen, dass sie noch lebt." Adam war seit Stunden frustriert.

Chris strahlte. „Oh, sie ließen mich rein, damit ich meine Schwestern sehen kann."

„Also hast du gelogen?" Jake stand da und starrte Serena an, während er zu Chris sprach.

Chris umarmte Serena sanft. „Ne. Ich denke nur, dass die Gesellschaft viel zu viel Wert auf Blut anstatt mehr auf die Liebe legt. Gute Nacht, Schwesterherz. Hab' dich lieb. Ich rufe morgen an, und mach dir keine Sorgen. Ich kümmer' mich um Bridget und wir erledigen alles was Lara betrifft später."

Serena liefen die Tränen übers Gesicht, als sie in Chris' Richtung nickte. „Ich hab' dich auch lieb. Ich komme morgen mal vorbei."

Chris ging und sie waren endlich allein.

Serena kniete sich hin, um ihren Hund zu streicheln. Sie umarmte Mojo, streichelte mit ihrem Gesicht über sein Fell. „Es tut mir wirklich leid wegen des Krankenhaus-Dings. Ich dachte, es wäre so das Beste."

Sie dachte, es wäre das Beste sich von ihnen fernzuhalten, obwohl sie verletzt war? Adam machte einen Schritt nach vorn. Sie war angeschossen worden, doch das einzige, was er wollte, war sie zu fesseln, damit sie nicht mehr flüchten konnte.

„Deine Mitfahrgelegenheit ist gerade weg." Jake stand unbeweglich da, seine große Gestalt aufrecht und stramm.

Ein schwaches Lächeln formte ihre Lippen. „Ich hatte

irgendwie gehofft, dass ich hier jemanden zum Reiten fände. Oder zwei. Ich denke, ich habe auf zwei gehofft. Wenn ich keine zwei finde, solltet ihr es mir jetzt sagen, damit ich Chris noch einholen kann. Ich fürchte, ich bin nicht gut darin Kompromisse einzugehen. Ich will euch beide. Ich will alles."

Eine plötzliche Woge der Hoffnung überkam Adam. „Serena, sei dir sicher. Sei dir ganz sicher, dass du das willst, denn ich werde dich nie wieder gehen lassen."

Jake bewegte sich endlich und ging auf sie zu. „Sie wird ihre Meinung nicht ändern. Sie hat es endlich verstanden. Und sie sollte wissen, dass es eine Strafe geben wird, weil sie uns vom Krankenhaus ferngehalten hat."

Jetzt lächelte sie einfach, ihr Gesicht leuchtete auf. Gott, dieses Lächeln erhellte seine ganze verfickte Welt. „Ich dachte, ich beschütze uns alle, mein Herr. Soll ich dich Herr außerhalb des Clubs nennen?"

Jake hielt ihren Kopf mit einer Hand, seine Augen wurden mit dem Kontakt weicher. „Nein. Ich mag es, wie du meinen Namen sagst. Aber, Serena, da ist noch 'was ganz anderes, wie ich von dir genannt werden will. Du wirst alles bekommen, was du willst, doch du musst mich und Adam bei besonderen Namen nennen."

Oh, Adam wusste genau, welchen Namen er wollte. Und er wollte den Namen teilen. „Angetrauter. Du wirst uns Angetraute nennen, Serena."

„Ich kann mir nichts Besseres vorstellen." Sie schloss die Augen und schien in Jakes Berührung zu schwelgen. Noch bei geschlossenen Augen streckte sie ihre Hand aus, Adam einfordernd. Er zögerte nicht. Er nahm ihre Hand und verschränkte seine Finger zwischen ihre. Verbunden. Das war es, was er sich seit Tagen, seit Wochen, seit langem, bevor er sie getroffen hatte, wünschte. Er hatte sich nach der Frau gesehnt, die den Mann akzeptierte, der er innerlich war, den Freak, der Jake brauchte, um sich vollständig zu fühlen, den Soldaten, der stets beschützen musste, den Liebhaber, der sich um sie kümmern wollte.

„Ich liebe dich, Serena." Er sagte die Worte wie einen Segen.

„Ich liebe dich, Baby." Jakes Lächeln war in seiner Stimme zu hören. Erfüllung und Zufriedenheit strömten von Jake. Friede. Das war es, was Serena ihnen beiden bot. Eine Familie. Sie würden eine Familie werden.

Kristallene Tränen fielen ihr auf die Wangen. „Ich freue mich, denn ich liebe euch beide. Als ich dachte, ich könnte sterben, war das Einzige, was ich wollte, ein letzter Moment mit euch. Ich werde nichts mehr in Frage stellen. Ich hatte Angst, aber ich habe keine mehr."

Sein Herz öffnete sich. Er zog sie in seine Arme, genau dorthin, wo sie immer sein sollte. „Es gibt nichts, wovor du Angst haben musst. Baby, wir werden dich nie verlassen. Wir mögen streiten und dumm sein, aber das hier ist für immer."

Sie blickte ihm in die Augen, aber hielt auch eine Hand bei Jake. Sie war der Klebstoff, der sie zusammenhielt, immer. „Ich werde distanziert und verloren meiner Arbeit nachgehen, aber ihr beide müsst wissen, dass jeder Held, über den ich für den Rest meines Lebens schreibe, ein Stück von euch beiden ist. Das waren sie immer. Ich hab' nur auf die echten Männer gewartet."

Er küsste sie, behandelte sie behutsam, hielt sie sanft. „Was haben die Ärzte gesagt?"

Sein Schwanz schmerzte, doch wenn sie noch nicht bereit dafür war, würde er sie einfach halten. Er und Jake kuschelten einfach mit ihr, zwischen ihnen beiden.

Ihre Lippen spielten mit seinen. „Die Ärzte sagten, ich brauch unbedingt meine Männer. Adam, Jake, ich brauch' euch heute Nacht. Ich brauch' euch beide."

Adam fing Jakes Blick ein und sah darin die pure Leidenschaft für Serena. Er war sich bewusst, dass er seine eigene widerspiegelte. Jake nickte und Adams Herzfrequenz stieg. Es war an der Zeit, dass sie nach ihrer Frau verlangten.

* * * *

Serena ging auf Zehenspitzen, presste ihre Lippen auf Adams, ihre Hand nach Jake ausgestreckt, ihn einbeziehend. Sie brauchte eine Hand auf beiden. Als sie dachte, dass sie sterben würde, hatte sie nur bedauert, dass sie sie nicht hatte wissen lassen, wie sehr sie sie liebte.

Sie hatte sich von ihrer Angst und Bitterkeit viel zu lang

beherrschen lassen. Das hatten sie alle. Sie hatte sich schon mal falsch entschieden, doch das war egal. Sie konnte sich wieder entscheiden, und diesmal wählte sie sie. Ihr war eine zweite Chance gegeben worden, und sie wäre verdammt, wenn sie sie nicht annähme.

Jakes freie Hand verwirrte sich in ihrem Haar. Als sie Luft holte, lenkte er sie sanft in seine Richtung, sein Mund bedeckte ihren. Adams Kuss war weich, spielte entlang ihrer Lippen, zum Zerschmelzen sanft. Jake dominierte. Seine Zunge übernahm die Kontrolle. Sie war noch nie so geküsst worden, wie Jake sie geküsst hatte, als könnte er sie einatmen. Sie brauchte nicht zu atmen, wenn Jake sie küsste. Sie konnte von seinem Kuss allein leben.

Adam hatte keine Zeit verschwendet. Seine Hände waren an die Träger ihres Kleides gewandert und zogen sie herab. Die Arbeit mit ihrem BH erledigte er schnell und befreite ihre Brüste. Während Jacob ihren Mund plünderte, ging Adam auf die Knie und verehrte ihre Brüste. Serena wimmerte, als seine Zunge ihre Brustwarzen neckte, sie straffte, bis sie ihr weh taten. Er saugte die Spitze in seinen Mund, und biss dann sanft zu. Es entzündete eine Hitze in ihrem ganzen Körper.

Jake gab ihren Mund frei, einen Schritt zurücktretend. „Adam, hör einen Moment auf."

Adam ließ vom Saugen ab, doch seine Zunge leckte sie weiter. „Ich will nicht. Ich glaube nicht, dass ich je aufhöre."

Jake gluckste, er klang dunkel und sexy. „Wir haben noch eine äußerst lange Zeit mit unserer kleinen Sub vor uns, und ich möchte das richtig beginnen. Da sie uns in unserem alltäglichen Leben verrückt macht, ist das Mindeste, was sie tun kann, die Kontrolle abzugeben, und zwar im Schlafzimmer, im Club, im Aufzug hoch bis zu unserem Büro oder irgendwo anders, wo wir uns vorstellen können mit ihr zu schlafen."

Sie musste lächeln. Sie war sich fast sicher, dass, wenn es darum ging, erfinderische Orte für Sex zu finden, Jake mit ihr mithalten konnte. Und sie hatte von diesem Aufzug geträumt, seitdem Adam sie dort geküsst hatte.

Sie seufzte, als Adam ihre Brüste ein letztes Mal küsste und dann auf seine Füße kam.

„Du hast Recht. Ich denke, nach all dem, was sie uns angetan hat, sollte sie heute Abend etwas unterwürfig sein." Adam nahm Mojo am Halsband und führte ihn hinaus. „Zeit zum Schlafengehen, Hündchen. Ich glaube nicht, dass das, was hier geschehen wird, etwas für unschuldige Hundeaugen ist."

Mojo folgte ihm hinaus.

Nur ein Hauch von Ängstlichkeit lief ihr über die Wirbelsäule, als Jake sie mit seinen dunklen Augen beobachtete. Das waren seine Dom-Augen. Sie waren gefährlich und hungrig und versprachen alle möglichen köstlichen Bestrafungen. Ja, sie mochte seine Dom-Augen.

„Verstehst du, was du getan hast?", fragte Jake, seine Stimme vertiefte sich. Diese Stimme erreichte sie. Jede Silbe hatte eine harte Kante, die die Worte mit Dekadenz zu würzen schien.

„Ich hätte anrufen sollen." Sie bewegte sich nicht, um ihre Brüste zu bedecken. Noch vor ein paar Tagen hätte sie sich verletzlich gefühlt mit entblößten Brüsten dazustehen, während er bekleidet war, doch jetzt fühlte sie sich seltsam mächtig. Es fühlte sich richtig an, vor ihnen nackt zu sein.

„Oh, du hättest mehr tun sollen, als anzurufen. Du hättest Himmel und Hölle in Bewegung setzen sollen, damit wir dich hätten sehen können."

Sie seufzte. Sie hatte gewusst, dass sie es nicht verständen, doch sie hatte nur versucht sie zu schützen. „Jake, da waren Reporter, die auf den Krankenwagen warteten. Ich weiß nicht, wie sie es herausgefunden haben, aber es scheint eine wirklich gute Geschichte zu sein. Ich war mir nicht sicher, ob du dem ausgesetzt sein solltest. Du arbeitest undercover. Willst du dein Gesicht in allen Zeitungen wiederfinden?"

Er schüttelte den Kopf, als Adam zurück in den Raum kam. „Das ist mir scheißegal. Wenn ich nicht undercover arbeiten kann, geht es eben nicht. Du bist wichtiger als jeder Job."

„Sie hat uns durch die Hölle geschickt, damit uns die Zeitungen nicht outen? Was wird wohl passieren, wenn die Leute herausfinden, dass sie mit zwei Männern verheiratet ist?", fragte Adam. Er wandte sich ihr zu, ein finsterer Blick lag auf seinem schönen Gesicht. „Weil hieraus eine Ehe entsteht. Du heiratest mich. Jake hat beim Kartenspielen verloren."

„Ich will eine Revanche. Ich bin mir ziemlich sicher, dass

Adam geschummelt hat."

„Ach, Romantik." Sie konnte dem Lächeln nicht widerstehen, das ihr Gesicht kreuzte. Es würde ein Abenteuer mit ihnen werden. Es gäbe Ärger, doch sie gäbe nicht auf. „Wenn das alles war, um um meine Hand anzuhalten, dann ja, ich heirate dich. Und ich will Jakes Halsband. Ich will eine Zeremonie und das ganze Paket."

„Du wirst es bekommen, Baby", versprach Jake. „Jetzt zieh deine Kleider aus und präsentiere dich. Ich brächte gern den Strafteil des Abends hinter mich, damit wir zu dem schönen übergehen können."

Ihr ganzer Körper zitterte vor Erwartung.

„Zieh dich langsam aus, Serena", befahl Adam.

Sie standen nur da, beobachteten sie beim Ausziehen und warteten darauf, dass sie ihren Befehlen folgte. Es mochte anders sein, wäre der Austausch nicht ebenbürtig, doch sie gaben ihr alles, was sie hatten. Adam kümmerte sich um sie, überschüttete sie mit Aufmerksamkeit und Zuneigung und entlastete sie von der Anspannung ihrer Tage. Und Jake war ihr Krieger, lehrte sie stark zu sein, öffnete ihr sein Herz, wo es sonst für alle anderen verschlossen blieb.

Es war eine seltsame Familie, die sie gründeten, doch sie wollte es nicht anders haben. Sie hatte sie beide, jeder stärker, weil sie sich auf den anderen verlassen konnten. Sie waren die Hälften eines Ganzen, die akzeptierten, was sie brauchten, und es ihr somit erleichterten sie beide zu akzeptieren.

Langsam, anfangs etwas ungeschickt, zog sie an der Taille ihres Kleides. Sie zuckte leicht, als sie an den Verband an ihrer Seite stieß.

„Stopp.", sagte Jake und kam näher. Er berührte die weiße Gazebinde, die den Hautfleck direkt über ihrer rechten Hüfte bedeckte.

Sie wollte nicht zulassen, dass sie sie wegen der winzigen Wunde zur Bettruhe zwangen. „Sie ist in Ordnung, Jake. Es ist nichts. Wie ich schon sagte, ein kleiner Kratzer."

Er blickte zu Adam, als ob er nach seiner Meinung fragte.

Adam zog den Verband leicht ab und untersuchte die Wunde, bevor er ihn verschloss. „Wir sind vorsichtig mit ihr. Wir sind behutsam. Und es sollte keinen Einfluss darauf haben, was wir mit ihrem wunderschönen Arsch anstellen. Sie ist nicht zerbrechlich, Jake. Sie ist super stark. Ich hab' gehört, dass sie ihrem Ex verdammt beinahe die Eier abgerissen hat. Sie sprachen auf der Wache darüber. Der Gerichtsmediziner sagte, seine Eier hätten die Größe einer Grapefruit gehabt."

Das war ein schrecklicher Moment gewesen, doch Jake war im Geiste bei ihr. „Ich hab mit der Faust zugeschlagen."

„Gutes Mädchen", sagte Jake feierlich. Er küsste ihre Stirn. „Wir werden diese Lektionen fortsetzen, Baby. Ich will dich stark."

Sie war stark. So stark. Sie hatte nicht gewusst, wie stark sie war, bis zu dem Moment, wo sie wusste, dass sie alles täte, um zu überleben. „Also hör auf, mich zu nerven und lass mich meine Strafe bekommen."

Er zwickte ihr in eine Brustwarze, das sie keuchen ließ. „So eine Göre. Weg mit dem Kleid, und dann will ich diesen Arsch in der Luft sehen."

Sie war so froh, dass sie keine Unterwäsche trug. Nicht, dass sie eine Wahl gehabt hätte, doch jetzt war es einfach das Kleid auszuziehen, es Adam zu übergeben und sich umzudrehen. Sie lehnte sich herüber, legte ihre Handflächen flach auf den Couchtisch und hob ihren Arsch in die Luft. Keine Sorgen mehr über Cellulite oder die überflüssigen Pfunde. Dafür gab es hier keinen Platz. Es gab nur den Austausch zwischen Dom und Sub, ein Versprechen an Sicherheit und die Freiheit zu erforschen.

„Gott, ich liebe diesen Arsch." Jakes Hände streichelten über ihre Pobacken. „Sind wir bereit? Um sie zusammen zu nehmen?"

Adam gluckste. „Ich bin Pfadfinder, Kumpel. Ich hab' Gleitgel und Kondome, und sie hat den großen Plug mit solcher Anmut genommen. Ich verspreche, es wird eng, doch sie wird mit uns fertig werden."

„Ich weiß nichts von Anmut, Adam. Ich glaube, ich habe den Plug mit einer ganzen Menge Anstrengung ausgehalten." Es war hart gewesen. Der Plug war riesig und hatte immer noch nicht ganz die Größe ihrer Männer.

Jake schlug ihr auf den Arsch, das Brennen ein Versprechen für das was noch folgte. „Nach deiner Meinung fragt hier im Moment niemand, Baby. Und dieser hübsche Arsch ist wie für uns gemacht. Er wurde gemacht, um einen Schwanz zu empfangen. Doch noch nicht ganz. Du benötigst eine kleine Aufwärmphase. Adam, ich glaube, wir beginnen bis zwanzig zu zählen."

Sie schrie beinahe, als ihr beide gleichzeitig auf den Arsch schlugen.

Sie zählten laut mit und wechselten sich ab beim Versohlen, mit Ausnahme des ersten Schlags. Jake schlug auf den fleischigen Teil ihres Arsches, und Adam passte sich ihm auf der gegenüberliegenden Arschbacke an. Sie schlugen zu und legten dann ihre Hände auf den Schmerz, so dass die Wärme der Disziplin in ihre Knochen eindrang. Sie liebte es. Sie war ein Freak und wäre niemals anders. Sie brauchte es so, wie manche Frauen nachts ein Glas Wein brauchten. Sie entspannte sich in ihrer Position, dieser erotischen Mischung aus Lust und Schmerz, die ihre Muskeln zum Schmelzen brachte und alles andere wegfiel. Nichts auf der Welt, außer dem, war von Bedeutung. Morgen konnte sie damit beginnen alles, was passiert war, zu verarbeiten. Und sie wäre nicht allein. Sie wären da, um alles mit ihr zu besprechen, sie zu halten, während sie weinte, sie bewusstlos zu küssen, wenn sie keine Sekunde mehr darüber nachdenken konnte. Ihre Liebe wäre die Decke, die sich um ihre Seele schloss, wenn die schlechten Träume kamen.

Ja, sie war anfällig für Männer wie Doyle und Brian, und ja, die Welt könnte Scheiße sein. Sie drang ein und ergriff sich an den guten Dingen des Lebens, doch hier war sie sicher. Hier war sie die Königin, die sich immer wieder für sie entschied.

Ihr Verstand schwebte, während sie ihr beide ihre Disziplinierung vorzählten. Sie war beinahe enttäuscht, als sie schließlich das Wort zwanzig aussprachen.

„Teste sie." Jakes Hände zeichneten die Form ihrer Pobacken nach. Sie fragte sich, ob er härter wurde, während er das Fleisch ansah, das durch seine Hand rosa geworden war.

Ein Finger glitt in ihre Muschi. Adam. „Oh, das ist unser perverses Mädchen. Sie liebt es, Jake. Ich denke, ich muss mich wohl doch durch Ians Klasse quälen. Ich habe noch nie zuvor eine Frau wirklich dominieren wollen, doch ich denke, ich will ihr richtiger Herr sein."

„Du hast noch nie zuvor eine Frau wirklich geliebt", sagte Jake leise.

„Nein. Ich habe mich getäuscht. Aber das hier ist echt."

„Das ist echt."

Sie sagte nichts, da sie verstand, dass dies etwas war, das nur für sie beide bestimmt war. Sie hatten auch eine vertrauliche Beziehung. Diese beinhaltete keinen Sex, doch es war eine Form der Liebe. Serena wäre das Zentrum ihrer Welt, eine Möglichkeit des Ausdrucks, wie gern sie sich hatten, indem sie eine Frau teilten und sich gemeinsam ein Leben aufbauten.

Es war eine wunderschöne Sache.

Ein Arm schloss sich um ihre Taille und hob sie sanft hoch. Jake nahm sie in seine Arme, auf ihre Wunde an ihrer Seite Acht gebend.

„Zeit, um sich ins Schlafzimmer zu begeben, Baby." Er ging durchs Haus und machte einen kurzen Prozess aus der Entfernung.

Sie liebte das Schlafzimmer ihrer Herren. Sie liebte es, dass es groß genug für sie alle drei war. Es hatte das übliche Ehebett. Eine Kommode für Anziehsachen und Behältnisse für Uhren und Brieftaschen. Drei in einer Reihe, ihre in der Mitte. So wie sie schliefen. So wie sie zusammen Spazieren gingen. Sie war immer in der Mitte, umgeben von ihrer Zuneigung.

„Sag mir, dass das gute Tränen sind, Serena." Jake sah auf sie herab, als er sie aufs Bett legte. „Ich will dich nie wieder zum Weinen bringen. Bitte sag mir, dass du mir vergibst."

Wegen ein paar Worte im Eifer des Gefechts? Es schien so weit weg zu sein. Es hatte von vornherein mit einem törichten Kampf begonnen, einen, den sie wohl wieder hätten. Das Vertrauen wüchse zwischen ihnen, doch es gäbe immer Unsicherheiten und kleine Eifersüchteleien. Es ging nicht darum, dass sie sich in einer Ménage befanden, war sich Serena bewusst. Es ging darum, dass sie menschlich waren und sich liebten. Sie würden kämpfen und sich versöhnen und wieder kämpfen. In einer leidenschaftlichen Beziehung war es unvermeidbar. „Ich vergebe dir, Jake. Jetzt, und das nächste Mal, und die Male danach."

Ein Lächeln ließ seine Lippen kräuseln. „Ich bin froh, dass du erkennst, dass ich's wieder verkacke."

Sie berührte sein Haar, so weich trotz der Härte seiner Art. „Das werden wir alle. Und es wird alles gut."

Seine Lippen schwebten über ihren. „Es wird alles gut."

Er küsste sie, doch dies war das süße Versprechen von Gefühl und Leidenschaft und viele Jahre von beidem, die vor ihnen lagen.

„Hey, ich bin dran." Das Bett senkte sich und Adam kletterte hinein. Er hatte sich ausgezogen. Ihn nackt zu sehen, raubte ihr einfach den Atem. Er kam auf sie zugekrochen, die breiten Schultern in Sichtweite.

Jake zwinkerte hinab und stieg dann vom Bett, überließ sie Adam.

Er knurrte ein wenig, als er sie küsste. „Gewöhn dich daran, Baby. Ich meld' bald Urlaub für mich und Jake an. Wir gehen früher in die Flitterwochen. Und jetzt auf die Knie. Ich will dich kosten, während Jake deinen hübschen Arsch vorbereitet."

Oh, das wollte sie auch. Sie war sich nicht sicher, ob es ein besseres Gefühl auf der Welt gäbe, als einer ihrer Männer, der ihre Muschi probierte, als wäre sie ein besonders saftiges Stück Kuchen. Sie rollte sich zur Seite und ging auf die Knie, wobei sie ihren Arsch in die Höhe hob. Adam rutschte zwischen ihre Beine, während seine eigenen von der Bettkante hingen. Sie konnte seinen heißen Atem unter ihrer Muschi spüren. Seine Hände fassten ihre Hüften und zogen sie zu sich herunter.

Ein leises Stöhnen kam aus ihrem Mund, als Adam ihre Muschi leckte. Er sank hinein, an den Blütenblättern ihres Geschlechts saugend, zog an der einen und übergoss die andere mit Zuneigung. Das Vergnügen blühte auf ihrer Haut, ließ ihre Nerven aufleuchten und machte ihr so kraftvoll bewusst, dass sie am Leben war.

Sie hatte überlebt. Sie war hier bei ihnen, und würde sie nie wieder verlassen.

Adam verwöhnte ihr Geschlecht unaufhörlich mit Lust, während seine Händen ihre Arschbacken teilten.

„Ich muss ein wenig Gleitmittel verwenden, Baby." Jakes Stimme flog quasi über ihren Rücken, als er ihr einen sanften Kuss auf das untere Ende ihrer Wirbelsäule gab. „Entspann dich einfach. Ich werde bald in dir sein. Gott, ich kann es kaum erwarten in dir zu sein."

Adam leckte an ihrer Klitoris, eine langsame Zeichnung der Zunge kreuzte das Fleisch, als Jake das Gleitmittel einarbeitete. Serena war gefangen zwischen dem sanften Wirken von Adams Zunge und dem erotischen Spiel von Jakes Fingern, die die Rosette ihres Hinterns umrandeten. So viel Gefühl. Sie schloss die Augen, versuchte auf der Welle zu reiten.

„Sie ist so eng. Sie wird sich so gut anfühlen." Jakes Finger ließ sie sich öffnen, fickte in einer sanften Bewegung rein und raus. „Kämpfe nicht gegen mich, Baby. Ich will rein."

Sie versuchte sich zu entspannen, aber Adam fickte sie mit seiner Zunge, bohrte sich in sie hinein, bevor er zu ihrer Klitoris überging und sie leckte. Sie konnte es nicht mehr ertragen. Sie verlor die Fassung, Adams Mund schickte Funken reiner Glückseligkeit durch ihren Körper. Sie schüttelte sich und schrie auf, als der Orgasmus sie überflutete.

Und dann regten sie sich. Bevor sie überhaupt von oben herabsteigen konnte, justierten sie sich, gingen in Position. Adam rollte unter ihr hervor, stand auf und streichelte seinen großen Schwanz, bevor er ein Kondom darüber rollte.

„Komm her und reite mich, Liebling." Er breitete sich auf dem Bett aus und bot sich an.

Jake gab ihr eine Hand, ihr helfend auf Adams Körper zu gelangen. Sie packte seine muskulösen Hüften mit ihren Knien und stützte ihre Hände gegen seine Brust. Er war überall so hart, ein reizender Schmaus an Mann nur zu ihrem Spaß.

„Du siehst aus, als könntest du mich auffressen", sagte Adam, seine Hüften bewegen sich unter ihrer. „Das lass ich dich später machen. Später fick ich deinen Mund und finde diesen weichen Punkt im hinteren Teil deiner Kehle. Ich werde dir alles geben, was ich habe, doch im Moment will ich das."

Er zog an ihren Hüften, sie auf seinem Schwanz aufspießend. Er war so groß, dass sie sich herabarbeiten musste, um ihn hineinzuschieben, Zentimeter für unglaublichen Zentimeter. Er füllte sie, bis sie sich nicht mehr sicher war, wo Jake reinpassen sollte.

„Hier will ich ständig sein, Serena." Adam rollte die Hüfte nach oben, sie von innen nach außen entzündend.

Sie war gerade erst gekommen, doch die Funken sprühten wieder.

„Leg dich mit der Brust auf Adam, Baby. Gib mir etwas Platz zum Arbeiten." Jake senkte mit seiner Hand ihren Rücken nach unten.

Sie rieb ihre Brüste an Adams stählerner Brust. Adam küsste sie, seine Zunge spielte mit ihrer, als Jake seinen Schwanz an den Rand ihres Hinterns drückte.

Sie wimmerte etwas, als er anfing, sich hineinzudrängen. Es war kein Schmerz, aber es war auch kein Vergnügen. Dieser Schwanz, der sich hier hineinarbeitete, war Dominanz in seiner reinsten, erotischsten Form. Sie ließ los, bereit ihn zu nehmen und ihm zu geben, was er wollte, weil er seinen Teil ihrer Abmachung eingehalten hatte. Er hatte sich um sie gekümmert, sie geliebt, hatte sein verdammt Bestes getan, um sie zu beschützen, und er hatte ihr seine Seele geopfert. Sie machte den Rücken flach, nichts lieber wollend als beide Männer in ihrem Körper, sich an der Lust labend, die ihnen anhing, die sie als ihr Geschenk empfand.

„Fuck, sie ist eng." Jakes Eichel glitt schließlich durch den Muskelring, der ihr Poloch bewachte. Er hielt sich einen Moment lang dort auf, Serena verrückt machend. Sie fühlte sich so offen, entblößt vor beiden.

„Bitte, Jacob." Sie würde sterben, wenn sie sich nicht bewegen würden. Sie wurde am Abgrund von etwas erwischt, was sie noch nie zuvor gespürt hatte, nicht einmal von ihnen.

„Sei still, Baby. Ich weiß, was ich tue. Gib mir eine Sekunde. Das fühlt sich so schön an. Weißt du, wie glücklich du mich machst?" Er schob sich hinein und füllte sie mit seinem Schwanz.

Sie zwang sich ihm zu gehorchen, still zu bleiben. Er hatte ihr nichts als Freude bereitet. Auch das war eine seltsame Mischung aus unangenehmer Fülle und Intimität. Sie fühlte sich festgesteckt und auf die süßeste Art gefangen.

Jake drückte sich vor, bis sie seine Eier an ihr spüren konnte. Bis zum Anschlag. Ihre beiden Männer waren so weit gekommen, wie sie konnten.

„Kannst du ihn spüren?", fragte Serena.

Adams Lächeln erhellte sein Gesicht. „Ja. Du bist so eng so. Ich fühle ihn an mir entlang gleiten. Es gibt keine Worte dafür."

Aber ihr fielen ein paar ein. Himmel. Freude. Perfektion.

„Bist du bereit, Baby?", fragte Jake.

Sie war für immer darauf vorbereitet. „Oh, ja."

Jake zog ihn heraus und Serena fühlte, wie ihre Finger in Adams Brust versanken. So gut. Es war schwer ihn zu nehmen, doch der langsame Widerstand seines Schwanzes aus ihrem Arsch zu gleiten ließ sie vor Empfindung aufflammen, ihre Nerven feuerten Lust ab.

Während Jake sich herauszog, drückte Adam sich nach oben, sein Becken gegen ihres reibend, ihre Klitoris erreichend.

Und sie waren woanders. Sie fanden einen hämmernden Rhythmus, ein Lied, das von ihren Körpern erzeugt wurde, perfekt im Takt gehalten.

Serena gab sich hin. Sie war ihr geliebtes Spielzeug, gezogen und gestoßen und immer wieder an den Rand gebracht. Ihre Schwänze rutschten rein und raus und pumpten im Takt, bis sie nicht mehr wusste, woher das Gefühl kam. Sie wollte einfach mehr. Jede Art, wie sie sich bewegte, war ein neues Gefühl, ihr Arsch erleuchtete oder ihre Muschi wurde bis ans Äußerste gebracht.

Adam drückte sich wieder hoch, und sie konnte es keine Sekunde länger mehr aufhalten. Sie ließ sich vom Orgasmus erobern. Serena schrie es heraus, nicht in der Lage den Ton in sich zu behalten. Sie drückte sich zurück, nahm Jake in sich auf und dann vorwärts, um den maximalen Genuss von Adams Schwanz zu extrahieren.

Jake schrie hinter ihr, das heiße Strömen seines Orgasmus' füllte ihren Arsch. Eine Sekunde später schloss sich Adam ihm an und pumpte, bis er nichts mehr zu geben hatte.

Sie fiel nach vorn, völlig erschöpft und vollkommen glücklich.

„Bist du in Ordnung, Baby?", fragte Jake und ließ sich hinter ihr nieder.

Adam kuschelte sich nah heran. „Waren wir zu rau?"

„Ihr wart perfekt."

Jake setzte sich auf, er griff mit seiner Hand zum Nachttisch. Als er zurückkam, griff er nach ihren Händen.

„Tu es, Kumpel. Auf diese Weise kann sie nicht mehr weglaufen." Adam grinste.

Kaltes Metall, das sich um ihre Handgelenke schloss.

Handschellen. „Jungs, ich gehe nirgendwo hin."

Es lag ein tiefer Ausdruck von Zufriedenheit auf Jakes Gesicht. „Nein. Nicht nochmal. Und ich halt dich vielleicht einfach unsere gesamten Flitterwochen über ans Bett gefesselt."

Er küsste sie wieder, und dann war Adam an der Reihe. Sie konnte ihre Hände nicht bewegen, aber plötzlich schienen diese Schellen wie der schönste Schmuck, den sie je getragen hatte.

Kapitel Vierundzwanzig

Serena legte den Hörer auf, ihr war etwas schwindelig.

„Wer war das?", fragte Chris. Er saß neben Bridget auf der Terrasse mit einem Margarita in der Hand.

Um sie herum war die Party im vollen Gange. Ihre Hochzeitsfeier. Sie war verheiratet. Sie und Adam waren zum Standesamt gegangen, sie und Jake hatten ihre Vereinigung am Abend zuvor im Club gefeiert. Sie trug einen Ehering am Finger und ein kleines goldenes Halsband um den Hals und ihre Männer hatten ihr noch ein weiteres Geschenk gemacht. Ein Set goldener Handschellen, um sie zu fesseln. Sie hatten die Handschellen in der Nacht zuvor zerbrochen, das perfekte Ende eines perfekten Tages.

Jetzt waren all ihre Freunde hier, tranken und redeten und wünschten ihnen alles Gute. Sogar Jakes Eltern und Brüder waren gekommen. Sie waren begeistert, dass Jake mit einer kreativen Partnerin zusammen war.

Adams Familie hatte ihre Anrufe abgelehnt, aber das schien ihm egal zu sein.

Sie sah zu ihm herüber, während er über etwas lachte, das Sean gesagt hatte. Dies hier war Adams Familie. Das war ihre Familie.

Und sie hatte sowohl einen neuen Namen als auch einen neuen Titel.

„Es war Maureen."

Jake gab ihr einen frischen Margarita. „Die neue Agentin?" Er gab Adam zu verstehen rüberzukommen. „Alles ok?"

Maureen Childress hatte Lara Andersons Kunden übernommen. Sie war mit Lara befreundet und hatte unter Tränen darum gebeten, Laras engste Autoren assistieren zu dürfen. Sie war ein Fels in der Brandung, erledigte von ihrem New Yorker Büro aus alles, was sie konnte.

Bridget lehnte sich nach vorn, sie zuckte ein wenig zusammen. Sie hatte ihre Milz verloren und ihren Freund abserviert, doch sie war bereits auf dem Weg der Besserung. „Schickt sie wieder diese verdammten Reporter ins Feld? Sag ihnen, sie können mich mal. Dein Privatleben ist nicht ihre Geschichte."

„Komm runter, Bridget. Überanstrenge deine Nähte nicht. Du willst doch nicht dein Date mit dem Sanitäter morgen vermasseln." Chris legte eine Hand auf ihre.

Bridget lächelte. „Nein, tu' ich nicht. Dieser Mann ist so sexy. Ich schwöre, ich bekomme auch noch einen heißen Männerarsch ab aus dieser ganzen „vom Psycho aufgeschlitzt"-Sache. Ich muss zugeben, dass ich verstehe, warum die Presse herumschnüffelt. Schriftsteller werden jeden Tag von ihren Agenten verarscht, aber wir wurden fast ermordet. Das ist eine Wahnsinnsgeschichte. Gott, ist dieses Geschäft scheiße."

Chris schüttelte den Kopf. „Und sie wäre nirgendwo anders. Zwanzigtausend Worte stehen bereits in einem Buch über eine Überlebende und das Ärzteteam, das sie gerettet hat."

„Und ficken ihr die Seele aus dem Leib", sagte Bridget mit einem Grinsen. „Mega-Ménage". Oh, die Ärzte sind auch supergeheime Milliardäre, die zufällig Werwölfe sind. Und wenn ich auch noch die geheime Absicht eines Babys einbauen kann, hab' ich alle bildlichen Ausdrücke getroffen. Gott, ich liebe es wirklich Autorin zu sein."

Adam runzelte die Stirn. „Du darfst keine Mega-Ménage schreiben, Serena. Du bist eine Traditionalistin."

Jo. Sie hatte jede Nacht zwischen ihnen beiden geschlafen. Sehr traditionell. „Und eine Bestsellerautorin der *New York Times*. *Their Sweetheart Slave* steht auf der E-Liste."

Klar, der Geschichte galt die ganze öffentliche

Aufmerksamkeit des Stalker-Debakels, doch es war geschehen. Eine schwermütige Traurigkeit überkam sie. Sie wünschte sich Lara wäre hier, um es zu sehen.

Aber dann wurde sie in ihre Arme genommen, und die Glückwünsche flossen. Adam und Jake küssten sie und brachten schließlich Champagner für alle heraus.

Serena lachte und war vom Moment ergriffen. Sie war von dieser zusammengewürfelten Familie umgeben, die sie geschafft hatte zu finden.

Und ihr Happy End wartete nur darauf, geschrieben zu werden.

* * * *

Stunden später saß Liam O'Donnell in seinem Büro, ausschauend und abwartend auf das eine kleine Signal. Er war sich nicht sicher, wie es käme. E-Mail. Internet alert. Ein Anruf einer geheimen Quelle.

Er wusste aber, dass es käme. Er fände Mr. Black, den Mann, der Sean Taggart fast getötet hätte. Den Mann, der mit Verrat davongekommen war. Er fände ihn und ließe ihn dafür bezahlen. Er tat erst so, als sei es ihm egal, aber dann tat er so, als wäre ihm alles egal. Er hatte so oft gelogen, dass er sich oft fragte, ob er die Wahrheit über sich selbst erkennen würde, wenn er sie fände.

Doch Mr. Black war eine andere Geschichte. Er stand neben Ian, während sie auf der Suche nach dem Scheißkerl waren. Es bedurfte nur ein wenig Geduld.

„Du bist immer noch hier?" Eve stand in der Tür seines Büros. „Ich dachte, du wärst nach der Party nach Hause gefahren. Es war schön, nicht wahr?"

Es war schön gewesen, aber nicht für ihn. Er war ein Raubtier und fühlte sich immer fehl am Platz bei Feiern wie die zu Ehren von Adam, Jake und Serena. Es war dennoch seine Aufgabe dafür zu sorgen, dass Menschen, die sich lieben, verliebt blieben. Er hatte sein Recht auf Glück vor langer Zeit auf einem anderen Kontinent aufgegeben. Jetzt war alles, was er hatte, die Jagd und denjenigen Menschen Schutz anzubieten, die glücklich waren. Mr. Black hatte

Sean und Grace das beinahe genommen.

„Es war eine tolle Party." Der Computer gab das Zeichen, eine E-Mail kam rein. Wahrscheinlich nichts, doch er prüfte es trotzdem.

„Möchtest du, dass ich eine Sitzung arrangieren lasse?" Eve lächelt leicht.

Ein einziges Bild erschien auf der Leinwand, unklar und körnig. Das Standbild einer Überwachungskamera, doch es brachte Liams Blut in Wallung.

Mr. Black – aka Eli Nelson – saß an einem kleinen Tisch. Liam war sich nicht sicher wegen des Restaurants, doch er kannte die Stadt gut. Die mächtige Themse floss hinter der Person Blacks, die St. Pauls Kathedrale lag in der Ferne.

Sein Herz verengte sich etwas. Zu nah an zu Hause, doch er wäre über Nacht dort.

„Nicht heute Nacht, Evie." Liam war aufgestanden. „Sag Ian, er soll mir den nächsten Flug nach London buchen."

Seine Zeit war gekommen.

* * * *

Die McKay-Taggart Crew wird im nächsten spannenden Teil der Herren und Diener Serie zurückkehren...*Ein Dom ist für die Ewigkeit*. Bald erhältlich!

Anmerkung der Autorin

Ich werde oft von wohlwollenden Lesern gefragt, wie sie helfen können ein Buch, das ihnen gefallen hat, bekannt zu machen. Es gibt so viele Möglichkeiten Autor(inn)en zu helfen, die Sie mögen. Hinterlassen Sie eine Bewertung. Wenn Ihr E-Reader es Ihnen erlaubt ein Buch zu verleihen, teilen Sie es bitte mit einer Freundin oder einem Freund. Gehen Sie zu Whatchareadin und verbinden Sie sich mit anderen. Empfehlen Sie die Bücher, die Sie lieben, weil Geschichten dazu bestimmt sind, geteilt zu werden. Vielen Dank, dass Sie dieses Buch gelesen haben und dafür, alle Autor(inn)en zu unterstützen, die Sie lieben!

Ein Dom ist für die Ewigkeit

Herren und Diener, Buch 3
Von Lexi Blake
Jetzt im Handel!
Bald erhältlich!

Ein Mann mit einer Vergangenheit...

Liam O'Donnell war vor Jahren aus seiner Heimat Irland geflohen, nachdem eine seiner Missionen ein tragisches Ende gefunden hatte und er beschuldigt worden war mehrere seiner Kollegen getötet zu haben. Liam kann sich an die geheimnisumwobene schicksalhafte Nacht nicht erinnern. Er kam mit Schimpf und Schande in die Vereinigten Staaten, nach Erlösung für Verbrechen suchend, die er vielleicht oder doch nie begangen hatte. Die Jagd nach einem internationalen Terroristen führt ihn nach London und zurück in die Welt, die er hinter sich gelassen hat.

Eine Frau auf der Suche nach einer Zukunft...

Avery Charles war ihrem Chef nach London gefolgt, um dem Philanthropen mit seinen vielen Wohltätigkeitsorganisationen zu helfen. Als sie auf einen mysteriösen Mann trifft, der verspricht ihr die Fetischszene Londons zu zeigen, kann sie nicht anders, als sich ihren dunkelsten Fantasien hinzugeben. Liam wird ihr Dom, ihr Beschützer, ihr Liebhaber. Sie öffnet ihm ihr Herz und ihr Zuhause, nur um dahinterzukommen, dass er ein Mann auf einer Mission ist und sie nur ein Mittel zum Zweck.

Als Averys Boss sie zu dem verräterischen Mr. Black führt, muss Liam das Puzzle seiner Vergangenheit zusammensetzen, sonst hat Avery vielleicht keine Zukunft...

* * * *

„Ich will dich." Sie wollte ihn so sehr. Sie vertraute nur nicht darauf, dass es möglich sein konnte, dass er sie wollte.

„Nein, das willst du nicht, doch du wirst es." Er trat zurück und steckte sein Shirt in die Hose. „Wir machen's auf meine Art. Wir haben's auf deine versucht, die hat nicht geklappt, also übernehm' ich jetzt die Kontrolle. Das hätte ich von vornherein tun sollen. Wenn ich davon ausginge, dass du welche hättest, würd' ich dich jetzt auffordern dir Fetischkleidung anzuziehen, doch du hast nicht zufällig ein Korsett und 'was in PVC im Schrank versteckt, oder?"

„Ich weiß nicht, was PVC ist", gab sie zu, ihre Courage schmerzte sie etwas. „Ich glaub' nicht, dass das eine gute Idee ist, Lee. Ich glaub' nicht, dass ich sein kann, was du brauchst. Ich hab' keinerlei Erfahrung, und die Erfahrung, die ich gemacht hab', war nicht sehr gut. Versteh mich nicht falsch. Ich hab' meinen Mann geliebt, doch der Sex war nicht spektakulär. Ich glaub', ich gehör' zu diesen Frauen, die nicht sexy sein können. Ich hab' versucht dir zu gefallen, doch das tu' ich nicht."

Sogar in dem schummrigen Licht konnte sie sehen, wie er sie anstarrte, abschätzte. „Und ich glaub', du gehörst zu diesen Frauen, die es nicht lassen können endlos lang darüber nachzudenken, bis dass sie ihrem Körper die Führung überlassen. Sieh, Avery, den Sex, den du gehabt hast, hattest du als Kind. War dein Mann älter als du? Erfahrener?"

Sie schüttelte den Kopf. Sie waren beide noch Jungfrau gewesen.

„Dann hast du keine Ahnung, wie es sein kann. Ich betrachte Sex anders als die meisten Menschen. Es ist ein Austausch und der sollte gut für beide Seiten sein. Ich will nicht, dass du die Beine spreizt und ich dich nehmen kann, nur weil du willst, dass dich jemand hält. Wenn du willst, dass ich dich halte, dann frag mich. Ich will, dass du deine Beine spreizt, weil du keine einzige Sekunde länger auf meinen Schwanz warten kannst. Ich will deine Muschi willig und bereit, sie feucht ist für einen großen Schwanz, um ihn einführen und tief eintauchen zu können. Ich will, dass deine Nippel steif werden, wenn ich einen Raum betrete, weil du dich an all die schmutzigen Sachen erinnerst, die ich mit ihnen anstelle. Ich will, dass du mich willst. Ich kann dich dazu bringen, dass du dich nach mir sehnst. Ich will keinen Sex im Vorbeigehen, der mich einschläfert, den ich fünf Minuten später wieder vergessen hab'. Ich will die ganze Nacht ficken. Ich will es den ganzen nächsten Tag noch spüren, weil sich mein Schwanz so daran gewöhnt hat, tief in deinem Körper zu stecken. Wenn du genau das willst, dann zieh dir jetzt das sexigste Teil an, das du hast, und sei damit einverstanden, dass ich der Boss bin, wenn es um Sex geht." Er drehte sich um und ging hinaus. „Ich geb' dir fünf Minuten, um dich zu entscheiden. Ich warte im Wohnzimmer. Wenn du mich wirklich willst, ziehst du dich genauso an, wie ich's dir gesagt hab', und präsentierst dich mir zur Begutachtung. Und Avery, kein BH und keine Unterwäsche. Du wirst sie nicht brauchen."

Die Tür schloss sich hinter ihm und sie musste sich erinnern, wie sie zu atmen hatte.

Sie war nicht sexy. Sie war nicht wollüstig.

Doch was wäre, wenn sie es sein könnte? Lee hatte nicht mit allem recht gehabt, mit einigen Dingen lag er jedoch richtig. Er hatte ihr gesagt, dass er die Kontrolle übernehmen wollte, doch dann hatte sie versucht alle Entscheidungen zu treffen. Er hatte mehr Erfahrung, doch sie hatte beschlossen alles besser zu wissen. Sie hatte nicht auf ihn gehört.

Er wollte Kontrolle. Er verlangte, dass sie ihn wirklich wollte. Sie verstand es nicht, doch wenn sie es je verstehen wollte, musste sie es versuchen.

Sie hatte sich selbst wieder das Laufen beigebracht. Das war ein riesiger Berg gewesen, den sie erklommen hatte. Warum war sie hier so ängstlich? Sie hatte Schlimmerem gegenübergestanden, aber machte sich ins Hemd, weil sie keine Unterwäsche und keinen BH tragen sollte? Sie hatte so viel verloren. War sie bereit auch das hier zu verlieren?

Was riskierte sie? Sie könnte dumm aussehen. Sie könnte zuletzt mit einem gebrochenen Herzen dastehen, doch zumindest hätte sie sich bewiesen, dass es noch funktionierte.

Sie hatte den Ozean überquert, um ihr Leben zu ändern – um ein Leben zu leben. Was wäre ein Leben ohne ein paar Risiken?

Sie holte ihr Handy raus und schickte eine kurze SMS an Adam, die ihn wissen ließ, dass sie zu Hause war und mit wem, so dass, falls sie serienmäßig ermordet wurde, sie wenigstens einen Ausgangspunkt hätten, wo ihre Leiche zu finden sein könnte.

Doch sie wollte es tun, weil sie sich bei Lee sicher fühlte. Und weil sie endlich verstehen wollte, was es wirklich bedeutete jemanden zu wollen.

Über Lexi Blake

Lexi Blake lebt in Nordtexas mit ihrem Mann, drei Kindern und dem faulsten Rettungshund der Welt. Schon in jungen Jahren begann sie zu schreiben und konzentrierte sich auf Theaterstücke und Journalismus. Erst als sie anfing Liebesgeschichten zu verfassen, fand sie Erfolg. Sie mag es, Humor an den seltsamsten Orten zu finden. Lexi glaubt an Happy Endings, egal wie seltsam das Paar, ein Dreier oder Vierer auch scheint. Sie schreibt auch zeitgenössische Western-Ménage als Sophie Oak.

Facebook: LexiBlake
Twitter: authorlexiblake
Website: www.LexiBlake.net
Instagram: LexiBlakeAuthor